MARIE LAMBALLE

Café Engel

Töchter der Hoffnung

Weitere Titel der Autorin:

Das tiefe Blau des Meeres
Der Leuchtturm auf den Klippen
Der Hortensiengarten

Café Engel. Eine neue Zeit
Café Engel. Schicksalhafte Jahre
Café Engel. Töchter der Hoffnung
Café Engel. Ein frischer Wind

Atelier Rosen. Die Frauen aus der Marktgasse
Mode-Atelier Rosen. Träume einer neuen Zeit

Titel auch als Hörbuch erhältlich

MARIE LAMBALLE

CAFÉ ENGEL

TÖCHTER DER HOFFNUNG

ROMAN

Lübbe

NACHHALTIG PRODUZIERT

Die Bastei Lübbe AG verfolgt eine nachhaltige Buchproduktion. Wir verwenden Papiere aus nachhaltiger Forstwirtschaft und verzichten darauf, Bücher einzeln in Folie zu verpacken. Wir stellen unsere Bücher in Deutschland und Europa (EU) her und arbeiten mit den Druckereien kontinuierlich an einer positiven Ökobilanz.

FSC www.fsc.org
MIX
Papier | Fördert gute Waldnutzung
FSC® C014496

Originalausgabe

Textredaktion: Ulrike Strerath-Bolz, Friedberg
Umschlaggestaltung: www.buerosued.de
Unter Verwendung von Motiven von
© Ildiko Neer/Trevillion Images und © akg-images
Satz: two-up, Düsseldorf
Gesetzt aus der Bembo
Druck und Verarbeitung: GGP Media GmbH, Pößneck
Printed in Germany
ISBN 978-3-404-17917-6

10 12 11 9

Sie finden uns im Internet unter luebbe.de
Bitte beachten Sie auch: lesejury.de

SWETLANA

Wiesbaden, im Mai 1959

Es ist ein heißer Tag gewesen, einer jener frühen Sommertage im Mai, die die Häuser und Anlagen der Stadt zum Leuchten bringen. Jetzt, gegen neun Uhr am Abend, flanieren immer noch Einheimische und Kurgäste auf der Wilhelmstraße, besehen die Auslagen der teuren Geschäfte, schlendern unter den frisch austreibenden Platanen zum »Warmen Damm« hinüber oder sitzen in den Straßencafés. Vor allem im »Café Blum«, das dem Kurhaus gegenüberliegt und seit einigen Jahren mächtig aufgerüstet hat. Nicht nur, dass seine von Markisen beschatteten Tische einen ausgedehnten Teil der Straßenfront einnehmen – man kann im angeschlossenen Restaurant auch zu Mittag essen. Und in den oberen Etagen befindet sich inzwischen ein Hotel.

Blum hat dem »Café Engel«, das jahrzehntelang das »erste Haus am Platz« gewesen ist, den Rang abgelaufen. Auch heute Abend sind im Restaurant viele Außentische belegt, man isst zu Abend, trinkt einen Wein oder probiert die frische Maibowle. Kellner in schwarzen Anzügen, ein weißes Tuch über dem Arm, eilen zwischen den Tischen umher – neu ankommende Gäste müssen drinnen Platz nehmen, da heute mehrere Außentische reserviert sind. Drüben im Kurhaus gibt die berühmte Primadonna Maria Callas ein Konzert – nach dessen Ende wird der Ansturm der Theaterbesucher auf die Cafés und Restaurants groß sein.

Im Café Engel geht es ruhiger zu. Draußen sitzt nur ein junges Paar beim Wein; die beiden sind in ein angeregtes Gespräch vertieft und nippen nur ab und zu an ihren Gläsern. Swetlana, die heute Abend aushilft, hat schon zweimal nachgefragt, ob sie noch Wünsche haben, doch die beiden sind offenbar wunschlos glücklich.

Drinnen ist man unter sich. Heinz Koch und seine Frau Else sitzen am Ecktisch beim »Engelströpfchen«, einem herben Weißen, der vom Weingut des Schwiegersohnes stammt. Hubsi Lindner, der Pianist, hat sich zu ihnen gesellt; der einsame Junggeselle spielt immer noch dreimal die Woche nachmittags im Café und ist inzwischen eine Art Familienmitglied geworden. Das Gleiche gilt für Addi Dobscher, der vor dem Krieg als Bassbariton am Theater Triumphe gefeiert hat. Nach wie vor bewohnt er sein kleines Apartment unterm Dach und macht sich, so gut es geht, im Haus nützlich. Seine fünfundsiebzig Jahre sieht man dem kräftigen, weißhaarigen Mann kaum an – nur wer ihn von früher kennt, dem fällt auf, dass seine Bewegungen langsamer geworden sind und dass er ein wenig vornübergebeugt geht. Er wohnt allein – Julia Wemhöner, seine einstige große Liebe, hat inzwischen eine andere Wohnung bezogen.

»Soll ich die beiden da draußen noch mal fragen, ob sie etwas brauchen?«, erkundigt sich Swetlana unsicher bei Else.

Die schüttelt den Kopf.

»Nee, lass mal … Sonst denken sie womöglich, wir wollten sie verscheuchen. Wenn nachher noch Gäste kommen, kannst du ja im Vorbeigehen mal nachfragen …«

Swetlana nickt und will sich in die Küche zurückziehen, aber Heinz Koch ruft sie zurück.

»Bring uns noch eine Flasche Engelströpfchen, Swetlana. Und setz dich zu uns …«

Swetlana zögert und schaut unsicher zu Else hinüber. Das Verhältnis zu ihrer Schwiegermutter hat sich zwar mit den Jahren eingespielt, vor allem die Geburt der kleinen Sina, die inzwischen acht Jahre alt ist, hat Elses Wohlwollen gefördert – eine echte Zuneigung hat sich jedoch nicht eingestellt. Else kann nach wie vor nicht verstehen, dass ihr Sohn August, der doch in russischer Kriegsgefangenschaft schwer gelitten hat, ausgerechnet eine Russin heiraten musste.

»Eigentlich sollte die Bedienung nicht hier am Tisch bei uns sitzen, Heinz«, äußert Else auch prompt. »Das macht bei den Gästen keinen guten Eindruck.«

Heinz tätschelt seiner Else liebevoll den Arm. »Ach was! Bis die Konzertbesucher vom Kurhaus hinüberkommen, dauert es noch eine gute Stunde. Soll sich das Mädel bis dahin die Beine in den Bauch stehen?«

Da auch Hubsi und Addi Swetlana herbeiwinken, gibt sich Else geschlagen.

»Ihr habt ja recht«, seufzt sie. »Ich bin halt noch vom alten Schlag. Damals, als ich jung war und hier bedient hab – da hätten meine Eltern das nicht erlaubt. Streng ging's da zu …«

Addi lacht und füllt ihr das Glas. »Und Wein hättest du da auch nicht zu trinken bekommen.«

»Gott bewahre! Da waren die Eltern eisern. Solange das Café geöffnet war, hat auch Papa keinen Tropfen Alkohol getrunken …«

Swetlana holt eine neue Flasche und eine Karaffe mit Wasser aus der Küche und setzt sich mit an den Tisch. Sie entkorkt den Wein und schenkt den anderen ein; sie selbst trinkt nur Wasser. Zu Hause, in der kleinen, aber wunderschönen Jugendstilvilla, die August vor einem Jahr gekauft hat, liegt die achtjährige Sina jetzt längst im Bett, und August hat ihr vermutlich ihre Lieblingsgeschichte vorgelesen. Pippi Langstrumpf heißt das Kinderbuch einer schwedischen Schriftstellerin. Sina findet es wunderbar, und August auch. Swetlana gefällt es nicht so, sie findet es ein bisschen anstößig. Ein Kind sollte doch dazu erzogen werden, den Eltern zu gehorchen, gute Schulnoten nach Hause zu bringen, ehrlich, aufrichtig und fleißig zu sein. So hat sie es zu Hause gelernt, so wird ein Kind zu einem guten

Menschen. Aber in diesem Buch werden Kinder dazu angeregt, gefährlichen Unsinn zu begehen. Sie kann nicht verstehen, dass ausgerechnet August, der in vielen Dingen so streng ist, dieses Buch so liebt und Sina so oft daraus vorliest. Zumal Sina eine echte Leseratte ist und selbst gut lesen kann. Aber es ist halt so gemütlich, eingekuschelt im Bett zu liegen und zuzuhören, wie jemand vorliest.

Während sich draußen die Abenddämmerung über die Stadt senkt und in Theater und Kurhaus die Lichter angehen, sitzt Swetlana schweigend bei den anderen am Tisch und hört den Gesprächen zu. Eigentlich geht es immer um die gleichen Themen. Die neue Zeit, die den Schwiegereltern so gar nicht gefällt und mit der auch die beiden netten älteren Herren ihre Schwierigkeiten haben.

»Rot lackierte Fingernägel hat die Lehrerin«, regt sich Else auf. »Man stelle sich so was nur vor. Was sollen denn die Kinder von ihr denken?«

Swetlana macht pflichtschuldigst ein empörtes Gesicht und denkt sich ihren Teil. Sie selbst lackiert sich gern die Fingernägel, im Sommer sogar die Fußnägel. August ermutigt sie dazu, er findet es schön, bringt ihr auch mal ein Fläschchen Nagellack von unterwegs mit. Er verdient gut mit seinem Anwaltsbüro und ist stolz darauf, seiner Familie ein sorgloses Leben finanzieren zu können. Nur mit Swetlanas Sohn Mischa, der inzwischen sechzehn Jahre alt ist, haben sie es nicht immer leicht.

»Petticoat heißt das«, sagt Else jetzt ironisch. Das Gespräch ist weitergegangen. »Verrückt sind sie, die jungen Mädels. Tragen mehrere von den Dingern übereinander, damit der weite Rock absteht und man bis sonst wohin sehen kann. Und wie sie die Hüften schwingen! Aufreizend. Früher hätte man so eine eingesperrt …«

Sie erntet Widerspruch, vor allem Addi findet, dass die jungen Mädchen doch sehr flott aussähen, und Heinz pflichtet ihm bei. Jetzt wird über Pferdeschwanzfrisuren und diese schreckliche »Zittermusik«, den Rock'n'Roll, gesprochen. Da ist Hubsi Lindner ganz auf Elses Seite. Sänger wie dieser Elvis Presley kämen doch an die großen Tenöre wie Richard Tauber und Enrico Caruso im Leben nicht heran! Unverständlich, dass die jungen Leute diesem Kerl so nachliefen und sogar seine Frisur nachäfften.

Dabei schaut Else Swetlana an, denn auch Mischa pflegt seine »Tolle« über der Stirn und schmiert sie täglich mit irgendwelchen wohlriechenden Fetten ein. Er ist ein hübscher Junge, ähnelt seinem Vater, der Swetlana seinerzeit im Lager den Kopf verdreht hat. Die Mädchen schauen nach ihm. Er hat die achtjährige Grundschule beendet, danach hat er eine Lehre bei Dyckerhoff angefangen, ist aber gleich wieder davongelaufen. Auch bei Henkell in Biebrich hat es ihm nicht gefallen. Jetzt schlägt er sich mit Botengängen für Julia Wemhöner durch, eine Lehre will er nicht mehr beginnen.

Draußen ist es nun schon dunkel, die Straßenlaternen werfen ein sanftes, gelbliches Licht über Straße und Anlagen, das beleuchtete Theater hinter den Platanen schaut unwirklich aus, ein heller Stern hängt darüber am grauen Nachthimmel. Das junge Paar möchte zahlen. Swetlana eilt zu ihnen hinaus, sie erhält ein kleines Trinkgeld und bedankt sich. Man sieht jetzt Menschen in Abendgarderobe vom Kurhaus kommend die Straße überqueren – das Konzert ist beendet.

»Haben Sie gelesen, was der Kurier über die Callas geschrieben hat?«, fragt der junge Mann Swetlana. »Eine Tigerin. Vollkommen unberechenbar. Man weiß nie, ob sie am Abend singt oder ob sie absagt.«

Swetlana lächelt verbindlich. Eine Frau wie Maria Callas kann sich solche Verrücktheiten leisten – sie ist so berühmt, dass man ihr alles verzeiht. Swetlana findet, dass diese Frau ein schlechtes

Beispiel gibt. Gerade eine große Künstlerin sollte sich nicht wie eine Tigerin aufführen, sondern besser bescheiden sein.

»Auf jeden Fall waren uns die Eintrittskarten zu teuer«, meint der junge Mann. »Da trinken wir lieber Ihren ganz hervorragenden Wein! Richten Sie Herrn Perrier aus, dass wir begeistert sind!«

»Vielen Dank. Da wird er sich freuen …«

Swetlana bleibt noch einen Moment draußen stehen in der Hoffnung, dass sich einige Gäste an den Tischen niederlassen – aber wie üblich fängt das Café Blum, das ja gleich gegenüber vom Kurhaus liegt, alle Konzertbesucher ab.

Drinnen hat man das Fiasko ebenfalls bemerkt – es kommt ja nicht unerwartet. Bei Veranstaltungen im Kurhaus hat das Café Engel die schlechteren Karten, dafür lassen sich die Theaterbesucher häufiger bei ihnen nieder, da das Theater gleich gegenüber ist.

»Früher sind solche Künstler wie die Callas nach dem Konzert zu uns ins Café Engel gekommen«, erzählt Heinz Koch verdrießlich. »Weil sie sich hier wohlgefühlt haben. Drüben hängen sie noch an den Wänden, die Großen der Theaterwelt. Der Gründgens und die Tilla Durieux …«

Und weil Hilde und Jean-Jacques mit den Zwillingen momentan auf Verwandtenbesuch in Frankreich sind, fährt er leise fort: »Die Renovierung, die hat die Atmosphäre des Cafés zerstört. Das Künstlerische ist weg. Diese großen Glasscheiben und die hellen Wände – das ist alles so kalt und ungemütlich. Deshalb kommen sie nicht mehr, die großen Sänger und Schauspieler …«

Else nickt bekümmert, und Hubsi fügt hinzu, dass inzwischen nicht einmal mehr die Sänger vom Staatstheater in den Probenpausen hinüberkämen. Von den Schauspielern gar nicht erst zu reden.

»Alle gehen zu Blum«, seufzt Else. »Die bieten ein ganzes

Menü für zwei Mark fünfzig an, mit Suppe und Nachtisch. Aber die sind ja auch ein Restaurant, haben einen Koch und eine richtige Küche …«

Wie haben sie seinerzeit gejubelt, als das Café König schließen musste, weil der Flachbau nebenan abgerissen und die Baulücke geschlossen wurde. Da haben sie geglaubt, die lästige Konkurrenz endlich los zu sein. Ein fataler Irrtum. Gegen das Café König konnten sie all die Jahre über glänzend bestehen, vor allem mit Hilfe der vielen Veranstaltungen auf der kleinen Bühne. Ganz exquisite Leute sind dort aufgetreten! Kabarettisten und Wortkünstler wie Heinz Erhardt und Werner Finck kamen durch Wilhelms Vermittlung zu ihnen. Junge Musiker von der Frankfurter Hochschule und vom Wiesbadener Konservatorium. Auch der eine oder andere Schauspieler vom Staatstheater gab einen Soloabend. Aber inzwischen ist das kulturelle Leben in ganz Wiesbaden aufgeblüht, allerorten gibt es interessante Angebote, und das Publikum bleibt ihnen weg.

»So wie's einmal war, so wird's nie wieder sein«, sagt Else traurig. »Die besten Zeiten vom Café Engel, die haben wir beide miteinander erlebt, Heinz. Und dafür bin ich dem Herrgott dankbar.«

Sie lehnt den Kopf an seine Schulter, und er streichelt ihr das graue, krause Haar. Swetlana ist gerührt. Im Herbst begehen die beiden ihren vierzigjährigen Hochzeitstag – was für ein Glück, wenn zwei Menschen nach so langer Zeit einander immer noch in Liebe zugetan sind. Hilde hat schon große Pläne für die Jubelfeier, von denen die Eltern auf keinen Fall etwas erfahren dürfen, weil es eine Überraschung werden soll. Von einer Schiffsfahrt auf dem Rhein bis Eltville war die Rede, mit Sekt und künstlerischen Darbietungen an Bord …

»Vielleicht kommt ja der Fritz Bogner noch mit ein paar Kollegen auf einen Wein«, tröstet Addi, dem Elses Kummer zu Herzen geht. Doch Swetlana schüttelt den Kopf. Fritz Bogner zieht sich momentan vor allen Kollegen zurück. Sogar nach Premieren, wenn alle miteinander feiern, geht er gleich nach Hause. Angeblich, weil er Luisa mit den beiden Mädchen, der achtjährigen Marion und der fünfjährigen Petra, nicht so lange allein lassen will.

»Wenn du magst, kannst du schon die Abrechnung machen und heimfahren, Swetlana«, meint Else. »Falls tatsächlich noch Gäste kommen, kann ich sie auch selbst bedienen. Und sag August, dass er sich doch bitte um diese leidige Sache mit der Stadt kümmern möchte …«

Swetlana nickt und geht in die Küche, um die weiße Schürze abzubinden und ihre Jacke zu holen. Dabei ärgert sie sich über die Schwiegermutter, die August wieder einmal Arbeit aufhalst. Hat Else Koch nicht geprahlt, Buchführung, Steuer und überhaupt alles Kaufmännische für das Café immer ganz allein geregelt zu haben? Weil ihr Heinz doch mehr für das Menschliche und Künstlerische zuständig war. Jetzt fragt sie bei jeder Kleinigkeit August um Rat und verlangt, dass er für sie Briefe aufsetzt. Weil ein Brief doch viel wirksamer sei, wenn auf dem Briefkopf »August Koch, Rechtsanwalt« steht.

Die Abrechnung nimmt nur wenig Zeit in Anspruch, Swetlana spült noch rasch die Gläser des jungen Paares, dann trocknet sie sich die Hände ab, verabschiedet sich und geht hinaus. Es ist eine laue Nacht, Sterne stehen am samtig dunklen Himmel, auf der breiten Wilhelmstraße ist der Autoverkehr zum Erliegen gekommen. Das Theater ist dunkel bis auf eine bläuliche Notbeleuchtung im zweiten Stock. Drüben bei Blum flackern bunte Lichter, sie haben Lampions aufgehängt, und auf den Tischen stehen kleine Laternen. Da keine Autos fahren, dringen die Stimmen und das Gelächter der Gäste bis hinüber zum Café Engel. Swetlana sucht den Autoschlüssel aus ihrer Handtasche und geht zu ihrem Wagen, der ganz in der Nähe geparkt ist. Seit zwei Jahren ist sie stolze Besitzerin eines VW Käfers, den hat

August für sie gekauft, damit sie am späten Abend nicht mit dem Bus zur Biebricher Landstraße hinausfahren muss.

Gerade hat sie die Fahrertür aufgeschlossen, da fährt ein Auto laut hupend an ihr vorbei, und sie presst sich erschrocken an den Kotflügel. »Nicht heimfahren! Wir haben Geschenke mitgebracht!«, ruft eine männliche Stimme. Das ist doch Jean-Jacques!

Der Wagen hält direkt vor dem Café Engel, die Türen fliegen auf, und die Frankreichurlauber entsteigen dem engen Innenraum. Hilde schüttelt ihren weißen Leinenrock, der ganz zerknittert ist, Frank humpelt ein wenig und will sofort seinen Koffer haben, Andi hat Mühe, seine langen Knochen aus dem Rücksitz zu bringen. Die Zwillinge sind inzwischen zwölf Jahre alt und haben sich unterschiedlich entwickelt. Während Frank mittelgroß und ein wenig moppelig ist, hat Andi Ende vergangenen Jahres einen gewaltigen »Schuss« getan. Er überragt seinen Vater inzwischen um einen halben Kopf.

Swetlana schließt ihr Auto wieder ab und eilt herbei, um beim Hereintragen des Gepäcks behilflich zu sein. Inzwischen sind auch die Eltern aus dem Café gekommen, Addi schleppt Reisetaschen, während Hubsi Lindner eine große Zimmerpflanze hineinträgt. Wie sie dieses Monstrum noch in den Wagen gequetscht haben, ist Swetlana ein Rätsel. Aber es wird ja allgemein behauptet, der Innenraum eines VW Käfers sei aus Gummi und unbegrenzt dehnbar.

Mit einem Schlag ist die trübe Stimmung im Café Engel vorbei. Die Heimkehrer werden umarmt und abgeküsst, man trägt Laternen, Gläser und Weinflaschen nach draußen, Jean-Jacques öffnet einen Korb, in den seine Mutter ihm Leckereien aus der Heimat eingepackt hat, und nun müssen sie zwei Tische zusammenstellen, damit alle Platz finden.

»Pas de vin pour les enfants«, ruft Jean-Jacques, und er freut sich über den Protest seiner Söhne, der beweist, dass sie ihr Französisch in den wenigen Tagen gut aufgefrischt haben.

»Nous ne sommes plus … wir sind keine Kinder mehr!«, ruft Frank empört. »Die grand-mère hat uns immer Wein gegeben!«

»Eine Schorle … meinetwegen!«, bestimmt Else. »Hier bin ich die grand-mère, verstanden?«

Es wird laut, wie immer, wenn Jean-Jacques und seine Söhne zusammen sind. Man trinkt auf die glückliche Rückreise. Sie sind heute Morgen in aller Frühe losgefahren und haben zwischendrin nur zwei »Picknicks« gemacht. Jean-Jacques verteilt luftgetrockneten Schinken, schwarze Oliven, Ziegenkäse und französisches Baguette, Hilde berichtet von der bezaubernden Céline, die inzwischen elf Jahre ist und es faustdick hinter den Ohren hat. Frank und Andi widersprechen heftig, aber es hört sich an, als hätte die kleine Cousine die Zwillinge gut im Griff gehabt.

»Ich kann gar nicht verstehen, dass sich Pierrot und Jean-Jacques früher so häufig gestritten haben«, ruft Hilde aus. »Sie waren die meiste Zeit zusammen in den Weinbergen, und am Abend haben sie gefachsimpelt.«

»Das ist dein Verdienst, mon chou«, sagt er zärtlich. »Du hast sie alle gezähmt. Und Maman liebt dich.«

Es geht fröhlich zu, die Gläser klingen, Addi intoniert das Lied vom tiefen Keller, Heinz und Hubsi stimmen ein, Hilde singt eine Oktave höher mit. Hinten im Café Blum gehen schon die ersten Gäste nach Hause, während es hier im Café Engel erst richtig gemütlich wird. Die mitgebrachten Geschenke werden ausgepackt: niedliche Beutel mit getrockneten Lavendelblüten darin, die man zwischen die Wäsche legen kann. Süßes Gebäck von der grand-mère. Weingläser und natürlich Rotwein vom Gut des Schwagers. Ein luftgetrockneter Schinken, den Jean-Jacques seinen Gästen in Eltville anbieten will.

»Simone hat ihn mir besorgt«, erzählt er. »Sie hat ihn bei einem Bekannten gekauft.«

Simone, die jüngere Schwester seiner Schwägerin Chantal,

ist inzwischen verheiratet und lebt mit ihrem Ehemann in Marseille. Sie ist allerdings sehr oft bei ihrer Schwester zu Besuch, was – wie Hilde meint – kein gutes Licht auf ihre Ehe wirft.

»Dafür hat sie jetzt bei meinen Söhnen einen dicken Stein im Brett«, meint Hilde lachend. »Es wird schlimm werden, Papa. Simone hat Frank und Andi mit Schallplatten versorgt.«

Die Zwillinge sind seit Weihnachten stolze Besitzer eines Plattenspielers. Seitdem muss Else hin und wieder mit dem Besenstiel an die Zimmerdecke klopfen, weil das Haus leider hellhörig ist.

»Doch nicht etwa diese scheußliche Jaulerei?«, stöhnt Opa Heinz. »Das ist doch ruhestörender Lärm und keine Musik!«

»Das ist gigantisch, Opa!«, sagt Frank. »Ganz irre Heuler!«

»Kannst du dich nicht wie ein normaler Mensch ausdrücken?«, tadelt Hilde ihren Sohn. »Wenn du mit dem Opa redest …«

Sie unterbricht sich, weil Jean-Jacques sie am Arm fasst. »Ist das nicht das Telefon?«

Alle sind auf einen Schlag still und lauschen. Ja natürlich, drinnen im Café läutet das Telefon. Hilde stürzt zur Drehtür und drückt fest gegen die Flügel, um den Anruf noch zu erwischen.

»Das ist sicher August«, meint Swetlana. »Er macht sich Sorgen, weil ich noch nicht zu Hause bin …«

Gleich darauf erscheint Hilde wieder vor dem Café. Mit ernstem Gesicht. »Für dich …«, sagt sie zu Swetlana.

»Ich komme.«

Als sie auf der anderen Seite der Drehtür miteinander allein sind, legt Hilde ihr den Arm um die Schulter. »Erschrick nicht – es ist die Polizei. Etwas mit Mischa …«

»Mein Gott …«, flüstert Swetlana entsetzt. »Ist er etwa …«

Plötzlich kommt ihr der schlimme Unfall in der Schule in Swerdlowsk in den Sinn. Als der kleine Mischa bewusstlos vor ihr lag und sie endlos lange auf den Krankenwagen warten musste.

Mit zitternden Händen nimmt sie den Hörer. »Hallo? Hier spricht Swetlana Koch.«

»Sind Sie die Großmutter von Michael Koch?«, fragt eine raue Männerstimme.

»Nein, die Mutter. Was ist geschehen? Bitte, sagen Sie mir, was mit meinem Sohn passiert ist …«

»Nur die Ruhe. Ihr Sohn ist hier auf der Wache. Er wäre gut, wenn Sie ihn abholen könnten …«

HILDE

Natürlich lässt Hilde Swetlana nicht allein zur Wache in der Friedrichstraße fahren. Auch Jean-Jacques hat sich angeboten, die Schwägerin zu begleiten, aber Hilde hat gemeint, er solle besser die Zwillinge in die Betten scheuchen und Mama beim Aufräumen im Café helfen. Da hat er so getan, als würde er die Hacken zusammenschlagen, und hat die flache Hand an die Stirn gelegt.

»Aye, aye, Sir!«

Die Eltern und Addi haben gelacht. Jean-Jacques macht immer solchen Quatsch, wenn er angeheitert ist. Das ist er eigentlich jeden Abend, seitdem er seinen eigenen Wein herstellt. Manchmal macht sie sich Sorgen um seine Leber. Aber er lacht sie aus. Bei ihm zu Hause bekämen schon die Kinder ihren »vin rouge« mit ein wenig Wasser, und die alten Leute säßen am Abend beim Wein vor dem Haus. Das sei gesund und hielte die Bakterien fern.

Auf der Wache werden sie von einem schlanken, grauhaarigen Beamten mit vorwurfsvollem Blick empfangen. Hilde spürt, wie Swetlana darunter leidet, und sie ärgert sich über den eingebildeten Kerl, der erst einmal umständlich ihre Personalien feststellt.

»Der Junge braucht eine feste Hand, Frau Koch«, bekommt Swetlana zu hören. »Sie wollen doch sicher nicht, dass er auf die schiefe Bahn gerät, oder?«

Hilde muss sich zusammennehmen, um den Mund zu halten.

Ausgerechnet der armen Swetlana macht er diese Vorhaltungen. Wo ihre Schwägerin ohnehin schon vor Sorgen um ihren heißgeliebten, verhätschelten Mischa vergeht. Und der Herr Besserwisser setzt noch eins drauf: »Wenn Sie mit dem Jungen nicht zurechtkommen, dann können wir Ihnen entsprechende Einrichtungen empfehlen. Da lernen die Burschen Disziplin und Ordnung. Tut ihnen gut!«

Swetlana erbleicht, und Hilde platzt jetzt der Kragen.

»Denken Sie dabei an diese Lager, die es früher überall in Deutschland gegeben hat?«, fragt sie in anzüglichem Ton.

Die Reaktion des Beamten ist heftig, sein Hals wird rot und schwillt über dem Kragen an, er starrt böse auf Hilde, als sei sie eine lange gesuchte Verbrecherin.

»Diese Zeiten sind vorbei, junge Frau«, faucht er. »Aber auch heutzutage kann es nicht schaden, wenn solchen Kandidaten Benimm beigebracht wird.«

Swetlana zupft sie am Ärmel. Sie hat Angst, der Polizist könnte Mischa in seiner Wut über Nacht in eine Zelle einsperren.

»Was hat er denn eigentlich angestellt?«, fragt Hilde, die sich nicht so leicht einschüchtern lässt.

Sie erfahren, dass Mischa gemeinsam mit drei Freunden in betrunkenem Zustand ein Bad in einem der Brunnen vor dem Kurhaus genommen hat. Ausgerechnet zu dem Zeitpunkt, als die Polizei dort wegen des Konzerts der Callas Kontrollgänge machte.

»Ach du lieber Gott!«, sagt Hilde.

Weil sie den Beamten nicht weiter aufregen will, muss sie sich das Lachen verkneifen. Jetzt steht er auf und winkt ihnen, ihm zu folgen. Sie gehen durch einen langen, hässlichen Flur, dann öffnet er eine Tür, dahinter ist ein kleiner Raum mit einer hölzernen Bank und einem eingebauten Schrank. Mischa sitzt zusammengesunken auf der Bank. Als die Tür aufgeht, hebt er den Kopf und runzelt die Stirn.

»Alles halb so schlimm …«, nuschelt er. »Nur'n bisschen Wasser. War … nur Spaß …«

Swetlana stürzt sich auf ihren Augenstern, umarmt ihn, jammert, dass er ganz feuchte Kleider hat und sich bestimmt erkälten wird.

»Ach, Mischa … was machst du nur für Sachen … Machst deiner Mutter Kummer … nur Dummheiten … Entschuldige dich bei dem Herrn Beamten!«

Mischa ist heilfroh, hier rauszukommen, das sieht man ihm an. Tatsächlich erklärt er dem Polizisten, es täte ihm leid, dann geht er mit unsicheren Schritten neben seiner Mutter her. Dass sie ihn auch noch an der Hand halten will, ist ihm dann aber doch zu viel.

»Ist gut, Mama … Ich kann alleine gehen …«

Swetlana hat Tränen in den Augen, als sie ins Auto einsteigen. Mischa klettert auf den Rücksitz und verbreitet dort einen unangenehmen Alkoholduft, Hilde sitzt vorn neben Swetlana und versucht, die Wogen zu glätten.

»Das ist doch nur ein Jungenstreich, Swetlana. Dumm gelaufen – aber doch nicht kriminell. August wird das auch so sehen.«

Doch als sie vor dem Café Engel aussteigt, hat sie nicht das Gefühl, viel ausgerichtet zu haben. Mischa schickt ihr einen deprimierten Abschiedsblick, Swetlana bedankt sich und ist immer noch den Tränen nahe.

Im Café ist es jetzt dunkel, die Eltern sind in ihre Wohnung gegangen. Als sie die Treppe hinaufgeht, kann sie den Fernseher hören, den Papa eingeschaltet hat.

»Wir wünschen unseren Zuschauern eine geruhsame Nacht …«

Schon so spät! Jetzt kommt noch die Nationalhymne und dann nur noch »Schnee«. Danach schaltet Mama die »Flimmerkiste« aus, und Papa geht brav ins Bett. Hilde ist auf einmal todmüde. Die Fahrt von Südfrankreich bis Wiesbaden war lang und anstrengend, die Zwillinge haben auf dem Rücksitz herumgehampelt und gestritten, Jean-Jacques hat manchmal die Nerven verloren und laut losgebrüllt, wenn ein Wagen vor ihnen zu langsam fuhr, und sie war die ganze Zeit über bemüht, für eine angenehme Stimmung zu sorgen. Dazu diese Hitze – nein, jetzt will sie nur noch in ihr Bett. Im Flur ihrer Wohnung muss sie sich den Weg zwischen Koffern und Taschen bahnen, die ihre Männer achtlos haben stehen lassen.

Jean-Jacques schnarcht schon im Eheschlafzimmer, bei den Zwillingen ist noch Licht. Frank schaut aufgeregt durch den Türschlitz und will wissen, was mit Mischa ist.

»Kommt der jetzt ins Gefängnis?«

»Nein, natürlich nicht. Wieso schlaft ihr noch nicht? Morgen müsst ihr früh raus, da ist Schule!«

Der Fußboden des Zimmers ist mit Schallplatten bedeckt. Lauter Singles mit den neuesten amerikanischen Hits. Danke, Simone. Morgen wird sich Papa über den Lärm beschweren, und Mama wird natürlich ganz seiner Meinung sein.

»Oma hat einen fürchterlichen Zirkus gemacht«, beschwert sich Andi. »Wir mussten extra baden, weil wir angeblich so dreckig wären. Mit Haarewaschen!«

Die beiden halten nicht viel von umständlichen Waschungen. Am Morgen befeuchten sie kurz Gesicht und Hände und putzen die Zähne, freiwillig ist seit Jahren keiner ihrer Söhne mehr in die Badewanne gestiegen. Swetlana hat ihr erzählt, dass dieser Zustand sich wohl bald ändern könnte. Mischa badet inzwischen so häufig, dass sich August schon über den hohen Wasserverbrauch beschwert hat. Dazu benutzt er stark duftende Seife, die ihnen eine Freundin aus Swerdlowsk schickt, und seit einiger Zeit muss er sich sogar rasieren.

»Sie sind noch unschuldig, Hilde«, sagt Swetlana lächelnd. »Wenn sie erst viel waschen – dann ist was mit Mädchen.«

»Aber was ist denn jetzt mit Mischa? Erzähl doch mal, Mama!«

Sie stellt die Bedingung, dass die Schallplatten zuerst aufgeräumt werden müssen, dann setzt sie sich an Andis Bettrand und berichtet.

»Die haben ja alle ’nen Haschmich, die Polizisten!«, findet Frank.

Hilde findet das auch, aber das brauchen ihre unmündigen Söhne nicht zu wissen. Stattdessen befiehlt sie, dass jetzt das Licht ausgemacht und geschlafen wird.

»Morgen um sieben ist die Nacht herum!«

»Heute«, sagt Andi, der stolzer Besitzer einer Armbanduhr ist. »Wir haben schon nach Mitternacht.«

Der Gutenachtkuss wird gerade eben noch geduldet, dann kuscheln sich beide in ihre Decken ein, und Hilde löscht die Nachttischlampen. Natürlich fällt den beiden die Umstellung schwer, in Frankreich sitzt man bis spät in die Nacht vor dem Haus mit Freunden und Nachbarn, auch die Geschäfte haben viel länger auf. Das ist nicht so wie hier in Wiesbaden, wo man um halb sieben die Bürgersteige hochklappt.

Sie beneidet ihren Ehemann, der in tiefem Schlaf liegt und nur ab und zu ein wenig vor sich hinschmatzt. Sie selbst kann trotz der Müdigkeit nicht einschlafen, dreht sich im Bett hin und her, zieht die Decke hoch, dann schiebt sie sie wieder zurück, weil ihr zu warm ist.

Es waren unbeschwerte Tage dort unten in Südfrankreich. Sie liebt diese sonnenverwöhnte Landschaft inzwischen, kennt die Stellen, wo man im glasklaren Wasser des Flüsschens baden kann, hat gelernt, welche Weinpflanzung den Perriers gehört und welche den Nachbarn, hat auch mit dem Nachfolger des gelbbraunen Hofhundes Freundschaft geschlossen. Sie versteht immer noch nicht alles, was die Verwandten erzählen, dazu sprechen sie zu schnell. Aber meistens kommt sie ganz gut mit, redet selber und wird verstanden. Mit Simone, die mehrere Tage zu Besuch kam, hat sie deutsch gesprochen, denn Jean-Jacques Schwägerin lernt die deutsche Sprache.

»Weißt du, in Marseille, da kommen die Leute aus allen Ländern in unser Bistro. Da kann es nicht schaden, englisch und auch deutsch zu sprechen …«

Am besten hat sie sich mit Chantal, Pierrots Frau, verstanden. Sie ist eine sanfte, zurückhaltende Person, und sie mag Hildes energische Art. Sie haben gemeinsam gekocht und dabei über alles Mögliche geschwatzt. Da hat Hilde erfahren, dass es früher viel Streit zwischen den Brüdern gegeben hat. Aber seitdem der Vater tot und die Erbschaft geregelt ist, vertragen sich die beiden erstaunlich gut.

»Pierrot hat gesagt, der Vater hat Jean-Jacques immer mehr geliebt als ihn. Das hat ihm wehgetan. Und Maman hat Pierrot mehr geliebt als Jean-Jacques. Das war auch nicht gut …«

Hilde hat darüber nachgedacht und entschieden, dass sie niemals einen ihrer Söhne dem anderen vorziehen wird. Sie sind so unterschiedlich, und doch ist jeder auf seine Art ihr geliebtes Kind. Frank, der immer mit dem Mund vorneweg ist, aber in der Schule nur mittelmäßige Noten erzielt, und Andi, der eher still ist, gerne Bücher liest und eigentlich – wenn es nach dem Klassenlehrer gegangen wäre – jetzt auf dem Gymnasium wäre. Aber Andi wollte auf keinen Fall allein in eine andere Schule gehen als sein Bruder, und so haben sie ihn schließlich mit Frank auf die Realschule geschickt. August hat den Kopf geschüttelt und gemeint, sie hätten ihrem Sohn die Zukunft verbaut.

Jetzt hat sie endlich die richtige Schlafposition gefunden, es ist auch höchste Zeit, die Glocke der Marktkirche hat gerade eben zweimal geschlagen. Ach, es ist trotz allem schön, wieder zu Hause zu sein … Morgen wird sie die Urlaubswäsche bewältigen müssen, und dann will sie unten im Café …

Aber da schläft sie schon und träumt von einem haushohen Berg aus ineinander verschlungenen Hemden, Hosen und Jacken; blau karierte und weiße Socken hängen heraus, und ganz oben steht Elses grauer Pelz aus Kaninchenfell, der winkt ihr zu, als sei er lebendig. »Wasch mich. Aber mach mich nicht nass!«

Am Morgen weckt Jean-Jacques sie auf seine wundervolle, zärtliche Art, wobei er es heute ein wenig eilig hat. Das Vorspiel ist nicht ganz so ausgedehnt, wie sie es im Urlaub gehalten haben, aber trotzdem genießt sie seine Leidenschaft. Wenn es zur Sache geht, ist ihr Eheliebster immer noch so wild und ungestüm, wie sie es mag. Wobei sie zugeben muss, dass auch sie ihren Part dabei spielt. Als sie schließlich erschöpft und zufrieden beieinander liegen, stellt sie mit einem Blick auf die Nachttischuhr fest, dass es erst halb sechs ist.

»Hilft nichts«, stöhnt er und wirft die Decke zur Seite. »Ich muss los. Die Arbeiter sind bestellt, ma colombe. Il faut que je travaille …«

Natürlich. In seinem Weinberg ist das Unkraut gewachsen, und die jungen Triebe müssen hochgebunden werden. Die schönen gemeinsamen Urlaubstage sind vorbei – jetzt beginnt wieder das normale Eheleben, und das bedeutet: Sie kümmert sich um das Café, und Jean-Jacques ist auf seinem kleinen Weingut zugange. So geht das vom Frühling bis spät in den Herbst, im vorletzten Jahr haben sie sogar im Dezember noch die letzten Reben geerntet. Für den Eiswein. Mit dem Ergebnis war Jean-Jacques allerdings wenig zufrieden. Was ihn nicht davon abhält, es erneut zu versuchen.

Sie steht auf, zieht den Morgenrock über und kocht Kaffee. Der Brötchenjunge war schon da, sie deckt den Frühstückstisch und setzt sich, um eine erste Tasse Kaffee zu trinken, während er sich noch im Bad rasiert. Das weiß sie, weil er immer dabei das Lied von der »petite galère« pfeift.

Beim Frühstück erzählt sie ihm die Geschichte von Mischas neuester Untat, doch er hört kaum zu, ist mit den Gedanken schon bei seinen Weinstöcken. Er kleckst Marmelade auf seinen Teller, bricht das Brötchen in kleine Stücke, die er eintunkt und sich in den Mund steckt. Dazu schwarzen Kaffee. Das Frühstück ist für ihn nur eine kurze, lieblose Angelegenheit – er wird später mit seinen Arbeitern ein richtiges »déjeuner« halten. Schinken und Käse aus der Heimat hat er schon eingepackt.

»Adieu, ma petite Ilde … Bring mir die garçons am Samstag, d'accord? Sie können viel lernen …«

Feste Umarmung und langer Kuss. Er will also übers Wochenende in Eltville bleiben, und die Zwillinge sollen bei der Arbeit helfen. Jean-Jacques ist ernsthaft bemüht, aus seinen Söhnen begeisterte Winzer zu machen. Bisher allerdings nur mit mäßigem Erfolg. Frank hasst die harte Arbeit in den Weinbergen und sagt das auch; Andi fügt sich schweigend, er will den Papa nicht verletzen, aber sein Interesse am Winzerberuf ist gering. Seine Leidenschaft gilt momentan der Astronomie, er hat sich einen Stapel Bücher darüber aus der Bibliothek entliehen.

Sie schaut aus dem Wohnzimmerfenster zu, wie ihr Liebster in seiner roten Goélette davonfährt. Den Kleintransporter hat er über Freunde in Frankreich gekauft, ein robustes geländegängiges Auto, auf das man sich verlassen kann. Das behauptet er zumindest.

Trotz des Kaffees ist sie noch müde. Die Uhr zeigt Viertel nach sechs, sie könnte sich noch ein halbes Stündchen aufs Ohr legen. Aber da klopft es an die Wohnungstür – das ist Mama Else, die notorische Frühaufsteherin. Vermutlich hat sie gesehen, dass Jean-Jacques davongefahren ist, und glaubt, Hilde müsse nun wach und ansprechbar sein.

»Ach du liebe Zeit – ihr habt ja noch gar nicht ausgepackt!«, ruft sie beim Anblick der Koffer und Taschen im Flur.

Hilde verkneift sich die ärgerliche Frage, wann sie das wohl hätte machen sollen. Stattdessen bietet sie ihrer Mutter ein Tässchen Kaffee an.

»Nur ein halbes – ich hab ja unten schon Kaffee getrunken …«

Else setzt sich zu Hilde an den Frühstückstisch und will natürlich wissen, wie die Sache gestern Abend ausgegangen ist.

»Wie schrecklich!«, stöhnt sie, als sie die Geschichte hört, und schlägt die Hände zusammen. »Der arme August! Was hat er sich da aufgehalst mit diesem Bengel! Warum musste er den Jungen bloß unbedingt adoptieren?«

»Mir tut zuerst einmal Swetlana leid«, meint Hilde. »Sie macht sich schreckliche Sorgen um Mischa.«

»Dazu hat sie ja auch allen Grund!«, stellt Else herzlos fest. »Ist da noch Kaffee in der Kanne? Ein Schlückchen würde ich noch nehmen …«

Hilde bekommt zum xten Mal zu hören, dass Mischas Vater ein gewissenloser Mensch gewesen ist und dass der Junge leider nicht in einer anständigen Familie groß werden konnte. Solche Dinge würden sich eben bemerkbar machen.

»Und was gibt es sonst Neues?«, fährt Hilde dazwischen. »Ich meine, das Café betreffend.«

Else zuckt die Schultern. Es sei alles beim Alten, leider wenig Gäste, dafür hätten sie mal ordentlich sauber gemacht, die Spiegel geputzt, die Schaufenster neu dekoriert, und Addi hätte die Außentische frisch gestrichen.

»Die Sonnenschirme sind über den Winter ein wenig blass geworden, aber ich denke, eine Saison halten sie noch.«

Hilde ist anderer Ansicht. Sie denkt über zwei bunt gestreifte Markisen nach, so wie drüben bei Blum. Dort beschatten ganze acht Markisen die Gäste, die auf modernen Korbstühlen mit weichen Kissen sitzen. Alma Knauss, die sich hin und wieder im Café Engel sehen lässt, hat allerdings erzählt, die Korbstühle drüben bei Blum würden bei jeder Bewegung ganz unangenehm knirschen. Was sie nicht davon abhält, dort häufig mit Freunden und Bekannten zu Abend zu essen.

»Eine Markise? Wo denkst du hin?«, regt sich Else auf. »Woher sollen wir das Geld nehmen?«

Hilde muss wieder einmal erklären, dass man investieren muss, um mitzuhalten. Prompt bekommt sie aufs Brot geschmiert, dass die Investition, die sie vor acht Jahren so aufwendig betrieben hätten, dem Café Engel das Flair des Künstlercafés genommen hätte. Nur deshalb kämen jetzt keine Gäste mehr zu ihnen.

Hilde ist es leid, immer die gleichen Kämpfe zu führen. Sie bemerkt nur, dass man nach vorn und niemals rückwärts denken dürfe. Eine bunte Markise und neue Stühle für draußen – diese Investitionen seien nun einmal unumgänglich.

»Warten wir ab, Hilde«, sagt Else und schenkt sich den Rest aus der Kaffeekanne ein. »Zunächst muss August diese unangenehme Sache mit der Stadt klären.«

»Was für eine Sache mit der Stadt?«

Da sei ein Brief gekommen. Nein, Else hat ihn nicht mehr, sie hat ihn gleich an August weitergegeben, der soll sich darum kümmern.

»Sie wollen, dass wir die Statik des Hauses prüfen lassen. Wegen möglicher Kriegsschäden. Weil doch rechts von uns alles weggebombt war, verstehst du?«

Ja, das versteht Hilde. Sie kann sich noch gut an den Moment erinnern, als sie mit der Mutter durch die Trümmer lief und sie beide vor Glück weinten, weil ihr Haus noch stand.

»Falls dabei Schäden an der Substanz festgestellt werden, müssen wir das reparieren lassen. Weil es sein könnte, dass eine Mauer zusammenbricht und dabei Menschen zu Schaden kommen.«

Das ist vor einiger Zeit tatsächlich passiert; zum Glück hat es keine Todesopfer gegeben. Nun ja – das Café Engel liegt direkt an einer vielbegangenen Straße, und der wachsende Verkehr tut ein Übriges. Wenn ein schwer beladener Lastwagen vorüberfährt, bebt oben in Hildes Wohnung der Wohnzimmertisch, und die Gläser in den Schränken klirren leise.

»August muss das abweisen, schließlich weiß man nicht, welche Kosten da auf uns zukommen würden. Das könnte in die Tausende gehen ...«

»Wenn das Haus tatsächlich Schaden genommen hat, müssen wir aber etwas tun, Mama«, hält Hilde dagegen.

Else regt sich auf. Das sei doch völliger Unsinn. »Dieses Haus steht seit über hundert Jahren felsenfest auf seinen Fundamenten«, behauptet sie. »Meine Eltern haben hier gewohnt, ich bin hier groß geworden, und du und deine Brüder ...«

»Früher sind auch keine Bomben gefallen, Mama ...«

»Nein, nein – August regelt das schon!«, wehrt Else ab. »Solch unsinnige Geldausgaben können wir uns nicht leisten, Hilde!«

»Na gut. Denken wir erst einmal über die Markise und die neuen Außenstühle nach ...«

Aber Else wehrt den geschickten Schachzug ihrer Tochter ab. Momentan sei für Renovierungen kein Geld da, sie müssten froh sein, wenn das Café keine roten Zahlen schriebe.

Hilde stöhnt, weil sie keinen Schritt weitergekommen ist. Zum Glück ist jetzt Zeit, die Zwillinge zu wecken, und Mama schmiert schon mal die Schulbrote.

»Ich nehme gleich einen Schwung Wäsche mit runter«, kündigt sie an. »Damit ihr etwas zum Anziehen habt!«

Seit vergangenem Jahr sind sie stolze Besitzer einer Waschmaschine, die in der Waschküche im Keller ihren Platz gefunden hat. Sie wird jedoch nur für Buntwäsche eingesetzt, die weißen Hemden, Tischdecken, Servietten und Handtücher kocht Else nach wie vor im großen Kessel. Später wird die Waschlauge in Eimer abgefüllt, um darin die Socken zu waschen und mit dem Rest die Kellertreppe zu wischen.

Als die murrenden Knaben sich auf ihren Schulweg begeben haben, hat Hilde endlich Zeit, die restlichen Koffer auszupacken und die Wohnung einigermaßen in Ordnung zu bringen. Andi hat eine Tüte voller Steine und Flussmuscheln in den Koffer geschmuggelt. Er ist ein begeisterter Sammler aller möglichen Dinge, in seinem Kleiderschrank stapeln sich Zigarrenkisten, die er auf der Schmalseite sorgfältig beschriftet hat.

Mineralien, Sommer 1958, Neuville, unten am Fluss oder: *Muscheln und toter Krebs, Sommer 1958, Neuville, unten am Fluss*

In Franks Koffer findet sie eine Packung »Gauloises«, die sie in ihre Schürzentasche steckt. Soso – es wird also heimlich geraucht. Das muss sie unbedingt Jean-Jacques erzählen.

Im Café bedient heute Luisa, Hilde geht erst gegen halb elf hinunter. Dann erscheint auch Papa im Café und nimmt dort sein Frühstück ein. Schon auf der Treppe kann sie hören, dass es unten Ärger gegeben hat.

»Die Sahne hat einen Stich!«

»Ach, das kann ich mir gar nicht vorstellen ...«

»Probieren Sie doch selbst! Sie schmeckt säuerlich.«

»Also, ich merke nichts ...«

»Die Torte können Sie selber essen!«

Das ist Alma Knauss, die sich da lautstark beschwert. Hilde eilt die letzten Stufen hinunter und kommt gerade noch rechtzeitig, um die treue Kundin zu begrüßen.

»Ach, die Hilde!«, ruft Alma. »Aus dem Urlaub zurück? Südfrankreich steht ja auch noch auf meinem Programm. Die Provence, wo sich früher die Troubadoure tummelten ... Die Wiege der europäischen Literatur ...«

Davon hat Hilde bei der Schwiegermutter zwar wenig bemerkt, aber sie nickt begeistert und schwärmt von Sonne, klaren Flüssen, guten Weinen und den malerischen Häusern aus Naturstein. Dann erklärt sie Alma, dass ihr die Sache mit der Torte sehr peinlich sei und der Kaffee natürlich aufs Haus gehe.

»Kann ja mal passieren«, meinte Alma Knauss gönnerhaft und nickt Else zu, die mit versteinertem Gesicht neben der Kuchentheke steht.

Als die Knauss draußen ist, vergewissert sich Hilde, dass keine Gäste im Café sind. Dann legt sie los.

»Mama, die beiden Torten haben hier schon gestanden, bevor wir in Urlaub gefahren sind!«

Luisa schweigt betreten. Else behauptet, das mache nichts, man habe schließlich für teures Geld eine Kühltheke angeschafft. Sie hat – wie jede Woche – drei neue Torten gebacken und dazugestellt, es aber nicht übers Herz gebracht, die alten Torten wegzuräumen.

»Ich habe dir schon hundertmal gesagt, Mama, dass das alte Zeug nicht mehr verkauft werden darf. Willst du uns das Gesundheitsamt auf den Hals hetzen?«

Jetzt wird Else böse. Im Krieg hätte sie Kuchen aus Maismehl und Trockenei gebacken. Da wären alle dankbar gewesen, keiner hätte gemeckert. Aber heutzutage seien die Leute maßlos geworden, wollten nur das Beste vom Besten, und was nicht gut genug sei, das würde einfach weggeworfen.

»Eine Sünde ist das! Die Sahne ist nicht sauer, nur ein wenig grätzig. Die kann man doch noch essen!«

Da Luisa rasch nach draußen geht, um die Aschenbecher auf den Tischen zu verteilen, schaut Else Papa auffordernd an. Er soll auch etwas dazu sagen, schließlich hat er einmal versprochen, ihr immer zur Seite zu stehen. Aber Papa weiß, dass es wenig taugt, sich in die Streitereien seiner Frauen einzumischen, er wedelt abwehrend mit den Armen und setzt sich auf seinen Stammplatz.

»Vielleicht kann man sie noch essen, Mama. Aber man kann sie nicht mehr verkaufen! Verstehst du das nicht?«

Im Grunde weiß Else das natürlich, aber im Moment ist sie auf keinen Fall bereit, es zuzugeben. Hilde geht schweigend zur Kuchenvitrine, nimmt die Torten heraus und trägt sie in die Küche. Streift mit dem Finger ein wenig Sahne ab und leckt daran. Sauer. Und wie!

Sie öffnet den Kühlschrank und kontrolliert die darin enthaltenen Lebensmittel. Die Sahne ist in Ordnung, muss aber bald verarbeitet werden. Die Marmelade sortiert sie aus, da ist Schimmel dran. Die Butter geht vielleicht noch einen Tag. In die Eier kann man leider nicht hineinschauen. Kochschinken, Käse und Salami fürs Frühstück sind auch nicht mehr frisch.

»Was soll ich denn machen, wenn keine Gäste kommen?«, sagt Else und stemmt die Arme in die Hüften. »Ich kann doch nicht alles wegwerfen.«

»Wenn du den Gästen altes Zeug vorsetzt, ist das Café bald vollkommen leer!«

»Ach, mach doch, was du willst!«, schimpft Else und läuft hinüber zu Papa, um ihren Ärger bei ihm loszuwerden.

Hilde klappt resigniert die Kühlschranktür zu und wirft das angebrochene Marmeladenglas in den Mülleimer. So kann es nicht weitergehen. Mamas Torten waren früher überall heißbegehrt, aber inzwischen sind sie aus der Mode. Bei Bossong gibt es Ananastörtchen mit zarter Bitterschokolade, Orangentörtchen mit Likör oder Stachelbeertorte mit Baiser. Torten mit Eierlikör. Mit Marzipan. Buttercreme mit Mandeln. Die Kuchentheken bei Blum und Bossong sind übervoll mit Leckereien, die noch vor ein paar Jahren sträflicher Luxus waren.

Neue Tortenrezepte müssen her, denkt Hilde. Vielleicht ist das die Lösung. Wenn wir die besten Torten von ganz Wiesbaden backen, dann kommen auch die Gäste wieder.

LUISA

Ein lautes Klirren, dann ein mehrstimmiger Schrei. Luisa, die in der Küche Brot schneidet, hält erschrocken inne. O weh – hoffentlich nicht die schöne Blumenvase aus Kristallglas, die Swetlana ihr zum Geburtstag geschenkt hat.

Im Wohnzimmer stehen zwei verschreckte Mädchen. Die siebenjährige Marion hält sich die Hand vor den Mund, und Petra, die fünfjährige kleine Wilde, deutet mit dem Finger auf die Glasscherben am Boden.

»Wir waren das nicht, Mama!«

Luisa seufzt tief. Also doch! Ach, hätte sie die Blumen doch nur in die alte Tonvase gestellt!

»Das war Papa!«

Stirnrunzelnd schaut sie ihre Tochter Petra an. Die hopst schon wieder aufgeregt herum, dass ihre dicken rotblonden Zöpfe auf und nieder fliegen. Ein Rotschopf mit einem Gesicht voller Sommersprossen und grünen Augen. Wie so eine in ihre Familie gekommen ist, das können sie sich gar nicht erklären.

»Du sollst nicht schwindeln, Petra!«

»Sie hat recht!«, sagt Fritz traurig. »Ich hab die Vase versehentlich umgestoßen, als ich nach der Kaffeekanne greifen wollte. Es tut mir sehr leid. Ich kaufe dir eine neue, mein Schatz.«

»Ach, nein«, sagt sie schnell und lächelt, weil er gar so bekümmert dreinschaut. »Wir haben doch genug Blumenvasen, Fritz. Mach dir keine Gedanken. Scherben bringen Glück!«

Sie läuft rasch in die Küche, um Schippe und Kehrblech zu holen, dann muss sie schon wieder schelten, weil Marion im

Übereifer begonnen hat, die Scherben mit bloßen Händen aufzulesen.

»Lass das sein, Marion. Du wirst dich an den Splittern schneiden.«

Fritz macht einen ungeschickten Versuch, ihr zu helfen, gibt es aber gleich wieder auf. Er muss gut auf seine Hände aufpassen, vor allem auf die Finger der linken Hand, mit der er die Geigensaiten herunterdrückt.

»Wenn wir die gute Vase kaputtgemacht hätten, hättest du aber geschimpft, Mama«, stellt Marion naseweis fest.

»Den Papa kann sie doch nicht schimpfen«, meint Schwester Petra.

Luisa beeilt sich, nach wenigen Minuten sind die Scherben im Mülleimer und der nasse Fleck auf dem Fußboden eingedämmt. Die Blumen, die Fritz gestern vom Konzert mitgebracht hat, bekommen eine neue Vase – alles wieder gut.

Es ist eben eng bei ihnen in der Wohnung. Der Wohnzimmertisch dient nicht nur als Esstisch: Dort macht Marion ihre Hausaufgaben, Luisa putzt das Gemüse, am Abend spielen sie »Mensch ärgere dich nicht«, und die Wäsche muss sie auch dort bügeln. Sie wohnen schon seit vielen Jahren hier im Bergkirchenviertel, weil die Miete günstig ist und das Theater, wo Fritz im Orchester spielt, nicht allzu weit entfernt. Früher hat Swetlana mit dem kleinen Mischa gegenüber in zwei Zimmern gewohnt – aber nach ihrer Heirat mit August Koch ist sie fortgezogen. Zuerst haben sie eine Wohnung in der Serobenstraße gemietet, und vor einem Jahr sind sie in eine wunderhübsche alte Villa in der Biebricher Landstraße umgezogen. Luisa ist nicht neidisch, sie gönnt Swetlana und August das schöne Haus. Schließlich hat auch sie selbst keinen Grund, sich über das Schicksal zu beklagen: Sie sind eine glückliche Familie, haben zwei gesunde und begabte Mädchen, und Fritz spielt im Orchester in der ersten Geige. Mit dem, was Luisa nebenbei im Café Engel verdient, könnten sie sich durchaus eine größere Wohnung leisten – aber sie tragen jeden Pfennig, den sie entbehren können, aufs Sparbuch. Es ist Fritz' großer Traum, eines Tages ein Häuschen im Grünen zu besitzen. Irgendwo im Taunus, nicht allzu weit von Wiesbaden entfernt, aber doch zwischen Wiesen und Wäldern sollte das ersehnte Heim liegen. Am Wochenende fahren sie manchmal in den Taunus, um sich Häuser anzuschauen, die zum Verkauf stehen. Aber das angesparte Kapital ist immer noch zu gering – sie müssten einen hohen Kredit aufnehmen, um ein solches Anwesen zu kaufen, und davor schrecken sie beide zurück. Lieber noch ein paar Jahre sparen.

»Wir müssen jetzt gehen, Mama!«

Marion ist eine gewissenhafte Schülerin. Sie ist groß für ihr Alter, hat Luisas dunkles Haar und die dichten Augenbrauen. Ähnlich wie ihr Papa ist sie zurückhaltend, manchmal sogar schüchtern. Seit Ostern geht sie in die zweite Klasse der Volksschule, sie ist sehr eifrig und führt ihre Hefte extrem ordentlich. Wenn sie einen Fehler macht, fängt sie an zu weinen und reißt das Blatt heraus, um von vorne anzufangen. Luisa findet das übertrieben, aber Marion ist in diesem Punkt stur.

Fritz hat noch etwas Zeit, bis die Proben anfangen, er wird Petra später im Café abgeben, wo Luisa heute Dienst hat. Mutter und Tochter müssen Jacken anziehen und den Schirm mitnehmen, denn das schöne Maiwetter ist vorerst vorbei. Kühler Nieselregen weht durch die Gassen, und oben in den grauen Wolken sitzt die Regentrude und schüttet ihre Gießkanne auf die Menschen aus. Die bunt kolorierte Zeichnung von der bösen Regentrude findet sich in einem der Bücher, die Fritz den beiden Mädels früher vorgelesen hat. Petra hat dieses Bild schon unzählige Male mit Buntstiften nachgemalt. Leider nicht nur auf dem Zeichenblock, sondern auch auf Luisas weißem Tischtuch …

Luisa begleitet die ältere Tochter jeden Morgen zur Schule, weil sie sich sorgt, Marion könnte beim Überqueren der Straßen überfahren werden. Am Schultor wartet die kleine, mollige Sina auf die Freundin. Auch sie trägt eine Jacke, und die weiße Schleife, die Swetlana ihr ins dunkle Haar gebunden hat, hängt schief, weil sie nass geworden ist. Die Freundinnen umarmen sich zärtlich, wobei ihnen die steifen ledernen Tornister etwas im Weg sind, dann laufen sie Hand in Hand die Treppe hinauf. Luisa schaut ihnen lächelnd nach. Wie schön, dass sich die beiden so gut verstehen! Sie selbst hatte damals auf dem Gutshof ihres Vaters keine einzige Freundin, und darüber ist sie oft traurig gewesen. Dafür gab es dort Hunde, Katzen, Hühner und Gänse, mit denen sie als Kind vertraut umging. Und natürlich die Pferde! Die Ausritte durch die weite, einsame Landschaft gehören zu ihren schönsten Erinnerungen. Ja, Fritz hat recht. Es wäre für die Mädchen viel schöner, in der freien Natur zu wohnen als in der engen, dunklen Stadtwohnung.

Im Café scheint heute dicke Luft zu sein. Hilde wirbelt in der Küche, Tante Else wischt mit dem Staubwedel über Schrank und Fensterbretter, die doch eigentlich staubfrei sind. Luisa bekommt den Auftrag, ein Scheuertuch vor den Eingang zu legen, damit die Gäste nicht so viel Schmutz hereintragen. Kaum hat sie den Lappen dort deponiert, kommt Hilde aus der Küche und regt sich darüber auf.

»Wie schaut das denn aus? Sind wir ein Café oder ein Kellerloch? Nimm das gleich mal wieder weg, Luisa!«

O weh! Sie wird den Vormittag zwischen zwei Feuern verbringen müssen. Dabei hatte sie gehofft, dass der Streit zwischen Hilde und Tante Else inzwischen beigelegt wäre. Wenn wenigstens Gäste im Café wären, da müssten sich die beiden zusammennehmen, aber vorläufig ist das Café leer. Kein Wunder, bei diesem Wetter. Luisa geht in die Küche, um sich dort die weiße Schürze umzubinden und das winzige Spitzenhäubchen im Haar festzustecken.

»Wenn wir eine Markise hätten, stünden unsere Tische und Stühle jetzt im Trockenen«, bemerkt Hilde so laut, dass Else es drüben im Café hören muss.

»Wenn wir Geld wie Heu hätten, würden wir goldene Stühle anschaffen!«, tönt es zurück.

Hilde schaut Luisa mit einem Blick an, der sagt: *Hast du gehört, was sie für dummes Zeug redet?*

Luisa zuckt hilflos mit den Schultern und eilt davon, um die Blumenvasen auf den Tischen neu zu bestücken. Nach einer Weile erscheint Onkel Heinz, die Zeitung unter dem Arm, den Blick sorgenvoll auf seine Else gerichtet.

»Guten Morgen allerseits ... Was für ein scheußliches Wetter!«, grüßt er mit vorsichtigem Lächeln.

»Ich hab's nicht bestellt!«, ist Elses barsche Antwort.

Luisa beeilt sich, dem Onkel das Frühstück zu servieren. Kaffee, Brötchen, Butter, Marmelade, zwei Scheibchen geräucherten Schinken. Kaum hat sie das Tablett auf dem Tisch abgestellt, da kommt Else aus der Küche und stellt ihrem Eheliebsten einen Teller mit Sahnetorte vor die Nase.

»Nicht schon wieder, Else«, stöhnt der Onkel. »Das ist jetzt der dritte Tag ...«

»Jetzt stell dich doch nicht so an, Heinz. Die Torte muss gegessen werden.«

»Aber nicht von mir. Da rebelliert meine Galle, Else.«

Sie schnaubt verärgert und trägt die Torte wieder in die Küche. Luisa ahnt schon, was jetzt passieren wird.

»Ich pack dir ein paar Stückchen Sahnetorte ein, Luisa. Der Fritz ist doch so dünn, der kann das gut vertragen. Und den Mädels wird es auch schmecken ...«

»Gern, Tante Else ...«

Wenn sie damit den Familienfrieden wieder herstellen kann,

ist es das Opfer wert. Zum Glück betreten jetzt zwei Gäste das Café: Sigmar Kummer vom *Tagblatt* und die Gerda Weiler, die immer die Opernabende rezensiert. Sie tropfen den Fußboden nass, falten ihre Regenschirme zusammen und hängen die feuchten Jacken an den Kleiderhaken.

»Einen wunderschönen guten Morgen!«, ruft ihnen Onkel Heinz entgegen und macht eine einladende Geste in Richtung der beiden freien Stühle an seinem Tisch. Doch die beiden wollen lieber unter sich sein. Sie grüßen ihn freundlich, fragen nach seiner Gesundheit und setzen sich ans Fenster. Luisa serviert zweimal Frühstück mit Schinken und Ei, bekommt zu hören, dass sie heute ganz besonders hübsch aussehen würde und wo denn ihr bezaubernder kleiner Rotschopf sei.

»Mein Mann bringt Petra gleich vorbei ...«

Tatsächlich bewegt sich in diesem Moment die Drehtür. Petra drückt so fest sie kann gegen das Holz, und weil es solchen Spaß macht, sich herumzudrehen, kreist sie gleich zweimal mit der Tür, bevor sie ins Café hineingeht. Dort bleibt sie stehen und ruft laut: »Mama, es regnet wie aus Eimern!«

Sie schafft es, die beiden Journalisten zum Lachen zu bringen, auch Onkel Heinz schmunzelt, nur Tante Else, die die Kuchentheke wienert, bleibt ernst. Petra lässt sich von Luisa beim Ausziehen des nassen Anoraks helfen, dann stürzt sie zu der schmalen Bühne im Hintergrund des Raums und klettert auf den Drehhocker, der vor dem Klavier steht.

»Hast du gefragt, ob du Klavier spielen darfst?«, ruft Luisa ihr nach.

Die Kleine hat den Deckel der Tastatur schon hochgeklappt. Sie wirft das schmale Tuch aus Filz, den Tastenschoner, achtlos auf den Boden und reckt den Hals, um einen Blick auf Tante Else zu werfen.

»Darf ich, Oma Else?«

Tante Else schweigt. Sie ist heute immun gegen den Charme

der Großnichte. Dafür ist Onkel Heinz immer und jederzeit bereit, eine angehende Künstlerin zu unterstützen.

»Spiel nur, mein Kind. Vielleicht nicht ganz so laut …«

Petra wirft die störenden Zöpfe zurück und legt die kleinen Hände auf die Tasten. Sie spielt ein Kinderlied zweistimmig ohne Noten, einfach so aus dem Kopf. Luisa ist immer wieder verblüfft, wie leicht es diesem Mädchen fällt, sich Melodien und Klänge zu merken. Fritz gibt in seiner kargen Freizeit beiden Töchtern Geigenunterricht, aber Petra hat ihre ältere Schwester nach einem knappen Jahr schon weit überflügelt. Seitdem die Kleine das Klavier im Café Engel entdeckt hat, ist sie kaum noch davon zu trennen, und ihr sehnlichster Wunsch ist es, Klavierunterricht zu erhalten. Fritz ist durchaus dafür, er freut sich über die Musikalität seiner Tochter. Aber für ein Klavier ist in der kleinen Wohnung kein Platz, und außerdem ist die Anschaffung eines solchen Instruments sehr teuer. So etwas muss gut überlegt sein.

Addi Dobscher kommt durch den Seiteneingang ins Café, wünscht einen guten Morgen und bleibt stehen, um der jungen Pianistin zuzuhören. Er schaut zerknittert aus, findet Luisa. Ach ja, Addi wird alt. Früher lief er um sechs Uhr in der Früh schon im Haus herum, hat im Keller gewerkelt, die Treppe abgeschmirgelt, das Geländer frisch lackiert oder die Fahrräder der Zwillinge im Schuppen repariert. Seit einigen Monaten schläft er am Morgen länger als Onkel Heinz, der schon immer ein Langschläfer gewesen ist.

»Na, Mädel?«, fragt Addi schmunzelnd in Petras Richtung. »Soll ich dir mal was zeigen?«

Addi ist Petras größter Bewunderer. »Ein Phänomen, dieses Kind«, sagt er häufig. »Eine große Begabung und eine noch größere Persönlichkeit.«

Er steht neben Petra am Klavier und zeigt ihr verschiedene Akkorde, mit denen sie Melodien begleiten kann. Nicht immer schafft sie es, mit den kleinen Fingern alle Töne zu greifen, aber sie versteht, was er meint. Und weil es so spannend ist und sich so großartig anhört, probiert sie auch andere Akkorde aus, solche, die das Ohr weniger liebt, weil sie atonal sind und auf die Nerven gehen. Die beiden Journalisten müssen lauter sprechen, um einander zu verstehen, Sigmar Kummer verzieht das Gesicht und schützt das rechte Ohr mit der Hand. Gerda Weilers Lächeln wird starr.

Hilde kommt aus der Küche und schaut empört zur Bühne hinüber.

»Das geht nicht, Addi!«, ruft sie. »Hört auf damit!«

»Schluss jetzt, Petra«, ruft Else fast gleichzeitig. »Das stört ja unsere Gäste!«

Else und Hilde schauen sich an. Es gefällt beiden nicht, dass sie plötzlich einer Meinung sind, deshalb verschwindet Hilde wieder in der Küche und überlässt Else das Feld. Luisa geht rasch zum Klavier, und weil die maulende Tochter nicht gehorchen will, zieht sie ihr energisch die Hände von den Tasten weg und klappt den Deckel herunter.

»Ich will aber nicht aufhören!«, heult Petra. »Ich will Klavier spielen!«

»Du setzt dich jetzt dort an den Tisch und malst ein Bild!«, befiehlt Luisa, der dieser Auftritt schrecklich peinlich ist.

»Neiiiin!«

»Sonst gehen wir sofort nach Hause!«

Petra krallt sich mit beiden Händen am Klavierhocker fest, ihr Gesicht rot und verzerrt, sie hat einen regelrechten Trotzanfall. Addi steht hilflos neben dem tobenden Kind, und die beiden Journalisten schauen peinlich berührt zur Seite, als Luisa ihre Tochter jetzt vom Klavierhocker herunterzerrt und in die Küche bringt. Dort heult Petra weiter, dass man es bis auf die Wilhelmstraße hinaus hört.

Hilde, die gerade einen Kuchenteig anrührt, schaut kurz auf

das wütend plärrende Mädel, dann wischt sie sich die Hände an einem Küchentuch ab und öffnet die Tür zum Hof.

»Geh raus und heul dich aus«, sagt sie seelenruhig. »Wenn du fertig bist, kommst du wieder rein. Verstanden?«

Wenn Hilde so etwas sagt, ist klar, dass sie es ernst meint. Petra hat Respekt vor ihrer energischen Tante. Sie will überhaupt nicht allein im Hof herumstehen, doch sie traut sich auch nicht, Hilde zu widersprechen. Und dann ist die Küchentür zu und im Hof flattern die Spatzen aufgeregt in die Höhe, weil Petras Erscheinen sie erschreckt hat. Luisa horcht bang an der Küchentür, doch im Hof ist jetzt alles ruhig.

Hilde rührt weiter ihren Kuchenteig, schlägt ihn mit dem Rührlöffel, hebt Eierschnee darunter. Sie schweigt. Schuldbewusst geht Luisa zurück ins Café, wo Addi kopfschüttelnd den Tastenschoner an seinen Platz zurücklegt.

»Ich versteh euch nicht!«, sagt er ärgerlich und geht hinaus.

Sigmar Kummer und Gerda Weiler wollen bezahlen. Draußen hat es aufgehört zu regnen, manchmal erhellt ein Sonnenstrahl die Wilhelmstraße, die Scheiben der vorüberfahrenden Autos blitzen dann im Licht.

Luisa ist fertig mit den Nerven. Solch einen Auftritt hat es mit Petra noch nie gegeben, aber das Mädchen ist starrsinnig, auch zu Hause gibt es oft Widerworte. Nur bei ihrem Papa ist Petra brav und gehorsam. Wenn es so weitergeht, kann sie das Kind nicht mehr mit ins Café nehmen. Dann weiß sie nicht, wie sie hier weiter Dienst tun soll …

»So geht das nicht, Luisa«, sagt Tante Else prompt, als das Café wieder leer ist. »Wenn sich meine Hilde damals so benommen hätte, dann hätte sie sich eine ordentliche Tracht Prügel eingefangen.«

Onkel Heinz runzelt die Stirn, aber er schweigt. Auch Luisa sagt nichts. Es widerstrebt ihr, die Töchter zu schlagen. Höchstens mal eine Ohrfeige – mehr aber auch nicht.

»Dieser Trotz muss gebrochen werden«, fährt Tante Else fort. »Sonst tanzt sie dir auf der Nase herum.«

Dann muss sie still sein, weil neue Gäste kommen. Es sind drei junge Musiker, die gerade erst ins Orchester aufgenommen wurden; sie haben vermutlich eine Probenpause. Sie begrüßen Heinz Koch mit freundlichem Kopfnicken und setzen sich an einen Fenstertisch. Luisa notiert dreimal Kaffee, zwei Ananastörtchen und einmal Brötchen mit Schinken und Gurke. Na bitte, schon fünf Gäste heute Vormittag, und das Wetter hat sich auch gebessert. Die Sonne lässt die Pfützen auf dem Trottoir vor dem Café bunte Funken sprühen; in einer halben Stunde kann sie draußen Tische und Stühle aufstellen.

In der Küche ist Hilde mit der Bestellung beschäftigt, Petra darf ihr zur Hand gehen. Sie hat sich in ein folgsames Kind verwandelt, stellt vorsichtig die Kaffeetassen aufs Tablett und legt drei kleine Löffel, zwei Kuchengabeln und ein Essbesteck dazu. Hilde schickt Luisa einen amüsierten Blick und räumt Schinken und Essiggurken aus dem Kühlschrank. Als Luisa das Tablett zu den Musikern hinüber trägt, geht die Tochter mit Zeichenblock und Stiften hinter ihr her und setzt sich still an den Tisch neben der Kuchentheke. Luisa ist erleichtert, sie tut jedoch, als hätte sie die Tochter gar nicht bemerkt. Jetzt gleich ein Lob auszusprechen wäre zu früh. Stattdessen setzt sie sich zu Onkel Heinz und Tante Else, die sich jetzt auch ein Ananastörtchen gönnen. Sehr begeistert sind sie nicht von dem neuen Backwerk. Onkel Heinz hat Mühe, die Ananasscheibe mit der Gabel zu zerteilen; Else schüttelt den Kopf und murmelt: »Viel zu süß!«

Derweil schmausen die drei Musiker vergnügt und reden unbefangen über Interna. Erst stöhnen sie über die »Macke« des Intendanten, immer nur Wagneropern zur Aufführung zu bringen, dann lästern sie über den Dirigenten.

»Der Kaufmann kann doch kein Orchester führen. In der zweiten Geige fiedeln die sich einen solchen Mist zusammen …«

Onkel Heinz hat sein Törtchen bewältigt und spült die letzten Krümel mit der dritten Tasse Kaffee herunter. Tante Else trinkt einen Kamillentee. Zu viel Kaffee und dazu der Ärger – das tut ihrem Magen nicht gut. Die Musiker bestellen drei Bier, und als Luisa ihnen das Gewünschte bringt, stellt sie fest, dass die Lästermäuler inzwischen bei ihren lieben Kollegen angekommen sind.

»Der Bartosch mit seiner roten Nase«, regt sich einer auf. »Haste gesehen, dass der immer eine Bierflasche neben sich stehen hat?«

»Wer gut schmeert, der gut fährt …«, witzelt der andere.

»Gibt überhaupt 'ne Menge Tattergreise im Orchester. Die hocken die Zeit bis zur Pensionierung ab, aber musikalisch kommt da nix mehr.«

»Zum Wohlsein«, sagt Luisa dazwischen, wobei sie das Bier meint. Die Musiker nicken nur und schwatzen weiter.

»Der Kleine da in der zweiten Geige, der mit dem einen Auge … Dass so einer überhaupt noch mitgeschleift wird …«

»Ach, den Bogner Fritz meinst du … Der ist doch ein netter Kerl … Hat mir am Anfang viel geholfen …«

»Na schön, na schön … Aber der sieht doch fast nix mehr … Kriegsverletzung … hat früher mal in der ersten Geige gespielt, aber das ging dann nicht mehr …«

»Stimmt … den sollten sie wirklich mal aussortieren. Der bringt doch nix. Kann höchstens noch im Kurorchester spielen …«

Luisa hat atemlos zugehört; auch Tante Else und Onkel Heinz haben das Gespräch mitbekommen. Kann das wahr sein? Fritz spielt nicht mehr in der ersten, sondern in der zweiten Geige? Sie wagt nicht, aufzusehen, aus Angst vor den entsetzten Blicken von Onkel und Tante. Ja natürlich, sie hat längst bemerkt, dass ihr Fritz schlechter sieht als früher. Aber dass es so schlimm um ihn steht, hätte sie sich nicht träumen lassen …

Plötzlich unterbricht eine laute, zornige Kinderstimme das Gespräch der drei jungen Männer. »Das dürft ihr nicht!«, ruft Petra und springt vom Stuhl auf, wobei ihr Zeichenblock und die Stifte vom Tisch fallen.

Verblüfft drehen sich die drei Musiker zu dem Kind um.

»Was hast du gesagt, Kleine?«, fragt einer amüsiert.

Petra weicht nicht von der Stelle. Sie ist so zornig, dass sie beinahe weint.

»Ihr dürft nicht so über meinen Papa reden!«, sagt sie. »Mein Papa spielt besser Geige als ihr alle zusammen. So!«

Herausfordernd schaut sie die Männer an, die so gemein von ihrem geliebten Papa geredet haben.

»Wie?«, sagt einer der drei, und er ist tatsächlich betroffen. »Bist du etwa … die Tochter von dem Bogner Fritz?«

Petra ist so aufgeregt, dass sie kein Wort mehr herausbringt. Aber sie nickt. Sogar dreimal hintereinander.

»Na so was«, murmelt der Sprecher und schaut seine Kameraden betreten an.

»Das tut uns natürlich leid«, äußert ein anderer. »Wir wollten deinen Papa nicht beleidigen.«

Die Kleine schweigt. Sie steht immer noch da und starrt vorwurfsvoll auf die drei Musiker.

»Tja«, meint einer verlegen. »Wir müssen dann rüber zur Probe. Hallo, Fräulein, wir würden gern zahlen.«

Sie haben es ungemein eilig, das Café zu verlassen, und wollen nicht einmal das Wechselgeld haben. Hastig ziehen sie ihre Jacken an und drängeln an der Drehtür, um so schnell wie möglich hinaus auf die Straße zu gelangen.

»Ich glaub's nicht«, sagt Tante Else empört. »Diese Göre treibt uns noch die letzten Gäste aus dem Café!«

Luisa hört nicht auf sie. Sie läuft zu ihrer weinenden Tochter, um sie in die Arme zu nehmen und zu trösten.

»Natürlich haben sie gelogen«, flüstert sie ihr zärtlich ins Ohr.

»Papa ist der beste Geiger im ganzen Orchester, mein Schatz. Das weißt du doch …«

Das Kind schluchzt so heftig, dass sein ganzer Körper zittert.

»Nein, Else«, sagt drüben am Tisch Onkel Heinz. »Ich bin nicht deiner Meinung. Das Kind hatte recht. Es ist bewundernswert, wie mutig sie ihren Vater verteidigt hat. Wirklich großartig.«

MISCHA

Er hat eine Weile vor sich hingedöst, unschlüssig, ob er sich noch mal im Bett herumdreht oder sich entschließt, aufzustehen und ins Bad zu gehen. Schließlich erhebt er sich träge, weil er dringend pinkeln muss, steigt über seine Kleider hinweg, die er gestern Abend nachlässig auf dem Fußboden verteilt hat, und geht durch den Flur hinüber zum Badezimmer. Das Bad hier in der Villa ist grandios; sein Adoptivvater hat es neu ausbauen lassen, bevor sie eingezogen sind. Zartgelbe Kacheln, schwarz abgesetzt, eine Badewanne, zwei Waschbecken, und was das Beste ist: eine Dusche. Genauso eine, wie sie die Amis haben. Man zieht einen Vorhang um sich herum, schaltet die Brause ein und lässt das warme Wasser auf sich herunterprasseln. Einfach irre!

Als er sich abtrocknet, ist alle Müdigkeit verflogen. Die Uhr, die August über die Tür gehängt hat, zeigt halb eins. Mist, schon so spät! Um eins kommt August aus seiner Kanzlei in die Villa, um dort mit ihnen zu Mittag zu essen, danach ruht er sich etwas aus, und gegen halb drei steigt er wieder in sein Auto. Jeden Tag geht das so, auch am Samstag. Sein Adoptivvater ist ein Arbeitstier und einer, nach dem man die Uhr stellen kann. Am Sonntag machen sie oft Ausflüge, dann sitzt Mischa hinten im Auto und langweilt sich. Meistens muss er mit den Eltern irgendwelche Kirchen oder Museen anschauen, oder – was noch schlimmer ist – sie machen eine Wanderung.

Er schaut kritisch in den Wandspiegel über seinem Waschbecken und stellt fest, dass die wenigen schwarzen Barthaare am Kinn schon wieder gewachsen sind. Was für ein Elend. Wenn er wenigstens einen anständigen Bartwuchs hätte, aber das da ist einfach nur lachhaft. Außerdem hat er einen roten Pickel auf der Oberlippe. Der ist noch nicht reif, wahrscheinlich kann er ihn erst morgen ausdrücken, bis dahin wird er noch dicker anschwellen. Bäh! Er benutzt Augusts Rasierzeug, kämmt seine Haare und drückt sie mit den Fingern in Form. Nachher muss er Gel reinschmieren, damit die Tolle hält. Mit seinen Haaren ist er sehr zufrieden, seine Naturwelle legt sich so, wie er es will. Auch die Muskeln an den Oberarmen sind inzwischen gut entwickelt. Das ist von selbst gekommen, er hat nie mit Hanteln oder Expander trainiert, wie es einige seiner Kameraden tun. Er hat es von seinem Vater geerbt. Von seinem richtigen Vater. Den er niemals kennengelernt hat.

Als er nackt über den Flur in sein Zimmer läuft, kann er es riechen: Mama kocht schon wieder russisch. Er hasst diese Teigtaschen, die sie so liebevoll herstellt und mit allem Möglichen füllt. Die Dinger sind schrecklich fett, und außerdem mag er das Fleisch lieber so, ohne das klebrige Gebrösel drum herum. Ein ordentliches Kotelett oder ein leckerer Schweinebraten! Aber so was macht sie nur am Sonntag.

In seinem Zimmer ist eine ziemliche Unordnung. Er muss die Schallplatten und das andere Zeug noch vom Boden aufsammeln und auf die Couch werfen, weil morgen die Putzfrau kommt und den Teppich saugt. Er wohnt seit einem Jahr in einem Raum, der so groß ist wie die ganze Zweizimmerwohnung im Bergkirchenviertel, wo er früher mit seiner Mutter gelebt hat. Wahrscheinlich sogar größer. Außer Bett, Kleiderschrank und Schreibtisch besitzt er eine Sitzgruppe mit Nierentisch, Couch und zwei Sesseln, und an den Wänden stehen Bücherregale. Wobei er die meisten Bücher, die August ihm hineinstellt hat, gar nicht gelesen hat. Mischa ist keiner, der den Kopf freiwillig in ein Buch steckt, das überlässt er seiner kleinen Schwester Sina. Er selbst ist heilfroh, dass er die Schule hinter sich gebracht hat, er will hinaus ins Leben, sich den Wind der Freiheit um die Nase wehen lassen, etwas erleben. Der Schreibtisch ist der einzige Ort in seinem Zimmer, der perfekt aufgeräumt ist. Weil Mischa dort schon seit Monaten nicht mehr gesessen hat.

Er zieht eine von seinen Bluejeans an, zu denen August immer »Nietenhosen« sagt, dazu ein weißes Hemd und eine graue, ärmellose Strickweste. Über die Bluejeans regen sich die alten Leute gern auf, weil sie nicht weit geschnitten sind wie die üblichen Herrenhosen, sondern eng am Körper anliegen.

Um eins erscheint er im Esszimmer und setzt sich zu August und Sina an den Tisch. Mama kommt aus der Küche mit einer Schüssel voller Blini. Er kann sehen, wie froh sie ist, dass er heute pünktlich ist. Gestern hat es ein Riesentheater gegeben, weil er ein paar Minuten zu spät gekommen ist. Eine Viertelstunde, höchstens.

»Ausgeschlafen?«, fragt sein Adoptivvater August, ohne ihn dabei anzusehen.

Mama hat ihm also erzählt, dass er gestern wieder spät heimgekommen und deshalb erst jetzt aufgestanden ist.

»Es geht …«, murmelt er und greift nach der Karaffe. »Möchtest du Apfelsaft?«

August weiß, dass es ein Ablenkungsmanöver ist, aber er hält ihm trotzdem sein Glas hin. Mischa gießt auch Mama und Sina ein, dann tröpfelt er etwas in sein eigenes Glas. Er mag keinen Apfelsaft.

Mama teilt die Blini aus, es gibt Gemüse dazu und Salat. Während sie essen, erzählt Mama, was der Gemüsehändler auf dem Markt zu ihr gesagt hat, dass die Nachbarin sich hochnäsig benimmt und ihr nicht einmal »Guten Tag« wünscht und dass Fritz Bogner wohl blind wird und nicht mehr im Orchester spielen kann. Die letzte Nachricht erschreckt Mischa: Er mag Fritz und Luisa gern. Früher hat Fritz ihm Geigenunterricht gegeben, aber jetzt übt Mischa schon lange nicht mehr. Die Geige, die Mama ihm damals gekauft hat, spielt jetzt Marion, das ist die ältere Tochter von Fritz und Luisa und die einzige und beste Freundin seiner Schwester Sina.

»Wie war's heute in der Schule, Sina?«, fragt August seine Tochter.

Sina kaut umständlich zu Ende und schnieft. Ihre Nase ist aus irgendeinem Grund immer verstopft.

»Es war sehr schön, Papa«, antwortet sie sehr ernsthaft mit hoher Kinderstimme. »Wir haben ein Diktat geschrieben, und dann haben wir über den Kochbrunnen und die heißen Quellen gesprochen. Wiesbaden hat viele warme Quellen, deshalb kommen die kranken Menschen zu uns. Sie baden im Wasser und trinken es auch. Davon werden sie gesund.«

Sina wird ganz bestimmt mal Lehrerin. Weil sie jetzt schon lange Vorträge hält und sich wie eine Erwachsene ausdrückt. Sie ist die beste in ihrer Klasse, nur im Turnen ist sie schlecht. Nächstes Jahr soll sie vielleicht eine Klasse überspringen. Auch jetzt bekommt sie ein fettes Lob von August, und man kann sehen, wie sehr sie sich darüber freut, weil sie ganz rot im Gesicht wird. Hübsch ist seine Schwester überhaupt nicht. Sie hat ein rundes Gesicht und eine dicke Nase, ihre Stirn ist niedrig, das Haar glatt gekämmt und zu zwei festen Zöpfen geflochten. Meistens bindet Mama dem armen Ding noch eine alberne weiße Schleife auf den Kopf – die schaut aus wie ein übergroßer Schmetterling.

Als sie beim Nachtisch sind und er schon hofft, noch einmal davongekommen zu sein, sagt August zu ihm: »Wir gehen nach dem Essen miteinander ins Arbeitszimmer, Michael!«

Mama macht wieder ihr sorgenvolles Gesicht, auch Sina schaut ihn mitleidig an – das hat ihm gerade noch gefehlt. Vor allem Mama geht ihm auf die Nerven mit ihrem ständigen Jammern, er müsse doch endlich vernünftig werden und einen Beruf lernen. Ein guter Mensch werden. Was sie damit meint, hat er nie verstanden. Irgend so ein Quatsch, den sie aus Russland mitgebracht hat. Niemand kann »ein guter Mensch« werden. Entweder man ist es, oder man ist es nicht. Er, Mischa, ist es nicht.

August steht jetzt auf und dankt Mama für das gute Essen. Das tut er jeden Tag, und Mama sagt immer: »Ach, es ist mir heute gar nicht recht gelungen, eigentlich wollte ich …«

August schüttelt nachsichtig den Kopf. »Sei so lieb und bring mir den Kaffee hinüber, Swetlana …«, bittet er sie lächelnd und gibt ihr einen Kuss auf die Wange.

Die beiden turteln und schmusen immer noch, obgleich sie schon so lange verheiratet sind. Mischa findet das peinlich. Liebe ist doch etwas für junge Leute, aber August wird nächstes Jahr schon vierzig und Mama ist sechsunddreißig. Früher war sie mal schlank und sehr hübsch, aber jetzt ist sie dicker geworden und schaut aus … na ja, wie eine Ehefrau. Mit einer Dauerwelle im kurz geschnittenen Haar und einer bunten Schürze vor dem Kleid, wenn sie in der Küche arbeitet. Sie kocht jeden Tag. Wenn sie im Café Engel bedient, wärmt sie das Essen auf, das sie extra am Abend vorher gekocht hat.

Er hat gerade noch Zeit, die zweite Portion Vanillepudding mit Himbeersoße zu verschlingen, dann muss er August ins Arbeitszimmer folgen. Dort soll er sich vor dem großen Schreibtisch auf einen gedrechselten Stuhl setzen, und August nimmt auf der anderen Seite des Tisches Platz. In seinem bequemen, ledergeposterten Drehstuhl.

»Reden wir nicht lange herum, Michael«, sagt er und rückt seine Brille zurecht. »Ich glaube, dass du selbst nicht glücklich darüber bist, wie du momentan deine Zeit verplemperst, oder?«

Das muss Mischa zugeben. Er hat ja auch vor, etwas Vernünftiges mit seinem Leben anzufangen. Später mal … Irgendwann …

»Willst du nicht eines Tages auf eigenen Füßen stehen? Eine eigene Wohnung, eine gute Arbeitsstelle, ein Auto …«

Letzteres will er auf jeden Fall. Aber leider ist er noch zu jung für den Führerschein. Eine Vespa – das wär's. Hellblau, mit Ersatzrad und Sattel.

»Sicher …«, murmelt er.

»Dann wäre jetzt die Zeit, sich eine solche Zukunft aufzubauen«, sagt August. »Deine Alterskameraden sind dir schon um zwei Lehrjahre voraus, Michael. Aber du kannst es trotzdem noch schaffen, wenn du dich dieses Mal anstrengst …«

Die alte Leier! Warum muss er eine Lehre machen? Es gibt doch tausend andere Möglichkeiten, Geld zu verdienen. Er hat noch die Nase voll von Dyckerhoff, wo er den lieben langen Tag in einer staubigen Halle gestanden hat. Und bei Henckel musste er Flaschen spülen. Was soll einer wohl dabei lernen? Will er vielleicht Spülfrau werden?

»Ich habe mit Julia Wemhöner gesprochen«, fährt August fort und schaut ihn dabei eindringlich über den Rand seiner Brille hinweg an. »Du weißt, wen ich meine, nicht wahr?«

Klar weiß er das. Die Wemhöner hat früher mal bei den Kochs im Haus gewohnt, die haben sie im Krieg versteckt, weil sie Jüdin ist und Hitler sie sonst verbrannt hätte oder so ähnlich. Inzwischen hat sie drei Geschäfte in Wiesbaden und ist richtig reich geworden. Wilhelm Koch, Augusts Bruder, hat was mit ihr. Immer wenn er in Wiesbaden ist, besucht er sie. Mischa mag Wilhelm gern. Er ist ganz anders als August. Nicht so ordentlich und kein bisschen langweilig. Wilhelm Koch ist Schauspieler, momentan spielt er in Hamburg an einem Theater, aber er macht auch Kabarett. Einmal hat er im Café Engel einen Abend gegeben, da war Mischa hin und weg und wollte unbedingt auch Schauspieler werden. Aber Wilhelm hat gesagt, dass man als Schauspieler wenig Geld verdient, und da hat Mischa beschlossen, lieber einen anderen Beruf zu ergreifen.

»Aber … aber die Frau Wemhöner verkauft doch Kleider für Frauen«, wendet er skeptisch ein.

»Sie hat auch ein Geschäft für Herrenmode. In der Langgasse. Dort würde sie dich als Lehrling einstellen. Ihr Geschäftsführer, Herr Alberti, möchte dich zuvor kennenlernen und mit dir einige Details besprechen …«

So ein Mist – jetzt ruiniert er ihm den Nachmittag, den er eigentlich mit seinen Freunden in den Reisinger Anlagen verbringen wollte. Um fünfzehn Uhr pünktlich soll er sich in dem Laden vorstellen, Frau Wemhöner wird zu dieser Zeit ebenfalls anwesend sein.

»Kriege ich eine Vespa, wenn ich die Lehrstelle antrete? Es ist doch ziemlich weit bis zur Langgasse …«

Hat August eben gelacht? Ein kurzes Zucken läuft über sein Gesicht und ist gleich wieder verschwunden.

»Du kannst mit dem Rad fahren, Michael. Wenn deine Mutter im Café aushilft, nimmt sie dich im Auto mit …«

Mama kommt herein und bringt August eine Tasse Kaffee mit Milch und Zucker. Sie hat zwei Kekse auf die Untertasse gelegt und stellt sie vor August auf den Schreibtisch.

»Seid ihr beiden euch einig geworden?«, fragt sie und lächelt Mischa hoffnungsvoll an.

Er schaut verlegen zur Seite. Es gefällt ihm nicht, dass er Mamas Hoffnungen nie erfüllen wird. Aber es geht eben nicht. Etwas treibt ihn um. Lässt nicht zu, dass er ein braver, fleißiger Lehrling wird. Auch kein guter Mensch. Er wird auch von dieser Lehrstelle weglaufen. Vielleicht tritt er sie gar nicht erst an.

»Geht so …«, sagt er auf ihre Frage hin. Und damit er hier endlich rauskommt, fügt er hinzu: »Ich geh mich dann mal umziehen.«

»Zieh dir etwas Anständiges an, Mischa«, ruft sie ihm nach. »Keine Bluejeans mit Lederjacke bitte. Den grauen Anzug und ein frisches Hemd …«

Auch das noch. Klar, in einem Laden für Herrenmode muss er piekfein daherkommen, geschniegelt und gebügelt mit Krawatte und blank geputzten Schuhen. Nee, daraus wird nichts. Diesem Herrn Alberti wird er gleich mal vorführen, dass er mit dem Lehrling Michael Koch nichts als Ärger hätte und dass es besser ist, ihn gar nicht erst einzustellen.

Er zieht trotzdem den Anzug an, aber keine Krawatte. Die Schuhe hat Mama natürlich geputzt, dagegen kann er nichts tun. Außerdem muss sie irgendwann in der Nacht in seinem Zimmer gewesen sein, denn die Schachtel Zigaretten, die er in der Jackentasche hatte, ist samt den Streichhölzern verschwunden. Aber er hat ja noch Geld; gestern hat er ihr zehn Mark abgebettelt.

An der Haustür erwischt sie ihn gerade noch und ruft ihn zurück.

»Lass dich anschauen, Mischa. Mach den Knopf vom Hemd zu. So ist besser. Und sei höflich, ich bitte dich. Und bescheiden. Es ist sehr freundlich von Frau Wemhöner, dass sie dich einstellen will.«

Er muss warten, bis sie seinen Hemdkragen gerichtet und die Hosen noch einmal abgeklopft hat, weil ein Fussel daran hing.

»Willst du nicht besser warten, du kannst doch nachher mit August in die Stadt hinunterfahren.«

»Nee, Mama, ich nehme das Fahrrad. August hat gerade eben gesagt, dass ich mit dem Rad fahren soll.«

Endlich lässt sie ihn gehen. Er tritt ordentlich in die Pedale, spürt den Luftzug und genießt die schnelle Fahrt. An der Ecke Rheinstraße/Wilhelmstraße hält er vor »Zigarren Engel«, stellt das Rad in den Fahrradständer und betritt den Laden. Frau Engel mustert ihn mit leichtem Erstaunen, weil er heute so »anständig« gekleidet daherkommt. Sein Freund Gerd, der neulich mit ihm im Kurhausbrunnen gebadet hat, steht hinten und muss weiße Preisschildchen an die neuen Zigarrenschneider binden, eine ziemliche Fummelei. Er gönnt es ihm. Gerd und Jochen haben sich rechtzeitig davongemacht; nur ihn, Mischa, hat die Polizei erwischt.

»Eine Schachtel Lux Filter und Streichhölzer. Für meinen Vater«, ordert er.

Sie gibt ihm die Zigaretten, ohne nachzufragen, obgleich August noch nie hier im Laden aufgetaucht ist. Weil er gar nicht raucht. Aber Gerd hat ihr erzählt, dass Mischas Vater Raucher ist. Heute ist sein Freund schweigsam, auf Mischas Gruß nickt er nur und hebt schnell ein Preisschild vom Boden auf, das ihm aus den Fingern gerutscht ist. Hat wohl Ärger gegeben.

Es bleibt ihm noch eine Stunde Zeit, und er beschließt, zu den Reisinger-Anlagen zu fahren und sich in die Sonne zu legen. Pech, wenn der Anzug von der Wiese grüne Flecke bekommt, er will sowieso keinen guten Eindruck machen. Leider ist keiner seiner Freunde da, nur ein paar Schüler und eine Gruppe Mädchen, die interessiert nach ihm schauen, als er sein Rad abstellt. Zwei oder drei der Mädels gefallen ihm, aber er hat jetzt keine Lust, sie anzusprechen, vor allem, weil er sich in diesem Anzug lächerlich vorkommt. Ein andermal. Er sucht sich eine Stelle dicht am Wasserbecken, schaut nach, ob vielleicht Ameisen im Gras herumlaufen, und als er keine finden kann, setzt er sich hin. Zieht die Schachtel »Lux Filter« aus der Tasche und zündet sich eine Zigarette an. Er hat das Rauchen vor drei Jahren angefangen, da ging er noch zur Schule. Inzwischen braucht er zwei Schachteln die Woche, die kauft er von dem Taschengeld, das seine Mutter ihm heimlich zuschiebt. August will nicht, dass sie ihm Geld gibt, aber sie tut es trotzdem. Weil doch immer mal etwas passieren kann, wenn er unterwegs ist, und dann ist es besser, wenn er ein paar Mark in der Tasche hat.

Mischa raucht genüsslich, legt sich auf den Rücken und blinzelt in den hellen Frühlingshimmel hinein. Das Leben kann so schön sein. Warum bleibt er hier in dieser langweiligen Stadt? Warum packt er nicht sein Bündel und fährt über den großen Teich nach Amerika? Da kann einer wie er sein Glück machen. Wilhelm hat ihm von Hollywood erzählt und dass er wahnsinnig gern einmal dort filmen würde. New Orleans, wo der Jazz herkommt – das muss eine irre Stadt sein. New York sowieso. Und dann der Wilde Westen, wo ein Mann sich bewähren kann … Aber irgendwie schafft er es nicht, einfach abzuhauen. Nicht, dass er keinen Mut hätte – aber er mag es seiner Mutter nicht antun. Eigentlich will er auch dem braven, langweiligen August keinen Ärger machen. Er mag ihn – irgendwie. Aber das, was sie von ihm erwarten, das kann er einfach nicht. Er ist kein braver Junge, er ist ein Verlorener, ein Nichtsnutz. Er lügt, er trinkt Bier und Wodka, er raucht, ist faul und schläft bis zum Mittag. Er ist eben kein Anpasser, kein Dutzendmensch. Er ist derjenige, der immer querschießt. Jawohl, das ist er. Und es gefällt ihm so.

Jedenfalls meistens.

Auf der anderen Seite des Wasserbeckens laufen zwei Polizisten vorbei und schauen zu ihm hinüber. Er macht rasch die Zigarette aus, steht auf und klopft die Grashalme von seinen Hosen. Bloß nicht schon wieder Schwierigkeiten mit der Polizei kriegen – er hat noch von neulich die Nase voll. Und außerdem ist es Zeit, sich auf den Weg zu machen. Er steigt auf sein Rad und fährt ohne Eile durch die Bahnhofstraße über die Rheinstraße in die Kirchgasse hinein, die weiter hinten zur Langgasse wird. Er muss aufpassen, weil hier höllisch viel Verkehr ist und zwischen den Autos, die am Straßenrand parken, oft Fußgänger auftauchen, die ohne nach rechts oder links zu schauen über die Straße gehen.

Das Geschäft, von dem August gesprochen hat, liegt ziemlich am Ende der Langgasse, fast schon am Kranzplatz. Es ist ein kleiner, aber teurer Laden, das sieht man schon an den Auslagen in den beiden Schaufenstern. Englische Mode für Gentlemen.

Die Schaufensterpuppe hat graumelierte Schläfen und einen Schnurrbart, sie trägt karierte Knickerbocker, dazu eine Jacke aus leichtem, aber edlem Sommerstoff. Lederne Handschuhe, drei Brieftaschen und ein Gürtel sind auf grünem Samt vor dem Knickerbockerträger dekoriert, im zweiten Schaufenster steht ein Paar Lederstiefel, die sind so teuer, dass man dafür eine Vespa kaufen könnte.

Die Kunden müssen Geld wie Heu haben. Er überlegt ernsthaft, ob er überhaupt hineingehen soll, aber weil er nun schon einmal da ist, steigt er die beiden Stufen hinauf und öffnet die Ladentür. Angenehme Stille empfängt ihn. Es gibt keine Ladenglocke wie beim Gemüsehändler, die gut betuchten Kunden treten geräuschlos ein, man widmet sich ihnen ohne Aufforderung. Ein junger Angestellter im graugestreiften Anzug eilt mit erwartungsvollem Lächeln aus dem Hintergrund des Geschäfts. Als er den Eintretenden erblickt, erstirbt sein Lächeln: Trotz der »anständigen« Kleidung unterscheidet Mischa sich doch sehr von dem gewohnten Kundenkreis.

»Womit kann ich Ihnen helfen?«

Mischa denkt, dass der Kerl höchstens zwei oder drei Jahre älter ist als er selbst. Aber er schaut aus wie eine Schneiderpuppe.

»Ich bin mit Frau Wemhöner und Herrn Alberti verabredet«, sagt er großspurig.

Der Angestellte verschwindet hinter einem Vorhang, gleich darauf streckt er den Kopf wieder heraus und sagt in nachlässigem Ton: »Du kannst hier durchgehen. Und pass auf, dass du nichts umwirfst.«

Da ist schon der Erste, der mich hier herumkommandieren wird, denkt Mischa und hat große Lust, sich umzudrehen und davonzulaufen. Aber er ist neugierig, was wohl hinter dem Vorhang nicht umfallen darf, deshalb geht er um den Verkaufstisch herum und taucht ins Innere des Geschäfts ein. Dort finden sich eine Menge Schachteln und mehrere Stapel mit Hemden und

Westen, die der Angestellte vermutlich in die Fächer an den Wänden einsortieren muss. Es geht durch ein weiteres Zimmer, in dem Stoffballen in breiten Regalen lagern, dann steht er vor einer weißen Schiebetür mit geriffelten Glaseinsätzen. Er klopft höflich an.

»Ja, bitte?«, sagt eine männliche Stimme.

Es klingt seltsam aufgesetzt. Wie im Theater. Dieser Alberti scheint ein komischer Vogel zu sein. Als er die Türen auseinanderschiebt, sitzt ein dunkelhaariger Mensch in Hemdsärmeln und schwarzer Weste an einem Schreibtisch und schaut ihn mit schmal zusammengekniffenen Augen prüfend an.

»Michael Koch, nehme ich an?«

»Ja … einen schönen guten Tag …«

»Setz dich dort auf den Stuhl …«

Er erfährt, dass Frau Wemhöner später kommen wird, weil sie aufgehalten wurde. Alberti trägt das Haar glatt zurückgekämmt, vermutlich schmiert er irgendetwas hinein, denn es glänzt und klebt fest an seinem Kopf. Seine Ohrmuscheln sind spitz und geben ihm etwas Diabolisches. Es ist schwer zu erraten, wie alt er ist, er könnte zwanzig oder auch fünfzig sein.

»Hast du schon einmal mit Herrenmode zu tun gehabt?«, will er von ihm wissen.

»Nein.«

»Gefällt dir, was du in unserem Geschäft gesehen hast?«

»Nein.«

Herr Alberti starrt ihn irritiert an.

»Warum möchtest du dann bei uns eine Lehre machen?«

Mischa öffnet den Mund, um ihm zu sagen, dass er nur hier ist, weil sein Adoptivvater ihn hergeschickt hat, aber da tut sich plötzlich hinter ihm die Schiebetür auf, und er dreht sich um.

»Du bist ja schon da, Mischa«, sagt Julia Wemhöner und lächelt ihn an.

Er bringt kein Wort heraus. Natürlich kennt er Julia Wemhöner, er hat sie schon ein paarmal im Café gesehen. Aber jetzt, da sie ihm gegenübersteht, ist sie unfassbar … beeindruckend.

»Ich glaube, vorn ist Kundschaft«, sagt sie zu Alberti. »Herr Karlstadt hat einen Termin für den Blazer …«

Was für eine Frau! Ein Kopfnicken, und der geschniegelte Alberti stürzt davon, während Julia Wemhöner gelassen ihre Handtasche auf den Schreibtisch stellt und die hautengen schwarzen Handschuhe abstreift.

Sie ist doch älter als Mama!, denkt er. Aber sie ist trotzdem wahnsinnig … schön. Und wie sie angezogen ist! Schlank ist sie, das Haar kupferrot …

Sie nimmt nicht etwa auf Albertis Stuhl Platz, sondern sie geht um den Schreibtisch herum und setzt sich auf eine Ecke. Rückt sich ein wenig zurecht und mustert Mischa von oben herunter. Ihr Blick ist neugierig und sehr freundlich, wenn auch ein wenig amüsiert.

»Da bist du nun also gekommen, Mischa«, sagt sie. »Ich darf doch noch Du zu dir sagen?«

Er nickt und merkt, dass er rot wird.

»Stimmt es, dass du eine Lehre in meinem Geschäft machen willst?«

Was für eine Frage. Er muss sich erst einmal räuspern, bevor er sprechen kann.

»Eigentlich …«, sagt er, und sein Hals ist immer noch rau. »… also eigentlich nicht …«

Ihr Lächeln ist warm. Sie macht ein Gesicht, als hätte sie es schon längst gewusst.

»Ich verstehe …«, sagt sie. »Dann solltest du hier auch nicht anfangen, weil es dir keine Freude machen wird.«

Er ist wie vor den Kopf geschlagen. Sie schickt ihn fort. Das wollte er ja eigentlich erreichen. Aber doch nicht so schnell …

Jetzt bewegt sie sich ein wenig, lehnt sich zurück und stützt sich mit den Händen ab. Dabei schaut sie ihn nachdenklich an.

»Weißt du«, sagt sie gedehnt. »Es ist sehr wichtig, einen Beruf zu wählen, den man gerne ausübt. Wer sein ganzes Leben lang etwas tun muss, das er hasst – der ist doch ein unglücklicher Mensch, oder?«

Er nickt. Sie sagt sehr kluge Dinge, diese Frau. Und wie sie das sagt. Mit leiser Stimme und ganz eindringlich. Als wäre es ihr gerade eben eingefallen.

»Gibt es etwas, was dich begeistert, Mischa?«, fragt sie weiter. »Maschinen? Autos? Ferne Länder? Süßigkeiten? …«

Da er nicht reagiert, schaut sie an die Zimmerdecke, um noch weitere Beispiele zu finden. Sie schaut unglaublich hübsch und jung aus, wenn sie so die Nase in die Luft reckt.

»Sport? Tiere? Möchtest du Häuser bauen? Filme drehen? Zur Polizei gehen und Verbrechen aufklären …«

Er schüttelt den Kopf.

»Nein … Ich weiß nicht«, krächzt er. »… Eigentlich will ich gar nichts …«

Das ist eine dumme Antwort. Einmal hat er so etwas zu August gesagt, und der ist darüber zornig geworden. Wenn er als Faulenzer den Rest seines Lebens vom Geld anderer Leute leben wolle, dann müsse man andere Maßnahmen ergreifen, hat er geschimpft. Aber Julia Wemhöner ist überhaupt nicht zornig. Sie nickt vor sich hin und steckt eine kupferrote Strähne, die sich aus der Hochsteckfrisur gelöst hat, hinters Ohr.

»Du weißt nicht, was du willst«, sagt sie leise. »Vielleicht liegt das daran, dass du nicht weißt, wer du bist.«

Er schaut sie an. Sie trägt eine runde goldgefasste Brille, ihre Augen dahinter sind braun und sanft. Und klug.

»Vielleicht gibt es etwas, was du zuerst über dich selbst herausfinden musst, Mischa«, fährt sie fort. »Und wenn du es gefunden hast, dann wirst du auch wissen, was du mit deinem Leben anfangen willst.«

Jetzt lächelt sie ihn an, als wollte sie sagen: *Denk einmal gründ-*

lich darüber nach, Mischa, es ist wichtig. Sie gleitet geschickt vom Schreibtisch herunter, geht die wenigen Schritte zur Schiebetür und öffnet sie.

»Du kannst immer zu mir kommen und mir Fragen stellen. Oder mir erzählen, was du dir überlegt hast, Mischa. Für heute ist es genug. Ich habe zu tun.«

Er steht langsam auf, seine Beine knacken, so steif hat er gesessen. Unsicher geht er an ihr vorbei, atmet für einen Moment ihr Parfüm ein, dann bringt er mühsam ein paar Worte heraus.

»Vielen Dank … ich … ich überlege es mir. … Auf Wiedersehen, Frau Wemhöner …«

»Auf Wiedersehen, Mischa!«

JEAN-JACQUES

Eltville, im Juni 1959

Nachdem die beiden Arbeiter gegangen sind, hat er noch eine Stunde allein im Regen weitergemacht, aber schließlich hat auch er aufgegeben. Der nasse Boden ist schwer und klebrig, man rutscht in den schweren Gummistiefeln, und außerdem schwitzt man in der Regenjacke wie ein Schnitzel in der Pfanne. Den Rest wird er mit Max und Soldan morgen und übermorgen erledigen. Er schultert die Hacke und stapft den Hügel hinunter, bleibt hie und da stehen, um eine blühende Weinranke zurechtzustecken, reißt ein paar Blätter ab und stellt fest, dass es Zeit wird, die unteren Triebe zu kappen, damit die Weinstöcke ihre Kräfte nicht vergeuden. Wenige, aber schöne, gut gereifte Trauben will er haben. Nur mit Qualität kann er sich als Winzer hier in der Gegend behaupten.

Kurz bevor er seine rote Goélette erreicht, rutscht er doch noch aus und fällt auf den Hintern, hält die Hacke dabei aber eisern fest und flucht auf Französisch vor sich hin. Sein Weinberg ist zwar keine Hochlage, aber er ist am sanften Hang eines bewaldeten Hügels gelegen, breitet sich darauf aus, das meiste nach Süden, einige Reihen mehr nach Osten. Unten ist der Fahrweg, auf dem seine Goélette steht, dort gibt es eine niedrige Schutzhütte aus Stein und nicht weit davon einen Gebetsstock. Ein Holzpfahl, auf dem ein kleines Häuschen mit einer bunt bemalten Marienstatue angebracht ist. Darunter hängen ein paar Holztäfelchen, die er nicht entziffern kann, aber vermutlich sind es Danksagungen an die Himmelskönigin, die Menschen und Weinberg vor einem Unwetter bewahrt hat. Er selbst bleibt häufig dort stehen, um die kleine Maria zu grüßen und ein Ave für sie zu sprechen. Auf Französisch, aber er ist sicher, dass sie ihn versteht. Er ist katholisch erzogen, seine Eltern sind immer zur Kirche gegangen, aber weder er noch sein Bruder sind gläubige Menschen geworden. Die kleine Maria in dem Gebetsstock ist allerdings etwas anderes. Sie ist die Beschützerin seines Weinbergs, eine solche Heilige muss man respektieren. Tut man es nicht, bringt es Unglück. Der Fluss ist kaum zweihundert Meter entfernt, jetzt fließt er grau und träge in seinem breiten Bett und schaut harmlos aus, aber er kann auch anders, dann muss man sich vor ihm in Acht nehmen.

Die Goélette gräbt die Räder in den nassen Boden ein, er muss sachte anfahren, um nicht stecken zu bleiben, und auf die Steine aufpassen, die aus dem Weg herausstehen. Es fällt ihm zu spät ein, dass er besser die nasse Regenjacke ausgezogen hätte; jetzt wird der Sitz ganz feucht, das trocknet bis morgen nicht mehr. Missgelaunt holpert er in Richtung Ortschaft, erreicht die Landstraße und wirft einen Blick auf die verregneten Weinberge. Da ist keiner mehr an der Arbeit, er ist der Letzte, der heute vor dem Wetter kapituliert hat. Jetzt fängt es richtig an zu schütten, die Scheibenwischer bewältigen die Wasserfluten kaum noch, und alles um ihn herum versinkt in diesigem Grau.

In dem kurzen Urlaub hat er seinem Bruder eine Menge von seinem Weinberg am Rhein erzählt. Sie haben Vergleiche gezogen, die Vor- und Nachteile gegeneinander abgewogen. Weniger Sonnentage, dafür aber kein Mistral. Ein früher Herbst und jede Menge Unkraut zwischen den Weinstöcken, aber dafür ein Boden, der für den Riesling gemacht ist, den die Deutschen hier alle ziehen. Das sind Weine, die man in Frankreich nicht findet, fruchtig, mit einer charakteristischen Säure, auch trocken und edel. Wie überall schmeckt man den Boden und die Landschaft im Wein. Er hat einen Teil der uralten Weinstöcke erneuert und das Wagnis unternommen, einen Burgunder anzupflanzen.

Letztes Jahr hat er die ersten Trauben gekeltert – nun ja, es ist ein Anfang. Mit den großen Rotweinen, die unter der südlichen Sonne gedeihen, kann er sich nicht messen. Aber er ist nicht schlecht. Und er hat seinen eigenen Charakter.

Sein Haus, das er mit dem Weinberg gekauft hat, steht in einer engen Gasse am Stadtrand. Es besitzt einen kleinen Hof mit einer überdachten Terrasse und einem Laubengang zum Nebengebäude. Alles ist von Weinlaub überwachsen und schaut jetzt im Sommer malerisch aus. Natürlich müsste hie und da Unkraut entfernt werden, das zwischen den Pflastersteinen des Hofs und auch an anderen Stellen üppig hervorwächst. Die Deutschen sind schrecklich penibel, da muss immer alles blitzsauber sein. Die Beete werden gleich am ersten Frühlingstag bunt bepflanzt, die Fenster müssen spiegeln, die Fensterbänke werden mit Blumenkästen geschmückt, da muss es blühen wie aus dem Farbkasten. Zu solchen Arbeiten fehlt ihm die Zeit und auch die Lust. Luisa, die letztes Jahr hier ausgeholfen hat, behauptet, es sei »romantisch« auf seinem Hof – das hat ihm gefallen.

Er fährt den Wagen in die Remise, reinigt die dreckigen Hacken und hängt sie ordentlich an ihren Platz. In diesen Dingen ist er penibel, das hat er schon früh vom Vater gelernt. Das Werkzeug muss in Ordnung gehalten werden, weil es Geld gekostet hat und weil man es zur Arbeit braucht. Es ist erst drei Uhr nachmittags; wenn der Regen nicht gekommen wäre, wären sie heute fertig geworden. Aber so ist das eben. Hier am Rhein regnet es häufiger als in Neuville, es ist überhaupt feucht, weil der Fluss so nahe ist. Der große Vater Rhein steigt immer mal wieder über die Ufer und kriecht in die Häuser. Dann muss man auf die Fässer im Keller aufpassen, die können den Fußboden hochdrücken und schlimmstenfalls das Haus zum Einsturz bringen. In den sieben Jahren, die er hier schon Wein anbaut, hat er so etwas zum Glück noch nicht erlebt.

Als er nass und verdreckt zur Haustür stiefelt, sieht er unter dem Vordach eine Frauengestalt, die auf ihn gewartet hat. Es ist Edith, ein junges Mädchen aus der Stadt, die an den Wochenenden, wenn er die Schänke geöffnet hat, seine Gäste bedient. Edith ist drall und blond, sie hat kräftige Oberarme und bewegt sich flink und sicher zwischen Küche und Veranda. Jetzt hat sie die Kapuze ihres blauen Regenmantels über den Kopf gezogen, nur ihre Nase und ein Büschel blonder Haare schauen heraus.

»Ach, da sind Sie ja endlich, Herr Perrier!«, ruft sie ihm entgegen. »Du liebes bisschen – Sie schauen ja aus wie aus dem Wasser gezogen.«

Er wundert sich, dass sie heute, am Freitag, vor seiner Tür steht, zumal bei diesem Wetter.

»Allo, Mademoiselle Edith«, grüßt er und wischt sich das Regenwasser, das aus seinen Haaren läuft, aus dem Gesicht. »Kommen Sie rasch ins Haus hinein, sonst werden wir vielleicht davonschwimmen ...«

Sie kichert über seinen Scherz, aber dann erklärt sie, dass sie nur etwas mitteilen möchte und dann gleich wieder gehen will.

»Es ist nämlich so, dass ich in drei Wochen heiraten werde!«, verkündet sie stolz.

»Was für eine schöne Neuigkeit, Mademoiselle! Ich gratuliere von ganzem Herzen ... de tout mon cœur ...«

Hatte sie einen Verlobten?, überlegt er. Sie wurde zwar öfter von einem jungen Mann nach der Arbeit abgeholt, doch er hat den Eindruck gehabt, dass es immer ein anderer gewesen ist. Nun hat sie sich also für einen entschieden. Sie ist ein liebes Mädel. Ein bisschen kindlich vielleicht. Lebenslustig. Flatterhaft. Die jungen Frauen hier ... Sie lieben das Leben, die Frauen am Rhein. Und sie nehmen nicht den Erstbesten – sie prüfen gründlich und wählen mit Bedacht.

Sie freut sich über seine Glückwünsche, bedankt sich und erzählt, dass die Hochzeit in der Sankt Markus Kirche stattfinden würde und dass sie über sechzig Gäste hätten einladen müssen.

»Ist halt viel Verwandtschaft«, meint sie. »Meine beiden Schwestern mit ihren Familien, die Eltern, die Paten, und der Joachim hat auch eine große Sippe … Da kommt was zusammen …«

Einen Moment überlegt er, ob sie vielleicht im Sinn hat, die Hochzeitsfeierlichkeiten bei ihm im Hof und in der Schänke abzuhalten, aber da ist für sechzig Personen nicht genügend Platz.

»Es ist bloß halt so, dass mein Bräutigam es nicht mag, wenn ich hier bei Ihnen die Gäste bediene«, fährt sie fort. »Weil er doch auch ein Winzer ist und eine Gaststätte führt.«

Sie schaut ihn schuldbewusst von unten herauf an und wischt sich einen Regentropfen von der Nase. Jean-Jacques begreift. Wenn der Verlobte selbst eine Gaststätte führt, soll sie ihre Arbeitskraft natürlich dem künftigen Familienbetrieb widmen. Verständlich.

»Das ist sehr, sehr schade«, meint er bekümmert. »Aber natürlich – ich verstehe … Und ist es schon morgen, dass Sie nicht mehr kommen?«

Sie nickt. Leider. Ab sofort. Morgen käme eine Reisegesellschaft aus Frankfurt in die Gaststätte, da müsse sie auf jeden Fall mit anpacken. Und vorher auch in der Küche helfen.

Bei mir hat sie es bezahlt bekommen, denkt er. Jetzt darf sie umsonst arbeiten. So ist das. Und ich kann schauen, wo ich eine neue Bedienung finde.

»Dann wünsche ich gutes Gelingen. Und viel Glück. Meine Gratulation an den Bräutigam. Er bekommt eine schöne, kluge und fleißige Frau …«

Er übertreibt ein wenig, weil er seinen Ärger überspielen muss, aber weil er es charmant macht, merkt sie es nicht.

»Es war immer so nett mit Ihnen, Herr Perrier. Ich hab gern für Sie gearbeitet. Auch für Sie alles Gute. Und für Ihre Frau und die beiden Jungen. Und auch für die anderen …«

Damit läuft sie über den nassen Hof davon, hüpft über die

Pfützen und schaut in ihrem weiten Regenmantel aus wie ein großer blauer Halmakegel. Jean-Jacques schließt resigniert die Haustür auf, zieht Regenjacke und Stiefel im Flur aus und läuft fröstelnd die Treppe hinauf. Das Haus hat dicke Mauern, die die Sonnenwärme erst nach Tagen aufnehmen, jetzt ist es innen noch kalt und außerdem feucht und etwas muffig. Möglich, dass das alte Haus in seinem langen Leben schon mehrfach unter Wasser gestanden hat und der Geruch daher rührt. Die drei Zimmer oben haben sie renoviert, die Fußböden erneuert, die Wände tapeziert, ein kleines Bad und eine winzige Küche eingebaut. Er zieht sich trockene Kleider an, dann geht er zurück ins Erdgeschoss, wo es einen Gastraum mit Theke und holzgetäfelten Wänden gibt, den Hilde immer spöttisch »deine Kneipe« nennt. Die Küche gleich daneben hat er vollkommen neu ausstatten müssen, auch die Toiletten für die Gäste waren unzumutbar, und er hat sie erneuert. Nur die Kellerräume, wo sein Wein lagert, waren in gutem Zustand, das war für ihn damals, als er das Anwesen gekauft hat, das Wichtigste. Die Vorbesitzer, ein altes Ehepaar, hatten viele Jahre lang nichts mehr am Haus reparieren lassen, auch das Dach musste neu gedeckt werden. Er hat das Anwesen zwar günstig kaufen können, aber die Renovierungskosten waren wesentlich höher, als er zu Anfang geglaubt hat.

In der Küche nimmt er Käse, Schinken und Oliven aus dem Kühlschrank, stellt fest, dass das Weißbrot inzwischen trocken geworden ist und säbelt es seufzend in kleine Stücke. Dann setzt er sich mit seinem späten Mittagessen in den Gastraum und holt sich eine angebrochene Flasche Burgunder vom Vorjahr aus dem Regal. Zum Essen kann man den Wein gut trinken, höheren Ansprüchen genügt er leider noch nicht.

Morgen muss er einkaufen fahren, Meta Rubik, seine Köchin, hat wie immer eine Liste geschrieben, die er »abarbeiten« muss. Die Speisekarte in seiner kleinen Weinschänke ist sehr deutsch. Nichts, was ihm selbst schmecken würde, aber die Gäste mögen es. »Hausmacher Schlachtplatte«, »Würstchen mit Kartoffelsalat«, »Strammer Max«, »Handkäs mit Musik«. Seine Pommes, die vor Jahren in Wiesbaden solchen Anklang fanden, werden inzwischen von allen Gaststätten angeboten. Meta mag sie nicht herstellen, weil sie der Meinung ist, Öl sei ungesund. Sie selbst verwendet nur gute Butter. Meta ist eine Flüchtlingsfrau aus Ostpreußen, eine solide und zuverlässige Kraft. Ihr Mann hilft im Weinberg mit, allerdings ist er keine große Unterstützung, weil er ein steifes Bein hat. Die beiden arbeiten gern für Jean-Jacques, und er ist froh, dass er sie hat. Die Einheimischen sind auch nach sieben Jahren noch zurückhaltend, manche sogar feindselig. Das liegt daran, dass die beiden Söhne des alten Ehepaares schlecht über ihn reden. Sie waren damals wütend, dass die Eltern das Anwesen noch zu Lebzeiten verkauft haben, weil sie der Meinung sind, sie selbst hätten nach dem Tod der Eltern einen wesentlich besseren Preis herausgeschlagen. Im Ort haben sie verbreitet, »dieser Franzose« habe ihren alten Eltern das Anwesen für »nen Appel und ein Ei« abgeluchst. Was dazu geführt hat, dass Jean-Jacques alle Handwerker für seine Renovierungsarbeiten aus Wiesbaden holen musste, im Ort war damals keiner bereit, für ihn zu arbeiten. Erst vor zwei Jahren hat sich sein Nachbar Jupp Herking ein wenig mit ihm angefreundet, was hauptsächlich das Verdienst von Frank und Andi ist. Jupps älteste Tochter hat drei Buben im Alter seiner Zwillinge. Die jüngste Tochter, die Edith, hat bei ihm gekellnert – aber das ist nun leider vorbei. Er wird seinen Gästen Wein und Imbiss nun wieder selber bringen müssen.

Dazu hat er wenig Lust, er steht lieber hinter der Theke, schenkt ein und redet mit den Gästen. Während er Schinken kaut und den Wein in kleinen Schlucken trinkt, kommt ihm die Idee, dass er Luisa fragen könnte, ob sie nicht wieder während der Sommerferien an den Wochenenden bei ihm kellnern mag. Die Mädels kann sie ruhig mitbringen, auch für Fritz ist Platz, da müssen sie halt ein wenig zusammenrücken. Es gefällt ihm sowieso besser, wenn das Haus voll ist. Jetzt, so ganz allein in der Weinschänke, fühlt er sich ziemlich einsam.

Er steht auf, nimmt das Telefon, das unter dem Schanktisch steht, und sucht die Nummer der Bogners aus seiner Telefonliste heraus. Fritz und Luisa sind fürchterliche Sparfüchse; dass sie sich einen eigenen Telefonanschluss geleistet haben – der immerhin ganze vierundzwanzig Mark allein für die Grundgebühr kostet – liegt daran, dass Fritz den Fernsprecher beruflich benötigt. Um seine Sommerkonzerte zu organisieren.

»Bogner …«

»Allo Luisa … das ist Jean-Jacques … ich hoffe, ich störe nicht …«

»Ach, du bist es, Jean-Jacques … aber nein, du störst nicht … geht es dir gut?«

Sie kommt ihm etwas zerstreut vor, trotzdem schildert er sein Anliegen, verschweigt auch nicht, dass Edith ihm gekündigt hat, und fügt hinzu, dass er sie natürlich zum üblichen Tarif bezahlen wird.

»Das ist sehr lieb von dir, Jean-Jacques«, sagt sie zögerlich. »Allerdings weiß ich noch nicht, ob es dieses Jahr klappt.«

Was hat sie denn nur? Letztes Jahr war sie begeistert und hat sofort zugesagt.

»Fritz wird doch sicher wieder zwei oder drei kleine Konzerte bei mir im Hof spielen wollen …«

Sie wartet ungewöhnlich lange mit der Antwort.

»Das kann ich noch nicht versprechen, Jean-Jacques … Im Prinzip gerne, nur ist es momentan noch ein wenig … unsicher …«

»Was ist denn los?«, wundert er sich. »Ist jemand krank geworden?«

»Nein, nein …«, sagt sie schnell. »Es ist alles in Ordnung. Wir müssen nur … planen. Weißt du was, Jean-Jacques? Ich rufe dich an, wenn ich Genaueres weiß, ja?«

»Tu das, Luisa … Dann … ich wünsche euch alles Gute … Wenn ich etwas für euch tun kann …«

»Lieb von dir. Aber es ist … alles in Ordnung … Bis später dann, Jean-Jacques. Ich melde mich.«

»Bis später, Luisa. Und … viele Grüße …«

Doch da hat sie schon aufgelegt. Nachdenklich legt er den schwarzen Hörer zurück auf die Gabel und grübelt darüber nach, was bei den Bogners wohl im Argen liegt. Eins ist ihm klar: Wenn jemand immer wieder versichert, dass »alles in Ordnung ist«, dann steht es nicht gut. Er wird Hilde morgen früh fragen, sie kommt ja vorbei, um ihm die Zwillinge zu bringen. Bevor er sich wieder zu den Resten seines Mittagessens setzt, geht er hinüber zu einem der weinlaubumrankten Fenster und schaut auf den Hof hinaus. Es regnet immer noch, nicht mehr ganz so kräftig wie noch vor einer Stunde, aber die grauen Wolken am Himmel künden von weiteren Niederschlägen. Da werden morgen wohl nur wenige Touristen den Weg zu seiner Weinschänke finden – also braucht er sich auch keine Sorgen zu machen, dass ihm die Kellnerin fehlt. Es hat eben alles im Leben seine zwei Seiten.

Er isst die Reste auf und freut sich, dass Hilde morgen Frank und Andi vorbeibringt. Da kommt doch wenigstens Leben ins Haus. Noch besser wäre es, wenn seine Hilde das Wochenende über bei ihm bleiben würde. Aber das tut sie nur sehr selten, weil sie ja im Café gebraucht wird. Sie fehlt ihm. Vor allem jetzt, wo er so allein im Schankraum hockt und niemanden zum Reden hat. Auch sonst ist es sehr einsam ohne sie, vor allem in den Nächten. Wenn er die Zwillinge am Sonntagabend wieder zurück nach Wiesbaden fährt, wird er die Nacht dortbleiben. Das halten sie immer so, seine Hilde und er. Sonst wäre dieses Eheleben auf Abstand wirklich nicht zu ertragen.

Er hat heute Hummeln im Hintern; die Aussicht, den Rest des Tages untätig herumzusitzen und die Zeitung zu lesen, erscheint ihm unerträglich. Mit einem Blick auf die Uhr stellt er fest, dass das Postamt noch offen ist, zieht rasch die Regenjacke über und läuft aus dem Haus. Warum hat er nicht gleich daran gedacht?

Auf der Post meldet er ein Ferngespräch nach Neuville an. Er ist hier kein Unbekannter, die ältere Frau am Schalter hat schon häufig für ihn Gespräche nach Frankreich angemeldet, daher zieht sie auch die Stirn kraus, als er eintritt.

»Es geht gerade noch, Herr Perrier. Zehn Minuten später, und ich hätte Ihnen absagen müssen, weil wir zumachen.«

»Ich wusste doch, dass Sie mich verstehen, Madame …«

Er lächelt sie charmant an, weil er weiß, dass sie dafür empfänglich ist, und tatsächlich glättet sich ihre Stirn, und sie wird sogar ein wenig rot. Sie hat eine Neigung zu roséfarbenen Kleidern und zu Blusen, die ihre üppigen Formen noch betonen.

»Sie möchten sicher Ihre Mutter in Frankreich anrufen, nicht wahr?«, meint sie fürsorglich. »Ach ja, das ist schwer für eine Mutter, wenn der Sohn und die Enkel so weit weg sind. Wie war doch gleich die Nummer?«

Das Lästige an den Ferngesprächen ist, dass man sie auf der Post anmelden muss, sodass jeder, den es interessiert, darüber Bescheid weiß. Er muss warten, bis sie die Verbindung hergestellt hat. Ungeduldig steht er an der Tür und schaut durch den Glaseinsatz hinaus auf den Platz. Ein Brunnen aus Sandstein mit einer kleinen Madonna steht in der Mitte, von einer prächtigen Linde beschattet. Dort treffen sich die jungen Leute aus dem Ort, sie hocken dann auf den Stufen vor dem Brunnen, trinken Coca-Cola und rufen einander Albernheiten zu. Oft hat es Ärger mit den Anwohnern gegeben, weil die Jugendlichen zu laut wurden und auch, weil Mädchen und Jungen dort miteinander sitzen. Aber jetzt, bei dem Regenwetter, ist der Platz leer. Nur ein älterer Mann mit Regenschirm führt einen Dackel zu der Linde, damit er dort das Bein heben kann.

»Ihr Gespräch ist auf Nummer zwei, Herr Perrier!«

Er dreht sich auf dem Absatz um und eilt in die angegebene Telefonzelle. Hebt den Hörer vom Wandtelefon und vernimmt die Stimme seines Bruders Pierrot.

»Allo, allo … c'est toi, Jean-Jacques?«

Es ist angenehm, wieder Französisch sprechen zu können. So gut er inzwischen auch mit der deutschen Sprache umgehen kann – ein Gespräch führt sich doch leichter in der Muttersprache.

»Ja, ich bin das. Wie geht's euch? Wie ist das Wetter?«

Natürlich geht es bei der Frage nach dem Wetter vor allem um den Wein. Er erfährt, dass der Mistral wieder Sorgen bereitet, aber man hofft, dass er sich bald wieder davonmacht. Außerdem hat Chantal böse Zahnschmerzen, Pierrot hat sie heute zum Zahnarzt nach Neuville gefahren.

»Und hat er den Übeltäter gezogen?«

»Ja. Aber sie hat immer noch eine dicke Backe und kann nichts essen. Simone hat ihr Umschläge mit Essigwasser gemacht, das hilft ein bisschen.«

»Ist Simone schon wieder bei euch? Was tut denn ihr Mann so lange ohne sie? Hat er nicht Sehnsucht?«

Pierrot behauptet, das nicht zu wissen. Vermutlich ist Simone in der Nähe, da will er sich nicht weiter darüber auslassen. Aber Jean-Jacques weiß, dass Simones häufige Besuche ihm zu denken geben.

»Hör zu, Pierrot. Ich rufe an, weil ich euch in diesem Sommer unbedingt bei mir sehen will. Keine Widerrede! Ja, ich weiß, dass die Weinstöcke dich brauchen. Aber schließlich war ich ja auch beinahe zwei Wochen bei euch …«

Sein Bruder sträubt sich – er hat nichts anderes erwartet. »Du weißt selbst, dass die Médouille gerade jetzt besondere Aufmerksamkeit braucht … Die jungen Stöcke haben gut angesetzt, aber ich habe Angst, dass sich die rote Spinnmilbe ausbreitet …«

Zum Teufel mit der Milbe, denkt Jean-Jacques. Der Nachbar hat sie an einigen seiner Stöcke entdeckt und muss sie bekämpfen, und jetzt hat Pierrot eine Heidenangst, dass ausgerechnet sein heißgeliebter Weinberg »La médouille«, den Jean-Jacques ihm nach dem lästigen Erbschaftsstreit schließlich verkauft hat, dieses Ungeziefer auf sich ziehen könnte.

»Aber ich möchte, dass Maman meinen Weinberg zu sehen bekommt, Pierrot! Sie ist nicht mehr die Jüngste, das weißt du. Machen wir es so, dass du nur für ein paar Tage kommst, aber Mama, Chantal und Céline länger bei mir bleiben.«

Pierrot hat überhaupt keine Lust, nach Deutschland zu reisen, das weiß Jean-Jacques. Mit Mama und Chantal ist das etwas anderes, vor allem Chantal würde gern die Reise unternehmen. Sie wagt nur nicht, Pierrot darum zu bitten.

»Ich weiß nicht, Jean-Jacques«, regt Pierrot sich auf. »Wenn du mich so bedrängst, kann ich gar nichts entscheiden ... Ich muss die Sache erst mit Maman und Chantal bereden ... Warte mal ... Simone möchte gern mit dir sprechen ...«

Ach je! Das Gespräch dauert jetzt schon länger als drei Minuten, jede weitere Minute kostet eine Menge Geld. Im Interesse seines knappen Geldbeutels muss er dafür sorgen, dass das teure Auslandstelefonat nicht ausufert.

»Hallo, Jean-Jacques!«, hört er Simones Stimme. »Wie schön, dass du anrufst ...«

»Ich versuche, Pierrot zu einem Besuch bei mir zu überreden, aber der Dickschädel will einfach nicht. Vielleicht kannst du mir ja helfen, Simone ...«

Sie lacht ein helles, fröhliches Lachen. Es klingt angenehm, vor allem bei diesem tristen Regenwetter. So als hätte jemand das Sonnenlicht eingeschaltet.

»Ich kann es versuchen ... Hast du denn Platz für so viele Gäste? Da sind doch auch noch Frank und Andi. Ist die Frau mit dem komischen Namen immer noch bei dir in der Küche?«

Er schaut ungeduldig auf die Uhr, möchte aber nicht unhöflich sein und das Gespräch abbrechen. Außerdem ist es nett, ihr zuzuhören, weil sie eine so liebe und heitere Art hat.

»Du meinst Meta Rubik? Ja, die ist noch da. Nur Edith hat mir heute leider gekündigt …«

»Das ist die Serviererin, nicht wahr? Oh, das ist nicht gut, weil jetzt doch die Saison beginnt. Wirst du eine andere finden?«

»Ich versuche es … Es findet sich sicher jemand … Gibt es viel Arbeit unten in Marseille im Bistro?«

Sie lacht wieder. Dieses Mal klingt es etwas gekünstelt.

»Oh, da ist immer Arbeit. Aber das schafft Robert auch ohne mich. Er ist vom Morgen bis zum Abend in seinem Bistro und meist auch selbst sein bester Kunde …«

Das hat sie schon öfter erzählt. Wie es scheint, trinkt der gute Robert zu viel; möglich, dass die Ehe darunter leidet. Vor allem aber ist es schlimm, dass sie keine Kinder haben. Chantal hat ihm erzählt, dass Simone noch kein einziges Mal schwanger geworden ist und dass es möglicherweise an Robert liegt.

»Ich muss jetzt auflegen, Simone«, sagt er. »Sonst wird es zu teuer und meine Hilde zieht mir das Fell über die Ohren …«

Sie lachen beide über seinen Scherz, dann richtet er Grüße an Chantal und seine Mutter aus. Maman geht nicht gern ans Telefon, sie kommt mit diesem modernen Gerät nicht gut zurecht.

Die Postbeamtin schaut ihn schon wieder vorwurfsvoll an, denn er hat fast eine Viertelstunde lang telefoniert. Er bezahlt die Summe, ohne mit der Wimper zu zucken, und bemerkt nur: »Manche Gespräche sind nun mal wichtig, nicht wahr?«

Sie verzieht keine Miene. Natürlich hat sie mitgehört, und daher weiß sie, dass er nicht mit seiner Mutter, sondern mit einer jungen Verwandten geredet hat.

WILHELM

Bochum, im Juni 1959

Mit siebenunddreißig findet er sich eigentlich zu alt für den Romeo, aber weil er jünger aussieht, wird er ihn noch ein paar Jahre spielen können. Die jungen Mädels himmeln ihn an, daran hat sich zum Glück noch nichts geändert, er braucht diese Begeisterung seiner jungen Anhängerinnen wie die Luft zum Atmen. Was ist das Brot des Mimen? Der Applaus. Außerdem ist er der Rolle des Romeo darstellerisch erst jetzt gewachsen, hat mit vielen verschiedenen Regisseuren daran gearbeitet und Erkenntnisse gewonnen, die ihm als junger Schauspieler völlig entgangen sind. Wilhelm ist seit ein paar Jahren ein gefragter Shakespeare-Darsteller und gastiert in ganz Deutschland.

Heute also mal wieder am Bochumer Theater. Kein wirklich großes Haus im Vergleich zu Hamburg oder Berlin – aber ein treues und begeisterungsfähiges Publikum. Er war schon mehrfach hier als Gastdarsteller, meist in Shakespeare-Aufführungen, einmal auch in *Candida* von George Bernard Shaw. Er hat den Vormittag über im Eilzug gesessen, jetzt will er nur kurz ein Gespräch mit dem Regisseur führen, danach geht er ins Hotel, um sich noch ein Stündchen auszuruhen, bevor es losgeht. Alles Routine, Lampenfieber kennt er schon lange nicht mehr. Heute sowieso nicht, denn es ist die letzte Vorstellung vor der Sommerpause, und bei dem schönen sonnigen Wetter werden leider viele Bochumer lieber die Gartenwirtschaften aufsuchen, als ins Theater zu gehen. Nun ja – Dienst ist Dienst. Er wird sein Bestes geben, wie er es immer tut, und außerdem hat er hier in Bochum seine Bewunderer, die werden heute Abend sicher kommen.

Wilhelm betritt das Theater durch den Künstlereingang und bleibt ein Weilchen im Foyer stehen, weil er die Aushänge studieren will. Man findet hier die Probenpläne für die verschiedenen Aufführungen, wichtige Termine, private Nachrichten von Kollegen, Aushänge, wann die ersten Proben für die kommende Spielzeit beginnen und anderes mehr. Er erfährt, dass ein guter Bekannter zu den Münchner Kammerspielen geht und dass ein bejahrter Kollege seine Abschiedsvorstellung geben wird. Traurig, man erzählt sich, dass er Krebs hat und deshalb aufhören muss, sonst hätte er vermutlich noch viele Jahre auf der Bühne gestanden. In diesem Beruf gibt es keine Altersgrenze. Man wechselt nur das Fach.

Wilhelm nimmt den Koffer auf, den er beim Lesen abgestellt hat, und will schon die Glastür zu den hinteren Räumen öffnen, da fällt ihm ein Aushang ins Auge, der ihn interessiert. Da schau her, sie haben ein Stück von Klaus Mann ausgegraben. Mutig, die Bochumer. Der Titel ist ihm völlig unbekannt: *Gegenüber von China.* Klingt ziemlich merkwürdig. Ob es die Bochumer wohl von den Stühlen reißen wird? Er hat da so seine Bedenken. Momentan sind eher Klassiker und leichte Unterhaltung gefragt.

»Ist abgesetzt.«

Überrascht dreht er sich um, denn er hat gar nicht gehört, dass hinter ihm jemand eingetreten ist.

»Karin! Ja, so etwas! Meine Güte, wir haben uns ja ewig nicht gesehen!«

Da steht Karin Langgässer vor ihm, die er noch von seiner Zeit am Wiesbadener Staatstheater kennt. Acht Jahre ist das jetzt her. Sie schaut gut aus, gereift, auch ausdrucksstärker. Sie lachen beide und fallen einander in die Arme.

»Dünn bist du geworden, Mädel«, sagt er und schiebt sie ein Stück von sich weg. »Aber immer noch so hübsch wie damals. Bist du hier im Engagement?«

Sie nickt. Auch ihr Gesicht ist schmaler, die Augen erscheinen größer, das Kinn ein wenig spitz. Das üppige dunkle Haar ist im Nacken mit einer Spange zusammengefasst. Sie gefällt ihm jetzt fast besser als damals.

»Die Zeit geht nicht spurlos an uns vorüber«, meint sie lächelnd. »Bei dir kann ich allerdings nur wenig Veränderung feststellen, mein Romeo!«

Er grinst, weil sie die letzten beiden Worte mit theatralischer Betonung spricht. Er war tatsächlich mal eine kurze Zeit ihr »Romeo«, beinahe wäre er ihr damals nach Hamburg gefolgt. Aber er ging nach München, und ab da haben sie sich aus den Augen verloren.

»Dein Romeo ist eben innerlich gereift«, scherzt er. »Das Äußere hält noch ein Weilchen, hoffe ich jedenfalls.«

»Und was ist mit dem Charakterfach?«, will sie wissen.

»Das kommt … vielleicht gebe ich in der kommenden Spielzeit den Hamlet in Hamburg. Ist aber noch nicht sicher. Und du spielst also Klaus Mann? Wie heißt das Ding? Gegenüber von China? Anspruchsvoll?«

Sie zuckt die Schultern. »Ist abgesetzt.«

Richtig, das hatte sie vorhin schon gesagt.

»Und warum?«

Sie beißt sich auf die Unterlippe und schaut an ihm vorbei. Ihre Züge werden auf einmal hart. Als müsste sie etwas verbergen. Etwas, das ihr sehr wehgetan hat.

»Hat Ärger gegeben. Da hat der Intendant eben so reagiert.«

Er begreift, dass sie kreuzunglücklich ist, und es bewegt ihn. Er hat so lange nicht mehr an sie gedacht, aber jetzt, wo sie vor ihm steht, spürt er auf einmal, dass er sie immer noch sehr gern hat. Und dass sie jemanden braucht, dem sie ihr Herz ausschütten kann.

»Schlimme Sache?«, fragt er mitfühlend.

»Wie man's nimmt«, sagt sie mit Bitterkeit. »Ist halt Routine am Theater. Läuft überall so.«

Er überlegt einen Moment, weil er die Zeit bis zur Aufführung eigentlich knapp durchgeplant hat. Aber es wird schon irgendwie gehen.

»Ich könnte jetzt einen Kaffee gebrauchen«, meint er. »Das Café gegenüber, taugt das was?«

Sie zögert mit der Antwort. Will sie sich ihm nicht anvertrauen? Sie sind zwar alte Freunde, aber die lange Trennung hat bewirkt, dass sie einander fremd geworden sind.

»Du hast doch heute Abend Aufführung, Willi ...«

»Na und?« Er lächelt aufmunternd. »Das passt schon.«

Er legt ihr den Arm um die Schultern und zieht sie zur Tür. Soll der Regisseur ruhig ein halbes Stündchen auf ihn warten, er wird ihm nachher erzählen, dass sein Zug Verspätung hatte.

Im Café ist um die Mittagszeit nicht viel los. In der Kuchentheke altern die Reste einer Käse-Sahne-Torte und zwei Stückchen Obstkuchen vor sich hin, ansonsten gibt es nur Nussecken und Rumkugeln. Sie setzen sich in eine Ecke und bestellen zwei Tassen Kaffee.

»Wie steht's im Café Engel?«, fragt sie. »So heißt doch euer Café in Wiesbaden?«

»Geht so. Meine Schwester jammert hie und da, aber wie ich sie kenne, schmeißt sie den Laden.«

Karin tut einen Seufzer und lächelt ihn traurig an. »War eine schöne Zeit damals«, sagt sie leise. »Schade ...«

Er muss sich wappnen, sonst übermannen ihn die Gefühle. Ja, es war schön damals. Aber seitdem ist viel Wasser den Rhein hinuntergelaufen. Wie man bei ihm zu Hause so sagt.

»Jetzt erzähl doch mal«, wechselt er rasch das Thema. »Warum hat der Intendant das Stück abgesetzt?«

Er ist auf eine Intrigengeschichte gefasst. Das gibt es leider immer wieder am Theater. Er hat mittlerweile gelernt, damit zu leben. Da hilft nur, sich möglichst herauszuhalten und niemandem auf die Füße zu treten. Klappt nicht immer, ist aber im Prinzip ein gutes Rezept.

»Er hat es abgesetzt, weil er ein gottverdammter Feigling ist«, platzt sie heraus. »Und weil ihm sein Pöstchen wichtiger ist als die Gerechtigkeit.«

Ach je! Da steckt sie wohl richtig tief in der Sache drin. Armes Mädel. Ein Intendant muss nun einmal diplomatisch vorgehen, die Wogen glätten, wenn es Ärger gibt. Letztlich steht immer die künstlerische Arbeit im Vordergrund. Da kann es schon mal Opfer geben.

»Was war denn los?«

Sie presst wieder die Lippen zusammen und schweigt, weil in diesem Moment der Kaffee serviert wird. Langsam rührt sie Milch in ihre Tasse, wirft ein Stück Zucker hinein.

»Kennst du den Berger?«, sagt sie dann.

Er begreift nicht gleich. Sie meint den Regisseur, mit dem er gleich verabredet ist. Robert Berger. Er hat schon öfter mit ihm gearbeitet. Tüchtiger Mann. Etwas zu sehr von sich selbst überzeugt, aber das ist normal in diesem Beruf.

»Hatte schon mit ihm zu tun.«

Sie hebt abrupt den Kopf und schaut ihn mit schmalen Augen an.

»Der wollte mit mir ins Bett. Einfach so. Weil ich die Rolle dann besser spielen könnte. Er müsse mich enthemmen, hat er behauptet …«

»Der alte Sack?«, entfährt es Wilhelm. »Na, Mahlzeit. Und was hast du ihm gesagt?«

Er spürt ihre Enttäuschung, aber er nimmt die Sache nicht ernst. Ein Kavaliersdelikt. Klappt immer wieder, weil die Mädels mitmachen. Selber schuld.

»Ich habe ihm gesagt, er soll sich verpissen. Und als ich am folgenden Tag zur Probe komme, da hat er meine Rolle umbesetzt.«

Das ist allerdings eine Sauerei. Er kann sie anmachen, daran kann ihn keiner hindern. Probieren darf man's ja. Aber er kann ihr nicht die Rolle wegnehmen. Das heißt, natürlich kann er …

»Und wie hat er es begründet?«

Sie schüttelt den Kopf, und er sieht, dass sie jetzt Tränen in den Augen hat. Tränen der Wut.

»Da findet sich doch immer etwas. Ich sei der Aufgabe leider nicht gewachsen, hat er behauptet. Und damit war ich raus, und die Seeliger, die schon lange auf ihre Chance gewartet hat, die bekam meine Rolle. So einfach läuft das.«

Wilhelm kann sich an Christine Seeliger erinnern. So eine Zierliche mit blonden Löckchen. Wahrscheinlich ist sie weniger pingelig, kriecht zu dieser alten Mumie ins Bett.

»Das ist eine hundsgemeine Schweinerei!«, sagt er so laut, dass die Kellnerin drüben an der Theke den Kopf hebt.

»Warte. Es geht noch weiter«, meint sie und trinkt rasch einen Schluck Kaffee. »Ich habe das natürlich nicht auf mir sitzen lassen. Hab mich beim Intendanten beschwert. Hab mit den Kollegen geredet. Und als das alles nichts geholfen hat, habe ich ein paar gute Freunde angerufen. Solche, die Einfluss haben…«

Sie hat auch ihre ehemalige Lehrerin von der Frankfurter Schauspielschule angerufen, die Mathilde Einzig, die sich fürchterlich darüber aufgeregt hat.

»Die haben dem Berger so richtig Ärger gemacht«, sagt sie mit Genugtuung in der Stimme. »Aber letztlich halten die Kerle doch immer zusammen.«

Wilhelm sagt nichts dazu, obgleich er als Mann natürlich auch von diesem Spruch betroffen ist.

»Verstehst du?«, sagt sie und schaut ihn unglücklich an. »Anstatt mir die Rolle wiederzugeben und den Berger rauszuwerfen, hat der Intendant das Stück einfach abgesetzt. Kein Stück – kein Problem. Die Karten werden neu gemischt, und das alte Spiel kann wieder beginnen. So als ob nichts gewesen wäre …«

Jetzt schluchzt sie, und er schiebt schnell die Kaffeetassen zurück, damit er sie in die Arme nehmen kann. Er hält sie eine ganze Weile fest, bis sie sich wieder beruhigt hat. Was die Serviererin vorn an der Theke über sie beide denkt, ist ihm egal.

»Ich versteh dich ja, Karin«, flüstert er. »Aber schau – im Grunde hast du eine Menge erreicht. Sie haben ihm das Stück weggenommen … Darauf kannst du stolz sein …«

Schließlich löst sie sich von ihm und fummelt ein Taschentuch aus der Jackentasche. Ihre Wimperntusche ist verlaufen, sie muss wischen, um die schwarzen Flecken um die Augen und auf den Wangen loszuwerden. Er nimmt sein eigenes Taschentuch und wickelt einen Zipfel um seinen Zeigefinger.

»Halt still«, sagt er leise und betupft ihre Wange. »Hier noch. Und da auch noch. So … jetzt ist es schon viel besser …«

Er macht es so ernsthaft, dass sie lächeln muss. Und weil sie so verheult und unglücklich vor ihm sitzt, überkommt ihn eine Welle der Zärtlichkeit. Er küsst sie ganz vorsichtig auf die Nase.

»Danke …«, sagt sie leise.

»Bitte sehr …«, sagt er und küsst sie noch einmal. Dieses Mal auf den Mund. Nur ganz schnell, weil die Serviererin zu ihnen hinschaut.

»Danke, dass du mir zugehört hast, Willi. Ich bin wahnsinnig froh, dass ich dich getroffen habe«, meint sie. »Es hat so gutgetan, all das mal loszuwerden.«

Er freut sich. Tatsächlich ist auch er sehr glücklich über dieses Wiedersehen. Er will Karin jetzt auf keinen Fall noch mal aus den Augen verlieren.

»Wirst du hier im Engagement bleiben?«, will er wissen.

»Ich muss, Willi. Wegen meiner Tochter.«

Er ist verblüfft. Sie hat ein Kind?

»Nora ist erst ein halbes Jahr alt. Momentan betreut meine Mutter sie. Deshalb ist es für mich schwer, aus Bochum fortzugehen …«

»Ich verstehe …«

Er mag nicht fragen, wer Noras Vater ist. Es geht ihn nichts an, und wie es scheint, ist sie nicht mit diesem Mann zusammen. Sie tauschen Adressen und Telefonnummern aus, dann zahlt er den Kaffee und sie gehen wieder hinüber zum Theater.

»Halt die Ohren steif, Mädel«, sagt er und zieht sie noch einmal an sich. »Und lass von dir hören. Bitte! Ich möchte, dass wir uns wiedersehen.«

Einen wundervollen Augenblick lang spürt er ihre Nähe, hält sie in den Armen, atmet den Duft ihrer Haare, der ihm vertraut und erregend zugleich vorkommt. Dann lösen sie sich voneinander und sagen Adieu.

Er wird jetzt also mit Robert Berger über seinen Auftritt heute Abend sprechen. Gut, die Kunst geht vor. Aber nach der Vorstellung wird er auf keinen Fall mit Berger und den Kollegen zusammen weggehen. Da trinkt er sein Bier lieber allein.

In der Nacht kann er schlecht schlafen. Es liegt an dem engen Hotelzimmer, an der stickigen Luft und vor allem an der plattgelegenen Matratze. Eine Zumutung. Außerdem geht ihm das Gespräch mit Karin nicht aus dem Sinn. Wie sehr sie sich verändert hat in den acht Jahren, die sie einander nicht gesehen haben. Gut – bestimmend war sie schon immer, eine, die weiß, was sie will, und sagt, was sie nicht will. Er mag solche Frauen. Julia, seine große Liebe, die er immer noch regelmäßig aufsucht, ist von der gleichen Sorte. Eine kluge Frau, die ihren eigenen Weg geht. So eine ist auch Karin, jetzt noch viel mehr als damals. Aber da ist etwas, das ihn zu ihr hinzieht, er muss immer wieder über sie nachdenken, kommt nicht von ihr los. Wie mutig sie war. Rennt zum Intendanten und beschwert sich. Macht einen Aufruhr, pocht auf Gerechtigkeit. Dass sie letztlich gescheitert ist, bewegt ihn sehr. Weckt seinen Beschützerinstinkt. Wie schade, dass er ihr nicht helfen kann … Er dreht sich hin und her auf dem harten Lager, schiebt das Kopfkissen weg und holt es wieder zurück. Immer wenn er glaubt, er könne jetzt endlich einschlafen, steigt etwas in seinem Hirn auf, und er grübelt weiter. Sie hat ein Kind. Wieso beunruhigt ihn das? Hat er geglaubt, sie hätte wie eine Nonne gelebt, seitdem sie sich getrennt haben? Vermutlich hat sie sogar mehrere Beziehungen gehabt. Schließlich ist er selbst auch kein Einsiedler gewesen. Bei aller Verehrung für seine geliebte Julia – hin und wieder muss er sich eine kleine »Geschichte« gönnen. Julia weiß das und schaut großzügig darüber hinweg.

Karin hat also eine kleine Tochter. Vermutlich von einem Kollegen. Wollte sie den vielleicht heiraten? Die große Liebe von ihrer Seite, aber nicht von seiner? Hat er sie mit dem Kind sitzen lassen? Oder war es ganz anders? Hat sie bewusst Mutter werden wollen und dem Kerl das Kind sozusagen »abgeluchst«? Es macht ihn ganz nervös, dass er sich die Frage nicht beantworten kann. Was mag das für ein Kerl gewesen sein? Was hat ihr an ihm gefallen? Und was hat sie jetzt vor? Will sie das Kind allein großziehen? Ohne Vater? Das kann doch nicht gutgehen!

Nach einer kurzen Nacht steigt er am frühen Morgen wieder in den Zug. Die Sommerpause hat begonnen, er wird sein Zimmer in Hamburg verlassen und für ein Weilchen zu Julia und den Eltern nach Wiesbaden übersiedeln. Urlaub machen. Energie tanken. Die alte Heimat wiedersehen. Vor allem aber zieht es ihn zu Julia. Immer noch ist sie seine Geliebte, sie scheint alterslos, ihr Körper ist schlank und jugendlich; dass sie inzwischen ihr Haar färbt, stört ihn nicht. Wichtiger als die körperliche Liebe sind jedoch die Gespräche mit ihr. Julia hat die Fähigkeit, die Dinge von mehreren Seiten zu betrachten, sie bringt es immer wieder fertig, neue Gedanken ins Spiel zu bringen, ihn von festgefahrenen Mustern zu lösen. Wenn er mit ihr über seine Sorgen gesprochen hat, sieht er auf einmal Wege und Möglichkeiten, an die er vorher gar nicht gedacht hat.

Er hat in Hamburg noch ein paar Dinge zu erledigen, sitzt einen Abend mit Kollegen in einem Lokal an der Binnenalster, um einen Geburtstag zu feiern, am folgenden Tag packt er seinen Koffer. Als er unten im Erdgeschoss des Miethauses seinen Briefkasten noch einmal leert, findet er zwischen Urlaubspostkarten und Rechnungen einen Brief. Die Handschrift kommt ihm bekannt vor, er dreht ihn um und liest den Absender: Karin Langgässer.

Er verspürt einen kleinen Energiestoß, ein kurzes, heißes und sehr angenehmes Gefühl. Sie schreibt ihm!

Lieber Willi,
ich habe lange über unser kurzes und doch so intensives Zusammentreffen nachdenken müssen. Wie seltsam, dass Du mir nach so vielen Jahren so vertraut warst. Als wir im Café zusammensaßen, hatte ich das Gefühl, mit einem lieben Freund zu sprechen, der an meinem Kummer herzlichen Anteil nimmt. Es ist schade, dass wir so weit voneinander entfernt leben, aber daran ist leider nichts zu ändern.
Es könnte allerdings sein, dass ich in den kommenden Wochen für ein oder zwei Tage in Deiner Nähe bin, denn ich habe einen guten Bekannten, der mich einem Filmproduzenten in Wiesbaden empfohlen hat. Wenn es klappt, hätte ich ab und zu in Wiesbaden zu tun, nichts Großartiges, aber ein kleines Zubrot und vielleicht eine Chance, es als Filmschauspielerin zu versuchen.
So weit meine hoffnungsvolle Zukunftsplanung.
Sei noch einmal herzlich bedankt.
Es grüßt und umarmt Dich
Deine Karin

Er ist entzückt. Liest den Brief zweimal hintereinander und glaubt, zwischen den Zeilen allerlei Dinge zu erraten, die sie dem Papier nicht anvertrauen wollte. Sie will ihn wiedersehen. Hat sogar Schritte unternommen, die sie nach Wiesbaden führen. Seinetwegen? Der Gedanke gefällt ihm. Ein oder zwei Tage ist Karin in Wiesbaden. Da ist doch vieles möglich.

Hat er sich vielleicht gar verliebt? In die neue Karin, die ihm so viel anziehender vorkommt als die Karin, die er vor Jahren hat gehen lassen? Nein, das wäre albern. Sie ist keine Frau für eine kurze Liebelei, das weiß er. Aber etwas anderes kann er ihr nicht bieten. Da ist Julia. Die Liebe seines Lebens.

Er faltet den Brief sorgfältig, steckt ihn zurück in den Umschlag und bewahrt ihn in der Innentasche seiner Jacke auf. Während der Zugfahrt nimmt er ihn immer wieder heraus, liest die Zeilen, und in seiner Phantasie steigen allerlei verrückte Träume auf. Er muss über all das unbedingt mit Julia sprechen. Er braucht sie, um sich über seine Gedanken und Gefühle klar zu werden. Um das Durcheinander, das momentan in ihm wühlt, in eine vernünftige Ordnung zu bringen.

Er nimmt ein Taxi vom Bahnhof Wiesbaden zu ihrem Haus in der Geisbergstraße. Julia hat sich als begabte Geschäftsfrau erwiesen – eine Fähigkeit, die ihr früher, als sie noch als Theaterschneiderin arbeitete, niemand zugetraut hätte. Sie führt nicht nur drei Modegeschäfte in bester Lage, sie besitzt inzwischen auch zwei Wohnhäuser. Das Mehrfamilienhaus in der Idsteiner Straße ist an vier Parteien vermietet und wird von einem Hausmeister verwaltet. Das andere Haus ist eine verträumte Backsteinvilla oben in der Geisbergstraße, ein ganz bezauberndes, verwunschenes Anwesen, das sie weitgehend im Urzustand belassen hat. Dort hat sie sich mit viel Geschmack eingerichtet, und wenn Wilhelm in Wiesbaden ist, wohnt er die meiste Zeit über in einem ihrer Gästezimmer. Ein paar Tage muss er natürlich auch bei den Eltern in der Wilhelmstraße verbringen, wo seine Mutter ihm immer noch ein Zimmer freihält.

Er hat sich nicht bei Julia angekündigt, doch sie weiß natürlich, dass er in den Theaterferien zu ihr kommen wird. Als er die

Stufen zur Eingangstür hinaufgeht, überlegt er kurz, ob er läuten soll oder mit den Schlüssel, den sie ihm anvertraut hat, einfach aufschließt. Er entschließt sich, sie zu überraschen und fischt das Etui mit dem Schlüssel aus dem Koffer.

Es ist schon acht Uhr – sie wird auf jeden Fall zu Hause sein. Julia ist nicht gesellig, sie besucht höchstens einmal ein Konzert oder eine Theateraufführung; meist verbringt sie die Abende in ihrer Wohnung, wo sie Abrechnungen schreibt, Bestellungen fertig macht oder sich vor ihren Fernseher setzt. Sie hat das Gerät bereits vor drei Jahren angeschafft, als in Wiesbaden kaum jemand solch eine moderne Flimmerkiste besaß. Julia ist in vielen Dingen erstaunlich fortschrittlich. Sie hat auch den Führerschein gemacht und besitzt einen VW Bus.

Er steigt leise die Treppe hinauf, kann aber nicht verhindern, dass das Holz knarrt.

»Willi?«, hört er sie rufen.

»Erwischt!«, ruft er fröhlich und nimmt die letzten Stufen in wenigen Sprüngen.

Sie kommt ihm entgegen und zieht zunächst eine vorwurfsvolle Miene, weil sie solche Überfälle eigentlich nicht mag. Dann öffnet sie die Arme, und sie begrüßen einander, wie sie es seit Jahren tun. In herzlicher Freundschaft, in die sich sacht, aber unaufhaltsam Leidenschaft mischt.

»Schön, dass du da bist«, murmelt sie. »Geht es dir gut? Lass dich anschauen. Ein wenig blass. Du brauchst Ruhe und Erholung, nicht wahr?«

»Ich brauche dich. Ein Abendessen beim Wein. Ein langes Gespräch. Und eine ebenso lange Nacht.«

Er küsst sie voller Vorfreude auf diesen ersten Abend mit Julia, der immer der schönste ist, weil sie beide Sehnsucht hatten und sie einander wiederfinden dürfen. Er will schon in die Küche gehen, um den Kühlschrank zu inspizieren und ein Abendessen für sie beide zu richten – da hält sie ihn zurück.

»Es tut mir sehr leid, Willi, aber ich muss fort. Leider. Ich habe es versprochen.«

Verblüfft schaut er sie an und kann es nicht fassen. Er ist heute angekommen, freut sich unendlich auf dieses Wiedersehen, und sie will fort?

»Ich werde die kommende Zeit wieder in der Wilhelmstraße wohnen. Bei Addi. Du weißt ja, er hat die Wohnung so gelassen, wie sie damals war …«

»Aber … aber wieso?«, stammelt er verständnislos. »Warum musst du auf einmal wieder bei ihm wohnen?«

Sie geht zu ihm und streicht mit dem Finger sacht über seine Wange. Eine tröstende Geste, die er verärgert unterbricht, indem er einen Schritt rückwärts tut und sich ihr entzieht.

»Er war für mich da in der Not«, sagt sie leise. »Und nun will ich für ihn da sein.«

Sie sagt es in solch ernstem Ton, dass ihm ganz beklommen wird.

»Geht … geht es Addi etwa nicht gut?«

Sie schweigt und wendet sich ab.

»Hilfst du mir bitte mit den Koffern, Willi?«

MISCHA

Wiesbaden, im Juni 1959

»Vielleicht gibt es etwas, das du über dich herausfinden musst, Mischa …«

Er hat lange über diesen Satz gegrübelt, weil er spürt, dass eine Wahrheit darin steckt. Aber er tappt im Dunkeln. Etwas über sich herausfinden. Was denn? Er findet nichts. Er ist sechzehn, groß gewachsen, blond, kräftiger Oberkörper, dunkle Augen, Bartansatz am Kinn und inzwischen auch auf der Oberlippe. Lächerlich, so was. Ach ja, die Nase. Die ist grenzwertig. Manchmal ist er erschrocken, wenn er in den Spiegel schaut. Von vorn geht es ja. Aber von der Seite! Ein richtiger Zinken. Oder kommt ihm das nur so vor?

Also, er ist ein großer Kerl mit Muckis an Armen und Schultern und einer langen Nase. Na schön. Das braucht er nicht erst herauszufinden, das sagt ihm sein Spiegelbild. Es geht wahrscheinlich um andere Dinge. Die sogenannten »inneren Werte«, wie August einmal gesagt hat. Seine Einstellung zum Leben. Fleißig sein. Ordentlich seine Arbeit erledigen. Anständig durchs Leben gehen. Strebsam und arbeitsam. Ein guter Mensch werden … Bah! Alles nur Phrasen.

Eigentlich ist es viel leichter, herauszufinden, was er nicht ist. Und auch nicht sein will. Er will auf keinen Fall so sein wie der fleißige, anständige August. Ein Arbeitstier. Ein Muster an Pünktlichkeit und Verlässlichkeit. Immer im guten Anzug mit Schlips und Aktentasche. Ein Schreibtisch voller Papierstapel und Bücher. Und wie ein Nachschlagewerk alle Gesetzestexte im Kopf.

Nee – nichts für Mischa!

Kennt er überhaupt einen, der ihm imponiert? So was wie ein Vorbild? Die Lehrer, die er in der Schule hatte, auf keinen Fall. Waren alles komische Figuren. Wen kennt er noch? Den Vorarbeiter bei Dyckerhoff? Der war ein Dreckskerl. Hat immer herumgebrüllt und sich aufgeregt, weil er einmal eine Coca-Cola in der Pause getrunken hat. Und sonst? Fritz Bogner, der Mann von Luisa. Nee – der ist ein braver Duckmäuser. Wilhelm Koch? Hm – der schon eher. Der ist immer gut drauf, und auf der Bühne wird er schwer bewundert, vor allem von den Frauen. Wilhelm Koch gefällt ihm schon. Aber er kann kein Vorbild für ihn sein. Mischa kann sich nicht vorstellen, einmal so wie Wilhelm zu werden. Wen gibt's noch? Jean-Jacques, Hildes Ehemann. Der Vater von Frank und Andi. Den kann Mischa richtig gut leiden. Der spielt sogar mit ihnen Fußball und macht oft den meisten Blödsinn. Er ist ein richtig guter Vater. Genau so einer, wie Mischa ihn sich immer gewünscht hat …

Sein Vater. Das ist es wohl. Wenn er an seinen Vater denkt, dann hat er so ein heißes Gefühl in der Halsgrube. Da steigt was hoch, das er immer wieder runterschluckt. Aber es sitzt da und brennt. Sein Vater ist tot, der Krieg hat ihn verschlungen.

Er würde gern so werden wie sein Vater. Das ist es. Aber wie soll er wissen, was sein Vater für einer war? Er hat ihn ja nie kennengelernt! Und er wird ihn auch niemals kennenlernen. Nicht in diesem Leben. War es das, was er über sich herausfinden wollte? Dass er nicht weiß, was er will, weil er keinen Vater hat, dem er nacheifern kann? Eigentlich ist das Blödsinn. Die Väter seiner Klassenkameraden waren oft ganz große Idioten.

»Solange du die Füße unter meinen Tisch steckst, hast du zu gehorchen!«

Solche Sprüche sind bei denen an der Tagesordnung. Da ist August noch anständig, der sagt so was nie. Darf er auch nicht. Das würde Mama ihm schwer übelnehmen.

Die ganze Grübelei bringt überhaupt nichts. Er sollte eine Arbeit finden, bevor Mama und August ihm wieder eine dieser grauenhaften Lehrstellen organisieren. Warum fragt er nicht mal Jean-Jacques? Der braucht bestimmt Leute auf seinem Weingut. Das ist vermutlich eine Knochenarbeit, aber wenn er Glück hat, kann er in Eltville wohnen. Dann wäre er ein Weilchen aus dem Schussfeld. Mamas Jammermiene und Augusts vorwurfsvolles Gesicht gehen ihm teuflisch auf den Geist.

Er nimmt das Fahrrad und gibt ordentlich Gas, düst an anderen Radfahrern vorbei und benutzt die Hupe, die er sich bei einem Freund besorgt hat. Macht ordentlich Lärm, das Ding, manche Radfahrer denken, es sei ein Auto hinter ihnen, und fahren in panischer Angst auf die Seite. Dann schießt er vorbei und lacht sich ins Fäustchen.

Auf der Rheinstraße ist zu viel Verkehr, da muss er langsam fahren. Noch schlimmer ist es auf der Wilhelmstraße. Heutzutage hat fast jeder ein Auto. Jeder Popel hat 'nen Opel. Die meisten fahren allerdings den VW Käfer. Was für ein Jammer, dass er erst in fünf Jahren den Führerschein machen darf! Aber wenn er bei Jean-Jacques in Eltville arbeiten kann, kauft ihm August vielleicht eine Vespa. Er stellt das Rad im Hauseingang ab und geht durch den Seiteneingang ins Café Engel. Er kennt sich aus, früher hat er oft mit Frank und Andi hier im Hof gespielt, später haben sie mit den Fahrrädern die Umgebung erkundet. Aber die Freundschaft ist inzwischen eingeschlafen. Mit sechzehn hat er keine Lust mehr auf solchen Kinderkram wie Fußball oder Klingeljagd.

Das Café ist komplett leer, die Gäste sitzen alle draußen bei dem schönen Wetter, sogar Opa Heinz hat sich heute dort niedergelassen. Er mustert kurz die Kuchentheke. Da sind zwei Sahnetorten, eine davon mit Kirschen, eine Erdbeertorte und mehrere kleine, runde Teile mit Obst und Schlagsahne. Sehen hübsch aus, sind aber für seinen Geschmack zu klein. Er geht zur Küchentür und klopft an.

»Tante Hilde?«

»Mischa?«, antwortet die Stimme von Oma Else. »Na so was! Komm rein!«

Er liebt die Küche vom Café Engel, weil es da immer nach Kaffee und nach Torten riecht. Oma Else macht Rumkugeln, die werden aus Kuchenresten hergestellt; sie formt die kleinen Kügelchen mit den Händen und wirft sie in eine Schüssel, die voller Schokokrümel ist.

»Magst du mal probieren?«

Er langt gerne zu, kaut mit Genuss und fragt dann nach Jean-Jacques.

»Der ist in Eltville.«

Hätte er sich eigentlich denken können.

»Kann ich seine Telefonnummer haben?«

Oma Else macht eine Kopfbewegung zur Küchentür hin.

»Steht auf der Liste beim Telefon. Was willst du denn von Jean-Jacques?«

»Och, nur so ...«

Er schreibt sich die Nummer auf einen Zettel, schnappt sich noch zwei Rumkugeln und bedankt sich. Im Café trifft er auf Tante Luisa, die heute die Gäste bedient. Er grüßt sie und beeilt sich, hinauszukommen, weil ihr mitfühlender Blick ihm auf die Nerven geht. Klar – die Sache mit der Polizeiwache hat die Runde gemacht, jetzt ist er überall das schwarze Schaf, der verlorene Sohn, der auf den rechten Weg der Tugend zurückgeführt werden muss. Er hasst diese besorgt-bekümmerten Mutterblicke! Sie machen, dass er sich klein und jämmerlich vorkommt.

Als er sein Fahrrad zur Straße hin schieben will, kommt ihm Julia Wemhöner entgegen. Was macht die denn hier? Die wohnt doch längst woanders. Aber er freut sich, weil Julia Wemhöner keine besorgte Mami, sondern eine kluge und großartige Frau ist.

»Hallo Mischa! Wie gut, dass ich dich hier treffe!«, ruft sie und reicht ihm die Hand zur Begrüßung. »Ich habe einen Anschlag auf dich vor.«

Er spürt für einen Moment ihre kleine, feste Hand in der seinen. Sie trägt mehrere Ringe aus Gold mit bunten Steinen darin, am Handgelenk hat sie einen schmalen, ziselierten Armreif.

»Auf mich?«, fragt er überrascht.

Sie lächelt ihn an, schelmisch und zugleich nachdenklich.

»Ich brauche jemanden, auf den ich mich verlassen kann …«

Das klingt vielversprechend aus ihrem Mund. Er lehnt das Rad wieder gegen die Hauswand und hört ihr zu. Addi ist krank. Er soll ein paar Stunden oben bei ihm sitzen, ihm etwas zu essen bringen, einkaufen, Botendienste übernehmen.

»Addi bedeutet mir viel, Mischa. Leider ist er kein einfacher Patient. Eine Krankenschwester würde er auf keinen Fall in seiner Wohnung dulden. Bei dir ist das etwas anderes …«

Mischa versteht. Addi mag nicht bemuttert werden, da geht es ihm wohl ähnlich wie ihm selbst. Trotzdem ist er enttäuscht – einen kranken Mann zu betreuen ist nicht gerade das, wovon er geträumt hat.

»Ich bezahle dir sieben Mark die Stunde …«

Das ist allerdings ein fürstlicher Lohn. Er rechnet aus, dass er in zwei Wochen genug verdient hätte, um sich eine gebrauchte Vespa zu kaufen. Leicht verdientes Geld. Bei Jean-Jacques würde er sich im Weinberg für wesentlich weniger Lohn den Rücken krumm schuften.

»Ich kann's ja mal versuchen …«

Addi Dobscher kennt er natürlich schon lange, allerdings war er noch nie oben in dessen Wohnung. Als Julia die Tür aufschließt, schlägt ihm dicke, verbrauchte Luft entgegen. Es ist eng hier, die Wände voller Regale, in denen jede Menge Bücher stehen, altmodische Möbel, abgetretene Teppiche, unter Stapeln von Noten erkennt er ein schwarzes Klavier. Das Schlafzimmer ist winzig klein und hat ein Dachfenster, es gibt eine Kommode, zwei Stühle, die voller Kleidungsstücke liegen, und das Bett. Darin liegt Addi und schläft. Mischa betrachtet ihn erschrocken, weil er so anders aussieht als früher: Seine Schläfen sind eingefallen, die Wangen voller weißer Bartstoppeln, die Augen liegen tiefer, und die Haut, die sie umgibt, ist bläulich verfärbt.

»Am besten setzt du dich auf einen Stuhl«, schlägt Julia vor. Sie nimmt die Kleidungsstücke und trägt sie ins Nebenzimmer. »Wenn er aufwacht, wird er dich ausfragen. Aber dir wird schon das Richtige einfallen, Mischa. Heute Abend bin ich wieder hier.«

Damit geht sie davon und lässt ihn mit dem schlafenden Alten allein. Es gefällt ihm, dass sie Vertrauen zu ihm hat, allerdings hat er seine Zweifel, ob es gerechtfertigt ist. Er hat keine Ahnung, was er Addi erzählen soll. Alles hier kommt ihm unheimlich vor, dieser alte Kram, der ihn umgibt, die muffige Luft, vor allem aber der schlafende alte Mann, dem der Tod schon ins Gesicht geschrieben ist. So leise wie möglich setzt er sich hin, schaut eine Weile die Fotos an, die gerahmt an den Wänden hängen und die irgendwelche – wahrscheinlich längst verstorbene – Opernsänger zeigen, dann fallen ihm die Augen zu und er dämmert weg.

Er wacht davon auf, dass sich jemand laut räuspert, und weil er vergessen hat, wo er ist, rutscht er vom Stuhl und landet unsanft auf dem Fußboden.

»Was machst du denn hier?«, kommt es unwirsch vom Krankenlager.

Mischa rappelt sich hoch. Addi hat sich aufgestützt und starrt ihn mit großen Augen an. Sein Blick hat etwas Kindliches, das Mischa beklommen macht.

»Ich … öh … ich wollte fragen, ob Sie vielleicht etwas brauchen …«

Addis Blick wird unfreundlich, das Kindliche verschwindet, er hat die buschigen weißen Augenbrauen zornig gesenkt.

»Hat Julia dich hierherbestellt? Als Aufpasser, wie? Ich hab doch gesagt, dass ich keine Krankenschwester brauche!«

»Nee, nee«, beeilt sich Mischa zu erklären. »Ich soll nur Besorgungen für Sie machen. Einkaufen und so …«

»Brauche nichts …«, sagt Addi und lässt sich wieder in die Kissen zurückfallen. »Kannst gleich wieder gehen …«

Das passt Mischa gar nicht, weil er dann nichts verdient. Deshalb bleibt er sitzen. Addi hält die Augen ein Weilchen geschlossen, dann öffnet er sie einen Schlitz weit und mustert den Jungen.

»Sie bezahlt dich, wie?«

Mischa nickt. Grinst er jetzt oder zieht er eine Grimasse?

»Und was machste mit dem Geld?«

»Weiß noch nicht …«, meint Mischa unsicher.

Addi hustet, und seine Stirn wird für einen Moment rötlich. Als er aufhört zu husten, färbt sie sich schnell wieder blass.

»Kannst du mir 'nen Kaffee kochen?«, fragt der Kranke.

»Klar.«

Mischa ist froh, etwas zu tun zu haben. In der Küche setzt er Wasser auf, findet die Dose mit gemahlenem Kaffee, tut zwei Teelöffel davon in einen Becher und gießt kochendes Wasser drauf.

»Vorsicht«, sagt er, als er Addi den Becher reicht. »Ist heiß.«

Addi schlürft die schwarze Brühe langsam bis auf den letzten Tropfen. Mischa bekommt schon Angst, er würde auch noch den Kaffeesatz trinken.

»Guter Kaffee!«, sagt er dann und reicht Mischa den Becher. Seine Hand zittert heftig dabei, aber seine Augen funkeln. Er grinst Mischa an.

»Spül den Becher aus, Mischa. Sie darf das nicht wissen, verstehst du?«

Mischa erschrickt. Addi darf gar keinen Kaffee trinken, er hat's am Herz, da kann Koffein tödlich sein. Verflixt. Da hat ihn der Alte richtig aufs Kreuz gelegt.

»Geht's Ihnen gut?«, fragt er besorgt.

»Mir geht's prima! Gib mal das Kissen rüber. Ja, das … Steck's mir in den Rücken. Fest. Noch fester. Was ist los? Hast du keine Kraft in den Armen? … So ist das gut. Jetzt kannst du dich da drüben hinsetzen.«

Aufpassen, denkt Mischa. Wenn der irgendwie komisch wird, gleich losrennen und einen Arzt holen. Unten im Café kann ich telefonieren …

Einstweilen ist Addi aufgekratzt, sein Gesicht ist rosig, das weiße Haar steht vom Kopf ab. Sieht seltsam aus, aber Mischa entscheidet sich, vorerst abzuwarten.

»Als ich so alt wie du war«, schwatzt Addi, »da bin ich auf und davon. Das war in Bremerhaven, da bin ich geboren. Als Schiffsjunge hab ich angeheuert auf große Fahrt …«

Sagt der die Wahrheit oder redet der schon im Delirium?, denkt Mischa. Aber dann hört er gespannt zu, denn Addi erzählt von Fahrten nach Indien und Afrika, von Stürmen, die das Schiff gebeutelt haben, von den harten Gebräuchen an Bord, wo der Schiffsjunge in der Hierarchie ganz unten steht. Auf Segelschiffen ist er noch gefahren, der Addi. Im Krähennest hat er gesessen.

»Hart war's, manchmal bitter. Aber auch schön«, sagt der alte Mann nachdenklich. »Wilde Jahre, wilde Zeit. Wie ich dann nach einer ganzen Weile zurück nach Bremerhaven gekommen bin, da hab ich meine Eltern besuchen wollen. Aber da war nur noch die Mutter am Leben, der Vater war gestorben. Das hat wehgetan, Junge. Weil ich doch im Zorn gegangen bin, und nun war er tot, und ich konnte ihm nicht mehr sagen, wie leid es mir tat …«

Weil Addi ihn auffordernd anschaut, nickt Mischa und meint: »Das ist … traurig.«

Addi ist ein Weilchen still und scheint in seine Gedanken versunken, dann blinzelt er zu Mischa hinüber. »Dein Vater ist gefallen, nicht wahr?«

Was geht ihn das an? Aber weil er Addi nicht aufregen will, nickt er. Ja, sein Vater ist im Krieg umgekommen.

»Und deine Großeltern?«

Mischa holt tief Luft und schnaubt. Was der für Fragen stellt!

»Ich hab keine Großeltern. Nur meine Mutter.«

Addi schüttelt unzufrieden den Kopf.

»Du musst doch Großeltern haben, Junge. Die Eltern von deiner Mutter, die sind wohl in Russland. Aber die Eltern von deinem Vater, die leben hier in Deutschland.«

»Vielleicht … Aber die kenne ich nicht.«

»Und warum nicht?«

Ja, warum eigentlich nicht? Weil es da eine Mauer gibt. Keine aus hartem Stein, eher eine aus Gummi. Wenn er früher nach seinem Vater gefragt hat, dann hat seine Mutter eine Menge über ihn erzählt. Dass er ein deutscher Offizier war, dass er blond war und dass er sich so sehr über Mischas Geburt gefreut hat. Dass er ihn als Säugling in den Armen gehalten hat. Auch, dass er seine Mutter heiraten wollte. Doch nie war die Rede von den Großeltern. Es gibt sie nicht. Hat er jemals nach ihnen gefragt? Wenn ja, dann hat seine Mutter die Frage auf ihre Art abgewehrt. Sie hat einfach darüber hinweggeredet. Die Frage ins Leere laufen lassen.

Addi ist der Sache inzwischen müde geworden, er wischt unruhig mit den Händen über die Bettdecke und murmelt, dass man ihn wohl verhungern lassen will.

»Geh mal runter, Mischa, und hol zwei große Stücke Sahnetorte. Eins für dich und eins für mich. Sag, dass ich später zahlen komme.«

Der Auftrag gefällt Mischa sehr.

»Mit Obst?«

»Mit allem. Hauptsache groß«, sagt Addi.

»Bin gleich wieder da.«

Mischa schnappt sich geistesgegenwärtig den Wohnungsschlüssel, der neben der Tür an einem Haken hängt, und spurtet die Treppe hinunter. Drei bis vier Stufen auf einmal, auf den Treppenabsätzen fasst er das Geländer und schwingt sich um die Kurve. Das alte Holz knackt bedenklich, ist ihm aber egal. Er will Addi auf keinen Fall längere Zeit allein lassen.

Im Café sind immer noch keine Gäste, Oma Else sitzt mit Tante Luisa am Ecktisch beim Kaffee.

»Nee, das geht wirklich nicht«, sagt Oma Else. »Das vertreibt ja unsere Gäste.«

»Ja, das verstehe ich«, seufzt Tante Luisa. »Ach, das Mädel will unbedingt Klavier lernen. Es ist ihr Herzenswunsch …«

Mischa reimt sich zusammen, dass sie von Marions Schwester Petra sprechen. Das rothaarige Monster, das seine Schwester Sina und ihre Freundin Marion immer beim Spielen stört. Sina kann sie nicht leiden. Aber Sina ist selbst ein komisches Mädchen …

Oma Else kann gar nicht glauben, dass Addi zwei Stücke Torte haben will. Sie schaut Mischa zweifelnd an, wahrscheinlich denkt sie, er schwindelt, und will die Torte selber essen. Schließlich steht sie auf und schneidet die Stücke ab, legt Servietten mit dem Engelskopf auf die Teller und Kuchengabeln.

»Er kommt dann zahlen …«

»Ist schon in Ordnung«, sagt Oma Else. »Er soll sich's schmecken lassen. Und sag einen lieben Gruß von mir. Gute Besserung.«

Sie hat ordentlich große Stücke abgeschnitten, bestimmt doppelt so groß wie die Kuchenstücke für die Gäste. Er balanciert die beiden Teller die Treppen hinauf, oben muss er sie auf den Boden stellen, weil er die Wohnungstür aufschließen muss. Addi sitzt ganz still in seinem Bett und schaut die Zimmerdecke an.

»Alles in Ordnung?«, fragt Mischa besorgt. »Geht's Ihnen gut?«

Der Kranke wendet den Kopf ein wenig in seine Richtung und grinst, als er die Tortenstücke sieht.

»Klar geht's mir gut. Stopf mir noch dieses Kissen in den Rücken, Junge. Und dann gib den Teller her.«

Mischa jongliert mit Kuchentellern und Sofakissen herum und schafft es schließlich, dass Addi fast gerade im Bett sitzen kann, den Teller mit der Sahnetorte auf dem Schoß.

»Und viele Grüße von Oma Else noch … und gute Besserung …«

Addi nickt. Er hat Mühe mit der Torte, weil seine Hand so zittert. Einiges geht auf die Steppdecke, aber Addi schaut dabei so wild, dass Mischa sich nicht zu fragen traut, ob er ihm helfen soll.

»Was ist los?«, fragt Addi kauend. »Magst du keine Sahnetorte?«

»Doch, schon …«

Mischa setzt sich wieder auf seinen Stuhl und macht sich über das andere Tortenstück her. Er braucht nicht lange, um mit seiner Portion fertig zu werden, kratzt noch die Sahnereste vom Teller und stellt ihn dann auf den Boden. Addi hat kaum die Spitze des Tortenstücks geschafft, jetzt winkt er Mischa mit der Gabel zu sich.

»Für mich war's genug. Magst du den Rest? Wäre schade, das gute Zeug umkommen zu lassen.«

Mischa zögert, weil er kein angegessenes Tortenstück mag, aber er nimmt sich zusammen, weil er merkt, dass sich Addi über seinen Appetit freut. Schmeckt richtig gut, die Torte von Oma Else. Diese hier ist mit Johannisbeermarmelade und frischen Johannisbeeren gefüllt – ein Gedicht. Als er das Stück vertilgt hat, ist er pappsatt.

»So gefällt mir das«, sagt Addi. »Nimm mal zwei von den Kissen weg, mein Rücken ist schon ganz steif. Und dann gehst du mit den Tellern in die Küche und machst mir noch einen Kaffee. Einen kleinen diesmal. Klar?«

»Aber …«, stottert Mischa. »Dürfen Sie überhaupt Kaffee trinken? Ich mein nur … Wegen Herz und so …«

Addi sieht erschöpft aus, als er jetzt wieder flach in den Kissen liegt. Er hebt kurz die Hand und lässt sie müde wieder sinken.

»Wenn einer nur noch eine kurze Spanne zu leben hat – warum soll der nicht seinen Spaß haben«, sagt er und hustet. »Ein Tag früher oder später – zählt nicht mehr, Mischa. Los – tu, was ich dir gesagt habe ...«

Beklommen schleicht Mischa in die Küche und setzt Wasser auf. Wie der nur so ruhig sein kann, wenn es ans Sterben geht? Aber recht hat Addi schon. Warum soll er Diät halten, wenn es doch keinen Sinn mehr macht? Diesmal tut Mischa nur einen Löffel Kaffeepulver in den Becher und gießt viel Wasser drauf. Als er den vollen Becher hinüber zum Schlafzimmer balanciert, stößt er mit dem Ellbogen versehentlich an einen Stapel Noten. Es gibt ein kleines Erdbeben, als das ganze Zeug ins Wanken gerät und herunterfällt. Man sieht jetzt das schwarz glänzende Holz des Klaviers.

»Was umgefallen?«, kräht Addi aus dem Schlafzimmer. »Macht nichts. Schmeiß weg. Brauch das Zeug nicht mehr ...«

Mischa reicht ihm den Kaffeebecher und hält den Henkel mit fest, während Addi den belebenden Trank schlürft. Auf einmal kommt ihm eine Idee. Etwas abseitig – aber wieso eigentlich nicht?

»Die Petra Bogner, die will so gern Klavier spielen«, sagt er zu Addi. »Aber die haben kein Klavier. Und Oma Else will sie nicht im Café Engel ans Klavier lassen ...«

Addi nimmt noch zwei Schlucke, dann muss er rülpsen. Mischa stellt den Becher auf einen Stuhl.

»Die Petra«, sagt Addi und blinzelt Mischa nachdenklich an. »Weiß schon. Der Rotschopf. Die ihren Vater verteidigt hat. Tolles Mädel ... Hat man selten, so eine ...«

Trotz des Kaffees ist Addi jetzt sehr müde. Er schließt die Augen, seine Lider zittern, in den Schläfen sind bläuliche Adern zu sehen. Mischa trägt den Kaffeebecher zurück in die Küche, dort schüttet er den Rest aus und macht den Becher sauber. Als er wieder zurück ins Schlafzimmer kommt, schlägt Addi die Augen auf.

»Die Kleine …«, sagt er leise zu Mischa. »Die Kleine, die kann hochkommen und Klavier spielen. Solange sie will … Wenn sie sich nicht vor mir altem Gespenst grault …«

»Ich sag's ihr …«, flüstert Mischa. »Das wird sie bestimmt freuen …«

Ob Addi den letzten Satz noch gehört hat, kann er nicht mit Bestimmtheit sagen. Addi ist eingeschlafen, er schnarcht leise, manchmal röchelt er. Mischa setzt sich hin und schaut Addi beim Schlafen zu. Bin ich jetzt ein »guter Mensch«?, denkt er und kommt sich lächerlich vor. Er runzelt die Stirn und rechnet nach, was er heute verdient hat. Einundzwanzig Mark. Vielleicht auch mehr. Hängt davon ab, wann Julia Wemhöner kommt.

Er hofft, dass Addi es noch lange macht. Nicht nur wegen des Geldes. Es gefällt ihm hier. Addi gefällt ihm. Einen wie Addi hätte er gern zum Großvater gehabt …

LUISA

Es ist gar nicht so einfach, die Wäsche auf dem kleinen Küchentisch zu bügeln, besonders Fritz' weiße Hemden machen Mühe. Luisa benutzt zwei ausrangierte Badetücher und ein Leinentuch als Unterlage, die Ärmel zieht sie auf das Ärmelbrett, um keine Falten hineinzubügeln. Noch zwei weiße Hemden! Luisa seufzt und schaut entmutigt aus dem Küchenfenster. Der Regen rinnt an den Scheiben herab, die Fassaden der gegenüberliegenden Häuser sind dunkel und schmutzig. Warum ist sie so verzagt? Mit dem neuen elektrischen Eisen geht die Arbeit viel leichter von der Hand. Früher musste sie das alte Bügeleisen immer auf den Herd stellen, damit es heiß wurde. Seitdem sie ein elektrisches Bügeleisen besitzt, kann sie auch auf dem Wohnzimmertisch bügeln, wo sie mehr Platz zur Verfügung hat. Warum tut sie es heute nicht? Es liegt daran, dass sie für sich allein sein will. Weil sie seit Tagen einen tiefen Kummer mit sich herumträgt und darüber nachdenken will, was sie tun soll.

Es ist auch in der Küche nicht einfach, einen klaren Gedanken zu fassen, denn um sie herum tobt das Familienleben. Im Wohnzimmer gibt Fritz seiner Tochter Petra Geigenunterricht, und im Kinderschlafzimmer sind Sina und Marion in ein aufregendes Phantasiespiel vertieft. Luisa hat nur einige Halbsätze gehört und musste trotz ihrer Sorgen schmunzeln. Es ist immer Sina, die die Ideen ausbrütet und Marion auf die spannende Abenteuerreise mitnimmt.

»Ich wäre jetzt Pippi Langstrumpf …«

»Ich will aber auch Pippi sein!«

»Dann wärst du eben meine Schwester …«

»Und wie heiße ich dann?«

»Du heißt dann … Lotti Langstrumpf.«

»Nee, ich will nicht wie die Lotti Lehmann aus unserer Klasse heißen …«

»Dann eben … Lilo Langstrumpf.«

»Ja, gut. Und was tun wir?«

»Wir bauen ein Floß und fahren damit über den Ozean.«

»Zu den Eingeborenen?«

»Ja. Das Bett wäre unser Floß … Wir machen jetzt ein Segel …«

Luisa kann die Unterhaltung nur auszugsweise verfolgen, weil sich die Geigenklänge aus dem Wohnzimmer hineinmischen. Petra macht momentan gewaltige Fortschritte, spielt schon Zigeunerstücke von Sarasate und zeigt dabei eine Fähigkeit zur Gestaltung, die für ihre fünf Jahre ganz ungewöhnlich ist. Das Mädchen ist ein großes Talent, das unbedingt gefördert werden muss, zumal sie mit Feuereifer bei der Sache ist. Wenn sie sich so weiterentwickelt, ist der Weg als Musikerin vorgezeichnet. Wohin es sie letztlich tragen wird, ob sie Geigerin, Pianistin oder vielleicht auch Sängerin werden wird – das kann man jetzt natürlich noch nicht sagen.

»Warum schaltest du denn die Lampe an, Papa?«, hört sie Petras Stimme aus dem Wohnzimmer. »Es ist doch noch gar nicht dunkel. Mama hat gesagt, wir müssen Strom sparen.«

»Da hat Mama natürlich recht, Petra … Aber ich brauche etwas mehr Licht … Wo ist denn wieder der Bleistift …«

»Papa! Der liegt vor deiner Nase auf dem Notenständer …«

»Richtig … Hatte ich ganz übersehen … Fang noch einmal an im Takt achtzehn …«

»Warum denn da? Ist doch besser hier. Takt sechzehn …«

»Ja richtig … Den meinte ich auch …«

Luisa legt das gebügelte Hemd in den Wäschekorb und starrt

wieder aus dem Fenster. Da ist es, das Problem, das sie seit Tagen mit sich herumschleppt. Der Kummer, der sie in den Nächten kaum schlafen lässt. Wie oft hat sie schon versucht, mit Fritz über seine schwindende Sehfähigkeit zu reden. Aber ihr Fritz, der sonst immer so ein ehrlicher und gewissenhafter Mensch ist, weicht solchen Gesprächen systematisch aus. Er verschweigt ihr seit Monaten, dass man ihn in die zweite Geige versetzt hat. Warum spielt er solch ein Theater? Er bekommt doch auch ein kleineres Gehalt. Aber das kann er gut vertuschen, weil er die Bankangelegenheiten immer allein regelt. Luisa hat sich nie daran gestört, zwischen ihnen herrschte bisher vollkommenes Vertrauen. Jede Woche legt er ihr das Haushaltsgeld auf den Küchentisch, die Ausgaben wie Miete, Umlagen, Strom, Versicherungen begleicht er per Überweisung. Sonderausgaben wie Kleidung, Schulbücher oder anderes bezahlt Luisa von dem Geld, das sie im Café Engel verdient. Was am Monatsende übrig bleibt, trägt Fritz aufs Sparbuch.

In den vergangenen Monaten war das nur ein sehr kleiner Betrag, das weiß sie, weil sie das Sparbuch aus der Kommodenschublade genommen und nachgeschaut hat. Sie hat das getan, als er nicht zu Hause war, er soll nicht wissen, dass sie ihn kontrolliert.

Tatsächlich hat sich eine ernste Krise in ihrer Ehe aufgetan. Zum ersten Mal gibt es Heimlichkeiten zwischen ihnen. Er verschweigt ihr seine Zurückstufung, und sie hat ihm nachspioniert. Nichts ist zwischen ihnen mehr so, wie es vorher war. Ihr Vertrauen zu ihm ist erschüttert. Schlimmer noch: Sie ist auf dem Weg, Respekt und Achtung vor dem Menschen zu verlieren, den sie über alles liebt. Warum ist er so feige? Steckt den Kopf in den Sand und tut der Familie gegenüber, als sei alles in schönster Ordnung. Er muss sich doch selbst sagen, dass das auf Dauer nicht gutgehen kann.

Sie bügelt die letzten Wäschestücke: drei Küchentücher aus

Leinen, die sie vorher eingesprüht hat, damit sie richtig glatt werden. Dann geht sie mit den gebügelten Hemden hinüber in das kleine Elternschlafzimmer, das gerade mal Platz für das Ehebett und einen Schrank bietet. Fritz' Hemden liegen ordentlich zusammengefaltet aufeinander, vor allem Kragen und Manschetten müssen immer sauber und glatt sein. Sein schwarzer Anzug hängt auf dem Bügel, er muss regelmäßig ausgebürstet und auf Flecken oder gerissene Nähte kontrolliert werden. Für einen Moment überkommt sie der Zorn. Für all diese Arbeiten ist sie ihm gut genug, sie darf seine Kleidung in Ordnung halten, sein Essen kochen, die Wohnung saubermachen. Aber die wirklich ernsten Probleme, die letztlich doch die ganze Familie betreffen, die will er nicht mit ihr teilen, die macht er mit sich alleine ab.

Nein, so geht es nicht weiter, denkt sie. *Das Schweigen macht die Sache nur schlimmer. Je länger es dauert, desto weiter entfernen wir uns voneinander. Es muss ein Ende haben, auch wenn es vielleicht bitter ist. Wenn er zu feige ist, dann ist es jetzt an mir, mutig zu sein.*

Sie steht auf dem Flur und überlegt, wie sie es anstellen kann, allein mit ihm zu sprechen. Ohne störende Kinder. Das geht am besten am Abend, aber da will er zu einem Kollegen, um für die Sommerkonzerte zu proben.

Drüben im Kinderschlafzimmer ist inzwischen Pippi Langstrumpf mit ihrer geliebten Schwester Lilo Langstrumpf unterwegs ins Taka Tuka Land. Marion hat auf Sinas Anregung hin Besen und Schrubber beidseitig zwischen Bettgestell und Matratze gesteckt und dazwischen ein weißes Betttuch gespannt. Das haben sie von Petras Bett abgezogen. Hinter dem improvisierten Segel hocken die beiden Mädchen in einer gemütlichen Kajüte aus Steppdecken und Kopfkissen. Sie halten einander umschlungen und kippen mal nach rechts, mal nach links in die Kissen – auf dem Ozean herrscht offenbar heftiger Seegang.

»Da vorn kommt die große Mörderklippe!«, kreischt Sina. »Wenn wir da zerschellen, fressen uns die Haifische …«

»Aber wir zerschellen da nicht, oder?«, fragt Marion angstvoll.

»Wir müssen feste rudern«, ruft Sina. »Los, Lilo Langstrumpf. Keine Müdigkeit! Nimm die Ruder!«

Luisa steht mit ihrem Wäschekorb an der Tür und sieht lächelnd und kopfschüttelnd zu, wie die beiden jetzt mit Fritzens Pantoffeln eifrig zu beiden Seiten des Betts herumwedeln. Sina rudert so heftig, dass sie kopfüber auf den Bettvorleger purzelt.

»Hilfe!«, schreit sie. »Pippi über Bord. Wo ist der Rettungsring?«

Marion wühlt zwischen den Kissen herum und wirft der Ertrinkenden schließlich ein Ende ihres rosa Nachthemds zu. Sina klammert sich daran und vollführt imaginäre Schwimmbewegungen. Das Nachthemd ist zum Zerreißen gespannt, Sina kämpft mit den Wellen, sie wird immer wieder fortgerissen und muss mühsam zurück zum Floß kraulen. Schließlich klettert sie mit Marions Hilfe wieder auf das Bett.

»Das war in letzter Minute!«, stöhnt sie. »Der Haifisch hat schon an mir geknabbert. Er wollte mir den großen Zeh abbeißen.«

Luisa muss trotz ihrer Probleme lächeln. Was für eine wunderschöne Phantasiewelt haben sich die beiden da erschaffen! Eine Welt, in der sie selbst den Lauf der Dinge bestimmen können. Wenn das in der Wirklichkeit doch auch so wäre! Sie geht in die Küche, um die gebügelten Sommerkleidchen der Mädchen zu holen, und trägt sie ins Kinderschlafzimmer.

»Nicht ganz so laut«, sagt sie und öffnet den Schrank, um die Kleider hineinzuhängen. »Frau Grulich hat sich gestern wieder beschwert.«

»Och, die olle Schabracke …«

»Marion! So etwas möchte ich nicht hören!«

Die brave Tochter zieht den Kopf ein und kichert. Solche Dinge sagt sie nur, wenn Sina bei ihr ist.

»Und nachher alles aufräumen, ja?«, ruft Luisa den beiden

Seereisenden zu und geht hinaus. Drüben im Wohnzimmer hat Fritz den Unterricht inzwischen beendet, aber Petra hört nicht auf zu spielen, sie probiert eifrig die neuen Stücke.

»Lass sie nur«, meint Luisa zu Fritz. »Komm zu mir in die Küche, ich koche uns Kaffee. Ich möchte mit dir über eine bestimmte Angelegenheit reden.«

Er lächelt ausweichend und packt umständlich die Geige in den Kasten. »Später, Liebes. Ich muss noch ein paar Telefonate führen. Wegen der anstehenden Sommerkonzerte. Da ist noch nicht alles in trockenen Tüchern …«

»Fritz, es ist mir sehr wichtig!«

Er schaut sie erschrocken an, denn ihr Tonfall ist ungewöhnlich hart. »Es dauert nicht lange …«, sagt er. »Petra, geh doch bitte hinüber ins Elternschlafzimmer, ich muss telefonieren.«

»Och, Papa …«, mault die Kleine.

»Bitte, Petra …«

Es dauert eine Weile, bis Petra Geige, Noten und Notenständer hinübergetragen hat. Luisa steht mit verschränkten Armen an der Tür und schaut ihrem Fritz zu, wie er in seinem Adressbüchlein blättert. Sein linkes Auge ist so gut wie blind, das ist im Krieg passiert und nicht mehr zu heilen. Aber das rechte Auge war bisher vollkommen in Ordnung, er konnte damit sogar schärfer sehen als Luisa, deren Augen normal sind. Warum hat er sich denn keine Brille verschreiben lassen, wenn seine Sehkraft nachgelassen hat?

»Es ist immer noch zu laut, Luisa«, seufzt er. »Sag doch bitte den Mädchen drüben, sie sollen leiser sein.«

Warum sagt er es ihnen nicht selbst?, denkt Luisa verärgert. *Er will nicht, dass ich sehe, wie nah er das Büchlein vor die Augen halten muss.* Aber sie verkneift sich eine entsprechende Bemerkung und geht stattdessen ins Kinderschlafzimmer. Soll er sein Telefonat ruhig führen. Sie wird ihn heute noch zur Rede stellen, dazu ist sie fest entschlossen.

»Pssst«, macht sie im Kinderschlafzimmer und legt sich den Zeigefinger über die Lippen. »Ihr müsst ganz leise sein, damit euch die wilden Eingeborenen im Taka Tuka Land nicht hören.«

Sina schaut verärgert, die Anweisung passt ihr nicht. Marion hat verstanden. Sie flüstert der Freundin etwas ins Ohr.

»Papa muss telefonieren. Da müssen wir still sein …«

Luisa schließt die Tür wieder und geht in die Küche. Sie lugt vorsichtig durch den Türspalt ins Wohnzimmer und beobachtet, wie er das Adressbüchlein so dicht vor die Augen hält, dass es fast seine Nase berührt. O Gott, denkt sie. So schlimm steht es also. Als er jetzt eine Nummer wählt, tasten seine Finger die Wählscheibe ab, er findet die Zahlen, indem er die Löcher zählt. Das Gespräch mit dem Kollegen führt er jedoch völlig unbefangen; sie bereden Termine, stellen ein Programm zusammen, überlegen, ob sie in diesem Sommer die Honorarforderung erhöhen sollen oder besser bescheiden bleiben.

Sie kocht Kaffee, räumt die Bügelunterlage vom Küchentisch und stellt zwei Tassen darauf. Milch und Zucker. Den Rest des Königskuchens, den sie gestern gebacken hat, lässt sie in der Speisekammer. Sie wartet. Er telefoniert noch immer. Hat er nicht gesagt, dass er gleich zu ihr in die Küche kommt? Ungeduldig stellt sie die Kaffeekanne auf den noch warmen Herd und setzt sich wieder hin. Lauscht auf die Geräusche und Stimmen, die sich miteinander vermischen. Petras Geigenspiel, das immer wieder absetzt und neu beginnt, die beiden anderen Mädchen, die auf dem Bett und Fußboden herumhopsen, Fritz, der leise und angeregt mit einem Kollegen spricht.

Als sie schon aufstehen und ins Wohnzimmer laufen will, steht er plötzlich an der Küchentür. »Schatz, es tut mir leid. Ich muss rasch zu Herbert Seibold, ein neues Stück für nächsten Sonntag proben …«

Er geht mit fast scheuem Lächeln auf sie zu, will ihr einen Kuss auf die Wange geben, aber sie wendet den Kopf zur Seite.

»Nein!«, sagte sie in entschlossenem Ton. »Du gehst jetzt nirgendwo hin.«

Er will nicht begreifen. Schaut sie an, als hätte er nicht recht verstanden. Dabei weiß er im Grunde doch ganz genau, was die Uhr geschlagen hat.

»Aber Luisa«, wendet er in harmlosem Ton ein. »Wir können den Kaffee doch auch später noch trinken. Die Probe ist sehr wichtig. Wir spielen Sonntag in Königstein zu einem Sommerfest, die zahlen ein gutes Honorar!«

Was ist er denn nur für ein Mensch, denkt sie verzweifelt. Wie kann er schon wieder davonlaufen? Der Zorn kommt mächtig über sie, und jetzt sagt sie etwas, das sie nie sagen wollte.

»Wie willst du ein neues Stück einüben, wenn du die Noten nicht sehen kannst, Fritz?«

Er erstarrt. Jetzt endlich wird ihm klar, dass es keine Flucht mehr gibt. Seine Schultern sinken herab, er atmet tief aus, zieht sich dann langsam einen Stuhl heran und setzt sich hin. Ganz steif sitzt er da, wie ein ertappter Schüler, der auf seine Strafe wartet.

»Du hast es gemerkt, nicht wahr?«, sagt er und schaut sie schuldbewusst an. »Ja, mein rechtes Auge hat leider etwas nachgelassen.«

»Seit wann ist das so?«, forscht sie streng.

»Seit ein paar Monaten … Ich habe es vor Weihnachten schon gemerkt, aber da dachte ich, es käme vielleicht von einer Erkältung. Ich sah auf einmal alles in einem weißlichen Nebel. Manchmal sah ich auch doppelt … Es gab aber auch Tage, da ging es besser …«

»Und warum hast du mir nichts davon gesagt?«

»Ich wollte dich nicht beunruhigen, Luisa … Und dann hoffte ich ja auch, es sei nur vorübergehend …«

»Deshalb hättest du mir doch …«

Luisas Rede wird von lautem Türenknallen unterbrochen.

Petras verheultes Gesicht erscheint im Türspalt, sie stößt die Küchentür auf und brüllt zornig los.

»Die lassen mich nicht mitspielen, Papa!«

Fritz steht auf und will den Streit schlichten, aber Luisa drückt ihn auf den Stuhl zurück.

»Bleib bitte hier in der Küche, Fritz. Wir sind noch nicht fertig.«

Mit der schluchzenden Petra an der Hand geht sie hinüber ins Kinderschlafzimmer, wo die Schwestern Langstrumpf das Floß inzwischen in eine Art Zelt verwandelt haben. Unter den aufgespannten Bettlaken sitzen die beiden und essen eine Tafel Schokolade, die Swetlana ihrer Tochter zugesteckt hat.

»Sina!«, sagt Luisa vernehmlich. »Du hast doch bestimmt eine Idee, wie Petra in eurem Spiel mitmachen könnte, oder?«

»Die kann nicht mitmachen!«, ist Sinas kurze Antwort.

»Ich will aber!«, mault Petra. Sie stampft wütend mit dem Fuß auf, ist kurz davor, schon wieder loszuheulen.

»Die Petra will uns immer sagen, was wir machen sollen!«, erklärt Marion die Lage.

»Gar nicht!«, leugnet die kleine Schwester.

»Doch. Du willst immer bestimmen.«

Petra steht verstockt neben Luisa, die beiden älteren Mädchen hocken in ihrem Zelt. So richtig wohl fühlt sich keine der drei.

»Was könnte Petra denn sein, Sina?«, fragt Luisa. »Eine Eingeborene? Oder ein Pirat?«

Viel Hoffnung hat sie nicht, dass die Taktik funktioniert. Wenn es nicht klappt, wird Petra jetzt zu Fritz und ihr in die Küche kommen, und dann ist es nicht möglich, das angefangene Gespräch fortzusetzen.

»Ich bin der Zauberer!«, ruft Petra. »Wenn ich ›Karabum‹ sage, dürft ihr euch nicht mehr bewegen. Bis ich euch wieder erlöse.«

Zu Luisas allergrößtem Erstaunen sind Sina und Marion einverstanden. Es ist ein altes Spiel, das sie oft auf Geburtstagen gespielt haben, besonders gern beim Kuchenessen. Und natürlich darf jede einmal Zauberer sein.

»Aber ich krieg auch was von der Schokolade …«

Sie hörte noch Petras Forderung, dann lässt sie die drei im Kinderschlafzimmer allein in der Hoffnung, dass es eine Weile keinen Streit geben wird.

Fritz hat in der Küche brav auf sie gewartet. Er hat Zeit gehabt, sich seine Worte zurechtzulegen, sitzt mit aufgestützten Ellbogen und schaut sie an, während er spricht.

»Du hast völlig recht, Luisa. Ich hätte dir gleich zu Anfang von meinen Sorgen erzählen müssen. Das hatte ich auch vor, aber dann habe ich es immer wieder hinausgeschoben. Du weißt vielleicht, wie das ist. Wenn du einmal mit den Ausreden angefangen hast, steckst du irgendwann so tief drin, dass du nur schwer wieder herauskommst.«

Soll das eine Entschuldigung sein?, denkt sie. Ist er ein erwachsener Mann oder ein Kind?

»Sprichst du von Ausreden oder von Lügen?«

Er ist betroffen, weil sie sein Geständnis nicht einfach so hinnimmt, wie er es sich von seiner sanften Luisa erhofft hat.

»Ich habe dich niemals belogen, Luisa. Ich habe nur …«

»Du hast geschwiegen«, unterbricht sie ihn. »Die Wahrheit schlau umgangen. Ist das etwas anderes als eine Lüge? Ich meine, es ist das Gleiche!«

Er schweigt. Schaut unglücklich vor sich hin. Drüben im Kinderschlafzimmer erhebt sich wieder Geschrei. Warum können die Mädchen nicht wenigstens für ein Viertelstündchen Ruhe halten? Sie ignoriert die Kinderstimmen und fährt fort.

»Spätestens, als man dich in die zweite Geige versetzt hat, hättest du mir die Wahrheit sagen müssen!«

Sie muss ihr Herz festhalten, weil er nun wie ein Häuflein

Unglück vor ihr sitzt und nicht weiß, was er sagen soll. Ach, es ist ja schlimm genug, dass er fast blind ist – warum muss sie ihn jetzt noch so quälen?

»Ich war bei drei Ärzten, Luisa«, beginnt er leise. »Sie haben alle das Gleiche gesagt. Es ist der graue Star. Man kann es operieren, aber der Erfolg ist keineswegs sicher. Johann Sebastian Bach starb an den Folgen einer Staroperation, und Georg Friedrich Händel wurde blind …«

»Das war im siebzehnten Jahrhundert«, wirft sie ein.

»Natürlich«, gibt er zu. »Heute ist die Medizin zum Glück ein Stück weiter. Man sticht den Star nicht mehr – man entfernt die Linse aus dem Auge. Das wäre in meinem Fall auch möglich. Aber wie gesagt, es ist nicht sicher, dass es gelingt. Auch werde ich wohl nicht die volle Sehkraft wiedererlangen.«

Das sind keine guten Nachrichten. Immerhin hat er nicht den Kopf in den Sand gesteckt, wie sie zunächst befürchtet hat, sondern Schritte unternommen. Allerdings, ohne ihr etwas davon zu erzählen. Drei Arztbesuche. Und von keinem einzigen hat sie gewusst.

»Es ist in meinem Fall besonders prekär, weil ich eben nur dieses eine, bisher gesunde Auge habe«, fährt er fort. »Misslingt die Operation, bin ich vollkommen blind.«

Sie nickt. Langsam bewegt sie ihre Hand über den Tisch und legt sie auf seinen Arm. Er ist wie erlöst, lächelt sie dankbar an.

»Warum hast du mir das alles verschwiegen, Fritz?«

»Ich wollte es dir ja sagen, Luisa. Ich habe einfach den richtigen Zeitpunkt nicht gefunden … Der Mut hat mir gefehlt. Verzeih mir bitte …«

Sie muss es so hinnehmen. Das Bild, das sie von ihrem Fritz gehabt hat, ist zwar nicht zerstört, aber es ist auch nicht mehr so, wie es war. Damals, als sie beide durch die Ruinen gelaufen sind, als die Bomben fielen und sie sich in einem halb zerstörten Haus verstecken mussten – da erschien er ihr so unfassbar mutig.

Hat sie ihn zum Helden gemacht? Ihn auf einen Sockel gestellt und nicht bedacht, dass es im wirklichen Leben keine Helden gibt? Vielleicht. Ihr Fritz ist ein Mensch mit vielen liebenswerten Eigenschaften, aber auch mit etlichen Schwächen.

»Ich bin deine Frau«, sagt sie. »Was auch immer geschieht – wir stehen es gemeinsam durch. Ich bitte dich sehr, von nun an offen mit mir zu sein.«

Das verspricht er. Gesteht ihr auch, wie sehr ihm das alles auf der Seele gelegen hat und wie erleichtert er nun ist, dass sie keine Geheimnisse mehr voreinander haben. Sie halten sich über den Tisch hinweg an den Händen, sind froh, einander nicht ganz verloren zu haben. Mehr ist es noch nicht. Keine Umarmung, kein versöhnlicher Kuss.

»Ich habe mich erkundigt, ob die Krankenkasse eine solche Operation bezahlen würde«, fährt er fort. »Das ist der Fall. Jetzt muss ich nur entscheiden, welchem Arzt ich mich anvertraue.«

»Darf ich dir dabei helfen?«

Sie spürt, wie seine Hand unruhig wird. Aber er hält sie unverändert fest.

»Natürlich, Luisa. Es wird mir die Entscheidung auf jeden Fall erleichtern, wenn wir alles ausführlich miteinander bereden.«

»Dann sag doch einmal, welcher der drei Ärzte dir als der vertrauenswürdigste erschienen ist …«

Er zieht die Stirn kraus und wiegt den Kopf hin und her.

»Das ist nicht so einfach zu sagen. Zwei davon haben ihre Praxis in Wiesbaden, einer ist in Frankfurt …«

Die Küchentür fliegt mit einem Knall auf und Petra steht auf der Schwelle. Sie strahlt vor Eifer, hält ein Lineal in der Hand und brüllt: »Karabum! Ihr dürft euch jetzt nicht mehr bewegen!«

Fritz gehorcht sofort, hält mitten im Satz inne und verharrt in der gleichen Position. Luisa macht das Spiel unwillig eine kurze Zeit mit. Dann sagt sie: »Es ist jetzt genug, Petra. Geh bitte wieder hinüber. Der Papa und ich, wir müssen etwas miteinander besprechen.«

»Was denn?«

»Nichts für Kinder.«

Petra zieht einen Flunsch, hängt sich an den Türgriff und schaukelt hin und her.

»Bitte lass das, Petra, davon geht die Tür kaputt.«

»Aber die haben gesagt, dass ich abzischen soll …«

»Das geht nicht«, meint Fritz und lässt Luisas Hand los. »Warte mal, mein Schatz.«

Die Intervention erweist sich zum Glück als unnötig, weil es an der Haustür klingelt. August Koch steht davor, er will seine Tochter Sina abholen.

»Ich hoffe, sie haben die Wohnung nicht allzu sehr auf den Kopf gestellt«, meint er lächelnd. »Sina! Der Papa ist da. Aufräumen!«

Jetzt bewährt sich das Sprichwort, dass die Ersten die Letzten sein werden. Sina und Marion haben eine Menge zu tun, um das Kinderschlafzimmer wieder in Ordnung zu bringen. Petra muss nur Besen und Schrubber zurück in die Küche tragen.

Eine halbe Stunde später sitzen sie zu viert beim Abendbrot; die Mädchen sind müde, Fritz ist schweigsam, Luisa nachdenklich.

»Die Mama bringt euch ins Bett«, sagt Fritz, als sie fertig sind. »Ich muss rasch noch einmal weg.«

Petra und Marion verabschieden den Papa mit dicken Küsschen und zärtlicher Umarmung. Luisa dreht sich weg, um Wasser in die Spüle einzulassen.

»Komm nicht zu spät«, sagt sie kühl.

»Nein, nein …«

Er schließt die Haustür leise hinter sich.

SWETLANA

Wiesbaden, im Juli 1959

Sommerferien sind etwas Schreckliches! Da hat sie die ganze Zeit über das Kind am Rockzipfel. Sina ist ja ein liebes Mädchen – aber sie ist so anhänglich. Schon am frühen Morgen, noch bevor der Wecker klingelt, schleicht sie sich ins Eheschlafzimmer, klettert über August hinweg und legt sich zwischen die Eltern. Wenn sie dann wenigstens weiterschlafen würde – aber nein.

»Mama? Mama, bist du wach?«

Es hilft wenig, wenn Swetlana die Augen zukneift und so tut, als wäre sie noch im Tiefschlaf. Nur wenige Sekunden später spürt sie die weiche Kinderhand auf ihrer Stirn. Sie fährt über ihre Nase, die Oberlippe, den Mund, das Kinn. Dabei hört sie ihre Tochter leise kichern.

»Hihi … Du hast eine Himmelfahrtsnase, Mama.«

»Lass das!«, knurrt Swetlana und schlägt nach der Kinderhand.

Sie dreht sich von ihr weg und versucht, wieder einzuschlafen. Aber es ist zu spät, denn nun ist August aufgewacht.

»Na, mein Schatz? Hast du gut geschlafen?«

Damit meint er nicht etwa sie, Swetlana, sondern seine Tochter, die gerade am Kragen seines Schlafanzugs zupft.

»Ich habe gar nicht schlafen können«, sagt die Kleine in ihrer altklugen Art. »Weil in meinem Zimmer leider so eine dicke, fette Fliege herumsummt. Sie fliegt über mein Bett und stößt dann gegen die Wand. Dann dreht sie um und stößt gegen das Fenster …«

»Da musst du das Fenster aufmachen, Sina«, sagt August. »Sie will hinaus, die dicke Fliege.«

Swetlana hofft, dass ihre Tochter nun ins Kinderzimmer läuft, um das Fenster zu öffnen. Aber das tut sie leider nicht. Stattdessen stört sie weiter den Morgenschlummer ihres armen Vaters. Dabei hat August seinen Schlaf bitter nötig, weil er so viel arbeitet. Manchmal sitzt er noch bis tief in die Nacht in seinem Arbeitszimmer über irgendwelchen Prozessakten.

»Papa, ich weiß was …«

»Na, was weißt du denn …«

»Ich weiß, was ein Logarithmus ist …«

»Das musst du mir erklären …«

»Der sagt uns, mit was man eine Zahl hochnehmen muss, um ein bestimmtes Ergebnis zu bekommen. Zum Beispiel: Zehn hoch was ist Hundert?«

»Zehn mal zehn ist Hundert.«

»Falsch, Papa. Zehn hoch zwei ist Hundert.«

»Das ist ja toll, Sina … Und woher weißt du das?«

»Das hat mir mein Rechenlehrer erzählt. Er hat mir auch ein Buch mit Aufgaben gegeben. Und ein Buch, in dem die Logarithmen alle drinstehen …«

Dieses Kind ist nicht normal. Als Swetlana acht Jahre alt war, hat sie mit den Nachbarskindern Seilspringen und Hüpfen gespielt, aber ihre Tochter liest Bücher und rechnet mit Logarithmen. Das ist nicht gesund. Sina mag sich nicht bewegen, in Sport hat sie eine schlechte Note. Weil sie immer herumsitzt und Bücher liest, hat sie schlechte Augen, und zu dick ist sie auch. Wenn Marion sie besucht, spielen sie niemals mit ihren Puppen, wie andere Mädchen in ihrem Alter es tun. Sie spielen auch nicht mit den hübschen Brettspielen, die August für Sina gekauft hat. Nein, sie spielt die Geschichten, die sie gelesen hat, und die beiden Freundinnen verwandeln das Kinderzimmer in ein wüstes Chaos.

»Darf ich heute wieder zu dir in die Kanzlei kommen, Papa?«

»Aber natürlich, mein Schatz.«

August ist in seine Tochter regelrecht vernarrt, erfüllt ihr jeden Wunsch, kauft ihr neue Bücher, fährt mit ihr in den Zoo oder bringt sie zu ihrer Freundin Marion. Wenn er nur halb so viel Zeit und Geduld für Mischa hätte – aber mit dem Jungen ist er streng, stellt immer nur Forderungen und ist verärgert, wenn Mischa sie nicht erfüllen kann.

Sina lässt ihren Papa nicht in Ruhe; sie flüstern und lachen, bis es für August Zeit ist, ins Bad zu gehen. Swetlana macht ihm in der Küche das Frühstück.

Mischa schläft natürlich noch. Er ist wieder einmal spät nach Hause gekommen, ohne ihr zu sagen, wo er gewesen ist. August hat es aufgegeben, den Jungen im Flur abzufangen und zur Rede zu stellen. Aber sie, seine Mutter, sitzt bis spät in die Nacht im Wohnzimmer, schaut sich Zeitschriften an oder strickt und wartet angstvoll, ob nicht endlich Schritte am Eingang zu hören sind und Mischa die Haustür aufschließt.

»Wieso bist du noch wach, Mama?«, fragt er dann unfreundlich.

»Ich hab auf dich gewartet, Mischa. Wo warst du so lange? Weißt du, wie spät es ist?«

»Klar. Hab ja ne Armbanduhr. Nacht, Mama ...«

So schroff ist er zu ihr. Ach, er ist nicht mehr ihr kleiner Mischa, den sie auf den Armen getragen hat, der so brav bei ihrer Freundin Jekaterina am Tisch gesessen und seine Kascha gegessen hat. Er hat sich verändert, hat eine tiefe Stimme bekommen, und die Nase ist gewachsen. Das süße Kindergesicht ist fort, er ist ein junger Mann geworden, aber zugleich ist er doch noch ihr Mischa. Ihr Kind! Wenn er nur nicht auf Abwege gerät. In schlechte Gesellschaft. Wenn er doch endlich vernünftig würde und einen Beruf lernen würde.

August unterhält sich gern beim Frühstück. Sie sprechen

über den Tag, über eine Urlaubsreise oder über ein Kleid, das sie gern kaufen würde. Leider mischt sich Sina immer wieder ein, lenkt Augusts Aufmerksamkeit auf sich, und Swetlana hat das Gefühl, dass sie zu kurz kommt. Wenn August aus dem Haus geht, läuft Sina im Nachthemd hinter ihm her und will vor der Haustür noch einmal in den Arm genommen werden.

»Du kümmerst dich nicht genug um sie«, hat August vor einiger Zeit gesagt.

»Das ist nicht wahr!«

Sie war sehr empört. Sie ist keine schlechte Mutter. Sie bemüht sich, sie liebt ihre Kinder. Alle beide liebt sie. Es ist nicht wahr, dass sie Mischa mehr liebt als Sina. Mischa hat es nur schwerer gehabt, hat böse Erfahrungen machen müssen, als er klein war. Sina darf mit beiden Eltern in einem schönen Haus groß werden, sie besitzt alles, was ein Kind braucht, ihr Zimmer ist voller Spielsachen und Bücher, der Kleiderschrank mit teuren Kleidern gefüllt. Es ist doch klar, dass Mischa mehr Aufmerksamkeit braucht als Sina.

August und sie haben einen ganzen Abend lang deswegen gestritten und sich nicht miteinander versöhnt. Auch am folgenden Tag war Swetlana noch zornig, sie hat August kein Frühstück gemacht und mittags, als er zum Essen gekommen ist, kein Wort mit ihm gesprochen. Am Abend hat er sie dann um Verzeihung gebeten und zugegeben, dass er keinen Grund hatte, ihr solch schlimme Vorwürfe zu machen. Sie ist nicht nachtragend, sie hat ihm verziehen. Weil sie ihn ja doch liebt.

Heute Vormittag ist es wieder unerträglich. Um halb elf schläft Mischa immer noch, sie hat schon dreimal an seine Zimmertür geklopft, aber er rührt sich nicht. Sie wagt es nicht mehr, ins Zimmer hineinzugehen, weil er dann zornig wird. Neulich hat er einen Schuh nach ihr geworfen.

Sina läuft ständig hinter ihr her und geht ihr damit auf die Nerven.

»Warum steht Mischa nicht auf, Mama?«

»Weil er noch müde ist.«

»Aber es ist schon halb elf …«

»Ja, Sina.«

»Du musst jetzt das Essen kochen, Mama. Darf ich dir dabei helfen?«

»Meinetwegen … Du kannst Kartoffeln schälen …«

Sina schält langsam und gründlich, Swetlana muss ihr helfen, damit sie rechtzeitig fertig werden. Sie muss ihr erklären, wie man das Kohlgemüse kocht, dass man etwas Speck und klein geschnittene Zwiebeln anbrät, dann den gewaschenen Kohl dazugibt und alles auf kleiner Flamme köcheln lässt. Nein, Sina darf die Flamme am Gasherd nicht anzünden, das ist zu gefährlich, sie könnte sich die Finger verbrennen. Wenn Swetlana das Fleisch anbrät, muss sie zur Seite gehen, weil es spritzt. Sina gibt niemals Widerworte, aber sie hat ständig eine neue Frage, einen verrückten Vorschlag oder sie erzählt irgendetwas, was sie gelesen hat – es ist wirklich anstrengend, mit ihr zu kochen. Swetlana lässt sie gern den Mülleimer hinaustragen, dann hat sie für ein paar Minuten Ruhe. Sina kann auch den Tisch decken. Sie stellt die Teller genau drei Zentimeter von der Tischkante entfernt, legt die Gabel links, das Messer rechts mit der Schneide zum Teller. Über dem Teller kommt zuerst der kleine Löffel für den Nachtisch, davor der Esslöffel, wenn es Suppe gibt. Dann stellt sie die geflochtenen Untersetzer in die Mitte und läuft zurück in die Küche.

Mischa quält sich erst kurz vor Mittag aus dem Bett, ist aber zum Glück auf, als August nach Hause kommt. Heute verläuft das Mittagessen ohne Streit, August ist gut aufgelegt, er hat für seinen Mandanten einen Prozess gewonnen. Sina stellt in einer Tour Fragen, Mischa isst schweigsam vor sich hin. Nach dem Essen, während August seinen Mittagsschlaf hält und Sina ihr das Geschirr abtrocknet, hört Swetlana, wie Mischa die Treppe hinuntergeht und das Haus verlässt. Sie reißt das Küchenfenster auf.

»Mischa! Wohin gehst du? Warum sagst du deiner Mutter nicht, wenn du fortgehst?«

Er dreht sich mit einer lässigen Bewegung um und winkt ihr zu.

»Bin verabredet. Eine neue Arbeit. Kann spät werden …«

Fort ist er. Eine neue Arbeit? Hat er das nur gesagt, damit sie beruhigt ist, oder ist es die Wahrheit? Aber was für eine Arbeit? Wo? Für wen? Sie entscheidet, dass es keine gute Arbeit sein kann, weil er nichts darüber erzählt.

August fragt nicht nach Mischa, als er seinen Kaffee trinkt und sich für die Kanzlei fertig macht. Swetlana weiß, dass er schweigt, weil es sonst Streit zwischen ihnen gibt. Er küsst sie auf dem Flur.

»Wir sind heute Abend bei Dr. Brinkmann eingeladen, Liebling. Kauf dir das Kleid, das dir so gefallen hat. Hier …«

Er steckt ihr ein Bündel Geldscheine zu. August ist immer großzügig, er liebt es, wenn sie sich hübsch macht. Leider ist er viel zu selten zu Hause, die meiste Zeit arbeitet er. Sina darf heute Nachmittag mit in die Kanzlei fahren, sie hat sich ein Buch unter den Arm geklemmt und läuft wie ein Hündchen hinter August her zu seinem Wagen.

Swetlana bleibt allein in der Villa. Sie hat nichts mehr zu tun, die Küche ist in Ordnung gebracht, morgen Vormittag kommt Susanne Wegener, ihre Putzfrau, um die Teppiche zu saugen und die Fenster zu putzen. Sie zieht sich ein hübsches Kleid an, wählt die passenden Schuhe und steckt das Geld ein, das August ihr gegeben hat. Dann setzt sie sich in ihr Auto und fährt in die Stadt. Einkaufen. Ein neues, früher völlig unbekanntes Vergnügen. In der Kirchgasse liegt ein Geschäft neben dem anderen, sie kann teures Geschirr, Modeartikel, Schmuck oder Schuhe nach Herzenslust auswählen. Natürlich muss sie im Rahmen bleiben; August verdient gut, aber er ist kein Millionär. Dennoch – welch ein Unterschied zu den harten Zeiten, als sie noch mit Mischa allein in einer winzigen Altstadtwohnung lebte und ihren Lebensunterhalt als Putzfrau verdienen musste!

Die Sonne scheint, am Himmel fliegen leichte weiße Wölkchen vorüber, die Menschen tragen ein Lächeln im Gesicht. Sie schlendert die belebte Straße entlang und betrachtet die Schaufenster. Das Kleid, das ihr so gefallen hat, trägt eine Schaufensterpuppe in einem Geschäft für Damenmode. Es ist auf Figur genäht, der Rock liegt eng an und bedeckt die Knie, das steht ihr besser als die weiten Röcke mit den Petticoats darunter, die momentan in Mode sind. Auch die Farbe, ein helles Blau mit einem Tick ins Violett, passt gut zu ihrem dunklen Haar. Dazu gibt es eine Jacke aus dem gleichen Stoff in Dreiviertellänge – ein hübsches Ensemble, das sie gleich heute Abend anziehen könnte. Sie betritt das Geschäft, um das Kleid anzuprobieren, und da es wie angegossen passt, erwirbt sie es.

Erst als sie bezahlt, wird ihr klar, dass dieses Geschäft Julia Wemhöner gehört. Eine vage Hoffnung steigt in ihr auf. Vielleicht hat Mischa sich ja besonnen und die Lehre bei Frau Wemhöner doch noch angetreten. Ist das seine »Verabredung«?

»Haben Sie jemanden, der mir die Tüte zum Auto tragen könnte?«, fragt sie die junge Angestellte. »Einen Lehrling vielleicht?«

»Leider nein. Aber ich könnte meine Kollegin bitten, Ihnen behilflich zu sein …«

»Danke, es wird auch so gehen …«

Ihr Mutterherz mag die Hoffnung nicht aufgeben. Sie beschließt, die Straße hinunter bis zum Kochbrunnen zu laufen, wo das Geschäft für Herrenmode ist. Wenn überhaupt, dann wird Mischa dort arbeiten.

Im Laden für Herrenmoden ist es kühl, das Licht ist gedämpft. Es riecht nach Tabak und einem herben Parfüm, das Swetlana unangenehm ist. Ein dunkelhaariger Mensch mit spitzen Ohren zeigt einem älteren Herrn eine Kollektion feiner Lederhandschuhe. Der ältere Herr trägt einen hellen Sommermantel, er hat seinen Hut auf dem Ladentisch abgelegt.

»Guten Tag, gnädige Frau …«, sagt der Angestellte, während er die Handschuhe vor dem Kunden ausbreitet. »Einen kleinen Augenblick bitte, mein Kollege ist sofort für Sie da.«

Er wendet sich um und ruft einen Namen. Dann beugt er sich mit servilem Lächeln über den Ladentisch und erklärt dem älteren Herrn, welche Handschuhe aus Ziegen- und welche aus Nappaleder gefertigt sind. Hat er »Mischa« gerufen? Oder hat sie sich verhört? Doch der schlaksige junge Mensch, der jetzt den Vorhang zerteilt und dienstfertig an den Ladentisch geht, ist ihr völlig unbekannt.

»Was kann ich für Sie tun, gnädige Frau?«

»Ich … ich würde gern die graugestreiften Krawatten sehen. Die aus dem Schaufenster …«

Aus Verlegenheit wählt sie eine seidene Krawatte für August aus. Nicht zu auffällig, lieber seriös, seine Mandanten sollen ja Vertrauen zu ihm haben, und außerdem ist August wenig modebewusst. Der Preis ist dem exklusiven Ambiente des Ladens angemessen, dafür erhält sie auch eine ausgezeichnete Qualität, nicht zu vergleichen mit den Krawatten, die man im Kaufhaus bekommt. Der junge Angestellte verpackt ihre Erwerbung in eine Schachtel aus dunkelroter Pappe und bindet eine weiße Schleife darum. Er ist sehr unsicher, seine Finger verheddern sich in dem weißen Band, er muss die Schleife zweimal binden, bis sie endlich sitzt. Sein Kollege mit den spitzen Ohren schaut mehrfach zu ihm hin und runzelt die Stirn, doch davon wird der arme Kerl noch nervöser.

Das ist ganz sicher nichts für Mischa, denkt Swetlana. Dazu hätte er niemals die Geduld. Außerdem ist es eine stupide Arbeit. Sie entschließt sich, trotzdem zu fragen.

»Verzeihung … Man hat mir gesagt, hier würde ein junger Mann mit Namen Michael Koch arbeiten?«

Der Mensch mit den Spitzohren hat zwei Paar Handschuhe verkauft, die er jetzt geschickt in flache rote Schachteln verpackt. Er hebt nur kurz den Kopf in ihre Richtung.

»Bedaure, gnädige Frau«, sagt er höflich. »Der Name ist mir leider vollkommen unbekannt. Vielleicht eine Verwechslung.«

Dann wendet er sich mit einer geschmeidigen Geste zu seinem Kunden und erklärt ihm, dass diese Handschuhe wie angegossen säßen und ausgesprochen elegant wirkten. Swetlana bezahlt die Krawatte und verlässt das Geschäft. Sie ist enttäuscht, aber zugleich auch erleichtert. Nein, es war eine dumme Idee, Mischa eine Stelle in so einem Geschäft anzubieten. Mischa ist für eine derartige Arbeit nicht geeignet. Ihr Sohn ist kein Lakai, der alten Männern schmeichelt und ihnen Handschuhe aus Nappaleder anzieht.

Aber für welchen Beruf ist Mischa überhaupt geeignet? Sein Vater war Offizier der Wehrmacht, welchen Beruf er im bürgerlichen Leben ausübte, hat er ihr nie erzählt. Sie hat immer gehofft, dass ihr Mischa einmal Abitur machen und Medizin studieren würde. Ein Arzt werden sollte er, wie Swetlanas Vater. Aber Mischa musste das Gymnasium schon nach einem Jahr wieder verlassen. Weil er anstatt fleißig zu lernen nur lauter Unsinn getrieben hat. Zigaretten hat er sich besorgt und sie an seine Mitschüler verkauft. Ein Schlitzohr sei ihr Sohn, hat sein Lehrer zu ihr gesagt. Mit allen Wassern gewaschen. Er brauche eine feste Hand.

Bitter denkt sie daran, dass Mischas Vater sie vielleicht geheiratet hätte, wenn er nicht im Krieg gefallen wäre. Dann hätte Mischa einen richtigen Vater gehabt, und alles wäre einfacher gewesen. Aber das ist ein Schicksal, das Mischa mit vielen seiner Alterskameraden teilt. Der Krieg, der verdammte Krieg, hat so viele Männer verschlungen und die Söhne alleingelassen.

Sie überlegt, ob sie die Kirchgasse wieder zurücklaufen soll, um zu ihrem Auto zu gelangen, oder ob sie einen Umweg über die Wilhelmstraße macht. Es gibt immerhin die schwache Möglichkeit, dass Mischa bei Frank und Andi ist. Die Freundschaft zu den Zwillingen war zwar früher sehr viel enger, da haben die drei häufig miteinander gespielt und auch Dummheiten gemacht. Aber sagte nicht Hilde, dass die Zwillinge neue Schallplatten aus Frankreich mitgebracht haben? Die würde Mischa ganz sicher gern ausleihen.

Sie entschließt sich, im Café Engel vorbeizugehen. Selbst wenn Mischa nicht dort ist, kann sie wenigstens einen Kaffee trinken und ein Stück Kuchen essen. Nach dieser Lauferei fühlt sie sich erschöpft und braucht eine kleine Stärkung.

Wenn man von der Straße »An den Quellen« rechts in die Wilhelmstraße einbiegt, fallen gleich die vielen Tische vom Café Blum ins Auge, die von gestreiften Markisen beschattet werden. Swetlana geht daran vorbei und stellt fest, dass dort leider zahlreiche Gäste sitzen, die sonst das Café Engel bevorzugen. So genießt dort Alma Knauss an der Seite ihrer Freundin Ida Lehnhard ein gemischtes Eis mit Sahne, und die Sängerin Jenny Adler trinkt eine Zitronenlimonade. Swetlana tut, als sähe sie die Damen nicht, und beeilt sich, hinüber zum Café Engel zu gelangen. Da leuchten doch tatsächlich hellrote, funkelnagelneue Sonnenschirme! Die hat Hilde ganz sicher gegen den Willen ihrer Mutter angeschafft. Aber der Erfolg ist nicht ausgeblieben: Die Tische unter den Sonnenschirmen sind alle besetzt.

Swetlana wird freudig begrüßt. Kantor Firnhaber hockt mit dem Korrepetitor Alois Gimpel vom Theater beisammen, und auch Hans Reblinger, der früher die Kritiken fürs *Tagblatt* schrieb, ist bei ihnen. Er ist schon ein alter Herr und muss beim Laufen einen Stock benutzen, aber er genießt immer noch sein Glas »Engelströpfchen« und macht den Frauen im Café Engel Komplimente.

»Ja, unsere schöne Russin ist heute im Café«, ruft er aus. »Da muss ich doch gleich noch einen Wein bestellen!«

Swetlana ist normalerweise nicht erfreut, wenn man sie als »Russin« bezeichnet, aber dem netten alten Herrn kann sie nicht böse sein. Sie bleibt stehen und erklärt lächelnd, dass sie heute ausnahmsweise als Gast hier ist, weil sie Appetit auf ein Stück Torte hat.

»Da nehmen Sie besser die Käse-Sahne«, rät ihr der Herr Gimpel mit gedämpfter Stimme. »Diese Ananastörtchen, die die Frau Perrier gebacken hat – die sind hart wie Stein. Aber sagen Sie es ihr nur nicht, sie ist so stolz auf ihre Törtchen.«

Ach herrje! Schon wieder ist Hilde das Gebäck missraten. Sie ist aber auch so stur, lässt sich nicht beraten, weder von ihrer Mutter noch von Swetlana, die eine gute Köchin und Bäckerin ist.

Drinnen wird Swetlana von ihrem Schwiegervater Heinz begrüßt, der ein wenig unglücklich am Ecktisch sitzt und eine Tasse Kaffee vor sich stehen hat. Außer zwei jungen Frauen vom Ballett gibt es hier keine weiteren Gäste. Swetlana stellt aufatmend ihre Tüten ab und lässt sich am Ecktisch nieder.

»Das ist schön, dass du vorbeikommst, Swetlana«, freut sich Heinz. »Ich wollte mich schon nach draußen zum Hans Reblinger setzen, aber mir ist es noch zu kühl. In letzter Zeit plagt mich der Rücken, weißt du?«

Sie tröstet ihn, rät zu Massagen und warmen Bädern und fragt nach den Zwillingen. Ob die beiden sich jetzt in den Ferien nicht langweilen?

»Die sind bei Jean-Jacques in Eltville«, lacht er. »Und wie ich meinen Schwiegersohn kenne, haben die beiden keine Minute Zeit, sich zu langweilen. In so einem Weingut gibt es immer was zu tun.«

Ach natürlich, daran hatte sie nicht gedacht. Die Zwillinge verbringen die Ferien meist in Eltville, wo sie in der Schänke und auf dem Weinberg helfen. Jean-Jacques gibt sich große Mühe, ihnen den Beruf des Winzers schmackhaft zu machen.

Jetzt erscheint Luisa mit einem Tablett voller Weingläser und Karaffen. Sie bleibt kurz beim Ecktisch stehen, um Swetlana zu begrüßen, dann eilt sie mit dem Tablett zur Drehtür. Sehr praktisch ist diese alte Tür eigentlich nicht, vor allem dann nicht, wenn man ein Tablett voller Gläser und Geschirr nach draußen tragen muss. Aber sie gehört halt zur Tradition des Hauses.

»Wunderschön sind die neuen Sonnenschirme«, lobt Swetlana. »Die leuchten schon aus der Ferne und ziehen bestimmt viele Gäste an.«

Heinz tut einen tiefen Seufzer. Offenbar hängt der Haussegen mal wieder schief. »Hilde und Else streiten wegen der Sonnenschirme, die Hilde ohne Absprache gekauft hat. Und wegen der Törtchen. Und nicht genug damit – nun liegt auch noch der arme Addi flach. Der Kreislauf will nicht. Angeblich hat er das immer im Frühling.«

»O weh«, meint Swetlana besorgt. »Kümmert sich Sofia Künzel um ihn?«

»Nee, die hat zu viel zu tun im Konservatorium. Aber die Julia ist wieder bei ihm eingezogen. Das tut ihm gut, dem Addi. Sie ist ja immer seine große Liebe gewesen. Und dann hilft ja auch der Mischa …«

Swetlana starrt den Schwiegervater ungläubig an. Was hat er gesagt?

»Der … der Mischa? Meinst du etwa … *meinen* Mischa?«

Jetzt ist es an Heinz, verblüfft zu schauen.

»Ja, wen denn sonst? Hat er dir das nicht erzählt? Na, ihr habt ja ein komisches Familienleben. Der kommt immer am Nachmittag und macht die Besorgungen für Addi. Dann sitzt er oben bei ihm und wartet, bis Julia von der Arbeit kommt. Weil sie nicht will, dass Addi die ganze Zeit über so allein ist.«

Swetlana kann es nicht fassen. Mischa hat nicht gelogen, er

hat tatsächlich eine Verabredung. Und er tut sogar etwas Nützliches: Er hilft einem Kranken. Das Herz geht ihr auf, und schon blühen die Hoffnungen wieder: Vielleicht wird ja doch eines Tages ein Arzt aus ihm?

»Er ist ein so guter Junge, mein Mischa«, schwärmt sie. »Dass er sich so liebevoll um Addi kümmert – wie mich das freut!«

»Nun ja«, meint Heinz lächelnd. »Er ist recht anstellig. Wird aber von Julia Wemhöner auch gut bezahlt.«

HILDE

»Es hilft nichts, ma colombe«, seufzt Jean-Jacques und schlägt die Decke zurück, um sich aus dem Bett zu schwingen. »Die Arbeit ruft, ich muss ihr gehorchen.«

Hilde kuschelt sich noch einmal gemütlich ins weiche Bett und schaut zu, wie ihr Eheliebster im Adamskostüm zum Badezimmer läuft. Kein überflüssiges Gramm Fett hat er am Körper, schmale Hüften und eine kräftige Schulterpartie, dazu ist seine Haut schon beim ersten Frühlingssonnenstrahl gebräunt. *Ein hübscher Bursche, denkt sie amüsiert. Ich glaube, ich würde ihn wieder heiraten.*

Drüben im Zimmer der Zwillinge regt sich noch nichts – kein Wunder, es ist erst acht Uhr, und die Kinder haben Schulferien. Jean-Jacques war mit den Jungen zwei Tage in Wiesbaden, weil er »solche Sehnsucht nach seiner douce colombe« hatte. Heute ist Samstag, da muss er zurück nach Eltville, denn am Samstagabend und am Sonntag kommen Gäste in seine Weinschänke.

»Un jour …«, sagt er immer. »Eines Tages wird man den Leuten auch den Samstag frei geben, dann gibt es ein langes Wochenende, und ich mache das große Geschäft!«

Als ob er mit seiner kleinen Schänke wirklich etwas verdienen würde! Soweit Hilde weiß, ist das Weingut gerade mal so eben aus den roten Zahlen heraus. Als sie hört, dass unten vor dem Haus die Sonnenschirme aufgespannt werden, steht sie rasch auf und geht ebenfalls ins Bad.

»Mama ist schon draußen und macht die Tische fertig«, verkündet sie Jean-Jacques, der mit weiß eingeschäumten Wangen vor dem Spiegel steht und sich rasiert.

»Warum sie nicht wartet? Ich kann doch helfen!«, knurrt er und spült den Schaum vom Rasiermesser.

»Du kennst sie doch …«, seufzt Hilde und greift nach ihrem Zahnputzglas.

Früher hat Addi die Außentische und Stühle am Abend zusammengeklappt und untergestellt. Er war auch am Morgen stets der Erste, hat den Bürgersteig gekehrt, die Sitzgruppen wieder aufgestellt und die Sonnenschirme aufgespannt. Aber Addi ist seit über einer Woche nicht mehr aus seiner Wohnung gegangen, er hat Kreislaufprobleme und braucht ein wenig Ruhe. So hat er zumindest gesagt.

Während Hilde rasch in ihre Kleider schlüpft, hört sie heiße Diskussionen im Kinderzimmer.

»Wir wollen diese Woche lieber in Wiesbaden bleiben, Papa!«, kräht Frank morgenheiser.

»Warum das denn? Eure Freunde in Eltville warten auf euch. Und dann will ich euch zeigen, die ersten, ganz kleinen Weintrauben …«

»Das hast du uns doch schon letztes Jahr gezeigt …«

»Aber nicht, wie man muss pflegen die kleinen Trauben. Muss man Blätter wegnehmen, damit sie die Sonne bescheinen kann …«

»Ach, Papa! Das wissen wir längst!«, stöhnt Frank.

»Und am Ende müssen wir ja doch immer nur Unkraut jäten«, lässt sich nun auch Andi vernehmen.

Hilde tut ihr Eheliebster ein wenig leid. Er gibt sich solche Mühe, die beiden für den Weinbau zu begeistern, aber der Erfolg ist bisher nur mäßig.

»Eine Woche nur, Papa!«, bettelt Frank. »Wir wollen mit Heiner und seinen Eltern zelten. Die haben einen Schrebergarten in Sonnenberg.«

Jean-Jacques gibt sich noch nicht geschlagen.

»Un tente, ein Zelt könnt ihr auch in Eltville aufbauen ... Drüben bei Jupp Herking ...«

»Och bitte, Papa!«, fleht Andi.

Hilde hört, wie die Zimmertür wieder geschlossen wird. Jean-Jacques räuspert sich ärgerlich im Flur, sucht im Schuhschrank herum und geht schließlich aus der Wohnung. Er wird ohne seine Söhne nach Eltville zurückkehren, und das passt ihm gar nicht.

Unten in der Küche vom Café ist Else schon dabei, den großen Filter auf den Thermobehälter zu setzen, der den frisch gekochten Kaffee warmhält. An Tagen wie heute, wo ein großer Teil der Familie beisammen ist, wird gemeinsam im Café gefrühstückt.

»Morgen, Mama ...«, sagt Hilde. »Gut geschlafen?«

Else nickt nur, weil sie beschäftigt ist, die Kaffeemenge für den Filter löffelweise abzuzählen.

»Deine Törtchen kannst du heute selber essen«, bemerkt sie. »Hart wie Stein. Und zu süß sind sie auch.«

Das hat Hilde besonders gern. Kaum »Guten Morgen« gesagt, und schon wird genörgelt.

»Ich bin eben noch in der Probephase, Mama. Keine Ahnung, warum die so hart werden ...«

»Weil du sie zu spät aus dem Ofen nimmst ...«

Hilde schweigt verärgert und füllt Marmelade in kleine Schälchen ab. Wenn Mama, anstatt immer nur zu meckern, ihr mit Rat und Tat zur Seite stehen würde, hätte sie schon längst das optimale Rezept gefunden.

»Und viel zu klein«, fährt Else fort. »Füllt ja kaum den hohlen Zahn. Wer soll denn davon satt werden?«

»Wer satt werden will, kann sich deine Käse-Sahne oder Schwarzwälderkirsch bestellen. Die *petits fours* sind kleine Köstlichkeiten, die man genießen muss ...«

Else nimmt den brodelnden Wasserkessel vom Herd und gießt das kochende Wasser langsam in den Filter. Der belebende Duft von frisch gebrühtem Kaffee breitet sich in der Küche aus.

»Wie heißt das Zeug? Was hast du gesagt?«

»Petits fours … kommt aus Frankreich …«

»Petits fours … igitt, so was kann man doch unseren Gästen nicht verkaufen!«

»Wieso nicht?«, fragt Hilde verständnislos.

»Klingt ja wie ›kleine Fürze‹.«

»Mama!«

Hilde spart sich weitere Kommentare und läuft hinüber in den Gastraum des Cafés. Draußen hat Jean-Jacques die restlichen Sonnenschirme aufgespannt und die Aschenbecher auf die Tische gestellt. Jetzt kommt er mit der großen Brötchentüte durch die Drehtür, doch seine Miene ist trotz der schönen Morgensonne griesgrämig.

»Zelten«, knurrt er. »In Sonnenberg …«

Hilde nimmt ihm die Brötchen ab und küsst ihn tröstend auf die Wange.

»Lass sie doch. Sie werden nach zwei Tagen genug haben, schon wegen der Ameisen und Käfer. Außerdem ist Regen angesagt …«

Gleich heitert sich seine Stimmung auf, er pfeift ein Liedchen und hilft ihr, den Frühstückstisch in der Ecke zu decken.

»Addi kommt nicht?«

»Ich fürchte, nein«, gibt sie zurück. »Aber Sofia Künzel vielleicht.«

Papa Heinz erscheint morgenfrisch im weißen Nyltesthemd und Strickjacke. Das Hemd hat Hilde für ihn gekauft, weil es heißt, dass man diese neuen Hemden nicht mehr bügeln muss. Jean-Jacques hat jedoch behauptet, er fühle sich darin wie eingeschweißt, es käme keine Luft an den Körper. Und so richtig weiß sind sie nach der Wäsche auch nicht mehr geworden.

»Gut geschlafen, Papa?«

»Abgesehen von dem Mordanschlag, den man im Flur auf mich verübt hat – ausgezeichnet.«

»Was für ein Mordanschlag?«, ruft Else aus der Küche.

»Man hat ein Seil gespannt, damit ich mir den Hals breche, wenn ich in der Nacht ins Bad muss …«

»Ein … Seil?«

Als gelernter Schauspieler erscheint Willi genau aufs Stichwort im Café. Ruft einen fröhlichen »Guten Morgen« in die Runde und zeigt sich zerknirscht, dass sein Vater in der Nacht über die Telefonschnur gestolpert ist. Er hat den Apparat aus dem Wohnzimmer mit in sein Schlafzimmer genommen, weil er noch ein Telefonat zu führen hatte.

»In der Nacht?«, wundert sich Jean-Jacques.

»Wohl geschäftlich, wie?«, fragt Hilde boshaft.

»Eher privat«, erklärt Willi ungerührt und versenkt drei Stücke Würfelzucker in seinem Kaffee.

»Willi, der Vielgeliebte!«, witzelt Hilde unverdrossen. »Ist der Hörer geschmolzen bei euren heißen Liebesschwüren?«

»Still«, befiehlt Else. »Die Jungen sind auf der Treppe. Verderbt mir die unschuldigen Kinder nicht.«

»Die haben es faustdick hinter ihren Ohren«, knurrt Jean-Jacques, und da poltern die beiden schon ins Café. Frank schnell und zielsicher wie ein kleiner Torpedo, Andi schlaksig, ähnlich einem jungen Heuhüpfer und trotz der langen Beine eher langsam. Außerdem stößt er fast immer irgendwo an. Es ist unfassbar, welche grandiosen Varianten die Tücke des Objekts doch haben kann. Dieses Mal tritt Meister Ungeschickt versehentlich gegen einen Stuhl, der Stuhl prallt an einen Tisch, und natürlich kippt die darauf stehende Blumenvase um. Damit nicht genug: Das Gefäß aus Porzellan rollt über die Tischkante und zerschellt am Boden, während sich das Blumenwasser auf der Tischdecke ausbreitet.

»Andi! Du Unglückswurm!«, stöhnt Hilde. »Wir haben keine passenden Ersatzvasen mehr. Jetzt müssen wir für alle Tische neue Vasen kaufen.«

Andi steht betroffen vor seinem Stuhl und reibt sich den Ellbogen.

»Tschuldigung ...«

»Ist nicht so schlimm, Junge!«, meint Opa Heinz. »Ich konnte die alten Dinger sowieso nicht mehr sehen.«

Hilde ist schon unterwegs, um die Scherben aufzulesen, Else nimmt das nasse Tischtuch samt Blumen herunter und trocknet die hölzerne Tischplatte ab. An der Tür zum Treppenhaus stößt sie beinahe mit Sofia Künzel zusammen, die schwungvoll, wie es ihre Art ist, ins Café tritt.

»Morgen allerseits«, ruft sie und zupft an ihrem erdbeerroten Umhang, den seinerzeit noch Julia Wemhöner für sie genäht hat. Damals, als sie noch Theaterschneiderin war. Sofia Künzel trägt dazu einen grünen Rock und schwarze Stiefeletten. Sie mag es bunt.

»Habt ihr schnell mal'n Käffchen für 'ne arme Klavierlehrerin? Hab gleich zwei Schüler im *Kons,* die Hausfrau mit dem Sagrotan und den Kümmerling aus Biebrich. Das sind Kräftefresser, da muss ich vorher tanken ...«

»Nur her zu uns«, ruft Heinz und winkt begeistert mit dem Arm. Er ist glücklich, weil ihn der belebte Frühstückstisch an die guten alten Zeiten erinnert, als sich die Künstler vom Theater noch im Café Engel drängten und er mitten unter ihnen saß.

»Merkwürdige Schüler haben Sie«, amüsiert sich Wilhelm.

Sofia Künzel lächelt Jean-Jacques, der ihr Kaffee einschenkt, dankbar an, dann erklärt sie, dass sie eines Tages ganz sicher ein Buch über alle ihre Schüler schreiben wird.

»Nur glauben wird mir das keiner«, lacht sie. »Hat Addi neulich auch gesagt. Was da an Merkwürdigkeiten herumläuft – das übertrifft jede Erfindungsgabe ...«

»Wie geht's denn Addi?«, erkundigt sich Else besorgt. »Haben Sie mal mit ihm gesprochen? Ist er aufgestanden?«

Die Künzel lässt die Brötchenhälfte, die sie gerade mit Butter beschmiert, bekümmert sinken und tut einen Seufzer.

»Nee, der liegt fest im Bett. Vorgestern hab ich mal angeklopft, da hat mir der junge Mann, der Mischa, die Tür aufgemacht. Hübscher Bursche ist das geworden. War doch vor Kurzem noch so ein dünner Bub, der Mischa. Und jetzt auf einmal kommt er richtig männlich daher. Ist mindestens zehn Zentimeter gewachsen, hat Muckis an den Armen, und seine Nase …«

»Sie schweifen ab, Frau Künzel«, fällt ihr Else ins Wort. »Ich hatte nach Addi gefragt.«

»Ja, richtig«, sagt die Künzel, und sie kleckst sich Erdbeermarmelade aufs Brötchen. »Also, der Mischa macht mir die Tür auf und schaut mich an, als käme ich mit der Kohlenrechnung. Herr Dobscher könne niemanden empfangen, er sei unpässlich. So was sagt er zu mir, unglaublich, wie?«

»Das wird ihm Julia so aufgetragen haben«, meint Wilhelm. »Ich wollte sie gestern oben besuchen, aber sie hat mich auf später vertröstet. Wie es scheint, ist sie nur noch mit Addi beschäftigt.«

Er zieht zwar eine komische Grimasse, als er das sagt, aber Hilde sieht ihm an, dass er enttäuscht ist. Julia, seine große Liebe, hat keine Zeit für ihn. Meine Güte, Bruderherz. Wach auf und werde endlich erwachsen. Du kannst nicht ewig in der Welt herumtingeln, von Blüte zu Blüte flattern, und dich, wenn du müde bist, an Julias starker Schulter ausruhen.

Sofia Künzel kaut genussvoll ihr Marmeladenbrötchen und wedelt dabei mit der Hand, um anzuzeigen, dass sie noch mehr zu erzählen hat.

»Ich bin natürlich trotzdem rein«, sagt sie und nimmt einen Schluck Kaffee. »Da kenne ich ja nix. Hab den Buben beiseitegeschoben und bin stracks in Addis Schlafzimmer. Da lag er, der gute Addi, fast so weiß wie die Kissen. Hat mir die Hand gegeben und gemeint, es sei schön, mich noch mal zu sehen …«

»Das hat er gesagt?«, fragt Else beklommen. »O Gott. Steht's so schlimm um ihn?«

Die Künzel legt das angebissene Brötchen auf den Teller und nickt betrübt.

»Mir ist ganz komisch geworden«, sagt sie. »Mensch Addi, hab ich gesagt. Mach keinen Mist. Wir wohnen jetzt schon dreiunddreißig Jahre Tür an Tür, und ich will, dass wir mindestens die vierzig noch voll machen. Da hat er so komisch gelächelt und gemeint, er würde sich gewiss Mühe geben …«

»Ça ne va pas«, meint Jean-Jacques. »Wenn es geht ihm schlecht – er muss in Krankenhaus. Vielleicht er braucht eine Operation? Er sagt Kreislauf – aber ich denke, es ist vielleicht etwas ganz anderes?«

Ringsum nickende Bestätigung. Man überlegt, was Addi fehlen könnte. Papa Heinz fürchtet, er könnte eine Lungenentzündung haben, Wilhelm tippt auf eine Magengeschichte, Else erinnert daran, dass Addi vor Jahren mit einer Herzattacke im Paulinenstift gelegen hat.

»Ich verstehe auch Julia Wemhöner nicht«, sagt Hilde empört. »Sie kümmert sich doch um ihn. Warum sorgt sie nicht dafür, dass er in eine Klinik gebracht wird?«

»Wieso denn Julia?«, wehrt Wilhelm ab. »Addi ist ein erwachsener Mann und kann selbst entscheiden, ob er in eine Klinik will oder nicht.«

»Da eben liegt der Hase im Pfeffer«, ruft die Künzel dazwischen. »Er war beim Arzt, und der hat ihm gesagt, es sei das Herz. Und da hat sich Addi ins Bett gelegt und fertig. In ein Krankenhaus will er nicht. Stur wie ein Panzer. Hab mir den Mund fusselig geredet, aber nichts erreicht. Und dann kommt mir doch der Mischa noch quer …«

»Mischa? Was hat er angestellt?«, will Else wissen. »Der scheint ja ein ziemliches Früchtchen zu sein, wie man so hört.«

Sofia Künzel macht eine abwehrende Handbewegung und trinkt rasch ihre Kaffeetasse leer, weil sie gleich los muss.

»Nee – angestellt hat er nichts. Er hat sich vor Addis Bett aufgebaut und ganz laut und energisch gesagt, dass man niemanden zwingen darf, in ein Krankenhaus zu gehen. Dass jeder Mensch das Recht habe, über sich selbst zu bestimmen.«

»Das hat er gesagt?«, ruft Wilhelm aus. »Bravo! Da hat er ausnahmsweise mal recht. Ich finde auch, dass die Entscheidung bei Addi liegt.«

Jean-Jacques nickt Zustimmung, auch Heinz ist der gleichen Ansicht. Aber Else schüttelt den Kopf.

»Wenn einer stur und dickköpfig nicht gesund werden will, da muss man schon mal energisch werden«, findet sie. »Das ist unterlassene Hilfeleistung, wenn man das nicht tut, da macht man sich strafbar …«

Hilde findet das auch. Sie nimmt sich vor, Julia Wemhöner heute Abend im Treppenhaus abzufangen und mit ihr zu reden. Wenn jemand Einfluss auf Addi hat, dann ist es Julia.

Sofia Künzel ist schon aufgestanden, sie dankt für »Speis und Trank« und eilt davon, um sich ihren anstrengenden Klavierschülern zu widmen. Auch Jean-Jacques erhebt sich.

»Was ist mit euch?«, fragt er die Zwillinge. »Will nicht wenigstens einer mit nach Eltville kommen? Frank? Andi?«

Hilde hält das für eine fiese Methode, deshalb geht sie dazwischen.

»Nun lass sie doch, Jean-Jacques. Eine Woche wirst du es ohne sie schon aushalten.«

Sie erntet einen ärgerlichen Blick von ihrem Liebsten, die Zwillinge strahlen sie dankbar an.

»Á bientôt, ma chérie«, murmelt er und drückt ihr ein flüchtiges Küsschen auf die Wange.

Er geht hinauf in die Wohnung, um seine Sachen zusammenzupacken, sie hört, wie er die Tür oben ärgerlich ins Schloss wirft. *Oller Dickschädel,* denkt sie. *Muss nicht immer alles nach deinem Kopf gehen, mein Schatz.*

Auch Wilhelm verlässt den Frühstückstisch. Er will zu den Filmateliers, die sich »Unter den Eichen« angesiedelt haben.

»Vielleicht ergibt sich etwas«, meint er grinsend. »Wäre eine neue Herausforderung für mich.«

Else ist begeistert. Dann hätte sie ihren Willi wieder hier in Wiesbaden. Ach, wär das schön!

»Schauen wir mal«, sagt er lachend. »Das Leben ist voller Überraschungen, Mama!«

Er will durch die Drehtür nach draußen gehen, aber er muss warten, weil sich in diesem Moment ein Gast nach drinnen bewegt. Es ist eine junge Frau, dunkelhaarig, mittelgroß, sie trägt einen hellen Sommermantel und schleppt sich mit einer dicken Tasche ab. Eine blau und rot karierte Reisetasche …

»Bonjour!«, sagt sie, als die Drehtür sie ausgespuckt hat.

Hilde muss zwei Mal hinschauen, weil sie nicht glauben kann, was sie sieht.

»Simone! Was … wie … Bienvenue chez nous … Quelle bonne surprise …«

Sie lacht und umarmt Simone. Redet deutsch und französisch durcheinander. Nimmt ihr die schwere Reisetasche ab und schiebt sie zum Frühstückstisch hinüber. Dann stürzen sich die Zwillinge auf Simone, und es wird geküsst, wie sie es in Frankreich gelernt haben. Auf beide Wangen.

»Setz dich doch zu uns, Simone. Attends: Ce sont mes parents … das sind meine Eltern … Mama, das ist Simone, die Schwester von Jean-Jacques Schwägerin … et ça, c'est mon frère Willi … auf Französisch Guillaume, si tu veux … Willi, das ist Simone …«

Händeschütteln, man lächelt die junge Frau an, wundert

sich, weshalb sie so unangekündigt auftaucht. Die Zwillinge sind völlig unbefangen, sie bestürmen Simone mit Fragen. Ob sie hierbleiben will. Ob sie mit dem Zug oder mit dem Auto gekommen ist. Ob Chantal oder Céline auch hier in Wiesbaden seien.

»Mais non. Je suis tout seule. Nur ich. Ich wollte euch besuchen. Mit dem Zug …«

»Sie trinken bestimmt einen Kaffee?«, meint Else und holt ein frisches Gedeck.

Willi, ganz Mann von Welt, steht schon bereit, um Simone den Mantel abzunehmen. Darunter trägt sie ein schlichtes dunkelblaues Kleid mit einem hellen Spitzenkragen. Sie ist ziemlich scheu, lächelt schüchtern in die Runde, und ihre Augen bleiben immer wieder hilfesuchend an Hilde hängen.

»Ich wollte machen … surprise … Weil Jean-Jacques hat uns … invité … eingeladen …«

Hilde freut sich. Was für eine gelungene Überraschung. Natürlich haben sie die Verwandten aus Neuville nach Wiesbaden eingeladen, als sie dort zu Besuch waren. Aber Pierrot hat immer gesagt, er dürfe seinen Wein nicht im Stich lassen. Nun hat sich also Simone entschlossen, die Reise allein anzutreten.

»Das ist großartig, Simone. Ich freue mich wahnsinnig. Du wohnst natürlich hier bei uns …«

Else benutzt Augusts ehemaliges Zimmer zwar als Bügelzimmer, aber das lässt sich rasch wieder ändern.

»Ich habe gedacht …«, sagt Simone nach dem ersten Schluck Kaffee. »Je peux vous aider … Ich kann helfen … Gäste bedienen …«

»Das kommt gar nicht infrage!«, meint Wilhelm charmant und schiebt ihr die beiden letzten Brötchen und die Wurstplatte hinüber. »Wir lassen unsere lieben Gäste doch nicht arbeiten! Wenn du dich von der Reise ausgeruht hast, Simone, dann wäre ich bereit, dir Wiesbaden zu zeigen.«

Simone schaut ihn aufmerksam an, dann lächelt sie. Wie hübsch sie ist, wenn sie so lächelt.

»Du bist sehr … lieb, Guillaume. J'accepte avec plaisir. Ich gehe gern mit dir …«

JEAN-JACQUES

Eltville, im Juli 1959

Als er den Wagen vor seinem Haus anhält, sieht er, dass schon Gäste im Hof stehen. Er flucht leise vor sich hin. Es ist erst kurz vor zwölf, noch nicht einmal Mittag. Eigentlich öffnet die Schänke erst um vier Uhr nachmittags. Aber Gäste sind Einkommen, also wird er schauen, was er tun kann. Er fährt den Wagen in die Remise, steigt aus und geht mit strahlender Sommermiene auf die Leute zu.

»Guten Tag … Möchten Sie einkehren? Wir haben zwar noch nicht geöffnet, aber weil Sie es sind …«

Er hat eine nette, fröhliche Art, die bei den meisten Gästen gut ankommt. Das ältere Ehepaar kommt aus Frankfurt, sie haben eine gute Freundin auf eine Frühlingsfahrt in den Rheingau mitgenommen und wollen etwas essen. Und natürlich ein Gläschen Wein trinken.

»Nur eine Kleinigkeit«, erklärt der ältere Herr. »Heute Abend sind wir in Kiedrich zum Essen eingeladen, da wollen wir uns nicht den Appetit verderben.«

Jean-Jacques bietet ihnen einen der rebenüberdachten Außentische an, holt die Sitzpolster aus dem Gastraum und legt eine Tischdecke auf. Eigentlich hätte er Tisch und Stühle vorher abkehren müssen, weil von den Weinranken immer allerlei Zeug herunterfällt, aber das schaut vor den Gästen nicht gut aus, deshalb lässt er es jetzt bleiben. Um drei will sich die neue Servierin vorstellen, sie kommt aus Sonnenberg, ist Studentin und will in den Ferien ein wenig Geld verdienen. Bis dahin muss er allein fertig werden.

Erst einmal die Speisekarte und die Getränkekarte. Sie bestellen jeder ein Viertel »Engelströpfchen«, dazu eine Karaffe mit Wasser, das ist schnell hergerichtet. Als er die Getränke serviert, stellt sich heraus, dass die Gäste gesprächig sind. Die schöne Landschaft, die Weinberge, der Fluss im Sonnenlicht. Er sei doch ein glücklicher Mensch, dass er hier leben dürfe.

»In Frankfurt wird es mit dem Verkehr immer schlimmer. Am Mainufer kommt man kaum noch lebendig über die Straße … Und erst der Dreck …«

Jean-Jacques erfährt, dass der ältere Herr früher Direktor einer Versicherung war, jetzt aber in Rente sei und gemeinsam mit seiner lieben Frau noch auf ein paar schöne Jahre hoffe. Die Freundin ist in Schwarz, ihr Ehemann verstarb vor Weihnachten, heute ist es das erste Mal, dass sie sich eine kleine Vergnügung gönnt.

»Man kann ja doch nicht immer nur zu Hause sitzen, nicht wahr?«, meint sie mit entschuldigendem Blick.

»C'est ça, gnädige Frau … bei diesem schönen Wetter wäre das eine Sünde …«, meint er und gießt ihr ein.

Er ist erleichtert, weil sie keinen Kartoffelsalat oder Kräuterquark bestellen, das hat er nicht da, weil es die Meta immer frisch macht. Hausmacher-Platte mit Brot, Strammer Max und Käsebrot mit Tomate, das bekommt er hin. Er werkelt in der Küche, stellt alles auf ein Tablett und will es gerade hinaustragen, da klingelt das Telefon.

»Herr Perrier? Hier spricht Beate Kanther.«

Die Studentin. Verflucht.

»Ich muss Ihnen leider absagen … mein Vater hat mir angeboten, in seiner Firma zu arbeiten … da verdiene ich mehr …«

Wozu arbeitet sie überhaupt in den Ferien, wenn sie einen reichen Vater hat? So ein Mist! Jetzt steht er heute und morgen mit Meta allein da. Ob er Luisa Bogner doch noch einmal anruft?

»Tja, da kann man nicht viel machen«, sagt er in den Hörer.

»Danke, dass Sie haben angerufen ... Bonne chance, Mademoiselle ... Adieu.«

»Auf Wiedersehen, Herr Perrier.«

Keine Entschuldigung, dass sie ihn so kurzfristig sitzen lässt. Verwöhnte Tochter, schlecht erzogen! Er knallt den Hörer in die Gabel und nimmt das Tablett, um es nach draußen zu tragen. Die drei Rentner sind vom Wein angeheitert, auch die schwarze Witwe ist jetzt fröhlich geworden, alle bestellen ein zweites Viertel »Engelströpfchen«. Na bitte! Kein Spitzenwein, aber er schmeckt den Gästen. Während er Hausmacher-Platte, Käsebrot und Strammen Max serviert, fährt ein hellblauer Reisebus an seinem Hof vorbei. Aha, der will zum »Rheingauer Hof«, das ist unten am Fluss, die haben gute Verbindungen zu einem Reiseunternehmen und bewirten ganze Gruppen. Haben sogar einen großen Saal angebaut, mit Blick auf den Fluss und überdachter Terrasse. Er hat einmal versucht, ihnen seinen Wein zu verkaufen – aber der Besitzer war der Ansicht, dass das »Engelströpfchen« nicht zu seinem exklusiven Restaurant passen würde. Es war Jean-Jacques letzter Versuch, mit den Einheimischen ins Geschäft zu kommen. Von jetzt an können sie ihm den Buckel herunterrutschen.

Die drei Gäste schmausen, da hat er Zeit, die übrigen Tische in Ordnung zu bringen und noch ein paar Flaschen Wein aus dem Keller zu holen. Vielleicht sollte er Meta fragen, ob sie eine Stunde früher kommen kann? Heute scheinen eine Menge Ausflügler unterwegs zu sein, da muss jemand in der Küche stehen, allein schafft er das nicht. Jetzt ärgert er sich doppelt, dass die Zwillinge nicht mit nach Eltville fahren wollten. Er hätte die beiden gut gebrauchen können. Vor allem Frank, der ist in der Küche recht anstellig. Andi sollte freilich nicht in die Nähe von Weingläsern oder gefüllten Tabletts geraten, aber er nimmt zuverlässig die Bestellungen auf und bringt Bestecke und Servietten an die Tische.

Heute muss Jean-Jacques das alles allein machen. Merde.

Als er mit einem Korb voller Flaschen aus dem Keller kommt, hört er das Telefon schon auf der Treppe. Wenn ihm Meta jetzt auch noch absagt, macht er die Schänke zu und trinkt seinen Wein allein.

Er ist richtig froh, als er Hildes Stimme hört.

»Hast du zu tun, mein Schatz? Ich will dir nur schnell etwas erzählen.«

»Erzähl!«

»Rate, wer gekommen ist!«

Er stößt die Luft aus. Woher soll er das wissen? Er mag solch dumme Ratespielchen nicht.

»Le huissier … der Gerichtsvollzieher …«, witzelt er boshaft.

Sie lacht. »Ganz so schlimm steht es noch nicht. Simone ist gekommen!«

»Simone? Tu plaisantes … du machst Witze!«

»Sie ist mit Willi drüben im Kurpark, er zeigt ihr Wiesbaden.«

Er ist ganz verwirrt. Simone ist nach Deutschland gefahren. Was sagt wohl Robert, ihr Ehemann, dazu? Möglich, dass sie ihn gar nicht gefragt hat. Um ihre Ehe steht es nicht gut, das sieht ja ein Blinder mit Krückstock.

»Wenn sie Lust hat, kann sie zu mir nach Eltville kommen«, schlägt er vor. »Ich brauche dringend jemand für die Schänke.«

Hilde ist nicht begeistert.

»Na, weißt du! Da kommt endlich mal jemand von deiner Verwandtschaft nach Deutschland, und da willst du sie gleich für dich arbeiten lassen! Nein – sie soll sich hier erholen und ein wenig Spaß haben …«

»Wie du meinst, ma colombe …«, sagt er mit leichtem Ärger. »Aber ich denke, sie kann auch hier bei mir Spaß haben. Vor allem, wenn Frank und Andi mitkommen …«

»Die habe ich schon nach Sonnenberg gefahren …«

Sie ist schnell, seine Hilde. Er ist heute nicht besonders froh darüber. Aber er will noch rasch Meta anrufen, bevor seine Gäste zahlen, deshalb macht er es kurz.

»A bientôt, mon petit chou …«

»Bis bald, mein Schatz!«

Meta steht zum Glück schon in den Startlöchern, und den Kartoffelsalat hat sie daheim schon vorbereitet. Ja, sie macht sich sofort auf den Weg, nur noch rasch die Blumen gießen, damit sie ihr nicht über den Tag vertrocknen …

Na also. Wenigstens die gute Meta ist zuverlässig. Das beruhigt ihn etwas. Wenn Meta in ihrer energischen Art in der Küche wirkt, kann er die Gäste bedienen, und wenn alles sich im Rahmen hält, wird es schon gehen. Aha, die drei Altertümerchen wollen zahlen, er greift sich das Portemonnaie, steckt Block und Stift ein und begibt sich nach draußen.

Die drei sind sehr zufrieden mit der Bewirtung, sie wollen wiederkommen, vor allem der Wein hat ihnen vortrefflich gemundet. Sie begeben sich leicht schwankend zu den Toiletten, um dann ihren Weg nach Kiedrich zu nehmen, wo Spargel und Schinken auf sie warten. Er räumt den Tisch ab, kehrt die Brotkrümel von der Tischdecke und will gerade mit seinem Tablett im Haus verschwinden, da quillt plötzlich eine Menschenmenge in seinen kleinen Hof.

»Look darling«, schreit eine Dame im fliederfarbenen Kostüm. »It's open … Oh, it's so nice …«

Eine Reisegruppe. Amerikaner ohne Zweifel, das sieht man schon an der Kleidung. Ein junger Mann stürzt auf ihn zu, offensichtlich der Reiseleiter. Es sei ein Fehler in der Planung passiert, im »Rheingauer Hof« sei bereits eine andere Gruppe, alles besetzt, sie suchten eine Möglichkeit, einen guten Wein zu trinken und etwas zu essen.

»Wie viele Personen?«

Sie sind vierunddreißig. Wenn er noch zwei Tische im Hof aufstellt, können sie sich niederlassen.

»Das ist ja wunderbar, guter Mann!«, stöhnt der Reiseleiter und wischt sich den Schweiß von der Stirn. »Sie sind ein Engel.«

Jean-Jacques schleppt Tische und Stühle herbei, dann stürzt er zu Meta in die Küche.

»Sie müssen helfen, Getränke servieren …«

»Ach Gottchen … dazu bin ich gar nicht angezogen …«, jammert sie.

Er reißt den Hörer von der Gabel und ruft im Café Engel an. Else ist dran, sie weiß nicht, wo Hilde ist.

»Sag ihr, sie soll kommen. Mit Simone. Tout de suite … Sofort. La patrie est en danger … Das Vaterland ist in Not …«

»Hast du getrunken, Jean-Jacques?«, erkundigt sich Else.

»Mir steht Wasser bis über den Hals!«

Damit legt er auf und geht nach draußen, um noch zwei Sonnenschirme hinzustellen und dann die Getränkebestellung aufzunehmen. Meta entkorkt inzwischen schon die Flaschen. Wenn sie die Gruppe heute anständig bewirten, könnte er mit der Reisegesellschaft ins Geschäft kommen. Dann würde er die Überdachung ein Stück weiter in den Hof hineinziehen, damit eine größere Anzahl von Gästen auch bei Regen draußen sitzen kann, und vielleicht sogar den Gastraum innen erweitern. Zukunftsträume. Aber man muss Träume haben, um in der Welt etwas zu bewegen.

Die Reisegruppe ist durstig, sie bestellen vor allem Bier, Limonade und Sprudelwasser – hoffentlich reichen seine Vorräte aus. Wein trinken sie mit Eiswasser gemischt. Es graust ihm bei dem Gedanken, seinen guten Wein zu verwässern – aber der Gast hat immer recht. Selbst wenn er ein kulturloser Ami ist.

Wie lange kann es dauern, bis Hilde und Simone ankommen? Die Fahrt von Wiesbaden nach Eltville schafft Hilde in zwanzig Minuten, sie ist eine flotte Fahrerin. Aber zuerst muss Else Hilde und Simone finden, und dann werden sie sich beraten, und Gott weiß, wann sie dann endlich losfahren. Er schaut auf die Uhr. Eine halbe Stunde ist schon vergangen, seit er angerufen hat.

Meta bindet die Küchenschürze ab und zupft ihre Bluse zurecht.

»Das war aber nicht abgesprochen, Herr Perrier«, jammert sie. »Ich bin doch kein Serviermädchen. Und wie ich das nachher schaffen soll, wenn die alle was zu essen bestellen, das erzählen Sie mir mal …«

»Das geht schon, liebe Meta … Nehmen Sie bitte dieses Tablett, das ist für Tisch drei.«

Sie weiß nicht, wo Tisch drei ist, er muss es ihr erklären. In diesem Beruf braucht ein Mann Nerven wie Drahtseile.

»Und gut aufpassen, da sind Stufen. Nicht hinfallen …«

Während er selbst Tisch vier bedient, beobachtet er sie aus dem Augenwinkel. Sie macht es gar nicht schlecht. Nur sehr langsam, Meta ist eine gründliche Person. Es dauert eine ganze Weile, bis sie die Bierdeckel an die richtige Stelle gelegt hat. Dann diskutiert sie, wer was bestellt hat, und – das gibt es doch nicht! – sie hält jedes Weinglas erst gegen das Licht, bevor sie es hinstellt.

Wenn sie in diesem Tempo weiterbedient, haben die Letzten erst heute Abend ihre Getränke. Außerdem muss sie schleunigst in die Küche. Wenn sie mit den Getränken durch sind, nimmt er die Bestellungen fürs Essen auf.

Während er schwitzend die letzten Getränke serviert, sieht er einen der heimischen Winzer an seinem Tor vorübergehen. Der Mann bleibt stehen, stemmt die Hände in die Hüften und besieht sich den gut besetzten Hof. Dann geht er weiter. Jean-Jacques empfindet gerechte Häme. Soll er sich ruhig ärgern – heute macht er, der »Franzose«, das Geschäft.

Von Hilde und Simone immer noch nichts zu sehen. Er stöhnt leise und notiert die Bestellungen. Besonders der »Stramme

Max« findet Anklang, die Amerikaner brechen sich die Zungen bei dem Wort »stramm« ab, und besonders die Frauen haben großen Spaß. Das muss man ihnen lassen, sie sind immer locker. Freundliche Leute. Ganz anders als manche Deutsche. Kartoffelsalat mit Würstchen geht auch gut. Hausmacher-Platte lieben sie ebenfalls. Alles, was mit deutscher »Wurst« zu tun hat, finden sie großartig. Er eilt mit vollgeschriebenem Block in die Küche, wo Meta mit hochgekrempelten Ärmeln bereitsteht.

»Ich tu, was ich kann, Herr Perrier. Aber ich garantiere für nichts!«

»Je vais vous aider …«, versichert er und redet vor Aufregung französisch.

»Was ist los?«

»Ich helfe Ihnen …«

Das Chaos nimmt seinen Lauf. Natürlich reicht der Kartoffelsalat nicht, die Würstchen sind auch knapp, frisches Rindertartar noch knapper. Sie arbeiten unverdrossen, erste Gerichte gehen raus, neue Getränkebestellungen werden aufgegeben.

»Mir fallen gleich die Arme ab, Herr Perrier!«, stöhnt Meta.

Sie hat in weiser Voraussicht Kartoffeln gekocht und geschnippelt, die Gute. Aber Gürkchen und Zwiebeln schnippeln und gleichzeitig Strammen Max anrichten – dazu brauchte man vier Arme.

Im Hof werden die Gäste unruhig. Wo bleiben die nachbestellten Getränke? Hier fehlt noch ein »Strammer Max«. Wo ist der Senf? Der Reiseleiter läuft von Tisch zu Tisch, erzählt irgendetwas und macht sich Notizen. Gut so, da sind sie ein Weilchen abgelenkt.

»Where are the toilets, please?«

Reicht das Klopapier? Verdammt, er hat die neue Packung noch in der Küche stehen …

»Can I have a glass of water, please?«, fragt eine zitternde Altmännerstimme an der Küchentür.

Jean-Jacques dreht sich ärgerlich um – da steht sein Schwager Wilhelm und grinst über das ganze Gesicht.

»Reingefallen, Schwager!«, lacht er. »Hier ist ja die Hölle los. Ich hab Simone noch schnell das Rheinufer und das Biebricher Schloss gezeigt …«

»Du hast ihr … C'est formidable!«

Er würde seinem lieben, leichtlebigen Schwager jetzt gern den Hals umdrehen, aber dazu ist keine Zeit. Und Wilhelm hat den Ernst der Lage zum Glück schnell erfasst.

»Gib her!«, sagt er und nimmt Jean-Jacques das gefüllte Tablett aus den Händen. »Wohin?«

»Ganz unten im Hof. Die schreien schon, wenn sie dich sehen …«

»Das tun meine Fans immer …«

Dann tritt Simone in die Küche. Strahlt ihn an und fällt ihm um den Hals. Unter Metas indignierten Blicken küssen sie sich zur Begrüßung, dann verlangt Simone eine Schürze.

»Ich kann helfen … sag mir, was zu tun …«, redet sie Meta an.

»Schnippeln«, sagt Meta pragmatisch. »Zwiebeln, Essiggurken, Petersilie. Zackzack. Da rein!«

Jetzt kommt die Sache in Schwung. Wilhelm erweist sich als geschmeidiger Kellner, seine Wirkung auf Frauen jeglichen Alters kommt dem Geschäft sehr zugute. Jean-Jacques beseitigt den Klopapiermangel, dann denkt er strategisch. Simone und er tragen Essen und Getränke hinaus, Meta hält die Stellung in der Küche, Wilhelm als Ortsfremder wird zum Metzger geschickt. Der ist auch ein Einheimischer und würde dem »Franzosen« jetzt wahrscheinlich schon aus Trotz nichts verkaufen.

»Drei Pfund Tartar, fünfzehn Paar Würstchen, sechs Blutwürste, sechs Mal geräucherte Mettwurst. Eine ganze Schüssel Sülze. Drei Gläser Senf. Und nicht über den Hof gehen, nimm den hinteren Ausgang.«

Wilhelm schreibt sich die Fleischlichkeiten auf einen Zettel und bemerkt grinsend:

»Sollen die ein ganzes Schwein schlachten?«

»Vite, vite! Und nicht sagen, dass du gehörst zu Perrier. Klar?«

»Ich sage, ich züchte fleischfressende Pflanzen.«

»Sag, was du willst …«

Simone macht ihre Sache gut! Wie unbefangen sie mit den Gästen spricht! Wie schnell und geschickt sie arbeitet. Sie ist mindestens so perfekt wie seine Hilde. Wobei Hilde mit den Gästen eher energisch umgeht, Simone aber bezaubert sie. Ob es an ihrem französischen Akzent liegt? Der kommt bei den Amerikanern meist gut an, hat er selber schon festgestellt. Aber es liegt vor allem an Simones charmanter Ausstrahlung.

»Du machst das großartig«, sagt er zu ihr, als sie mit einem Tablett voll benutzter Gläser zurück in die Küche kommt.

»Im Bistro tue ich doch nichts anderes …«, sagt sie schulterzuckend, und schon ist sie wieder unterwegs.

Wilhelm hat sich ausnahmsweise beeilt, die letzten Bestellungen gehen raus. Jean-Jacques schaut auf die Uhr und kann nicht glauben, dass sie erst eineinhalb Stunden an der Arbeit sind. Langsam wird es ruhiger, die Gäste sind gesättigt, jetzt gönnen sie sich noch ein Viertel »Engelströpfchen«, das sie mit Wasser mischen, oder ein Bier. Dann wollen sie Kaffee. Er kocht das belebende Getränk persönlich, weil sich Meta wegen ihrer Krampfadern kurz hinsetzen muss.

»Nimm viel Wasser«, raunt ihm Wilhelm zu. »Unser Kaffee haut die Amis von den Stühlen. Die trinken zu Hause eher Plempe.«

Minuten später servieren er und Simone den Kaffee mit einer Miene, als sei es der reine Mocca. Die Gäste sind angeregt, würden gern noch sitzen bleiben, doch der Reiseleiter drängt zum Aufbruch. Rüdesheim mit der Drosselgasse steht auf dem Programm, das Abendessen ist dort schon fest gebucht, morgen geht's per Schiff zur Loreley. Jean-Jacques geht von Tisch zu Tisch und kassiert, sein Portemonnaie schwillt an, muss es auch, der Metzger hat saftige Preise.

Zum Abschluss bilden sich die üblichen Schlangen vor den Toiletten. Eine ältere Dame vermisst ihre Sonnenbrille, die Wilhelm unter dem Tisch entdeckt, ein junger Mann kauft rasch noch drei Flaschen »Engelströpfchen«, zwei Aschenbecher und drei Weingläser werden als »Souvenir« heimlich eingesteckt, die Weinkrüge hat Simone noch schnell abgeräumt. Als endlich alle den Hof verlassen haben und Simone die letzten Kaffeetassen aufs Tablett stellt, kommt der Reiseleiter noch einmal zurück.

»Es fehlt einer … Ist jemand ins Haus gegangen? Ein weißhaariger Herr mit Cowboyhut und buntem Hemd …«

Man findet den Vermissten auf der Herrentoilette. Er hat die Tür so kompliziert verriegelt, dass sie nur schwer zu öffnen ist. Jean-Jacques gelingt es mit dem Schraubenzieher, den Gefangenen zu befreien.

»Wie ein Sack Flöhe«, stöhnt der Reiseleiter. »Immer ist irgendwas. Wir sind eine halbe Stunde hinter der Zeit … Herzlichen Dank …«

»Empfehlen Sie uns weiter!«

»Das will ich gerne tun!«

Ein kurzes Händeschütteln, dann zieht er mit dem Befreiten davon, und Jean-Jacques bleibt nur die Hoffnung, dass der ganze Aufwand sich letztlich doch gelohnt haben könnte.

In der Küche stapelt sich das schmutzige Geschirr. Meta hat sich wieder aufgerafft und steht mit neuer Energie am Spülstein, Simone trocknet ab.

»Tja«, meint Wilhelm. »Ich muss dann mal los. Wollte noch bei den Filmfritzen reinschauen …«

Jean-Jacques bedankt sich bei ihm, lobt seine Fähigkeiten als Kellner und seine Kenntnisse, den amerikanischen Kaffee betreffend.

»Du kannst anfangen bei mir«, scherzt er. »Wenn es mit dem Film nicht klappt …«

»Überleg ich mir. Ich lasse dir Simone da. Sie hat beschlossen, eine Weile in Eltville zu bleiben. Warte, ich hol noch rasch ihre Tasche aus dem Auto.«

Er ist mit Hildes VW Käfer unterwegs. Sie hat ihm ihr Auto geliehen, weil sie keine Zeit hatte, Simone nach Eltville zu fahren. Im Café Engel war heute auch viel zu tun, und Swetlana war mehr oben bei ihrem Mischa als unten bei den Gästen.

Sie brauchen über eine Stunde, bis die Küche wieder brauchbar ist, das Geschirr im Schrank, die Gläser in den Regalen. Zwischendurch haben sie Gäste zu bedienen, einzelne Bestellungen werden aufgegeben, gegen Abend wird es zu kühl, um draußen zu sitzen, die letzten Gäste zahlen und gehen davon. Um zehn bindet Meta, die treue Seele, ihre Schürze ab und erklärt, das sei ein richtig schöner Tag gewesen.

»Wenn es ordentlich was zu tun gibt«, meint sie und klemmt sich die Schüssel mit dem Rest Kartoffelsalat unter den Arm, »dann macht die Arbeit Spaß. Bis morgen, ihr zwei.«

»À demain. Bis morgen!«

Und dann ist Jean-Jaques mit Simone allein. Nach all dem Trubel ist es merkwürdig still im Haus, er ist ein wenig beklommen, als sie sich miteinander an einem Tisch im Gastraum niederlassen.

»Hast du Hunger?«, fragt er sie.

»O ja!«

Er geht in die Küche und macht zwei Teller mit Resten fertig, legt Brot dazu und öffnet eine Flasche Wein.

»Du hast mir sehr geholfen, Simone.«

»Darüber bin ich sehr froh …«

Sie stoßen mit den Gläsern an und trinken. Sie kennt seinen Wein, er hat von jeder Sorte ein paar Flaschen mit nach Neuville gebracht.

»Hier schmeckt dein Wein ganz anders als in Frankreich«, behauptet sie.

Er erklärt, das sei normal. »Zu jedem Wein gehört die Landschaft, die ihn hervorbringt. Alles wirkt aufeinander ein und verbindet sich miteinander.«

Sie essen schweigend. Beide haben während der Arbeit keinen Bissen zu sich genommen, jetzt stellt Jean-Jacques fest, dass er einen Bärenhunger hat. Zugleich überlegt er, dass er heute und auch die folgenden Nächte ganz allein mit Simone im Haus sein wird. Das wird wohl wieder Gerede im Ort geben.

»Darf ich noch ein Glas Wein haben?«, fragt sie in seine Gedanken hinein.

»Entschuldige!«

Verlegen gießt er ihr ein, nimmt auch selbst noch ein Glas und freut sich, dass ihr sein Wein so gut mundet.

»Weißt du schon, wie lange du bei uns bleiben willst?«

Sie trinkt und schaut ihn über das Weinglas hinweg an. Sie hat schöne, mandelförmige Augen. Sie ist überhaupt eine ungewöhnlich attraktive Frau. Keine Spur mehr von dem kleinen Mädchen, das ihn damals in Neuville so angehimmelt hat.

»Genau weiß ich es noch nicht«, meint sie. »Kommt drauf an, wie lange ihr mich aushalten könnt.«

Er lacht und behauptet, wenn es so wäre, dann könne sie gern den ganzen Sommer bleiben. »Und Robert vermisst dich nicht?«, fragt er vorsichtig.

Sie schüttelt den Kopf, und er sieht an ihrem verschlossenen Gesichtsausdruck, dass er besser nicht weiterfragt.

»Dann zeige ich dir jetzt dein Zimmer. Du wirst müde sein.«

»O ja … Das war ein langer Tag!«

Sie packt nur das Nötigste aus und verschwindet gleich im Bad. Er hört die Dusche rauschen und setzt sich auf sein Bett, um zu warten, bis sie fertig ist. Tatsächlich ist es ein seltsames Gefühl, Wand an Wand mit Simone zu schlafen. Mit ihr das

Badezimmer zu teilen. Wenn die Zwillinge hier wären, das wäre eine andere Geschichte …

»Bonne nuit!«, ruft sie durch den Türschlitz.

»Bonne nuit, Simone!«

Aus dem Augenwinkel sieht er, dass sie ein sehr kurzes, fliederfarbiges Nachthemdchen trägt.

LUISA

Frankfurt, im August 1959

Im Gebäude der Frankfurter Hochschule für Musik ist es angenehm kühl. Man vernimmt Klaviermusik aus mehreren Räumen, Stücke verschiedener Komponisten mischen sich ineinander, Phrasen werden abgerissen und neu begonnen, Läufe unerbittlich wiederholt. Irgendwo im Hintergrund eine Klarinette, eine Flöte. Luisa fühlt sich fremd hier. Sie hält Marion fest an der Hand, Fritz geht mit Petra voraus, findet die Treppen, führt sie durch lange Flure und bleibt schließlich stehen.

»Schaust du mal bitte auf das Schild, Luisa …«

Er kann es nicht lesen. Mein Gott, der Name auf dem kleinen weißen Schildchen ist doch in schwarzen Großbuchstaben auf weißes Papier gedruckt. Aber es verschwimmt vor seinen Augen.

»Ludwig Bünger steht hier.«

»Dann sind wir richtig!«, freut er sich. »Alles ist noch genau wie früher. Als wären die Jahre nicht vergangen!«

Er hat bei Ludwig Bünger vor Jahren sein Geigenstudium abgeschlossen. Es war kein glänzender Abschluss, aber durch den Krieg hat Fritz mehrere Jahre nicht spielen können, zudem war der Unterricht, den er vorher erhalten hat, nur von mittelmäßiger Qualität. Fritz Bogner, der Junge aus dem kleinen Taunusdörfchen, hat es mit Fleiß und Zähigkeit trotzdem geschafft, er hat die Qualifikation zum Berufsmusiker erworben. Heute will er dem Lehrer seine fünfjährige Tochter vorstellen.

Sie haben zu Hause einen ganzen Abend lang darüber diskutiert. Luisa ist genau wie Fritz der Ansicht, dass Petras musikalisches Talent gefördert werden muss. Aber ist das Kind nicht noch zu jung, um schon konsequent auf das Berufsziel »Soloviolinistin« hinzuarbeiten? Vielleicht möchte sie ja ein ganz anderes Instrument spielen? Klavier zum Beispiel. Oder Flöte. Noch wäre Zeit, etwas anderes auszuprobieren. Aber Fritz hat seiner Frau erklärt, dass ein Ausnahmetalent wie Petra spätestens in diesem Alter in berufene Hände gegeben werden muss, sonst passiert ihr das Gleiche wie ihm selbst: Sie erhält nur mittelmäßigen Unterricht und hat später Probleme, sich gegenüber der Konkurrenz zu behaupten.

»Und du glaubst, dass sie diese Belastung aushält?«, hat Luisa eingewendet. »Nächstes Jahr kommt sie in die Schule, Fritz. Das sind doppelte Anforderungen, die an das Mädchen gestellt werden.«

»So etwas bewältigen andere Kinder auch, Luisa. Warum soll Petra es nicht schaffen?«

Es ist nicht mit ihm zu reden, er sperrt sich gegen jedes vernünftige Argument. Luisa hat durchaus begriffen, warum er sich ausgerechnet jetzt, da ganz andere Probleme anstehen, auf Petras Fortkommen als Musikerin konzentriert. Es ist ein Stück weit auch ein Ablenkungsmanöver. Drei Mal hat sie ihn schon gefragt, ob er sich für eine Augenoperation entschieden hat, und wenn ja, welchem Arzt oder welcher Klinik er sich anvertrauen will. Sie hat keine Antwort erhalten. Stattdessen hat er ihr von seinem ehemaligen Geigenlehrer vorgeschwärmt.

»Wenn jemand Petras Begabung zur schönsten Entfaltung bringen kann, dann ist er es. Ludwig Bünger ist ein Glücksfall für jeden Schüler. Wer bei ihm angenommen wird, hat eine große Zukunft vor sich …«

»Es ist immer noch die Frage, ob Petras Talent überhaupt für eine Solokarriere als Geigerin ausreicht«, hat sie pragmatisch gemeint. Worauf Fritz nur fassungslos mit dem Kopf geschüttelt hat, weil sie so wenig auf sein fachliches Urteil vertraut.

»Ich rufe morgen an und frage, ob er noch Schüler annimmt.

Wenn das der Fall ist, mache ich gleich einen Termin für ein Vorspiel.«

Luisa hat gehofft, dass der Kelch an Petra vorübergehen würde, aber leider hat der Maestro noch Kapazitäten, am 15. August um elf Uhr soll Fritz ihm sein begabtes Töchterlein vorstellen.

Keine Frage, dass Luisa die beiden begleiten muss, denn Fritzens Augenlicht hat sich weiter verschlechtert. Sie hat den Dienst im Café Engel für diesen Tag abgesagt, was schade ist, denn sie hat mit dem Geld im Kaufhaus Schneider bunten Stoff erwerben wollen, um den Mädchen neue Sommerkleider zu nähen. Da Marion nicht allein zurückbleiben will, nehmen sie sie auch mit. Zu viert sind sie mit dem Zug nach Frankfurt gefahren, vor dem Bahnhofsgebäude in die Straßenbahn gestiegen und durch die staubige, lärmende Stadt gerattert. Petra ist schrecklich zappelig, man muss aufpassen, dass sie nicht zu weit vorausrennt, dass sie ihren Geigenkasten nicht verliert, dass sie niemanden anrempelt und auch nicht beim raschen Lauf hinschlägt. Marion hingegen hängt angstvoll an Luisas Arm; sie ist von der Zugfahrt und den vielen neuen Eindrücken vollkommen erschlagen. Bei den Straßenübergängen hat Luisa auch auf Fritz achten müssen, er kann graue und dunkelblaue Autos nicht gut erkennen und ist beim Überqueren der Straße unsicher. Eine neue Sorge, die Luisa von nun an belasten wird. Jetzt, da sie endlich an Ort und Stelle sind, ist sie erschöpft. Warum dieser ganze Aufwand? Tun sie ihrem Kind wirklich einen Gefallen mit diesem Unterricht?

Auf ihr höfliches Anklopfen erfolgt keine Reaktion, also drückt Fritz die Türklinke herunter. Sie treten in einen kleinen Raum, in dem es außer einem Schreibtisch und einem betagten Schrank nur mehrere Stühle gibt. Alle sind besetzt. Petra ist nicht die einzige Geigenschülerin, die heute dem Meister vorspielt. Außer ihr sind noch zwei andere Kinder mit ihren Eltern anwesend.

»Guten Tag!«, sagt Luisa höflich.

Die Antwort erfolgt in gedämpftem Ton. Die Mütter und Väter starren die neu angekommenen Bewerber abschätzend an, niemand scheint erfreut, dass man Gesellschaft bekommt. Die beiden anderen Kinder sind deutlich älter als Petra: Der blasse, sehr dünne Junge im dunkelblauen Anzug ist mindestens zwölf, und das Mädchen mit den blonden Zöpfen, das ein Notenheft an sich gepresst hält, kann nicht jünger als neun sein. Beide Kinder verhalten sich ungewöhnlich brav, sie sitzen auf ihren Stühlen und schauen angestrengt vor sich hin. Wie beim Zahnarzt, denkt Luisa. Hoffentlich geht es wenigstens schnell.

»Entschuldigung«, sagt sie. »Warten Sie auch auf Herrn Bünger?«

»Allerdings«, antwortet die Mutter des dünnen Jungen. »Wir sind gleich dran. Dann können Sie sich hinsetzen.«

Einstweilen müssen sie stehen, es gibt keinen Stuhl mehr. Auf der rechten Seite führt eine Tür in den Nebenraum, wo das Vorspielen stattfindet. Momentan hört man allerdings keine Geigenmusik, sondern zwei Männerstimmen, die ein Gespräch führen. Eine der beiden Stimmen muss dem großen Meister gehören: Ludwig Bünger. Der Mann, der aus begabten Kindern berühmte Violinsolisten machen kann.

Sie stehen eine ganze Weile, und Luisa hat Zeit, die Eltern der beiden anderen Kinder zu betrachten. Die Mutter des Jungen trägt ein lindgrünes Frühjahrskostüm, das blonde Haar hat sie aufgesteckt und mit einer Spange aus Schildpatt befestigt. Sie ist stark geschminkt und hat die Fingernägel rosafarben lackiert. Ihr Mann ist kleiner als sie, und sehr schlicht angezogen, er trägt eine Brille und hat kaum noch Haare auf dem Kopf. Vermutlich ist er ein gutes Stück älter als seine Frau.

Die Eltern des Mädchens tragen beide graue Sommermäntel und ausgetretene Straßenschuhe. Sie sind sehr ungeduldig, besonders der Vater schaut immer wieder auf die Uhr. Ab und zu nimmt die Mutter eine Thermosflasche aus der großen Henkeltasche und gießt der Tochter heißen Pfefferminztee ein.

Das Gespräch hinter der Tür zieht sich in die Länge.

»Papa«, drängelt Petra. »Dürfen wir uns auf den Schreibtisch setzen?«

Fritz steht dicht bei der Eingangstür, er fühlt sich sichtbar unwohl. Vermutlich hat er nicht gewusst, dass sich noch weitere Schüler um einen Unterrichtsplatz bei Ludwig Bünger bewerben.

»Nein, Petra«, sagt er nervös. »Ein Schreibtisch ist nicht zum Sitzen da. Wir müssen einen Moment warten, dann werden die Stühle frei.«

Marion nimmt die Anweisung schweigend hin, sie ist sehr froh, hier nicht die Hauptperson zu sein. Petra hingegen muckt auf.

»Aber ich will mich hinsetzen, Papa. Ich bin müde und will mich ausruhen!«

Die Eltern der beiden Kinder schauen stirnrunzelnd auf das rothaarige Mädchen, das sich ganz offensichtlich nicht benehmen kann. Die beiden Worte »ich will …« nimmt ein gut erzogenes Kind niemals in den Mund. Nur Gassenkinder reden auf diese Weise.

»Petra!«, mahnt Luisa. »Es gehört sich nicht, so herumzuschreien!«

»Ich … will … mich … hinsetzen«, ruft Petra laut, wobei sie jedes Wort betont.

Da Fritz nichts weiter unternimmt, fasst Luisa ihre Tochter am Arm, um mit ihr hinaus auf den Flur zu gehen. Vorspielen oder nicht – jetzt ist eine Strafpredigt fällig. Doch noch bevor sie ihre widerspenstige Tochter zur Tür bugsieren kann, geschieht plötzlich etwas Unerwartetes. Der blasse Junge steht von seinem Stuhl auf und macht eine einladende Geste.

»Bitte sehr«, sagt er. »Du kannst dich hier hinsetzen.«

Er sagt es mit ernsthafter Miene, ganz wie ein Erwachsener.

Einen Augenblick lang ist es still, auch die Eltern des Jungen sind vor Überraschung verstummt.

»Danke schön!«, sagt Petra in die Stille hinein. »Das ist sehr nett von dir. Ich bin wirklich sehr müde.«

Sie geht ganz unbefangen zu dem frei gewordenen Stuhl und setzt sich zwischen die Eltern des Jungen. Um deren empörte Blicke kümmert sie sich überhaupt nicht. Sie lehnt sich aufatmend im Stuhl zurück und lässt die Beine baumeln.

»Es macht mir nichts aus«, sagt der Junge. »Ich möchte sowieso lieber stehen.«

In diesem Moment wird rechts die Tür geöffnet. Eine junge Frau schiebt einen dicken Knaben vor sich her, beide haben rote Gesichter. Man kann deutlich sehen, dass der Junge geweint hat. Gleich darauf folgt ihnen ein älterer Mann. Er hält die Geige und den Bogen des Jungen in der Hand und ist sehr ungehalten.

»Nimm dich mal ein bisschen zusammen«, sagt er zu dem Jungen. Daraufhin fängt der arme Kerl erst recht an zu weinen. Alle drei haben es eilig, nach draußen zu gelangen.

Luisa fühlt sich beklommen, der Junge tut ihr leid. Die Eltern der beiden Mitbewerber schauen eher zufrieden drein. Die Chancen ihrer Kinder auf einen Unterrichtsplatz haben sich verbessert.

Die Eltern des dünnen Jungen stehen nun von ihren Stühlen auf, die Mutter reicht ihrem Sohn die Geige, der Vater spannt den Bogen. Der dünne Junge beginnt, die Saiten zu stimmen; er ist dabei sehr konzentriert und stimmt nach Gehör. Nach einer kurzen Weile wird die Tür geöffnet und ein kleiner, grauhaariger Mensch im blau karierten Hemd schaut in den Raum hinein. Er lächelt Fritz freundlich an und sagt:

»Da sind Sie ja, Bogner. Freue mich, Sie zu sehen!«

Dann wendet er sich zu dem dünnen Jungen, gibt ihm die Hand und meint: »Ich bin sehr gespannt, junger Mann.«

Alle vier gehen hinüber in den Vorspielraum, die Tür wird geschlossen. Luisa setzt sich aufatmend auf einen der freien Stühle. Fritz bleibt stehen, dafür darf sich Marion nun endlich hinsetzen.

»Dauert das noch lange, Mama?«, flüstert sie.

»Wir sind die Übernächsten.«

»Ich hab Hunger …«

»Später …«

»Der spielt aber gut, Papa!«, sagt Petra laut. »Das Stück will ich auch spielen.«

Luisa erkennt das Bach'sche Violinkonzert, das Fritz hin und wieder übt, und sie muss gestehen, dass der Junge die schweren Passagen exakt und fehlerlos meistert. Die Eltern des Mädchens wechseln besorgte Blicke, das Mädchen lauscht der Musik mit weit geöffneten blauen Augen.

»Der ist ja auch drei Jahre älter …«, sagt sie.

»Ja, mein Schatz«, beruhigt sie die Mutter. »Magst du noch ein Tässchen Tee? Oder einen Zwieback?«

»Nein danke, Mutti.«

Luisa hört Marions Magen knurren und nimmt rasch die Packung mit Butterkeksen aus der Handtasche, die sie vorsorglich eingesteckt hat. Marion zieht sich vorsichtig einen Keks heraus und knabbert leise wie ein Mäuschen. Petra springt so eilig auf, dass der Stuhl beinahe umfällt, sie nimmt gleich zwei Kekse und geht zu dem Mädchen mit den Zöpfen.

»Bitte schön«, sagt sie und reicht ihr einen der beiden Kekse. »Ich mag auch keinen Zwieback.«

Das Mädchen schaut fragend ihre Mutter an, bevor sie den Keks nimmt. Dann bedankt sie sich und beißt herzhaft hinein.

»Mach keine Krümel auf dein Kleid, Susi«, warnt die Mutter. »Wir sind gleich dran.«

»Jetzt hast du klebrige Finger«, regt sich der Vater auf. »Musst du jetzt unbedingt naschen, wo du ein wichtiges Vorspiel hast?«

Er steht auf und geht aus dem Raum. Gleich darauf kommt er mit einem nassen Taschentuch zurück und wischt seiner Tochter sorgfältig jeden Finger einzeln ab. Als jetzt die Tür aufgeht, sitzt Susi kauend und mit gespreizten Fingern auf ihrem Stuhl, die Noten hat inzwischen ihre Mutter an sich genommen.

Der blasse Junge geht zwischen seinen Eltern, Geige und Bogen hat er noch in den Händen. Die Mutter lächelt beglückt, der Vater hat es eilig. An der Tür zum Flur bleibt der Junge stehen und dreht sich um.

»Auf Wiedersehen«, sagt er und schaut dabei zu Petra, die ihren dritten Keks isst. »Und viel Glück!«

Dann geht er in steifer Haltung hinter seinen Eltern her.

»Fräulein Petra Bogner bitte!«, ruft es von links.

Die Eltern der blondbezopften Susi erstarren, der Vater wirft das feuchte Taschentuch auf den Schreibtisch und geht mit entschlossenen Schritten zur linken Tür.

»Verzeihung, aber wir waren vorher da!«

»Ach, das tut mir aber leid«, hört man die Stimme des Maestros. »Ich habe jetzt Petra Bogner auf meiner Liste. Wenn Sie so freundlich sind – warten Sie doch noch den kleinen Moment …«

»Aber … meine Tochter hat sich schon vorbereitet!«

Ludwig Bünger taucht an der Tür auf, schmal, grauhaarig, ein Mensch, den man auf der Straße übersehen würde. Er geht an Susis Vater vorbei und winkt Fritz aufmunternd zu.

Jetzt muss es schnell gehen. Die Geige aus dem Geigenkasten nehmen, den Bogen spannen, den vierten Keks noch schnell in den Mund schieben. Finger am Kleid abwischen.

»Komme ffon …«, muffelt Petra kauend.

Marion ist ganz rot vor Verlegenheit, weil sich ihre Schwester so schlecht benimmt. Fritz ist glücklich, sein alter Lehrer schüttelt erst Luisa und dann ihm die Hand. Danach begrüßt er Marion, die einen artigen Knicks macht. Petra schraubt an ihrem Geigenbogen herum.

»Dann wollen wir mal, junges Fräulein«, meint der Maestro, der sich mehr und mehr als ein umgänglicher Mensch entpuppt. »Die ganze Familie. Bitte schön!«

Unter den beleidigten Blicken der Zurückbleibenden ziehen sie zu viert in den Vorspielraum ein.

»Ein Flügel, Papa!«, ruft Petra. »Wie im Kurhaus!«

Der Flügel in diesem Übungsraum hat schon zahllose Schülerfinger überdauert, es ist ein Steinway, allerdings ein altgedienter Veteran, der sich nicht mit dem teuren Konzertflügel im Wiesbadener Kurhaus messen kann.

»Ich will Klavierspielen lernen!«, erklärt Petra.

»Ein guter Vorsatz«, meint Lehrer Bünger schmunzelnd. »Aber heute spielst du mir etwas auf deiner Geige vor, oder?«

Petra nickt und zupft an den Saiten. Dann schraubt sie an den Wirbeln herum, zupft wieder und schraubt noch einmal.

Luisa und Marion haben auf Stühlen Platz genommen, Fritz steht neben seiner Tochter, nimmt ihr die Geige aus den Händen und stimmt sie. Dann gibt er sie ihr wieder zurück. Luisa ist plötzlich furchtbar aufgeregt. Petra ist doch noch viel zu jung. Sie kann niemals mit Kindern wie diesem Jungen konkurrieren. Wenn sie sich nur nicht blamieren!

»Und wo hast du deine Noten?«, will Herr Bünger wissen.

»Brauche ich nicht«, sagt Petra, und sie wirft die roten Zöpfe zurück. »Ich spiele ohne Noten …«

Sie wartet nicht, bis sie aufgefordert wird, sondern legt einfach los. Spielt ein Stück ihres geliebten Sarasate, die Zigeunerweisen, die eigentlich viel zu schwer für sie sind. Sie spielt mit Hingabe, entlockt der Dreiviertelgeige laute, süße, dunkle und zarte Töne, patzt mehrmals, stört sich aber nicht daran und spielt einfach weiter. Fritz ist ganz zittrig vor Aufregung, er hat viel mit ihr geübt, aber Petra spielt niemals auf Sicherheit, sie will die Musik »hören«. So drückt sie es aus.

Jetzt hat sie sich komplett verhaspelt und setzt die Geige ab.

»Das war falsch«, sagt sie. »Jetzt spiele ich es richtig.«

Ungeniert wiederholt sie die Phrase, und dieses Mal macht sie keinen Fehler. Sie spielt das Stück zu Ende und schaut ihren Papa fragend an.

»Soll ich noch was spielen? Den Beethoven?«

»Vorerst ist es genug, Petra«, sagt Ludwig Bünger.

Er hat neben dem Flügel gestanden und sich mit einem Arm darauf abgestützt, während er ihr zugehört hat. Jetzt geht er auf sie zu und will wissen, wie lange sie schon Geige spielt.

»Schon ganz lange … Als ich angefangen hab, war ich noch vier …«

»Und wie alt bist du jetzt?«

»Fünf. Und im Oktober bin ich sechs.«

Herr Bünger nickt Fritz lächelnd zu.

»Sie spielt sonst nicht so wild …«, sagt Fritz verlegen.

Herr Bünger achtet kaum auf seine Worte. Er will jetzt von Petra wissen, ob sie Geigerin werden will.

»Lieber Zauberer«, sagt sie. »Dann müssen alle still sein und dürfen sich nicht bewegen, wenn ich das will.«

»Das kannst du auch schaffen, wenn du Geige spielst, Petra«, meint Herr Bünger. »Aber dazu musst du noch einige Jahre üben.«

Sie schaut ihn prüfend mit schmalen Augen an.

»Geige will ich schon spielen. Aber ich will auch Klavier spielen. Und Pauke. Die ganz große. Die riesengroße …«

Jetzt fängt Herr Bünger an zu lachen und wendet sich an Fritz.

»Dann fangen wir mal mit der Geige an«, meint er. »Falls die junge Dame bereit ist, bei mir Unterricht zu nehmen. Zwei Mal die Woche, schlage ich vor. Einmal in der Gruppe und einmal Solo. Wenn sie in die Schule kommt, müssen wir schauen, wie wir vorgehen …«

Fritz strahlt vor Freude und Erleichterung, redet allerlei Zeug durcheinander, erklärt, dass er das Talent seiner Tochter schon vor über einem Jahr entdeckt habe, dass er alles tun wolle, um ihr die beste Ausbildung zu ermöglichen. Luisa ist gerührt, sie hat ihn lange nicht mehr so glücklich gesehen. Er hat recht gehabt, jetzt ist der richtige Zeitpunkt, eine systematische Ausbildung zu beginnen, seinem Kind sollen alle Möglichkeiten geboten werden, die er selbst als kleiner Junge nicht hatte.

Das ist es, denkt Luisa, als sie die Hochschule verlassen haben und an der Straßenbahnhaltestelle stehen. Petra soll die Musikerkarriere machen, die ihm selbst aus mancherlei Gründen verwehrt geblieben ist. Aber will das Mädchen das überhaupt? Im Zug haben sie ein Abteil für sich, und Luisa teilt den mitgebrachten Proviant aus. Kekse, vier Stullen mit Käse und Streichwurst, vier kleine Äpfel, hartgekochte Eier und eine Flasche mit selbst gemachter Zitronenlimonade. Sie schmausen gut gelaunt, sehen die blühende Taunuslandschaft an den Fenstern vorüberziehen, und Fritz erzählt immer wieder, wie großartig Petra sich bei diesem Vorspiel geschlagen hat.

Marion ist wie immer still, schaut verträumt aus dem Fenster und kaut an ihrer Käsestulle. Irgendwann dreht sie sich zu ihrer Schwester um und sagt: »Warte nur, bis du in die Schule kommst.«

Luisa begreift, was in ihrer Tochter vor sich geht. Es ist für Marion schwer zu verarbeiten, dass sich alles immer nur um Petra dreht. Sie legt den Arm um Marion und erklärt ihr, dass jeder Mensch ein besonderes Talent mitbekommen habe. Bei Petra sei es ihre Musikalität.

»Und bei mir?«

»Das wird sich schon noch herausstellen«, sagte Luisa lächelnd.

Nachdem die erste Begeisterung verflogen ist, wird es stiller im Zugabteil. Petra hat sich auf ihrem Sitz zusammengekauert und ihren Kopf auf Papas Schoß gelegt. Sie schläft einen tiefen, ruhigen Kinderschlaf. Marion schaut aus dem Fenster, Fritz hat den Kopf angelehnt und die Augen geschlossen.

Luisa ist ebenfalls sehr müde, aber die Sorgen, die jetzt wie ein Schwarm schwarzer Krähen über sie herfallen, halten sie wach. Zwei Stunden Geigenunterricht pro Woche. Das sind hundertzwanzig Mark im Monat. Dazu die Fahrtkosten. Auch kann sie an diesen Tagen nicht im Café Engel arbeiten, weil sie ihre Tochter nach Frankfurt begleiten muss. Wie stellt Fritz sich das nur vor? Das Geld ist jetzt schon knapp. Will er das Sparbuch auflösen, das eigentlich für das Häuschen im Grünen bestimmt war? Zugunsten seiner begabten Tochter auf den großen Traum vom eigenen Heim verzichten? Einfach so, ohne sie, die doch seine Ehefrau ist, zu fragen? Hat sie nicht auch dafür gearbeitet? All die Jahre so sparsam wie möglich gelebt, sich nur selten etwas Hübsches zum Anziehen gekauft, die Enge in der kleinen Wohnung klaglos in Kauf genommen. Ja, sie hat seinen Traum vom Wohnen im Grünen mitgeträumt, mit dafür gearbeitet. Und nun soll das alles für eine höchst zweifelhafte Solokarriere der jüngsten Tochter geopfert werden? Was ist, wenn Petra nach zwei Jahren nicht mehr Geige spielen will? Oder schlimmer noch, nach fünf Jahren? Dann war alles umsonst, und sie stehen mit leeren Händen da.

Aber über diesen Bedenken steht eine weitere Sorge, die alles andere überschattet. Was wird mit Fritzens Augenlicht? Wenn ihr Mann tatsächlich blind werden sollte – wovon sollen sie dann leben? Das Wenige, das sie im Café Engel verdient, ist nur ein kleines Zubrot. Es hilft nichts – sie muss heute Abend, wenn die Kinder im Bett sind, noch einmal ernsthaft mit ihm reden.

Und dieses Mal will ich keine Rücksicht mehr nehmen, denkt sie. Jemand muss ihn aus dem Traumland zurück in die Wirklichkeit stoßen.

Ich will, dass er einen Arzttermin macht. Und ich will mitgehen. Ich verlange, über alles, was seine Augen betrifft, aufgeklärt zu werden.

Nein, ich werde ihn nicht verlassen, falls der schlimmste Fall eintritt. Ich liebe ihn. Aber ich akzeptiere nicht mehr, dass er den Kopf in den Sand steckt. Ich will mit ihm gemeinsam gegen das Schicksal ankämpfen.

Wer erzählt eigentlich kleinen Mädchen, dass der Satz »ich will« etwas Ungehöriges sei? Es ist der allerwichtigste Satz im Leben einer Frau.

WILHELM

Wiesbaden, im August 1959

Im »Hotel Alma« in der Bahnhofstraße wohnt sie also. Nun ja – nicht die beste Adresse in Wiesbaden, aber preisgünstig. Sie hat bestimmt nicht viel Geld. Hauptsache, dass er jetzt weiß, wo er sie finden kann.

Wilhelm hat den halben Vormittag im »Café Engel« herumgesessen und auf Karins Anruf gewartet. Richtig aufgeregt ist er gewesen, hat drei von Hildes Törtchen in sich hineingestopft und auf die Fragen seines Vaters nur zerstreute Antworten gegeben.

»Was ist denn mit dir los, Willi?«, hat Heinz verwundert gefragt. »Du bist ja hibbelig wie ein Rennpferd, wenn's donnert.«

Tatsächlich ist er jedes Mal aufgesprungen und zur Kuchentheke gelaufen, wenn das Telefon ging. Und dann war er maßlos enttäuscht, weil es Jean-Jacques war, der Hilde irgendetwas erzählen wollte, der Klempner, der den Abfluss oben bei der Künzel reparieren soll, oder Swetlana, die morgen nicht zum Dienst kommen kann, weil Sina Fieber hat. Als Karin dann endlich angerufen hat, war er wie erlöst.

»Eine neue Flamme«, hat Mama Else sachkundig festgestellt, nachdem er den Hörer aufgelegt hat. »Wann wirst du endlich gescheit, Willi? Diese Frauen taugen doch alle nichts …«

Er hat Mama auf bewährt charmante Weise angelächelt und gemeint, dass dies nur eine gute Kollegin sei, die sich ebenfalls beim Film bewerben wolle.

»Ach, das sagst du immer!«

»Dieses Mal stimmt es wirklich!«

Er hört Mama spöttisch lachen und ärgert sich. Warum glaubt sie ihm nicht? Karin ist keine seiner üblichen Liebschaften. Sie ist eine gute Freundin, eine kluge und liebenswerte Person, mit der er sich stundenlang unterhalten kann. Die ihn nach jedem ihrer langen Telefonate froh gestimmt und beinahe glücklich zurücklässt. Die Telefonrechnung wird die Eltern allerdings umhauen, da muss er etwas dazuzahlen, sonst wäre es nicht anständig. Nun also ist Karin hier in Wiesbaden angekommen, will sich heute Nachmittag bei den Filmfritzen vorstellen, und sie bittet ihn, vorher noch rasch zu ihr ins Hotel zu kommen. Was er umgehend tun wird.

Zu dumm, dass er momentan kein Auto hat. Hilde braucht ihren Käfer heute selbst, da muss er leider den Bus nehmen. Das gefällt ihm gar nicht, weil er Karin gern mit dem Wagen hinunter zur Straße »Unter den Eichen« gefahren hätte, wo die Filmateliers sind. Einfach so, aus kollegialer Hilfsbereitschaft, damit sie es bequemer hat. Aber er kann ja ein Taxi für sie beide rufen.

Er läuft hinauf in die Wohnung, zieht ein frisches Hemd an, kämmt sich die Haare und überlegt kurz, ob er sich schnell noch einmal rasieren soll, lässt es aber bleiben. In dem hellen Jackett ist ein Ölfleck – so ein Mist! Also das graue. Schaut schrecklich seriös aus, er bindet auf alle Fälle einen auffälligen, rot gemusterten Schlips um. Den hellen Strohhut leicht schräg aufgesetzt, lächelt er verwegen in den Spiegel und stellt erschrocken fest, dass seine Zähne violett gefärbt sind. Hildes Blaubeertörtchen! Wie kann sie so ein Zeug an die Gäste verkaufen? Geschmeckt hat es auch nicht. Blaubeeren sind irgendwie … pampig. Er muss drei Mal die Zähne putzen, bis er einigermaßen zufrieden ist. Ärgerlich schaut er auf die Uhr – jetzt hat er schon eine halbe Stunde verplempert. Nun aber los. Sie wartet auf ihn!

Natürlich fängt es ausgerechnet jetzt an zu regnen. Er hat keine Lust, noch einmal umzukehren, um einen Schirm zu holen, und läuft eilig zur Bushaltestelle, wo er sich in einem Hauseingang unterstellen kann. Bald hat er dort Gesellschaft, denn der Himmel öffnet seine Schleusen großzügig, es schüttet wie aus Eimern, und der heranfahrende Bus lässt das Dreckwasser aufspritzen. Mit feuchten Hosenaufschlägen und nassen Schuhen rettet er sich ins Innere des Stadtbusses, zahlt die Fahrkarte beim Schaffner und steht dann zwischen feuchten Fahrgästen eingeklemmt, da alle Sitzplätze besetzt sind. Was für Gerüche da aufsteigen! Mottenpulver. Bratfett. Rumpelkammer. Achselschweiß. Kölnisch Wasser. Alles zusammen eine fürchterliche Mischung. Hoffentlich nimmt seine Jacke diesen Geruch nicht an. Zum Glück sind es nur drei Stationen bis zur Bahnhofstraße, und obgleich es immer noch regnet, ist er froh, den Bus verlassen zu können.

Das »Hotel Alma« ist ein kleines Unternehmen, vermutlich haben sie nicht mehr als zehn, höchstens fünfzehn Zimmer. Es befindet sich in einem der hohen alten Häuserblocks, die noch im wilhelminischen Stil erbaut wurden. Das ist eine wilde Kombination aus Barock, Bäderarchitektur und Jugendstil, die man in Wiesbaden überall dort findet, wo der Krieg keine Baulücken gerissen hat. »Zimmer mit Frühstück« steht gleich am Eingang. Unter dem schmalen Vordach bleibt er stehen, um seinen nassen Hut auszuklopfen und die Füße auf der ausgelegten Matte abzutreten.

Drinnen ist es dämmrig, er erkennt so etwas wie eine Pförtnerloge, aus dunklem Holz gezimmert und mit einem roten Volant geschmückt. An der Rückwand sind die Haken für die Zimmerschlüssel aufgereiht. Zwanzig Stück. Vermutlich vermieten sie auch noch die Dachkammern. Gut die Hälfte der Schlüssel hängt an den Haken. Ein Portier oder eine andere hilfreiche Person ist nirgendwo zu sehen.

»Hallo?«

Er schaut in den Flur hinein, in den Treppenaufgang, schlägt ungeduldig auf die Tischklingel, die an der Portiersloge steht. Nach einer halben Ewigkeit öffnet sich eine Seitentür, und ein kleiner, gebeugter Mensch mit Glatze und grauem Schnurrbart erscheint. Er trägt eine viel zu weite dunkle Hose und dazu eine rote Weste.

»Nur die Ruhe, junger Mann. Bin ja schon da …«, sagt er und schlurft in Richtung Portiersloge.

»Ich möchte eine Bekannte besuchen, die hier im Hotel wohnt. Fräulein Karin Langgässer.«

Der Portier nickt und schaut ihn dabei durchdringend an. Was denkt er jetzt von ihm? Dass er da oben ein Schäferstündchen abhalten will? Nun ja – das Publikum, das hier absteigt, ist vermutlich sehr gemischt.

»Zimmer siebzehn. Im zweiten Stock gleich links. Und bitte vorsichtig auf der Treppe gehen, die Teppichstangen lösen sich gelegentlich …«

»Vielen Dank.«

Die Treppenstufen sind steil und mit einem dunkelroten Läufer bedeckt, der mit schmalen Messingstangen befestigt ist. Auf manchen Stufen klingelt es leise, als er darauf tritt. Vor Zimmer siebzehn bleibt er stehen, rückt noch schnell den Schlips gerade, dann klopft er.

Sie öffnet ihm, freut sich, dass er gekommen ist. Sie begrüßen einander mit einer kurzen Umarmung. Wie alte Freunde, die sich wiedersehen. Es fühlt sich gut an. Hat er mehr erwartet? Vielleicht.

»Wie schön, dass du hier bist, Willi«, sagt sie. »Ich brauche dich so nötig. Ich muss nämlich gleich los.«

Das hört er gern. Und natürlich hilft er auch gern. Er war ja schon vorgestern bei den Filmleuten, hat die Lage erkundet und kann mit ihr gleich zu den richtigen Leuten gehen.

»Gut schaust du aus!«, stellt er fest. »Sonja Ziemann verblasst neben dir!«

Sie lacht ihn aus, behauptet, er müsse immer übertreiben. Aber er merkt schon, dass es ihr gefällt, wenn er ihr Komplimente macht.

»Leider regnet es«, meint er. »Aber der Zerberus mit dem grauen Schnauzer wird uns gern ein Taxi rufen.«

»Es fährt doch auch ein Bus dorthin, oder?«

»Die Linie zwei. Aber bei diesem Wetter … Ich geh schnell runter und sage ihm Bescheid. Mach dir keine Sorgen – ich lade dich ein.«

Er will sich umwenden, um die Treppen hinunterzulaufen, doch sie hält ihn zurück.

»Warte«, sagt sie und fasst seine Hände. »Ich hab noch eine große Bitte an dich.«

Was kommt jetzt?, denkt er. Sie zieht ihn ganz nah zu sich heran und schaut ihm tief in die Augen.

»Du bist doch mein Freund, nicht wahr?«

Er ist verwirrt. Vor allem von dieser unerwarteten Nähe. Auch von dem ernsten Ausdruck, mit dem sie ihn ansieht.

»Das weißt du doch, Karin …«

»Dann bist du bereit, mir zu helfen? Auch wenn ich dich um etwas Ungewöhnliches bitte? Etwas, was du bisher vermutlich noch nie getan hast?«

»Das … das kommt darauf an«, stottert er.

»Es gehört Mut dazu …«

Langsam wird es ihm unheimlich. Soll er sich für sie prügeln? Aus dem Fenster springen? Sie sind immerhin im zweiten Stock …

»Verfüge über mich!«, ruft er theatralisch aus und lacht verlegen.

»Komm …« Sie zieht ihn ein Stück weiter in den kleinen Raum hinein. Vorn ist das Fenster, rechts ein Schrank und ein grüner Polstersessel, der seine besten Zeiten hinter sich hat. Links das Bett. Ein breites französisches Bett, das einiges über die Gäste des Hotels aussagt. Das Bett ist zerwühlt, es liegt jemand darin.

Ein Baby. Ein kleines Wesen mit einem dunklen Flaum auf dem Köpfchen. Es hat den Daumen in den Mund gesteckt und schläft.

»Ich bleibe höchstens zwei Stunden fort«, hört er Karins sanfte Stimme an seinem Ohr.

Er starrt auf das dunkle Köpfchen zwischen den weißen Kissen.

»Vermutlich wird sie die ganze Zeit über friedlich schlafen …«

Er will etwas sagen, aber sein Hirn weigert sich, Worte zu produzieren.

»Falls sie doch aufwacht und vielleicht ein wenig weint, nimmst du sie hoch und trägst sie im Zimmer herum. Dann beruhigt sie sich gleich und schläft wieder ein …«

Jetzt ist der Groschen bei ihm gefallen. Er soll den Babysitter für sie machen! Während sie bei den Filmleuten vorspricht, darf er hier sitzen und ihre Tochter hüten. Das Kind von irgendeinem Kerl, der sich nicht um seine Brut kümmert. Das ist unglaublich! Das kann sie nicht von ihm verlangen!

Oder doch?

»Wenn du glaubst, dass ich das hinkriege … Na klar. Das mache ich für dich …«, hört er sich sagen.

Sie küsst ihn. Unfassbar zärtlich. Ist er jemals schon so geküsst worden? Er würde sie am liebsten festhalten und nicht wieder hergeben. Aber sie macht sich los und tritt zwei Schritte zurück.

»Wie sehe ich aus?«, will sie wissen und streicht über ihren engen Rock.

»Großartig. Sagte ich schon …«

»Gut. Wenn sie hungrig ist, kannst du ihr das Fläschchen geben, das steht da drüben in Tücher eingewickelt, damit es warm bleibt. Und falls du sie wickeln musst …«

»Wickeln?«

»Das ist sehr unwahrscheinlich, kann aber vorkommen. Dann pass bitte auf, sie könnte sich herumdrehen und vom Bett fallen …«

»Herumdrehen?«

»Sie dreht sich aus der Rückenlage in die Bauchlage. Hat sie vor einer Woche erst gelernt, und sie liebt es … Also, macht es gut, ihr beiden! Ich bin bald wieder da. Ach, Willi, das vergesse ich dir nie, dass du das für mich tust!«

»Ist doch selbstverständlich«, murmelt er noch, dann ist sie schon zur Tür hinaus.

Zwei Stunden, denkt er. Das ist doch harmlos. Schaffe ich mit links. Außerdem schläft sie ja. Er geht zum Fenster und schaut auf die Straße hinaus. Unter einem großen schwarzen Regenschirm läuft Karin zur Bushaltestelle, wo die Linie zwei gerade vorgefahren ist. Sie schafft es knapp, das Schirmmonstrum zusammenzufalten, bevor sie einsteigt, dann schließt sich die Bustür, und sie fährt davon.

Viel Glück, denkt er. Du hast es nicht leicht im Leben, Mädel. Jetzt sollst du es schaffen. Das wünsche ich dir.

Mit einem Seufzer wendet er sich vom Fenster ab und wirft einen prüfenden Blick auf das schlafende Baby, das in dem großen Bett sehr winzig aussieht. Er versucht, sich an Hildes Zwillinge zu erinnern, die waren schließlich auch einmal so klein. Aber die lagen meist im Kinderwagen, wenn er sie zu sehen bekam, und außerdem wuselte ständig die Verwandtschaft um sie herum. Allen voran Mama Else, die glückliche Oma. Auch Großvater Heinz. Jean-Jacques, der stolze Papa. Und natürlich Hilde. Addi sowieso, der ist mit dem Kinderwagen im Kurpark herumgefahren. Er, Wilhelm, hat damals eigentlich kaum etwas mit den beiden zu tun gehabt.

Misstrauisch besieht er die Utensilien, die am Fußende des Bettes auf einem weißen Tuch ausgebreitet sind. Ein Stapel

Windeln. Ein aufknöpfbares Höschen aus irgendeinem Gummizeug. Winzige Jäckchen, Hemdchen, eine Strampelhose. Ein roter Ring aus Holz. Eine Ente aus gelbem Stoff. Neben dem Bett steht ein Blecheimer mit einem Deckel darauf, was da drin ist, will er lieber nicht wissen. Er wendet sich ab und setzt sich in den grünen Polstersessel, sinkt tief ein, weil die Sprungfedern ausgeleiert sind, und fühlt sich unbehaglich. So ein Kind ist eine Art Zeitbombe. Man weiß nie, ob es nicht gleich aufwacht.

Noch schläft die Kleine. Er steht leise auf, um sie anzuschauen. Eigentlich ganz süß, so ein Baby. So zufrieden. Das Köpfchen ist zur Seite gedreht, man sieht das rosige Ohr, der dunkle Haarflaum ist leicht verklebt. Sie schwitzt. Was für dicke Bäckchen sie hat. Jetzt schnauft sie, und der Daumen rutscht ihr aus dem Mund. Er bekommt einen Schreck. Wird sie jetzt am Ende aufwachen und weinen? Aber nein, sie ist ein braves Mädchen. Schläft einfach weiter. Gut so.

Er setzt sich wieder hin, streckt die Beine aus und sucht eine bequeme Position. Karin ist vermutlich schon bei den Filmateliers angekommen, sie geht zum Hauptgebäude, erklärt dem Pförtner, wer sie ist und was sie vorhat … Wie schade, dass er nicht bei ihr ist, er könnte ihr vielleicht ein paar Namen nennen, Leute, die dort Einfluss haben und denen sie sich vorstellen sollte. Aber Karin schafft das auch ohne seine Hilfe. Sie ist eine gute Schauspielerin, keine Frage. Es kommt aber darauf an, ob ihr Typ gerade gesucht wird. Schlank, dunkelhaarig, sehr ausdrucksstark. Kein süßes Mädel, eher kantig, eigenwillig. Für eine Hauptrolle in einer dieser Silberwaldschnulzen nicht geeignet. Höchstens für die Gegenspielerin …

Er selbst hat nicht viel mehr erreicht, als in eine Kartei aufgenommen zu werden. Wir geben Nachricht, falls wir Sie brauchen. Aber vielleicht hat Karin ja mehr Glück. Er stellt sich vor, dass sie eine kleine Rolle ergattert und atemlos vor Freude wieder ins Hotelzimmer zurückkehrt. Dann wird er sie in die Arme nehmen und ihr gratulieren. Und sie wird lachen und weinen und sich an ihn schmiegen, ihn küssen … in aller Freundschaft natürlich. Wobei Freundschaft Liebe ja nicht ausschließt. Er hat die zärtlichen Begegnungen vor acht Jahren noch gut in Erinnerung. Leider waren es nur wenige, aber er hat sie genossen. Inzwischen wird sie natürlich erfahrener sein, ihm mehr entgegenkommen, auf seine Wünsche eingehen …

»Wähhhh!«

Erschrocken fährt er aus seinen Träumen. Das süße Baby hat sich urplötzlich in ein rotes, zorniges Etwas verwandelt, das hauptsächlich aus einem weit aufgerissenen Mund besteht. Die Kleine ist aufgewacht! Und sie weint. Was heißt »weint«? Sie brüllt das ganze Hotel zusammen.

»Wäähäähää …!«

Gute Stimme, denkt er beklommen. Könnte Bühnenschauspielerin werden. Oder Opernsängerin … in Bayreuth. O Gott, jetzt holt sie wieder Luft …

»Wäähäähäähääää!«

Es hilft nichts, er muss etwas tun. Was hat Karin noch gesagt? Sie hochnehmen und herumtragen. Na gut. Kann nicht so schwierig sein. Er schwingt sich aus dem Sessel, tritt ans Bett und zieht die Decke von dem winzigen Schreihals. Sie brüllt nicht nur, sie strampelt auch. Ganz schön kräftig, so eine kleine Packung Mensch. Er ist unsicher, wo er sie am besten anfasst; schließlich stellt er fest, dass es am besten geht, wenn sie auf seinem linken Arm sitzt und sich gegen seine Schulter lehnt. Mit dem rechten Arm kann er sie festhalten. Was auch nötig ist, denn sie zappelt kräftig.

»Leise … sei doch bitte still … gibt doch keinen Grund, so laut zu brüllen.«

Leider ist sie seinen freundlich gemeinten Bitten wenig zugänglich. Sie heult weiter, ruiniert sein linkes Trommelfell und sabbert auf seine graue Jacke. Das auch noch! Hoffentlich bringt

Mama die Flecken wieder raus, sonst hat er gar keine anständige Jacke mehr. Er geht mit der kleinen Heulboje durchs Zimmer, erst langsam, dann schneller, er läuft Kreise, geht vor- und rückwärts. Er hüpft. Na endlich! Das Hüpfen gefällt ihr offensichtlich, sie hat die Sirene abgestellt.

Sie lacht. Unfassbar. Eben hat sie noch aus vollem Halse gebrüllt, jetzt lacht sie. Er bleibt stehen und hofft, dass er sie jetzt wieder ablegen kann. Aber nein, sie fängt schon wieder an zu jammern. Also weiterhüpfen. Gleich ist sie still. Allerdings nur so lange, wie er hüpft. Hört er damit auf, dann fängt sie an zu knöttern, steigert sich zum Jammern, dann schaltet sie auf die Endstufe: Gebrüll. Was für eine perfide kleine Person! Die ausgemachte Tyrannin! Schließlich kann er nicht ständig herumhüpfen, schon deshalb nicht, weil der Fußboden fürchterlich knarrt und der alte Teppich den Staub längst vergangener Jahrzehnte entlässt.

Vielleicht ist sie ja hungrig? Natürlich – warum hat er nicht gleich daran gedacht? Wo war noch das eingewickelte Fläschchen? Ach da, auf dem Nachttisch. Her mit der Pulle! Als er sich herunterbeugt, wäre die Zappelliese ihm beinahe vom Arm gepurzelt. Jetzt setzt er sich vorsichtshalber aufs Bett, hält das knötternde Kind auf dem Schoß und schüttelt mit einer Hand die Umwicklung von der Nuckelflasche. Dabei spritzt leider etwas von der Milch umher, der Nuckel ist nicht dicht. Kann er auch nicht – wie soll sie sonst die Milch heraussaugen? Hoffentlich bekommt Mama auch die Milchflecken aus der Hose.

»Jetzt gibt's was Gutes, meine Kleine …«

Listig stopft er ihr den Nuckel in den zum Brüllen aufgerissenen Mund, sie reißt die Augen auf und schaut einen Moment lang verblüfft drein, dann packt sie das Fläschchen mit beiden Händen, hält es fest und fängt hungrig an zu saugen. Na bitte. So einfach ist das. Füttere die Bestie! Wobei das Wort »Bestie« sehr unpassend ist, denn wenn sie so nuckelt und schluckt, ist sie wieder richtig süß.

»Fein machst du das!«, flüstert er. »Siehst du, der Papi weiß doch, was du brauchst, kleine Maus ...«

Was rede ich denn für einen Blödsinn, denkt er und muss über sich selber lachen. Von wegen Papi! Wobei ... Es hätte damals auch leicht passieren können. Da hat er noch mal Glück gehabt. Damals zumindest. Da war er auch noch ein junger Spund, der sich austoben wollte. Jetzt hingegen ...

Hoppla, da hat etwas geblubbert. Sie hat die Flasche tatsächlich leer getrunken und schaut zufrieden mit leicht aufgeblasenen Backen in die Welt. Am besten legt er sie jetzt wieder hin, da kann sie blubbern, vielleicht muss sich die Milch in ihrem Bauch den richtigen Weg suchen. Als er sie von seinem Schoß hebt, verspürt er ein seltsam kühles Gefühl an den Knien. Verflucht! Sie hat ein Leck. Sie hat getropft. Ausgerechnet auf seine gute Hose. Das darf doch nicht wahr sein! Er hält die Kleine hoch und stellt fest, dass der Po und sogar ein Stück vom Rücken total nass sind. Ach je – so kann er sie auf keinen Fall zurück ins Bett legen. Das geht ja durch bis in die Matratze. Da muss Karin am Ende noch die uralte, durchgelegene Matratze bezahlen. Es hilft nichts, er muss sie irgendwie trocknen.

Oder trockenlegen. Auspellen und neu anziehen. Wobei er keine Ahnung hat, wie man ein Baby auszieht. Bei Frauen kennt er sich da besser aus ...

Erst einmal eine einigermaßen dichte Unterlage suchen. Aha, unter dem Tuch, das sie auf dem Fußende des Bettes ausgebreitet hat, ist ein Wachstuch. Sehr klug. Also den Krempel beiseiteschieben, Kind auf das Tuch, und jetzt geht's los. Wo macht man denn die vertrackte Strampelhose auf? Ach ja, da oben an den Schultern sind winzige Knöpfchen. Was für ein Schwachsinn. Man bricht sich ja die Finger ab, und dazu zappelt die Göre und lacht vergnügt, weil er immer wieder von vorn anfangen muss. So – na endlich. Puh – welch ein Duft. Alles klatschnass. Da braucht ein Mann wirklich starke Nerven. Eimer her, Deckel auf und rein damit. Nee, das ist nichts für ihn. Lieber wieder in den Krieg ziehen als Babys wickeln. Wie wird jetzt dieses Windeltuch gefaltet? Dreieckig oder rechteckig oder …

O Schreck! Wo ist denn das Kind? Lag doch eben noch da? Ah – sie hat sich gedreht und ist unter die Steppdecke geraten. Puh! Heraus mit dir, Ausreißerin, und zurück auf die Wachstuchunterlage! Es wird nicht ins Bett gepieselt! Nicht, solange Willi auf dich aufpasst!

Jetzt hat sie richtig gute Laune. Lacht in einer Tour und tritt fest gegen seine Hände, die mühsam versuchen, die dämliche Windel irgendwie sinnvoll zu platzieren. Sie hat schon zwei weiße Mausezähnchen, schaut aus wie ein Hase.

»Jetzt halt endlich still … Sonst krieg ich die Gummihose nicht zu!«

Sie kräht begeistert und wedelt mit den Ärmchen, während er verzweifelt mit den Druckknöpfen kämpft. Einen hat er zu, aber es ist leider der falsche, also wieder aufmachen, da rutscht natürlich die verflixte Windel wieder raus …

»Willi! Was machst du denn da?«, ruft es hinter ihm. »Die ist doch falsch herum.«

Karin! Sie ist wieder da! Ausgerechnet jetzt, wo er es beinahe geschafft hätte!

»Wieso falsch herum?«

Lachend kniet sie neben ihm, zeigt ihm, wie sie es meint und führt die Angelegenheit mit sicheren Frauenhänden zu Ende.

»Na schön. Die Gummihose kommt anders herum. Aber sonst hab ich es prima hinbekommen«, meint er und wischt sich den Schweiß ab.

»Du bist der perfekte Papi!«

»Mach du nur Witze über mich!«

Sie sitzen nebeneinander auf dem Bett, Karin hält die Kleine auf dem Schoß und erzählt, wie es gegangen ist. Sie hat vorgesprochen, und man hat ihr gesagt, dass man vielleicht eine Rolle für sie hat. Sie wollen sich melden.

»Darf ich deine Tochter noch mal nehmen?«, fragt er.

Baby Nora lässt sich willig von ihm auf den Arm nehmen und spuckt nur ein wenig Milch auf sein Hemd. Aber darauf kommt es jetzt auch nicht mehr an.

»Sie ist müde«, meint die Mama. »Ich leg sie wieder hin.«

Trick siebzehn. Das Baby liegt auf einer wasserdichten Unterlage, die die Matratze schützt. Hätte er das gewusst! Aber so war es auch in Ordnung. Er schaut zu, wie Karin ihr Kind liebevoll zudeckt und sanft über das Köpfchen streicht.

»Du bist ein ganz wunderbarer Mensch, Willi«, sagt sie dann. »Ich weiß gar nicht, wie ich dir danken soll.«

Er genießt ihr Lächeln und denkt, dass er schon eine Idee hätte, aber er sagt es nicht. Es käme ihm jetzt irgendwie unpassend vor.

»Ich würde dich gern zum Essen einladen, Karin«, schlägt er stattdessen vor.

»Du?«, ruft sie und schüttelt den Kopf. »Nein, ich lade dich ein. Wenn dich dein Weg nach Bochum führt, kommst du zu uns zum Abendessen. Versprochen? Meine Mutter ist eine großartige Köchin.«

Er ist enttäuscht, weil er gehofft hat, sie könnten heute Abend noch miteinander essen gehen. Aber sie will die Kleine auf keinen Fall allein lassen.

»Tja, dann …«

»Wir sehen uns, Willi!«

Die Umarmung und der Kuss sind dieses Mal mehr als freundschaftlich. Ihm wird etwas schwindelig, aber er nimmt sich zusammen. Jetzt bloß keinen Fehler machen. Es ist ihm zu wichtig.

Als er auf die Straße hinaustritt, scheint die Sonne. Alles blitzt wie frisch gewaschen, in den Pfützen schillert es bunt, das Pflaster dampft die Feuchte aus.

Seine Hosen sind schon wieder getrocknet, nur ein Rand ist zurückgeblieben. Und ein paar Milchflecken an der Jacke. Vielleicht gibt er die Sachen besser in die Reinigung. Das erspart ihm Mamas neugierige Fragen.

HILDE

»Sie ist formidable … Ich weiß gar nicht, wie ich ohne sie zurechtgekommen bin. Und toujours de bonne humeur … immer gut gelaunt, immer ein Lachen im Gesicht …«

»Wie schön für dich, mein Schatz …«

Hilde sitzt im Café Engel hinter der Kuchentheke und telefoniert mit ihrem Liebsten in Eltville. Eigentlich wollte sie ihn fragen, wann er nach Wiesbaden kommt, denn sie hat ein bisschen Sehnsucht nach ihm. Aber Jean-Jacques lässt sie kaum zu Wort kommen, weil er unausgesetzt von Simone schwärmt.

»Seit sie bei mir ist, haben wir sogar unter der Woche Gäste in der Schänke … Wem sie einmal den Wein gebracht hat, der kommt immer wieder …«

Meine Güte, denkt Hilde. Es ist Sommer, und außerdem sind Schulferien. Da sind halt viele Touristen unterwegs, und die Wiesbadener, die sich keinen Urlaub in Italien leisten können, fahren mit dem Zug in den Rheingau. Wieso glaubt er, dass er seine Gäste nur Simones einzigartigem Charme zu verdanken hat?

»Weißt du schon, wann du nach Wiesbaden kommst, Liebling? Da sind zwei große Säcke Mehl geliefert worden, die stehen im Flur, und wir brauchen deine starken Arme …«

Sonst springt er auf solche Winke mit dem Zaunpfahl sofort an und verspricht, so bald wie möglich vorbeizukommen. Er liebt es, wenn sie ihm zeigt, wie sehr er gebraucht wird, er ist eben ein wenig eitel, wie alle Männer. Heute allerdings …

»Du kannst doch Willi fragen, mon trésor. Dein kleiner Bruder hat starke Muskeln, auch wenn man es von außen nicht sieht …«

Er findet seinen Scherz sehr komisch und lacht sich scheckig darüber. Hilde verzieht keine Miene. Schau an, denkt sie. Er will nicht. Es gefällt ihm in Eltville so gut, dass er am liebsten dortbleiben würde. Das kann eigentlich nur an dem Wundermädchen Simone liegen.

»Ach ja, dann soll ich dir noch von Frank ausrichten, dass der Plattenspieler leider kaputt ist. Er fragt, wann du kommst, um ihn zu reparieren.«

»Mon Dieu! Encore! Schon wieder! Was tun die beiden nur? Können sie nicht vorsichtig sein? Bon. Il leur faut attendre … Sie sollen eine Weile warten, die Stille wird euch allen guttun …«

Jetzt reicht es ihr, sie hat heute noch mehr zu tun, als mit ihrem widerspenstigen Liebsten zu telefonieren.

»Sag mir bitte, wann du gedenkst, nach Wiesbaden zu kommen, Jean-Jacques. Ich möchte es wissen, damit ich besser planen kann.«

Das war deutlich. Hilde ist keine, die sich lange hinhalten lässt, sie will wissen, was Sache ist. Sie hört, wie er sich räuspert; das tut er immer, wenn er ärgerlich oder verlegen ist.

»Peut-être … nächste Woche. Wenn es regnet, auch früher. Es wäre schade … wenn so viele Gäste kommen … tu comprends? Ich muss ja auch einmal springen auf einen grünen Zweig, ma colombe …«

Die Antwort passt Hilde gar nicht. Aber sie will nicht weiter drängen, das könnte ja aussehen, als wäre sie eifersüchtig. Das ist sie nämlich nicht. Sie mag Simone gern, macht sich eher Sorgen, dass sie bei Jean-Jacques zu viel arbeiten muss. Hier in Wiesbaden könnte Willi ihr den Taunus und den Rheingau zeigen, auch einmal mit ihr nach Frankfurt fahren. Willi ist ein charmanter Fremdenführer – wenn er nicht gerade telefoniert …

»Gut, mein Schatz«, sagt sie in den Hörer. »Grüße bitte Simone ganz herzlich von mir und sag ihr, sie soll sich wehren, wenn du ihr zu viel Arbeit aufhalst …«

»Aber sie liebt diese Arbeit!«

»Wir lieben alle unsere Arbeit, chéri! Auf bald. Je t'aime …«

»Bisoux … A la prochaine … Moi, je t'aime encore plus … Adieu!«

Sie legt auf und verkneift sich einen ärgerlichen Seufzer. Nun ja, das sind seine üblichen charmanten Abschiedsphrasen. Er ist großzügig damit, besonders, wenn er ein schlechtes Gewissen hat. Und das sollte er haben. Gerade heute hätte sie ihren Ehemann zur »moralischen Unterstützung« gut gebrauchen können. Aber sie ist es ja gewohnt, dass sie immer alles allein durchfechten muss.

Es ist später Vormittag, und da das Wetter schön ist, sind die Außentische des Café Engel alle besetzt. Auch drinnen haben sie gut zu tun; Luisa, die heute serviert, hat noch keine Minute gesessen, Hilde wird ihr gleich zur Hand gehen. Mama und Papa sitzen wie üblich am Ecktisch, sie sind mit Paul Reblinger und dem Kantor Firnhaber im Gespräch. Soweit Hilde begriffen hat, geht es um eine neue Orgel für die Marktkirche. Seitdem sie sich um neue Kuchenkreationen bemüht, hat sich Else weitgehend aus der Küche zurückgezogen, Hilde muss ihre Mutter inzwischen bitten, doch noch ein bis zwei Sahnetorten fertig zu machen, weil die Kuchentheke sonst zu mager ausschaut.

»Glaubst du wirklich, dass unsere Gäste meine altmodischen Torten noch essen wollen, wo sie doch deine kleinen Fürze und das andere Zeug bestellen können?«

Das »andere Zeug« sind Windbeutel, mit Sahne und Kirschkonfitüre gefüllt, und Teilröllchen, mit Schokolade überzogen, in die sie ebenfalls Schlagsahne hineinspritzt. Gut, die Röllchen sind wieder etwas zu hart geworden, aber die Windbeutel bekommt sie inzwischen ganz gut hin. Die Gäste bestellen und sind im Allgemeinen zufrieden. In Begeisterung ist noch niemand ausgebrochen. Eher das Gegenteil. Nun ja – Schwamm drüber. Es war den Versuch wert. Auch wenn Hilde von Natur aus beharrlich ist, so hat sie schließlich doch eingesehen, dass sie nicht als Kuchenbäckerin auf die Welt gekommen ist. Was keineswegs heißt, dass sie ihren schönen Plan aufgeben will. Das Café Engel muss die Konkurrenz durch ein exquisites Kuchenangebot übertrumpfen.

»Kann ich euch noch etwas bringen?«, fragt sie am Tisch der Eltern.

Papa möchte noch einen Kaffee, der Herr Reblinger ein Viertel »Engelströpfchen«, der Herr Kantor bestellt einen Kamillentee. Sein Magen rebelliert bei all dem Ärger um die neue Orgel.

»Das tut mir leid«, meint sie zu ihm. »Und du, Mama?«

»Danke, nichts!«

Hilde hört an Mamas Tonfall, dass etwas anliegt.

»Hast du schon in die Zeitung geschaut, Hilde?«

»Hatte noch keine Zeit dazu, Mama.«

»Dann bin ich dir behilflich.«

Else hat die Seite so zurechtgefaltet, dass die Annonce genau in der Mitte steht.

Junger Konditor gesucht
Dauerstellung bei gutem Gehalt
Telefon: 6845

Hilde wirft nur einen kurzen Blick darauf und findet, dass die Annonce zwar klein, aber doch gut zu lesen ist. Mamas scharfe Augen haben sie zumindest gleich entdeckt.

»Das ist unsere Telefonnummer!«, sagt Else mit einer Stimme, hinter der sich ein ganzes Gewitter verbirgt.

Hilde ist froh, dass Paul Reblinger und Kantor Firnhaber

mit am Tisch sitzen, da kann Mama jetzt keinen Aufstand machen. Mit raschem Blick stellt sie fest, dass Papa eingeweiht ist; er schaut vorwurfsvoll über den Rand seiner Brille zu seiner Tochter auf. Wobei der Vorwurf weniger diese Annonce betrifft, die Hilde ohne Absprache in die Zeitung gesetzt hat, als die Tatsache, dass es nun schon wieder Streit geben wird. Papa ist ein harmoniesüchtiger Mensch, er leidet fürchterlich, wenn seine beiden Frauen sich nicht einig sind.

»Ist nur ein Versuch«, sagt Hilde leichthin. »Wahrscheinlich meldet sich gar keiner.«

»Rausgeworfenes Geld!«, sagt Mama mit gedämpfter Stimme zu Hilde. Dann lächelt sie Hans Reblinger an und meint, er habe völlig recht, die Orgel in der Marktkirche gehöre längst erneuert.

»Wir sind gern bereit, für eine neue Orgel zu spenden«, lässt sich Papa vernehmen. Kantor Firnhaber nickt erfreut.

So viel zum Thema »rausgeworfenes Geld«, denkt Hilde und geht in die Küche, um die Bestellung zu erledigen. Kaum hat sie den Wein in die Karaffe abgefüllt, da geht das Telefon.

»Café Engel, Hilde Perrier am Apparat …«

»Ich rufe wegen Ihrer Annonce an …«

Na bitte! Sehr jung klingt die Stimme allerdings nicht, eher etwas knarzig, aber vielleicht hat er ja trotzdem neue Ideen.

»Ich bin Konditormeister in ungekündigter Stellung und möchte mich verändern …«

Er will wissen, was sie zu zahlen bereit ist. Ein heikler Punkt, weil sie nicht allzu viel bieten kann. Vierhundert Mark pro Monat sind für das Café Engel viel Geld. Swetlana und Luisa verdienen weitaus weniger, allerdings arbeiten sie auch nur stundenweise.

»Wenn Sie Interesse haben – es handelt sich um das Café Engel auf der Wilhelmstraße.«

»Vielen Dank, ich überlege es mir …«

War das jetzt eine Zusage oder eine Absage? Na egal, der Kerl machte ohnehin nicht den Eindruck, als könnte er ihre Gäste mit modernen, kreativen Backkreationen bezaubern. Hörte sich eher an wie ein altgedienter Tortenschmierer.

Mit einem Seufzer legt sie den Hörer auf und begegnet Mamas triumphierendem Blick. Überflüssige Geldausgabe, sagen ihre Augen. Und sonst gar nichts.

Die Drehtür bewegt sich und bringt neue Gäste ins Café. Zwei ältere Frauen mit schweren Taschen, die sich nach dem Einkaufsbummel noch ein Tässchen Kaffee gönnen wollen, suchen sich einen freien Tisch hinter dem Gummibaum. Ihnen folgt Swetlana, im modischen Sommerkleid, mit mehreren Gepäckstücken beladen, drei kleine Mädchen im Schlepptau. Da Luisa Dienst hat, passt Swetlana heute auf Petra und Marion auf. Sie tut das auf ihre Art: Petra hält einen flauschigen Teddybären im Arm, Marion hat eine Babypuppe bekommen, Sina folgt als Letzte, sie trägt ein buntes Paket, das ohne Zweifel Bücher enthält.

Die Begrüßung ist herzlich, Mama verteilt großmütterliche Küsschen an die Kleinen, Papa lässt sich die frisch gekauften Geschenke zeigen und will die Namen von Puppe und Teddybär wissen.

»Die Puppe heißt Adele und der Bär, das ist Pu«, erklärt Sina.

»Mein Bär heißt doch nicht Pu!«, widerspricht Petra.

»Wie dann?«

»Das ist Ludwig.«

Gerade will Papa fragen, warum der Bär wohl Ludwig heißt, da kommt Luisa mit einem Tablett voller Teller und Tassen herein.

»Schau mal, Mama, was Tante Swetlana uns gekauft hat!«

Luisa bleibt stehen und betrachtet die Geschenke mit beklommener Miene.

»Swetlana«, sagt sie leise und vorwurfsvoll. »Ich hatte dich doch gebeten, so etwas nicht mehr zu tun.«

Swetlana macht ein ärgerliches Gesicht, dann seufzt sie, weil sie ein schlechtes Gewissen hat.

»Ach, die waren im Sonderangebot«, rechtfertigt sie sich. »Ganz preiswert. Und die beiden haben sich so darüber gefreut, Luisa …«

Luisa hat keine Zeit für längere Diskussionen, weil sie das Geschirr in die Küche bringen und dann gleich wieder hinauslaufen muss, um zu kassieren. Deshalb schüttelt sie nur unwillig den Kopf und eilt mit dem Tablett davon. Hilde folgt ihr in die Küche, um die neuen Bestellungen vorzubereiten. Normalerweise würde sie Luisa beim Servieren helfen – aber heute möchte sie sich nicht zu weit vom Telefon entfernen.

»Sie ist so gedankenlos«, sagt Luisa, während sie das Geschirr ins Abwaschregal einsortiert. »Was soll ich den beiden zum Geburtstag schenken, wenn sie solche Geschenke von Swetlana einfach mal zwischendurch gekauft bekommen? Ach, es tut mir weh, das zu sehen. Sina hat ein großes Puppenhaus zu Weihnachten bekommen. Petra und Marion haben mit riesengroßen, sehnsüchtigen Augen davorgestanden …«

»Das müssen die beiden verstehen lernen«, meint Hilde. »Es gibt Leute, die können ihren Kindern teure Spielsachen kaufen, und in anderen Familien geht das eben nicht.«

Luisa schweigt und stellt drei Tassen Kaffee, die Hilde abgefüllt hat, auf ihr Tablett. Hilde sieht ihr an, dass sie die Tränen zurückhalten muss. Luisa ist in letzter Zeit überhaupt sehr empfindlich, wahrscheinlich hat es mit Fritz und seiner Augengeschichte zu tun. Aber wenn man danach fragt, bekommt man nur ausweichende Antworten.

»Glaubst du wirklich, dass Sina mit ihrem großen Puppenhaus glücklicher ist als deine beiden Mädels?«, fragt sie leise.

Das war die richtige Frage. Luisa schaut sie an und seufzt. Nein, die kleine Sina ist kein glückliches Kind. Trotz ihrer überquellenden Phantasie und der guten Schulleistungen fehlt ihr etwas sehr Wichtiges. Die Liebe ihrer Mutter. Kein noch so teures Geschenk kann das ersetzen.

Swetlana hat inzwischen Petra an die Hand genommen, in der anderen Hand trägt sie eine Tasche.

»Ich bringe Petra hinauf …«, sagt sie.

»Ich kann alleine gehen!«, wehrt sich Petra.

Aber das lässt Swetlana nicht zu, sie will unbedingt mit hinauf in Addis Wohnung, wo Petra inzwischen so oft sie mag Klavier üben darf. Sina und Marion, die beiden Freundinnen, sitzen inzwischen bei Oma und Opa am Tisch, und Hilde serviert ihnen Bluna, die heißgeliebte Orangenlimonade. Sie dürfen sie mit bunten Strohhalmen aus der grünen Glasflasche trinken, das erhöht das Vergnügen noch einmal um das Doppelte.

Es ist jetzt halb eins, und Else geht in die Küche, um die Speisen zuzubereiten. Einige Berufstätige nutzen das Angebot an kleinen Gerichten, es gibt Würstchen mit Brot, Kraftbrühe mit Ei, eine kleine Salatplatte mit gekochtem Schinken oder kalte Frikadellen mit Gürkchen und Senf. Hilde weiß, dass die Verdienstspanne für das Café dabei sehr gering ist, es ist eher ein Service für ihre Stammkunden, meist bleiben Lebensmittel übrig, die die Familie dann zum Abendbrot serviert bekommt.

»Was stehst du da herum?«, fragt Mama in spitzem Ton. »Es wird sowieso keiner anrufen, weil Willi ganz bestimmt oben an der Strippe hängt.«

Hilde nimmt den Hörer ab und tatsächlich: Die Leitung ist tot, weil ihr Bruder oben mal wieder alles blockiert. Wie oft hat sie den Eltern in den Ohren gelegen, einen zweiten Telefonanschluss für das Café zu beantragen? Aber nein – es muss gespart werden, und das Telefon kostet schon genug Geld. Wenn sie noch daran denkt, was für ein Theater es war, überhaupt einen Anschluss zu bekommen …

Eigentlich müsste sie Luisa jetzt beim Servieren helfen, aber

Hilde läuft über die Küchentreppe hoch in die elterliche Wohnung.

»Willi?«

Keine Antwort. Aber sie hört ihn im Wohnzimmer sprechen. Ihr Bruder führt beinahe täglich längere Ferngespräche auf Kosten der Eltern. Aber wenn es um ihren Willi geht, ist Mama ein sanftes Lamm. Da wird höchstens einmal geseufzt und nachgefragt, ob das denn wirklich sein müsse.

»Vielleicht hat sie sich ja nur erkältet. Ich würde mir da nicht solche Sorgen machen … Hohes Fieber? Könnte es nicht sein, dass sie zahnt? Ich habe mir sagen lassen, dass manche Kinder da …«

Hilde, die schon die Türklinke in der Hand hat, wird stutzig. Was redet ihr Bruder da eigentlich?

»Sie ist so ein bezauberndes Baby, ich vermisse sie sehr …«

Hilde wird ganz anders zumute. Hat Willi etwa ein Kind? Ist eine seiner Freundinnen von ihm schwanger geworden? Ach herrje! Aber das musste ja irgendwann passieren. Und natürlich hat er nichts davon erzählt. Kunststück. Mama würde vermutlich in Ohnmacht fallen. Nun ja – sein Problem. Sie räuspert sich vernehmlich, bevor sie die Tür öffnet.

Willi stockt mitten im Satz und sagt »Entschuldige einen Moment …« in den Hörer.

»Was willst du denn?«, fragt er seine Schwester unwirsch.

»Mach bitte die Leitung frei. Ich muss geschäftlich telefonieren.«

Es passt ihm nicht, er verzieht das Gesicht, aber weil er weiß, dass mit seiner Schwester schwer zu verhandeln ist, gibt er nach.

»Ja, ja … Gleich …«

»Sofort«, fordert sie.

»Ist ja gut … Mach dich nicht so wichtig, Schwesterlein!«

Er winkt abwehrend in ihre Richtung und spricht leise in den Hörer.

»Ich muss leider Schluss machen, Karin. Ich melde mich morgen wieder. Und gib der kleinen Prinzessin einen dicken Kuss von mir …«

Hilde wartet an der Tür, bis er endlich aufgelegt hat, dann kann sie sich die Bemerkung nicht verkneifen.

»Weiß Mama schon von der kleinen Prinzessin?«

Er starrt sie verblüfft an, dann fängt er an zu lachen.

»Was immer du dir da zusammenreimst, Hilde, es ist völlig …«

Er unterbricht sich, weil in diesem Moment im Treppenhaus Gepolter und laute Stimmen zu hören sind.

»Nein, Mama! Wir brauchen nichts und wir wollen auch nichts.«

Das ist Mischa. O weh, es klingt ziemlich wütend.

»Was hast du getan, Mischa? Das schöne Essen. Ich habe für euch gekocht, Rinderbraten und Gemüse …«

Das ist Swetlana. Sie ist dem Weinen nahe, man hört sie durch das ganze Treppenhaus. Hilde eilt zur Wohnungstür, um schlimmere Familiendramen zu verhindern, Willi zögert einen Moment, dann folgt er ihr. Beide gehen langsam die Treppe hinauf, bis sie Swetlana sehen können. Vor Hildes Wohnungstür kniet sie am Boden, um verschiedene umherliegende Dinge einzusammeln. Oben auf dem Treppenabsatz steht Mischa mit zornrotem Gesicht.

»Wann begreifst du es endlich?«, schimpft Mischa von oben herunter. »Du musst nicht für uns kochen, Mama. Wir kommen sehr gut ohne dich klar!«

»Aber du hast seit Tagen nur gegessen Kuchen, Mischa. Das ist nicht gesund …«

»Ich sag's dir zum letzten Mal«, schreit Mischa außer sich. »Addi will dich nicht in seiner Wohnung haben. Und ich auch nicht. Also verschwinde jetzt endlich!«

Durch seine wütende Rede hindurch kann man Klaviermusik hören. Petra lässt sich durch den Streit offenbar nicht aus der Ruhe bringen. Hilde steigt jetzt entschlossen die restlichen Stufen hoch und stellt sich neben Swetlana, die ganz erschrocken zu ihr aufschaut.

»Es reicht, Mischa!«, ruft sie nach oben. »Deine Mutter hat es gut gemeint, es gibt keinen Grund, ausfällig zu werden!«

Der energische Tonfall macht Eindruck auf den jungen Mann. Er zieht sich schweigend zurück und schließt Addis Wohnungstür. Das Klavier ist jetzt nur noch gedämpft zu vernehmen. Willi hilft inzwischen der weinenden Swetlana beim Einsammeln des liebevoll zubereiteten Mittagessens, das Mischa mitsamt den Tellern in seinem Zorn einfach die Treppe hinuntergeworfen hat. Hilde geht in ihre Wohnung, um Putzeimer und Lappen zu besorgen. Auf keinen Fall dürfen fettige Stellen auf den Stufen zurückbleiben, es könnte sonst jemand ausgleiten und stürzen.

»Schau, Swetlana«, hört sie ihren Bruder sanft auf die unglückliche Mutter einreden. »Mischa ist ein junger Mann. Und er ist auf einem guten Weg. Du musst dir keine unnötigen Sorgen um ihn machen …«

Hilde bewundert ihren Bruder für seine Gelassenheit. Auch wenn sie Mischa eben zurechtgewiesen hat – Swetlana hat nach Hildes Ansicht einige offene Worte verdient. Diese Affenliebe zu Mischa ist wirklich unangebracht. Stattdessen sollte sie sich mehr um die kleine Sina kümmern.

»Aber er kommt nach Hause immer erst spät in Nacht …«, jammert Swetlana, während sie mit dem Lappen die Gemüsekleckse von den Treppenstufen wischt.

»Das wundert mich überhaupt nicht«, platzt Hilde heraus. »Wenn du ihn weiterhin wie ein Kleinkind behandelst, wird er bald gar nicht mehr nach Hause kommen.«

Das war weit über das Ziel hinausgeschossen, das merkt Hilde selbst. Swetlana beginnt zu schluchzen, ihr teures Kleid ist voller

Gemüseflecke, die Seidenstrümpfe haben durch das Knien auf dem Holzfußboden eine Laufmasche bekommen, sie ist ein Bild des Jammers. Wilhelm wirft seiner Schwester einen vorwurfsvollen Blick zu.

»Ach, ist doch wahr …«, knurrt Hilde mit schlechtem Gewissen. »Je früher du es einsiehst, desto besser für euch beide …«

»Du hast doch bestimmt unten im Café zu tun«, sagt Wilhelm. »Ich mach das hier schon.«

Hilde sieht ein, dass er recht hat. Sie nickt ihrem Bruder dankbar zu und geht wieder hinunter ins Café. Hans Reblinger und Kantor Firnhaber haben sich inzwischen verabschiedet, am Ecktisch ist Sina in eifrigem Gespräch mit Papa Heinz, Marion sitzt brav daneben und kaut aus Langeweile auf ihrem roten Plastikstrohhalm herum. Vermutlich erzählt Sina von einem Buch, das sie kürzlich gelesen hat, da findet sie in Hildes Vater immer einen interessierten Zuhörer.

»Da war jemand für dich hier«, ruft ihr Papa Heinz zu.

»Wer?«

»So ein Kuchenbäcker.«

Heute hat sie wirklich Pech am laufenden Meter! Das war bestimmt der Interessent, der vorhin angerufen hat.

»Und wo ist er hin?«

»Frag deine Mutter«, sagt Papa und wendet sich wieder Sina zu.

Mama ist in der Küche und bereitet zwei Mal heiße Würstchen mit Brot zu. Als Hilde eintritt, schaut sie ärgerlich von ihrer Arbeit hoch.

»Wo warst du denn die ganze Zeit?«

Hilde zuckt die Schultern. Von Willis neuesten Untaten will sie der Mutter auf keinen Fall erzählen, das kann er schön selber tun.

»Swetlana und Mischa haben sich gestritten, da mussten Willi und ich eingreifen.«

»Schon wieder!«, seufzt Mama. »Hier, die Würstchen kommen an Tisch acht.«

»Was war mit dem Konditor, der vorhin hier war?«, will Hilde wissen.

»Ach, der«, sagt Mama gleichgültig. »Dem war unsere Küche zu klein. Er arbeitet nur in Profiküchen, hat er gesagt.«

Eingebildeter Pinsel, denkt Hilde und geht hinaus, um die Würstchen zu servieren. Das Café hat sich inzwischen geleert, draußen hat Luisa die letzten Gäste abkassiert und die Tische aufgeräumt, drinnen sitzen noch ein paar junge Leute, es wird jedoch kaum noch etwas bestellt. Immerhin – bisher war es kein ganz schlechter Tag, das gute Wetter zieht die Menschen nach draußen; außer ihren Stammgästen waren auch etliche Touristen im Café. Nachher zur Kaffeezeit werden sicher noch ein paar Kuchenhungrige den Weg am Café Blum vorbei ins Café Engel finden. Hilde hält sich hartnäckig in der Nähe des Telefons auf, und es kommen tatsächlich noch zwei Anrufe herein. Ein junger Mann will sich gern als Konditor versuchen, bisher hat er in einer Bäckerei gearbeitet und Brötchen gebacken. Ein weiterer Interessent behauptet, gelernter Konditor zu sein, aber die angebotenen vierhundert Mark sind ihm zu wenig.

»Na?«, fragt Mama mit spöttischer Miene, als Hilde enttäuscht den Hörer auflegt.

»Ist noch nicht aller Tage Abend«, gibt sie zurück.

Swetlana kehrt gefasst ins Café zurück, ruft Sina zu sich und erklärt Luisa, sie habe ja bald Dienstschluss, da könne sie Petra und Marion hier im Café lassen.

»Natürlich«, sagt Luisa rasch. »Und vielen Dank, dass die beiden heute Nachmittag bei dir sein durften.«

»Das ist doch selbstverständlich …«, sagt Swetlana. »Ohne Marion ist Sina unleidlich, weißt du?«

Sie geht an Hilde vorbei, ohne sich zu verabschieden. Sina

trottet hinter ihrer Mama her, das neue Buch unter den Arm geklemmt.

Swetlana ist wütend auf mich, denkt Hilde verärgert. Weil ich die Einzige bin, die ihr ehrlich die Meinung sagt.

Der Nachmittag bringt nur wenige Gäste, die Kuchentheke drüben bei Blum ist eben aufwendiger bestückt als die im Café Engel. Mamas Sahnetorten verkaufen sich nur zögerlich; die Windbeutel gehen am besten, es sind nur noch zwei übrig. Von den etwas zu hart geratenen Schokoröllchen sind heute nur drei weggegangen. Auch das Telefon schweigt sich aus – keine weiteren Anrufe. Hilde mag es nicht glauben, aber es scheint, als würde ihre Mutter recht behalten. Wie ärgerlich! Warum kann sie nicht ein Mal Glück haben?

Petra kommt gemeinsam mit Mischa ins Café, sie bestellen dreimal Sahnetorte und tragen die gefüllten Teller nach oben. Addi hat große Freude an der kleinen Klavierspielerin, er will, dass sie täglich kommt, und hat ihr sogar Noten geschenkt. Marion macht sich derweil in der Küche nützlich. Sie darf die Kaffeelöffelchen abtrocknen, wobei sie darauf achten muss, dass keine Wasserflecken zurückbleiben.

Gegen halb fünf macht sich Luisa fertig, um mit den Kindern nach Hause zu gehen. Es sind nur noch zwei ältere Damen im Café, die die letzten beiden Windbeutel bestellt haben. Und weil es heute ein Unglückstag zu sein scheint, gibt es schon wieder Ärger.

»Das ist ja unerhört!«

»Zeig doch mal her, Hermine. Ja wirklich! Unfassbar so was!«

Eine der beiden Damen steht auf und bewegt sich auf die Kuchentheke zu.

»Fräulein!«, ruft sie. »Ich habe eine Beschwerde. Meine Freundin hat sich einen Zahn an Ihrem Windbeutel ausgebissen.«

»Wie bitte?«, entfährt es Hilde.

Ihr Gebäck gerät hin und wieder etwas hart, aber doch nicht so, dass man sich daran die Zähne ausbeißen könnte!

»Da!«, sagt die Frau und hält ihr einen Kaffeelöffel vor die Nase. »Sehen Sie sich das an!«

Ein Kirschkern. Der muss irgendwie in die Konfitüre hineingeraten sein. Die hat sie fertig gekauft.

»Das tut mir schrecklich leid, gnädige Frau«, sagt sie.

Die Dame schimpft weiter und redet von den Zahnarztkosten, die das Café übernehmen soll. Jetzt mischt sich Papa Heinz ein, er ist der Spezialist für solche Fälle, mit älteren Damen kommt er meist gut zurecht. Tatsächlich gelingt es ihm, die Wogen zu glätten, allerdings nur, indem er vorschlägt, dass die Damen selbstverständlich nichts zu bezahlen hätten.

Hilde reicht es für heute. Es gibt Tage, da sollte man einfach im Bett bleiben. Was immer man anfasst, wird zu Dreck. Resigniert setzt sie sich neben das Telefon, das Willi schon wieder blockiert.

»Entschuldigung«, sagt jemand auf der anderen Seite der Kuchentheke. »Diese Schokoröllchen, sind die aus Biskuitteig?«

Sie fährt von ihrem Stuhl wieder hoch und schaut den jungen blonden Menschen unfreundlich an.

»Das ist ein Keksteig. Mit Schokolade überzogen und mit Sahne gefüllt. Gibt's auch mit Moccasahne …«

Er lächelt eingeschüchtert, vielleicht war ihr Tonfall etwas streng.

»Sehr interessant«, sagt er. »Wissen Sie, ich habe drei Mal angerufen. Aber es war immer besetzt …«

Hilde kann es kaum glauben. Er kommt auf die Annonce hin!

»Sicher ist die Stelle schon vergeben …«

»Das … das kommt darauf an …«

Er ist von drüben, gerade erst aus Berlin nach Wiesbaden gereist, weil er hier eine Schwester hat, bei der er wohnen wird.

Vierhundert Mark im Monat sind ihm recht, er teilt sich die Miete mit der Schwester. Sein Name ist Karl-Richard Wagner.

»Wir brauchen vor allem jemanden, der neue Ideen mitbringt. Ein Backwerk, das einzigartig in Wiesbaden ist, verstehen Sie?«

Er schaut sich die Küche an, öffnet alle Schränke, kontrolliert den Backofen, dann nickt er zufrieden.

»Lassen Sie mich zwei Tage auf Probe arbeiten, Frau Perrier. Sie werden staunen!«

JEAN-JACQUES

Eltville, im August 1959

Das Aufwachen am Morgen ist hier in Eltville eine einsame Angelegenheit. In Wiesbaden streckt er den Arm aus und zieht seine Hilde an sich, dann feiern sie den jungen Tag, wie es sich für ein verliebtes Ehepaar gehört, liegen danach eng umschlungen, sinken gemeinsam zurück in die Realität, und wenn sie noch ein wenig Zeit haben, flüstern sie miteinander.

Hier ist er allein. Strohwitwer heißt dieser Zustand. Veuf de paille. Ein tristes Dasein – zumindest am Morgen, wenn die Sehnsucht am stärksten ist. Tagsüber vergeht sie, wenn er im Weinberg oder im Keller bei seinen Fässern zu tun hat. Doch am Abend kehrt sie zurück.

Tant pis – es ist der Preis für seine Freiheit. Im Café Engel wäre er nichts als ihr Angestellter, hier ist er sein eigener Herr. Er liebt seine Hilde und sie liebt ihn. Aber ihre Liebe gedeiht besser in der Entfernung.

Heute früh hat er solche Sehnsucht, dass er das gestrige Telefonat schwer bereut. Warum ist er nicht zu ihr gefahren? Wenigstens für einen Tag und eine Nacht. Ihre Frage war eine eindeutige Einladung, das hat er sehr wohl verstanden. Aber er ist nicht drauf eingegangen, weil er noch ärgerlich auf sie ist, wegen der Zwillinge. Seine beiden Söhne sind in der dritten Ferienwoche immer noch nicht in Eltville aufgetaucht. Frank ist bei einem Schulfreund, dessen Eltern ein Ferienhaus an der Lahn besitzen, und Andi hat seine Leidenschaft für das Schachspiel entdeckt. Täglich trifft er sich mit drei Freunden, um lange Partien auszutragen. Er gönnt seinen Söhnen diese Vergnügungen, aber seiner Ansicht nach sind die Ferien nicht nur dazu da, um Spaß zu haben. Er selbst und sein Bruder mussten frühzeitig im Weinberg der Eltern mit anpacken. Je nach Kräften und Fähigkeiten hat der Vater sie dort eingesetzt, das war damals ganz selbstverständlich, und er, der Ältere, war immer stolz darauf, dem Vater zur Hand zu gehen. So hat er den Beruf des Winzers von der Pike auf gelernt, und genau das Gleiche wünscht er sich für seine Söhne. Einer der beiden soll einmal sein Weingut übernehmen und weiterführen, so hat er es geplant. Denn wozu rackert er sich das ganze Jahr über ab, wenn das Gut später einmal in fremde Hände kommen sollte?

Sein Gedankenfluss wird durch eine Reihe seltsamer Geräusche gestört. Er schaut auf die Uhr und stellt fest, dass es schon nach acht ist – höchste Zeit, aufzustehen. Er setzt sich auf und wirft die Decke von sich, dann lauscht er und schüttelt den Kopf. Es klingt, als würden unten im Schankraum Möbel verschoben. Einbrecher? Um diese Zeit doch nicht. Höchstens ein dummer Scherz oder eine boshafte Aktion der Einheimischen, die ihm seinen Erfolg neiden. Na wartet! Er zieht eilig Hemd und Hose über den Schlafanzug und läuft die Treppe hinunter, greift sich im Flur den Knotenstock, den der Großvater des Vorbesitzers dort hat stehen lassen, und reißt die Tür zum Schankraum auf.

»Bonjour Jean-Jacques«, ruft ihm Simone fröhlich entgegen. »Habe ich dich geweckt? Das tut mir leid.«

Er sieht einen Putzeimer, aufeinandergetürmte Stühle, die Tische sind verschoben worden, die Fenster sehen merkwürdig kahl aus. Und überhaupt ist der sonst eher dämmrige Raum plötzlich hell, die Morgensonne scheint durch die Fenster.

»Was treibst du hier?«, staunt er und stellt den Knotenstock unauffällig in eine Ecke.

Sie lacht ihr ansteckendes Mädchenlachen. Er mag es, wenn sie so lacht. Es vertreibt die Sorgen, lässt die Welt im rosigen Licht der Morgensonne erscheinen. Überhaupt ist sie sehr hübsch heute früh, sie trägt einen weiten, dunklen Rock und dazu ein sehr enges rotes Oberteil. Mit Ausschnitt. Dezent natürlich. Keineswegs offenherzig. Aber als sie sich jetzt nach vorne beugt, um einen Tisch zu verschieben, bekommt er doch etwas zu sehen. Sehr hübsch. Allerdings nicht für ihn bestimmt, auch wenn er heute mit gewissen Sehnsüchten aufgewacht ist.

»Warte, ich helfe dir … Was hast du mit den Tischen vor?«

Sie steht vor ihm und hebt den Zeigefinger, als müsse sie einer Gruppe Kinder erklären, wie man über die Straße geht.

»Ich habe mir überlegt, dass es viel angenehmer wäre, wenn die Tische anders stehen«, sagt sie. »Schau, so behindern sich die Gäste nicht beim Aufstehen oder Niedersetzen, und man kann fast von jedem Platz aus zum Fenster hinaussehen.«

Sie hat den Fußboden gewischt, den Tresen gesäubert und aufgeräumt und die Fenster geputzt.

»Wieso ist es so hell?«

Sie lacht ihn aus. Gutmütig, aber auch sehr spöttisch.

»Ich habe die Gardinen abgenommen, die müssen dringend gewaschen werden. Und außerdem habe ich das Weinlaub beschnitten. Es geht nicht, dass es in die Fenster hineinwächst. Sonst musst du ja am hellen Tag das Licht anschalten …«

Sie lacht ihn aus, weil er ein Mann ist und nicht bemerkt, dass die Fenster keine Gardinen haben. Er hilft ihr, die Stühle wieder an die Tische zu stellen, dann teilt sie frische Tischtücher aus und will Gedecke auflegen.

»Nein«, meint er. »Es reicht für heute, Simone. Sonst bekomme ich Ärger mit meiner Hilde. Gerade gestern hat sie noch gesagt, ich soll dich nicht so viel arbeiten lassen.«

Sie ist empört. Sie wohnt und isst doch bei ihm, da ist es doch ganz normal, dass sie ihm bei seiner Arbeit hilft. Und außerdem macht es ihr Freude, die Gäste zu bedienen.

»Und ich lerne dabei noch die deutsche Sprache«, ruft sie aus. »Das ist unbezahlbar.«

»Dann sollten wir Deutsch miteinander sprechen«, sagt er.

»Aber nein«, gibt sie auf Französisch zurück. »Mit dir möchte ich lieber französisch reden. Weil du so sprichst wie die Leute bei uns zu Hause. Das hilft gegen das Heimweh …«

»Du hast Heimweh?«

Sie weicht aus, streicht die Tischdecke glatt und behauptet, das sei nur so eine Redensart gewesen. Nein, natürlich habe sie kein Heimweh. »Es ist sehr schön hier bei dir, Jean-Jacques«, behauptet sie. »Ich bin sehr glücklich, dass ich hier sein darf.«

Er wird nicht so richtig schlau aus ihr, aber natürlich ist auch er sehr froh darüber, dass sie hier bei ihm in Eltville ist und sich so wundervoll um seine Gäste kümmert. Als er ihr das jetzt sagt, freut sie sich.

»Danke«, sagt sie. »Du bist ein guter Ehemann und Arbeitgeber. Es ist wichtig, dass man seine Angestellten lobt. Es macht glücklich und beflügelt. So ist es in der Ehe auch. Zwei Menschen sollten sich gegenseitig emporheben, nicht wahr. Und niemals darf es sein, dass der eine die andere zu Boden zieht.«

»Hast du das einmal erlebt?«, will er wissen.

»Aber nein! Das ist nur Theorie«, ruft sie und lacht. »Weißt du, manchmal denke ich über das Leben nach. Das ist eine Marotte von mir. Und dann kommen solche Sätze heraus. Das ist komisch, nicht?«

»Es ist sehr klug«, findet er.

Er schlägt ein spätes »petit déjeuner« beziehungsweise ein frühes »déjeuner« vor, und sie findet die Idee wunderbar.

»Ich decke draußen einen Tisch für uns beide«, ruft sie ihm zu und verschwindet in der Küche.

Dieser Robert ist ein ausgemachter Dummkopf, denkt er. Eine solche Frau ist ein Glücksfall für ein Bistro. Und was macht er? Er lässt sie davonlaufen. Idiot!

»Warte!«, ruft er in Richtung Küche. »Ich helfe dir!«

Sie soll auf keinen Fall denken, er sei einer, der eine Frau arbeiten lässt und sich auf die faule Haut legt. Vielleicht ist ihr Robert so ein Typ; er, Jean-Jacques, ist es nicht. Gemeinsam füllen sie ein Tablett mit allem, was Kühlschrank und Speisekammer an Leckereien hergeben. Als er mehrere Scheiben vom deutschen Landbrot abschneidet, erklärt er ihr, dass sie hier kein petit déjeuner, sondern eine deftige Brotzeit vorbereiten.

»Egal, wie du es nennst – es wird uns schmecken!«, freut sie sich und trägt das Tablett hinaus.

Wieso fällt ihm gerade heute auf, dass er mit diesem Weingut ein kleines Paradies erworben hat? Da sitzen sie und schmausen im Sonnenschein, die Amseln und Sperlinge singen, der Kaffee duftet, die Welt ist voller Schönheit und Sanftmut, und sogar die Frühstückseier sind auf den Punkt gekocht. Hart mit einem kleinen flüssigen Kern.

»Einen wunderschönen guten Morgen!«, ruft da jemand vom Hoftor herüber.

Da steht die Corinna, die älteste Tochter vom Jupp Herking, und zwei ihrer Jungen sind auch dabei.

»Guten Morgen, guten Morgen«, ruft Simone und winkt. »Setzt euch bei uns. Für einen Moment. Ich hole Tassen und Teller.«

Schon sind sie zu fünft, und die traute Stimmung verwandelt sich in lebhaftes Treiben. Die Jungen fragen nach Frank und Andi, und Jean-Jacques verspricht ihnen, dass die beiden in der kommenden Woche ganz bestimmt in Eltville sein werden. Ein Weilchen sitzen die blonden Knaben mit am Tisch, lassen sich Schinkenbrot und Limonade schmecken, dann entdecken sie einen vergessenen Fußball im Gebüsch und es wird gekickt.

Währenddessen unterhält sich Simone mit Corinna über Hausfrauliches, es geht um Pflanzen für Blumenkästen, das Bügeln von Leinentischdecken und um ein Rezept für Weinschaumklöße. Jean-Jacques hilft mit deutschen Begriffen aus und hat zugleich die beiden Bengel im Auge, weil er sich um seine Fensterscheiben sorgt. Nach einer Weile kommt Opa Jupp Herking um die Ecke, weil er die Tochter vermisst, sie soll ihm den wehen Rücken massieren.

»Oh, das verstehe ich sehr gut!«, ruft Simone. »Darf ich Rücken gesund machen?«

Jupp bekommt heute den Rücken zwei Mal behandelt, einmal in gewohnter Weise und dann eine Sonderbehandlung à la Simone. Und weil er klug ist, behauptet er, jede Massage sei auf ihre Weise sehr angenehm gewesen. Eine Weile sitzen sie noch bei Kaffee und Keksen, dann erklärt Corinna, sie müsse jetzt in die Küche, das Mittagessen vorbereiten.

»Die Schwiegermutter schält gewiss schon die Kartoffeln und hat den Salat gewaschen. Braucht ihr grünen Salat? Das Zeug wächst uns noch über den Kopf im Garten …«

»Den nehmen wir gern«, meint Jean-Jacques. »Du bekommst dafür ein Glas Oliven aus meiner Heimat, Corinne.«

Als sie mit den beiden Jungen fort ist, lässt sich Jupp noch ein Viertel »Engelströpfchen« einschenken, und Jean-Jacques und Simone halten mit.

»Pass gut auf sie auf«, sagt Jupp, als er sich schließlich verabschiedet. »Es wird schon überall von deiner Simone geredet. Ein Goldstückchen soll sie sein. Nicht, dass sie dir noch einer abwirbt.«

»Das glaube ich nicht!«, meint Jean-Jacques lachend.

Er schaut Jupp nach, der langsam und ein wenig nach vorn gebeugt über den Hof auf die Straße geht. Über vierzig Jahre hat er in seinem Weinberg gearbeitet, oben auf den Hängen, wo der beste Tropfen wächst und wo man alle Arbeiten mühsam von Hand machen muss, da hat er sich seinen Rücken ruiniert. Jean-Jacques hat es zuerst bedauert, keine Steillage zu besitzen, jetzt ist er nicht mehr böse darüber.

»Was hat er gemeint?«, erkundigt sich Simone auf Französisch.

»Er hat gesagt, ich soll aufpassen, dass du dir nicht einen anderen Arbeitgeber suchst.«

Sie schaut ihn erschrocken an. Erst als er sie breit angrinst, ist sie beruhigt.

»So ein Unsinn!«, sagt sie leise. »Ich würde dich doch niemals im Stich lassen.«

Er ist so gerührt von dieser Bekundung, dass er sie umarmt und freundschaftlich an sich drückt. Dann sieht er, dass sie ganz rot geworden ist, und wird unsicher, ob es richtig war. Die Leute reden über Simone, hat Jupp gesagt. Natürlich werden darunter etliche Lästermäuler sein, die ihm eine Affäre mit der hübschen Verwandten aus Frankreich andichten. Er muss vorsichtig sein.

Simone ist schon mit dem Tablett unterwegs in Richtung Küche.

»Ich werde jetzt die Gardinen waschen«, ruft sie ihm zu. »Wenn das Wetter so bleibt, trocknen sie heute, dann kann ich sie morgen bügeln und wieder aufhängen.«

Gardinen waschen und bügeln! Es gefällt ihm nicht, dass sie sich solche Arbeit aufhalst. Zumal heute Abend bestimmt Gäste zu bedienen sind.

»Nein!«, sagt er entschieden. »Heute Nachmittag zeige ich dir den Rheingau. Mach dich fertig, wir starten in genau fünfzehn Minuten.«

»Aber ich wollte noch die Tischdecken …«

»Vierzehn Minuten!«

Lachend fügt sie sich, erscheint nach kurzer Zeit in einem bunten Kleid und hat den Fotoapparat umgehängt. Sie steigen in seine Goélette und fahren rheinabwärts, an Erbach und Östrich-Winkel vorbei nach Rüdesheim. Dort streifen sie durch die engen Gassen, bestaunen die in den Geschäften ausgestellten Scheußlichkeiten und finden beide, dass es hier viel zu voll und zu laut ist.

»Ich möchte den großen Fluss sehen«, bittet sie. »Und die

Hügel ringsum. Mit den Burgen darauf. Das ist wie früher, als die Troubadoure auf ihren Pferden unterwegs waren, um an den Höfen zu singen und die Damen zu bezaubern …«

Sie fahren langsam weiter, hie und da muss er einen Parkplatz suchen, damit sie aussteigen und hinunter zum Rheinufer laufen kann. Er hat seinen Spaß daran, wenn sie den Leuten auf den vorbeifahrenden Lastschiffen zuwinkt oder sich über die Enten und Schwäne freut, die in Ufernähe umherschwimmen. Gespannt hört sie zu, als er von der schönen Loreley erzählt, die angeblich auf einem Felsen saß und alle Schiffe ins Verderben riss.

»Immer die Frauen«, sagt sie vorwurfsvoll. »Sie sollen an allem schuld sein. Hätte dort oben ein junger Mann gesessen – niemand hätte ihm Vorwürfe gemacht, wenn unten ein Boot zerschellt wäre.«

Sie fahren bis Kaub, dann dreht er um, und sie kehren in Assmannshausen in der »Krone« ein. Das Lokal schaut herrschaftlich aus, beinahe wie ein kleines Schlösschen, verwinkelt, mit vielen Türmchen, Giebeln und Balkonen. Ein langgezogener überdachter Laubengang bietet den Gästen einen großartigen Blick auf den nahen Fluss. Jean-Jacques erklärt ihr, dass dies eines der traditionsreichsten Restaurants des ganzen Rheingaus ist. Schriftsteller, Musiker und bekannte Politiker aus vier Jahrhunderten sind hier eingekehrt. Auch heute ist die »Krone« gut besucht, zahlreiche Touristen sitzen im Laubengang, essen Kuchen und trinken Kaffee, während sie die Aussicht auf den Fluss und die bewaldeten Hänge des gegenüberliegenden Ufers genießen. Sie haben Glück – ein Ehepaar ist gerade dabei, aufzubrechen, und sie können die Plätze einnehmen.

»Ich lade dich ein«, sagt Simone auf Französisch. »Zum Dank für diesen schönen Ausflug.«

Aber davon will Jean-Jacques nichts wissen. Wie schaut das denn aus, wenn eine Frau die Zeche bezahlt? Peinlich ist das für ihn.

»Hier in Deutschland bist du mein Gast, Simone. Keine Widerrede!«

Sie wehrt sich, aber weil er nicht mit sich handeln lässt, gibt sie schließlich nach. Schweigend essen sie Käsekuchen und trinken Kaffee, schauen dabei auf den gemächlich dahinströmenden Fluss, dessen gelblich-braunes Wasser in der Sonne Funken sprüht. Ausflugsschiffe voller bunt gekleideter Menschen fahren vorüber, lange schwarze Lastkähne, auch schlanke Ruderboote, von sportlichen jungen Leuten eilig vorangetrieben.

»Wie wunderschön!«, seufzt sie leise. »Weißt du, dass mich das Wasser immer angelockt hat? Schon als Kind habe ich am liebsten am Bach gesessen und die Füße ins Wasser gehalten.«

Sie sieht bezaubernd aus, wie sie so versonnen auf den Fluss schaut. Versonnen und auch – ja, tatsächlich: traurig.

»Und der bunte Binnenhafen von Marseille, der fehlt dir nicht?«

Augenblicklich wird ihr Gesichtsausdruck verschlossen.

»Momentan fehlt er mir überhaupt nicht!«

Er überlegt, ob es klug ist, weiterzufragen. Er will die heitere Stimmung dieses Nachmittags nicht verderben. Auf der anderen Seite würde es ihr vielleicht helfen, wenn sie über ihren Kummer sprechen könnte.

»Es steht nicht gut mit deiner Ehe, sehe ich das richtig?«

Sie stochert in ihrem Käsekuchen herum und lässt sich mit der Antwort Zeit.

»Das ist ja wohl offensichtlich, oder?«, sagt sie dann.

Es klingt nicht gerade so, als wäre sie auf der Suche nach einem Beichtvater für ihre Probleme. Trotzdem gibt er nicht auf.

»Ist es, weil er öfter zu tief ins Glas schaut?«

Sie schüttelt den Kopf.

»Eine Freundin? Er betrügt dich? Aber das kann ich mir nicht vorstellen.«

Jetzt muss sie ein wenig lachen. Robert und eine Freundin!

»Nein – ganz falsch.«

Jean-Jacques macht eine ungeduldige Geste und fegt dabei seine Sonnenbrille vom Tisch. Simone bückt sich und hebt sie auf. Vorsichtig schaut sie nach, ob die Gläser verkratzt sind, dann legt sie sie auf den Tisch.

»Wenn ich es dir sage, Jean-Jacques, dann musst du mir versprechen, darüber zu schweigen. Niemand soll es erfahren. Auch nicht deine Familie. Auch nicht Hilde …«

Oha, denkt er. Das hört sich nicht gut an.

»Ich verspreche es dir, Simone.«

»Gut«, sagt sie leise. Sie hält den Kopf gesenkt, während sie weiterspricht, und schaut nur hin und wieder zu ihm hoch.

»Es war im vergangenen Sommer. Ich konnte in der Nacht nicht schlafen und bin aufgestanden, um ein Glas Wasser zu trinken. Du weißt ja, dass unsere Wohnung direkt über dem Bistro ist …«

»Klar. Bin schon zwei Mal bei euch gewesen …«

»Während ich das Wasser trank, hörte ich auf einmal Geräusche. Ich bin erschrocken und wollte Robert wecken, denn das Bistro war längst geschlossen und ich glaubte, es seien Einbrecher. Aber als ich ins Schlafzimmer ging, bemerkte ich, dass er gar nicht in seinem Bett lag.«

Sie hält inne und nimmt einen Schluck Kaffee. Dann sieht sie schweigend vor sich hin. Jean-Jacques wird ungeduldig.

»Und wo war er? Unten im Bistro? Was hat er denn da um diese Zeit zu tun gehabt?«

»Ich bin die Treppe hinunter bis in den Flur gegangen und habe sie flüstern gehört«, fährt Simone fort. »Plötzlich ging die Tür auf, und mehrere Männer kamen schwer bepackt in den Flur. Sie trugen ihre Last in den Keller und verstauten sie dort.«

Jean-Jacques hat begriffen. Robert versteckt in seinem Keller Schmuggelware. Wer hätte das von dem Kerl gedacht? Er hat ein so anständiges Gesicht, dieser Robert.

»Sie haben mich nicht gesehen, weil ich mich in eine Ecke gedrückt habe. Als sie alle im Keller waren, bin ich rasch die Treppe wieder hinaufgestiegen und habe oben aus dem Fenster gesehen. Da waren sie wieder, mit neuen Paketen. Es waren drei. Sie waren dunkel gekleidet und trugen die Mützen tief in die Stirn gezogen, sodass ich ihre Gesichter nicht sehen konnte.«

»Und was hast du dann getan?«

»Ich habe auf Robert gewartet. Er wollte sich leise wie ein Mäuschen wieder ins Bett schleichen, aber da habe ich das Licht eingeschaltet, und er hat sich fürchterlich erschrocken. Dann habe ich ihn zur Rede gestellt. Er hat gestanden, dass er schon seit zwei Jahren Zigaretten und andere heiße Ware in unserem Keller in einer Grube versteckt.«

»Das ist ja allerhand!«, sagte Jean-Jacques empört. »Damit bringt er doch nicht nur sich selbst, sondern auch dich in Gefahr. Was denkt er sich dabei? Bringt die Schmuggelei wirklich so viel ein, dass es das Risiko wert ist?«

Sie lächelte bitter. Ja, das habe sie ihrem Mann auch vorgehalten.

»Und was hat er darauf geantwortet?«

»Er hat gesagt, dass er dazu gezwungen wird. Es sind die Leute, die die Schutzgelder von den Geschäften kassieren. Sie schmuggeln auch, und wer nicht mitmacht, dem ergeht es nicht gut.«

»Verdammtes Elend!«, entfährt es ihm. »Das ist allerdings eine böse Zwickmühle. Ging das etwa schon vor eurer Heirat so? Hat er es dir von Anfang an verschwiegen?«

»Er sagt, damals sei noch alles in Ordnung gewesen. Schutzgeld – ja. Das ist normal in Marseille am Hafen. Aber sonst nichts.«

Er sieht ihr an, dass sie nicht ganz überzeugt von der Wahrheit dieser Aussage ist. Jetzt ist er heilfroh, dass sie französisch miteinander sprechen, sodass niemand hier sie verstehen kann.

»Das ist verflucht schwer, aus so einer Klemme wieder herauszukommen …«, bemerkt er.

Simone hebt den Kopf und schaut ihn mit schmal zusammengekniffenen Augen an.

»Ich habe ihm gesagt, es gibt zwei Möglichkeiten. Entweder er verkauft das Bistro und wir fangen gemeinsam an einem anderen Ort neu an. Oder …«

»Oder?«

»Oder ich verlasse ihn.«

Er ist beeindruckt. Nägel mit Köpfen. Genau das hätte seine Hilde in so einem Fall auch getan.

»Und wie hat er sich entschieden?«

Sie schnaubt zornig.

»Er will Bedenkzeit. Weil das Bistro doch schon seinem Vater gehört hat und er so daran hängt.«

Armer Kerl, der Robert. Sitzt in einer scheußlichen Klemme. Es ist nicht leicht, seinen gesamten Besitz, seine Heimat aufzugeben. Auf der anderen Seite hat Simone natürlich recht.

»Ich habe gewartet, bin zu meiner Schwester gefahren, aber es hat sich nichts getan. Nun habe ich ihm eine letzte Frist gesetzt«, sagt Simone. »Bis August muss er sich entscheiden. Sonst ist es aus mit uns.«

Sie hat die Zähne in die Unterlippe gegraben und schaut vor sich hin auf den Kuchenteller. Er begreift, dass es ihr nicht leichtgefallen ist, dieses Ultimatum zu stellen. Schließlich liebt sie den Kerl trotz allem.

Jean-Jacques fasst ihre Hand und drückt sie liebevoll. »Das alles tut mir sehr leid, Simone. Eines sollst du wissen: Wir sind immer für dich da. Auch für deinen Mann – falls er sich besinnt und ihr beide neu anfangt.«

Sie schnieft ein wenig vor Rührung und nickt. Sprechen kann sie nicht, die lange zurückgehaltenen Gefühle überwältigen sie.

Auch Jean-Jacques schweigt, er wälzt düstere Gedanken. Vermutlich ist es für Robert sogar lebensgefährlich, aus dem Schmugglergeschäft auszusteigen. Solche mafiösen Clans lassen ihre Mitglieder nicht einfach gehen, dazu wissen die Leute zu viel. Arme Simone! Nur gut, dass sie jetzt hier bei ihm in Deutschland ist, da ist sie auf jeden Fall in Sicherheit. Robert allerdings muss schauen, wie er sich aus der Schlinge zieht. Was für eine scheußliche Geschichte!

»Lass uns zurückfahren, Jean-Jacques«, bittet sie. »Bald werden die ersten Gäste kommen, da will ich noch die Tische decken.«

Er schaut sie zweifelnd an, aber sie hat sich wieder gefasst und lächelt sogar ein wenig.

»Ich bin froh, dass du nun alles weißt«, gesteht sie. »Ich habe mich die ganze Zeit über wie eine Schwindlerin gefühlt, aber das ist jetzt vorbei. Ich freue mich, dass ich dir helfen und mit dir arbeiten darf. Dabei vergesse ich die Sorgen, verstehst du?«

Das kann er gut verstehen. Arbeit vertreibt den Kummer. Zumindest vordergründig. Immerhin besser als nichts. Er mag Simone gern und hat das Gefühl, sie beschützen zu müssen. Wieso hat sie diesen miesen Kerl überhaupt geheiratet? Hätte man ihn damals gefragt, er hätte ihr ganz sicher abgeraten. Wie auch immer – sie muss sich von Robert scheiden lassen. Einmal Gauner – immer Gauner. Simone hat weiß Gott einen besseren Ehemann verdient.

»Ja, fahren wir«, meint er und winkt der Kellnerin. »Meta ist sicher schon in der Küche. Und meine Gäste warten auf dich!«

SWETLANA

Wiesbaden, im August 1959

»Mama, bringst du mir etwas zu trinken, bitte?«

Swetlana ist auf dem Weg ins Wohnzimmer, um dort den Mittagstisch zu decken. Jetzt bleibt sie stehen und schaut hinüber zu Sina, die bei offener Tür in ihrem Zimmer im Bett liegt. Schon wieder hohes Fieber! Wie ihr Gesicht glüht! Der Doktor hat gesagt, sie hat schlechte Mandeln, die entzünden sich immer wieder, dann steigt das Fieber bis 40 Grad, manchmal sogar höher.

»Ich bringe dir gleich etwas …«

Sie hat einen Kalbsbraten für die Familie im Backofen zubereitet, das Fleisch war teuer, aber es ist schließlich Sonntag, da muss man etwas Gutes auf den Tisch bringen. Die Soße ist auch gelungen, dazu gibt es Kartoffeln und Erbsen mit Karotten. Sie schaut nach dem Gemüse, stellt die Gasflamme unter dem Topf so klein wie möglich, damit nichts anbrennt, dann geht sie zum Kühlschrank und nimmt die Kanne mit dem Pfefferminztee heraus. Kalter Tee ist gut gegen den Fieberdurst, das hat der Doktor gesagt. Sie füllt einen Becher und stellt ihn auf den Tisch.

Sie hört, dass August seinen Wagen in die Garage fährt, gleich darauf schließt er die Haustür auf. Er hat einen Klienten besucht, so ist er nun einmal, ihr Ehemann. Sogar am Sonntag, der doch eigentlich der Familie gehört, muss er arbeiten. Sein erster Weg führt in Sinas Zimmer, er spricht leise mit seiner Tochter, sie antwortet auf ihre seltsam altkluge Art mit hoher Kinderstimme.

»Sina hat ja schon wieder hohes Fieber!«, sagt er, als er in die Küche tritt. »Hast du den Arzt angerufen?«

»Heute ist Sonntag, Liebster.«

Er macht eine ärgerliche Armbewegung. »Wenn sie lebensgefährlich hoch fiebert, rufe ich ihn trotzdem an. Hast du gemessen?«

»Sie hatte heute früh neununddreißig Komma fünf.«

Er gibt sich damit nicht zufrieden, sondern geht hinüber zu seiner Tochter, um noch einmal zu messen. Swetlana folgt ihm und stellt den Becher auf Sinas Nachttisch. Sina liegt auf der Seite und strahlt ihren Papa an. Sie hat glänzende Augen vom Fieber, die Wangen sind sehr rot, das Haar klebt am Kopf, weil sie geschwitzt hat.

»Mama, ich habe heute Nacht von Russland geträumt. Es war ganz verschneit, und aus dem Schnee ragten goldene Kirchenkuppeln heraus. Der Schnee lag so hoch, dass das ganze Dorf zugedeckt war …«

»So etwas gibt es nicht, Sina. Es liegt dort zwar viel Schnee im Winter, aber der ist niemals so hoch wie eine Kirche.«

»Hast du manchmal Heimweh nach Russland, Mama?«

Was dieses Kind nur ständig zu fragen hat. Immer fällt Sina etwas Neues ein. Ob sie Heimweh nach Russland hat – wie soll sie darauf antworten? Ja, sie hat Heimweh. Und nein, sie will nie wieder dorthin zurück. Dennoch hat sie oft Sehnsucht nach der Heimat. Aber so ein Durcheinander kann niemand in Worte fassen. Swetlana zumindest kann es nicht.

»Du musst still liegen, Sina«, sagt sie. »Sonst kann das Fieberthermometer nicht messen.«

Sina ist einen Moment lang ruhig, weil August ihr zärtlich über die Wange streicht und ihr zuflüstert, dass die Mama recht hat.

»Ich lese ein Buch über Russland«, sagt sie dann zu Swetlana. »Es heißt *Der Kurier des Zaren* – kennst du es, Mama?«

Swetlana verneint. Sie ist keine Leserin, hat als junges Mädchen ihre Zeit anders ausgefüllt, und als sie sechzehn war, hat man sie nach Deutschland zur Zwangsarbeit verschleppt.

»Ich kenne es, Sina«, sagt August. »Es ist von Jules Verne. Ein sehr spannendes Buch, aber eigentlich bist du noch zu klein dafür.«

Er schiebt die Brille auf die Stirn, weil er dann die Temperatur besser vom Fieberthermometer ablesen kann.

»Neununddreißig«, sagt er und schaut Swetlana sorgenvoll an. »Das ist für den Vormittag sehr viel. Der Höhepunkt wird erst am Nachmittag erreicht sein. Und dann kommt die Nacht, da können wir keinen Arzt anrufen ...«

Warum macht sich August immer solche Gedanken um Sina? Sie hat so oft Fieber, und bisher hat sie es immer gut überstanden. Das ist so bei den Kindern, sie sind schnell krank, werden aber auch rasch wieder gesund.

»Ich mache ihr nach dem Essen Wadenwickel, dann geht es sicher etwas herunter«, schlägt sie vor und nimmt ihm das Thermometer aus der Hand, um es zu schütteln. »Lass uns jetzt zu Mittag essen, Liebling.«

August trennt sich nur schwer vom Krankenbett seiner Tochter. Er verspricht ihr ein Geschenk, wenn sie eine kleine Portion zu Mittag isst, und nachher kommt er zu ihr, um ihr vorzulesen.

»Ich bin schon sooo weit, Papa«, sagt sie stolz und zieht das Buch unter ihrem Kopfkissen hervor. Sie hat ein Lesezeichen an die Stelle gesteckt, wo sie aufgehört hat.

»Du sollst nicht so viel im Bett lesen, hat der Doktor gesagt«, meint August und seufzt, weil er weiß, dass sie es trotzdem tun wird. »Das ist nicht gut für deine Augen, Sina. Warte, bis ich komme und dir vorlese, ja?«

»Ja, Papa ... Lass die Tür doch bitte auf, Mama. Dann kann ich euch im Wohnzimmer sehen ...«

August zieht das Jackett aus und hängt es sorgfältig über seinen Stuhl, dann will er Swetlana beim Auftragen der Speisen helfen.

»Lass nur ... Geh lieber und ruf Mischa zum Essen ...«

Mischa ist am Morgen nur kurz aufgetaucht, um mit ihnen zu frühstücken. Das tut er, weil August zornig wird, wenn Mischa am Sonntag bis zum Mittag im Bett bleibt. Unter der Woche steht Mischa zum Glück pünktlich um halb acht Uhr auf, nimmt am Frühstück teil und macht sich dann fertig, um seiner »Arbeit« nachzugehen. Wobei Swetlana der Ansicht ist, dass Mischa etwas Vernünftiges tun sollte, statt den ganzen Tag über bei dem alten Mann zu sitzen.

»Komme schon!«, ruft Mischa aus seinem Zimmer, als August anklopft. Tatsächlich erscheint er gleich darauf in Hemd und Hose, das Haar strähnig, vermutlich ist er nur mit drei Fingern hindurchgefahren, an den Füßen trägt er Socken. Er setzt sich auf seinen Platz, ohne sie anzusehen, und bemüht sich auch sonst, so zu tun, als gäbe es seine Mutter nicht. Seit ihrem Besuch in Addis Wohnung, als sie ihm das Mittagessen bringen wollte, hat er kein Wort mehr mit ihr geredet.

»Ist Sina schon wieder krank?«, erkundigt er sich bei August.

»Leider …«

»Die sollen ihr die Mandeln rausoperieren«, findet Mischa. »Dann hört das auf.«

Auch der Doktor hat dazu geraten, aber August hat Bedenken. Die Operation ist nicht ungefährlich, das Mädchen kann eine Blutung bekommen und sogar daran sterben. Einmal hat er Swetlana gestanden, dass der Gedanke, jemand schneide mit einem Messer an seinem Kind herum, schrecklich für ihn sei.

»Wie geht es Addi?«, erkundigt sich August, während er eine kleine Portion Fleisch, Gemüse und Kartoffeln auf einem Teller für Sina zurechtmacht.

»Geht so …«, murmelt Mischa. »Gestern Abend hat er schlecht Luft bekommen, da hat Frau Wemhöner den Arzt geholt. Donnerwetter, ist der Addi da zornig geworden! Kaum konnte er besser atmen, da hat er sie fürchterlich angeblafft.«

»Verrückter alter Mann«, sagt Swetlana kopfschüttelnd.

Mischa schaut nur einen winzigen Moment lang mit schmalen, bösen Augen zu ihr hin, dann fährt er fort: »Er ist ein großartiger alter Mann. Ich wünsche mir, dass er noch lange am Leben bleibt. Was der alles zu erzählen hat! Im Ersten Weltkrieg ist er gewesen. Bei der Kriegsmarine. Bis nach Afrika ist er gekommen. Da hat er eine schwarze Geliebte gehabt …«

»Gott bewahre uns!«, ruft Swetlana entsetzt. »Solche Sachen erzählt er dir? Ist er verrückt?«

August hat es gar nicht gehört, weil er aufgestanden ist, um Sina den Teller ans Bett zu bringen. Als er sich jetzt wieder an den Tisch setzt, herrscht dort zorniges Schweigen. Swetlana grübelt darüber nach, was sie Falsches gesagt haben könnte. Warum legt Mischa nur jedes ihrer Worte auf die Goldwaage? Sie hat es doch nicht böse gemeint, und außerdem ist es schon seltsam, wenn ein alter, noch dazu todkranker Mann von solchen unmoralischen Liebschaften erzählt.

»Kann ich nachher kurz mit dir sprechen, August?«, fragt Mischa in die Stille hinein.

August schaut unsicher zu Swetlana hinüber, dann nickt er. »Nach dem Essen in meinem Büro.«

Sie sagt nichts dazu, aber es trifft sie tief. Er will etwas mit August allein bereden, und sie, seine Mutter, soll nicht dabei sein. Das ist stark. Was ist denn nur geschehen? Warum gibt es auf einmal so eine tiefe Kluft zwischen ihr und ihrem Kind?

Während sie den Tisch abräumt und den Nachtisch – eine Quarkspeise mit Erdbeeren – aus dem Kühlschrank nimmt, geht August hinüber zu Sina.

»Du hast ja gar nichts gegessen, mein Schatz.«

»Doch … ein großes Stück Fleisch und ein kleines Stück Karotte. Aber mir tut der Hals beim Schlucken so weh …«

Er trägt den Teller in die Küche und setzt sich mit grauer Sorgenmiene an den Tisch. Die kleine Glasschale mit Erdbeerquark, die Swetlana ihm vorsetzt, leert er gedankenschwer, vermutlich weiß er gar nicht, was er isst. Swetlana ist den Tränen nahe. Sie hat diese Mahlzeit mit so viel Liebe und Sorgfalt zubereitet, aber niemand scheint sich darüber zu freuen, sie hätte ihnen ebenso gut irgendeinen Kohleintopf oder eine Linsensuppe vorsetzen können. August ist nur mit Sina beschäftigt, Mischa ignoriert sie völlig, und zu allem Überfluss will er August Dinge anvertrauen, die sie nicht wissen soll.

Allmählich reicht es ihr. Sie wirft ihre Stoffserviette auf den Tisch, beginnt zu schluchzen und läuft davon. Im Eheschlafzimmer wirft sie sich aufs Bett und heult laut in die Kissen.

»Was ist denn jetzt los?«, hört sie Mischa fragen. Er bekommt keine Antwort. Sie weiß, dass August jetzt aufgestanden ist und zum Schlafzimmer geht. Er klopft an die Tür, und sie schluchzt noch lauter.

»Swetlana … was ist denn?«, fragt August mit leiser Stimme.

Sie hört, wie Mischas Zimmertür geschlossen wird. Ihr Sohn hat kein Mitleid mit seiner Mutter, sie kann weinen und unglücklich sein – er geht einfach in sein Zimmer und macht die Tür hinter sich zu. Was hat ihn so grausam gemacht? Früher war er anders, ihr Mischa. Da ist er zu ihr gekommen und hat sie gestreichelt, ihr das nass geweinte Haar aus der Stirn gestrichen und gefragt, warum sie so weinen muss.

August sitzt auf ihrem Bettrand. Er streichelt sie nicht, er spricht ruhig und leise mit ihr.

»Bitte beruhige dich, Swetlana. Denk doch an Sina, das Kind bekommt Angst, wenn du solche Szenen aufführst …«

»Sina, Sina!«, schluchzt sie. »Du hast immer nur deine Tochter im Kopf. Mischa hast du abgeschrieben. Er darf mich ignorieren, er darf mich beleidigen – das ist dir ganz egal …«

Jetzt endlich spürt sie seine Hand auf ihrer Schulter. Sie wiegt schwer und bewegt sich kaum. Kein Streicheln, eher ein Gewicht, das sich auf sie gelegt hat.

»Das ist mir keineswegs egal, Swetlana. Was mich bekümmert, ist deine Gleichgültigkeit gegenüber Sina. Sie ist krank, hat hohes Fieber …«

»Das ist nicht wahr«, wehrt sie sich und setzt sich abrupt im Bett auf. »Ich mache nur nicht gleich ein Drama daraus …«

Zornig starrt sie ihn an. Sie hat Trost erwartet, und stattdessen kommt er ihr mit dieser dummen Geschichte. Sieht er nicht, dass sie verzweifelt ist, weil sie dabei ist, ihren Sohn zu verlieren?

»Wir müssen nicht darüber streiten, Swetlana«, sagt er resigniert. »Ich weiß, dass du Mischas Vater geliebt hast, und dass Mischa in deinen Augen sein Vermächtnis an dich ist. Das wusste ich von Anfang an, und ich habe es akzeptiert. Allerdings habe ich gehofft, dass du auch für mich und unsere gemeinsame Tochter Zuneigung oder gar so etwas wie Liebe empfinden könntest.«

Jetzt müsste sie ihm versichern, dass er sich täuscht, dass sie ihn liebt, dass sie glücklich ist, mit ihm zu leben. Aber der Kummer über den verlorenen Mischa schnürt ihr den Hals zu. Sie ist nicht fähig, von Liebe zu sprechen, sie ist einfach nur unglücklich. August wartet eine kleine Weile, als sie jedoch schweigt, steht er mit einem Seufzer auf und räuspert sich.

»Ich mache dir folgenden Vorschlag: Ich werde jetzt mit Mischa sprechen und dich anschließend genauestens über den Inhalt des Gesprächs informieren. Das werde ich auch Mischa wissen lassen. Ich will keine Geheimnistuerei. Inzwischen bitte ich dich herzlich, Doktor Steiner anzurufen und ihm Sinas Zustand zu schildern. Können wir uns so einigen, Swetlana?«

Er ist nun einmal ein Advokat, ein kühler Kopf, der kluge Vorschläge macht. Anstatt sie zärtlich in die Arme zu nehmen und zu trösten, will er mit ihr einen Vergleich aushandeln. Ach, der Dummkopf! Er hätte alles von ihr haben können, sie hätte ihm ihre Liebe gestanden, ihre Gewissensbisse, ihre Sorgen, sie hätte ihn um Verzeihung gebeten und ihm versprochen, sich mehr um Sina zu kümmern. Für eine einzige zärtliche Umarmung hätte sie ihm alles geschenkt. Aber er will klug sein – und deshalb bekommt er nichts.

»Wie du willst«, sagt sie und wischt sich das Gesicht mit dem Zipfel der Bettdecke trocken. Dann steht sie auf und geht dicht an ihm vorbei, ohne ihn anzusehen.

Sina hat eine kleine Schüssel mit Erdbeerquark gegessen – immerhin. Jetzt liegt sie auf dem Rücken und schläft, die Brille noch auf der Nase, das aufgeklappte Buch auf dem Bauch. Augusts Sorge ist nicht unberechtigt: Ihr Atem geht rasch, das Fieber muss gestiegen sein. Mit der Brille und dem verklebten Haar schaut sie aus wie eine alte Jungfer, findet Swetlana. Sie lässt ihre Tochter schlafen, geht ins Wohnzimmer zum Telefonapparat und wählt die Nummer des Arztes. Sie muss einen Moment warten, bis er den Hörer abhebt. Währenddessen kann sie abgerissene Sätze vernehmen, die im Arbeitszimmer gesprochen werden. Es ist Mischas Stimme, sie klingt tief und ein wenig heiser, er spricht abgehackt, stellt Forderungen. Swetlanas Herz zieht sich zusammen. Er ist ihr so fremd geworden.

»Steiner …«

Sie erschrickt, als sich jetzt der Arzt am Telefon meldet. Er war in letzter Zeit häufig bei ihnen, er kennt Sina, fast immer hat er ihr Penicillin verschrieben, das auch geholfen hat. »Ich bin heute Abend eingeladen, Frau Koch. Wenn das Fieber nicht heruntergeht, machen Sie Wadenwickel. Rufen Sie morgen früh wieder in der Praxis an, wenn nötig, komme ich vorbei.«

»Vielen Dank …«

Die Tür des Arbeitszimmers wird geöffnet und gleich wieder zugeschlagen. Mischa ist in sein Zimmer gegangen, das Gespräch scheint zu Ende zu sein. Swetlana widersteht der Versuchung, in Augusts Arbeitszimmer zu laufen, um ihn auszufragen. Stattdessen geht sie leise hinüber zu Sina und fühlt ihre Stirn.

»Mama?«, flüstert das Mädchen. »Ich hab Durst …«

Sie gibt ihr zu trinken, misst noch einmal Fieber. Es ist unverändert hoch – sie wird besser gleich mit den Wadenwickeln beginnen. Sie kennt dieses alte Hausmittel aus ihrer Kinderzeit, da hat ihr die alte Kinderfrau in Swerdlowsk immer feuchte Tücher um die Beine gewickelt, ein trockenes Tuch darübergelegt und diesen Verband nach einer Weile gewechselt. Sina lässt sich die Wadenwickel gern anlegen, sie kichert ein bisschen, weil es kühl ist, dann meint sie, das sei wie die Fußlappen, die die Russen sich gegen die Kälte um die Beine wickeln.

»Steht das in deinem Buch?«, fragt Swetlana.

»Ja. Und da steht auch, wie man jemanden mit einem glühenden Schwert blenden kann …«

»Was du für Sachen liest«, tadelt sie die Tochter. »Der Krieg ist schlimm genug gewesen – da musst du jetzt nicht solch grausame Dinge lesen!«

»Aber das ist doch nur ausgedacht, Mama …«

»So etwas soll man nicht einmal denken, Sina …«

Da steht August an der Türschwelle und schaut ihrem Tun zu.

»Hat das der Doktor angeordnet?«, will er wissen.

Als sie es bestätigt, meint er, dann sollten sie sich in der Nacht mit der Krankenpflege abwechseln. Sie nickt und schaut fragend zu ihm auf.

»Gehen wir hinüber ins Arbeitszimmer«, sagt er.

Er setzt sich an seinen Schreibtisch und bietet ihr den Stuhl davor an – als ob sie eine Klientin von ihm wäre. Sie ist beunruhigt, weil er so ernst dreinschaut und mit der rechten Augenbraue zuckt. Das tut er immer, wenn etwas Problematisches ansteht.

»Ich will es kurz machen«, sagt er. »Mischa will die Familie seines Vaters kennenlernen. Er hat mich gebeten, sie ausfindig zu machen, damit er sich dort vorstellen kann.«

Swetlana fühlt sich, als würde der Fußboden unter ihr nachgeben. Es ist, als stürzte sie in tiefe Finsternis. Mischas Vater.

Gerhard Stammler. Der Lagerleiter, der Macht über sie alle hatte. Der Mann, in den sie sich verliebt hat. Der sich nie zu ihr bekannt hat. Der in Brandenburg gefallen ist, ohne sein Kind ein einziges Mal gesehen zu haben.

»Das … das geht nicht!«, stößt sie hervor. »Es ist unmöglich, August. Ich will das nicht!«

Er schaut sie mit seinen ernsten, sanften Augen an – vermutlich hat er diese Reaktion erwartet.

»Du wirst es auf die Dauer nicht verhindern können«, sagt er leise.

Sie schlägt die Hände vors Gesicht. Entsetzen überwältigt sie. Gerhards Familie! Sie werden von Mischas Existenz gar nichts wissen. Ganz sicher hat er seinen Eltern damals verschwiegen, dass er ein uneheliches Kind mit einer russischen Zwangsarbeiterin hat.

»Ich … ich habe … ich habe Mischa doch erzählt, dass sein Vater mich heiraten wollte …«, flüstert sie verzweifelt. »Dass er ihn als Baby auf dem Arm gehalten hätte … dass er ein guter Vater gewesen wäre, wenn er nicht gefallen wäre …«

Sie schaut August hilfesuchend an. Er steht jetzt auf und geht zu ihr, bleibt neben ihrem Stuhl stehen und legt den Arm um ihre Schultern. Dieses Mal ist die Berührung sanft.

»Und das ist alles nicht wahr?«, fragt er.

Sie schüttelt den Kopf. Sie hat auch August gegenüber nicht erzählt, wie es wirklich gewesen ist, und er hat nie danach gefragt. Es ist ein Thema, das sie beide für abgeschlossen hielten, ein Stück böse Vergangenheit, die man vergessen wollte. Nun sind die Gespenster auferstanden.

»Er hat dafür gesorgt, dass ich mit dem Kind eine Weile in der Klinik bleiben konnte und nicht sofort zurück ins Lager musste. Dass ich Mischa später bei mir behalten durfte, war nicht mehr seine Order, da war er schon abkommandiert. Einmal hat er mir eine Karte geschrieben. Nur ein paar Worte. Ob er meine

Briefe bekommen hat, weiß ich nicht. Dass er gefallen ist, habe ich in einer Liste gelesen. Das ist alles.«

August hat schweigend zugehört, jetzt löst er sich von ihr und geht durch das Zimmer. Ruhelos, wie jemand, der nachdenken muss.

»Ich bitte dich um alles in der Welt«, stöhnt sie. »Er darf nicht zu diesen Leuten gehen. Ich will es nicht. Es kann nur schlimm für ihn ausgehen …«

Er bleibt stehen, atmet tief ein und aus, und sie sieht ihm an, dass er nun etwas sagen wird, was ihr nicht gefällt.

»Du hast behauptet, Mischa sei mir gleichgültig«, beginnt er. »Aber da täuschst du dich. Was ich dir jetzt sage, das sage ich im Interesse deines Sohnes. Auch wenn es hart für dich ist, Swetlana: Mischa hat ein Recht darauf, die Familie seines Vaters kennenzulernen. Wir können es ihm verbieten, wir können versuchen, es zu verhindern – aber ich bin sicher, dass nichts auf der Welt ihn davon abhalten wird. Er wird auch ohne meine Hilfe herausfinden, wo sie leben und dorthin fahren.«

Sie will nichts mehr hören, hält sich die Ohren zu und beginnt hilflos zu schluchzen. Alles steigt wieder in ihr auf, sein Gesicht, sein Lächeln, seine hastigen, begehrlichen Hände, die Schwüle der Nacht, ihr Erstaunen, die Leidenschaft, die sinnlose, dumme Sehnsucht nach einem Mann, der sie vergessen hat. Mischa soll nicht zu diesen Leuten gehen! Sie werden ihn verachten. Ein Russenkind. Ein Untermensch …

Sie springt auf und will davonlaufen, ins Schlafzimmer, ihre Verzweiflung in die Kissen weinen – da spürt sie Augusts Arme. Er umfängt sie, hält sie fest, küsst ihre nassgeweinten Wangen.

»Versteh doch, Swetlana«, flüstert er. »Er ist auf dem Weg, ein erwachsener Mann zu werden. Das ist gut und richtig so, aber sein Weg ist nicht leicht. Wir müssen Vertrauen haben und ihn gehen lassen, aber wir müssen auch zur Stelle sein, wenn er uns braucht. Das ist unsere Aufgabe, Liebes.«

Es ist erlösend, seine Wärme zu spüren. Den Halt, den seine Umarmung ihr gibt. Seine Zärtlichkeit. Sie hat seine Worte nicht ganz verstanden, aber sie fühlt, dass er es gut mit Mischa meint. Er ist solch ein kluger und guter Mensch, ihr August.

»Du hast recht«, wispert sie und schmiegt sich an ihn. »Ich liebe dich. Ich liebe dich so sehr, August. Ich konnte es vorhin nicht sagen. Aber jetzt sage ich es … tausend Mal …«

WILHELM

Da sitzt er nun. Wie auf dem Abstellgleis. Sie hat keine Zeit für ihn, muss sich um Addi kümmern, aber wenn er ein wenig Geduld hat, kann er gern hier in ihrem kleinen Wohnzimmer auf sie warten. Julia, seine angebetete, wundervolle, ewige Liebe – sie sitzt drüben in Addis Wohnung an seinem Bett, und weil die Zwischentür offen steht, kann er hören, was sie miteinander reden.

»… das war Figaros Hochzeit … hab ich den Grafen gesungen … schau doch nur, was für einen Kostümrock du mir verpasst hast … Und die Schleife … affig war das …«

Was redet Addi da? Ach, wahrscheinlich schauen sie sich alte Fotos an. Aus Addis Glanzzeit als Bariton an der Oper, da war er jahrelang der Liebling der Wiesbadener Damenwelt. Sah damals ja auch gut aus, groß und kräftig, aber schlank, volles Haar, kerniger, dunkler Bariton. Wilhelm hat ihn vor dem Krieg ein oder zwei Mal auf der Bühne gesehen. Damals bekamen sie immer Freikarten fürs Theater, weil der Vater mit allen Künstlern per Du war. Eigentlich schade, dass das heute nicht mehr so ist wie früher. Es kommen zwar immer noch ein paar Theaterleute ins Café Engel, aber das sind die älteren, die den Heinz Koch noch kennen. Die jungen gehen zu Blum.

»… war das die Herbert? …«

»… Elisabeth Herbert, richtig. Tolle Künstlerin … Hab viel mit ihr gesungen …«

»Und der Weber als Sarastro … mit wallendem Bart … das war neununddreißig, da war ich schon entlassen … hab ihnen geraten, ihm eine Schärpe zu nähen. Damit der Bauch nicht so rauskommt …«

»Die schönste Zeit war damals unter Hagemann … da hab ich meinen ersten Don Giovanni gesungen … den jungen Klemperer hat er als Dirigent an Land gezogen … ein Händchen für gute Leute hat der alte Hagemann gehabt …«

Wilhelm muss einen langen Seufzer unterdrücken. Wenn das so weitergeht, sitzt er hier noch bis morgen früh, ohne ein einziges Wort mit Julia geredet zu haben. Dabei braucht er ganz dringend ein Gespräch mit ihr. Ihre weibliche Intuition. Ihre sanfte Klugheit. Ach, und überhaupt ist Julia der einzige Mensch auf der Welt, der ihm jetzt helfen kann …

»… gib mir noch einen Schluck, Mädel. Wenn das Schiff schon auf den Abgrund zutreibt, dann will ich mit Glanz und Gloria untergehen. Die Segel gehisst, volles Werk …«

»… hör auf, solche Sachen zu sagen, Addi! Sonst bekommst du von mir keinen Sekt mehr …«

»Ist doch wahr, Mädel. Weißt es ja selber. Hab ein langes und gutes Leben gehabt. Viel Schlimmes erlebt und noch mehr Glück gehabt. Aber du, du bist mein Stern, der bleibt mir bis zum Schluss, leuchtet mir auf dem Weg …«

»… das ist jetzt aber das letzte Glas, Addi … Ach, schau doch mal! Das ist ja das Brieflein, das ich dir damals geschrieben habe, als du den Don Giovanni gesungen hast … Weißt du, wie verknallt ich in dich war?«

»Ein Hoch auf die Liebe! Und auf das Leben!«

Wilhelm ist gerührt von dem, was er zu hören bekommt. Addi Dobscher, das ist schon ein toller Bursche. Eigentlich war der schon immer da, hat oben in der Dachwohnung gehaust, solange Wilhelm denken kann. Warum der sich wohl keine größere Wohnung gesucht hat, das hätte er sich doch leisten können! Vielleicht, weil er von hier aus nur über die Straße zu gehen brauchte, da war er schon beim Theater. Oder es lag an

Heinz Koch, Willis Vater – die Seele vom Café Engel, Freund und Vater aller Künstler.

Kein schöner Gedanke, dass sich der gute Addi jetzt aufmacht, diese Erde zu verlassen. Irgendwie geht mit ihm auch eine Epoche zu Ende. Eine Generation tritt ab. Willis Eltern haben längst nicht mehr das Sagen im Café Engel, da hat seine Schwester Hilde alles im Griff. Auch drüben im Theater sind jetzt andere Schauspieler als die, mit denen er vor Jahren auf der Bühne gestanden hat. Die Kollegen von damals sind in alle Winde zerstreut. Und er selbst? In drei Jahren wird er vierzig. Natürlich hat er noch Ehrgeiz, er kann noch viel erreichen, der Beruf übt immer noch Faszination aus. Aber sein Privatleben, das gefällt ihm nicht mehr. Die Freiheit, die ihm früher so kostbar war, die empfindet er jetzt immer mehr als eine Leere. Wenn er in seine Wohnung in Hamburg kommt, wartet niemand auf ihn. Gewiss – da ist Julia, seine große Liebe. Zu ihr kommt er immer wieder zurück. Aber Julia füllt die Leere in seiner Hamburger Wohnung nicht aus. Dazu ist sie viel zu … ätherisch. Sie ist ein Ideal. Die Dame seines Herzens. Wundervoll, aber unerreichbar. Was er bräuchte, wäre ein Wesen wie diese kleine Prinzessin. Nora. Und dazu Noras Mama, Karin. Diese beiden Menschen wären in der Lage, aus seiner leeren Wohnung ein wundervolles, heimeliges Zuhause zu machen.

»Mach mal den Schrank da drüben auf …«, sagt Addi jetzt nebenan. »Aber vorsichtig. Ist ziemlich vollgestopft.«

»Da sind ja alte Kostüme drin … Mein Gott … das habe ich mal genäht … Wo hast du das denn her?«

»Hab ich zurückgekauft, als sie die alten Kostüme versteigert haben. Das war der Figaro … Mit der kleinen Weste … Da hast du gesagt, ich soll das Hemd nicht so weit offen stehen lassen, weil man sonst meine Wolle auf der Brust sehen kann …«

Sie lachen beide, Addi muss gleich darauf husten, er keucht und zieht die Luft mühsam ein. Armer Kerl! Warum der bloß in keine Klinik will? Trotz seines Mitgefühls findet Wilhelm, dass Addi jetzt langsam mal schlafen sollte. Wie schafft Julia das überhaupt? Den ganzen Tag über fährt sie von einem Geschäft zum anderen, macht Entwürfe, kümmert sich um wichtige Kunden, um die Angestellten, um die Buchführung. Oft fährt sie zu Messen, um neue Stoffe einzukaufen, einmal im Jahr organisiert sie eine kleine Modenschau im Kurhaus mit auserlesenen Gästen. Und am Abend, wenn ein normaler Mensch fix und fertig ins Bett fällt, sitzt sie bei Addi, schaut Fotoalben an, trinkt mit ihm Sekt und betrachtet seine alten Bühnenkostüme, so wie jetzt. Kein Wunder, dass es hier in ihrer winzigen Wohnung so unordentlich ist. Auf dem Tisch stapeln sich Prospekte und Mappen mit unterschiedlichen Aufschriften, dazwischen stehen Kaffeetassen, Keksdosen, ein Glas mit schwarzen Oliven, mehrere Schachteln mit Medikamenten, ein welker Blumenstrauß und eine halb gegessene Tafel Vollmilch-Schokolade. Auch ihre Handtasche steht auf einem Stuhl, auf einem anderen liegen mehrere Kleidungsstücke. Wie es scheint, ist sie kaum noch in ihrer schönen Villa anzutreffen, sie hat hier in Addis Nähe ihr Hauptquartier aufgeschlagen. Sehr anständig von ihr. Richtig rührend sogar. Die Frage ist nur, wie lange sie das durchhält. Es ist schon zehn Uhr, und Addi fängt jetzt auch noch an zu singen. Gar nicht mal übel. Für einen Veteranen richtig gut.

»Reich mir die Hand, mein Leben … Komm auf mein Schloss mit mir … Kannst du noch widerstre…«

Jetzt muss er husten und bekommt keine Luft mehr. Wilhelm schnürt es schon vom Zuhören den Hals zu, das klingt richtig schlimm, wenn Addi so keucht. Ersticken muss ein widerlicher Tod sein. Er hört Julia, die auf Addi einredet, sanft und zugleich energisch, dann kommt sie hastig ins Zimmer, nimmt eine der Medikamentenschachteln vom Tisch und läuft ohne ein Wort an ihn wieder davon.

»Will das Zeug nicht!«, ächzt Addi.

»Nur eine … Damit du schlafen kannst … Tu's mir zuliebe …«

»Dir zuliebe … tu ich … fast alles …«

Er hustet noch eine Weile weiter, Julia öffnet die Fenster, um noch einmal durchzulüften, dann hört Wilhelm nur noch Flüstern. Was sie einander zur Nacht sagen, ist nicht für fremde Ohren bestimmt, deshalb bemüht sich Wilhelm wegzuhören. Wahrscheinlich küsst sie Addi jetzt, sanft und zärtlich, wie man ein Kind zur guten Nacht küsst. Eigentlich ist er ein glücklicher Mann, der Addi.

»Ich schau nachher noch mal rein«, hört er sie sagen, dann schließt sie die Zwischentür, die die beiden Wohnungen miteinander verbindet, und kommt ins Wohnzimmer. Wie blass sie ist! Als sie jetzt die Lampe einschaltet, sieht er, dass sie Falten um den Mund hat, die noch vor ein paar Wochen nicht da gewesen sind.

»Willi!«, sagt sie und nimmt seine Hand. »Es tut mir so leid, dass ich kaum Zeit für dich habe.«

»Ach was!«, wehrt er ab. »Ich sehe doch, wie wichtig es ist, dass du jetzt bei ihm bist. Ich bewundere dich unendlich, Julia. Das alles ist gewiss nicht leicht für dich …«

»Nein«, sagt sie leise. »Es tut weh, ihn zu verlieren. Er war meine erste große Liebe. Eine heiße Schwärmerei für eine Bühnengestalt, für den großen Verführer Don Giovanni. Ich habe lange gebraucht, um den wirklichen Addi lieben zu lernen, diesen aufrechten, treuen und mutigen Freund …«

Sie hat Tränen in den Augen, als sie ihn anlächelt. Er streichelt ihre Hand und denkt dabei, dass er sie jetzt unmöglich mit seinen eigenen Sorgen behelligen kann. Nicht jetzt, wo sie so mit Addi beschäftigt ist.

»Magst du ein Glas Sekt?«, fragt sie und steht schon auf, um Gläser zu holen. »Die Flasche ist noch halb voll …«

Eigentlich hat er wenig Lust, Addis übrig gelassene Reste mit ihr zu teilen, aber er möchte sie auch nicht verletzen, deshalb nimmt er die Sektkelche aus ihrer Hand und gießt ein. Eine teure Marke hat sie da gekauft – nun ja, ist ja auch für einen teuren Freund. Fängt er jetzt etwa an, eifersüchtig zu werden? Werd jetzt bloß nicht albern, Willi Koch! Schäm dich!

»Auf das Leben!«, sagt sie und hebt das Glas, um mit ihm anzustoßen.

»Und auf die Liebe!«, ergänzt er.

Es ist eher ein stilles Bekenntnis als ein schwungvoller Trinkspruch. Sie sehen einander an, während sie trinken, dann stellt sie das Glas ab und will wissen, wie es ihm geht.

»Och, alles bestens. Theaterferien. Ein wenig ausspannen, auftanken. Natürlich die lieben Eltern und die Verwandtschaft besuchen … Ach ja, bei den Filmfritzen habe ich vorgesprochen …«

»Und? Hat sich was ergeben?«

Er druckst herum. So, wie er es sich erhofft hat, ist es leider nicht gelaufen. Immerhin ist er in der Kartei, sie wollen sich melden, vielleicht kann er auch mal synchronisieren, das bedeutet, eine Rolle in einem ausländischen Film auf Deutsch sprechen.

»Ist gar keine schlechte Sache«, erklärt er großspurig. »Eine neue Herausforderung. Und bringt gutes Geld ein.«

»Wie schön«, meint sie. »Dann wirst du vielleicht bald öfter in Wiesbaden sein, oder?«

»Schon möglich.«

»Entschuldige …« Sie steht auf und geht zur Zwischentür, um noch einmal leise nach Addi zu sehen. Als sie die Tür öffnet, hört man sein regelmäßiges Schnarchen. Sie geht trotzdem zu ihm hinein und bleibt eine kleine Weile dort. Was macht sie da? Zieht sie ihm die Bettdecke glatt? Streicht sie ihm das Haar aus der Denkerstirn? Wilhelm nimmt noch einen tiefen Schluck und beschließt, sich so bald wie möglich zu verabschieden. Schließlich braucht sie ihren Schlaf.

»Es scheint eine ruhige Nacht zu werden«, sagt sie, als sie

zurückkommt. »Das ist leider nicht immer so. Ich wünschte, er würde auf den Arzt hören und seine Medikamente nehmen. Aber Addi ist stur … Und ich möchte seinen Willen respektieren, solange es möglich ist.«

Ganz schön egoistisch von Addi, denkt er. Andere gehen ins Krankenhaus, wo sie behandelt und gepflegt werden. Aber der Herr Kammersänger meint, er kann sich eine private Pflegerin leisten. Er sagt Julia nichts von diesen Gedanken, stattdessen fragt er, wie sie das durchhalten kann.

»Es geht – wenn man es gut organisiert. In den Läden tragen die Geschäftsführer nun mehr Verantwortung, müssen vieles selbst entscheiden. Manchmal komme ich hierher und gönne mir einen kleinen Mittagsschlaf. Zum Glück habe ich jemanden gefunden, der sich tagsüber um Addi kümmert und den Addi auch akzeptiert.«

»Mischa?«

»Ja, Mischa. Ich glaube, es ist für beide eine gute Sache. Und dann kommt die kleine Tochter von Luisa beinahe täglich zum Klavierüben … Alles in allem ist das hier ein sehr fideles Krankenhaus.«

Da hat sie ihren Humor wiedergefunden, sie lachen beide, und die angespannte Stimmung löst sich. Sie ist doch eine ganz großartige Frau, seine Julia. Sogar in dieser schlimmen Lage behält sie den Kopf oben.

»Kann ich dir denn irgendwie helfen?«, fragt er. »Ich hab doch jetzt Zeit.«

Sie freut sich über sein Angebot. Will darauf zurückkommen, wenn es nötig ist, was ihn ein wenig enttäuscht. Hält sie ihn für zu unpraktisch, um bei der Krankenpflege zu helfen? Nun ja, das wurde ihm sicher nicht in die Wiege gelegt, aber ihr zuliebe würde er es tun.

»Ich könnte dich auch zur Stoffmesse fahren«, schlägt er vor. »Damit du dich unterwegs entspannen kannst.«

»Eine sehr gute Idee, Willi. Wirklich lieb von dir.«

Sie trinkt ihm zu, und er leert sein Glas. Stellt es schwungvoll ab und steht auf, um sich zu verabschieden. Es ist beinahe elf Uhr, die allerhöchste Zeit.

»Warte«, sagt sie, als er sich zu ihr niederbeugt, um sie auf die Wange zu küssen. »Da ist noch etwas, oder?«

Sie hat den sechsten Sinn, diese Frau.

»Wie kommst du darauf?«, spielt er den Harmlosen.

Sie nimmt die Brille ab und schaut ihn von der Seite an. Prüfend, strafend und mit einem bezaubernden kleinen Schmunzeln. Niemand auf der Welt kann ihn auf diese Weise ansehen. Nur sie.

»Ich sehe es dir an, Willi.«

»Das führt jetzt zu weit ...«

»Aber nein!«

Sie hält ihn fest, zwingt ihn, sich wieder zu setzen, und dann verlangt sie, dass er erzählt, was er auf dem Herzen hat.

»Es ist kompliziert.«

»Das entscheiden wir, nachdem du alles erzählt hast.«

Er muss seine Gedanken neu sammeln, weiß nicht, wie er anfangen soll. Hat Sorge, sie könnte ihn falsch verstehen, die Angelegenheit für eine dumme kleine Liebelei halten. In diesen Dingen war er immer ehrlich zu ihr, hat ihr seine Affären gestanden, und sie hat darüber hinweggesehen. Ihn oft auch beraten, wie er die Angelegenheit ohne schlimme Szene beenden kann.

»Es ist mir dieses Mal sehr ernst. Verstehst du? Sie ist keine Frau für eine nette kleine Liebesgeschichte. Das war einmal. Jetzt ist sie ein ganz anderer Mensch geworden. Sie hat Erfahrungen gemacht, hat gekämpft, sich gegen Übergriffe mutig gewehrt, sie hat eine kleine Tochter, sie ist ... sie ist die Frau, mit der ich mein Leben teilen möchte.«

Natürlich hat er wieder einmal alles gleichzeitig ausgespuckt, wie es ihm immer passiert, wenn er Julia irgendwelche Geständnisse macht. Der letzte Satz ist einfach so aus ihm herausgesprudelt. Ganz unüberlegt, tatsächlich war es ihm bis zu diesem Moment so noch gar nicht klar. Aber es ist wahr. Das ist es. Er will sein Leben mit Karin teilen. Und mit der kleinen Nora.

»Das klingt alles ziemlich verrückt, nicht wahr?«, fragt er zaghaft.

Sie hat die ganze Zeit aufmerksam zugehört, jetzt sieht sie ihn mit ernsten Augen an. Wissend und nachdenklich, auch ein wenig traurig.

»Hast du es ihr schon gesagt?«

»Was soll ich ihr gesagt haben?«

»Dass du dein Leben mit ihr teilen möchtest.«

»Natürlich nicht!«

Sie nickt. Das hat sie sich schon gedacht. Manchmal hat sie etwas von einer Lehrerin, seine angebetete Julia.

»Aber sie sollte es irgendwann erfahren, oder nicht?«

Da hat sie natürlich recht. Auf der anderen Seite hatte er bisher keine Gelegenheit, es Karin zu sagen. So etwas geht schließlich nicht zwischen Tür und Angel. Dazu braucht man den richtigen Moment. Den passenden Ort.

»Sie ist in Bochum, und ich bin hier in Wiesbaden …«

»Aha!«, sagt Julia.

»Aber wir telefonieren fast täglich miteinander.«

»Soso … «

»Sie selbst hat kein Telefon. Aber ihre Mutter. Sie wohnt bei ihrer Mutter. Die passt auf die Kleine auf, wenn Karin im Theater ist. Sonst ginge das ja auch gar nicht …«

»Und in den vielen Telefongesprächen hast du es noch nie gesagt?«

»*Was* soll ich ihr gesagt haben?«

Jetzt macht sie ein Gesicht, als müsste sie mit einem schwierigen, leicht begriffsstutzigen Kind reden. Sehr konzentriert, aber auch etwas spöttisch.

»Dass du sie liebst und dein Leben mit ihr teilen möchtest. Hast du ihr das am Telefon schon mal gesagt?«

»Natürlich nicht! So etwas kann man doch nicht am Telefon sagen. Das ist stillos. Gerade Karin soll nicht den Eindruck gewinnen, ich sei ein Prolet, der ihr eine Liebeserklärung per Telefon macht.«

»Verstehe …«, sagt sie. »Teilen wir uns den Rest?«

Sie hält die Sektflasche in der Hand und gießt ein, ohne seine Antwort abzuwarten. Er nimmt das Glas und trinkt es auf ex.

»Worüber unterhaltet ihr euch denn so am Telefon? Über Alltägliches?«

Er hebt die Schultern. Eigentlich reden sie über alles Mögliche. Über die Filmfritzen in Wiesbaden. Über die kommende Spielzeit in Bochum. Sehr viel über die Kleine, da will er alles wissen, und sie erzählt es gern. Manchmal auch über ihre Mutter. Und er erzählt von seiner Familie …

»Dann seid ihr doch sehr … vertraut miteinander, oder?«

Er nickt. Ja, da hat sie ein wahres Wort gesprochen. Er weiß eine ganze Menge von Karin, und umgekehrt ist es auch so.

»Wir sind gute Freunde, das ist es«, meint er düster. »Aber auch nicht mehr, verstehst du? Sie spricht niemals davon, dass ich sie besuchen soll. Dass sie mich sehen möchte. Oder gar, dass sie Sehnsucht nach mir hätte …«

»Und du?«

»Ich?«

»Hast du ihr schon mal gesagt, dass du Sehnsucht nach ihr hast?«

Er macht eine abwehrende Armbewegung und hätte beinahe ihr Sektglas vom Tisch gefegt. Sie kann es geistesgegenwärtig gerade noch in Sicherheit bringen.

»Das wäre doch grundfalsch! So etwas sagt man einem Mädel, mit der man eine kleine Geschichte haben will. *Ich hab solche Sehnsucht nach dir, mein Schatz. Darf ich zu dir kommen? Wann? Ich halte es kaum noch aus ohne dich.* Verstehst du nicht? Diese müde Masche kann ich doch nicht bei Karin abziehen.«

»Ach, so ist das!«, sagt sie und nickt verständnisvoll.

»Ja, so ist das!«

»Aber vielleicht wartet sie ja auf solch einen Satz.«

»Karin? Nie im Leben. Sie ist doch kein kleines Mädel, sie ist eine selbstständige Frau!«

Julia trinkt die Neige aus ihrem Glas und schaut ihn dabei an. Nachdenklich? Schelmisch? Wieso hat er so oft das Gefühl, sie mache sich über ihn lustig?

»Auch eine selbstständige, erwachsene Frau will umworben werden, Willi. Wenn du ihr immer nur den guten Freund vorspielst, wird sie glauben, du empfindest nichts für sie.«

»Das ist doch Unsinn!«, wehrt er sich. »Wenn sie das wollte, hätte sie es mir längst gesagt.«

»Bist du da ganz sicher?«

Nein, auf einmal ist er da gar nicht mehr so sicher. Das Problem ist nur, dass er nicht weiß, wie er es Karin sagen soll. So, dass es aufrichtig klingt. Wie er es auch meint. Irgendwie fallen ihm nur abgedroschene Phrasen ein, die sie bestimmt höchst albern finden wird.

»Schau«, sagt Julia. »Gesetzt den Fall, sie empfindet ähnlich wie du, dann ist es für sie sehr viel schwerer, den ersten Schritt zu tun.«

»Wieso denn?«

»Sie ist ledig und hat ein uneheliches Kind. Wenn sie dir Avancen machen würde, könntest du ja denken, dass sie bloß irgendjemanden sucht, der sie heiratet. Das wäre wohl das, was die meisten Frauen in dieser Situation anstreben würden.«

Von dieser Seite hat er die Sache überhaupt noch nicht betrachtet.

»Aber … das ist genau das, was ich will. Ich will sie heiraten. Natürlich weiß sie das nicht, aber …«

Er hält inne, weil er etwas ausgesprochen hat, was er Julia eigentlich verschweigen wollte. Weil es sie verletzen wird. Eine Liebschaft ist eine Sache. Eine Ehe ist etwas ganz anderes. Er schaut sie betroffen an.

»Dann solltest du es ihr sagen, Willi«, meint sie lächelnd. »Fahr nach Bochum. Ich wünsche dir Glück.«

»Und … du bist mir nicht böse?«

»Nein«, sagt sie und steht auf, um ihn in die Arme zu nehmen. »Ich weiß seit Langem, dass es eines Tages so kommen wird.«

Er spürt ihre Wärme, ihren schmalen und doch so kraftvollen Körper, und eine Welle der Leidenschaft kommt über ihn. Er küsst sie stürmisch wie lange nicht mehr, kann kaum von ihr lassen, hält sie fest an sich gepresst und weiß zugleich, dass es ein Abschied ist.

Sie schiebt ihn ein kleines Stück von sich, sanft, liebevoll.

»Ich bin immer für dich da, Willi!«

Damit entlässt sie ihn.

LUISA

Pünktlich um halb neun klingelt Hilde an der Wohnungstür. Luisa füllt Kaffee in die Thermoskanne, sie ist so nervös, dass sie etwas davon danebengießt.

»Mach bitte auf, Petra …«

Laute Begrüßung im Flur. Hilde kommt in die Küche und nimmt Luisa in die Arme.

»Aufgeregt? Ach, das wird schon«, sagt sie und drückt Luisa fest an sich.

»Natürlich«, sagt Luisa. »Es muss ja.«

Im Badezimmer wird der Wasserhahn aufgedreht, das ist Fritz, der sich fertig macht. Marion ist im Kinderzimmer, sie packt eine Tasche mit Spielsachen, Petra steht schon mit einem Bündel Noten unterm Arm bereit.

»Soll ich diese Tasche schon mal nehmen?«, fragt Hilde, und sie deutet auf die braune Einkaufstasche, die auf dem Küchenstuhl steht. Luisa hat Kekse, Obst und Zwieback eingepackt. Für alle Fälle. Weil man ihnen gesagt hat, sie müssten vielleicht etwas warten, bis sie an der Reihe wären.

»Augenblick. Noch die Thermosflasche. Und die Becher. Die Milch ist schon drin, Zucker auch …«

Fritz kommt aus dem Badezimmer. Sehr blass, aber gefasst. Er trägt das Jackett über dem Arm und setzt den Strohhut auf. Heute soll es wieder heiß werden.

»Es ist sehr lieb von dir, Hilde, dass du uns fährst.«

»Ist selbstverständlich, Fritz. Die Familie muss doch zusammenhalten.«

Hilde verlässt als Erste die Wohnung, dann die Kinder und Luisa, Fritz geht als Letzter. Er schließt sorgfältig ab, dann gibt er Luisa den Schlüssel. Nach der Operation wird er für einen Tag vollkommen blind sein, weil das operierte Auge mit einem Verband geschützt werden muss. Luisa hat zittrige Hände vor Aufregung. Fritz hat sich endlich entschlossen, die Augenoperation machen zu lassen, er hat einen Augenarzt in Wiesbaden ausgewählt, Dr. Brucker in der Rheinstraße. Luisa hat ihn bei der Voruntersuchung begleitet. Sie war von der großen Praxis und den vielen Angestellten beeindruckt, vor allem aber fand sie es angenehm, dass sich der Arzt, ein älterer Mann, die Zeit genommen hat, ihnen beiden die Operation zu erklären. Er wird an Fritzens rechtem Auge eine »intrakapsuläre Linsenextraktion« vornehmen, das bedeutet, dass die getrübte Linse samt Linsenkapsel aus dem Auge entfernt wird. Damit wird der graue Schleier verschwinden, der Fritzens Sicht so stark beeinträchtigt hat, allerdings wird er danach eine dicke Brille tragen müssen, die die Funktion der Augenlinse übernimmt. Aber das ist das kleinste Problem, die Hauptsache ist, dass er wieder ungetrübt und sogar einigermaßen scharf sehen kann. Dr. Brucker hat ihnen sogar Hoffnungen gemacht, auch das linke Auge könnte durch eine Operation etwas an Sehkraft zurückgewinnen. Sie waren beide voller Hoffnung, als sie letzte Woche die Praxis verließen.

Heute schnürt die Angst Luisa die Kehle zu. Was ist, wenn die Operation misslingt? Sie war es doch, die so energisch darauf gedrungen hat, dass Fritz sich endlich operieren lässt. Es kann Komplikationen geben, das hat der Arzt ihnen nicht vorenthalten. Entzündungen. Oder der sogenannte Nachstar – das bedeutet, dass die Trübung zurückkehrt und eine weitere Operation nötig ist.

Unten vor dem Haus steht Hildes blauer VW Käfer mit dem goldenen Engel darauf. Die Mädchen und Luisa müssen auf den Rücksitz, Fritz sitzt vorn neben Hilde. Zunächst geht es zu Swetlana in die Biebricher Landstraße; dort wird Marion abgeliefert. Sina ist seit gestern fieberfrei, soll aber noch im Bett bleiben, deshalb hat Marion alle möglichen Brettspiele eingepackt, die sie mit der Freundin ausprobieren will. Dass Sina auf jeden Fall gewinnen wird, ganz egal, welches Spiel sie machen, stört Marion überhaupt nicht. Sie hat sich daran gewöhnt, dass die gleichaltrige Freundin sowohl in der Schule als auch beim Spielen immer die Nase vorn hat.

»Es tut mir so leid, dass unseretwegen auch Swetlana nicht im Café bedienen kann«, sagt Luisa zu Hilde, als Marion mit ihrem Rucksack in der Villa verschwunden ist. »Da wird wohl deine Mutter aushelfen müssen, nicht wahr?«

Hilde brettert mit achtzig Sachen über die Biebricher, das Kopfsteinpflaster lässt den Wagen vibrieren, die Kette mit dem blauen Stein, die sie am Rückspiegel befestigt hat, schwingt hin und her.

»Das ist überhaupt kein Problem«, tröstet sie. »Jean-Jacques und Simone sind noch bis morgen da, und außerdem macht sich Richy auch am Nachmittag, wenn er eigentlich frei hat, im Café nützlich.«

Unbefangen plaudert sie von den neuesten Entwicklungen im Café Engel. Richy, das ist der Konditor mit dem schönen Namen Karl-Richard Wagner. Er sei ein Genie, schwärmt sie, sie müsse nur beschreiben, welches Gebäck ihr vorschwebt – er setzt es in die Tat um.

»Er sagt, meine Ideen seien für ihn ein Ansporn, sein Fachwissen und seine Geschicklichkeit unter Beweis zu stellen«, erzählt Hilde begeistert. »Bisher bin ich mehr als zufrieden mit ihm. Unsere Ananastörtchen sind wundervoll saftig, der Boden ist fest, aber nicht hart, und sie schmecken einfach göttlich.«

»Aber die Eierlikörtorte ist noch besser!«, kräht Petra Hilde von hinten in die Ohren. »Den Frankfurter Kranz hat Addi nicht essen mögen, aber die Baisers mit Schokolade und Schlagsahne obendrauf. Hmmm!«

»Eierlikör ist doch Alkohol«, sagt Hilde. »Das darfst du doch noch gar nicht essen!«

»Hab aber gestern das ganze Stück allein aufgegessen!«, vermeldet Petra stolz. »Und ich kann schon zwei Mozart-Sonaten spielen. Hat Addi mir beigebracht. Er kann richtig toll Klavier spielen, der Addi. Er muss zwischendrin bloß immer husten, dann setzt er sich aufs Bett, und dann ist er auf einmal ganz müde …«

»Du sollst den alten Mann nicht belästigen«, schimpft Luisa. »Er ist krank und braucht seine Ruhe.«

»Neiiin!«, widerspricht Petra energisch. »Er sagt, wenn es so richtig laut ist, dann geht es ihm gut.«

Hilde lacht und meint, langsam habe sie den Verdacht, dass der gute Addi nur so tut, als wäre er krank, und sich in Wirklichkeit dort oben ein lustiges Leben macht.

»Das wäre schön«, bemerkt Fritz, der bisher an der Unterhaltung nicht teilgenommen hat. »Ich wünschte wirklich, er würde bald wieder gesund.«

Hilde fährt bei Gelb über eine Kreuzung, rechts ist der Hauptbahnhof zu sehen, die Rheinstraße ist nicht mehr weit. Sie wird Luisa und Fritz in der Arztpraxis absetzen und Petra mit ins Café Engel nehmen, wo sie in Addis Dachwohnung schon erwartet wird.

»Stellt euch vor«, schwatzt Hilde fröhlich, während sie den Kaiser-Friedrich-Ring überquert und in die Adolfstraße hineinfährt. »Mein Jean-Jacques ist doch tatsächlich eifersüchtig auf den guten Richy. Er sagt, dieser Tortendreher hinge schon jetzt an mir wie ein Schoßhündchen.«

Luisa fehlt momentan der Humor, um über diesen Ausspruch ebenso unbefangen zu lachen wie Hilde. Auch Fritz bringt nur ein schwächliches Lächeln zustande. Großer Gott – er ist bleich wie ein Leintuch, der arme Kerl. Sie machen eine Lokalanästhesie, hat der Arzt ihnen erzählt, aber es gäbe Personen, bei denen das Mittel nicht wirkt. War es Kokain? Sie kann sich nicht mehr genau erinnern. Nein, das kann nicht sein. Kokain ist ein Rauschgift, das ist doch verboten … Das Mittel muss irgendwie so ähnlich heißen.

Hilde biegt rechts auf die Rheinstraße ein, jetzt sind sie fast da.

»Noch drei Hauseingänge, Hilde. Siehst du das weiße Schild da drüben? Da ist die Praxis.«

Hilde muss ein Stück weiter vorn halten, weil der Straßenrand vor der Praxis zugeparkt ist. Fritz steigt wortlos aus und tastet mit der Hand nach dem Hebel, den man hochziehen muss, um den Beifahrersitz zurückzuklappen. Luisa gibt Petra letzte Ermahnungen mit, dann klettert auch sie aus dem Auto.

»Ich will vorne sitzen!«, kräht die Tochter und will ebenfalls aussteigen.

»Nein!«, kommandiert Hilde. »Zu gefährlich. Du bleibst hinten.«

Petra fügt sich. So sehr sie zu Hause bei den Eltern ihren Willen durchsetzt – Tante Hilde gehorcht sie aufs Wort. Die energische Hilde ist sogar ihre »Lieblingstante«, auch wenn sie von Hilde öfter zurechtgewiesen wird.

»Tschüs Mami, tschüs Papa!«, ruft sie den Eltern nach. »Du musst keine Angst haben, Papa. Es tut gar nicht weh!«

»Alles Gute!«, sagt Hilde. »Wenn es vorbei ist, ruft an. Jean-Jacques holt euch ab und fährt euch nach Hause. Kopf hoch und Ohren steif halten!«

Luisa lächelt bemüht und schlägt die Beifahrertür zu. Dann stehen sie einen Moment auf dem Bürgersteig, und Luisa sieht dem blauen Wagen nach, der sich in den Verkehr einschleust und rasch den Blicken entschwindet.

Sie fasst Fritzens Hand und führt ihn zum Hauseingang. Den Weg zur Praxis kennen sie schon, es geht zwei Treppen hinauf, dann steht man vor einer weiß lackierten Tür, rechts und links davon sind Einsätze aus Milchglas angebracht, die den Flur im Inneren der Praxis erhellen. Es riecht schon auf dem Treppenabsatz nach Arztpraxis. Das sind die Desinfektionsmittel.

»Es wird alles gut«, sagt sie leise zu Fritz und küsst ihn auf die Wange, bevor sie den Klingelknopf betätigt. Er neigt sich ihr zu, legt kurz den Arm um sie. Sagen kann er nichts. Schon, weil jetzt der Summer geht und sie gegen die Tür drücken müssen, um sie zu öffnen. Der bereits bekannte lange Flur liegt vor ihnen, weiß gestrichen und mit modernen Kunstdrucken geschmückt. Links ein Schild: »Aufnahme«. In einem kleinen Zimmer sitzt die junge Arzthelferin am Schreibtisch, auf dem Fensterbrett stehen blühende Topfpflanzen, hinter ihr sind Regale, man sieht bunte Aktenrücken.

»Guten Morgen, Herr Bogner! Wie geht es Ihnen?«

Sie ist freundlich, vermutlich ist sie es gewohnt, mit ängstlichen Patienten umzugehen, die kurz vor einer Operation stehen. Der Krankenschein liegt bereits vor, die Kasse übernimmt die Kosten, alles ist in Ordnung, jetzt müssen sie ein paar Minuten warten, weil der Herr Doktor gerade noch eine Untersuchung durchführt.

Sie gehen ins Wartezimmer, Fritz legt seinen Hut auf die Ablage und hängt das Jackett auf, dann setzt er sich und starrt vor sich hin. Luisa setzt sich neben ihn, stellt die Tasche ab und überlegt krampfhaft, was sie ihm noch Aufmunterndes sagen könnte. Zu ihrer Erleichterung beginnt Fritz das Gespräch.

»Stell dir vor, Luisa«, sagt er. »Wenn alles gut verläuft, kann ich übermorgen wieder sehen. Das ist wie ein Wunder, nicht wahr?«

»Ja«, sagt sie und muss sich räuspern, weil ihr Hals so trocken ist. »Nur noch ein paar Minuten, dann hast du es geschafft, Fritz.«

Die Minuten ziehen sich, werden zu einer Viertelstunde,

dann ist es schon eine halbe Stunde. Arzthelferinnen im weißen Kittel eilen durch den Flur, ein oder zwei Mal sehen sie Dr. Brucker, der zur Aufnahme geht, um etwas zu fragen. Weitere Patienten erscheinen im Wartezimmer, eine junge Frau mit einem kleinen Mädchen, das eine dicke Brille trägt. Ein älterer Mann mit schwarzer Augenklappe. Eine Frau, die ihre betagte Mutter am Arm führt. Die alte Frau sitzt vornübergebeugt in ihrem Stuhl und mümmelt vor sich hin, sie trägt eine Sonnenbrille. Die Tochter hat sich eine der Zeitschriften vom Tisch genommen und liest einen Artikel über den Schah von Persien, der seine Ehefrau Soraya verstoßen hat, weil sie ihm keine Kinder gebiert. Luisa gießt Fritz einen Becher Kaffee ein, er nippt jedoch nur daran, und sie muss den Rest selbst trinken.

»Herr Fritz Bogner, bitte!«

Endlich! Noch ein fester Händedruck, dann geht er mit der Helferin davon, und sie muss im Wartezimmer zurückbleiben. Vom Kaffee ist sie noch nervöser geworden. Sie steht auf und schaut aus dem Fenster, nimmt sich eine Zeitschrift und setzt sich auf ihren Platz, blättert herum, kann sich auf keinen der Artikel konzentrieren. Eine Reklame für Seife. Ein Interview mit dem Schlagersänger Freddy. Bei einer Besprechung des Films »Serengeti darf nicht sterben« von dem Tierforscher Bernhard Grzimek bleibt sie hängen. Sie überlegt, dass sie vielleicht schon bald mit Fritz ins Kino gehen kann, der Film ist ab sechs Jahre freigegeben, mit ein wenig Überredungskunst könnten sie die Mädchen mitnehmen. Sie haben sich nur selten ein solches Vergnügen gegönnt. Aber wenn die Operation gelingt, dann will sie es feiern. Dann kann Fritz wieder zurück in die erste Geige, und sie wird im Café ein paar Stunden mehr arbeiten. Sie müssen sich anstrengen, wenn sie Petras Unterricht bezahlen und zugleich noch ein paar Mark für das Haus im Grünen zurücklegen wollen. Wenn nur erst die Operation vorbei ist. Dann sind sie einen Schritt weiter.

Die anderen Patienten werden einer nach dem anderen ins Behandlungszimmer gerufen – von Fritz keine Spur. Als sie wieder allein ist, trinkt sie vor Ungeduld noch einen Schluck Kaffee. Essen kann sie nichts – ihr Magen fühlt sich an wie ein Stein. Sie steht auf und geht zu der netten Arzthelferin, die jetzt eifrig auf einer Schreibmaschine tippt.

»Entschuldigen Sie bitte, Fräulein … Können Sie mir sagen, wann mein Mann fertig ist?«

»Der Herr Bogner? Die Katarakt-OP? Der muss noch ein wenig liegen, bevor er nach Hause darf.«

Die junge Frau lächelt sie an und tippt weiter. Völlig entspannt, als hätte sie nur gefragt, wo die Toilette ist.

Luisa ist etwas erleichtert.

»Ist … ist alles gut verlaufen?«, will sie wissen.

»Natürlich. Alles wunderbar. Keine Komplikationen. Sie brauchen sich keine Sorgen zu machen«, sagt die Arzthelferin, ohne ihre Arbeit an der Schreibmaschine zu unterbrechen.

Luisa geht zurück in das leere Wartezimmer, setzt sich und genehmigt sich einen Keks. Es ist alles gut, denkt sie, und die Gedanken überschlagen sich in ihrem Kopf. Sie hätte fragen sollen, ob sie das Telefon benutzen darf, wenn Fritz so weit ist. Damit sie im Café Engel anrufen kann. Wie gut, dass sie im Schlafzimmer die Läden vorgeklappt hat, jetzt ist es dort schön kühl, und Fritz kann sich ausruhen. Morgen früh wird Swetlana sie zur Arztpraxis fahren, sie bringt Sina vorher zu August in die Kanzlei, Marion und Petra dürfen ausnahmsweise allein in der Wohnung bleiben. Die Behandlung wird sicher nicht lange dauern, Swetlana wartet in der Praxis und bringt sie zurück in die Wohnung. Danach will sie gleich ins Café Engel weiterfahren, um dort ihren Dienst zu tun. Ach – es ist alles so umständlich, wenn man kein eigenes Auto hat. Aber mit dem frisch operierten Auge bei diesem warmen Wetter im staubigen Bus zu fahren, das wäre zu gefährlich.

Eine Tür wird geöffnet. Jemand sagt: »Ganz langsam, Herr Bogner. Bleiben Sie hier stehen, Ihre Frau kommt gleich zu Ihnen …«

»Vielen Dank … Es geht schon …«

Sie springt auf und läuft in den Flur. Da steht ihr Fritz, heil und lebendig, eine mollige ältere Arzthelferin stützt seinen Arm und nickt Luisa aufmunternd zu. Fritz hat eine weiße Mullbinde vor dem rechten Auge, sein Gesicht ist jetzt rosig, er hat Luisas Schritte gehört und wendet sich ihr zu.

»Es ist vollbracht, Luisa. War gar nicht so schlimm. Dr. Brucker sagt, ich sei ein vorbildlicher Patient gewesen.«

Er lacht und scheint in bester Stimmung. Luisa fasst seinen Arm, streichelt seine Wange, freut sich, dass es ihm ganz offensichtlich gut geht. Natürlich darf sie das Telefon benutzen. Tante Else hat schon auf den Anruf gewartet, Jean-Jacques sei in zehn Minuten da, verspricht sie.

»Ist alles gut gegangen?«

»Ja, Tante Else … Wir sind ja so froh!«

»Na, wenigstens mal eine gute Nachricht!«

Luisa ist zu aufgeregt, um nach dem Sinn dieses Satzes zu fragen. Sie läuft zurück ins Wartezimmer, um Fritzens Jackett und den Strohhut zu holen, dann fehlt noch die Tasche, und als sie alles beisammen hat, kommt Dr. Brucker persönlich, um ihnen noch einmal zu versichern, dass die Operation bilderbuchmäßig verlaufen sei.

»Nicht bücken, keine schweren Lasten heben, am besten schön ins Bettchen und ausruhen. Wir sehen uns morgen früh«, sagt er zu Fritz. »Und das meine ich wörtlich, Herr Bogner.«

Sie lachen, sind ganz aufgedreht vor Erleichterung. Während sie Fritz vorsichtig die Treppen hinunterführt, erzählt er, dass der Doktor ihm ein Mittel gegeben habe, das die Stimmung aufhellt. Jetzt begreift sie, weshalb er so redselig ist. Draußen ist es heiß und staubig, es geht ein leichter Wind, der kaum Abkühlung bringt. Jean-Jacques lässt auf sich warten, vermutlich sind alle Ampeln auf Rot, so etwas passiert immer dann, wenn man es eilig hat. Als seine Goélette endlich im Verkehr auftaucht, hält er frech direkt vor der Praxis und verursacht einen kleinen Verkehrsstau.

»Allez, allez!«, brüllt er und winkt den schimpfenden Autofahrern zu, einfach an ihm vorbeizufahren. Luisa bemüht sich, Fritz so gut es geht in den unbekannten Wagen hineinzumanövrieren, dann steigt sie selbst ein, muss aber noch einmal hinausspringen, weil sie die Tasche auf dem Bürgersteig hat stehen lassen.

»Die Leute werden immer rücksichtsloser«, schimpft Jean-Jacques, während er die Goélette in Bewegung setzt. »Jeder hat es eilig, schiebt den anderen zur Seite, denkt nur an sich.«

Wie ärgerlich er ist! Luisa und Fritz sitzen eingeschüchtert auf dem Rücksitz und schweigen. Luisa hält Fritz am Arm fest, weil er die Bewegungen des Wagens nicht voraussehen kann. Sie fahren in die Biebricher Landstraße zu Swetlana, um Marion abzuholen, dann ins Café Engel, wo Petra mit Frank und Andi am Ecktisch sitzt und Würstchen mit Senf isst. Die sind übrig geblieben und müssen weg.

»Addi ist heute sehr müde. Ich hab ganz leise gespielt. Aber Mischa hat mich trotzdem nach unten geschickt«, sagt Petra mit beleidigter Miene. Dann will sie wissen, ob Papas Auge wehtut, und als er das verneint, meint sie: »Hab ich doch gewusst, Papa!«

Marion bekommt ein Würstchen in die Hand, dann will Jean-Jacques sie alle nach Hause fahren, aber Fritz meint, das kleine Stück könnten sie auch zu Fuß gehen.

»Aber es darf kein Staub unter den Verband kommen«, gibt Luisa zu bedenken.

»Der Verband ist dicht, Luisa. Ich brauche frische Luft und Bewegung!«

Sie gehen langsam die Wilhelmstraße entlang, bleiben beim

Eisverkäufer stehen, weil Fritz den Mädchen unbedingt eine Kugel Vanilleeis kaufen will, dann geht es durch die Gassen hoch ins Bergkirchenviertel. Endlich zu Hause, denkt Luisa.

»Das Schlafzimmer ist schön kühl, Fritz. Leg dich gleich hin, du musst dich schonen, hat der Doktor gesagt.«

Aber Fritz ist noch viel zu aufgedreht, er will sich nicht hinlegen. Petra und Marion sollen ihre Geigen holen, er will sie unterrichten, danach wollen sie alle zusammen zu Abend essen, und dann legt er sich hin.

Luisa fügt sich, aber es ist ihr nicht wohl dabei. Fritz ist lebhaft, er erzählt alle möglichen Geschichten, die er im Orchester oder auf Konzerten erlebt hat, lässt die Mädchen vorspielen, unterbricht sie, zeigt ihnen auf der eigenen Geige, wie es klingen muss, freut sich, wenn seine Töchter begreifen, was er von ihnen verlangt, und beendet den Unterricht erst, als Luisa aus der Küche ruft, dass das Abendbrot fertig sei.

Während seine drei Frauen den Tisch freiräumen und für das Abendessen decken, sitzt er auf seinem Platz und lächelt vor sich hin. »Morgen kann ich euch wieder dabei helfen. Heute sitze ich hier dumm herum …«

Luisa hat belegte Brote zubereitet, dazu gibt es frische Radieschen und selbst gemachte Zitronenlimonade. Die Mädchen haben viel Spaß, wenn Fritz seine Hand über den Teller mit den Broten hält und behauptet, er wolle jetzt ein Brot mit Schnittkäse nehmen. Was er jedoch erwischt, ist ein Wurstbrot. Er lacht gutmütig mit und freut sich, dass seine Mädchen ihr Vergnügen haben. Nach dem Essen wird er stiller, sitzt und hört dem Geschnatter der Mädels zu, lächelt vor sich hin, ab und zu verzieht er ein wenig das Gesicht.

»Hast du Schmerzen?«

»Nur ein bisschen. Ich glaube, ich leg mich jetzt hin.«

»Eine gute Idee!«

Luisa räumt mit Marions Hilfe den Tisch ab, sie spülen das

Geschirr und bringen die Küche in Ordnung. Petra muss abtrocknen, was sie auf den Tod nicht ausstehen kann. Später sitzt Luisa mit den Töchtern am Tisch, um noch ein paar Runden »Mensch, ärgere dich nicht!« zu spielen, dann schickt sie die Mädchen ins Badezimmer und bringt sie zu Bett. Luisa weiß, dass die beiden noch nicht schlafen können, dazu ist es zu warm, und außerdem ist es draußen noch hell. Aber sie selbst ist vollkommen erschöpft, sie will nur noch eines: sich neben ihren Mann legen und bis zum nächsten Morgen durchschlafen.

Doch daraus wird nichts. Drei Mal muss sie aufstehen, um im Kinderzimmer für Ruhe zu sorgen. Die Mädchen sind außer Rand und Band, springen auf den Betten herum, kriechen in den Schrank, spielen Fangen und machen eine Kissenschlacht. Auch unten in der Gasse ist es lebendig, die Gäste der Kneipe »Zum Eimer« torkeln durch die Altstadt, einige singen alte Seemannslieder, andere beginnen eine Schlägerei, die erst endet, als ein Nachbar einen Eimer kaltes Wasser aus dem Fenster auf die Streithähne kippt.

Fritz schläft unruhig, er bewegt sich häufig in den Kissen, mehrmals steht er auf, um ins Bad zu gehen, und wenn er sich wieder hinlegt, hört sie ihn leise stöhnen.

»Was ist?«, flüstert sie. »Hast du Schmerzen?«

»Es geht schon«, murmelt er. »Kümmere dich nicht darum, Luisa. Du brauchst deinen Schlaf.«

Es ist normal, dass es wehtut, denkt sie beklommen. Wahrscheinlich wirkt jetzt das Betäubungsmittel nicht mehr, aber morgen wird es sicher vorbei sein.

Sie täuscht sich. Gegen sechs Uhr am Morgen sitzt Fritz in der Küche und nimmt zwei Kopfschmerztabletten.

»Ich halte es nicht mehr aus«, sagt er dumpf.

JEAN-JACQUES

So ist es lange nicht mehr zwischen ihnen gewesen. Statt einer Nacht des zärtlichen Wiederfindens, auf die sie sich beide gefreut hatten, haben sie den ganzen Abend gestritten. Was nach Hildes Meinung natürlich nur an ihm liegt. Typisch. Sie kann einfach nicht einsehen, dass sie sich vergaloppiert hat. Nein – seine Hilde macht immer alles richtig. Schuld ist er, weil er angeblich grundlos eifersüchtig ist.

Lächerlich, dieser Vorwurf! Auf wen sollte er wohl eifersüchtig sein? Auf diesen kleinen Glatzkopf, der inzwischen in der Küche das Regiment übernommen hat? Diesen wuseligen Winzling mit dem albernen Namen »Karl-Richard Wagner«, der lauter mickrige Törtchen herstellt, sie in dunkle Schokolade taucht und mit Zuckerguss »Café Engel« darauf schreibt. Auf einige davon – die mit Ananas und Marzipan – hat er sogar einen kleinen Engel gemalt. Auch mit Zuckerguss. Gar nicht mal unbegabt. Aber das Theater, das er dabei aufführt!

»Ich möchte Sie herzlich bitten, Herr Perrier, Ihre Verrichtungen in der Küche für die nächste Stunde etwas einzuschränken. Es ist doch sehr eng hier …«

Er hat die Stirn, ihn, den Ehemann der Geschäftsführerin, aus der Küche zu schicken! Weil er die Torten verzieren will, der pingelige Zwerg. Dazu benutzt er Elses Drehteller, allerdings hat er verflucht geschickte Finger, und zu allem Überfluss färbt er die Sahne grün und rosa. Er verziert die Sahnetorten nicht nur mit selbst gemachten Zuckerrosen und grünen Blättchen aus Marzipan, er kriegt es auch fertig, einen farbigen Guss auf die

Sahne zu bringen, ohne dass das Zeug zusammenschmilzt. Auf seine Baisers braucht er sich allerdings nichts einzubilden, die sind in Frankreich sehr viel besser. Überhaupt – der Kerl macht jede Menge Wind, und Hilde fällt voll darauf herein.

Nicht zu glauben! Wo sie doch sonst immer ihren kühlen Kopf bewahrt. Jetzt steht sie stundenlang mit dem blonden Glatzköpfchen in der Küche, wiegt die Butter ab, reicht ihm das Mehl, das Mondamin, schmilzt Schokolade im Wasserbad, öffnet die Dosen mit den Ananasscheiben und brät sie leicht in Butter an.

»Was das kostet!«, regt sich Schwiegermutter Else auf. »Mandeln, Puderzucker, Schokolade, dazu das Dosenobst, Butter in Mengen …«

»Aber es wird gekauft, Else«, wirft Papa Heinz ein, der stets versucht, einen aufkommenden Konflikt so früh wie möglich zu entschärfen. »Am Nachmittag stehen die Leute Schlange an der Kuchentheke.«

»Na und? Sie kaufen die kleinen Fürze und nehmen sie mit. Den Kaffee trinken sie dann zu Hause, diese Geizknochen. Sind wir eine Bäckerei?«

»Ich sage ja schon lange, dass wir die petits fours nur im Café servieren, aber nicht zum Mitnehmen verkaufen sollten!«

Die Schwiegermutter tut einen Seufzer, weil es eine alte Tradition ist, dass man im Café Engel auch Torten und Gebäck zum Mitnehmen erwerben kann. Das war früher eine gute Sache, erklärt sie, um die Reste loszuwerden, damit die Kuchentheke immer frisch bestückt werden konnte. Aber jetzt kaufen die Leute nur noch diese kleinen Dinger, die kaum einen hohlen Zahn füllen, aber aussehen wie bunte Torten in Miniaturform.

»Kinderspielzeug«, sagt sie. »Früher hat's das nicht gegeben. Da war man froh, ein ordentliches Stück Sahnetorte oder Buttercreme auf den Teller zu bekommen.«

Jean-Jacques ist zwar nicht ganz Elses Meinung, aber er

stimmt ihr trotzdem zu, weil er sich über Hilde und ihre Manie für den neuen Konditor ärgert. Heute früh, als er und Simone im Café Engel angekommen sind, hat er ihm noch freundlich die Hand geschüttelt – wie die Deutschen es eben machen – und hat ihn gefragt, woher er denn kommt.

»Aus Leipzsch«, hat der Kerl gezischelt und ihn untertänig angelächelt.

Jean-Jacques spricht eigentlich ein ganz passables Deutsch und versteht normalerweise alles. Aber diesen Ort kennt er nicht. Also hat er nachgefragt.

»Pardon, ich habe nicht verstanden …«

»Aus Leipzsch!«

Er hat stark vermutet, dass der Mann einen Sprachfehler hat, und deshalb hat er nachgefragt, wo dieser Ort denn zu finden sei. Aber da war schon seine Hilde zur Stelle, sie hat ihn angeschaut, als habe er ihren kostbaren Konditor mit dieser Frage auf den Tod beleidigt.

»Leip-zig«, sagt sie überdeutlich zu ihm. »Das ist eine Stadt in Sachsen. Drüben im Osten, verstehst du?«

Dann hat sie ihrem »Richy«, wie sie ihn vertraulich nennt, erklärt, dass ihr Ehemann Franzose sei und daher nicht alles verstehen könne, was hier gesprochen wird.

»Ah, ich weiß«, sagt der Tortenheini zu ihm und grinst naiv. »Un bon vin blanc. Vive la France. Le roi est mort – vive le roi.«

»Humba Humba täterä!«, hat Jean-Jacques daraufhin geantwortet.

Da war es dann ganz aus. Seine Hilde hat ihn angestarrt, als sei er gerade eben frisch vom Mond gefallen, dann hat sie ihren Kuchenzwerg am Ärmel gepackt und in die Küche gezerrt. Beim Schließen der Küchentür hat sie ihn durch den Türschlitz noch einmal angeblitzt. Wenn Blicke zündeln könnten, dann hätte das Café spätetens in diesem Moment in Flammen gestanden.

Was will sie denn? Soll er sich ohne Gegenwehr als dumpfer französischer Trottel behandeln lassen? Simone, die zugehört hat, musste sehr darüber lachen, dann ist sie wieder an die Kuchentheke gelaufen, um Kunden zu bedienen. Drüben am Ecktisch wurde jedenfalls geschmunzelt. Schwiegermutter Else fand seine Antwort zwar frech, aber trotzdem sehr witzig, auch Schwiegerpapa Heinz hat seinen Spaß gehabt. Er meinte jedoch, dass Jean-Jacques sich etwas ausdenken müsse, um Hilde wieder zu versöhnen. Dann ging das Telefon, und er bekam den Auftrag, Fritz Bogner und Luisa vom Arzt abzuholen. Kein Wunder, dass er schlechte Laune hatte auf der Fahrt.

Am Nachmittag ist die Stimmung im Café Engel auf dem Nullpunkt – zumindest, was die Belegschaft betrifft. Die Gäste bekommen nichts davon mit, weil Simone und Swetlana pure Heiterkeit ausstrahlen. Besonders Simone. Sie ist so fröhlich, dass sie Swetlana, die meist ein wenig grämlich dreinschaut, mit ihrer guten Laune ansteckt. Beide verstehen sich gut miteinander, arbeiten einander zu, und es macht Freude, ihnen beim Servieren zuzuschauen. Es erscheint ihm ganz erstaunlich, dass gerade Simone, die doch einen schlimmen Kummer mit sich herumträgt, nach außen hin solch eine positive Ausstrahlung hat.

Mit dem Rest der Familie schaut es leider ganz anders aus. Hilde ist so zornig auf ihn, dass sie kein Wort mit ihm spricht und sich fast nur in der Küche bei ihrem Tortendreher aufhält. Zwei Mal hat Jean-Jacques gewagt, in die Küche hineinzuschauen, und natürlich hat sie ihm sofort deutlich gemacht, dass er stört. Die beiden sind damit beschäftigt, kleine Rosen aus Zuckerguss zu formen, sie stehen dicht beieinander, ihre Gesichter sind erhitzt, und der glatzköpfige Konditor führt Hilde die Hände, während sie kleine Rosenblättchen aus einer Tülle spritzt. Als Jean-Jacques das zweite Mal in die Küche geht, sieht er, dass Meister Wagner sogar den Arm um seine Hilde gelegt hat. Weil er ihr dann besser die linke Hand führen kann, dieser

Leipziger Lüstling. Und dazu Hildes empörte Blicke, weil er es wagt, sie schon wieder zu stören. Da hat er erst einmal genug gehabt, ist hochgelaufen in die Wohnung und hat sich mit dem Plattenspieler der Zwillinge beschäftigt. Weil er wütend war, hat er zuerst Mist gebaut, aber dann hat er das Ding wieder hinbekommen, und weil er stolz auf sich war, hat er sich eine Flasche »Engelströpfchen privat« gegönnt. Gegen Abend sind Frank und Andi eingetrudelt, die mit den Fahrrädern am Rheinufer unterwegs waren, die haben sich riesig darüber gefreut, dass sie wieder ihre Jazzplatten spielen können. Sie haben eine Menge Spaß miteinander gehabt, sind hinunter in den Hof und haben Fußball gespielt, dann haben sie eine Schnur gespannt und mit drei anderen Jungen aus der Nachbarschaft Volleyball gespielt, das haben die Zwillinge gerade im Sportunterricht gelernt. Später ist er mit seinen Jungs zurück in die Wohnung gegangen, hat als guter Vater dafür gesorgt, dass sie gebadet und die Haare gewaschen haben, und dann hat er sie in die Betten geschickt. Natürlich haben sie noch ein paar Platten aufgelegt, das hat er ihnen erlaubt. Er selbst ist hinunter ins Café gegangen und hat nach Simone gefragt, aber die war schon zu Bett gegangen. Sie schläft in der Wohnung der Eltern in Augusts ehemaligem Zimmer. Es saßen noch ein paar Gäste draußen beim Wein, da hat er sich zu den Schwiegereltern und zu Hilde an den Ecktisch gesetzt, aber kaum hat er auf dem Stuhl Platz genommen, da ist seine Hilde aufgesprungen und in die Küche gelaufen. Was sie dort gemacht hat, weiß er nicht – der Tortendreher war jedenfalls nicht mehr da.

»Da wünsche ich euch eine gute Nacht«, hat Papa Heinz zu ihm gesagt und ihm einen mitleidigen Blick zugeworfen. Und die Schwiegermutter hat ihn tröstend am Arm gefasst und gemeint: »Das wird schon wieder …«

Er hätte platzen können vor Zorn. Alles wegen dieses mickrigen Kuchenschiebers. Und das, wo er doch eigentlich mit den besten Absichten nach Wiesbaden gekommen ist! Voller Sehnsucht nach seiner Eheliebsten und auch, um seine beiden Jungen wiederzusehen. Deshalb hat er auch geglaubt, dieser dumme Streit würde sich unter der Bettdecke schnell in Wohlgefallen auflösen. Aber da hat er sich leider geirrt.

Hilde ist kaum in der Wohnung, da prescht sie ins Zimmer der Jungen und zieht den Stecker aus der Steckdose.

»Seid ihr verrückt geworden, um diese Zeit noch laute Musik zu hören? Schluss jetzt. Es wird geschlafen!«

Damit haut sie die Zimmertür zu, und er kann sich vorstellen, dass seine Jungen jetzt wie die begossenen Pudel in den Betten sitzen.

»Ich hatte es ihnen erlaubt«, sagt er.

Natürlich ist ihm klar, dass es ihren Zorn nur anheizen wird, aber er ist es seinen Söhnen schuldig. Außerdem kann sie ihn fragen, bevor sie die Jungen zusammenstaucht.

»Dass du diese Lärmkommode auch reparieren musst!«

Es ist nicht die Zeit für logische Argumente, das merkt er gleich. Sie weiß auf einmal nichts mehr davon, dass sie ihn noch vor Kurzem gebeten hat, den Plattenspieler zu reparieren. Er muss sich verhört haben, sie hätte solch einen Schwachsinn niemals von ihm verlangt.

Ach ja! Das war der Auftakt. Und es hätte sehr viel guten Willen gebraucht, um jetzt noch zu einer Versöhnung zu gelangen. Diese Menge an gutem Willen hat er aber nicht gehabt. Er ist selbst einer, der rasch in Zorn geraten kann, das weiß er, das liegt in der Familie; sein Vater und der Bruder, die sind nicht anders. Und so haben sie bis weit nach Mitternacht gestritten. Seine Lobeshymnen auf Simone wurden ihm aufs Butterbrot geschmiert, er hat ihr gesteckt, dass ihm die Vorgänge vorhin in der Küche nicht gepasst haben, worauf sie in höhnisches Gelächter ausgebrochen ist. Erst als Frank an die Schlafzimmertür geklopft hat, haben sie erschrocken mit dem Streiten aufgehört.

»Würdet ihr etwas leiser sein?«, hat Frank gefragt. »Wir können nicht schlafen bei dem Lärm.«

»Entschuldigung«, hat Hilde geantwortet. »Wir sind jetzt still.«

Das muss er ihr lassen, sie kann auch zurückstecken und sich entschuldigen. Allerdings nicht bei ihm. Sie hat ihm den Rücken zugedreht, das Kopfkissen zurechtgeschoben und hat getan, als würde sie schlafen. Er hat es ihr nachgemacht. Aber er hat noch lange wachgelegen, weil er es nicht mag, wenn sie im Streit einschlafen. Deshalb hat er sich am folgenden Morgen schon in aller Frühe an seine Hilde herangeschlichen, hat sie zunächst vorsichtig und zärtlich im Nacken und an den Schultern gestreichelt, und weil sie sich nicht dagegen gewehrt hat, ist er zu intimeren Körperteilen übergegangen. Sie hat ein wenig geknurrt, dann war aber alles wie immer, er hat sich redlich bemüht, es ihr so schön wie möglich zu machen, und als sie so richtig in Fahrt waren, hat er gedacht: Alles wieder in Butter.

Und so ist es auch. Er macht den Anfang und sagt ihr, dass er gestern leider viel zu aufgebracht war – sie geht darauf ein und erklärt, alles sei im Grunde nur »heiße Luft« gewesen. Einträchtig bereiten sie das Frühstück vor, er weckt die Söhne, Hilde deckt den Frühstückstisch, läuft nach unten und fragt, ob die Eltern, Simone und Wilhelm mit ihnen frühstücken. Die Eltern haben schon ihr Frühstück eingenommen, Simone sagt gerne zu, Wilhelm liegt noch im morgendlichen Tiefschlaf und ist nicht ansprechbar. Auf der Treppe begegnet Hilde Julia Wemhöner, die eiligen Schrittes zur Arbeit geht. Jean-Jacques kann das kurze Gespräch mithören, weil Hilde die Wohnungstür offen gelassen hat.

»Nein, momentan leider gar nicht gut …«

»Und er will immer noch keinen Arzt sehen?«

»Ach, er ist ein Sturkopf, das wissen Sie ja. Ich habe schon mehrfach Dr. Walter geholt, aber jedes Mal hat er geschimpft wie ein Rohrspatz …«

»Aber so geht das doch nicht … man kann ihn doch nicht so

einfach liegen lassen … in einer Klinik könnte man ihm gewiss helfen, damit er wieder gesund wird.«

»Entschuldigen Sie bitte, Hilde. Ich habe es eilig … Mischa wird gleich hier sein. Ich habe ihm gesagt, dass er auf jeden Fall einen Arzt holen soll, wenn es schlimmer wird.«

Jean-Jacques hört Julias hastige Schritte, sie läuft mit Stöckelschuhen die Treppe hinunter, unten schlägt sie die Haustür zu.

»Mit diesen Pfennigabsätzen macht sie uns die ganze Treppe kaputt«, nörgelt Hilde, als sie wieder hereinkommt. Dann regt sie sich darüber auf, dass der arme Addi da oben ganz ohne ärztliche Hilfe liegt und dass Julia ihn eigentlich in eine Klinik bringen lassen müsste. Jean-Jacques hütet sich, ihr zu widersprechen, obgleich er nicht ihrer Meinung ist. Addis sturer Wille beeindruckt ihn. Ist es nicht besser, in Ruhe in den eigenen vier Wänden zu sterben, als an zig Schläuche angeschlossen im Krankenhausbett sein Leben auszuhauchen?

Dann kommt Simone zu ihnen hinauf, morgenfrisch und redselig, die Jungen schleichen verschlafen herbei und werden von Hilde erst mal ins Bad zum Waschen und Zähneputzen geschickt. Simone hat die restlichen Frühstücksbrötchen von den Eltern mitgebracht und gesteht, dass sie schon zum zweiten Mal frühstückt.

»Du kannst das vertragen!«, meint Hilde und schaut ein wenig neidisch auf Simone, die heute mit einer engen hellen Hose und eingesteckter, ärmelloser Bluse bekleidet ist. Wie schmal ihre Hüften sind! Jean-Jacques taxiert, dass er ihre Taille ganz leicht mit beiden Händen komplett umfassen könnte. Aber das sagt er natürlich nicht – seine Hilde ist in den letzten Jahren um Hüften und Taille ein wenig runder geworden. Was ihm eigentlich sehr gut gefällt. Hilde hingegen stört sich sehr daran, und sie redet öfter davon, dass sie eine Diät machen will.

»Swetlana ist schon unten«, erzählt Simone, während sie sich reichlich von Elses guter Erdbeermarmelade auf den Teller löffelt. »Sie hat erzählt traurige Sache … von Luisa … Mutter von kleine Mädchen, das immer oben bei Addi Klavier spielt …«

»O weh!«, meint Hilde. »Was hat sie denn erzählt? Ich dachte, die Operation sei gut verlaufen und Fritz wäre auf dem Weg der Besserung.«

»Swetlana war heute Morgen mit Fritz und Luisa bei Doktor. In Rheinstraße. Heißt Doktor Bruck … oder Brack … ich habe vergessen. Und Doktor hat gesagt, Auge hat sich entzündet, deshalb auch tut sehr weh …«

Alle sind bekümmert darüber. Nun hat sich Fritz endlich zu dieser Operation entschlossen, die ja nicht ungefährlich ist, weil er nur mit einem Auge sehen kann. Und dann so etwas …

»Wird der Fritz jetzt ganz blind?«, will Frank wissen. Andi schaut mitleidig vor sich, während die Marmelade von seiner Brötchenhälfte auf das Tischtuch tropft.

»Aber nein!«, ruft Simone aus. »Swetlana sagt, er muss Tropfen machen in die Auge. Dann wird wieder gesund. Aber krankes Auge tut weh. Und er sieht alles … verschwiemelt … Oder wie sagt man? Wie in Nebel …«

»Verschwommen«, stellt Andi richtig. »Er sieht alles verschwommen. Das ist so, als ob im Auge ganz viel Wasser ist.«

»Ich verstehe!«, sagt Simone und nickt Andi zu. »Das hast du schön erklärt, Andi!«

Andi senkt den Kopf und wird vor Freude ganz rot. Jean-Jacques denkt beklommen darüber nach, dass Fritz gestern unbedingt zu Fuß nach Hause gehen wollte. Vielleicht hat Luisa doch recht gehabt, und es ist Staub in die frische Wunde gekommen? Ach, verflixt! Hätte er doch darauf bestanden, die Bogners bis vor die Haustür zu fahren!

»Der arme Fritz hat sicher Schmerzen«, meint Simone. »Das ist traurig. Vielleicht wir können mit den Mädchen in Schwimmbad fahren, Jean-Jacques? Das ist besser, als sitzen im Haus und alles ist traurig …«

Die Idee, die lebhaften Mädchen zu beschäftigen, damit sich Fritz in Ruhe hinlegen und ausruhen kann, erscheint auch Hilde vernünftig.

»Was meinst du, Jean-Jacques? Hast du Lust, mit der Rasselbande ins Schwimmbad Kleinfellchen zu fahren? Dann musst du allerdings gut auf Petra aufpassen, sie ist erst fünf und sehr unternehmungslustig.«

Er hätte große Lust, mit seinen Söhnen ins Schwimmbad zu fahren. Dass er die beiden Mädchen auch mitnehmen soll, dämpft seine Begeisterung allerdings erheblich. Simone muss es ihm angesehen haben, denn sie schlägt vor, mitzufahren.

»Hast du denn einen Badeanzug dabei?«, will Hilde wissen.

»Nein. Aber einen Bikini.«

»Einen … Bikini. Nun ja … wenn er nicht zu knapp ist.«

»Aber nein! Er ist von mein Schwester und etwas zu groß …«

In Jean-Jacques Kopf steigen allerlei seltsame Bilder auf. Chantal ist ein gutes Stück breiter als die schmale Simone. Wie kann es da sein, dass sie deren Bikini anziehen will? Nun ja – man wird sehen. Die Zwillinge jubeln und laufen in ihr Zimmer, um ihre Badehosen und den aufblasbaren Wasserball einzupacken, Hilde stellt ihnen einige ältere Handtücher zur Verfügung, die man auch auf die Wiese legen kann, und er selbst sucht seine dunkelblaue Badehose aus dem Schrank.

»Luisa ist sehr froh!«, ruft Hilde, die schon am Telefon hängt. »Sie kommen gleich bei euch vorbei, schickt die Mädels schon auf die Gasse hinunter«, sagt sie in den Hörer.

Als sie aufgelegt hat, macht sie ein betretenes Gesicht.

»Fritz hat scheußliche Schmerzen«, sagt sie leise zu Jean-Jacques. »Er hat schon drei starke Tabletten eingenommen, aber sie wirken nicht. Luisa ist ganz verzweifelt. Er sieht so gut wie nichts mit dem operierten Auge und ist am Boden zerstört.«

»Man muss warten«, sagt Simone. »Zeit heilt Wunde …«

Er verabschiedet sich von Hilde wie gewohnt mit Küsschen; jetzt ist er sicher, dass der Streit von gestern wirklich vorüber ist. Er ist froh darüber, es lohnt nicht zu streiten. Streit tötet die Liebe.

Petra und Marion warten brav mit gepackten Taschen vor dem Wohnhaus. Als sie seine Goélette sehen, fangen sie vor Begeisterung an zu hüpfen. Es wird ein außergewöhnlich schöner Tag. Zwar ist das Schwimmbad schon um diese frühe Stunde brechend voll, aber sie erwischen noch einen Schattenplatz, wo sie ihre Handtücher ausbreiten und die Taschen abstellen können. Simone geht mit den Mädchen zu den Umkleideräumen für Damen und erscheint bald darauf in einem aufregend knappen schwarzen Bikini. Sie hat einfach an den richtigen Stellen ein paar Knoten gebunden, und schon hat die langweilige Badebekleidung ihrer Schwester den richtigen modischen Pfiff.

»C'est formidable, Mademoiselle!«, scherzt er anerkennend.

»Merci, Monsieur!«, gibt sie zurück und macht einen zierlichen Knicks.

»Heiß!«, sagt Frank, der seine Verwandte aus Neuville ebenfalls sehr intensiv betrachtet. Auch Andis Augen hängen an ihr, er schweigt jedoch. Jean-Jacques weiß seine Söhne im Schwimmbad zu beschäftigen, er selbst ist ein guter Schwimmer und hat den beiden frühzeitig die Angst vor dem tiefen Wasser genommen. Tauchen, vom Sprungbrett springen oder kraulen – kein Problem. Während Simone sich mit den Mädchen beschäftigt, gönnt er sich ein Wettschwimmen mit den Söhnen, das wegen der vielen Leute im Wasser ein wenig chaotisch wird. Dabei macht er eine erstaunliche Entdeckung: Die beiden sind kräftiger geworden, er hat jetzt richtig Mühe, den Sieg zu erringen. Verflixt, gehört er etwa schon zum alten Eisen? Es hätte nicht viel gefehlt, und Frank hätte die Nase vorn gehabt. Um die Mittagszeit sitzen sie auf den Handtüchern und essen Brote, Äpfel und Kuchen, dazu trinken sie eisgekühlte Coca-Cola, die

Jean-Jacques am Kiosk gekauft hat. Danach gibt es für alle ein Ballspiel, das Simone leitet, und dann ist es auch schon Zeit, sich umzuziehen und einzupacken.

Im Café Engel ist es heute ganz ungewöhnlich heiß. Das kommt daher, weil der Backofen seit Stunden in Betrieb ist. Jean-Jacques hat wirklich die besten Absichten, als er rasch in die Küche hineinschaut, um anzukündigen, dass sie wieder da sind.

Da steht doch dieser Kuchenmantscher Hüfte an Hüfte neben seiner Hilde, hält einen Topf in der Hand, und beide lecken einträchtig daraus Kuchenteig.

»Mahlzeit!«, sagt Jean-Jacques und macht die Küchentür wieder zu. Der Zorn schießt so heftig in ihm hoch, dass er sich beherrschen muss, um nicht in die Küche zu rennen und dem kleinen Konditor den Topf mit Kuchenteig über die Glatze zu stülpen. Stattdessen will er hoch in die Wohnung laufen, um sich abzureagieren, aber da hört er die helle Stimme seines Sohnes Frank hinter sich.

»Du glaubst es nicht, Mama! Der Bikini ist so klein, man hat ganz viel von ihrem Busen sehen können!«

Unglaublich, diese Knaben! Gerade waren sie noch Kinder – jetzt sind sie schon Halbstarke. Und das mit zwölf Jahren.

Hilde hat auf diese Nachricht keine Reaktion gezeigt. O weh, das bedeutet nichts Gutes!

MISCHA

Wiesbaden, Ende August 1959

»Lass dir nichts einreden, Junge«, sagt Addi; dann muss er husten. Mischa stopft ihm noch ein Kissen in den Rücken, im Sitzen kommt er mit dem quälenden Husten besser zurecht. Addi keucht und zieht pfeifend die Luft ein. Dabei hebt er den rechten Zeigefinger, das bedeutet, er will noch mehr sagen.

»Deinen Weg musst du gehen, Mischa. Deinen eigenen Weg. Das ist wichtig. Auch wenn du in die Irre gehst und zehn Mal auf die Schnauze fällst. Dann stehst du eben elf Mal wieder auf … und … gehst … weiter …«

Jetzt geht ihm die Luft aus. Mischa ist besorgt, er öffnet das Dachfenster, um frische Luft ins Zimmer zu lassen, doch leider bringt es nur wenig Erleichterung. Es ist heiß heute, in der kleinen Wohnung unter dem Dach hat auch ein Gesunder das Gefühl, ersticken zu müssen. Er reicht Addi den Becher mit kaltem Tee, aber Addi hat keinen Durst. Er ist stark abgemagert, die Wangenknochen stehen vor, das Kinn ist lang geworden, die Nase spitz. Seine Augen scheinen tief in den Schädel eingesunken zu sein. Jetzt sitzt er bewegungslos in den Kissen, atmet flach, röchelt ein wenig, und seine Augen sind geschlossen.

»Willst du schlafen, Addi?«, fragt Mischa.

Addi hat ihm vor einigen Tagen das Du angeboten, darauf ist Mischa sehr stolz. Er hat Angst um Addi. Noch nie in seinem Leben hat sich ein erwachsener Mann ihm so zugewendet wie Addi. Er hat ihm von Erfolgen und Niederlagen in seinem Leben erzählt, hat auch von der Liebe geredet, hat ihm anvertraut, was Julia ihm bedeutet. Aber Addi kann auch lange und geduldig zuhören. Wirres Zeug hat Mischa ihm aufgetischt, seine Wut, seine Wünsche, seinen Übermut – einen Wust, den Addi erst einmal entwirren musste. Aber seltsamerweise ist es ihm nicht schwergefallen. Mischa hat das Gefühl, dass Addi der einzige Mensch auf der Welt ist, der ihn versteht.

Addi darf nicht sterben! Jeden Morgen, wenn Mischa mit dem Fahrrad in die Wilhelmstraße düst, wenn er die Treppen hinaufstürmt und vor Addis Wohnungstür steht, hat er schreckliche Angst, der alte Mann könnte in der Nacht vielleicht gestorben sein. Dann schließt er auf und sieht Addi im Bett sitzen, eine Tasse Kaffee in der Hand, die Julia ihm noch rasch zubereitet hat. Und er grinst Mischa entgegen.

»Na, Junge? Rein mit dir. Wie ist das Wetter? Bist ja ganz verschwitzt …«

Dann muss er husten. Aber daran hat sich Mischa längst gewöhnt. Nur dass die Hustenanfälle täglich länger und quälender werden. Und dass Addi viel häufiger wegdämmert.

»Wenn es dir zu belastend wird, Mischa«, hat Julia neulich am Abend zu ihm gesagt. »Dann darfst du dich jederzeit zurückziehen. Es ist für dich gewiss kein schöner Anblick, ihn so verfallen zu sehen …«

»Das macht mir nichts aus«, hat er geantwortet. »Ich komme, solange Addi das will. Es ist … es ist nicht wegen des Geldes … es ist einfach so …«

Da hat sie spontan den Arm um ihn gelegt und ihn an sich gezogen.

»Du bist ein großartiger Bursche!«, hat sie gesagt.

Er war total durcheinander, weil er ihr Parfüm eingeatmet und für einen Moment ihren Körper gespürt hat. Als sie ihn wieder losließ, hat er zunächst kein Wort herausgebracht, dann hat er »Danke …« gestottert und ist eilig davongelaufen.

Am Abend sitzt seine Mutter verheult in der Küche. Er schaut nur kurz hinein, aber weil er weiß, dass sie erst recht zu weinen anfängt, wenn er fragt, was los ist, will er hoch in sein Zimmer gehen. Da steht August an der Treppe und ruft ihn zurück.

»Komm doch bitte mal zu mir ins Arbeitszimmer, Mischa.«

Er läuft die Stufen wieder hinunter und grübelt nach, was er jetzt wieder angestellt haben mag. Die Abende mit den Freunden in der Kneipe? Einmal haben sie Reißaus nehmen müssen, weil die Polizei kam und die Ausweise kontrollieren wollte. Sonst war eigentlich nichts. Zumindest fällt ihm nichts ein.

Er setzt sich auf den Stuhl vor Augusts Schreibtisch und fühlt sich mal wieder wie ein Angeklagter. August nimmt einen grünen Aktendeckel aus der Schreibtischschublade und schlägt ihn auf. Darin liegen ein mit Schreibmaschine getippter Brief und eine alte Postkarte. August nimmt seine Brille und stützt die Ellbogen auf, während er zu Mischa spricht.

»Ich habe inzwischen Nachforschungen angestellt und deine Großmutter aufgetan, Mischa. Lieselotte Stammler, dreiundsiebzig Jahre alt, verwitwet, wohnhaft in Hannover. Ihr einziger Sohn Gerhard fiel 1944 im Oktober in Brandenburg.«

Mischa ist erst einmal wie betäubt. Seine Großmutter! Er hat eine echte Großmutter! Die Mutter seines Vaters. Was für eine Nachricht!

August sieht ihm wohl an, dass es ihn fast umhaut. Er lächelt und nimmt den Brief zur Hand.

»Ich habe ein Schreiben verfasst, in dem wir deiner Großmutter mitteilen, dass sie einen Enkel hat. Dieser Brief ist nur ein Vorschlag. Wenn du es anders schreiben willst – es steht dir frei.«

Er schiebt Mischa den Brief über den Tisch, Mischa zieht das Papier zu sich heran und liest.

Oben stehen sein Name und seine Adresse. Darunter Augusts Name und dass er Rechtsanwalt ist. Die Telefonnummer der Kanzlei. Das Schreiben geht an:

Lieselotte Stammler
3 Hannover/Bothfeld
Varrelheide 9

Sehr geehrte gnädige Frau,
mit diesem Schreiben setze ich Sie in Kenntnis, dass Ihr Sohn Gerhard Stammler, Oberleutnant der Wehrmacht, gefallen am 10. Oktober 1944 in Brandenburg, einen unehelichen Sohn hinterlassen hat. Die Mutter des Jungen, Swetlana Koch, geborene Kovalenka, wurde im Jahr 1941 als Fremdarbeiterin nach Deutschland verschleppt. Die Beziehung zu Ihrem Sohn entstand zu der Zeit, als Gerhard Stammler Leiter des Fremdarbeiterlagers in Wiesbaden war. Ihr Enkelsohn Michael wurde dort am 7. April 1943 geboren.
Ich gehe davon aus, dass diese Nachricht Sie überraschen wird, da Ihnen Michaels Existenz bisher vermutlich unbekannt war. Es ist der Wunsch Ihres Enkelsohnes, seine väterliche Familie kennenzulernen. Die Entscheidung, ob Sie ihm dies ermöglichen wollen, liegt bei Ihnen, verehrte gnädige Frau.
Hochachtungsvoll

Mischa liest den Brief zwei Mal, weil etwas darin nicht stimmen kann. Hat ihm seine Mutter nicht erzählt, dass sie mit Gerhard Stammler verheiratet war? Natürlich. Früher, bevor August ihn adoptiert hat, hieß er Michael Stammler. Er kneift die Augen zusammen und liest ein drittes Mal.

August hat ihn beobachtet, jetzt beugt er sich vor und spricht leise zu ihm. Wie zu einem kranken Kind.

»Du musst deiner Mutter diese Lüge nicht vorwerfen, Mischa. Sie wollte nicht, dass du in der Schule verspottet würdest, deshalb hat sie erzählt, sie sei mit Gerhard Stammler verheiratet gewesen. Vermutlich hätte er sie ja auch geheiratet, wenn er nicht gefallen wäre.«

Sie hat ihn belogen. Wie hat sie das gemacht? Sie muss sich

falsche Papiere beschafft haben. Fast bekommt er jetzt Hochachtung vor seiner Mutter. So etwas hätte er ihr gar nicht zugetraut.

»Und die Postkarte?«, will er wissen.

August nimmt die vergilbte Karte in die Hand und reicht sie ihm. Sie ist kaum dicker als Schreibpapier. Auf der Vorderseite sieht man das Wort »Feldpost«. Darunter einen Blumenstrauß, um den sich ein Band schlingt. Darauf steht »Bis wir uns wiedersehen …« Alles ziemlich blass und billig gemacht. Die Karte ist an Swetlana Karlowna Kovalenko, Landgrabenlager, Wiesbaden adressiert. Auf der Rückseite stehen nur wenige handgeschriebene Worte, die er mühevoll entziffert: »Grüße von der Heimatfront. In Liebe. Gerhard.«

»Hat … hat das mein Vater geschrieben?«

August nickt. Die Karte scheint ihn sehr zu bewegen, weil er so düster dreinschaut.

»Es ist sozusagen der einzige schriftliche Beweis für die Beziehung zu deinem Vater. Deine Mutter hatte sie zum Glück aufgehoben.«

Mischa dreht die Karte hin und her. Er hat das Gefühl, dass sich der Boden bewegt. Eine Tür geht auf, die man vor ihm verschlossen gehalten hat. Licht fällt ins Dunkel. Sein Vater. Das ist seine Handschrift. »In Liebe.« Meinte er damit nur seine Mutter oder auch seinen kleinen Sohn?

»Wieso hat sie mir die nie gezeigt?«

August nimmt einen tiefen Atemzug. Dann lächelt er etwas bemüht und hebt die Schultern.

»Ich nehme an, sie hätte es irgendwann getan, Mischa. Auf jeden Fall solltest du dich bei ihr bedanken. Es war nicht leicht für sie, deinen Wunsch zu akzeptieren.«

Er schweigt. Vielleicht wird er das irgendwann tun. Aber nicht jetzt. Weil er ihren Gefühlsüberschwang im Moment nicht gebrauchen kann. Sie bremst ihn aus. Addi hat recht. Er muss seinen Weg gehen. Seinen eigenen Weg.

»Ich denke, der Brief ist so in Ordnung«, sagt er.

»Dann kannst du unterschreiben, und wir schicken ihn ab.«

Mischa setzt seinen Namen darunter. Michael Koch. So heißt er jetzt. Und das ist in Ordnung so.

»Danke!«, sagt er zu August. »Danke, dass du mir geholfen hast.«

Sein Stiefvater nickt ihm zu. Dann setzt er auch die eigene Unterschrift unter das Schreiben und faltet es zusammen.

»Warten wir ab, was geschieht«, sagt er zu Mischa. »Aber versprich dir nicht zu viel davon. Alte Damen sind mitunter unberechenbar.«

Mischa verlässt das Arbeitszimmer und will so schnell wie möglich hinauflaufen, um allein in seinem Zimmer über alles nachdenken zu können. Aber im Flur steht seine Mutter und hat auf ihn gewartet. Sie weint nicht mehr, hält aber das zerknüllte Taschentuch noch in der Hand.

»Danke, Mama«, sagt er und muss sich räuspern, weil er einen Kloß im Hals hat.

Sie antwortet nicht, sondern geht auf ihn zu und nimmt ihn in die Arme. Sie drückt ihn fest an sich. Dabei schluchzt sie. Er hält still, würde ihr gern etwas Nettes sagen, kriegt aber kein Wort über die Lippen. Nach einer kleinen Weile macht er sich von ihr los und läuft die Treppe hoch. Er hört noch, dass unten die Tür des Arbeitszimmers geht und August sagt: »Er ist vernünftig, Swetlana. Du musst dir keine Sorgen machen.«

Was August damit meint, ist ihm schleierhaft. Er liegt die halbe Nacht wach und grübelt. Hat seine Mutter vielleicht auch in anderen Punkten gelogen? Hat sein Vater ihn vielleicht gar nicht in den Armen gehalten, wie sie immer erzählt hat? Aber geliebt hat der Vater seine Mutter auf jeden Fall, sonst hätte er das doch nicht geschrieben. Er rechnet nach, wie lange ein Brief bis Hannover brauchen könnte, gibt seiner Großmutter einen Tag zum Nachdenken und überlegt, ob sie wohl anrufen wird.

Das könnte frühestens übermorgen sein. Vielleicht schreibt sie ja auch. Dann müsste der Brief in drei oder vier Tagen hier eintreffen. Wenn sie anruft, wird zuerst Augusts Sekretärin am Apparat sein, dann wird August mit ihr sprechen. Es war klug von August, die Telefonnummer seiner Kanzlei anzugeben, weil sonst seine Mutter den Anruf entgegennehmen würde, und das wäre bestimmt nicht gut. Er selbst ist ja den ganzen Tag über bei Addi. Er schläft erst gegen Morgen ein und hat um acht Uhr Mühe, aus den Federn zu kommen. Aber da ist er eisern. Um neun Uhr spätestens steht er mit seinem Schlüssel vor Addis Wohnung.

Die Tage vergehen, ohne dass etwas geschieht. Kein Anruf, auch kein Brief. August erklärt ihm, dass die alte Dame sich vermutlich erst einmal von der Überraschung erholen müsse. Am Samstag ist immer noch nichts passiert, und Mischa hat keine Lust mehr zu warten. Sonntags ist Julia bei Addi – er hat einen freien Tag, und den will er nutzen. Das Geld, das er bei Julia verdient, hat er nur zu einem kleinen Teil bei seinen nächtlichen Kneipenbesuchen ausgegeben. Das meiste hat er gespart, um sich seinen großen Traum zu erfüllen, eine Vespa. Diese Rücklage muss nun leider dran glauben. Er zieht seine Ausgabe von *Durchs wilde Kurdistan* von Karl May aus dem Regal und nimmt die Scheine heraus. Blättert sie durch und steckt vorsichtshalber alles ins Portemonnaie. Dann zieht er seine beste Hose und ein weißes Hemd an, dunkle Socken und die schwarzen Schuhe. Dazu eine graue, lockere Jacke. In die Innentasche steckt er die Postkarte, die sein Vater geschrieben hat. Er überlegt, ob er einen Schlips umbinden soll, lässt es aber sein. Ganz so affig muss er sich nicht zurechtmachen, auch wenn – wie August gesagt hat – alte Damen zuweilen absonderlich sind. Er erzählt seiner Mutter, dass er sich mit Freunden zu einer Geburtstagsfeier am Rheinufer trifft und den ganzen Tag wegbleiben wird. Nein, er braucht kein Geschenk, er hat etwas mit den anderen zusammen gekauft. Ja, wenn sie unbedingt will, nimmt er einen Regenschirm mit. Nein, er kommt bestimmt nicht zu spät nach Hause. Sie braucht ihm auch nichts vom Mittagessen aufzuheben …

Immer dieses Theater, bis man endlich von daheim wegkommt! Am Bahnhof kettet er sein Fahrrad an und fragt nach dem Preis für eine Rückfahrkarte nach Hannover. Es ist viel teurer, als er geglaubt hat, über dreihundert Mark – das ist fast sein ganzes Erspartes. Aber er bezahlt, ohne zu zögern und erfährt, dass er zunächst nach Frankfurt fahren und dort in den Zug nach Hamburg umsteigen muss. Der fährt über Hannover. Er ist so aufgeregt, dass er während der ganzen Fahrt von Wiesbaden bis Frankfurt im Gang am Fenster steht. Warum hat sie nicht geantwortet? Ist sie vielleicht krank? Oder hat die Nachricht sie so erschreckt, dass sie nicht reagieren konnte? Hat sie vielleicht schon einen Brief geschrieben, der in der Post hängen geblieben ist? So etwas kommt manchmal vor. In Frankfurt muss er eine halbe Stunde warten, er trinkt in der Gaststätte eine Coca-Cola und muss dann rennen, weil er erst noch herausfinden muss, auf welchem Gleis der D-Zug nach Hamburg abfährt. Nassgeschwitzt und außer Atem tigert er durch den Zug, um sich einen Sitzplatz zu suchen. Schließlich entdeckt er einen freien Platz in einem Abteil, in dem drei ältere Frauen und zwei Männer sitzen. Man hebt zwei Reisetaschen vom Sitz und verstaut seufzend ein Einkaufsnetz mit zwei Flaschen Himbeersaft im Gepäcknetz, dann kann er sich hinsetzen. Die Fahrt dauert unendlich lange, für seine Ungeduld eine Folter. Dazu das öde Gerede der Frauen, die sich über das Einkochen von Marmelade, die Herstellung von Fliedersaft und allerlei Gemüsesorten unterhalten, die sie im eigenen Garten anpflanzen. Eine rechnet vor, wie viel Pfennige sie an jedem eingemachten Glas Karotten mit Erbsen im Vergleich zu einer gekauften Konservendose gleichen Inhalts spart, und beweist den anderen, dass sie von dieser Ersparnis am Jahresende ein Paar Schuhe kaufen kann. Die beiden Männer lesen Zeitung, später raucht jeder eine Zigarre, und ihre Ehefrauen schieben das Fenster ein Stück herunter wegen des Rauchs. Mischa verspürt schon kurz hinter Frankfurt einen fürchterlichen Hunger. Er bedauert, nicht wenigstens ein Brötchen mitgenommen zu haben. Zu allem Unglück packen die fleißigen Hausfrauen jetzt belegte Brote und hart gekochte Eier aus, dazu trinken sie mit Wasser verdünnten Himbeersaft. Aus dem eigenen Garten, versteht sich. Mischa geht hinaus auf den Flur, weil sein Magen so laut knurrt, dass man es hören kann.

Vielleicht gibt es bei meiner Großmutter ja Kaffee und Kuchen, denkt er, glaubt aber selbst nicht daran. Als er zurück ins Abteil kommt, riecht es dort nach hartgekochten Eiern, gemischt mit dem Duft von Kölnisch Wasser, das die Frauen auf ihre Taschentücher träufeln, um sich zu erfrischen. Ihm wird ein wenig übel. Den Rest der Fahrt sitzt er nahezu bewegungslos auf seinem Platz, starrt durch das Flurfenster in die vorüberziehende Landschaft und kämpft mit dem Brechreiz. Heilfroh ist er, als der Zug endlich im Bahnhof Hannover einfährt und er aussteigen kann. Die Luft auf dem Bahnhof ist zwar keineswegs frisch, trotzdem atmet er erst einmal tief durch, und als er in einer Bäckerei zwei Milchbrötchen erworben und sofort hinuntergeschlungen hat, geht es ihm wieder gut. Er fragt nach der Straße »Varrelheide«, wird mehrfach weitergeschickt und entdeckt schließlich einen ausgehängten Stadtplan. Bothfeld – das ist im Norden von Hannover. Da ist die Varrelheide. Aha, er muss mit der Straßenbahnlinie sieben bis zur Endstation »Fasanenkrug« fahren; gegenüber der Haltestelle, gleich hinter der Autobahnbrücke, biegt die »Varrelheide« von der Sudlerstraße ab. Alles ganz einfach. Er findet die Straßenbahnhaltestelle, erwischt die Linie sieben, auf der oben das Wort »Fasanenkrug« steht, und bezahlt die Fahrt beim Schaffner. Es gefällt ihm, in einer Straßenbahn zu fahren, da ist viel mehr Platz als in den Bussen, die in Wiesbaden verkehren. Es gibt einen Fahrer, und hinten im Wagen ist ein erhöhter Platz mit einer Brüstung, dort sitzt der Schaffner und verkauft die Karten.

An der Endstation steigt er aus, kauft am Kiosk noch eine Flasche Coca-Cola und trinkt sie mit einem Strohhalm. Jetzt ist er schon fast am Ziel, und er wird ganz flatterig. Aber das liegt an der Coca-Cola, da ist Koffein drin, davon wird man nervös. Er gibt die Flasche zurück, wischt sich den Mund ab und macht sich auf den Weg.

Die Straße ist schmal, aber asphaltiert, auf der linken Seite liegen Gärten, die von hohen Hecken umgeben sind, sodass man die Häuser kaum wahrnehmen kann. Rechts sind Kornfelder und Weiden mit schwarz-weißen Milchkühen, weiter hinten verläuft die Autobahn. Er hat Mühe, die Hausnummern zu entziffern, weil die Zahlen verrostet sind. Drei. Fünf. Sieben. Neun.

Die Hausnummer Neun ist gut sichtbar aus Messing an einem eisernen Gartentor angebracht. Kein Gartentor, das den Fremden zum Eintreten ermutigt, eher eine Art Wehrtor mit Stäben, die wie aufgestellte Speere aussehen. Auch der Zaun besteht aus solchen Speeren – wer versuchen würde, darüberzusteigen, würde sich vermutlich die Hosen und noch mehr ruinieren. Ein Name steht nicht am Tor, der Briefkasten ist eine schwarze Klappe, die in den steinernen Torpfosten eingelassen wurde. Darüber befindet sich ein runder Klingelknopf aus Messing.

Mischa holt noch einmal tief Luft, dann drückt er auf die Klingel. Zu hören ist nichts. Vielleicht geht die Klingel gar nicht. Dann aber vernimmt er Hundegebell. Zwei große schwarzgelbe Schäferhunde erscheinen auf der anderen Seite des Tores, springen daran hoch und kläffen laut und bedrohlich. Er weicht instinktiv einen Schritt zurück – die beiden haben messerscharfe Reißzähne und sind – wie es scheint – darauf gedrillt, unliebsame Besucher einzuschüchtern. Dann hört er eine Frauenstimme.

»Alf! Fasolt! Hierher!«

Die Hunde verschwinden im Buschwerk des weitläufigen Gartens, und eine blonde Frau erscheint am Tor. Das kann unmöglich seine Großmutter sein, dazu ist sie viel zu jung.

»Wir kaufen nichts am Gartentor«, sagt sie unfreundlich.

Er nimmt allen Mut zusammen.

»Guten Tag. Ich bin Michael Koch aus Wiesbaden und würde gern mit Frau Stammler sprechen.«

Die blonde Frau streicht sich das dauergewellte Haar aus der Stirn und mustert ihn mit kleinen hellblauen Augen. Sie ist mollig und trägt eine rosafarbige Kittelschürze über dem dunklen Rock.

»In welcher Angelegenheit bitte?«, will sie wissen.

»Das werde ich ihr selbst sagen.«

Sie zieht verächtlich eine Augenbraue hoch, dreht sich um und geht davon. Die Hunde knurren irgendwo im Hintergrund, wagen sich aber nicht mehr ans Tor. Mischa wartet, unsicher, ob sie den Auftrag ausführt oder ihn einfach stehen lässt. Er ist schon entschlossen, ein zweites Mal zu klingeln, da taucht sie wieder auf. Ihre Miene ist verschlossen.

»Frau Stammler empfängt niemanden.«

Damit verschwindet sie wieder im grünen Dickicht, und er bleibt fassungslos zurück. Was heißt das: Sie empfängt niemanden? Er ist ihr Enkelsohn! Sie hat ihn gefälligst zu empfangen. Mit ihm zu sprechen. Er hat ein Recht darauf. Jawohl, das hat er. Und er wird sich von dieser dicken rosafarbenen Tante nicht abweisen lassen.

Die Hunde sind allerdings eine andere Sache. Er geht langsam am Zaun entlang und überlegt, dass er ein Weilchen warten muss, bis Alf und Fasolt sich beruhigt haben. Der Zaun ist zwar schwer zu überklettern, dafür sind die steinernen Pfosten recht breit und nur mit einer Kugel aus Sandstein geschmückt. Er schaut sich vorsichtshalber in alle Richtungen um, bevor er zum Sprung ansetzt. Nach einem gelungenen Klimmzug taucht er in die Hainbuchenhecke ein, die man hinter den Zaun gepflanzt hat. Er handelt sich etliche Kratzer ein, und seine Jacke bekommt einen Riss. Hastig fasst er in die Innentasche – die Postkarte ist noch da. Jetzt stellt er fest, dass der Garten hinter der Hecke einen sehr gepflegten Eindruck macht. Seine Füße sinken in weichen Rasen ein, es gibt Blumenbeete, hübsch arrangierte Findlinge, weiter hinten steht eine junge Trauerweide, deren Zweige in einen Teich hängen. Das Haus ist eher eine Villa, aus rotem Backstein erbaut, mit mehreren Giebeln und Spitzdächern, teilweise von Efeu überwachsen. Vorsichtig bewegt er sich voran, nimmt Deckung hinter einer jungen Blautanne und überlegt, dass es besser wäre, nicht zur Haustür, sondern hinter das Haus zu gehen und in ein Fenster zu schauen. Wenn er Glück hat, entdeckt er seine Großmutter und kann sie dazu bringen, ihn ins Haus zu lassen.

Es ist einfacher als gedacht. Hinter dem Haus ist eine Terrasse. Dort sitzt eine Frau in einem weißen Korbstuhl, neben ihr steht ein runder Tisch mit einer geblümten Kaffeekanne und einem Stapel Zeitschriften. Er pirscht näher heran – sie hat graues Haar! Seine Großmutter! Sie muss es sein. Wer sonst kann hier auf ihrer Terrasse sitzen? Sie trägt trotz der sommerlichen Wärme ein schwarzes Kleid mit langen Ärmeln. Ob sie in Trauer ist? Egal. Jetzt kommt alles darauf an, sie nicht allzu sehr zu erschrecken. Er bleibt ein Stück von der Terrasse entfernt auf dem Rasen stehen.

»Frau Stammler?«, sagt er mit halblauter Stimme.

Sie lässt vor Schreck die Zeitschrift fallen, in der sie gelesen hat. Entsetzt starrt sie auf den fremden Menschen in ihrem Garten.

»Wer sind Sie? Was wollen Sie? … Inez! Lass die Hunde los!«

Er geht rasch ein Stück näher und setzt einen Fuß auf die niedrige Mauer, die die Terrasse begrenzt.

»Bitte!«, fleht er. »Sie müssen keine Angst vor mir haben. Ich möchte nur mit Ihnen reden. Ich bin Michael Koch. Ihr Enkel.«

Er hat kaum zu Ende gesprochen, da springen die beiden Hunde aus der offen stehenden Terrassentür und wollen sich auf ihn stürzen. Er fasst einen Korbstuhl und hält ihn schützend vor sich, aber zu seiner Erleichterung ruft sie die Hunde zurück. Sie tut es mit leiser Stimme, und die beiden geifernden Höllengeister gehorchen auf der Stelle.

»Ich habe Sie bereits wissen lassen, dass ich nicht zu sprechen bin«, sagt sie und steht von ihrem Sessel auf. »Wenn Sie nicht sofort von meinem Anwesen verschwinden, lasse ich die Polizei holen.«

So hat er sich seine Großmutter nicht vorgestellt. Eine schmale, blasse Frau steht vor ihm, schwarz gekleidet, aufrecht in steifer Haltung, ihr Tonfall ist schneidend.

»Aber … ich bin Ihr Enkelsohn«, beharrt er. »Gerhard Stammler war mein Vater. Haben Sie denn unseren Brief nicht bekommen?«

Sie machte eine zornige Bewegung und schaut zur Terrassentür, wo jetzt die rosafarbene Angestellte auftaucht.

»Ruf die Polizei, Inez! Ich werde in meinem eigenen Garten von einem Fremden belästigt!«

Mischa ist der Verzweiflung nahe. Hat sie das Schreiben tatsächlich nicht erhalten? Das kann doch gar nicht sein!

»Sie können mich doch nicht einfach so wegschicken«, fleht er. »Hier – das hat Ihr Sohn damals an meine Mutter geschrieben …«

Er zieht die Karte aus der Innentasche und steigt über die niedrige Mauer, um sie ihr zu geben. Sie weicht vor ihm zurück, als sei er aussätzig, da legt er die Karte auf den Tisch und setzt sich einige Meter von ihr entfernt auf den Rasen. Kreuzt die Beine, schlingt die Arme darum und wartet.

»Bitte, lesen Sie es!«

Stille tritt ein. Die Angestellte steht immer noch an der Terrassentür, die grauhaarige Frau im schwarzen Kleid ist unschlüssig, schaut zu ihrer Angestellten, dann wieder zu ihm, der bewegungslos auf dem Rasen hockt, schließlich sieht sie zum Tisch hinüber. Langsam streckt sie den Arm aus und fasst die Karte mit zwei Fingern.

»Gib mir meine Brille, Inez!«

Die blonde Frau im rosa Kittel hebt eine goldgerandete Brille auf, die neben dem Korbstuhl ihrer Arbeitgeberin auf die Sandsteinplatten gefallen ist. Die schwarz gekleidete Frau setzt sie auf, schaut noch einmal prüfend zu Mischa und besieht die Karte.

»Geh!«, sagt sie zu ihrer Angestellten.

Inez gehorcht. Soll sie doch die Polizei rufen, denkt Mischa. Die Hauptsache ist, dass seine Großmutter ihm glaubt. Er ist kein fremder Einbrecher. Er ist ihr Enkelsohn.

Sie steht eine Weile und entziffert die wenigen Worte. Bewegt dabei die Lippen, dreht die Karte hin und her. Dann setzt sie sich hin, und er sieht erschüttert, dass sie weint.

Er weiß nicht, was er tun soll, sieht beklommen, wie sie die Brille absetzt und sich die Tränen abwischt. Jetzt hat sie endlich begriffen, denkt er. Sie hat die Handschrift ihres Sohnes erkannt, und sie weint, weil er nicht mehr am Leben ist. Das versteht er gut. Aber dafür hat sie jetzt einen Enkelsohn …

Sie zieht ein Taschentuch hervor und putzt sich die Nase. Dann hebt sie den Kopf und schaut zu ihm hinüber.

»Lüge!«, sagt sie mit harter Stimme. »Hinterlistiger Betrug. Gehen Sie endlich! Verlassen Sie mein Grundstück!«

Er kann es nicht fassen! Sie leugnet. Will nicht wahrhaben, was doch ganz offensichtlich ist. Sie hält doch den Beweis in ihren Händen!

»Das hat aber doch Ihr Sohn geschrieben …«, stottert er. »Das hat er an meine Mutter geschrieben. Da war ich schon auf der Welt …«

Sie strafft sich. Eine hochmütige alte Frau! Ihre Lippen sind schmal wie ein Strich, aber an ihren Ohren trägt sie Perlen.

»Mein Sohn war mit einem jungen Mädchen aus besten Kreisen verlobt«, sagt sie kalt. »Er war arischen Geblüts. Niemals hätte er sich mit einer Russin eingelassen. Mein Sohn fiel, als er das Vaterland gegen die Invasion dieser Untermenschen verteidigte …«

Mischa starrt sie an und versucht zu begreifen, was an dieser alten Frau kaputt ist. Wie kann sie solch einen Unsinn reden? Jetzt fuchtelt sie mit der Postkarte herum, dass er schon Angst bekommt, sie würde sie zerfetzen.

»Wie können Sie behaupten, mein Sohn hätte ein uneheliches Balg mit einer Russin gezeugt!«

Jetzt reicht es ihm. Auch wenn sie komplett verdreht ist – so lässt er sich nicht beleidigen. Er steht auf und geht auf sie zu. Betritt die Terrasse, zeigt ihr, dass er weder die Polizei noch ihre Hunde fürchtet. Sie weicht ein Stück vor ihm zurück, dann hindert sie der Korbstuhl, weiter zu fliehen.

»Sie können so laut schreien, wie Sie wollen«, sagt er ihr ins Gesicht. »Ihr Sohn ist mein Vater. Und eines weiß ich ganz genau: Wenn mein Vater jetzt hier stünde, dann würde er Ihnen sagen, dass Sie sich schämen sollen.«

Sie sieht ihn entsetzt an. Findet keine Worte, hält nur die Postkarte gegen ihre Brust gepresst.

»Keine Angst«, sagt er. »Sie sehen mich nie wieder!«

Er geht zum Tor, rüttelt daran und entdeckt dann den Summer, der das Gitter öffnet. Hinter ihm kläffen die Hunde, aber sie verfolgen ihn nicht, weil sie zurückgerufen werden.

Erst als er schon wieder an der Straßenbahnhaltestelle steht, fällt ihm ein, dass er ihr die Karte gelassen hat. Es tut ihm nicht leid. Er braucht sie nicht mehr.

SWETLANA

Wiesbaden, im September 1959

»Ich habe Sie hierherbestellt, um mit Ihnen über Sina zu sprechen.«

Der Rektor der Volksschule ist ein kleiner grauhaariger Mann mit ungewöhnlich großen Ohren. Er schaut Swetlana über den Rand seiner Hornbrille bekümmert an.

»Was tut sie?«, will Swetlana wissen. »Ist sie frech? Hat sie sich mit anderen Kindern gestritten?«

Sie weiß, dass ihre Fragen ins Leere gehen, weil sie schon ahnt, um was es geht. Aber sie ist furchtbar aufgeregt. Ach, es ist schrecklich mit diesem Kind. Immer findet Sina etwas Neues, um ihre arme Mutter zu plagen.

»Ganz im Gegenteil, Frau Koch. Wir machen uns Sorgen, weil Ihre Tochter sich seit drei Tagen beharrlich weigert zu sprechen.«

»Ach …«, tut sie überrascht.

»Ich nehme an, dass sie sich zu Hause anders verhält, deshalb habe ich Sie hierherbestellt«, fährt der Rektor fort. »Herr Rutzen, der Klassenlehrer, kann sich dieses Verhalten überhaupt nicht erklären. Wir haben einige von Sinas Mitschülern gefragt, ob es vielleicht irgendeinen Vorfall gegeben hat, der Sina aus der Bahn geworfen hätte. Aber da ist nichts gewesen. Nicht einmal ihre beste Freundin, Marion Bogner, konnte uns Auskunft geben …«

Swetlana fühlt sich ausgeliefert. Was soll sie sagen? Ihr Blick irrt im Raum umher, gleitet über die Regale voller Bücher und Prospekte, die Bilder an den Wänden, die von Schulkindern für den Herrn Rektor gemalt wurden, das Waschbecken mit der

Seifenschale und dem karierten Handtuch daneben, das Fenster, das auf den Schulhof geht …

»Ich verstehe nicht …«, sagt sie leise.

»Sehen Sie«, redet er weiter. »Deshalb hielt ich es für wichtig, eine Aussprache anzusetzen. Sina ist eine unserer besten Schülerinnen, ihre Leistungen sind in allen Fächern weit über dem Durchschnitt. Nur im Turnen hat sie etwas Mühe. Ich muss allerdings gestehen, dass wir zunächst einen ganz falschen Eindruck von dem Mädchen hatten.«

Swetlana ist froh, dass er so viel redet und sie nicht antworten muss. Lehrer sind so, sie können nie aufhören zu reden, das kennt sie schon von Mischas Lehrern. Sie schaut auf die Ohren des Rektors, die sich beim Sprechen bewegen. Seltsam schlaff sind diese großen gelbgrauen Ohrmuscheln, die Ohrläppchen ganz faltig. Es sieht hässlich aus …

»… weil das Mädchen oft dazwischengeredet hat, und meist gelangweilt dasaß und den Kopf auf die Arme stützte, hat Herr Rutzen schon vermutet, sie sei aufsässig. Aber dann hat er festgestellt, dass Sina sich nur deshalb langweilt, weil sie das Lernpensum weit früher als ihre Mitschüler begriffen hat …«

Er erzählt ihr, dass ihre Tochter Sina eigentlich jetzt schon alle Voraussetzungen für das Gymnasium besitzt und dass man ihren Fall im Kollegium besprochen habe.

»Einige meiner Kollegen sind der Ansicht, Sina sollte schon ab dem kommenden Schuljahr ein Mädchengymnasium besuchen. Andere allerdings – und dazu zähle auch ich – finden, dass man Sina damit keinen Gefallen tut, weil sie dann von ihrer Freundin Marion getrennt würde. Außerdem hätte sie Mühe, sich unter den zwei Jahre älteren Schülerinnen des Gymnasiums zurechtzufinden.«

Swetlana nickt zustimmend zu allem, was der Rektor ihr erzählt. Wenn er nur nicht wieder von dieser Sache anfängt. Aber genau das tut er jetzt.

»Sehen Sie, Frau Koch … wir möchten nur das Beste für Ihr Kind, daher bitten wir Sie, nicht zu streng mit Sina zu sein. Was auch immer sie zu dieser Verweigerung veranlasst haben mag – man sollte das Problem nicht mit Härte, sondern mit Güte und Verständnis angehen. Sina ist ein sehr sensibles Mädchen …«

Er schaut sie bedeutungsvoll an. Seine Augen werden durch die Brille vergrößert, was seinen Blick noch einschüchternder macht.

»Natürlich«, sagt Swetlana schnell. »Ich werde das Problem mit meinem Mann besprechen.«

»Das wäre ratsam«, meint er.

Dann lässt er sich darüber aus, dass Sinas schriftliche Leistungen nach wie vor ausgezeichnet seien, nur die mündliche Mitarbeit … Aber da würde sich hoffentlich bald eine Lösung ergeben. Er reicht ihr die Hand über den Tisch hinweg und lächelt verbindlich.

»Ich danke Ihnen herzlich für dieses Gespräch, Frau Koch!«

»Auf Wiedersehen.«

Sie geht durch die stillen Flure der Schule, an zahllosen Kleiderhaken vorbei, die neben den Türen an den Wänden angebracht sind. Hie und da hängt noch eine Jacke, ein vergessener Regenschirm, eine blaue Kappe. Ihre Schritte hallen überlaut von den Wänden. An der Eingangstür steht der Hausmeister, um ihr aufzuschließen. Nachmittags ist kein Unterricht, das Gebäude ist verschlossen zu halten, damit kein Unbefugter es betritt.

Als sie wieder in ihrem Wagen sitzt, überkommt sie der Zorn. Hat sie nicht genug Sorgen mit Mischa, der sich ihr seit Wochen entzieht, jedem Gespräch ausweicht, nichts mit ihr zu tun haben will? Oh, wie sie darunter leidet! Sie weiß doch, dass er gewisse Dinge erfahren hat, die sie für immer vor ihm geheim halten wollte. Ihre Notlügen, die sie doch nur um seinetwillen erfunden hat. Aus Liebe zu ihrem kleinen Sohn hat sie gelogen, weil sie ihn schützen wollte. Aber jetzt dreht man ihr einen Strick daraus. Ihr Sohn verachtet sie, er straft sie, indem er sie meidet. Wie soll sie das aushalten?

Und nun auch noch Sina. Diese perfide kleine Person bringt ihre Mutter noch an den Rand des Wahnsinns mit ihren verrückten Einfällen! Sie spricht nicht mehr. Und das nicht nur in der Schule, wie der Rektor angenommen hat, sondern auch zu Hause. Zuerst ist es Swetlana gar nicht aufgefallen. Schweigend saß Sina vor drei Tagen am Frühstückstisch, hat nur genickt oder den Kopf geschüttelt, wenn man sie etwas gefragt hat, aber kein Wort gesagt.

Erst als sie nach der Schule nach Hause kam und sie zu dritt am Mittagstisch saßen, haben sie es bemerkt. Sina hat auf Augusts Fragen, wie es denn in der Schule gewesen sei, keine Antwort gegeben. Zuerst haben sie geglaubt, das sei eine neue Erfindung von ihr, sie hat vielleicht ein Buch gelesen und spielt es jetzt nach. Sie haben die Schultern gezuckt, sich gewundert und waren der Meinung, dass diese Verrücktheit bald vorübergehen wird. Aber das war nicht der Fall. August hat Sina in seine Kanzlei mitgenommen; dort saß sie die ganze Zeit über in einer Ecke und hat gelesen. Wenn seine Sekretärin sie etwas gefragt hat, gab sie keine Antwort. Auch mit August hat sie kein einziges Wort gesprochen. Ganz gleich, ob er freundlich, besorgt oder zornig auf sie eingeredet hat, sie hat immer nur den Kopf geschüttelt. Als hätte ihr jemand den Mund zugenäht. Oder ihr die Zunge herausgeschnitten.

Am nächsten Tag war Marion zu Besuch. Die beiden Mädchen haben zusammen gezeichnet, sie haben Karten- und Brettspiele gespielt, aber immer wenn Swetlana heimlich an der Tür von Sinas Zimmer gelauscht hat, konnte sie nur Marions Stimme hören. Als sie Marion später nach Hause gefahren hat, wollte sie von ihr wissen, wie lange Sina dieses Spiel noch durchhalten will.

»Was für ein Spiel?«

»Dass sie nichts redet«, hat Swetlana ungeduldig erklärt.

»Das ist kein Spiel«, hat Marion ganz ernsthaft gesagt. »Sie redet eben nicht mehr.«

»Und hat sie gesagt, warum?«

»Nein.«

Swetlana ist überzeugt, dass Marion mehr weiß, als sie sagt. Dieses boshafte Spiel hat sich Sina ausgedacht, um ihrer Mutter zu schaden. Warum auch immer. Sie tut, als könnte sie nicht mehr sprechen, und natürlich glaubt jeder, daran kann nur ihre Mutter schuld sein. Auch der Rektor hat das geglaubt, deshalb hat er sie in die Schule bestellt. Und natürlich glaubt es auch August.

Warum hat sie nur diese Tochter geboren? Dieses Kind ist eine kleine Teufelin, sie macht ihre Mutter krank. Sie treibt einen Keil zwischen August und sie. Sie will ihren Vater für sich allein haben. Die Mutter ausstechen. Das ist es, was sie will.

Swetlanas Zorn steigert sich, während sie mit dem Auto zurück in die Biebricher Landstraße fährt und vor der Villa einparkt. An der Haustür kommt ihr die Putzfrau entgegen, die ihre Arbeit gerade beendet hat.

»Ach, Frau Koch«, sagt sie. »Was hat denn nur Ihre Tochter? Sie redet nicht mit mir. Ich hab ihr doch nichts getan!«

»Sina? Das hat nichts zu bedeuten, Frau Wegener. Sie spielt ein Spiel.«

»Ach so«, ruft die Frau lachend. »Was den Kindern so alles einfällt! Bis Freitag dann, Frau Koch …«

Es ist kein Spiel. Nun hat sie ihretwegen auch noch lügen müssen. Zornig geht sie ins Haus, steigt die Treppe hinauf, reißt Sinas Zimmertür auf. Da sitzt ihre Tochter auf ihrem Sofa, hat die Finger in die Ohren gesteckt und liest ein Buch.

»Sina! Hör sofort auf zu lesen und antworte mir!«

Das Mädchen zuckt heftig zusammen und schaut von dem Buch auf. Warum ist dieses Kind nur so unschön? Das Haar dünn und flusig, das Gesicht von der Brille entstellt. Und zu dick ist sie auch.

»Nimm die Finger aus den Ohren, wenn ich mit dir spreche!«

Sina gehorcht und fährt fort, ihre Mutter mit großen, erschrockenen Augen anzusehen. Worauf wartet sie? Auf den Weltuntergang?

»Ich war heute in deiner Schule. Dein Rektor hat sich bitter über dich beklagt!«

Das Gesicht ihrer Tochter zeigt keine Bewegung. Offensichtlich ist es ihr gleichgültig, dass ihre Mutter sich Klagen über sie anhören musste.

»Warum tust du das? Machst deinen Eltern solchen Kummer?«

Immer noch keine Bewegung. Nur diese weiten Augen, die schauen, als würden sie auf etwas warten. Etwas Schreckliches.

»Warum? Sag mir endlich, warum! Sprich mit mir!«

Sie hält es nicht mehr aus. Dieses Kind ist boshaft. Treibt ein übles Spiel mit ihr. Sie geht zu ihr hin und packt sie am Arm. Zerrt sie vom Sofa herunter. Schüttelt sie.

»Dann … will … ich dir … zeigen … wie du … reden kannst!«

Sina ist wie ein totes Gewicht an ihrer Hand. Lässt sich schütteln. Herumzerren. Das Buch ist auf den Boden gefallen. Die Brille hängt schief in ihrem Gesicht. Sie schreit nicht.

»Du sollst reden! Jetzt! Sofort!«, schreit Swetlana.

Sie holt aus, um die Tochter zu ohrfeigen. Da wird hinter ihr die Tür aufgerissen.

»Swetlana! Bitte!«, ruft August. »Das führt doch zu nichts.«

Er hält ihr die Hand fest und stellt sich schützend vor seine Tochter. Swetlana muss Sina loslassen.

»Du tust genau das, was sie will«, sagt August. »Merkst du das denn nicht?«

Sie kann nicht begreifen, was er meint. Sie wollte Sina schlagen. Welches Kind will denn geschlagen werden? Das ist doch Unsinn!

»Sie hat mehr als eine Ohrfeige verdient!«, schimpft sie.

Aber August will nicht, dass sie ihre Tochter schlägt. Warum nur? Alle Kinder bekommen Schläge, wenn sie ungehorsam sind. So war es bei ihr zu Hause, und in der Familie Koch war es nicht anders.

»Lass sie «, sagt August sanft und legt den Arm um ihre Schultern. »Ich möchte mit dir sprechen. Bitte!«

Er zieht sie mit sich aus dem Zimmer. An der Tür dreht sich Swetlana noch einmal nach Sina um und sieht, dass ihre Tochter noch an der gleichen Stelle steht und ihnen nachstarrt. Die Brille hängt immer noch schief, das Kleid ist verrutscht, am rechten Arm hat sie dort, wo Swetlana sie gepackt hat, rote Flecken. Sie sieht grotesk aus. Ein Bild des Vorwurfs. Swetlana hat das Gefühl, vor diesem Kind davonlaufen zu müssen.

August geht ihr voran die Treppe hinunter in sein Arbeitszimmer, wartet dort auf sie, hält ihr die Tür auf. Er müsste längst in seiner Kanzlei sein, sie hatte heute wegen des Besuchs in der Schule keine Zeit gehabt, ihm seinen Kaffee zu kochen. Ach, alles ist aus den Fugen!

»Swetlana«, sagt er sanft zu ihr. »Ich weiß, dass es schwer für dich ist, Sinas Verhalten zu begreifen. Auch ich bin mir nicht sicher, was sie damit bezweckt. Aber ich habe einen Verdacht.«

Schon wieder! Er hat einen Verdacht. Das kann nur bedeuten, dass er glaubt, es sei ihre Schuld.

»Ein Kind, das seine Eltern so plagt, braucht eine Tracht Prügel«, sagt sie zornig. »Meine Eltern hätten mich grün und blau geschlagen. Aber du willst ja nicht, dass ich ihr auch nur eine kleine Ohrfeige gebe …«

Er geht nicht darauf ein. Das ist seine Methode, ihr den Wind aus den Segeln zu nehmen. Einfach so tun, als hätte sie nichts gesagt.

»Lass uns einmal gemeinsam überlegen, was geschehen sein könnte«, sagt er und setzt sich auf einen Sessel. Er macht eine einladende Geste in ihre Richtung, aber sie ist ärgerlich und bleibt stehen.

»Sie ist böse und will ihrer Mutter Leid zufügen. Das ist geschehen.«

Er bleibt ruhig. Fährt in seinem Gedankengang fort, ohne sich irre machen zu lassen. Er ist und bleibt ein Advokat.

»Weißt du noch, wann sie zuletzt gesprochen hat?«

Sie zuckt die Schultern. Das muss vor drei Tagen gewesen sein. Nein, vor vier Tagen.

»Ich glaube, am Montag hat sie noch geredet.«

»So habe ich es auch in Erinnerung«, meint er. »Beim Mittagessen hat sie von der Schule erzählt. Sie sagte, sie ist froh, dass die Ferien vorbei sind. Und dass es schade sei, dass wir keine Ferienreise gemacht haben.«

Das hat sie gesagt. Und Swetlana hat geantwortet, dass es an Papa gelegen habe, der immer so viel arbeiten muss und keine Zeit für eine schöne Urlaubsreise hat.

»Dann hat sie gefragt, ob wir nicht einmal nach Russland reisen würden«, fällt Swetlana wieder ein.

»Ja«, sagt er. »Sie wollte in das Land reisen, wo ihre Mama herkommt. Und ich habe ihr erklärt, dass man nur sehr schwer dorthin reisen kann. Aus politischen Gründen.«

»Ein ganz normales Gespräch«, sagt Swetlana. »Kein Grund, sich boshaft zu benehmen.«

Er nickt, ist völlig ihrer Meinung.

»Am Abend war ich zu einem Treffen mit Kollegen. Hat sie da schon geschwiegen oder habt ihr miteinander gesprochen?«

Swetlana setzt sich hin und denkt nach. Richtig, sie hat Sina zu Bett gebracht, und sie haben ein wenig gestritten. Ganz normal. Es gibt oft Streit zwischen ihnen.

»Wieder so eine Verrücktheit«, berichtet sie kopfschüttelnd.

»Sie hat mir ein Buch gezeigt. Das hat sie aus der Bibliothek geliehen. Ein Lehrbuch der russischen Sprache …«

»Ach!«, sagt er erstaunt. »Sie will doch nicht etwa Russisch lernen?«

»Doch. Sie hat gesagt, sie will meine Muttersprache lernen. Und ich soll ihr dabei helfen. Weil ich doch eine Russin bin …«

August ist jetzt auf einmal ernst. Swetlana spürt, dass er drauf und dran ist, ihr wieder einmal die Schuld in die Schuhe zu schieben.

»Und dann?«, forscht er.

Sie ist plötzlich aufgeregt. Ihr Herz klopft. Ihr Atem geht rasch. Sie hat Sina gesagt, dass daraus nichts werden kann. Und Sina hat geweint.

»Wie kann ich ertragen, dass sie ausgerechnet diese Sprache lernen will?«, ruft sie aus. »Russland ist für mich tot. Seitdem Jekaterina nicht mehr lebt, gibt es für mich kein Russland mehr. Und deshalb will ich auch die Sprache nicht mehr hören. Weil es mich zu traurig macht.«

Er streckt den Arm aus, legt seine Hand auf ihre Hand. Drückt sie, um ihr zu zeigen, dass er sie versteht.

»Ich glaube, sie wollte es dir zuliebe tun, Swetlana. Es muss sie sehr enttäuscht haben, dass du sie zurückgewiesen hast.«

Er sagt es leise und sehr eindringlich. Aber sie versteht nur eines: Sie ist schuld, wieder einmal. Sie hat ihre Tochter abgewiesen, und nun spricht Sina gar nicht mehr.

Sie schüttelt seine Hand ab und springt auf.

»Ich habe verstanden«, ruft sie aufgeregt. »Ich bin eine schlechte Mutter. Ich bin auch ein schlechter Mensch. Niemand kann mit mir leben. Am besten gehe ich fort. Dann geht es euch besser …«

»Swetlana! Bitte! Das ist doch völliger Unsinn«, sagt er und will sie in die Arme nehmen.

Aber sie wehrt sich. So nicht! Erst beweist er ihr wie ein

Advokat, dass alles nur ihre Schuld ist, und dann will er sie umarmen. Aus lauter Mitleid.

»Lass mich in Ruhe!«, kreischt sie. »Geh endlich in deine Kanzlei! Geh weg! Fass mich nicht an!«

Sie läuft aus dem Arbeitszimmer die Treppe hinauf ins Schlafzimmer, dreht den Schlüssel herum und wirft sich aufs Bett, heult verzweifelt in die Kissen hinein. Erst nach einer Weile hört sie, wie er an die Tür klopft.

»Geh!«, schreit sie. »Geh endlich!«

»Ich gehe ja, Swetlana. Ich komme heute Abend früher nach Hause. Dann wirst du dich beruhigt haben, damit wir vernünftig miteinander reden können.«

Sie schweigt. Sie hat genug von seinen vernünftigen Reden. Sie enden alle am gleichen Punkt: Sie ist schuld. Er macht alles richtig.

»Vergiss nicht, dass ich dich liebe, Swetlana.«

Damit geht er die Treppe hinunter, und sie muss wieder weinen. Was soll ich tun, denkt sie unglücklich. Ich habe alles falsch gemacht. Alles verdorben. Meine Kinder wollen nichts mehr von mir wissen, und mein Ehemann beweist mir, dass ich eine schlechte Mutter bin. Warum gibt es denn niemanden, der mich verstehen kann?

Früher hat sie ihren Kummer Luisa erzählt. Damals, als sie noch Nachbarinnen waren, ach, das waren glückliche Jahre, da war ihr Mischa noch ein kleiner Junge, und auch ihre Sorgen waren klein. Vielleicht hat Luisa ja ein Stündchen Zeit?

Sie geht ins Bad und wäscht sich das Gesicht. Zieht sich um, vermeidet es, an Sinas Zimmertür vorbeizugehen. Sie mag nicht zu ihr gehen. Sie weiß nicht, was sie ihr sagen soll. Sie braucht Luisas guten Rat. Hastig läuft sie aus dem Haus, fährt durch die Stadt zum Bergkirchenviertel, parkt direkt vor dem alten Haus, in dem sie einmal gewohnt hat. Hoffnungsvoll geht sie die Treppe hinauf und läutet an der Tür. Es dauert lange, bis jemand ihr öffnet. Fritz steht im Eingangsflur, er hat eine dicke Brille auf, sein rechtes Auge ist mit einer Augenklappe verdeckt.

»Guten Tag, Fritz!«, sagt sie. »Ist vielleicht Luisa zu Hause? Ich muss sie etwas fragen.«

»Ach du bist das, Swetlana«, gibt er zurück. »Bitte entschuldige, ich sehe momentan noch sehr schlecht. Nein, Luisa ist mit Petra in Frankfurt zum Geigenunterricht. Sie kommen erst gegen Abend zurück.«

»Ach so«, stottert sie enttäuscht. »Ja, natürlich. Ich hätte daran denken müssen.«

»Möchtest du einen Moment hereinkommen?«, bietet er an. »Ich habe gerade Kaffee gekocht.«

»Nein, vielen Dank. Ein anderes Mal. Sag Luisa liebe Grüße.«

Armer Fritz, denkt sie, während sie die Treppen wieder hinuntergeht. Seit Wochen macht er mit dieser Augengeschichte herum. Jetzt hatte er schon die zweite Operation, aber er sieht trotzdem kaum etwas. Wie schrecklich für sie alle. Und ich bin gesund, kann sehen und hören – trotzdem komme ich um vor Kummer!

Sie setzt sich ins Auto und fährt einfach los. Ohne ein Ziel zu haben, lässt sie sich vom Verkehr treiben und landet schließlich in Biebrich am Rheinufer. Der große Fluss zieht sie wie magisch an. Sie stellt den Wagen ab, steigt aus und geht hinüber zur Uferanlage. Läuft ein Stück flussabwärts und bleibt dann dicht am Ufer stehen. Die braunen Fluten ziehen behäbig, aber unaufhaltsam vorüber, hie und da sieht man eine Bewegung im Wasser, einen Strudel, von irgendeinem unsichtbaren Hindernis verursacht, dann glättet sich die Oberfläche wieder. Sie ist matt, spiegelt nicht den Himmel, sondern blitzt nur manchmal in einem Sonnenstrahl auf. Das Wasser ist hässlich, voller Schlick und Abwässer der Fabriken.

Sie überlegt, wie viele Opfer der große Fluss schon verschluckt und wieder ausgespien hat. Man liest davon in der Zeitung, manchmal sieht man sogar ein Foto. Die Körper sind aufgedunsen, die Gesichter breitgezogen und kaum zu erkennen. Es muss schrecklich sein, im Fluss zu sterben. Schrecklich wie das Leben ist auch der Tod. Sie wendet sich ab und setzt sich auf eine Bank. Starrt zum Fluss hinüber und weiß sich keinen Rat.

Ich kann nicht zu ihr gehen, denkt sie. Ich kann ihr nicht sagen, dass es mir leidtut. Dass ich bereit bin, mit ihr Russisch zu lernen. Ich kann nicht. Ich will nicht.

Sie weiß nicht, wie lange sie dort gesessen hat. Plötzlich beginnt sie zu frieren, da steht sie auf, steigt in ihren Wagen und fährt nach Hause. Vor der Villa steht Augusts Auto – er ist also schon daheim. Sie geht leise ins Haus, hört ihn im Arbeitszimmer aufgeregt telefonieren und steigt die Treppe hinauf, um im Schlafzimmer zu verschwinden. Sie will nicht mit ihm reden. Sie will überhaupt mit niemandem reden. Vor allem nicht mit Sina, die sowieso nicht antwortet.

Im Flur hört sie Stimmen, und sie bleibt überrascht stehen. Das ist Mischa.

»Du hast sie ja nicht alle – das ist doch wahnsinnig schwer!«, sagt er mit seiner neuen, tiefen Männerstimme.

»Nein, gar nicht«, antwortet Sinas helles Stimmchen. »Du musst nur die Buchstaben lernen. Dann geht es schon.«

Swetlana muss sich an der Wand festhalten. Sie spricht. Sina spricht mit ihrem Halbbruder Mischa. Wie ist das möglich? Mischa hat sich so gut wie nie für seine kleine Schwester interessiert.

»Eigentlich gar nicht so dumm«, sagt er. »Ich will es auch lernen. Wollen wir es zusammen machen?«

»Mama will aber nicht, dass ich es lerne.«

»Lass sie doch. Ich will es.«

»Willst du es auch wirklich?«

»Großes Ehrenwort.«

»Dann schreibe ich dir jetzt drei Worte auf. Die musst du lernen. Morgen kriegst du wieder drei. Wirst du das schaffen?«

»Hältst du mich für blöd?«

»Nein.«

Swetlanas Füße bewegen sich von selbst. Sie geht zu Sinas Zimmertür, schiebt sie ein wenig weiter auf und schaut in den Raum hinein. Mischa sitzt neben seiner Schwester auf dem Sofa, beide sind über das Heft gebeugt, in das Sina russische Wörter schreibt. Als sie Swetlana sehen, schauen sie erschrocken hoch wie ertappte Schüler.

»Es ist gut«, sagt Swetlana leise. »Es ist alles gut …«

»Mischa will mit mir Russisch lernen, Mama«, sagt Sina. »Wir können schon sechs Wörter. Nächste Woche können wir ganze Sätze.«

»Ich freue mich …«, flüstert Swetlana.

Dann geht sie leise davon, um die beiden nicht weiter zu stören.

HILDE

Eigentlich hat sie allen Grund, zufrieden zu sein. Und das ist sie auch. Gut – es gibt ein paar kleine Schatten auf ihrem Glück – aber so ist das Leben nun einmal. Sonst würde es einem ja langweilig!

Das Wichtigste ist, dass das Café wieder großartig läuft. Vor allem am Nachmittag kommen sie kaum mit Servieren nach, alle wollen Richys Törtchen probieren, manche lassen sich gleich zwei oder drei davon auf einem Kuchenteller bringen, und das Café Engel hallt wider von Lobeshymnen auf die Backkunst des neuen Konditors. Sie sind Papas Rat gefolgt – die Törtchen gibt es erst ab 17 Uhr im Straßenverkauf, da ist es nicht mehr schlimm, wenn sich die Kuchentheke leert, weil Richy die neuen Kreationen schon gebacken hat.

Richy ist einfach wundervoll. Ein ganz großer Könner seines Fachs und zugleich offen für neue Anregungen. Man kann mit ihm die verrücktesten Einfälle besprechen, dann hört er lächelnd zu, nickt oder schaut bedenklich, aber niemals sagt er so etwas wie: »Das geht nicht«. Mit Richy geht alles. Weil er aus jeder ihrer Ideen das Beste herauszieht und in einem hinreißend leckeren Backwerk umsetzt. Dabei bleibt er stets zurückhaltend, es ist ihm schrecklich peinlich, wenn die Gäste ihn loben oder ihn gar aus der Küche rufen und ihm die Hand schütteln wollen.

»Wie alle großen Künstler ist er bescheiden«, sagt Papa.

»Er ist ein Glücksfall für unsere Café«, meint Mama.

Hilde verkneift es sich, ihrer Mutter unter die Nase zu reiben, dass sie seinerzeit für ihre Idee, einen Konditor einzustellen, beschimpft und ausgelacht wurde. Aber sie hat sich durchgesetzt, und nun hat sich gezeigt, dass es das Richtige war.

Auch dass die Sommerferien endlich zu Ende sind, ist eine gute Sache. Nicht nur, weil viele Stammgäste zurück aus dem Urlaub gekommen sind und jetzt das Café Engel bevölkern. Vor allem ist es angenehm, dass Frank und Andi wieder einen geregelten Tagesablauf haben. Hilde ist der Ansicht, dass zu viel Freiheit den beiden nicht guttut. Wenn sie in Wiesbaden waren, haben sie sich schon am Morgen auf ihre Fahrräder geschwungen und sind zu Freunden gefahren, um zu zelten, Fußball zu spielen oder irgendwelche Hütten zu bauen. Hilde hat ihnen den Spaß gegönnt und nur selten Verbote ausgesprochen. Weiß sie doch, dass die beiden in Eltville kräftig von ihrem Vater zur Arbeit angehalten werden. Was denkt sich Jean-Jacques nur dabei? Glaubt er wirklich, in seinen Söhnen die Liebe zum Winzerberuf zu erwecken, wenn er sie vom Morgen bis zum Abend im Weinberg schuften lässt? Überständige Triebe kappen, den Wein veredeln, indem man die mickrigen jungen Trauben entfernt, das Laub wegnehmen, damit genügend Sonne an die Trauben kommt … Das alles mag ihm selbst ungeheuer wichtig erscheinen – Frank und Andi sehen es als eine Art Fronarbeit, die sie ihrem Vater zuliebe auf sich nehmen müssen. Wenn sie wieder in Wiesbaden sind, beklagen sie sich, dass ihnen alle Knochen wehtäten und ihre Hände voller Blasen wären. Nun ja – jetzt stehen an den Wochenenden Hausaufgaben an, da mag der Herr Papa murren, die Schule geht vor.

Dass ihr Bruder Wilhelm inzwischen wieder abgereist ist, stört Hilde nicht allzu sehr. Sie mag Willi ja gern, aber diese ständige Telefoniererei war nicht mehr zum Aushalten. Angeblich fangen in Hamburg schon die Proben an, und außerdem hätte er noch ein paar andere berufliche Termine, hat er gemeint. Wegen irgendwelcher Gastspiele oder so.

»Auf den Pfaden der Liebe wird er wieder wandeln, der

Willi«, hat Mama bekümmert gemeint. »Ach, ich wäre ja so froh, wenn der Junge endlich gescheit würde und sich eine anständige, liebe, häusliche Frau suchen würde. Und bloß keine Schauspielerin!«

»Warum denn nicht?«, hat sich Papa gewundert.

»Weil Ehen zwischen zwei Künstlern immer danebengehen«, hat Mama behauptet. »Einer von beiden muss seinen gesunden Menschenverstand beisammen haben, sonst klappt es nicht.«

Worauf Papa zu hören bekam, dass es bei ihnen beiden ja auch so sei. Er habe stets den Kopf in den Wolken, aber sie stehe zum Glück mit beiden Füßen fest auf dem Boden der Tatsachen.

Hilde hat das bestätigt. Sie ist sehr froh, dass die Eltern noch so rüstig sind. Mama, die Frühaufsteherin, öffnet am Morgen das Café, da hat Hilde Zeit, sich um die Zwillinge zu kümmern, ihnen Frühstück zu machen und zu kontrollieren, ob sie auch alle Schulsachen eingepackt haben. Wenn sie dann herunterkommt, hat Mischa schon die Tische und Stühle draußen aufgebaut und die Sonnenschirme aufgestellt. Das hat Addi ihm aufgetragen.

»Ich weiß doch, dass das zu schwer für die Frauen ist«, hat er zu Mischa gesagt. »Deshalb ist es gut, dass du das machst, bis ich wieder auf dem Damm bin.«

Tatsächlich ist das wohl die allerbeste Neuigkeit der letzten Tage: Addi geht es wieder besser. Und das ganz ohne ärztliche Hilfe, darauf ist er mächtig stolz. Er ist zwar noch längst nicht wieder der Alte, aber er schleppt sich mit Mischas Hilfe jeden Morgen hinunter ins Café, sitzt dort bei den Eltern am Ecktisch und nimmt sein Frühstück ein. Schrecklich mager ist er geworden, der arme Kerl. Schaut fast aus wie ein Gespenst, und viele, die ihn kennen, sind darüber ganz erschrocken. Aber Addi stört sich nicht daran.

»Bin noch nie im Leben eine Schönheit gewesen«, scherzt

er. »Aber die Julia, die hat darauf bestanden, mir die Haare zu schneiden. Weil sie meint, ich sähe aus wie der Klabautermann mit der langen Mähne.«

Ein wenig wunderlich ist er schon geworden, der Addi. Er hat seine Leidenschaft für das Skatspiel wieder entdeckt, hat es Mischa beigebracht, und Hildes Vater hat auch Spaß daran. Jetzt sitzen die drei stundenlang am Ecktisch und kloppen Skat, während sich Mama fürchterlich langweilt. Manchmal, wenn er einen guten Tag hat, kommt auch Hans Reblinger vorbei. Der lebt jetzt bei seiner Tochter in der Adelheidstraße, weil er mit seinen sechsundachtzig Jahren nicht mehr allein zurechtkommt. Dann spielen sie Viererskat und lassen sich einige Viertel »Engelströpfchen« dazu servieren. Um die Mittagszeit wird Addi müde, dann bringt Mischa ihn die Treppe hinauf, damit er seinen Mittagsschlaf halten kann. Aber am Abend steigt er wieder herunter und bleibt am Ecktisch sitzen, bis der letzte Gast das Café verlassen hat. Manchmal kommt auch Julia dazu, aber sie geht meistens früh zu Bett und überlässt es Mischa, Addi wieder in seine Dachwohnung zu geleiten. Obgleich es Addi deutlich besser geht, wohnt sie immer noch oben bei ihm, und sie scheint auch nicht vorzuhaben, zurück in ihre Villa zu ziehen.

Inzwischen ist es September geworden, aber der Sommer hat noch lange nicht die Absicht, dem zaghaft beginnenden Herbst zu weichen. Dass die Sonne ein wenig tiefer steht und an Strahlkraft verloren hat, ist für das Geschäft sogar förderlich, denn jetzt sitzt es sich auch um die Mittagszeit angenehm an den Außentischen. Viele Berufstätige kommen inzwischen wieder ins Café Engel, um dort einen Salat mit Ei und Schinken, eine Bockwurst mit Kartoffelsalat oder eine andere Kleinigkeit zu essen, und meist bestellen sie eines der leckeren Törtchen mit einer Tasse Kaffee zum Nachtisch.

Heute hat Swetlana wieder alle Hände voll zu tun; auch Hilde hilft beim Servieren aus. Mutter Else hält die Stellung in der Küche. Ausgerechnet jetzt erscheint ihr Bruder August, wie immer vorbildlich im grauen Anzug mit Hut, Schlips und Aktentasche, um mit ihnen über eine wichtige Angelegenheit zu sprechen.

»Junge, du weißt doch, was um die Mittagszeit hier los ist!«, schimpft Mutter Else, als er in die Küche schaut.

»Dann rede ich mit Papa und überlasse es ihm, es euch später zu erklären.«

»Wenn du ein halbes Stündchen warten kannst, komme ich rüber zum Ecktisch …«

»Es tut mir sehr leid, Mama. Aber da habe ich einen Termin in der Kanzlei.«

»Natürlich!«, schimpft Mutter Else. »Die anderen Leute sind ja immer wichtiger als die eigene Familie!«

Hilde ist neugierig. Sie delegiert ein Tablett mit dreimal Kartoffelsalat und drei Bier für Tisch sieben an Richy, der jetzt eigentlich sein Mittagessen in der Küche einnimmt, aber allzeit hilfsbereit ist, wenn sie ihn um etwas bittet. Sie selbst setzt sich zu August und ihrem Vater an den Ecktisch.

»Es geht um die Sache mit der Stadt«, erklärt August. »Die Aufforderung, die Statik des Hauses prüfen zu lassen, weil es möglicherweise wegen der Bombenschäden zu Spätfolgen kommen könnte.«

»So ein Quatsch«, knurrt Hilde. »Das ist doch ewig her. Da müsste das Haus doch längst zusammengefallen sein. Wieso kommen die jetzt mit diesem Blödsinn?«

August erinnert sie daran, dass vor einem Jahr in der Nähe der Ringkirche eine Mauer eingestürzt ist und zwei Menschen unter sich begraben hat. Es handelte sich um ein durch Kriegseinwirkungen beschädigtes Haus, das der Besitzer in großer Eile und ohne fachliche Beratung wiederaufgebaut hatte.

»Unser Haus wurde aber nicht beschädigt«, widerspricht Hilde. »Nur die Gebäude auf der rechten Seite hat es erwischt.

Und die sind längst wieder hochgezogen worden. Von einer Baufirma, also von Leuten, die ihr Handwerk verstehen.«

August nickt zu allem, was sie aufzählt, dann seufzt er und zieht eine Akte aus seiner Mappe.

»Ich habe alle diese Argumente der Stadt vorgetragen und mich schließlich selbst mit dem zuständigen Beamten vom Bauamt unterhalten. Leider war er nicht bereit, von der angeordneten Maßnahme abzugehen. Ihr werdet also einen Statiker beauftragen müssen, das Haus gründlich auf Schäden zu überprüfen.«

Papa ärgert sich fürchterlich. Er schimpft, dass es keine Gerechtigkeit mehr in diesem Land gäbe.

»Erst machen sie Krieg, dass die Menschen jämmerlich umkommen und ganz Städte zerbombt werden. Da kann man dann schauen, wie man wieder auf einen grünen Zweig kommt. Und wenn man sich endlich hochgerappelt hat, dann wird man schon wieder zur Kasse gebeten!«

August beruhigt ihn. Es sei nichts weiter als eine Vorsichtsmaßnahme und letztlich doch im eigenen Interesse. Vermutlich wird sich gar nichts ergeben, dann ist die Sache erledigt.

»Aber falls doch ein Schaden am Haus zutage treten sollte – dann ist es doch besser, dass er behoben wird, als dass eines Tages ein Unglück geschieht«, argumentiert er.

Hilde hat eingesehen, dass kein Weg an dieser Schikane vorbeiführt. Sie werden also einen Statiker beauftragen müssen. Und bezahlen müssen sie ihn natürlich auch. Wie ärgerlich. Gerade haben sie ein paar Wochen lang gute Einnahmen gehabt – da geht das Geld schon wieder zum Fenster raus. Noch dazu für solch eine überflüssige Angelegenheit!

»Trotzdem vielen Dank«, sagt sie zu August. »Lieb von dir, dass du dich bemüht hast.«

Er freut sich über ihre Einsicht und lässt ihnen die Akte da. Mit der Bitte, die Sache Mama möglichst schonend beizubringen. Dann setzt er seinen Hut wieder auf, winkt Swetlana lächelnd zu, die am Nebentisch Salat mit Schinken serviert, und geht davon.

»Ich denk mal, Papa«, sagt Hilde und schiebt die Akte über den Tisch, »du bist von uns beiden der bessere Diplomat.«

Er schaut wenig begeistert drein, doch an dem, was Hilde gesagt hat, ist was dran. Diplomatie war noch nie Hildes Sache.

»Schiebst du mir den schwarzen Peter zu?«, seufzt er. »Na ja – zu irgendetwas muss ich alter Knabe ja noch gut sein.«

Das war deutlich und bewegt Hilde, ihrem Papa ein Küsschen auf die Wange zu geben und ihm dann aufmunternd auf die Schulter zu klopfen.

»Du machst das schon, Papa!«

Dann eilt sie in die Küche, um die nächsten Bestellungen zu servieren. Drei Mal Bockwurst mit Kartoffelsalat, zwei Bluna, eine Coca-Cola. Für Tisch eins. Das ist draußen auf der linken Seite. Dort haben sich drei Stammgäste niedergelassen: die Alma Knauss, die mit jedem Jahr um einige Pfunde schwerer wird, ihre Busenfreundin Ida Lenhard, eine mittellose, ehemalige Schauspielerin, und Jenny Adler, die früher Soubrette an der Oper war, inzwischen aber nicht mehr auf der Bühne steht, sondern im Konservatorium Gesangstunden gibt.

»Ach, der Kartoffelsalat ist doch hier am allerbesten!«, lobt Alma Knauss. »Den hat die Mutter gemacht, wie?«

Hilde nickt bestätigend. Mama ist auf ihren Kartoffelsalat ganz besonders stolz, sie macht ihn mit angebratenen Schinkenwürfeln und klein geschnittenen Essiggürkchen.

»Da kommt höchstens der Kartoffelsalat bei Ihrem Mann in Eltville mit«, meint Jenny lächelnd. »Der ist vielleicht etwas würziger, weil die ihn mit Speck und Brühwürfel machen.«

»Ja, die Meta hat ein Rezept aus Ostpreußen mitgebracht«, meint Hilde, während sie den Damen die Teller vorsetzt und die Bestecke, die in Servietten eingewickelt sind, dazulegt. Eigentlich sollte sie jetzt fragen, wann die Damen denn in Eltville waren, aber sie hat keine Lust dazu. Das Verhältnis zu ihrem Eheliebsten ist noch sehr angespannt. Zur ihrem Pech fängt Alma aus eigenen Stücken an zu berichten.

»Man sitzt ja traumhaft schön in diesem Innenhof unter dem Weinlaub. Und alles ist so liebevoll geschmückt, die Blumen auf den Tischen, die hübschen Tischdecken, und am Abend stellen sie Kerzen auf ...«

Hilde gießt Bluna und Coca-Cola in die Gläser und will rasch »Guten Appetit« wünschen, aber Almas Redefluss ist noch nicht versiegt.

»... und dieses bezaubernde Mädchen, das die Gäste bedient – so eine findet man nicht einmal, wenn man bei Tag mit einer Lampe danach sucht. Ein hübsches Ding. Schlank wie eine Tanne, beweglich wie ein Wiesel, und wie sie mit den Augen herumwirft ... Meine liebe Hilde – an Ihrer Stelle würde ich gut auf meinen Mann aufpassen!«

Hilde lacht sie aus. »Ach, Sie meinen Simone! Die gehört zur Familie. Sie ist bei uns zu Besuch und macht sich ein wenig nützlich!«

»Ja, das sieht man«, mischt sich Ida Lenhard ein. »Sie arbeitet ja schon sehr eng mit Herrn Perrier zusammen!«

Der spitze Ton dieser Bemerkung gefällt Hilde nicht. Überhaupt ist sie nicht begeistert, dass Simone sich noch in Eltville aufhält. Ein Familienbesuch ist ja gut und schön. Drei Wochen oder höchstens vier. Länger kann man die Verwandtschaft nicht strapazieren, das ist ungehörig. Und außerdem ist es schon merkwürdig, dass ihr Mann sie nicht im Bistro braucht.

»Ja, das bleibt nicht aus, wenn viel zu tun ist«, gibt sie lächelnd zurück. »Dann lasst es euch schmecken.«

In der Küche ist der schlimmste Ansturm jetzt vorbei, es kommen noch ein paar Nachzügler, die müssen Salat mit Schinken oder Bockwurst mit Brot bestellen – Kartoffelsalat ist aus. Die meisten sind aber schon beim Nachtisch, Richy steht an der

Kuchentheke und setzt seine Törtchen liebevoll auf die Kuchenteller. Swetlana füllt Kaffee aus dem großen Wärmebehälter in Kännchen und Tassen.

Hilde löst ihre Mutter in der Küche ab, weil Else vom langen Stehen dicke Beine bekommt. Das Geschirr muss gespült und auf das Trockengestell einsortiert werden, die Arbeitsflächen gereinigt, die restlichen Lebensmittel in den Kühlschrank geräumt, die überzähligen Würste im Topf werden später nach oben gebracht, die Zwillinge freuen sich schon auf ihr Abendbrot.

Während sie den großen Topf schrubbt, kommt sie nicht von den boshaften Sprüchen der drei Frauen los. *»Ich an Ihrer Stelle würde auf meinen Mann aufpassen … sie arbeitet ja schon sehr eng mit Herrn Perrier zusammen …«*

Nein, Jean-Jacques ist keiner, der mit einer verheirateten Frau fremdgeht. Er würde auch seine Hilde niemals betrügen. Schon wegen der Zwillinge nicht. Aber auch sonst. Er liebt sie doch.

Warum sagen die drei Schnepfen solche Dinge? Ist es rein aus der Luft gegriffen? Oder gibt es dazu einen Anlass?

Ach, denkt sie, die haben einfach Spaß daran, Giftpfeile abzuschicken. Und du bist dumm genug, darauf anzuspringen.

Aber der Pfeil sitzt, das merkt sie im Laufe des Nachmittags immer mehr. Wieso hört sie so wenig von Jean-Jacques? Sonst ruft er doch immer mal an, fragt, wie es geht, kündigt sein Kommen an, erzählt, was es in Eltville Neues gibt. Wie lange liegt eigentlich sein letzter Anruf zurück? Bestimmt zwei Wochen. Nun ja – sie haben sich gestritten, er hat erzählt, dass seine Goélette in die Werkstatt muss, und sie hat gemeint, er solle diese alte Mühle besser gleich auf den Schrottplatz fahren und sich einen Opel oder VW kaufen. Da war er beleidigt. Willi hat ihr dann erklärt, dass das Thema »Auto« bei Männern sehr einfühlsam behandelt werden müsse.

»Du bist so sensibel wie ein Hackklotz, Schwester«, hat er zu ihr gesagt.

Dabei hat sie es gut gemeint. Sie wollte ihm Geld dazugeben, weil im Café die Einnahmen gestiegen sind. Aber wenn er gleich beleidigt ist – soll er seine alte Karre doch fahren, bis sie unter ihm zusammenbricht.

Am Abend kommen nur wenige Gäste. Ihr Vater hat Addi bei der diplomatischen Mission um Hilfe gebeten, die beiden haben der aufgeregten Mutter Else erst einmal einen klaren Schnaps verordnet. Natürlich trinken sie beide zur Gesellschaft mit, und die Wogen glätten sich langsam. Die Zwillinge sind schon im Bett und dürfen noch eine halbe Stunde Schallplatten hören. Hilde nimmt den Autoschlüssel aus der Kommode, spielt damit herum, legt ihn wieder zurück, dann steckt sie ihn in die Jackentasche.

»Ich bin mal kurz unterwegs.«

Sie will zwei Kisten Wein aus Eltville holen, das »Engelströpfchen« geht zur Neige. Kein Wunder – ihr Ehemann war mindestens drei Wochen lang nicht mehr in Wiesbaden. Die Strecke fährt sie sozusagen im Schlaf, es ist noch hell, aber die Straßen sind um diese Zeit angenehm leer, deshalb kann sie ein gutes Tempo fahren. In Eltville muss sie langsam tun, die Gassen der Altstadt sind eng und von Fußgängern bevölkert, die die Weinlokale aufsuchen. Sie parkt den Wagen halb auf dem Bürgersteig gleich neben Jean-Jacques' Hofmauer. In den Hof hineinfahren kann sie um diese Zeit nicht, weil dort vermutlich Gäste sitzen. Macht nichts, sie haben eine Sackkarre, mit der man die Weinkisten zum Auto transportieren kann. Etwas Herzklopfen hat sie schon, weil sie sich nicht angekündigt hat, wie es sonst zwischen ihnen üblich ist. Es war eben ein spontaner Entschluss.

Der Hof steht voller Tische und Stühle – Gäste sind keine zu sehen. Aber da die meisten Tische noch nicht abgeräumt sind, hat er vermutlich eine Reisegesellschaft bewirtet, die erst vor Kurzem aufgebrochen und weitergefahren ist. Dann wird sie ihn wohl drinnen in der Küche finden. Sie geht zwischen den

Tischen hindurch zum Haus, als sie plötzlich ein leises Geräusch vernimmt. Es klingt, als ob ein junger Hund winselt. Nein, eher wie ein Kind! Da weint jemand. Sie bleibt stehen, und da entdeckt sie ganz hinten unter dem weinüberwachsenen Vordach zwei Personen, die an einem Tisch sitzen. Ein Mann hält ein schluchzendes Wesen umschlungen, streicht ihr tröstend über das Haar, presst dabei ihren Kopf an seine Brust.

Der Mann ist ihr Ehemann. Das schluchzende Wesen ist Simone.

Hilde hat das Gefühl, auf seltsame Weise neben sich zu stehen. Einen Film zu sehen. Dann denkt sie, dass es für diese Szene eine Erklärung geben muss. So etwas tut Jean-Jacques doch nicht ohne Grund. Es muss etwas Schlimmes geschehen sein. Jemand ist gestorben. Jemand hat sich umgebracht. Jemand hat sich verliebt …

Sie ist keine, die sich rücksichtsvoll schweigend davonschleicht. Sie will wissen, was Sache ist.

»Einen schönen guten Abend!«, sagt sie laut.

Die beiden fahren erschrocken auseinander. Das ist kein gutes Zeichen.

»Hilde?«, fragt ihr Eheliebster. Es klingt mehr zornig als erstaunt, findet sie. »Was tust du denn hier?«

Sie geht langsam näher und sieht, wie sich Simone mit ihrem weiten Rock die Tränen abwischt.

»Ich wollte zwei Kisten Wein holen. Ist nichts mehr im Keller – du bist ja ziemlich lange nicht in Wiesbaden gewesen.«

Das klingt vorwurfsvoller, als sie es hat sagen wollen.

»Warum rufst du nicht vorher an?«

Falsche Frage.

»Wieso? Komme ich ungelegen?«, entfährt es ihr.

Jetzt ist er ärgerlich, denn ihr Tonfall ist herausfordernd.

»Was fragst du denn für Sachen!«, regt er sich auf. »Warte hier, ich hole den Wein aus dem Keller.«

»Ich will euch nicht stören«, provoziert sie weiter. »Gab es eine traurige Nachricht? Oder weshalb musst du Simone trösten?«

»Mais non«, sagt Simone und schnieft. »Ich bin nur … confuse … durcheinander. Es ist jetzt … vorbei. Es war nichts. Rien.«

Sie wollen es ihr nicht sagen. Ihr Ehemann teilt Geheimnisse mit Simone, von denen sie nichts wissen soll. Ist das denn zu fassen!

»Na schön!«, sagt sie bitter. »Ich bin nicht neugierig. Das Auto steht um die Ecke, du kannst die Kisten auf den Rücksitz stellen.«

Damit geht sie mit raschen, energischen Schritten aus dem Hof. Er soll nur nicht denken, dass sie dieser Auftritt mitgenommen hätte. Sie behält den Kopf oben. Souveräner Abgang. Sie ist keine, die die Nerven verliert und eine Szene macht. Sie nicht!

Er erscheint erst nach einer Weile mit der Sackkarre und hebt die Kisten auf den Rücksitz.

»Écoute …«, sagt er. »Du denkst doch nicht, dass ich … dass wir …«

»Bonne nuit!«, sagt sie und schlägt die Autotür zu.

Er steht mit der leeren Sackkarre am Bordstein und starrt ihr nach, als sie jetzt geräuschvoll anfährt und durch die Gasse zur Hauptstraße rumpelt. Soll er sich Gedanken machen. Er hat allen Grund dazu. Auf der Hauptstraße gibt sie Gas, fährt mit überhöhter Geschwindigkeit, gibt Gas in den Kurven und merkt zu spät, dass sie vergessen hat, die Scheinwerfer einzuschalten.

Dann passiert es. Wenige Sekunden nur hat sie das Steuer nicht fest in den Händen, weil sie nach dem Schalter für das Licht tastet. Die Fliehkraft der Linkskurve zieht sie zur Seite, der Wagen streift einen Kilometerstein, kommt ins Trudeln, rutscht von der Fahrbahn in einen Acker. Sie klammert sich ans Lenkrad, wird hin- und hergeschleudert und hat panische Angst, der Wagen könnte sich überschlagen. Aber er holpert nur ein Stück über den Ackerboden und kommt dann zum Stehen.

Eine Weile bleibt sie sitzen, starrt in die Finsternis vor der Windschutzscheibe, hört ihr Herz hämmern und spürt noch die Erschütterungen in ihrem Kopf. Dann riecht sie den Geruch von Wein und begreift, dass die Flaschen in den Kisten alle zerbrochen sind. Wie konnte ihr das nur passieren? Noch nie hat sie einen Unfall gehabt, und jetzt fährt sie auf offener Strecke gegen einen Kilometerstein.

Es hilft nichts, sie muss etwas tun. Sie lässt den Motor wieder an, doch der Wagen steckt fest im weichen Lehmboden, bewegt sich um keinen Zentimeter. Es dauert eine Weile, bis sie die verklemmte Autotür öffnen kann, dann steht sie auf dem dunklen Acker und schaut sich um. In einiger Entfernung sieht man Lichter, das muss Walluf sein. Sie macht sich mit einem zornigen Fluch Mut, sucht ihre Handtasche im Wagen, findet im Handschuhfach eine Taschenlampe und stapft durch die weiche Erde zu einem Feldweg. Quälend langsam nähern sich die Lichter des Ortes, sie braucht mehr als eine halbe Stunde, bis sie endlich die Silhouetten der Häuser in der Dunkelheit sehen kann. Völlig erschöpft irrt sie durch das Dorf, findet eine Kneipe, die noch offen hat, und erzählt dem Wirt, dass sie einen Autounfall hatte und telefonieren möchte.

»Frau am Steuer – da sieht man's mal wieder«, ist sein Kommentar.

Sie ist so fertig, dass ihr dazu nichts einfällt. Mit zitternden Fingern wählt sie eine Nummer, wartet und hofft inständig, dass die richtige Person den Hörer abhebt.

»Koch … Guten Abend …«

»Swetlana? Hier ist Hilde. Bitte … du musst mir helfen …«

Jetzt gehen ihr endgültig die Nerven durch, und sie fängt an zu schluchzen.

»Hilde!«, ruft Swetlana erschrocken am anderen Ende der Leitung. »Was hast du gemacht? Wo bist du?«

»Wa… Wa… Walluf … Kneipe …«

»Ich bin in zehn Minuten bei dir …«

Als sie den Hörer aufgelegt hat, steht vor ihr ein Glas Schnaps.

»Jetzt nehmen Sie erst mal einen zur Brust, junge Frau. Das beruhigt!«, sagt der Wirt in gutmütigem Ton.

WILHELM

Bochum, im September 1959

Rot, denkt er. Rot ist die Liebe. Die feurige, ewige Liebe. Nein, das ist genau falsch. Viel zu aufdringlich. Weiß. Weiß ist besser. Die Unschuld. Die Reinheit. Obgleich … passt auch nicht …

Er steht im Blumenladen in Bochum und grübelt. Nie zuvor hat er sich über einen simplen Blumenstrauß so viele Gedanken gemacht. Er ist überhaupt kein Blumenkavalier. Auch die Blumensträuße, die man ihm auf die Bühne gereicht hat, haben ihn kaum interessiert. Jetzt kommt er erst darauf, dass seine Verehrerinnen die Farben und Blüten vermutlich sorgfältig ausgewählt haben. Und er Banause hat das Zeug einfach in die Badewanne geworfen.

»Na, junger Mann«, redet ihn die füllige Gärtnerin im grün geblümten Kittel an. »Kann ich behilflich sein?«

»Äh … ja, vielleicht. Ich brauche einen Blumenstrauß.«

Die Gärtnerin lächelt mütterlich.

»Für welchen Anlass denn? Für einen Krankenbesuch?«

»Eher nicht«, sagt er und räuspert sich. »Es ist für eine … Bekannte.«

»Ach so!«, sagt die Gärtnerin und lächelt breit. »Eine ältere oder eine jüngere Person?«

Langsam geht sie ihm auf die Nerven mit ihrer Fragerei. Hätte er sie doch bloß nicht um Hilfe gebeten.

»Jünger. Mein Alter etwa.«

»Verstehe«, sagt sie und blinzelt wissend. »Da würde ich zu Rosen raten. Wir haben ganz frische dunkelrote Rosen da. Schauen Sie mal …«

Sie nimmt drei rote Rosen aus dem Bottich und hält sie geschickt in einer Hand, dann steckt sie eine weiße dazu und schaut ihn fragend an.

»Na ja«, meint er unsicher. »Ein paar mehr können es schon sein. Und nicht so rot.«

Sie steckt die roten Rosen wieder zurück und nimmt mehrere rosafarbene, dazu einige weiße Rosen.

»Das ist zu kitschig«, findet er.

Sie schaut ihn strafend an, sagt aber nichts.

»Dann nehmen Sie vielleicht gelb«, schlägt sie vor. »Das ist neutral und dabei sehr stilvoll.«

»Gelb? Ach nein. Gelb ist der Neid. Doch besser rot. Weiß und rot. Aber mehr weiß als rot.«

Jetzt sagt sie nichts mehr, dafür nimmt sie eine weiße Rose nach der anderen aus dem Wasserbehälter, füllt mit roten Rosen auf und schaut immer wieder fragend zu ihm hin. Es sind im Ganzen bestimmt schon zwanzig Blüten.

»Das … das reicht, glaub ich.«

»Möchten Sie Schleierkraut dazu?«

Schleierkraut klingt gut, findet er. Hat etwas mit Hochzeit zu tun. Eine leise Andeutung seiner ehrlichen Absichten.

»Ja, bitte Schleierkraut. Kann ruhig mehr davon sein.«

Sie bindet den Strauß zusammen und wickelt ihn in weißes Seidenpapier, auf das das Emblem ihres Ladens gedruckt ist. Es ist ein enormer Strauß, er muss ganze zehn Mark dafür bezahlen. Aber das ist es ihm wert.

Vor dem Laden schaut er auf die Armbanduhr. Er hat sich gegen halb vier Uhr bei Karin angekündigt, wobei sie meinte, er solle besser etwas später kommen, sie wisse nicht, ob sie um diese Zeit schon zu Hause sei. Aber er ist zu ungeduldig, um länger zu warten. Damit der schöne Strauß nicht zerdrückt wird, leistet er sich ein Taxi zu ihrer Wohnung. Springerplatz. Keine feine Gegend. Ein Arbeiterviertel. Aber er weiß ja, dass sie nicht viel Geld hat. Sie ist momentan ohne Engagement und arbeitet stundenweise in einem Textilgeschäft als Verkäuferin. Traurig genug, denn sie ist eine gute Schauspielerin und strebt – seiner Meinung nach – gerade jetzt auf ihren künstlerischen Höhepunkt zu. Aber mit einem kleinen Kind hat eine Frau es in diesem Beruf nicht leicht.

Er lässt sich bis vor das Haus fahren, in dem sie wohnt, bezahlt das Taxi und steigt aus. Er steht vor einem zweistöckigen, etwas heruntergekommenen Wohnhaus, das sich kaum von den übrigen Häusern dieser Straße unterscheidet. Der ehemals weiße Putz ist braun vom Rauch der Fabrikschlote, die Fenster sind klein, nur wenige haben Gardinen. Vor den Häusern spielen Kinder auf der Straße, sie zeichnen Hüpfkästchen auf das Pflaster und springen darin herum. Einige der Größeren haben bunte Hula-Hoop-Reifen und schwingen sie um ihre Taillen, drüben auf einem fleckigen Rasenstück spielen ein paar Jungen Fußball. Die Luft ist rauchgeschwängert wie überall im Ruhrgebiet, das kommt von den Hochöfen, die der Region Arbeit und Brot verschaffen und das ganze Land mit Stahl versorgen.

Im Hauseingang ist eine Reihe von Klingelknöpfen angebracht. Er sucht nach ihrem Namensschild und findet es schließlich unter den Bewohnern des zweiten Stockwerks. Langgässer Kurt steht da. Das war ihr Vater. Sie hat einmal erzählt, dass sie den Männernamen an der Wohnungstür gelassen haben, weil es einen besseren Eindruck macht und auch einen gewissen Schutz bietet. Wilhelm richtet seinen Kragen, klopft einen Staubfleck vom Mantel und wickelt schon einmal das Papier von seinem Blumenstrauß. Hier in diesem ärmlichen Flur kommt ihm seine Blumengabe übertrieben üppig vor. Zehn Rosen weniger hätten es auch getan. Hoffentlich hält sie ihn nicht für einen Angeber!

Er klingelt und wartet einen Moment, ob sich oben etwas regt. Tatsächlich kommt jemand die Treppe hinuntergelaufen, es ist jedoch ein älterer Mann in Trainingshosen, der einen Dackel an der Leine führt. Der Dackel kläfft, als er Wilhelm sieht, sein Herrchen schaut auf den Blumenstrauß und pfeift leise durch die Zähne.

»Schönen guten Tag!«, grüßt Wilhelm betont höflich.

»Tach auch …«

Weg ist er mit seinem lästigen Kläffer. Im ersten Stock stehen zwei Fahrräder im Flur, vor einer der Wohnungstüren stehen Gummistiefel und Halbschuhe. Wilhelm schaut nach oben, während er zur zweiten Etage hinaufsteigt, aber es ist niemand zu sehen. Im oberen Flur steht ein Kinderwagen – aha, hier ist er richtig. Kurt Langgässer, da steht es ja. Die Wohnungstür ist geschlossen – vielleicht öffnen sie gar nicht, wenn unten jemand klingelt. Ist ja auch richtig so – kann ja sonstwer sein.

Er läutet an der Wohnungstür und wartet. Schritte nähern sich, man hört ein Kind schreien – aha, die kleine Prinzessin ist wieder einmal in Protestlaune.

»Moment!«, ruft eine weibliche Stimme hinter der Tür.

Das ist auf keinen Fall Karin, es kann nur ihre Mutter sein. Er versucht hastig, das Papier wieder um die Blumen zu wickeln, aber es gelingt ihm nur teilweise. Dann geht die Tür auf. Eine ältere Frau steht auf der Schwelle, das kurz geschnittene Haar ist grau, sie ist nachlässig gekleidet in Rock und Kittelschürze, an den Füßen trägt sie karierte Pantoffeln.

»Sind Sie der Herr Koch?«, will sie wissen und mustert ihn von oben bis unten.

Immerhin hat Karin seinen Besuch angekündigt. Das freut ihn.

»Genau der bin ich. Wilhelm Koch. Ein guter Bekannter Ihrer Tochter.«

Im Hintergrund ertönt zorniges Geschrei, Holz stößt gegen Holz. Karins Mutter reagiert sichtlich nervös.

»Kommen Sie rein, Herr Koch. Ich muss die Kleine wickeln, sie ist im Laufstall.«

»Natürlich«, sagt er rasch. »Die kleine Prinzessin. Wir kennen uns schon …«

»Tatsächlich?«, staunt sie. »Ach, vielen Dank für die Blumen. Das wäre doch nicht nötig gewesen …«

Er will noch sagen, dass die Blumen eigentlich für Karin sind, aber da hat sie sie ihm schon aus der Hand genommen und in die Küche getragen. Nun ja – vielleicht ist es ganz klug, sich bei der künftigen Schwiegermutter beliebt zu machen. Wie heißt es doch? »Füttere die Bestie!« Wobei diese Dame eigentlich recht harmlos wirkt. Er nimmt den Hut ab und zieht den Mantel aus, steht dann etwas ratlos herum, weil er nicht weiß, wohin damit. In der Küche läuft Wasser – sie stellt wohl die Blumen in eine Vase.

»Hängen Sie sich ruhig an der Garderobe auf!«, ruft sie durch den Türschlitz.

Das ist natürlich nicht wörtlich zu nehmen. Er lächelt. Sie hat offenbar Humor.

»Danke sehr!«

Mit dem Rosenstrauß in einer Glasvase kommt sie aus der Küche und stößt mit dem Ellbogen eine Tür auf. Aha, das Wohnzimmer. Ziemlich klein und voller Kinderkram. In einer Ecke steht ein hölzerner Laufstall, darin kniet die kleine Prinzessin mit zornrotem Gesicht, die Hände um die Gitterstäbe gekrallt. Karins Mutter stellt die Vase auf den Tisch zwischen Zeitschriften und vergessene Kaffeetassen und sammelt Kinderkleider, Spielsachen und zwei leere Nuckelflaschen vom Sofa.

»Setzen Sie sich doch. Meine Tochter hat angerufen, sie muss heute leider etwas länger arbeiten. Fühlen Sie sich ganz wie zu Hause. Ich bin gleich wieder da …«

Sie hebt das Kind aus dem Laufstall und trägt es davon. Ein zarter, aber deutlicher Geruch durchzieht den Raum. War dann wohl dringend, der Windelwechsel. Er lässt sich auf dem Sofa nieder und sinkt tief ein. Komplett durchgesessen, das Möbel.

Er kommt sich vor wie ein Kleinkind, weil er gerade eben die Arme auf den Tisch legen kann, und überlegt, ob er sich nicht besser auf einen Stuhl setzen soll. Aber die Stühle sind belegt, weil sie dort die Sachen deponiert hat, die auf dem Sofa gelegen haben. Hoffentlich kommt Karin bald nach Hause, er fühlt sich hier denkbar ungemütlich.

Aus dem Nebenzimmer sind jetzt fröhliche Kinderjauchzer zu hören, die kleine Nora scheint es zu genießen, in frische Windeln zu kommen. Wie nett. Warum hat er eigentlich nicht daran gedacht, der Kleinen ein Spielzeug mitzubringen, anstatt diesen unangebracht riesigen Blumenstrauß zu kaufen? Ach, es ist schon ein Kreuz mit ihm. In Sachen ernste Liebesangelegenheiten ist er einfach ein Banause.

Da sich weiter nichts tut, schaut er im Raum umher. Ziemlich ärmlich sind sie eingerichtet. Die Möbel stammen sicher aus den Zwanzigern und haben schon viel mitgemacht. Außer dem Sofa mit Tiefgang gibt es einen Esstisch und drei Stühle, die mit dem gleichen grünen Samt wie das Sofa bezogen sind. Der Samt hat an einigen Stellen gelitten, dort kommt das graue Grundgewebe durch. Es gibt einen braunen Vitrinenschrank mit Gläsern und Nippes und einen Servierwagen, der mit Geschirr und allerlei Kram belegt ist. Links neben dem kleinen Fenster steht der Laufstall, den die muntere Kleine vorhin kräftig gegen den Schrank gerammt hat. Rechts ist der Ofen mit einer Schütte für Eierkohlen.

Gerade ergeht er sich in der Betrachtung des gemusterten Webteppichs, der unter dem Tisch liegt, da erscheint Karins Mutter mit der Enkelin im Arm. Klein-Nora zappelt zunächst fröhlich, als die Oma sie jedoch in den Laufstall setzen will, wehrt sie sich. Verständlich. Wer geht schon freiwillig in den Knast?

»Geben Sie sie doch mir«, schlägt er vor. »Wir kennen uns schon ein wenig, die Prinzessin und ich.«

Die Oma scheint unschlüssig, ob sie diesem fremden Menschen ihre Enkelin anvertrauen kann.

»Aber Sie müssen gut aufpassen, dass sie nicht vom Sofa fällt. Und dass sie sich nicht den Kopf an der Tischkante stößt. Sie ist jetzt aufgedreht, weil sie gleich ihr Fläschchen bekommt …«

»Das kriegen wir schon hin!«, meint er selbstbewusst und streckt die Arme nach Klein-Nora aus.

Die Kleine lässt sich willig auf den Schoß nehmen und sitzt dort eine Weile still. Vermutlich ist sie von der neuen Situation überrumpelt. Während sich Karins Mutter in der Küche um das Fläschchen kümmert, hat Wilhelm Zeit, sein Schoßkind näher anzusehen. Donnerwetter – was drei Monate so ausmachen. Sie ist schwerer geworden, und mehr Haare hat sie auch bekommen. Wenn sie zappelt, was sie jetzt tut, muss man sie gut festhalten, weil sie eine erstaunliche Kraft entwickelt. Allerdings mag sie es nicht, wenn man ihren Bewegungsdrang zügelt, dann schreit sie. Aber Willi ist nicht dumm, er angelt eine Stoffpuppe von einem der Stühle und gibt sie ihr. Klein-Nora packt das Spielzeug mit beiden Fäusten, schüttelt es kurz und steckt es dann in den Mund. Er grübelt, ob es in Ordnung ist, dass sie auf dem Stoff herumkaut, es ist allerdings kaum möglich, ihr das Opfer wieder zu entziehen, weil sie es mit kräftigen Kinderfäusten festhält. Zum Glück kommt jetzt die Oma mit den Fläschchen, setzt sich auf einen Stuhl, nimmt noch rasch eines der weißen Tücher zur Hand und lässt sich dann die Enkelin hinüberreichen. Die Stoffpuppe fällt zu Boden, das Kind schnappt nach dem Nuckel.

»Zum Glück trinkt sie gut und isst auch ihren Brei«, sagt Karins Mutter mit liebevollem Blick auf die leise schmatzende Enkelin. »Mit meiner Karin, da war das ganz anders. Ach, was haben wir uns Sorgen gemacht, weil sie nichts essen wollte. Gerade mal ein Viertel von dem Fläschchen hat sie getrunken, und den Brei, den wollte sie nur, wenn ich Honig hineingerührt habe. Und so dünn ist sie gewesen – wir haben immer Angst gehabt, sie stirbt uns unter den Händen weg …«

Er zieht eine teilnehmende Miene und findet es eigentlich sehr schön, auf diese Weise etwas über Karin zu erfahren.

»Wissen Sie, unsere Karin war ein schwieriges Kind«, fährt die Oma fort. »Immer war sie unzufrieden. Und wie sie den eigenen Kopf durchsetzen wollte! Stur wie ein Panzer konnte sie sein, wenn sie etwas nicht wollte. Zum Beispiel hat sie keinen Käse essen wollen …«

»Ach!«, sagt er belustigt. »Ja, so etwas gibt es. Mein älterer Bruder wollte früher keine Tomaten essen. Weil die innen drin so ein glibberiges Zeug haben.«

Klein-Nora hat jetzt ihr Fläschchen selbst mit beiden Händen gepackt. Sie schwitzt ordentlich, weil sie so heftig saugt. Viel ist nicht mehr drin in der Flasche.

»Tomaten gab's bei uns gar nicht. Aber den guten Kochkäse mit Kümmel, der ist doch gesund für Kinder. Na ja – da kannte mein verstorbener Mann aber nichts – er ist bei ihr sitzen geblieben, bis sie das Käsebrot gegessen hat. Den ganzen Tag hat das gedauert, stellen Sie sich so was mal vor.«

Brutal, denkt Wilhelm. Arme Karin, sie hatte einen Pedanten zum Vater.

»Und hat sie das Käsebrot am Abend gegessen?«, will er wissen.

»Sie hat es heruntergewürgt und dann wieder auf den Teller gespuckt. Ich sag ja, sie war ein schwieriges Kind … Na, mein kleiner Schatz, hast du fein deine Milch getrunken? Dann machen wir jetzt ein Bäuerchen …«

Sie hatte schon als Kind Charakter, die Karin, das gefällt ihm. Die Oma hat jetzt Klein-Nora hochgenommen, vorsorglich das Tuch über die Schulter gelegt, und die mitgeschluckte Luft entweicht hörbar aus der Prinzessin. Ein bisschen Milch war auch dabei. Jetzt ist die Kleine glücklich und zufrieden, sie will einen

Stoffhund haben und klopft damit auf dem Tisch herum. Wilhelm überlegt, wie es wohl wäre, wenn er und Karin auch so ein kleines, süßes Wesen gemeinsam in die Welt setzen würden. Natürlich in einer schöneren Umgebung. Eine Wohnung, wie sie die Eltern in Wiesbaden haben, mit Badezimmer, Elternschlafzimmer, geräumigem Wohnzimmer und Kinderzimmern. Ja, das würde ihm gefallen.

»Halten Sie doch mal die Kleine – ich zeig Ihnen was.«

Karins Mutter steht auf, um den Schrank zu öffnen, und nimmt einen Stapel Fotoalben heraus.

»Wissen Sie, mein verstorbener Mann war leidenschaftlicher Fotograf. Er hat die Fotos immer selbst entwickelt. Bei uns in der Küche hat er das gemacht. Da musste ich immer die Fenster verdunkeln. Das war noch vor dem Krieg, da gab's noch kein Verdunklungspapier, da habe ich Wolldecken nehmen müssen …«

Nun bekommt er mehr als genug Bilder aus Karins Kinder- und Jugendzeit zu sehen. Während er die jauchzende und zappelnde Kleine auf dem Schoß hält, blättert Karins Mutter eine Seite nach der anderen vor ihm auf. Karin als Nackedei in der blechernen Badewanne. Karin mit viel zu großer Wollmütze im Kinderwagen. Karin mit Schleife im spärlichen Haar im Schottenrock mit dünnen Beinchen. Meist schaut sie verdrossen drein, findet er. Kein Wunder bei diesem Vater! Nur selten lacht sie.

Als das zweite Album an der Reihe ist, wird der Laufstall beigeschoben und die Enkelin hineingesetzt. Damit der Herr Koch die Fotos besser sehen kann. Er bekommt ein Glas Apfelsaft vorgesetzt und erfährt, dass Frau Langgässer den Saft eigenhändig hergestellt hat. Aus selbst gesammeltem Fallobst.

»Da war sie fünf. Da hat sie unten auf der Straße immer nur mit den Jungen gespielt. Fußball und solche Sachen. Immer die Knie aufgeschlagen … Ach, was habe ich Pflaster geklebt …«

Karins erster Schultag. Mit Schulranzen und Tüte. Da hat sie zwei Zöpfe und ist immer noch so schrecklich dünn. Karin mit ihrer Mutter. Da sah die Mama noch ganz passabel aus. Wenn auch etwas verhärmt, nun ja … Karin mit einer Freundin. Karin wird konfirmiert. Karin im Dirndlkleid. Karin als Hexe verkleidet zu Karneval. Gut geschminkt und sehr glaubwürdig. Er erfährt, dass sie schon bei Schulaufführungen immer die Hauptrolle spielen musste.

Das zweite Album ist geschafft. Aber da liegen noch zwei. Er ist ja durchaus an Karins Vergangenheit interessiert, aber es gibt Grenzen. Zumal Frau Langgässer zu jedem Foto ellenlange Erklärungen gibt und der Apfelsaft sauer schmeckt. Etwas Abwechslung bringt Klein-Nora in die Szene, sie zieht sich geschickt an den Stäben hoch und versucht immer wieder, sich auf die dicken Beinchen zu stellen. Vorerst plumpst sie dabei noch auf den windelgepolsterten Popo, aber lange kann es nicht mehr dauern, dann kann das Mädel stehen. Wilhelm plagt die Neugier, wer wohl der Vater der Kleinen ist, aber er traut sich nicht so recht, danach zu fragen. Karin hat sich in dieser Beziehung sehr bedeckt gehalten, da wird es ihr nicht gefallen, wenn er versucht, es über ihre Mutter herauszubekommen. Jetzt darf er Karin beim Schulabschluss bewundern. Mittlere Reife, im Krieg. Da war der Herr Papa auf Heimaturlaub und hat Fotos gemacht.

»Wir haben ja so gehofft, dass sie einen lieben Ehemann finden würde. Aber sie wollte nicht heiraten. Zur Bühne wollte sie. Und weil mein Mann ja noch in Kriegsgefangenschaft war, hab ich halt nachgegeben … Weil sie doch in der Schauspielschule aufgenommen wurde. Von über hundert Bewerbern haben sie sechs ausgesucht, und unsere Karin war dabei. Was sollte ich da machen?«

Er erfährt, dass Vater Langgässer erst 1950 aus russischer Kriegsgefangenschaft zurückgekommen ist. Armer Kerl. Wilhelm hat miterlebt, wie schwer sich sein Bruder August nach seiner Rückkehr aus Russland getan hat. Aber Vater Langgässer hat seinen Frauen erst mal die Hölle heiß gemacht. Eine Schauspielerin! Das war für ihn fast so schlimm, als würde die Tochter auf den Strich gehen. Dabei war sie damals schon in Wiesbaden engagiert, hat ihr eigenes Geld verdient und Erfolg gehabt. Wilhelm dankt innerlich dem Schöpfer, dass er selbst so liebe und verständnisvolle Eltern hat. Vater Langgässer hatte noch vier Jahre Zeit, ein weiteres Fotoalbum mit Bildern zu füllen, dann ist er an einem Nierenleiden verstorben.

»Das hat er sich in Russland geholt«, seufzt seine Witwe. »Weil es da doch immer so kalt war und sie keine vernünftigen Schuhe hatten …«

Bevor sie jetzt von den Leiden ihres verstorbenen Ehemannes erzählt, fragt er schnell, wann Karin denn nach Hause kommt.

»Sie müsste eigentlich längst hier sein … Ach, sie ist immer so unzuverlässig. Früher war es ja noch viel schlimmer, da hat sie aus Hamburg kaum einmal angerufen, aber als es mit diesem Mann auseinanderging, da wurde es dann besser …«

Oha, denkt er. Da sind wir doch beim Thema.

»Das war sicher schwer für Ihre Tochter, nicht wahr?«, hakt er ein.

Sie hebt beschwörend die Hände. »Ein Drama ist das gewesen. Aber ich hab es ihr ja gleich gesagt. Karin, hab ich gesagt, daraus kann nichts Vernünftiges werden. Nicht mit einem Schauspieler, diese Leute taugen nicht für eine Ehe. Aber sie hat natürlich nicht auf mich gehört …«

Ein Kollege also. Hätte er sich denken können. Und wie es sich so anhört, war sie wohl ziemlich verliebt in den Kerl. Das deprimiert ihn. Braucht sie ihn vielleicht nur als freundlichen Seelentröster, um über die zerbrochene Liebe hinwegzukommen?

»Wissen Sie, diese Künstler, die sind ja so furchtbar eitel und selbstverliebt«, fährt sie fort. »Krasse Egoisten sind das. Mit einem Schauspieler kann keine Frau glücklich werden.«

Wilhelm räuspert sich, weil er vorsichtig widersprechen möchte. Doch sie redet einfach weiter.

»Welchen Beruf üben Sie denn aus, lieber Herr Koch?«

Hat Karin ihrer Mutter nichts davon erzählt, dass sie Kollegen sind? Offensichtlich hat sie es verschwiegen. Das könnte wiederum darauf hindeuten, dass sie es ernst mit ihm meint. Oder doch nicht? Verflixt, wenn er doch endlich aus diesem Wirrwarr der Hoffnungen und Enttäuschungen herauskommen könnte.

»Ich? Oh … ich bin … Meine Eltern führen ein Café in Wiesbaden.«

Diese Nachricht löst ein Lächeln bei seiner Gesprächspartnerin aus.

»Ein Café! Wie schön! Konditor ist doch ein sehr angesehenes Handwerk. Sie sind doch Konditor, oder?«

»Nein, nein … Ich bin eher … mit der Organisation betraut. Das Geschäftliche, verstehen Sie? Büroarbeit und viel Telefoniererei …«

Auch das findet ihren Beifall.

»Meine Tochter hat leider so gar kein Talent für geschäftliche Dinge … Sie hatte doch ein schönes Engagement am Theater. Und da wirft sie alles hin, um in diesem kleinen Laden Kleider und Unterwäsche zu verkaufen.«

Die Wohnungstür wird aufgeschlossen, man hört Schritte im Flur. Wilhelm zuckt zusammen und will von dem verflixten Sofa aufstehen, doch er kommt schlecht hoch, weil die Frau Mutter den Tisch zu dicht herangeschoben hat.

»Mama?«, ruft Karin im Flur.

»Hier im Wohnzimmer. Der Herr Koch sitzt schon eineinhalb Stunden bei mir, und wir haben uns wunderbar unterhalten.«

Da ist sie! Schaut müde aus und so schmal in dem dunklen Kleid. Sie lächelt, als sie ihn sieht, und jetzt muss er schnell die

Blumenvase festhalten, weil er mit Schwung vom Sofa aufsteht. Ein Händedruck, mehr ist nicht drin vor den Augen der besorgten Frau Mama. Aber er sieht, wie sie ihn anstrahlt, und ist glücklich.

»Es tut mir so leid«, sagt sie. »Wir mussten die neue Ware einsortieren, sie hat mich einfach nicht gehen lassen …«

Dann muss sie rasch ihre jammernde Tochter auf den Arm nehmen, und Wilhelm ist ganz bezaubert, wie zärtlich Mutter und Kind einander begrüßen.

»Hast du Herrn Koch denn keinen Kaffee angeboten, Mama?«

»Oh, ich hatte ein wunderbares Glas Apfelsaft …«, sagt er schnell.

Ein Seitenblick von Karin sagt ihm, dass ihr der Geschmack des mütterlichen Apfelsafts bekannt ist. Sie verzieht das Gesicht.

»Aber wir werden jetzt schön miteinander zu Abend essen«, kündigt Frau Langgässer an. »Ich habe Blutwurst und Schnittkäse besorgt. Dazu gibt es süßsauer eingelegten Kürbis und frischen Schnittlauch. Wir haben nämlich einen Schrebergarten, Herr Koch. Mein Mann hat so gerne gegärtnert …«

Doch Wilhelm hat für den Abend andere Pläne. Er muss endlich einige Dinge klarstellen. Geständnisse machen. Wobei er auf Gegengeständnisse hofft. Das alles geht natürlich nicht unter mütterlicher Bewachung bei Blutwurst und saurem Kürbis.

»Das ist sehr liebenswürdig von Ihnen, Frau Langgässer«, sagt er. »Aber ich möchte Karin sehr gern heute Abend zum Essen ausführen.«

Die Mutter ist konsterniert. Sie hat sich auf Gäste eingerichtet. Und dann geht es gar nicht, dass ihre Tochter ihr schon wieder das Kind dalässt, wo sie doch schon den ganzen Tag über nicht daheim gewesen ist und alles an ihr gehangen hat.

»Bitte Mama … Nur heute …«

»Nutz deine alte Mutter nur aus, Karin! Eines Tages wirst du es bitter bereuen …«

Die Mitleidsnummer hat die Frau Mama glänzend drauf. Wilhelm lenkt ein, er will keinen Familienstreit provozieren. Also Abendessen zu Hause. Dabei wird Karin auch erfahren, dass er sich als Geschäftsführer des Café Engel ausgegeben hat. Peinlich!

Das gemeinsame Mahl verläuft ziemlich steif. Die Einzige, die es genießt, ist die kleine Nora, die auf Mamas Schoß sitzt und ein klein geschnittenes Blutwurstbrot mit eingelegtem Kürbis mampft.

Wilhelm verabschiedet sich mit herzlichem Dank gleich nach dem Essen, und Karins Mutter lässt sie ein paar Minuten miteinander an der Wohnungstür allein, weil sie in der Küche zu tun hat.

»Es war schrecklich, nicht wahr?«, sagt Karin leise zu ihm. »Es tut mir so leid, Willi!«

Er zieht sie in seine Arme und spürt, wie sie ihm entgegenstrebt. Sie küssen sich hastig und mit einer Leidenschaft, die von langer Zurückhaltung herrührt. Mit der Erotik stimmt es eigentlich zwischen ihnen.

»Ich bin so glücklich, dass du gekommen bist, Willi.«

»Ich wollte dir so vieles sagen«, beginnt er, und es ist ihm gleich, dass dies der unpassendste Moment ist, den ein Mensch für eine Liebeserklärung finden kann. In der Küche klirrt eine Schüssel, im Wohnzimmer plärrt die Kleine.

»Ich liebe dich, Karin … Ich möchte dich heiraten.«

»Du bist verrückt«, wispert sie, und sie küssen sich erneut.

»Bekomme ich eine vernünftige Antwort?«, drängt er.

»Du bist wunderbar, Willi«, sagt sie leise an seinem Ohr. »Ich rufe dich an.«

MISCHA

Wiesbaden, im September 1959

»Warum hast du uns nichts davon gesagt?«

Mischa hat sich heute demonstrativ in einen der Ledersessel gesetzt, die in Augusts Arbeitszimmer stehen. Er hat es satt, wie ein Angeklagter vor dem Schreibtisch zu hocken. Er ist kein Kind mehr.

»Wieso hätte ich das tun sollen?«

Sein Tonfall ist trotzig, das merkt er selbst. Nein, er ist kein Kind mehr, aber er ist auch noch nicht erwachsen. Und er hat ein schlechtes Gewissen. August setzt sich zu ihm, schaut ihn intensiv durch seine Brille an, lässt ihm den provokanten Tonfall durchgehen.

»Es wäre klüger gewesen, Mischa. Du hast die alte Frau fürchterlich erschreckt mit deinem plötzlichen Auftauchen. Sie schreibt, dass sie zwei Wochen lang krank war. Sie hat ein schwaches Herz.«

August hat ihm den Brief der Großmutter vorgelegt, aber Mischa hat ihn nicht gelesen. Weil er mit dieser Frau nichts mehr zu tun haben will. Da kann sie noch so viele Briefe schreiben – Schluss ist Schluss.

»Pech für sie. Sie hätte ja höflicher sein können.«

August zieht tief die Luft ein und hebt die Augenbrauen, doch er bleibt ruhig.

»Was hat sie denn gesagt, wenn man fragen darf?«

Mischa schnaubt wütend. Allein die Erinnerung an die letzten Sätze dieser alten Bisse lassen den Zorn in ihm wieder aufflammen.

»Sie hat mich ein ›uneheliches Balg‹ genannt. Und die Russen sind für sie ›Untermenschen‹. Also ist auch meine Mutter ein ›Untermensch‹, oder?«

August ist beeindruckt. Er schüttelt betroffen den Kopf.

»Das hat sie zu dir gesagt?«

»Das und noch mehr …«

Sie schweigen einen Moment. Man hört seine Mutter, die in der Küche mit Sina redet. Sie unterhalten sich auf Russisch. Gleich wird Mama Sina mit dem Auto in die Schule fahren.

»Ich verstehe dich, Mischa«, nimmt August das Gespräch wieder auf. »Aber du musst bedenken, dass die alte Frau sehr erschrocken war. In ihrem Brief schreibt sie, dass es ihr leidtut.«

Mischa zuckt mit den Schultern. »Gesagt ist gesagt!«

August ist nicht seiner Meinung. »Hast du noch nie in deinem Leben etwas gesagt, was du später bereut hast?«, fragt er.

»Klar«, gibt Mischa zu. »Aber sie ist eine alte Frau und sollte besser wissen, was sie redet.«

Er sieht in Augusts Miene, dass er dieses Argument nicht akzeptieren kann. Aber er geht nicht weiter darauf ein.

»Sie schreibt, dass sie lange darüber nachgedacht hat. Und dass sie die Postkarte mit der Handschrift ihres Sohnes tief berührt hat.«

»Die kann sie sich gern einrahmen …«, fällt ihm Mischa trotzig ins Wort.

»Weiter schreibt sie, dass du deinem Vater sehr ähnlich siehst …«

»Das schreibt sie? Was für eine Heuchlerin. Als ich dort war, hat sie kein Wort davon gesagt.«

Er tut gleichmütig, aber in Wirklichkeit haben diese Worte ihn getroffen. Er sieht seinem Vater ähnlich! Das hat seine Mutter zwar oft gesagt, aber Mama redet viel. Dass es auch seine Großmutter festgestellt hat, macht ihn ein bisschen stolz.

»Ich will dich nicht beeinflussen, Mischa«, sagt August. »Du selbst musst entscheiden, ob du den Kontakt endgültig abbrechen willst oder ob du über deinen Schatten springen kannst und der alten Frau noch eine Chance gibst. Immerhin wäre es eine Möglichkeit, einiges über deinen Vater zu erfahren …«

Das leuchtet ihm zwar ein, aber es ist eine zwiespältige Angelegenheit. Es könnte ja auch sein, dass er Dinge erfährt, die ihm nicht gefallen. Die er gar nicht wissen will, weil sie das Bild, das er sich von seinem Vater gemacht hat, verändern oder gar zerstören würden.

»Darauf pfeife ich«, gibt er störrisch zurück. »Ich muss mir von dieser alten Schreckschraube nicht sagen lassen, was mein Vater für einer gewesen ist. Meinen Vater, den habe ich hier. Der ist in mir. In meinem Herzen ist er.«

Mischa sieht, dass August von seinen Worten bewegt ist. Er nickt und legt ihm die Hand auf den Arm. »Gut, Mischa. Niemand drängt dich. Ich lege den Brief hier unter meine Schreibunterlage. Du hast jederzeit Zugang zu meinem Büro – wenn du ihn lesen willst, kannst du es tun. Wenn nicht – vergiss ihn. Wollen wir es so halten?«

Mischa weiß, dass es ein Köder ist, den der schlaue Herr Anwalt ihm da hinhält. Es wäre vermutlich besser, den Brief mitzunehmen und ihn ungelesen zu verbrennen. Auf der anderen Seite – soll er ruhig da liegen. Vielleicht hat er ja irgendwann Lust, ihn zu lesen. Lesen schadet ja nicht. Und es wird ihn ganz sicher nicht von seinem Entschluss abbringen.

»Meinetwegen«, sagt er großmütig. »Kann ich jetzt gehen? Addi wartet auf mich.«

»Geh nur. Und grüß Addi von mir. Geht es ihm immer noch so gut?«

»Klar.«

Er sieht noch, wie August den Brief zusammenfaltet und unter seine grüne Schreibtischunterlage schiebt. Dann rennt er schon nach oben, um seine Jacke und den Schlüssel zu holen.

Als er die Treppe wieder hinunterstürmt und sich schnell noch die Fahrradklammern an die Hosen stecken will, klingelt jemand an der Haustür. Wahrscheinlich die Putzfrau, denkt er und öffnet die Tür.

»Hallo, Mischa«, sagt seine Tante Hilde. »Du bist wohl schon startklar, wie?«

Er ist etwas erstaunt, weil Tante Hilde sonst nur zu Geburtstagen und sonstigen Familienfeiern bei ihnen auftaucht.

»Guten Morgen, Tante Hilde ... Wolltest du zu Mama? Die fährt gerade Sina in die Schule, muss aber gleich wieder hier sein.«

Er will ihr noch sagen, dass sie gern im Wohnzimmer auf seine Mutter warten kann, aber da kommt August aus seinem Arbeitszimmer und begrüßt seine Schwester mit einer Umarmung.

»Was macht ihr nur für dumme Sachen, Hilde«, sagt er.

»Es musste wohl irgendwann so kommen«, gibt sie zurück. »Es ist lieb, dass du mir helfen willst.«

»Ich halte es zwar für überflüssig – aber es kann nicht schaden, wenn du weißt, worauf du dich einlässt ...«

Damit verschwinden die beiden in Augusts Büro, und Mischa eilt zu seinem Fahrrad. Ob August für Tante Hilde einen Brief schreiben soll? Oder gar einen Prozess führen? Die Verwandtschaft kommt gern zu seinem Adoptivvater, mit allen möglichen Bitten und Aufträgen, und der gutmütige August hat ihnen noch nie auch nur einen Pfennig dafür abverlangt.

Addi sitzt schon ungeduldig in seinem Bett und wartet auf ihn. Als Mischa hereinkommt, stellt er seinen Kaffeebecher auf den Nachttisch und schiebt eine weiß-rote Medikamentenschachtel in die Schublade.

»Morgen, Mr. Langschläfer«, grüßt er Mischa. »Ich sitze hier schon seit acht Uhr wie bestellt und nicht abgeholt. Gib mal meine Hosen rüber. Auf dem Klo war ich schon ...«

»Tut mir leid«, sagt Mischa. »Hab noch ein Gespräch mit August gehabt. Die verrückte Alte hat einen Brief geschrieben …«

Addi weiß genau, worum es geht, weil Mischa ihm von seinem Besuch in Hannover erzählt hat. Nur ihm. Keinem sonst hat er das anvertraut, und Addi hat dichtgehalten.

»Die kommt auch wieder zu Verstand«, hat er damals zu Mischa tröstend gesagt und ihm auf die Schulter geklopft.

»Die nicht!«, hat Mischa geantwortet. »Die bestimmt nicht.«

Und nun hat Addi tatsächlich recht behalten. Aber er macht kein Theater darum. Brummt nur leise »Siehste …« und lässt sich von Mischa in die Hosen helfen. Noch ein frisches Hemd, dann die Socken und die bequemen, ausgetretenen Schuhe. Strickjacke nicht vergessen, Addi friert jetzt leicht. Dann zieht Mischa ihn von der Bettkante hoch, gibt ihm seinen Stock und hakt ihn unter.

»Und was will sie?«, fragt Addi, während sie langsam Stufe für Stufe die Treppe hinuntersteigen.

»Ach, die hat sie nicht alle. Will mich näher kennenlernen und so …«

»Erst schreit sie dich an, und dann will sie wieder schön Wetter machen«, murmelt Addi und bleibt keuchend auf dem Treppenabsatz vor der Wohnung der Perriers stehen. »Musst du dir gut überlegen, Junge.«

»Ich brauch die nicht«, gibt Mischa zurück. »Kann mir gestohlen bleiben, die verrückte Alte.«

»Na ja«, meint Addi und er hustet sich aus. »Vielleicht ist es ja eher so, dass sie dich braucht.«

Darüber hat Mischa noch nicht nachgedacht. Seine Großmutter braucht ihn? Wozu? Als Laufbursche? Als Blitzableiter? Damit sie einen hat, den sie ankeifen kann?

»Sie hat geschrieben, dass ich meinem Vater ähnlich sehe …«

»Siehste«, sagt Addi und grinst. »Alte Frauen sind immer sentimental …«

Sie brauchen gut zwanzig Minuten, bis sie endlich im Café Engel am Ecktisch angekommen sind und Addi sich auf seinen Platz setzen kann. Opa Heinz ist noch nicht da, weil er immer erst spät aus den Federn findet, und Oma Else ist in der Küche, wo sie den Kaffee kocht. Es riecht verführerisch gut nach Kuchen – da hat der neue Konditor, der Richy, wohl schon was im Ofen. Gäste sind einstweilen noch nicht in Sicht.

»Schaut nach gutem Wetter aus, Junge«, meint Addi und rückt auf seinem Stuhl herum. »Steck mir mal ein Kissen in den Rücken, mir tut hinten alles weh. Das kommt daher, weil ich Knochengestell kein natürliches Polster mehr am Rücken habe …«

Mischa greift das Kissen, das schon für Addi bereitliegt, und schiebt es ihm in den Rücken. Dann geht er nach draußen, um die Tische aufzubauen und die Stühle bereitzustellen. Für die Tischdecken, die Aschenbecher und den anderen Kram ist eigentlich Tante Hilde zuständig, aber die ist nicht da. Sitzt wohl noch bei August im Arbeitszimmer. Also legt er auch Tischdecken auf und stellt Aschenbecher und die Ständer mit Speise- und Getränkekarten dazu. Als er wieder hereinkommt, sitzt Oma Else bei Addi, und Mischa wird für seinen Arbeitseinsatz gelobt.

»Hoffentlich regnet's nicht«, seufzt Oma Else. »Magst du einen Kaffee, Mischa?«

»Lieber eine Coca-Cola.«

»Das giftige Zeug gleich am frühen Morgen«, regt sich Oma Else auf. »Schmeckt so wie mein Frisierkamm. Nach Schildpatt. Bäh!«

Er darf sich trotzdem eine Coca-Cola aus dem Kühlschrank nehmen und weil er sowieso in die Küche geht, soll er auch gleich Addis Frühstück mitbringen. Das hat Oma Else schon bereitgestellt, er muss nur noch den Kaffee aus dem großen Behälter in das Kännchen füllen. Während die braune, duftende

Flüssigkeit aus dem Zapfhahn rinnt, schaut er zu, wie Richy mit einer umgedrehten Kaffeetasse runde Formen aus einem gelblichen Teig aussticht. Ganz sorgfältig macht er das, eine dicht neben der anderen, damit möglichst wenig Teig übrig bleibt. Auf der Arbeitsfläche stehen viele große und kleine Schüsseln, darin ist geschnittenes Obst, bunter Zucker, Eigelb und noch andere Zutaten, die er für seine Törtchen braucht.

Drüben ist Oma Else mit Addi ins Gespräch vertieft. Er hört noch die letzten Sätze.

»Sie hört ja nicht auf uns!«, jammert Oma Else. »Dass sie den Kindern das antut …«

»Nun warte doch erst mal ab«, knurrt Addi.

»Wenn die Hilde sich was in den Kopf gesetzt hat …«

Jetzt sehen sie, wie Mischa mit seinem Tablett aus der Küche kommt, und sind still. Irgendetwas ist im Gange, denkt Mischa. Und zwar nichts Gutes. Jetzt kommt Tante Luisa ins Café, die trägt auch eine Trauermiene zur Schau, aber das liegt wohl daran, dass Onkel Fritz immer noch nicht richtig sehen kann. Und dass sie Angst haben, er könnte deshalb seine Stelle im Orchester verlieren. Die Welt ist schon ungerecht. Da sitzt seine garstige alte Großmutter in einem schönen Haus, hat sogar eine Angestellte und bestimmt ein hübsches Sümmchen auf dem Konto. Und die Bogners sind so liebe, anständige Leute, aber sie können sich noch nicht einmal eine vernünftige Wohnung leisten. Tante Luisa ist ganz abgehetzt und entschuldigt sich, weil sie zu spät kommt. Marion ist es heute früh schlecht geworden, sie brauchte noch einen Kamillentee und liegt jetzt im Bett. Fritz hat einen Termin bei Dr. Brucker, er ist mit dem Bus gefahren, da musste sie ihn noch rasch an die Haltestelle begleiten.

»Mach dir keine Gedanken«, sagt Oma Else. »Sind sowieso noch keine Gäste da.«

Tante Luisa hängt Mantel und Hut auf und eilt in die Küche, wo sie die kleine weiße Schürze umbindet und das Häubchen auf dem Haar feststeckt. Jetzt kommt endlich Opa Heinz die Küchentreppe heruntergehumpelt, er stöhnt leise, weil ihm – wie er immer sagt – sein Holzbein wehtut. Muss schon komisch sein, mit einem künstlichen Bein herumzutappen. Auf der anderen Seite hat Opa Heinz noch Glück gehabt, er ist zurückgekommen. Mischas Vater hingegen …

Die Skatrunde formiert sich. Opa Heinz nimmt sein Frühstück beim Kartenspielen ein, was Oma Else wieder einmal aus der Fassung bringt. »Immer diese Skatklopperei! Man bekommt kaum Guten Morgen gesagt, da geht's schon los mit: Achtzehn … Zwanzig … Zwo … Drei … Passe …«

Sie lassen sich nicht stören, und Mischa bewundert Opa Heinz, der sein Marmeladenbrötchen essen und gleichzeitig einen Grand mit vieren hinlegen kann. Er selbst genießt das Kartenspielen nur mäßig, macht es aber Addi zuliebe mit. Es fehlt ihm der Ehrgeiz, gewinnen zu wollen. Ist doch nur ein Spiel. Mischa würde sich viel lieber mit Addi unterhalten, ihm von seinen Plänen erzählen und hören, was Addi dazu meint. Er spielt mit dem Gedanken, zur Bundeswehr zu gehen, um Offizier zu werden. Wie sein Vater. Er hat auch mal was von der Fremdenlegion gehört, aber da soll es hart zugehen, im Indochinakrieg und jetzt in Vietnam sollen über die Hälfte der Fremdenlegionäre umgekommen sein. Er hätte auch Lust, zur See zu fahren wie Addi. Auf jeden Fall will er was erleben und nicht in irgendeinem Büro oder in einer lärmenden Werkhalle versauern.

Sie spielen über eine Stunde, und er trinkt eine zweite Coca-Cola, was Oma Else zu der Bemerkung veranlasst: »Der Junge ist ja schon im Koffein-Rausch!«

Das müssen gerade die Leute sagen, die eine Tasse Kaffee nach der anderen trinken! Addi ist immer noch total aufgedreht, er hat einen Riesenspaß am Skatspiel. Komisch – früher hat er nie Karten gespielt.

Gegen elf kommt zum Glück Sofia Künzel ins Café und setzt sich zu ihnen. Sie hat noch etwas Zeit, bevor sie zum Unterricht ins Konservatorium muss, und gönnt sich ein Kännchen Kaffee mit drei Törtchen dazu: Ananas, Pfirsich und Kirsch-Sahne.

»Dann mal her mit den Karten«, sagt sie in ihrer burschikosen Art. »Viererskat. Mischa setzt als Erster aus.«

Addi grinst vergnügt, Opa Heinz lächelt, Mischa lehnt sich erleichtert im Stuhl zurück. Hat Addi bemerkt, dass er keine Lust auf Skat hat?

»Du kannst mal was für mich besorgen, Mischa«, sagt Addi. »Oben in der Nachttischschublade ist mein Portemonnaie, das steckst du ein. Da ist Geld und auch ein Zettel drin. Ein Abholschein. Alles klar?«

Mischa nickt und freut sich, dem Kartenspiel für ein Weilchen zu entkommen. Er eilt die Treppen hinauf in Addis Wohnung und zieht die Nachttischschublade auf. Da ist Addis abgegriffenes Portemonnaie und auch die weiß-rote Medikamentenschachtel. Darin sind kleine weiße Pillen – wahrscheinlich nimmt er nun doch etwas gegen sein schwaches Herz ein. Scheint ja zu wirken, das Zeug. Mischa nimmt das Portemonnaie an sich. Als er es aufklappt, lässt er es vor Schreck beinahe fallen. Da sind jede Menge Geldscheine drin. Er zählt nach – es sind fünfhundert Mark. Woher hat Addi so viel Geld? Hieß es nicht immer, er beziehe nur eine winzige Rente? Aber vielleicht hat er ja Ersparnisse – früher, als er noch am Theater war, hat er bestimmt besser verdient. Da ist auch der Abholschein. Wieder macht Mischa große Augen. Von einem Juwelier in der Straße »An den Quellen«. Eine richtig teure Adresse. Addi wird ihm immer rätselhafter. Was steht denn da auf dem Abholschein? So ein Mist, der Juwelier hat eine fürchterliche Klaue, Mischa kann die Schrift nicht entziffern.

Er steckt das Portemonnaie in die Innentasche seiner Jacke und geht die Treppen wieder hinunter. Als er im Hofeingang steht und sein Fahrrad aufschließen will, sieht er Frank und Andi im Hof auf der grünen Bank sitzen, ihre Schulranzen stehen neben ihnen. Er winkt ihnen zu. Frank schaut nur kurz hoch, dann sieht er wieder zu Boden. Hat er geheult? Sein Gesicht ist ganz verquollen. Auch Andi scheint nicht besonders gut gelaunt zu sein, er hockt mit hochgezogenen Schultern und gesenktem Kopf auf der Bank und starrt das Hofpflaster an. Ach je! Da hat es wohl Ärger gegeben. Mischa mag die beiden gern, früher haben sie viel miteinander gespielt. Er fühlt sich immer noch wie ein großer Bruder.

»He, ihr zwei!«, sagt er und geht ein paar Schritte in den Hof hinein. »Wer hat euch denn die Petersilie verhagelt?«

Frank wischt sich übers Gesicht, Andi starrt weiter vor sich hin und reagiert nicht.

»Mama und Papa lassen sich scheiden«, sagt Frank dumpf.

Das kann Mischa nicht glauben. Dann fällt ihm jedoch ein, dass Tante Hilde heute früh bei August gewesen ist. Hat das am Ende etwas mit der Scheidung zu tun gehabt? Braucht man dazu einen Rechtsanwalt? Schon möglich. Er setzt sich zwischen die beiden auf die Bank und fragt, woher sie das wissen.

»Vorgestern war Papa hier«, sagt Frank und wischt sich erneut die Tränen ab. »Da haben sie ganz furchtbar gestritten. Und dann hat Mama zu ihm gesagt, sie will sich scheiden lassen.«

»Ach, das hat sie bestimmt nur so gesagt …«, tröstet Mischa.

Aber Frank schüttelt den Kopf. Andi regt sich immer noch nicht, er ist einer, der seinen Kummer eher in sich hineinfrisst.

»Mama tut immer, was sie sagt. Papa nie – aber es reicht ja auch, wenn nur Mama sich scheiden lässt. Oma hat gesagt, dass wir dann auf jeden Fall hier bei ihr bleiben …«

Mischa legt die Arme um die beiden und schüttelt sie freundschaftlich. Sie lassen es geschehen wie zwei Gliederpuppen.

»Ich glaub das nicht«, sagt Mischa. »Das ist ein Ehestreit, der geht vorbei. Verheiratete Leute streiten eben. Mama und August tun das auch. Deshalb lassen sie sich doch nicht gleich scheiden.«

»Meinst du?«, fragt Frank hoffnungsvoll.

»Klar. Wartet mal ab. Die kriegen sich wieder ein. Wollen wir wetten?«

»Um was?«

Mischa überlegt kurz, dann meint er, sie könnten um die Jazz-Schallplatten wetten. Wenn er recht behält, darf er sich drei davon aussuchen.

»Und wenn *wir* gewinnen?«, will Frank wissen.

»Dann kriegt ihr mein Taschenmesser.«

Das hat er einem seiner Freunde für zehn Mark abgehandelt. Ein Ami-Messer mit Halterung. Dreißig Zentimeter lang und scharf wie eine Rasierklinge.

»Gemacht!«

Die Wette wird mit Handschlag besiegelt, jetzt lässt sich auch Andi darauf ein, weil das Messer sonst ja nur Frank gehören würde.

»Aber besser wäre es, wenn du gewinnst, Mischa«, sagt er und grinst traurig.

Mischa bestätigt das, dann erinnert er sich an seinen Auftrag und erklärt, dass er jetzt los muss. Was für Addi besorgen.

Er schlängelt sich mit dem Rad durch den Autoverkehr, wird für besonders riskante Manöver zornig angehupt und muss dann leider ein Weilchen an einer roten Ampel warten. Vor dem Juwelierladen stellt er sein Rad ab und betritt das Geschäft. Drinnen stehen gläserne Vitrinen, darin liegen goldene und silberne Broschen, funkelnde Ringe, Ketten mit Anhängern, in die bunte Edelsteine eingearbeitet sind. Er wird von der graumelierten Dame hinter dem Verkaufstisch misstrauisch beäugt und muss ein Weilchen warten, weil sie erst eine andere Kundin bedienen muss. Es ist eine junge blonde Frau in Hut und Mantel, sie lässt sich goldene Armbänder zeigen, probiert einige davon an und kann sich dann nicht entscheiden, welches sie kaufen will.

»Ich komme am Samstag mit meinem Mann …«

»Selbstverständlich, gnädige Frau …«

Die Kundin geht, und die graumelierte Dame schiebt die Schublade mit den Armbändern wieder in den Verkaufstisch hinein.

»Was kann ich für dich tun?«, redet sie Mischa an.

»Ich will etwas abholen«, sagt er und ärgert sich über ihren herablassenden Ton. Vorhin, als sie mit der blonden Kundin geredet hat, war sie betont liebenswürdig. Obgleich die gar nichts gekauft hat. Er zieht das Portemonnaie heraus und legt ihr den Abholschein vor. Sie schaut kurz darauf, dann läuft sie damit davon und kommt mit einem schwarzen Kästchen zurück.

»Bitte sehr«, sagt sie. »Wir haben es nach den Angaben von Herrn Dobscher angefertigt. Drei Brillanten. Und die Inschrift eingraviert.«

Sie klappt das Kästchen auf, und da liegt ein kleines Herz aus Gold. Darin blitzen drei kleine Edelsteine, und dazwischen steht:

In Liebe
Addi

Mischa wird ganz rührselig zumute, denn er weiß genau, für wen dieses Geschenk bestimmt ist. Es ist ein Anhänger, die zarte Goldkette liegt dabei.

»Vierhundertsiebenundneunzig Mark und fünfzig Pfennige«, sagt die graumelierte Dame sehr prosaisch in seine Rührung hinein. »Hast du das Geld dabei?«

»Natürlich. Haben Sie gedacht, ich wollte es bloß angucken?«

Ihre geschminkten Züge versteifen sich, doch als sie dann sieht, wie er die Scheine auf den Tisch zählt, wird sie wieder liebenswürdig. Was für eine alte Zicke. Hat Ähnlichkeit mit seiner Großmutter. Sie zählt gründlich nach und gibt ihm zwei Mark fünfzig zurück. Die legt er in Addis Portemonnaie und steckt es wieder ein. Inzwischen hat die Graumelierte das schwarze Kästchen wieder zugeklappt, jetzt wickelt sie es in rotes Geschenkpapier und bindet eine goldfarbene Schleife drum.

»Sei vorsichtig damit«, weist sie ihn an. »Es sollte nicht hin und her rutschen. Also halte die Schachtel möglichst gerade.«

»Vielen Dank!«, sagt er und steckt die Schachtel in die Innentasche seiner Jacke. Seitenlage. Anders geht es nicht. Wie soll er sonst damit Rad fahren?

Im Café Engel ist Addi inzwischen sehr müde geworden. Zeit für seinen Mittagsschlaf. Außerdem ist das Café jetzt voller Gäste, Tante Hilde und Tante Luisa tragen Kartoffelsalat mit Würstchen und Salatteller durch die Gegend.

»Kommst gerade richtig, Mischa«, ruft Addi ihm entgegen. »Hier wird es mir allmählich zu voll. Hast du alles erledigt?«

»Hab ich«, sagt Mischa und klopft sich auf die Brust, wo das Kästchen in der Innentasche steckt.

»Dann schlepp mich altes Wrack mal hoch in mein Bett!«

Das Hinaufsteigen geht noch langsamer als das Hinuntergehen. Sie brauchen gut eine halbe Stunde, bis sie oben sind, Addi muss zwischendrin auf den Treppenabsätzen lange verschnaufen. Oben in Addis Wohnung wartet Julia auf ihn. Sie ist während der letzten Tage häufig auch zur Mittagszeit hier; dann bringt sie etwas zu essen für sie alle drei mit und bleibt so lange, bis Addi gegessen hat und eingeschlafen ist. Heute will Addi ausnahmsweise mit Julia allein sein. Er lässt sich die Schachtel geben und bittet Mischa, für eine Weile in der Küche zu bleiben.

»Nix für ungut, Junge. Aber das ist eine Liebesangelegenheit. Das taugt nur zu zweit.«

»Versteh ich, Addi«, sagt er und grinst verständnisinnig. »Viel Glück!«

Er weiß natürlich, was Addi vorhat, und er ist neugierig, wie Julia dieses wertvolle Geschenk aufnehmen wird. Mischa sitzt am Küchentisch und starrt auf den Teller mit Schweinebraten, Rotkohl und Kartoffeln, den Julia ihm noch schnell zurechtgemacht hat. Er hat eigentlich einen Bärenhunger, aber er kann keinen Bissen herunterbekommen. Er muss daran denken, dass dieses Herz wohl eine Art Abschiedsgeschenk an Julia ist, etwas, was sie an Addi erinnern soll, wenn er nicht mehr lebt. Dann denkt Addi wohl, dass es bald mit ihm zu Ende geht. Und dabei haben sie alle geglaubt, es ginge ihm besser. Ach, Addi, denkt er. Du sollst nicht sterben. Du bist mein einziger Freund. Ich will nicht, dass du dich so einfach davonmachst und mich allein lässt!

Julia bleibt lange bei Addi, und Mischa ist versucht, an der Tür zum Schlafzimmer zu lauschen, aber er lässt es bleiben. Nach einer Weile hält er es nicht mehr aus und macht sich über das Mittagessen her, schlingt es hastig herunter und spült den Teller ab. Dann nimmt er sich eine Coca-Cola aus dem Vorrat, den er für Addi eingekauft hat, und trinkt sie aus. Weil er nun nichts mehr zu tun hat, räumt er in der Küche auf und nimmt sich ein Buch aus Addis Wohnzimmer. Karl May, *Der Schatz im Silbersee.* Aber weil Mischa kein großer Leser ist, schläft er schon nach den ersten Seiten ein.

»Mischa?«

Er fährt hoch und stellt fest, dass er am Küchentisch sitzt, den Kopf auf dem aufgeschlagenen Buch. Julia steht vor ihm, sie muss über sein verwirrtes Gesicht lächeln.

»Du kannst jetzt nach Hause gehen«, sagt sie. »Ich bleibe heute Nachmittag bei Addi.«

Sie hat wie immer ein raffiniert genähtes Kleid an. Dieses ist dunkelblau, was ihr zu dem roten Haar besonders gut steht. Sie trägt das goldene Herz um den Hals.

»Das … das ist ein wunderschönes Geschenk, nicht wahr?«, sagt er.

»Ja, Mischa«, sagt sie und berührt das Herz mit dem Zeigefinger. »Ich glaube, ich werde es sehr oft tragen. Wir meinen immer, dass wir noch so viel Zeit haben – aber in Wirklichkeit ist jede Minute kostbar, und man soll niemals versäumen, einem geliebten Menschen Gutes zu tun. Weil es eines Tages zu spät ist …«

Darauf weiß Mischa keine Antwort, er nickt nur und verabschiedet sich hastig. Er fährt mit dem Rad ziellos durch die Stadt, sieht hie und da einen seiner Freunde, trifft auch zwei Mädels, die ihm einmal gefallen haben und die er eigentlich schon lange mal zu einem Eis einladen wollte. Aber nicht heute. Heute hat er zu nichts Lust, in seinem Kopf geht es rund, er muss nachdenken, findet aber keine Ruhe dazu. Am Abend fährt er nach Hause in die Biebricher Allee und verkrümelt sich in sein Zimmer. Dort läuft er eine Weile im Kreis, grübelt, fasst einen Entschluss und verwirft ihn wieder. Klar, denkt er. Sie könnte sterben. Ist ja schon eine alte Frau. Aber was geht mich das an? Warum soll ich mich von ihr beleidigen lassen, bloß weil sie alt ist und sterben könnte?

Schließlich geht er barfuß die Treppe hinunter, schleicht sich in Augusts Arbeitszimmer und fischt den Brief unter der Schreibtischunterlage heraus. Er wird ihn lesen. Nichts weiter. Nur lesen.

LUISA

»Hört das Gefiedel jetzt endlich auf? Das ist ja nicht auszuhalten!«

Frau Schmieder unterstreicht die Wirkung ihrer kreischenden Stimme durch ein kräftiges Klopfen an der Wohnungstür. Luisa fährt erschrocken zusammen und hält die Nähmaschine an. Fritz, der Petras Geigenübungen begleitet, steht von seinem Stuhl auf.

»Ist es denn schon eins?«, fragt er Luisa im Flüsterton.

Er kann weder die Wanduhr noch seine Armbanduhr lesen. Immer noch sieht er alles verschwommen, beide Augen haben sich schwer entzündet.

»Es ist erst halb eins«, sagt Luisa.

Fritz geht zur Wohnungstür und öffnet sie. Draußen steht Frau Schmieder, die seit einigen Jahren ihre Nachbarin ist, denn sie ist in Swetlanas ehemalige Wohnung eingezogen.

»Bitte sehr«, sagt Fritz höflich. »Wir halten die Mittagsruhe von eins bis drei immer genau ein. Aber jetzt ist es noch nicht ein Uhr, Frau Schmieder.«

Frau Schmieder ist Kriegerwitwe und trinkt am Abend gern ein Bier. Wahrscheinlich auch tagsüber, das weiß man nicht so genau. Sie ist ungepflegt, das graue Haar steht ihr wild vom Kopf ab, die verwaschene Kittelschürze hat einen Riss, und ihre grauen Strümpfe sind immer voller Laufmaschen.

»Das ist doch piepegal, ob es eins oder fünfe ist«, schimpft sie weiter. »Das Gefiedel den ganzen Tag, das macht einen normalen Menschen ja ganz verrückt! Ich geh zum Ordnungsamt und zeig Sie an. Wegen ruhestörendem Lärm!«

»Es tut mir leid, Frau Schmieder«, erwidert Fritz. »Aber ich bin Musiker von Beruf und muss regelmäßig üben.«

»Dann gehen Sie doch in den Wald, da stören Sie keinen!«

Frau Schmieder gerät ins Schwanken, während sie ihren Zorn an Fritz auslässt. Sie muss sich an der Wand festhalten und verliert einen Hausschuh.

»Wir hören pünktlich um ein Uhr auf zu spielen«, sagt Fritz und macht die Wohnungstür wieder zu.

»Eine Frechheit, so was«, tönt es im Treppenhaus. »Das muss ich mir nicht bieten lassen. Wenn mein Mann noch am Leben wäre, da hätten Sie erst mal strammstehen müssen …«

»So 'ne alte Kuh!«, sagt Petra vernehmlich und rückt sich das Heft auf dem Notenständer zurecht. »Pass auf, Papa. Ich fang jetzt noch mal vorne an …«

Fritz setzt sich wieder zu seiner Tochter. Er kann sich in der Wohnung problemlos bewegen, nur manchmal, wenn jemand einen Stuhl verschoben hat oder wenn Marions Schulranzen im Weg steht, kann es sein, dass er darüber stolpert.

»Sag bitte Bescheid, wenn es eins ist, Luisa«, sagt er und wendet sich wieder seiner Tochter zu.

Luisa setzt die Nähmaschine wieder in Gang. Es ist eine Maschine mit mechanischem Antrieb, ein zuverlässiges Gerät, das Julia ihr vor Jahren überlassen hat, weil sie ihre Läden auf elektrische Nähmaschinen umgerüstet hat. Luisa ist froh über die Möglichkeit, für ihre beiden Mädchen Kleider zu nähen, denn das schmale Haushaltsbudget erlaubt es nicht, allzu viele neue Textilien anzuschaffen. Auch die Stoffe kosten viel Geld, daher hat sie heute kurzerhand den Vorhang im Badezimmer abgenommen, den Stoff gewaschen und gebügelt, und jetzt näht sie daraus zwei Kinderkleider. Wenn sie es geschickt anstellt, reicht es sogar noch für eine Bluse für Marion. Die kann Petra dann später auftragen. Mit den Wintermänteln schaut es in diesem Jahr schlimmer aus. Petra kann zur Not Marions alten Mantel übernehmen, wenn sie die Ärmel kürzt und einen hübschen Stoff auf den schäbigen Kragen setzt. Aber Marion braucht auf jeden Fall einen neuen Mantel. Luisa ist schon durch die Warenhäuser gelaufen, um nach günstigen Angeboten zu schauen. Aber momentan sind Wintermäntel für Kinder noch schrecklich teuer.

Vielleicht könnte sie ja aus Fritz' karierter Jacke einen Mantel nähen, den müsste sie allerdings abfüttern, damit er warm hält. Es ist keine leichte Aufgabe, sie wird mehrere Abende dazu brauchen, und die späte Arbeit fällt ihr schwer, weil sie meist sehr müde ist. Sie arbeitet vier Mal die Woche im Café Engel, das bringt etwas Geld in die schwindsüchtige Haushaltskasse, aber wenn sie dann nach Hause kommt, ist sie fix und fertig. Zwei Mal pro Woche fährt sie mit Petra nach Frankfurt in die Hochschule, wartet geduldig im Flur, bis Petra ihren Unterricht absolviert hat, danach fahren sie wieder zurück nach Wiesbaden, und sie hat gerade noch Zeit, die Einkäufe zu erledigen. Fritz tut, was er kann, um ihr die Hausarbeit zu erleichtern, er hilft in der Küche, so weit es ihm möglich ist, legt die Wäsche zusammen, unterstützt Marion bei den Hausaufgaben und begleitet Petras Geigenübungen. Aber natürlich ist er schrecklich deprimiert, und er macht sich Sorgen um ihre Zukunft. Tagsüber nimmt er sich zusammen, weil er die Kinder nicht beunruhigen will, aber wenn sie am Abend miteinander im Bett liegen, hat sie Mühe, seinen geknickten Lebensmut wieder aufzurichten.

»Es dauert eben seine Zeit, Fritz. Eine Entzündung geht irgendwann vorbei, und dann kommt alles wieder in Ordnung ...«

»Dr. Brucker hat gesagt, so ein Fall sei ihm noch nie vorgekommen. Wieso habe gerade ich dieses Pech?«

»Hab noch ein wenig Geduld, Liebster. Denk daran, dass er deinem linken, kriegsversehrten Auge ein besseres Sehvermögen verschafft hat. Niemand hätte geglaubt, dass das noch möglich ist.«

»Leider merke ich davon nichts, weil es fast schlimmer entzündet ist als das rechte Auge …«

»Das geht vorbei … Später wirst du mit beiden Augen sehen können – das ist doch mehr, als zu erwarten war.«

Er seufzt leise und streichelt ihre Hand.

»Ich weiß doch, wie hart das alles für dich ist, Luisa«, flüstert er. »Und nun musst du dir auch noch mein Gejammer anhören …«

Sie küsst ihn zärtlich, rutscht zu ihm hinüber und schmiegt sich an ihn.

»Wir schaffen das gemeinsam, Fritz. Wir zwei und unsere beiden Mädels, wir gehören zusammen. Da kann kommen, was will!«

Sie versteht ja, dass ihm die Nerven blank liegen, dass seine Geduld am Ende ist und die Verzweiflung immer dicht an seiner Seite steht. Seit Monaten quält er sich mit Schmerzen, die Tropfen, die der Arzt ihm verordnet hat, helfen nicht, und es ist keine wirkliche Besserung in Sicht. Jeden Morgen sind seine Augenlider verklebt, er muss sie mit warmem Wasser baden, damit er die Augen überhaupt öffnen kann. Dann wartet er ein Weilchen und hofft, dass sich eine Besserung zeigt, aber bisher wurde er immer enttäuscht. Er ist krankgeschrieben, sitzt den ganzen Tag zu Hause herum, ist beständig auf Hilfe angewiesen und sorgt sich, dass man ihm seine Stelle im Orchester, die er sich so mühsam erkämpft hat, schließlich noch kündigen könnte.

Er hat ein Haushaltsbuch geführt, bevor sich seine Sehfähigkeit so dramatisch verschlechtert hat. Dort hat er akribisch alle Einnahmen und Ausgaben eingetragen. Er hat auch notiert, wie viel er jeden Monat auf das Sparkonto getragen hat. Auf seine Bitte hin hat Luisa diese Aufgabe übernommen, aber weil sie zu viel zu tun hat, ist sie mit den Eintragungen im Rückstand. Das ist im Grunde gut so, denn es gibt mehr Ausgaben als Einnahmen. Vor allem fehlt der zusätzliche Verdienst durch die

Sommerkonzerte, die Fritz allesamt absagen musste. Dazu kommen Petras teurer Unterricht, die Fahrtkosten nach Frankfurt zwei Mal in der Woche, und außerdem müssen beide Mädchen neue Winterschuhe haben. Es reicht an allen Ecken und Enden nicht – deshalb hat Luisa schon mehrfach heimlich eine kleine Summe vom Sparbuch abheben müssen. Was sie ihrem Fritz bisher verschwiegen hat, schließlich hat er schon genug Sorgen.

Luisa näht die letzte Naht an Petras neuem Kleid, schneidet die Fäden ab und hält das Kleid hoch, um zu sehen, wie es gelungen ist. Sie ist sehr zufrieden. Niemand sieht dem hübschen geblümten Kleidchen an, dass es einmal ein Badezimmervorhang gewesen ist.

»Es ist ein Uhr, Fritz«, sagt sie mit Blick auf die Wanduhr. »Ihr müsst jetzt aufhören.«

»Nur noch einmal durchspielen!«, mault Petra.

Aber Fritz will, dass sie die Geige zurück in den Kasten legt, er möchte sich auf keinen Fall Ärger mit dem Vermieter oder gar mit dem Ordnungsamt einhandeln. Petra stampft mit dem Fuß auf, der Notenständer fällt um und prallt gegen die Kommode, die Noten verteilen sich auf dem Fußboden.

»Deine Schuld, Papa!«, schimpft Petra zornig. »Herr Bünger hat gesagt, ich muss üben, und du lässt mich nicht!«

»Aber du kannst doch heute Nachmittag noch üben, Petra«, sagt Fritz beschwichtigend.

Luisa muss eingreifen, denn Fritz lässt seiner Jüngsten immer viel zu viel durchgehen. Energisch weist sie Petra an, die Noten aufzuheben und den Notenständer in die Ecke zu stellen.

»Und ich möchte nicht noch einmal sehen, dass du mit dem Fuß aufstampfst, Petra!«

Die Kleine zieht eine Grimasse, tut dann aber, was ihre Mutter angeordnet hat. Nur die Geige lässt sie auf dem Tisch liegen, statt sie zurück in den Kasten zu legen. Als Luisa sie darauf aufmerksam macht, sagt sie: »Mach ich gleich. Muss jetzt aufs Klo!«

Und weg ist sie. Luisa seufzt. Natürlich ist es lästig, dass man ständig aufräumen muss, aber das liegt daran, dass die Wohnung so eng ist. Auch sie selbst muss jetzt die Nähsachen vom Tisch räumen, damit sie für das Mittagessen decken können. Schlimmer ist, dass sich Petra in den vergangenen Wochen mehr und mehr zu einer kleinen Tyrannin entwickelt. Sie gibt Widerworte, stellt eigene Regeln auf und reagiert bockig, wenn sie getadelt wird. Luisa hat den Verdacht, dass dem Kind der Unterricht in Frankfurt und das Lob, das sie häufig für ihre musikalischen Leistungen einheimst, zu Kopf gestiegen sind. Das Klavierspiel hat sie schon seit einiger Zeit eingestellt, weil sie in Addis Wohnung mit Julia Wemhöner aneinandergeraten ist. Julia hat sie gebeten, mit dem Spielen aufzuhören, weil sie einen kurzen Mittagsschlaf halten wollte. Da war Fräulein Petra beleidigt und hat fortan nicht mehr bei Addi üben wollen.

Früher konnte Luisa solche Probleme mit Fritz besprechen, aber inzwischen vermeidet sie es, ihn zu belasten, und macht vieles mit sich alleine ab. Auch um Marion macht sie sich Gedanken. Während Petra sich zu einer krassen Egoistin entwickelt, wird Marion mehr und mehr zum besorgten Hausmütterchen. Das Mädchen hat den Kummer der Eltern mitbekommen, auch wenn sie sich beide bemühen, die Kinder nicht damit zu belasten. Marion hilft unaufgefordert in der Küche, sie wischt den Flur, räumt das Kinderzimmer auf, ist so oft wie möglich an der Seite ihres Vaters, um ihm etwas herbeizuholen, ihm vorzulesen oder ihm einen Kaffee zu kochen. Auch jetzt hat sie in der Küche die Kartoffeln geschält und auf den Herd gesetzt, die Karotten geputzt und kleingeschnitten, sodass Luisa sie nur noch kochen muss. Dazu gibt es Spiegeleier – für Fleisch ist jetzt, am Monatsende, kein Geld mehr da.

»Ich decke dann schon mal den Tisch, Mama«, sagt die brave Tochter, als Luisa in die Küche kommt. »Darf ich eine von den schönen Tischdecken aus dem Schrank nehmen?«

»Heute nicht, Marion. Am Sonntag.«

Sie ist eine Perfektionistin, ihre Tochter. Die Kartoffeln schält sie so sorgfältig, dass auch nicht die kleinste dunkle Stelle daran zurückbleibt, auch die Karotten hat sie wie mit dem Zentimetermaß genau geschnitten. Und wenn sie den Tisch deckt, könnte man glauben, man kommt in ein Restaurant. Sie faltet die Servietten zu kleinen Pyramiden und stellt sie auf die Teller. Luisa spart nicht mit Lob, aber die andere Seite der Medaille ist, dass Marions Schulnoten sich dramatisch verschlechtert haben.

Als sie zu viert am gedeckten Tisch sitzen und Luisa die Spiegeleier austeilt, läutet das Telefon.

»Geh nicht dran«, sagt Fritz. »Wir sind jetzt beim Mittagessen.«

Aber Petra hat in eigener Machtvollkommenheit schon den Hörer abgenommen.

»Petra Bogner!«

Fritz hat ihr beigebracht, sich mit ihrem Namen zu melden. Jetzt hält sie den Hörer einen Moment lang ans Ohr, verzieht verständnislos das Gesicht, dann winkt sie Luisa.

»Ein Mann …«, sagt sie. »Der will ein Objekt …«

Fritz steht auf und nimmt das Gespräch an. Luisa ist besorgt, sie warten täglich auf einen Anruf des Intendanten, der wissen will, wie lange Fritz voraussichtlich durch Krankheit ausfallen wird. Aber nach Fritz' Miene zu urteilen, ist dieser Anruf eher eine gute Nachricht.

»Tatsächlich? … Ja, das wäre genau passend … Das macht uns nichts aus … Natürlich, wir haben großes Interesse … Morgen Vormittag … Das ist sehr freundlich von Ihnen … Gegen neun Uhr … Ganz herzlichen Dank …«

Als er aufgelegt hat, ist er ganz zittrig vor Aufregung.

»Das war Herr Schober von Schober & Walter, erinnerst du dich, Luisa?«

»Der Makler? Na, so etwas. Dass der sich noch einmal bei uns meldet …«

Fritz hat Anfang des Jahres einen Makler mit der Suche nach einem passenden Häuschen im Grünen beauftragt. Aber nach einigen Besichtigungen haben sie beschlossen, dass es ihnen einstweilen noch zu riskant ist, einen hohen Bankkredit aufzunehmen. Nun fällt dieser Mensch ihnen also mit einem neuen Angebot ins Mittagessen. Und wie es scheint, ist Fritz restlos begeistert.

»Stell dir vor, Luisa. Ein Häuschen in Bierstadt. Am Stadtrand – gegenüber sind nur Wiesen und Felder. Achthundert Quadratmeter Garten, neunzig Quadratmeter Wohnfläche.«

Die Mädchen machen große Augen. Umziehen in ein Haus! Ein eigenes Zimmer für jede von ihnen! Ein Garten zum Spielen. Vielleicht sogar ein Hund!

»Mama, krieg ich dann eine Schaukel?«

»Ich will ein Klavier in meinem Zimmer!«

»Darf ich dann auch Blumen pflanzen?«

»Kann ich dann Geige spielen, so lange ich will?«

Luisa muss einen Moment warten, bis sich die Aufregung am Tisch gelegt hat. Fritz glüht förmlich vor Begeisterung. Mein Gott – was ist er nur für ein Traumtänzer!

»Hat er auch gesagt, was es kosten soll?«

»Achtzigtausend nur. Das ist geschenkt, Luisa«, sagt er und setzt sich wieder auf seinen Platz. »Das Haus ist ein wenig reparaturbedürftig, aber wir könnten viel selbst machen, hat Herr Schober gesagt.«

Luisa wird schwindelig. Achtzigtausend Mark! Das ist zwar weniger als die anderen Objekte, die ihnen angeboten wurden, aber immer noch eine horrende Summe. Auf dem Sparbuch haben sie einmal viertausend Mark gehabt, aber inzwischen sind es nur noch dreitausendsiebenhundert. Weil sie ja Geld abheben musste, um die Miete zu bezahlen.

»Aber Fritz …«, sagt sie.

Dann hält sie inne, weil sie sein glückliches Gesicht sieht und es nicht fertigbringt, ihn gleich auf der Stelle zu entmutigen.

»Es ist eine einmalige Gelegenheit, hat er gesagt«, redet Fritz weiter. »Ein Schnäppchen. Der Besitzer ist verstorben, und seine Kinder wollen es so schnell wie möglich verkaufen … Ich habe es mir reservieren lassen, und wir schauen es morgen zusammen an. Um neun Uhr holt er uns ab.«

Morgen hat sie eigentlich Dienst im Café Engel. Da muss sie anrufen und für den Vormittag absagen. Natürlich verliert sie dadurch wieder Geld. Übermorgen muss sie mit Petra zum Unterricht, da muss sie die Fahrkarten kaufen, sie hat fest mit dem Verdienst von morgen gerechnet. Aber es hilft ja nichts, sie wird irgendwie eine Lösung finden.

»Na schön«, sagt sie. »Anschauen kann man es ja einmal. Aber ich denke, wenn es so günstig ist, wird irgendwo ein Haken sein …«

»Ach!«, gibt Fritz lächelnd zurück, und er macht eine Handbewegung, als wollte er alle Bedenken vom Tisch fegen. »Achthundert Quadratmeter Grund, Luisa. Da können wir gärtnern. Damit sparen wir eine Menge Geld.«

»Da hast du recht«, sagt sie. »Allerdings könnten wir frühestens nächstes Jahr im Spätsommer etwas ernten.«

Das Mittagessen ist inzwischen kalt geworden, wird aber trotzdem aufgegessen. Danach kocht Marion für die Eltern Kaffee, und Luisa muss ihr regelrecht verbieten, den Abwasch zu machen.

»Hast du denn keine Hausaufgaben auf?«

Den Nachmittag über redet Fritz nur noch von der wunderbaren Gelegenheit, endlich zu dem langersehnten Häuschen im Grünen zu kommen. Er rechnet ihr vor, wie lange und wie viel sie monatlich an die Bank zahlen müssten, dass es zwar nötig sein wird, sich einzuschränken, dass sie dafür aber gesunde Luft und einen schönen Garten bekommen, dass niemand sich mehr über zu laute Musik beklagen wird und vieles andere mehr.

»Hast du auch überlegt, dass du dann mit dem Bus zum Theater fahren musst?«, versucht sie, seine Euphorie zu dämpfen. Aber er ist der Meinung, dass er auch mit dem Fahrrad fahren könnte, und außerdem wäre es dann wohl sinnvoll, ein Auto anzuschaffen.

»Ein Auto?« Jetzt ist er völlig im Land der Träume und Wünsche gelandet, denkt sie. »Ich habe keinen Führerschein …«, hält sie ihm entgegen.

»Aber ich habe einen.«

Sie schweigt, weil ihr das Gespräch allzu sehr ins Irrationale hineinläuft. Gerade eben hat er noch gefürchtet, nie wieder richtig sehen zu können und am Ende seine Stelle zu verlieren. Und jetzt will er Auto fahren. Ach, Fritz! Du verrückter, lieber Traumtänzer. Wie soll sie ihn nur einigermaßen unbeschadet wieder auf den Boden der Tatsachen zurückbringen?

»Du musst mir alles genau beschreiben«, sagt er, als sie am Abend miteinander im Bett liegen. »Jede Kleinigkeit kann wichtig sein. In ein paar Wochen kann ich ja wieder richtig sehen, aber morgen hängt alles an dir, Luisa.«

Das hat er gut gesagt, denkt sie. Alles hängt an mir. Und ich weiß nicht, wie ich es bewältigen soll.

Am folgenden Morgen steht pünktlich um neun der schwarzweiße Opel Kapitän des Maklers vor der Tür. Herr Schober begrüßt sie jovial mit Handschlag, streicht Petra väterlich über den Rotschopf und zeigt sich bekümmert über die »vorübergehenden Augenprobleme« seines Klienten Fritz Bogner. Wo die zweite Tochter denn sei? In der Schule, ach ja, natürlich.

Die Fahrt dauert nicht lange, Herr Schober pflegt einen flotten Fahrstil. In Bierstadt geht es um mehrere Ecken, durch schmale Wohnstraßen, bis sie schließlich vor einem verwilderten Garten anhalten.

»Der Garten ist momentan etwas ungepflegt, aber das kann man rasch wieder in den Griff bekommen.«

Luisa beschreibt ihrem Fritz, was sie sieht: Hoch stehendes Gras, das mit der Sense gemäht werden muss. Verwilderte Beete, auf denen das Unkraut wuchert, mehrere Obstbäume, alle schon knorrig und betagt, ein versumpfter Teich, Hecken, die jahrelang nicht mehr geschnitten wurden. Immerhin ein Brunnen und eine Pumpe. Es gibt Grundwasser, das man für den Garten nutzen kann. Ein kleiner Schuppen für Gartengeräte, von Winden und Efeu beinahe zugewachsen. Das Haus ist ein typisches Siedlerhäuschen, sieben Meter lang, fünf Meter breit. Das Dach muss innerhalb der nächsten zehn Jahre erneuert werden, die Fenster sind noch in Ordnung, wenn auch ein wenig verquollen. Hölzerne Klappläden, die noch intakt sind. Eine Terrasse, mit Backsteinen gemauert. Zwischen den Bodenplatten wächst Löwenzahn und Gras.

»Bäh!«, sagt Petra. »Da ist eine dicke Spinne. Hier will ich nicht wohnen, Papa.«

Im Haus riecht es muffig, was damit erklärt wird, dass lange nicht gelüftet wurde. Die Räume sind klein, im Wohnzimmer steht ein großer brauner Kachelofen, der angeblich das ganze Haus beheizen kann. Unten gibt es Wohnzimmer, Esszimmer, eine kleine Küche und eine Waschküche. Im Obergeschoss gibt es schräge Wände, dort befinden sich drei Schlafzimmer und ein Bad. Der Dachboden ist niedrig und nur als Stauraum zu nutzen. Überall sind die Tapeten zu erneuern, auch der Holzfußboden im Untergeschoss taugt nicht mehr viel.

»Und der Keller?«

»Tja«, sagt Herr Schober. »Der Keller ist leider etwas feucht. Sie können dort aber durchaus Kohlen, Eingemachtes und Kartoffeln lagern …«

Es riecht wie aus einer Gruft, als sie hinuntergehen. Fritz findet es nicht schlimm, in Lenzhahn auf dem Bauernhof, wo er groß geworden ist, waren die Keller auch feucht, man muss dort ja nicht wohnen, es ist nur ein Abstellraum.

»Den lassen wir irgendwann mal trockenlegen«, meint er. »Das eilt aber nicht. Ein paar Tapeten und den Fußboden abschleifen, wenn du das unbedingt willst. Dann können wir einziehen.«

»Hier stinkt's«, sagt Petra. »Und mein Zimmer ist viel zu klein. Und ein Klavier steht auch nicht drin …«

Luisa sagt erst einmal gar nichts. Sie ist nicht anspruchsvoll. Das Haus ist klein, aber immerhin solide gebaut. Und den Garten kann man herrichten. Sie bleiben vor dem Haus stehen, schauen über die Felder und Wiesen, sie beschreibt Fritz den Waldrand, der von hier aus zu sehen ist.

»Ich höre die Vögel singen, Luisa«, sagt er lächelnd. »Und ich atme frische Luft. Keine Autoabgase. Kein Lärm. Es ist genau so, wie ich es mir immer gewünscht habe.«

Am Preis ist nichts mehr zu rütteln, es gibt zahlreiche andere Interessenten, sie müssen froh sein, wenn sie nicht überboten werden.

»Geben Sie uns noch einen Tag Zeit«, sagt Fritz. »Ich muss mit der Bank sprechen, dann sage ich Ihnen Bescheid.«

Auf der Rückfahrt redet nur Herr Schober. Er erzählt ihnen von günstigen Krediten für Kriegsbeschädigte, lobt die angenehme Lage des Objekts am Ortsrand, die gute Anbindung durch eine Bushaltestelle gleich um die Ecke, die Einkaufsmöglichkeiten, die Volksschule, die zu Fuß erreichbar ist. Fritz bittet ihn, sie in der Friedrichstraße abzusetzen, dort befindet sich die Bankfiliale.

Luisa würde viel lieber gleich ins Café Engel laufen, um nicht so viele Arbeitsstunden zu verlieren, aber weil sie fürchtet, Fritz könnte enttäuscht werden, begleitet sie ihren Mann.

Man bittet sie in ein kleines Büro, und sie tragen dem Bankangestellten ihre Pläne vor. Verschiedene Akten werden herbeigeholt, das Sparkonto geprüft, das monatliche Einkommen der Familie erfragt, eine Aufstellung der Belastungen über mehrere Jahre hin berechnet. Der Zinssatz ist tatsächlich günstig, weil Fritz Kriegsbeschädigter ist, außerdem hat er eine feste Arbeitsstelle, und seine Frau verdient mit.

»Ich denke, der Sache steht nichts im Wege!«, sagt der Bankangestellte und lächelt ihnen gönnerhaft zu. »Ihre Augengeschichte ist doch nur vorübergehend, oder?«

»Natürlich. Ich hatte mehrere Operationen, die mein Sehvermögen entscheidend verbessern werden.«

Luisa kann es nicht fassen. Sie sind drauf und dran, sich ins Unglück zu stürzen. Sieht denn das dieser Bankmensch nicht? In spätestens einem Jahr haben sie so viele Schulden angehäuft, dass sie das Haus wieder verkaufen müssen. Dann haben sie nicht einmal mehr ein Dach über dem Kopf …

Am Abend kommt sie todmüde von ihrem Dienst im Café Engel nach Hause und findet ihren Mann am Tisch sitzend, ein aufgeschlagenes Schreibheft vor der Nase, den Stift in der Hand. Er trägt die dicke Brille, die der Optiker ihm angefertigt hat.

»Ich kann wieder lesen«, sagt er. »Ganz plötzlich ist es gekommen. Habe ich dir nicht gesagt, dass ich frische Luft und grünes Laub um mich brauche? Schau mal, ich hab den Grundriss unseres Häuschens gezeichnet …

Ist das alles nun Irrsinn oder ihre Rettung? Luisa weiß es nicht. Sie umarmt ihn und freut sich mit ihm über die lange erhoffte Besserung.

»Alles wird gut, Luisa«, sagt er. »Ich spüre es.«

JEAN-JACQUES

Eltville, im September 1959

Mit den besten Absichten ist er nach Wiesbaden gefahren. Er wollte es ihr erklären, ihr versichern, dass sie völlig auf der falschen Fährte war, sie in die Arme nehmen und ihr mit Zärtlichkeit und Leidenschaft beweisen, dass er nur sie liebt. Aber sie hat ihn gar nicht erst zu Wort kommen lassen. Wie eine Megäre ist sie auf ihn losgegangen, kaum dass er die Wohnung betreten hat.

»Du brauchst keine Ausreden zu erfinden, Jean-Jacques. Ich weiß, was ich weiß!«

Er ist zunächst verblüfft gewesen, dann hat er versucht, ihr den Wind aus den Segeln zu nehmen.

»Dann sag es mir, mon choux …«

Sie ist aufgestanden und hat die Zimmertür der Zwillinge zugemacht. Dann hat sie sich zu ihm umgedreht.

»Wochenlang hast du dich hier in Wiesbaden nicht blicken lassen. Einen Vorwand nach dem anderen bekam ich serviert. Die Gäste, die Arbeit im Weinberg, die Angestellten, das Auto … Und ich war dumm genug, deine Lügen zu glauben!«

Jetzt steigt ihm der Zorn hoch, und er muss sich zusammennehmen, um nichts zu sagen, was ihm hinterher leidtun wird.

»Du beschuldigst mich, zu lügen? Wie kommst du dazu?«

Sie hat das Kinn gehoben und geschnaubt. Wie eine bissige Stute.

»Hat die hübsche Simone etwa vor, sich für längere Zeit bei dir einzunisten?« fragt sie spitz. »Einstweilen scheint ihr beide euch ja sehr gut miteinander zu verstehen. Und das auf allen Ebenen, wie ich feststellen konnte!«

Nun wird er doch wütend. Er schlägt mit der Faust auf die Kommode, dass es kracht. Die Blumenvase, die darauf steht, hüpft ein Stück hoch und klirrt.

»Du bist vollkommen verrückt, Hilde!«, schimpft er. »Wie kommst du auf die Idee, ich würde mit Simone haben une petite affaire? Das ist ja so, als wollte ich sagen, du schläfst mit deinem Tortenmann.«

Jetzt ist es passiert. Ein Wort gibt das andere, der Streit ist da, schlimmer und leidenschaftlicher als je zuvor.

»Du hast wohl nicht mehr alle Tassen im Schrank! Ich und Richy? Das ist ja lächerlich. Richy ist ein Künstler, er hat uns aus den roten Zahlen herausgebracht. Weil dem Richy nämlich – im Gegensatz zu dir – das Café Engel am Herzen liegt!«

»Du sagst, mir liegt dein Café nicht im Herzen? Und was ist mit dir? Liegt dir mein Weinberg im Herzen? Davon merke ich nichts. Absolument rien!«

»Aber Simone liegt dir im Herzen, wie?«

»Das ist wahr. Weil sie ist ein lieber Mensch, und sie hat es nicht leicht im Leben ...«

»Und da musst du sie trösten? Mach dich nicht lächerlich!«

»Hier ist niemand ridicule. Sauf toi! Außer du!«

Sie haben sich angebrüllt wie zwei Hafenarbeiter, er hat mit der Faust auf die Kommode gehauen, und Hilde hat die Vase nach ihm geworfen. Und dann war sie auf einmal ganz ruhig. Von einer Minute auf die andere kalt wie Eis. So kann sie sein, seine Hilde.

»Es geht eben nicht mit uns beiden«, hat sie gesagt. »Du bist ein Winzer, und ich führe ein Café. Das sind zwei Welten. Ich denke, wir bereiten der Sache ein Ende.«

Er hat sie angestarrt und zuerst nicht begriffen, was sie meint. Aber dann hat sie ihm erklärt, dass sie Nägel mit Köpfen macht und sich schon bei ihrem Bruder August erkundigt hat. Die beste Lösung sei eine einvernehmliche Scheidung.

Er ist wie vom Donner gerührt. Nicht im Traum hat er an so etwas wie Ehescheidung gedacht. Schließlich ist das nicht ihr erster Streit, das schon gar nicht, aber bisher haben sie sich immer wieder versöhnt. Er liebt sie. Und sie liebt ihn.

Oder täuscht er sich da? Liebt sie ihn nicht mehr? Liebt sie tatsächlich diesen mickrigen Tortenmann? Das kann er nicht glauben. So eine Jammergestalt! Aber vielleicht braucht sie so einen. Einen, der ihr brav gehorcht. Einen Lakaien, den sie herumkommandieren kann. So einer ist er nicht. Er weiß, was er will. Er ist ein Mann und kein glatzköpfiger Schaumschläger.

»Wenn du das willst – bitte sehr!«, hat er ihr zornig entgegengeschleudert.

Dann hat er die Wohnung verlassen, ist in seine Goélette gestiegen und nach Eltville gefahren. Zu Beginn der Fahrt war er aufgewühlt, hat wüste Beschimpfungen vor sich hingemurmelt, zwei rote Ampeln überfahren und seine unschuldige Goélette zur Höchstgeschwindigkeit getreten. Erst als der Rhein in Sicht kam, ist er ruhiger geworden. Er hat das Tempo gedrosselt und gespürt, wie eine große Ernüchterung über ihn kommt. Das war wie eine schmerzhafte Leere in seinem Inneren. Ein Gefühl, als ob er krank wäre. Oder als ob jemand, den er geliebt hat, gestorben wäre.

Das tut sie nicht, hat er überlegt. Das ist eine leere Drohung. Sie ist eifersüchtig und will mich bestrafen. Sie will, dass ich Angst bekomme, das ist es, was sie will. Ich soll zu ihr gehen und sie um Verzeihung bitten. Ich soll Simone zurück nach Frankreich schicken und gehorsam nach Wiesbaden kommen, wenn sie mit dem kleinen Finger winkt. Aber da hat sie sich getäuscht. So geht eine Ehe nicht. So tötet sie die Liebe.

Aber vielleicht ist die Liebe zwischen ihnen ja schon tot?

Als er vor seinem Haus in Eltville anhält, steht Simone im Hof und winkt ihm aufgeregt zu.

»Was ist los?«

»Die Männer, die bei der Lese helfen, sind gekommen. Ich habe ihnen Kaffee gekocht und einen Imbiss gemacht. Sie warten auf dich, damit du sie einweist.«

Es ist jetzt nicht die Zeit, über die verlorene Liebe zu trauern. Er geht zu den drei Arbeitern, die schon eine gute Stunde für sein Geld untätig herumsitzen und Kaffee trinken, zeigt ihnen, wo die Tragkörbe sind, die Traubenscheren, lässt sie alles auf die Goélette laden und fährt mit ihnen hoch zu den Steillagen, die zuerst gelesen werden. Es ist eine harte Arbeit, wer zu lange in schräger Haltung steht, kann sich Zerrungen oder ein taubes Bein einhandeln. Max und Simone kommen dazu und helfen mit, Soldan bleibt unten bei der Goélette und kümmert sich um die Ladung, bringt ihnen ab und zu etwas zu trinken hoch. Im Grunde ist Jean-Jacques froh über die Ablenkung. Er gönnt sich keine Ruhepause, freut sich über die gut gereiften Trauben, schneidet selbst eine Weile, unterbricht dann, um beim Transport der gefüllten Körbe hinunter zur Goélette mit anzufassen. Es kann ein guter Wein werden, das hat er im Gespür. Vielleicht sogar ein Spitzenwein, die Krönung seiner bisherigen Arbeit. Alles stimmt, der Reifegrad, die Menge, die Qualität, und dazu haben sie großartiges Wetter für die Lese. Es ist trocken, die Sonne scheint ihnen sanft auf den Rücken, sie wärmt, brennt aber nicht mehr. Nur im Westen sind ein paar kleine Wölkchen – aber für die kommenden Tage ist kein Regen angekündigt.

Das Schicksal ist geizig. Es gibt mit der einen Hand und nimmt mit der anderen. Jetzt endlich geht es mit seinem Weinberg aufwärts – da redet seine Frau von Scheidung. Hat sie nicht an die Jungen gedacht? Was wird aus seinen beiden Söhnen, wenn Hilde mit der Scheidung ernst macht? Der Gedanke durchfährt ihn mitten in der Arbeit, er schneidet sich in den Finger und geht fluchend hinunter zum Wagen, um sich ein Pflaster auf den Schnitt zu kleben. Jetzt packt ihn die blanke

Angst. Er will seine Söhne nicht verlieren. Wenn Hilde vorhat, Frank und Andi von ihm zu trennen, dann dreht er durch. Dann wird er zum Berserker und holt sich seine Jungen mit Gewalt!

»Ist was passiert?«, fragt Soldan in seine Panik hinein. »Sie machen ja ein Gesicht, als wäre Ihnen der böse Feind erschienen.«

Jean-Jacques nimmt sich zusammen und grinst verlegen. »Hab mich in den Finger geschnitten. Ist mir seit zwanzig Jahren nicht mehr passiert …«

»Ja, das geht schnell«, sinniert Soldan mitfühlend. »Einmal nicht aufgepasst, und schon ist es geschehen. Die Meta, die hat sich mal den halben Zeigefinger abgesäbelt. An einer Hartwurst. Hat der Doktor wieder angenäht …«

Jean-Jacques findet die Schilderung gruselig, er macht, dass er wieder hoch zu seinen Weinstöcken kommt. Er sucht sich die schwierigste Lage aus und arbeitet mit höchstem Körpereinsatz. Es hat keinen Sinn, sich wilden Angstvorstellungen hinzugeben, er wird heute Abend in aller Ruhe nachdenken und seine Entscheidungen treffen. Vielleicht nimmt er sich einen Anwalt, falls Hilde tatsächlich eine Scheidung durchziehen will, muss er seine Rechte vertreten. Er will seinen Weinberg und seine Söhne. Nicht mehr und nicht weniger. Basta!

Sie arbeiten bis zum Einbruch der Dunkelheit, werden aber trotzdem nicht fertig. Wenn das Wetter hält – und danach sieht es aus –, schaffen sie morgen den Rest. Dann wird gekeltert, darauf freut er sich. Und diese Freude lässt er sich nicht verderben.

Mit dem Nachdenken am Abend wird es schwierig. Er muss die drei Helfer in seinem Haus unterbringen, damit sie morgen gleich in aller Frühe anfangen können. Natürlich sitzen sie am Abend zusammen, essen und trinken, schwatzen über allerlei belangloses Zeug, und es wird halb elf, bis sie endlich schlafen gehen. Simone ist noch in der Küche, um das Geschirr abzuwaschen, er schaut kurz hinein und sagt ihr »Bonne nuit«.

»Was ist los mit dir?«, fragt sie.

Natürlich hat sie etwas gemerkt. Frauen haben einen feinen Sinn für solche Dinge.

»Gar nichts … Hab mir in den Finger geschnitten …«

»Zeig her!«

Er stöhnt, weil er seine Ruhe haben will und keine Krankenschwester braucht. Aber da hat sie schon seine Hand genommen und das vollgeblutete Pflaster abgezogen.

»Oh, das sieht nicht gut aus«, meint sie. »Da ist Schmutz hineingekommen, du kannst dir eine Sepsis einhandeln. Warte!«

Resigniert setzt er sich auf einen Küchenstuhl und betrachtet den Schnitt in seinem Finger. Ganz schön tief. Es tut jetzt auch weh, vielleicht hat Simone recht. Er ertappt sich bei dem Gedanken, dass die Trennung von seinen Söhnen so wäre, als hätte man ihm zwei Finger abgeschnitten. Schlimmer noch. Als hätte er beide Arme verloren.

Simone kommt mit der Hausapotheke, die Hilde seinerzeit im Badezimmer eingerichtet hat. Sie reinigt die Umgebung der Wunde mit einem alkoholgetränkten Tupfer.

»Jetzt musst du stark sein!«, sagt sie.

Gleich darauf sieht er alle Sterne und beißt die Zähne aufeinander, denn sie hat Jod auf den Schnitt geträufelt.

»Brennt es?«

»Ja …«, stößt er zwischen den Zähnen hervor.

»Gut!«

Sie lächelt ihn schelmisch an, schmiert Heilsalbe auf ein Stück Mull, legt es auf die Wunde und wickelt eine Binde um den Finger.

»Wie soll ich damit morgen arbeiten?«, knurrt er.

»Nur für heute Nacht. Morgen mache ich dir einen anderen Verband.«

Er bedankt sich und will ihr entschlüpfen, aber sie hält ihn zurück.

»War es wirklich nur der Schnitt im Finger, Jean-Jacques?«

»Wenn ich es dir sage!«

Sie lässt nicht locker. Darin ähnelt sie seiner Hilde.

»Du warst in Wiesbaden, nicht wahr? Was hat sie gesagt?«

Er hat keine Lust, ihr die Wahrheit zu sagen. Simone hat ihre eigenen Sorgen, das reicht. Ihr Ehemann hat angerufen, er warte auf sie, hat ihr die Hölle heiß gemacht, sie sei schließlich seine Frau und habe vor Gott geschworen, immer an seiner Seite zu sein. In guten wie in bösen Tagen. Von einem Neuanfang will er nichts wissen. Niemals würde er das Bistro aufgeben, es sei das Vermächtnis seines Vaters, das müsse er hüten. Simone hat geweint, weil alle ihre Hoffnungen nun dahin sind und sie nicht weiß, was sie tun soll. Natürlich hat er sie getröstet, ihr versprochen, dass sie bleiben kann, solange sie will. Soll er sie vielleicht zu ihrem kriminellen Ehemann zurückschicken? Er wird sie beraten und beschützen, sie ist seine Verwandte, und er mag sie gern. Weiter nichts. Und ausgerechnet in dieses Gespräch muss seine Hilde hineinplatzen. Unglücklicher konnte es nicht kommen.

»Sie war wütend. Aber wir haben uns geeinigt«, sagt er zu Simone. »Morgen erzähle ich dir mehr. Lass mich jetzt schlafen gehen, ich bin müde.«

Sie küsst ihn auf die Wangen und wünscht ihm eine gute Nacht. Es ist angenehm, ihre Zärtlichkeit zu spüren. Nach diesem scheußlichen Streit mit seiner Hilde tut es ihm richtig gut.

Von guter Nacht oder gar Schlaf kann jedoch keine Rede sein. Er sitzt im Schlafanzug auf der Bettkante und grübelt. Ein Rechtsanwalt. Das ist eine gute Idee. Der soll ihr einen Brief schreiben und seine Forderungen präsentieren. Er will seine Söhne! Dann muss sie sich die Sache mit der Scheidung gut überlegen. Genau so wird er es machen. Er ist nicht ihr Hampelmann. Er feuert zurück. Sie soll sich warm anziehen, wenn sie sich mit ihm anlegt.

Jetzt geht es ihm besser! Er legt sich hin, zieht die Decke hoch und sucht seine Schlafposition. Aber der Schlummer will sich nicht einstellen, so müde er auch ist. Stattdessen gehen ihm völlig überflüssige Dinge im Kopf herum.

Damals, als er als Fremdarbeiter nach Wiesbaden geschickt wurde, da hat er sie zum ersten Mal gesehen. Dünn war sie, es gab wenig zu essen, aber trotz allem erschien sie ihm unfassbar begehrenswert. Ihre Energie. Ihr harter Wille. Ihre rasche Art, sich zu bewegen, zu handeln. Ihr Mut. Er hat seine Leidenschaft zunächst versteckt, es war gefährlich, mit einer Deutschen anzubandeln, da drohten harte Strafen. Aber er hat natürlich gemerkt, dass auch sie ihn gern gesehen hat. Katz und Maus haben sie miteinander gespielt, und dann, in dieser irrsinnigen Nacht, da ist es passiert. Wie zwei Wilde sind sie übereinander hergefallen, ein wundervoller, lebensgefährlicher, übermächtiger Rausch, der leider allzu schnell vorüber war. Aber sie haben beide gewusst, dass sie füreinander bestimmt sind.

Zumindest haben sie das damals geglaubt.

Sie hat ihm erst nach Jahren gestanden, dass sie damals schwanger geworden ist und dass sie das Kind verloren hat. Da war er fix und fertig und hat geweint. Beide haben sie geweint. Und es hat sie noch enger zusammengeschweißt. Wie ein Wunder ist es ihnen erschienen, dass sie nach so viel Leid, so vielen Hindernissen schließlich doch noch zueinandergekommen sind. Er erinnert sich an die ersten Jahre ihrer Ehe. Die Freude über die Zwillinge. Wie stolz war er, Vater zweier Söhne zu sein. Er hat sie im Kinderwagen über die Anlagen beim »Warmen Damm« geschoben – sollten die Leute doch lachen, dass ein Vater seine Babys herumfährt. Er war glücklich. Die ganze Familie hielt eng zusammen, und er war mittendrin. Auch das hat ihm gefallen. Aber vor allem war er verliebt in seine Hilde. Beide waren sie verliebt. Allerdings …

Es ist eine besondere Art von Liebe zwischen ihnen. Weil

der Streit dazugehört. Von Anfang an war es so, sie haben oft gestritten, seine Hilde ist explosiv, und auch er kann aufbrausen. Wenn sie aneinandergeraten sind, dann flogen die Fetzen, und es gab Scherben. Umso schöner war aber die Versöhnung. Er überlegt, ob es vielleicht daran liegt. Vielleicht kann eine Liebe auf Dauer nicht mit dem Streit leben. Vielleicht kann eine Ehe nur von Dauer sein, wenn sie so ist wie die von Luisa und Fritz. So sanft. Immer sind sie der gleichen Meinung. Immer sind sie nett zueinander. Haben die beiden jemals gestritten? Wenn, dann haben sie es niemandem erzählt. Bisher hat er immer geglaubt, eine solche Ehe sei langweilig. Aber vielleicht ist sie auch langlebig?

Seine Eltern haben selten gestritten. Der Vater hatte immer das letzte Wort, und die Mutter hat sich gefügt. Nur manchmal hat sie etwas hinter seinem Rücken gemacht. Wenn es ihr sehr wichtig war. Dann war es geschehen, und er konnte es nicht mehr ändern. Er selbst wollte niemals solch eine Ehe führen.

Er dreht sich im Bett von einer Seite auf die andere. Von drüben, wo die drei Erntehelfer schlafen, sind kräftige Schnarchlaute zu vernehmen. Bei Simone, die Wand an Wand mit ihm liegt, ist nichts zu hören. Wenn er doch endlich einschlafen könnte. Verfluchtes Gedankenkarussell! Morgen muss er früh raus und will den ganzen Tag über in der Steillage arbeiten. Typisch, dass sich Hilde ausgerechnet den Herbst aussucht, wo der Wein gelesen wird. Konnte sie mit ihrer lächerlichen Eifersucht nicht im Sommer kommen? Aber so ist seine Hilde. Was sie macht, das macht sie gründlich.

Er schläft erst weit nach Mitternacht ein und ist erwartungsgemäß am Morgen wie gerädert. Muskelkater in den Beinen, der verdammte Schnitt im Finger tut weh, und die Augenlider kann er kaum hochhalten. Trotzdem macht er gute Miene beim Frühstück, steuert ein paar Scherze bei und lässt sich von Simone ein breites Pflaster auf den Schnitt kleben. Sie schützt seinen Finger zusätzlich mit einer Hülse, die sie aus einem abgeschnittenen Handschuhfinger zusammengebastelt hat. Kluges Mädchen. Trotzdem tut es beim Schneiden der Trauben zunächst unangenehm weh; später stumpft er ab und merkt es nicht mehr. Sie arbeiten bis zum Nachmittag, dann haben sie es geschafft, und sie können die Kisten mit den Trauben heimfahren. Es gibt mehrere Touren, weil die Goélette nicht alles auf einmal transportieren kann – aber gegen fünf sind sie fertig. Meta hat Speckkuchen gebacken, dazu trinken sie Wein, zum Nachtisch hat Simone eine Schokoladencreme angefertigt, die reißenden Absatz findet. Es wird schon langsam dunkel, als alle sich verabschieden und er mit Simone allein am abgegessenen Tisch zurückbleibt.

»Morgen wird gekeltert«, meint er. »Die Trauben haben viel Süße, das kann ein guter Wein werden.«

»Schön«, sagt Simone. »Aber ich fahre morgen nach Wiesbaden und rede mit Hilde. Das hätte ich längst tun sollen. Ich werde ihr alles erklären.«

Er hätte es wissen müssen. Sie hat einfach den sechsten Sinn, dieses Mädchen.

»Nein!«, sagt er energisch. »Ich will nicht, dass du zu ihr gehst. Das sieht ja so aus, als hätte ich dich geschickt. Aber das tue ich nicht. Ich bettele nicht um ihre Gunst. Und du wirst das auch nicht tun.«

Sie macht ein bedenkliches Gesicht, hebt die Hand und streicht ihm zart über die Wange.

»So schlimm steht es?«

»Ach was!«

»Unversöhnlich?«

Er stößt ärgerlich die Luft aus. Warum will sie das wissen? Es ist sein Problem. Sie soll sich da nicht einmischen.

»Das kommt schon wieder in Ordnung …«

Sie schweigt einen Moment, dann seufzt sie.

»Es tut mir so leid, Jean-Jacques. Ich hätte nicht die ganze Zeit hierbleiben dürfen. Das war nicht gut. Ich hätte nach Wiesbaden fahren und im Café mithelfen müssen.«

»Blödsinn!«, knurrt er. »In Wiesbaden hat sie genug Leute, aber hier in Eltville habe ich dich dringend gebraucht.«

»Es wäre trotzdem besser gewesen … Hilde ist so nett. Ich mag sie gern. Und ich will nicht, dass sie falsch von mir denkt.«

Er macht eine ungeduldige Bewegung und haut sich dabei den wehen Finger gegen die Tischkante. Er stöhnt und flucht.

»Lass mich nach deinem Finger sehen, Jean-Jacques.«

»Meinetwegen …«

So kommt sie wenigstens auf andere Gedanken. Das fehlte noch, dass sie vor Hilde Kniefälle macht. Sie haben nichts Unrechtes getan, sie beide. Deshalb muss Simone auch nichts erklären. Wenn Hilde so etwas von ihnen glaubt, dann nur, weil in ihrer Ehe schon vorher etwas kaputt war. Er hat es nur nicht gemerkt. Aber es kann nur so sein. Das ist ihm inzwischen klar geworden.

Sie kommt mit der wohlbekannten Hausapotheke zurück und widmet sich der Wundpflege. Wieder muss er die Zähne zusammenbeißen, aber dieses Mal nimmt er sich zusammen und lässt sich nichts anmerken.

»Sieht nicht schlecht aus«, meint sie. »Es wird aber eine Weile dauern, bis es geheilt ist, weil du dir tief ins Fleisch geschnitten hast.«

Er flucht. Morgen müssen die Stiele von den Trauben entfernt werden, dazu braucht er beide Hände. Er muss den Finger gut verpflastern, anders geht es nicht.

Simone beginnt, das Geschirr und die Gläser ins Haus zu tragen, er bläst die Kerzen aus und räumt die leeren Weinflaschen in eine Kiste, um sie in den Keller zu tragen. Als er wieder zurückkommt und die Aschenbecher ausleeren will, hört er ein Geräusch im Hof. Es klingt, als schleiche dort ein Tier herum.

Eine Katze? Nein, die bewegen sich normalerweise lautlos. Ein streunender Hund auf der Suche nach einem guten Bissen? Er mag Hunde. In der Küche gibt es noch Reste, die könnten dem armen Kerl schmecken. Aber zuerst muss er feststellen, wer da auf seinem Hof herumschleicht. Deshalb geht er zum Eingang und schaltet die Beleuchtung ein.

Im Hof steht ein Junge mit einem Fahrrad.

»Papa?«

Jean-Jacques traut seinen Augen kaum. Dann stürzt er los, rennt gegen einen Stuhl, hält sich rasch am Tisch fest.

»Frank! Was … wie kommst du hierher?«

»Ich wollte mit dir reden, Papa. Wegen Mama. Weil wir nicht wollen, dass ihr euch scheiden lasst …«

Franks Stimme klingt sehr hell und etwas jämmerlich. Jean-Jacques nimmt ihm das Fahrrad ab, es ist kaputt, die Kette ist abgesprungen, der Reifen hinten ist platt.

»Weiß die Mama, dass du hierhergefahren bist?«

Frank schüttelt den Kopf.

»Wo ist Andi?«

»Der wollte nicht mitkommen.«

»Komm erst mal rein. Hast du einen Unfall gehabt? Zeig mal her, du hast die Knie kaputt. Und was ist mit deinem Ellbogen? Verdammt noch mal – was machst du nur für dumme Sachen!«

Frank erscheint im Hoflicht sehr bleich, er ist völlig erschöpft und läuft steifbeinig, wegen der aufgeschürften Knie, neben Jean-Jacques her. Simone kommt aus der Küche und schreit auf vor Überraschung.

»Frank! Mon Dieu! Qu' est-ce que tu fais ici? Viens vite … Du hast blutige Knie …«

In der Küche wird der Junge auf einen Stuhl gesetzt, und Simone kümmert sich um seine Knie, verarztet den aufgeschürften Ellbogen, während Jean-Jacques seinem Sohn eine Abendmahlzeit zusammenstellt. Frank kaut hungrig Schinkenbrot und

Speckkuchen, trinkt dazu Apfelmost, zwischen zwei Bissen beantwortet er die Fragen seines Vaters. Ja, er ist einfach losgefahren. Er kennt ja den Weg. Aber unterwegs ist die blöde Kette zwei Mal abgesprungen, und er hat sie wieder aufmontieren müssen. Dann hat er sich einen Nagel in den Hinterreifen gefahren und einen Sturz gedreht. Und danach konnte er das Rad nur noch schieben …

»Ich will nicht, dass ihr euch scheiden lasst!«, wiederholt er. »Andi will das auch nicht. Der Mischa hat gemeint, ihr würdet euch schon wieder versöhnen. Aber Mama hat gesagt, das sei ganz ausgeschlossen. Und wir dürften von jetzt an nie wieder nach Eltville fahren …«

Jean-Jacques kassiert einen vorwurfsvollen Blick von Simone. Jetzt weiß sie also Bescheid. Na schön – er hätte es ihr auf Dauer sowieso nicht verschweigen können.

»Ich rufe Hilde an«, sagt sie. »Sie muss wissen, wo Frank ist. Sonst wird sie krank vor Sorge.«

»Das mache ich«, sagt er und steht auf. »Du kannst mit Frank schon hochgehen und sein Bett herrichten.«

»Wie du willst …«

Er hat wenig Lust, seine Frau anzurufen. Aber wenn er es nicht tut, wird sie vermutlich die Polizei alarmieren. Wenn sie das nicht schon längst gemacht hat. Hilde ist am Apparat, kaum dass die Verbindung steht. Er spart sich die Begrüßungsformalitäten und kommt gleich zur Sache.

»Er ist bei mir. Ist mit dem Fahrrad hierhergefahren.«

Sie braucht einige Sekunden, um den Schreck zu verarbeiten. »Bring ihn sofort zurück!«

»Mitten in der Nacht? Kommt nicht infrage. Er ist schon im Bett.«

»Er muss morgen in die Schule!«

»Ich fahre ihn.«

»Dann komme ich jetzt und hole ihn!«

Das fehlte noch.

»Merkst du nicht, was du den Kindern antust?«, schimpft er los.

»Das musst gerade du sagen!«, faucht sie zurück.

Es hat keinen Zweck, sich am Telefon zu streiten. Das führt zu nichts.

»Er bleibt hier, Hilde. Wir haben abgeschlossen und den Riegel vorgeschoben. Ich fahre ihn morgen in die Schule. Dort kannst du ihn abholen.«

Damit legt er den Hörer auf. Für wenige Minuten fühlt er sich gut. Er hat ihr gezeigt, dass er sich ihrem Diktat nicht beugt. Auch er hat einen harten Willen.

Doch als er gleich darauf die Treppe hinaufsteigt, um mit Frank zu reden, ist die überlegene Stimmung verflogen. Er muss den Jungen irgendwie beruhigen. Aber wie? Was soll er ihm sagen, ohne zu lügen?

Er muss sich etwas einfallen lassen …

MISCHA

Wiesbaden, im September 1959

»Was heißt Guten Tag?«

Mischa kaut an seinem Marmeladenbrötchen und runzelt die Stirn.

»Dobry den.«

»Gut«, sagt Sina.

Sie sitzen am Frühstückstisch, gleich wird Mama Sina in die Schule fahren. Bis dahin hört Sina ihn russische Vokabeln ab. Sie macht es sehr ernsthaft, wie eine kleine Lehrerin.

»Ich heiße Mischa«, fordert sie.

Er grunzt verärgert. Das Russischlernen hat sich als harter Brocken herausgestellt. Dabei hat er vor zehn Jahren einmal ganz gut russisch reden können. Damals, als er mit seiner Mutter für eine Weile in Swerdlowsk gelebt hat. Aber inzwischen ist fast alles aus seinem Hirn verschwunden. Unfassbar, wie leicht es Sina fällt, diese fremde Sprache zu lernen. Sie redet mit Mama auf Russisch, als sei sie in Russland aufgewachsen.

»Menja sowat Mischa ...«

Sie schüttelt den Kopf und verbessert ihn.

»Menja *sowut* Mischa ...«

»Dann eben *sowut* ...«, knurrt er. »Lass mich jetzt in Ruhe frühstücken, Sina!«

Sie lässt nicht locker. Bestimmt wird sie einmal eine Lehrerin. Oder eine Universitätsprofessorin. Genauso schaut sie jetzt schon aus mit ihrer Brille.

»Ich wohne in Wiesbaden«, will sie übersetzt haben.

Er nimmt einen Schluck Kaffee und schaut auf die Uhr.

Gleich halb acht, er muss los. Addi will einen Spaziergang machen, hat er gestern gesagt. In den Kurpark. Weil er den großen Teich sehen will. Das Meer, das würde ihm fehlen. Er träumt oft von der Zeit, als er noch zur See gefahren ist. Von den großen Schiffen auf dem Ozean, von den Stürmen und den riesigen Wellen.

»Ja schiwu w Wiesbadene …«

»Sehr gut«, lobt Sina ihn.

Dann wendet sie sich an Mama und redet Russisch mit ihr. Mischa versteht kein Wort, aber er ist froh, dass sie ihn jetzt mit den Vokabeln in Ruhe lässt. Mama schmiert ein Marmeladenbrötchen für Sina, sie gießt ihr Kakao ein, und wie es scheint, hat sie gefragt, was sie auf Sinas Schulbrot tun soll, denn sie steht jetzt auf und geht an den Kühlschrank. Mischa nimmt sich noch einen Schluck Kaffee; er ist heilfroh, dass sich Mamas übermäßige Fürsorge jetzt Sina zugewendet hat und er außen vor ist.

»Es tut so wohl, wieder meine Muttersprache zu sprechen«, hat Mama neulich gesagt. »Du hast mir eine große Freude gemacht, Sina!«

Sina strahlt, wenn Mama das zu ihr sagt. Schlaues Mädchen. Sie hat endlich den Trick gefunden, um sich in Mamas Herz zu schleichen. Dafür hat sie ziemlich lange gebraucht, aber jetzt funktioniert es. Komisch. Dabei wollte Mama zu Anfang auf keinen Fall russisch sprechen. Warum auch immer. Und jetzt ist sie auf einmal Feuer und Flamme, sie besorgt sich sogar russische Romane und liest sie. Frauen sind schwierige Wesen. Heute wollen sie dies, morgen das Gegenteil. Eigentlich versteht er nicht viel von Frauen. Die Mädels, mit denen er manchmal weggeht, sind nicht besonders kompliziert. Sie wollen tanzen, sie lachen viel, und einige wollen, dass er mit ihnen knutscht und sie küsst. Außerdem gefällt es ihnen, wenn er ihnen die Getränke in den Kneipen bezahlt. Mehr nicht. Er hat noch keine gefunden, die er längere Zeit um sich haben wollte. Eine Freundin braucht er nicht. Vielleicht, weil ihm noch keine so richtig gefallen hat. Tatsächlich – er hat sich noch nie verliebt.

»Soll ich dich nach der Schule zu Marion fahren, Sina?«, fragt Mama auf Deutsch.

»Nein, besser nicht. Mit Marion kann man überhaupt nicht mehr spielen, sie muss immer nur Geschirr abwaschen und Gemüse putzen. Nur am Morgen vor der Schule, da kommt sie schnell zu mir, weil sie die Hausaufgaben abschreiben will.«

»Das arme Ding«, meint Mama mitleidig. »Ich verstehe Luisa nicht, wie kann sie dem Kind solche Arbeiten aufhalsen.«

»Ich glaube, das kommt nicht von Luisa. Sie tut es gern«, sagt Sina. »Sie hat gesagt, dass sie bald in ein Haus in Bierstadt ziehen werden. Und dass sie dort einen riesengroßen Garten haben. Dann soll ich sie besuchen kommen.«

Mama weiß schon, dass die Bogners ein kleines Haus in Bierstadt gekauft haben. Allerdings hat sie zu August gesagt, dass Luisa sich große Sorgen macht, ob sie mit dem Geld zurechtkommen. Aber weil es Fritz jetzt besser geht, hoffen sie, dass es klappt. Mischa hofft das auch, weil er die Bogners gern mag. Aber er ist froh, dass er das Geigenspiel aufgegeben hat. Als Geiger muss man jahrelang wie ein Verrückter üben und verdient später nur sehr wenig Geld. Julia Wemhöner dagegen verdient richtig viel mit ihren drei Läden. Ein Geschäft zu führen, das bringt Kohle. Am besten mehrere Geschäfte, so wie Julia. Da kann einer reich werden, wenn er es richtig anstellt.

Jetzt hat Mama Sinas zwei Schulbrote eingepackt, eines mit Jagdwurst und eines mit Emmentaler. Dazu bekommt sie noch einen Apfel und einen Keks. Dabei ist seine kleine Schwester sowieso schon zu dick. Aber Mama findet es wichtig, dass sie alle viel und gut essen. Er steckt sich noch ein Stück Würfelzucker in den Mund, dann macht er sich fertig, um zu Addi zu fahren.

»Nicht das Fahrrad«, ruft Mama ihm nach. »Es kann regnen, und dann bist du nass. Ich nehme dich mit Auto mit!«

»Geht schon, Mama!«, ruft er über die Schulter.

Ohne Fahrrad fühlt er sich nur wie ein halber Mensch. Das Wetter ist ihm egal; wenn's regnet, wird er eben nass. Er ist ja nicht aus Zucker. Aber die Freiheit, dorthin fahren zu können, wohin er will – die ist ihm wichtig. Er steckt die Fahrradklemmen an die Hosen – das schaut zwar albern aus, ist aber wichtig, weil sich sonst die Hosenbeine in der Fahrradkette verheddern können. Das ist ihm einmal passiert – da hat er einen fulminanten Sturz hingelegt. Nie wieder!

August ist schon in seine Kanzlei gefahren. Der Brief von Mischas Großmutter liegt immer noch unter seiner Schreibtischmappe. Dass Mischa ihn inzwischen gelesen und wieder zurückgelegt hat, weiß August nicht. Es steht nichts Weltbewegendes drin, eigentlich nur das, was August ihm erzählt hat. Dass es ihr leidtut und dass sie ihn nun doch gerne kennenlernen möchte. Der Brief ist mit Schreibmaschine geschrieben und mit einer zittrigen Unterschrift versehen.

Lieselotte Stammler

Er hat eine Weile gegrübelt, ob er ihr antworten soll. Aber er ist keiner, der lange Briefe schreibt. Viel besser wäre es, sie anzurufen. Aber da bekommt sie am Ende wieder einen Schrecken und schreibt an August, dass sie zwei Wochen krank gewesen ist. Weil ihm keine weiteren Ideen gekommen sind, hat er die Sache auf die lange Bank geschoben. Und da liegt sie immer noch.

Von wegen Regen! Es ist sonniges Herbstwetter, die Luft ist klar, das dunkelgrüne Laub an den Platanen ist nur mit wenigen gelben Blättern gesprenkelt. Ein leichter Wind treibt gefallenes Laub über die Bürgersteige, die Leute tragen Sommermäntel und machen freundliche Gesichter. Er wird Addi einhaken und mit ihm langsam über die Straße gehen. Drüben sind Bänke, da kann er erst mal verschnaufen. Bis zum Kurpark ist es für einen alten Mann, der wackelig auf den Beinen ist, ganz schön weit. Aber wie er Addi kennt, schafft er das schon. Für den Rückweg wird er Tante Hilde bitten, sie mit dem Auto abzuholen. Ihr Käfer ist jetzt wieder repariert, sie hatte bei ihrem Unfall neulich den rechten Kotflügel und die Tür eingedellt. Sie ist eben eine Wilde, die Tante Hilde. Aber sonst ist sie ganz in Ordnung. Nur das mit der Scheidung, das ist völliger Schwachsinn. Hoffentlich machen sie das nicht.

Er stellt sein Fahrrad wie gewohnt im Hof des Café Engel ab, schließt es an und eilt die Treppen hinauf. Um diese Zeit ist es ruhig im Haus, weil Frank und Andi in der Schule sind, nur unten im Café wird gewerkelt, es riecht nach Kuchen und frischem Kaffee. Er wird Addi überreden, ein paar Törtchen zu kaufen, das Zeug schmeckt richtig gut. Wenn er Glück hat, sind noch ein paar Zwetschgentörtchen von gestern übrig; die neuen, die Richy heute herstellt, gibt es frühestens ab zehn Uhr.

Oben vor Addis Wohnung fischt er den Schlüssel aus der Hosentasche und schließt auf. Etwas ist anders heute. So still. Sonst ruft Addi ihn doch immer schon, kaum dass er die Tür aufgeschlossen hat. Schläft er noch? Mischa bleibt im Flur stehen und hat das Gefühl, dass sich etwas Schweres, Dunkles über ihn legt. Geh nicht hinein, sagt eine Stimme in seinem Inneren. Geh nicht hinein.

Addis Schlafzimmertür ist nur angelehnt, jetzt bewegt sie sich und Julia erscheint. Er sieht ihr starres Gesicht, und im gleichen Moment hat er begriffen. Es packt ihn so heftig, dass er sich gegen die Wand lehnen muss.

»Komm«, sagt Julia leise.

Sie geht zu ihm und legt den Arm um seine Schultern. Führt ihn vorsichtig ins Schlafzimmer und hält ihn, während er zum Bett hinüberschaut. Addi liegt ausgestreckt auf dem Rücken, seine Hände sind über der Brust gefaltet, er sieht beinahe so aus, als schliefe er. Nur die halb geschlossenen Augen und seine seltsam gelbliche Haut lassen erkennen, dass das Leben ihn verlassen hat. Mischa ist wie versteinert, er hat noch nie einen Toten gesehen. Er hat das Gefühl, fortlaufen zu müssen, weit fort, dorthin, wo es diese grauenhafte Starre, diese Verwandlung eines lebendigen Wesens zu einer toten Hülle nicht gibt. Aber er steht unbeweglich, kann kein Glied rühren, kann nur schauen und spüren, wie das Grauen langsam in ihn eindringt.

»Es ist in der Nacht passiert«, sagt Julia. »Ich habe es geahnt. Ich hätte bei ihm bleiben müssen, seine Hand halten, während er fortging. Aber ich war so müde …«

Sie weint. Noch nie hat er Julia weinen sehen. Er fühlt sich vollkommen hilflos, verharrt regungslos neben ihr und spürt nur, wie ihr Körper zittert.

»Den ganzen Abend hat er geredet. Wollte gar nicht mehr aufhören«, sagt sie mit heiserer Stimme. »Was hat er alles erzählt. Vom Theater. Vom Krieg. Wie wir beide im Keller gesessen haben, als die Bomben fielen. Wie er mich bei einem Bombenangriff einmal gepackt und hinuntergetragen hat, weil ich oben in meinem Versteck bleiben wollte … Ach, er hat mir unendliche Male das Leben gerettet … Und ich habe es ihm so schlecht gedankt …«

»Das … das stimmt doch gar nicht«, stößt Mischa hervor. »Sie waren die ganze Zeit über hier.«

Sie schenkt ihm einen zärtlichen Blick, schüttelt aber den Kopf.

»Ich hätte diese Villa nicht kaufen dürfen, sondern hier bei ihm bleiben müssen. Aber ich hatte nur mein Geschäft im Kopf, ich wollte beweisen, dass die kleine Theaterschneiderin Julia Wemhöner etwas Großes in die Welt setzen kann. Das Geld, das verdammte Geld – es hat mich verdorben. Ich habe ihn verlassen, seine treue Liebe verraten. Ach, ich wünschte so sehr, ich könnte die Zeit zurückdrehen. Aber es ist zu spät …«

Sie kann vor Schluchzen nicht weitersprechen, und jetzt endlich löst sich Mischas Starre. Er zieht sie mit einer ungeschickten Bewegung in seine Arme, hält sie an seiner Brust, streicht ihr mit schüchternen Händen über den Rücken. Sie lässt es geschehen, weint bittere Tränen der Reue und Verzweiflung an seiner Schulter, und ihr aufgelöstes, welliges Haar kitzelt seine Wange.

»Ach, Mischa«, sagt Julia und sie löst sich sanft aus seiner Umarmung. »Ich bin so froh, dass du bei mir bist. Addi hat dich gern gehabt. Einmal hat er gesagt, dass du wie ein Sohn für ihn bist.«

Mischa nickt. Jetzt erst kommt die Trauer über Addis Tod über ihn. Nie wieder wird er am Morgen in diese Wohnung gehen, niemals wieder bei ihm sitzen und lange Gespräche führen. Seine raubeinige, väterliche Art. Er war einer, der sich selber auf die Schippe nehmen konnte. Und er hat immer zugehört: wohlwollend, heiter, voller Verständnis. Und ehrlich. Aber nicht so, dass es verletzte. Wenn Addi sagte: »Da hast du aber ordentlichen Mist gebaut, Junge«, dann war das liebevoll, und Mischa konnte freimütig antworten: »Hast recht, Addi.«

»Magst du noch ein Weilchen allein bei ihm bleiben und Abschied nehmen?«, fragt Julia.

»N… nein. Lieber nicht.«

So sehr er den lebenden Addi geliebt hat – der tote Addi ist ihm unheimlich, er möchte auf keinen Fall mit ihm allein sein.

»Dann komm mit hinüber. Wir müssen einige Dinge regeln und vor allem seinen letzten Willen erfüllen.«

Jetzt ist Julia wieder sie selbst, sie nimmt die Angelegenheiten in ihre Hände, tut besonnen, was notwendig ist. Er geht hinter ihr her, ohne sich noch einmal umzuschauen, und zieht die Tür hinter sich zu. Dann sitzt er neben ihr am Tisch und hört zu, wie sie telefoniert. Sie ruft den Arzt an, erklärt, dass Adalbert Dobscher heute Nacht verstorben ist, und bittet ihn, zu kommen. Dann muss er ihr das Wiesbadener Telefonbuch aus der Kommodenschublade bringen, und sie sucht ein Beerdigungsinstitut heraus. Redet mit dem Inhaber, ruhig und sachlich, erklärt, dass Herr Dobscher eine Seebestattung gewünscht hat, und lässt sich erklären, wie so etwas vonstattengeht. Danach lehnt sie sich erschöpft im Stuhl zurück und fragt Mischa, wie es ihm geht.

»So lala … Bin noch ziemlich neben der Spur.«

»Das ist kein Wunder. Ich koche uns jetzt einen Kaffee, und wir essen eine Kleinigkeit. Bist du einverstanden?«

Mischa spürt weder Hunger noch Durst, aber er begreift, dass sie noch nicht gefrühstückt hat, deshalb nickt er. Er ist sehr froh, dass sie das Heft in der Hand hat, dass sich etwas tut, dass das Leben weitergeht und er nicht länger diese schwere, düstere Stille ertragen muss. Addi ist tot. Das, was da drüben im Bett liegt, ist nicht Addi. Es ist ein Toter. Und er wünscht sich, dass er bald von dort verschwindet, damit er den richtigen Addi in seinem Kopf wiederbeleben kann. Seinen einzigen, besten Freund, den raubeinigen, gutmütigen alten Mann, den er wie einen Vater geliebt hat.

Er hilft Julia, den Tisch zu decken, das Brot zu schneiden, ein paar Lebensmittel aus dem Kühlschrank zu holen. Gemeinsam sitzen sie am Tisch und trinken Kaffee, er isst zur Gesellschaft ein halbes Butterbrot mit, und er spürt, wie der heiße Milchkaffee ihm guttut. Zugleich ist es schön und ungewohnt, mit ihr zu frühstücken, so als wären sie hier zu Hause und er wäre ihr Sohn. Ihr Vertrauter. Ja, so etwas ist er jetzt wohl auch. Ein vertrauter Freund. Und er ist stolz darauf.

Sie sprechen leise miteinander, es geht um praktische Dinge, die geregelt werden müssen. Sie ist noch sehr blass, aber sie hat sich gefasst, das Haar wieder aufgesteckt, die Tränen abgewischt. Im Ausschnitt ihrer Bluse leuchtet das goldene Herz, Addis Abschiedsgeschenk.

»Er hat ein Testament hinterlassen«, teilt sie ihm mit. »Darin hat er alles genau geregelt. Er hat es bei deinem Adoptivvater hinterlegt, aber ich kenne den Inhalt. Deshalb weiß ich auch, dass er auf See bestattet werden will.«

»Komisch«, meint Mischa. »Gestern wollte er noch unbedingt in den Kurpark, weil er den großen Teich sehen wollte. Er hat gesagt, dass er immer vom Meer träumt. Von den Schiffen. Und von den hohen Wellen …«

Julia lächelt. Ihr Lächeln ist voller Liebe und Traurigkeit, und er ist davon wie gebannt.

»Das Schiff, das über ein großes, dunkles Wasser fährt«, erklärt sie leise. »Es ist ein Symbol des Todes, Mischa. Der Fährmann bringt die Verstorbenen hinüber zur Insel der Seligen. Oder ins Schattenreich. Diese Vorstellung ist uralt, viele Menschen träumen von einer Reise übers Meer, bevor sie sterben.«

»Heißt das, man stirbt, wenn man vom Meer träumt?«, erkundigt er sich beklommen.

»Aber nein!«, beruhigt sie ihn. »Nur wenn du schon alt und sehr krank wärst.«

Jetzt hat sie einen Auftrag für ihn. Er soll hinunter ins Café Engel gehen und dort so diskret wie möglich verkünden, dass Addi heute Nacht verstorben ist.

»Die Gäste sollten nichts davon mitbekommen, Mischa. Schaffst du das?«

»Klar!«

Er ist froh, sich wieder bewegen zu können, und rennt die Treppen hinunter, als müsste er einen Rekord aufstellen. Im Café sitzt Opa Heinz mit Oma Else am Ecktisch, Hans Reblinger ist bei ihnen, auch Kantor Firnhaber und Sofia Künzel. Keine Chance, seine Nachricht ohne Aufsehen an den Mann zu bringen. Auch Tante Hilde ist schwer beschäftigt, sie serviert einer ganzen Gruppe Schauspieler das zweite Frühstück, Tante Luisa schneidet Tortenstücke und setzt sie auf kleine Teller. Unschlüssig steht er einen Moment lang herum, dann geht er in die Küche. Dort ist jedoch nur Richy, der seine Törtchen im Ofen überwacht und gleichzeitig mit einem Lappen den Arbeitstisch sauber wischt.

»Morgen …«, sagt Mischa.

»Hallo, Mischa«, sagt Richy und schaut ihn leicht verwundert an. »Willst du für Addi wieder Kuchen holen? Da ist noch Frankfurter Kranz von gestern …«

»Nee, danke«, sagt Mischa und muss schlucken.

Nie wieder, denkt er. Und er hat so einen Spaß gehabt, wenn ich den Löwenanteil vom Kuchen weggeputzt habe. Ich glaube, er hat den Kuchen nur meinetwegen gekauft. Hat selbst immer nur ein paar Löffelchen gegessen.

Jetzt endlich kommt Tante Hilde in die Küche. Sie ist in Eile, packt schnell das Tablett voll mit den bereitgestellten Wurst- und Käseplatten und fragt: »Geht's Addi gut, Mischa?«

Mischa räuspert sich und holt Luft.

»Wie man's nimmt. Er ist heute Nacht gestorben.«

Tante Hilde hält mitten in der Bewegung inne, dann stellt sie den Teller mit Käse wieder auf den Tisch zurück.

»O Gott!«, sagt sie. »Ist das wahr? Ich kann es gar nicht glauben.«

»Es stimmt, leider. Frau Wemhöner hat schon den Doktor angerufen. Und das Beerdigungsinstitut. Ich soll es euch sagen. So, dass es die Gäste nicht mitbekommen …«

Tante Hilde nickt drei Mal hintereinander. Sie ist ganz blass geworden. Richy kommt herbei und nimmt ihr das Tablett ab.

»Das hast du gut gemacht, Mischa« sagt sie. »Ich sage es den Eltern. Ach, das wird sie hart treffen … und Sofia Künzel erst … Ein Unglück kommt eben selten allein …«

Damit lässt sie das Tablett in Richys Händen zurück und geht hinaus. Mischa fühlt sich auf einmal ganz wackelig, er setzt sich schnell auf einen Küchenschemel, es wird ihm für einen Moment schwarz vor Augen.

»Möchtest du ein Stück Frankfurter Kranz?«, fragt Richy anteilnehmend.

»Ein Schluck Wasser wäre gut.«

Er trinkt ein Glas kaltes Wasser, danach fühlt er sich besser. Das war wohl der Schreck. Er ist froh, dass es nicht schon oben bei Julia passiert ist, das wäre ihm peinlich gewesen. Jetzt kommt Oma Else in die Küche, stürzt auf ihn zu und nimmt ihn in die Arme.

»Unser Addi!«, weint sie. »Ich hab's ja geahnt, dass es bald passieren muss. Aber trotzdem … Ach, unser lieber, guter Addi!«

Er ist erleichtert, als sie ihn wieder loslässt. Richy spricht sein aufrichtiges Beileid aus, dann kommen auch Opa Heinz und Sofia Künzel in die Küche. Sie alle jammern und weinen durcheinander, umarmen ihn, drücken ihn mehr oder weniger fest und sagen »armer Junge« zu ihm. Tante Luisa eilt herbei und nimmt das Tablett, stellt die Teller wieder drauf und trägt es hinaus. Tante Hilde bringt das Telefon, das eine lange Schnur hat, damit man auch in der Küche telefonieren kann.

»Wilhelm? Dass man dich endlich mal erreicht. Stell dir vor: Addi ist heute Nacht gestorben … Wenn ich es dir sage …«

Oma Else rüttelt Tante Hilde am Arm, sie soll ihrem Bruder ausrichten, dass er unbedingt zur Beerdigung kommen muss.

»Ja doch!«, wehrt sich Tante Hilde und dreht sich mit dem Hörer weg. »Was? Wer? Was für eine Karin? Nein, hat hier nicht angerufen. Sag mal, ich erzähle dir, dass Addi gestorben ist, und du hast nichts weiter im Sinn, als nach irgendeinem Weibsstück zu fragen? Du hast wirklich ein Gemüt wie ein Fleischerhund, Willi!«

Oma Else rüttelt Hilde schon wieder am Arm. »Wie kannst du so mit dem Willi reden?«

Hilde macht eine abwehrende Handbewegung und beugt sich vor, um besser hören zu können.

»Wie? Du willst sie heiraten? Schön, dass man das mal erfährt! Nein, ich weiß nicht, wann die Beerdigung ist. Wir sagen dir Bescheid.«

Damit legt sie auf und will eine andere Nummer wählen,

aber Oma Else drückt mit der Hand auf die Gabel des Telefonapparats.

»Was hat er gesagt?«

Hilde stöhnt.

»Heiraten will er. Eine gewisse Karin. Ein Kollegin.«

Jetzt braucht Oma Else einen Stuhl. Sie lässt sich neben Mischa auf einen Schemel plumpsen und hält beide Hände an ihre Schläfen.

»Heute bricht aber auch alles über uns zusammen. Heinz! Er will eine Schauspielerin heiraten. Dass ich das erleben muss!«

Opa Heinz bietet momentan jedoch wenig Tröstung, da ihm selbst die Tränen über die Wangen laufen. Luisa kommt wieder in die Küche und ruft: »Drei Mal Strammer Max und einen Salatteller …«

Dann stockt sie und sagt: »O Gott, Verzeihung. Es tut mir so leid. Aber was machen wir denn jetzt? Die Mittagsgäste kommen – sollen wir zumachen?«

»Kommt nicht infrage«, entscheidet Hilde. »Wir machen heute Abend zu, jetzt müssen wir durchhalten.«

Mischa sitzt dabei und lässt den Tumult an sich vorüberziehen. Alles ist so unwirklich. Ist Addi tatsächlich heute Nacht gestorben? Sitzt er hier in der Küche vor einem leeren Glas Wasser? Langsam steht er auf und geht durch den Seiteneingang des Cafés wieder nach oben, ohne recht zu wissen, was er dort tun soll. Auf der Treppe kommt ihm der Arzt entgegen, schüttelt ihm die Hand, sagt: »Mein aufrichtiges Beileid!« und eilt an ihm vorbei zum Ausgang. Oben in Addis Wohnung sitzt ein schwarz gekleideter Mensch mit dunkler Fliege. Er hat Julia mehrere bunte Kataloge vorgelegt und begrüßt Mischa mit feierlicher Miene. Es ist der Angestellte des Beerdigungsinstituts, der mit Julia bespricht, wie Addis Sarg aussehen soll, welcher Blumenschmuck darauf stehen soll und wo die Beerdigung stattfinden wird. Währenddessen kommen Oma Else und Opa Heinz in die

Wohnung, begrüßen Julia, reden von herzlichem Beileid und wischen sich die Tränen ab. Dann gehen sie ins Schlafzimmer, um den toten Addi zu sehen. Später kommt Tante Hilde mit Sofia Künzel, dann Luisa und Hans Reblinger, der schrecklich schnauft und von Luisa geführt werden muss.

»Magst du dich einen Moment hinlegen, Mischa?«, fragt Julia. »Geh hinüber in meine Wohnung, hier ist der Schlüssel.«

»Danke.«

Es ist gut, für eine Weile dem geschäftigen Trubel zu entkommen. In Julias Wohnung setzt er sich auf einen Sessel und schaut sich scheu nach allen Seiten um. Auf der Kommode stehen Fotos von Addi als Don Giovanni. Auch Bilder von Julia, die er jetzt ganz genau betrachten kann. Sie sieht darauf aus wie ein kleines Mädchen, findet er. Ein Mädchen mit Brille und üppigem, aufgestecktem Haar, das auf den Bildern dunkel aussieht, weil es Schwarz-Weiß-Fotos sind. In Wirklichkeit ist ihr Haar kupferrot. Eine Weile steht er und grübelt darüber nach, warum er nicht zwanzig Jahre früher geboren wurde, dann wird er von kräftigen Schritten auf der Treppe aufgeschreckt.

»Unser tief empfundenes Beileid«, hört er eine Männerstimme.

»Bitte kommen Sie herein. Hier entlang …«, sagt Julia.

Jetzt holen sie ihn, denkt Mischa erschrocken. Er öffnet die Wohnungstür einen Schlitz breit und sieht zu, wie zwei Männer vom Beerdigungsinstitut einen grauen Sarg die Treppe hinuntertragen. Der Sarg hat einen Deckel, sodass man den toten Addi nicht sehen kann. Er geht zum Fenster, öffnet es und beugt sich hinaus. Unten vor dem Hoftor stehen Leute, wahrscheinlich die Nachbarn. Einige weinen, die Männer haben die Hüte abgenommen, die Frauen halten sich Taschentücher an die Wangen. Jetzt sind die beiden Männer mit dem Sarg zu sehen, sie tragen ihn rasch aus dem Hof hinaus und schieben ihn in ein schwarzes Auto. Dann steigen sie ein und fahren mit dem toten Addi davon.

Mischa geht langsam hinüber in Addis Wohnung. Die Tür zum Schlafzimmer steht offen, und er wagt einen Blick in den Raum hinein. Das Bett ist leer, man sieht noch die Delle, die Addis Kopf auf dem Kissen hinterlassen hat. Vor dem Bett stehen seine alten, zerschlissenen Hausschuhe.

Addi ist fort. Und er kommt niemals wieder.

HILDE

»Du, Hilde?«, fragt August. »Na schön, komm halt mit herein.«

Hilde hat die Eltern in die Biebricher Landstraße gefahren, weil August heute allen, die es betrifft, Addis Testament vorlesen wird.

»Ich bin als Chauffeuse hier«, sagt sie beleidigt. »Aber wenn du willst, kann ich auch draußen warten.«

»Blödsinn! Komm rein. Die anderen sind schon alle da.«

In Augusts Arbeitszimmer haben sich die Eltern neben Julia auf den Ledersesseln niedergelassen, für Luisa und Mischa hat man Stühle dazugestellt. August schiebt Hilde seinen Schreibtischsessel zu, er selbst bleibt stehen.

»Können wir es schnell hinter uns bringen?«, fragt Mama. »Im Café ist Swetlana mit Richy allein. Um elf kommen die ersten Mittagsgäste, da muss ich in der Küche stehen.«

Typisch Mama, denkt Hilde. Es ist erst halb neun, und sie macht sich schon Gedanken. Früher war sie nicht so ängstlich. Vielleicht ist das eine Alterserscheinung? Sie ist jetzt fünfundsechzig. Da gehen andere in Rente.

»Es dauert nicht lange«, beruhigt sie August.

Er nimmt einen großen, verschlossenen Umschlag vom Schreibtisch und öffnet ihn mit dem silbernen Brieföffner. Alle sehen gespannt zu, wie er Addis Testament herausnimmt. Es ist mit der Hand geschrieben, eine große, schwungvolle Schrift.

Testament
Ich, Adalbert Dobscher, geboren am 12. Januar 1883 in Osnabrück, teile meine Hinterlassenschaft folgendermaßen auf:
Mein Klavier und alle Noten vermache ich Fritz und Luisa Bogner, wohnhaft in Wiesbaden, für ihre Tochter Petra.
Meine Ersparnisse – abzüglich der Beerdigungskosten – vermache ich Michael Koch, wohnhaft in Wiesbaden. Außerdem darf er sich in meiner Wohnung aussuchen, was ihm gefällt.
Alles, was mit meiner Zeit am Wiesbadener Theater zu tun hat, vermache ich Heinz Koch. Er kann darüber verfügen und damit tun, was immer er für richtig hält.
Die Möbel und was sonst noch übrig ist, soll Julia Wemhöner verschenken oder verbrennen. Ich bitte sie, dafür zu sorgen, dass die Wohnung leergeräumt wird, damit der nächste Mieter einziehen kann.
Meine sterblichen Überreste sollen verbrannt und auf See bestattet werden.
Adalbert Dobscher, den 28. Januar 1959

»Das war's schon?«, meint Mama. »Deshalb hätten wir doch nicht extra hierherfahren müssen, August!«

Papa wischt sich die Augen, er ist gerührt, dass Addi ihm seine künstlerische Vergangenheit hinterlässt. Luisa freut sich wahnsinnig über das Klavier und die Noten; sie erzählt, dass Petra sich immer ein Klavier gewünscht hat, aber sie hätten diese Anschaffung aufgeschoben, weil es doch einen Batzen Geld kostet.

»Ja, der Addi«, meint Papa, und er schnaubt in sein Taschentuch. »Ein Herz aus Gold hat er gehabt. Und er hat die Kunst geliebt.«

Mischa sagt nichts, er ist wohl von der Aussicht auf Addis Ersparnisse völlig überwältigt. Warum er allerdings ein Gesicht wie sieben Tage Regenwetter macht, versteht Hilde nicht. Auch

Julia Wemhöner ist schweigsam; sie hat den schwarzen Peter bekommen, weil sie die Wohnung ausräumen muss. Addi hat oben eine Menge Zeug gebunkert, da hat sie ordentlich zu tun. Aber sie hat ja Geld genug, da kann sie sich Leute dafür anheuern. Mama drängt zum Aufbruch, sie muss den Kartoffelsalat aus dem Kühlschrank nehmen, sonst ist der nachher zu kalt und schmeckt nicht. Luisa fragt Julia, ob sie das Klavier bis zu ihrem Umzug nach Bierstadt oben im Flur stehen lassen könnte, August steckt das Testament wieder in den Umschlag und legt es in eine Mappe.

»Kommenden Dienstag wird um vierzehn Uhr eine Trauerfeier für Addi in der evangelischen Kirche in Bierstadt abgehalten«, verkündet er. »Luisa hat es für uns vermittelt.«

Addi war evangelisch, ist jedoch nur selten zur Kirche gegangen und gehörte keiner Gemeinde an. Hilde fragt sich, ob er sich eine solche Trauerfeier gewünscht hätte, aber vermutlich hat Julia das für ihn arrangiert. Es gefällt Hilde nicht, sie hatte schon gehofft, dass die Beerdigung ausfällt, weil er doch eine Seebestattung will. Nun also eine Trauerfeier. Als ob sie nicht schon Ärger genug hätte.

Am Abend von Addis Todestag hat Papa ein Schild mit der Aufschrift »Wegen Todesfall geschlossen« an die Tür des Café Engel gehängt, und sie haben noch eine Weile mit Freunden und Verwandten zusammengesessen. Mischa und Julia Wemhöner waren da, Luisa ist gekommen, auch August und natürlich Sofia Künzel, die zum ersten Mal, seitdem Hilde sie kennt, blass und schweigsam war. Sie haben viel von Addi erzählt, von seinen großen Zeiten an der Oper, als man ihm Blumen und Geschenke auf die Bühne reichte und die Wiesbadener Damen jeglichen Alters ihm zu Füßen lagen. Jeder hatte etwas beizusteuern, und je später der Abend wurde, desto lebhafter die Gespräche. Es wurde getafelt und getrunken, man ließ den lieben, guten Addi hochleben, und Papa brachte einen Toast auf ihn aus.

»Er war ein großer Künstler und ein noch größerer Freund und Kamerad. Wir werden ihn nie vergessen!«

Nach dem Schrecken über seinen Tod hat allen dieser Abend gutgetan. Sie haben einander umarmt, als sie auseinandergingen, und Sofia Künzel hat gesagt: »Das war wie damals, als wir nach dem Krieg immer abends beisammensaßen. Nur unser lieber Addi hat gefehlt!«

Später, als Hilde mit ihrer Mutter noch die Küche aufgeräumt hat, ging der Ärger los.

»Hast du überhaupt deinen Mann angerufen?«, wollte Mama wissen.

Das ist typisch für Mama. Kümmert sich um Dinge, die sie gar nichts angehen!

»Warum sollte ich ihn anrufen?«

Mama hat das Geschirrtuch auf den Tisch geworfen und die Arme in die Seiten gestemmt. »Warum? Weil jemand ihm mitteilen muss, dass Addi gestorben ist.«

Hilde hat eine Weile verbissen geschwiegen, aber sie hat natürlich gewusst, dass Mama nicht lockerlassen wird.

»Du hast ihn also nicht angerufen.«

»Nein.«

Und dann ging es los.

»Was denkst du dir denn dabei? Er ist immer noch dein Ehemann, und es wäre schändlich, wenn er von Addis Tod aus der Zeitung erfahren würde. Also bitte, ruf ihn gleich morgen früh an!«

Diesen Befehlston kann Hilde überhaupt nicht leiden. Wie kommt Mama dazu, sich in ihre Eheangelegenheiten zu mischen? Es ist doch wohl ihre Sache, ob sie Jean-Jacques anruft oder nicht.

»Ruf du ihn doch selbst an, Mama, wenn du so viel Wert darauf legst!«

Mama hat das Küchentuch wieder aufgenommen und damit einen Teller so heftig poliert, dass man glauben konnte, sie wollte ein Loch hineinreiben.

»Wie kann sich eine erwachsene Frau nur so lächerlich benehmen? Gut, ich rufe ihn an. Weil ich unseren Jean-Jacques in mein Herz geschlossen habe. Er ist der Vater deiner Kinder und hat es nicht verdient, so behandelt zu werden. Schämen solltest du dich.«

Da hat es Hilde gereicht. So lässt sie sich nicht abkanzeln, auch nicht von ihrer Mutter. *»Unseren Jean-Jacques!«* Unglaublich! Sie hat den Abwasch stehen lassen und ist hoch erhobenen Hauptes aus der Küche gegangen. Nicht, ohne die Tür kräftig hinter sich zuzuknallen.

Natürlich hat Mama nichts Eiligeres zu tun gehabt, als am nächsten Morgen in Eltville anzurufen. Hilde hat das Gespräch von der Küche aus mitgehört, und sie hätte gern die Telefonschnur durchgeschnitten. Ganze zwanzig Minuten haben sie miteinander geredet. Addis Tod war schnell abgehandelt, aber dann ging es um die Zwillinge und den Kummer, den die armen Jungen nun haben. Ob Franks Knie heilen würden und ob Andi nicht doch aufs Gymnasium gehen sollte. Dass die Weinlese in vollem Gang sei und er viel Arbeit hätte, dass er hoffe, einen wirklich guten Tropfen zu produzieren und dass Simone fleißig bei der Lese mithelfen würde.

Der Einzige, der Verständnis für sie gehabt hat, war der gute Richy, der seine Baisertorte dekoriert hat und sie immer mitleidig von der Seite angeschaut hat.

»Ihre Frau Mutter sollte besser etwas leiser sprechen, nicht wahr?«, hat er schüchtern zu ihr gesagt. »Das ganze Café kann ja mithören.«

»Schön, dass Sie es auch bemerken«, hat sie ihm geantwortet.

Dann hat sie ihm geholfen, die Preiselbeertörtchen zu belegen. Das ist eine heikle Sache, weil die Beeren so schrecklich färben und man eine sichere Hand braucht, damit die Pudding-Sahne-Schicht am Rand nicht fleckig wird. Der Guss, den er den Törtchen zum Abschluss verpasst, ist einfach nur ein Gedicht. Richy ist ein unfassbarer Gewinn für das Café Engel. Und dabei ist er ein solch bescheidener, liebenswerter Mensch. Wenn sie daran denkt, dass Jean-Jacques ihn verdächtigt hat, in der Küche mit ihr geknutscht zu haben, steigt ihr wieder der Zorn hoch. Du liebe Güte – Richy ist ein Torten- und Kuchenkünstler, aber was seine Männlichkeit anbelangt, da könnte sie sich wirklich etwas anderes vorstellen. Ausgerechnet Jean-Jacques, der schon seit Monaten allein mit Simone im gleichen Haus wohnt und ganz offensichtlich ein Verhältnis mit ihr angefangen hat, muss ihr so etwas vorwerfen. Da kann er leugnen, so viel er will – sie weiß, was sie gesehen hat. Ganz so einfältig, wie er glaubt, ist sie nämlich nicht. Sie weiß von Chantal, dass die kleine Simone seinerzeit ganz schrecklich in ihren Schwager Jean-Jacques verliebt war. Nun ja – alte Liebe rostet nicht, wie man so sagt. Simone, die falsche Schlange, ist nach Wiesbaden gekommen, um sich ihren ehemaligen Schwarm wieder einzufangen. Es weiß doch jeder, dass es mit Simones Ehe nicht klappt, sonst wäre sie nicht so häufig in Neuville bei ihrer Schwester. Ach, es ist so demütigend, die Betrogene zu sein! Nie hätte sie gedacht, dass er ihr so etwas antun könnte!

»Aber Hilde!«, hat Mama neulich gesagt. »Du musst doch auch einmal verzeihen können!«

Sie hat gedacht, sie hört nicht recht. Mama meint tatsächlich, eine gute Ehefrau müsse den Fehltritt ihres Mannes mit dem Mantel des Schweigens bedecken und großmütig vergeben. Aber da hat sie sich getäuscht. Hilde lässt sich das nicht bieten, sie wehrt sich. Schluss und aus. Zwölf Jahre sind genug. Und außerdem – was ist das überhaupt noch für eine Ehe? Wann sehen sie einander? Vier Tage im Monat höchstens. Vier Nächte. Wer hat die täglichen Sorgen um die beiden Jungen? Sie natürlich. Und wenn er glaubt, nach der Scheidung würden Frank und

Andi wie gewohnt zu ihm nach Eltville fahren, dann hat er sich geschnitten. Ihre Kinder gehören zu ihr. Hierher ins Café Engel. Schließlich gehen sie ja auch hier in Wiesbaden zur Schule und haben hier ihre Freunde.

Nun wird es also eine Trauerfeier geben. Und sie weiß jetzt schon, was Mama tun wird. Sie wird Jean-Jacques anrufen und ihm ans Herz legen, Addi die letzte Ehre zu erweisen.

Als sie zurück ins Café Engel kommen, wartet dort der Statiker auf sie. Er hat eine Mittelglatze, die von dunklem Haar umgeben ist, braune Glubschaugen und ein Doppelkinn. Swetlana hat ihm ein Bier und eine Bockwurst mit Brot serviert, er muss sich erst den Senf aus dem Mundwinkel wischen, bevor er ihnen die Hand gibt und sich vorstellt.

»Hubert Meierhoff. Herr Koch hatte mich angerufen …«

Zum Glück nimmt sich Papa seiner an, steigt mit ihm hoch in die Wohnung der Eltern, um ihm die noch vorhandenen Pläne zu zeigen. Hilde stürzt sich in die Arbeit, setzt den Topf für die Bockwürste auf, mischt die Salatsoße und stellt die Beilagen bereit. Mama mengt den Kartoffelsalat noch einmal gut durch und würzt nach, Richy nimmt die fertigen Backwaren aus dem Ofen. Wenn sie alle hier am Werk sind, ist es eng in der Küche. Man müsste den Raum ein Stück in den Hof hinein erweitern, das wäre mal eine sehr sinnvolle Investition. Und natürlich neue Geräte anschaffen. Vor allem der Ofen ist total veraltet, ein Wunder, dass Richy so gut damit klarkommt. Auch der Kühlschrank taugt nicht mehr viel. Zwei Mal hat er schon den Geist aufgegeben, und sie mussten ihn reparieren lassen. Außerdem ist er zu klein. Seitdem Richy seine Törtchen kreiert, muss dort auch das frische Obst gelagert werden, damit es nicht frühzeitig schlecht wird, und das nimmt viel Platz weg.

Swetlana ist heute wieder einmal zerstreut. Sie verwechselt die Tische und bringt den Gästen die falschen Gerichte.

»Entschuldigung«, sagt sie in die Küche hinein. »Ich bin mit Gedanken durcheinander. Weil ich mir Sorgen mache, was Mischa wird tun, jetzt, wo Addi nicht mehr da ist.«

»Ach«, meint Hilde kopfschüttelnd. »Der Mischa ist doch ein patenter Bursche. Der findet schon was.«

»Aber er ist ganzen Tag fort und ich weiß nicht, wo …«

»Du musst Vertrauen zu Mischa haben«, meint Mama.

Swetlana seufzt, und Hilde sieht ihr an, dass dieser gute Rat sein Ziel verfehlt hat. Immerhin hat Swetlana jetzt entdeckt, dass sie auch eine Tochter hat. Früher hat sie Sina kaum erwähnt, aber jetzt kommt das Mädel nach der Schule ins Café Engel, wenn die Mutter dort Dienst hat, sie darf sich mit an den Ecktisch setzen und führt lange Gespräche mit Papa über Bücher, von denen Hilde noch nie etwas gehört hat. Aber Hilde ist ja auch keine Leserin.

Sie geht aus der Küche und hilft eine Weile beim Servieren, damit nicht noch mehr Chaos entsteht. Um halb eins muss sie hoch in die Wohnung, um das Mittagessen für sich und die Zwillinge zu richten. Sie bemüht sich momentan ganz besonders, eine vorbildliche Mutter zu sein, damit Jean-Jacques bei der Scheidung nicht etwa behaupten könnte, die Jungen würden von ihr vernachlässigt, weil sie zu viel im Café zu tun hat. Es gibt Bohnengemüse, Kartoffeln und Bratwurst, zum Nachtisch hat sie einige von Richys Törtchen mitgenommen. Auch eine gute Mutter muss praktisch denken. Leider sind die Zwillinge für ihre Bemühungen wenig dankbar, sie nörgeln am Essen herum, machen Blödsinn bei Tisch, und Frank fragt beharrlich, wann sie endlich wieder zum Papa fahren dürfen. Hilde hat ihm eine ordentliche Standpauke gehalten, als er heimlich mit dem Fahrrad nach Eltville ausgerissen ist. Am liebsten hätte sie ihm Hausarrest gegeben, aber das hat ihre Mutter verhindert.

»Mit Strafen erreichst du gar nichts«, hat sie behauptet. »Das führt nur dazu, dass sie denken, in Eltville sei es schöner als hier.«

Ausnahmsweise hat Hilde das eingesehen. Anstatt Strafen zu verhängen, ist sie mit den Zwillingen in den Zirkus gegangen, auch hat sie die beiden mehrfach mit dem Auto zu ihren Freunden in Sonnenberg gefahren und am Abend wieder abgeholt. Nach dem Essen werden allerdings erst einmal die Hausaufgaben erledigt, da ist sie eisern. In der Schule muss es stimmen, wenn die Jungen da Probleme bekommen, wird Jean-Jacques es vor Gericht geltend machen.

Heute ist es wieder einmal besonders anstrengend. Die Bratwürste schmecken angeblich »komisch«, die Bohnen haben Fäden, und überhaupt mögen alle beide lieber Fleisch als Gemüse. Nur die Törtchen schlingen sie begeistert hinunter und finden, dass sie noch einige mehr davon essen könnten. Hilde nimmt die Kritik gelassen hin und verordnet eine Ruhephase; um drei kommt sie hoch, dann werden Hausaufgaben gemacht.

»Und wann dürfen wir raus?«, will Frank wissen.

»Wenn die Hausaufgaben fertig sind.«

»Wir haben aber gar nichts auf!«

»Stimmt das, Andi?«

Andi, der lange Schlaksel, bleibt verlegen an der Tür zum Kinderzimmer stehen.

»Na ja …«, meint er vorsichtig. »Jedenfalls nicht besonders viel …«

»Wenn ihr jetzt schon anfangt, seid ihr früher fertig!«

Damit lässt sie die beiden allein und eilt nach unten ins Café, um Swetlana beim Servieren zu helfen. Inzwischen hat sich dort auch Sina angefunden, sie sitzt am Ecktisch vor einer Portion Kartoffelsalat mit harten Eiern, auf die Swetlana noch dick Mayonnaise geschmiert hat. Dabei ist das Mädel jetzt schon zu mollig, sie sollte besser nur grünen Salat und Tomaten essen. Aber Swetlana muss ihre Familie immer mit Butter und Sahne vollstopfen, sonst ist sie nicht glücklich. Sie selbst ist auch schon zu dick geworden, aber sie hat neulich behauptet, August gefiele sie so. Hilde hält das für eine Ausrede. Ihr Bruder liebt seine Frau, er würde ihr auch sagen, dass sie ihm gefällt, wenn sie dick wie ein Walfisch wäre. Aber das hat sie Swetlana besser nicht gesagt, auch für die Ehrlichkeit unter Schwägerinnen gibt es Grenzen.

Unten im Café arbeitet Hilde bis genau drei Uhr, dann läuft sie hinauf, um die Hausaufgaben zu kontrollieren. Natürlich hat Frank wieder bei Andi abgeschrieben, das merkt sie sofort, sie ist ja nicht blöd. Dafür muss er noch eine Matheaufgabe extra rechnen, nächste Woche schreiben sie eine Arbeit. In Mathematik ist Hilde gut, sie hat zwar nie Geometrie in der Schule gehabt, aber anhand der Aufgaben ihrer Söhne hat sie die Sache schnell begriffen.

»Na gut. Dann schiebt mal los, ihr zwei. Um halb sieben gibt's Abendbrot.«

Sie stürzen davon, ziehen die Schuhe an, ohne die Schnürsenkel zu binden, reißen die Jacken von der Garderobe und poltern die Treppen hinunter. Letzte Woche haben sie gemeinsam Franks altes Fahrrad wieder in Gang gesetzt, weil das ramponierte Unfallrad in Eltville geblieben ist.

Als Hilde wieder zurück ins Café kommt, sitzt der glubschäugige Statiker neben Papa am Ecktisch, und die beiden reden miteinander. Hilde würde sich gern dazusetzen, aber sie muss an die Kuchentheke, weil jetzt der Ansturm auf Kuchen und Törtchen in vollem Gang ist. Im Grunde tut sie das gern, es ist großartig, dass das Café Engel nun wieder gut besucht ist, dass in der ganzen Stadt ihre Törtchen gelobt werden. Aber momentan fühlt sie sich überlastet, alles ist ihr zu viel, manchmal ist sie so erschöpft, dass ihr schwindelig wird und sie sich rasch hinsetzen muss. Es liegt daran, dass sie nicht schlafen kann.

Sie ist es zwar seit Jahren gewohnt, allein im Ehebett zu nächtigen, weil Jean-Jacques viel Zeit in Eltville auf seinem Weingut verbracht hat. Aber jetzt ist es etwas anderes. Jetzt weiß sie, dass er niemals wieder hier neben ihr liegen wird. Nie wieder wird sie ihn anstoßen, weil er zu laut schnarcht. Nie wieder die morgendlichen zärtlichen und wilden Begegnungen. Nie wieder die leisen Gespräche, die sie am Abend geführt haben. Oh, es ist nicht so, dass sie ohne körperliche Liebe traurig dahinsiechen würde. Sie kann auch enthaltsam leben, wenn es sein muss. Und mit einem Ehemann zu schlafen, der zugleich ein Verhältnis mit einer anderen hat – das ist nicht ihre Sache. Was ihr jedoch fehlen wird, ist dieses vertraute Gefühl, das da ein Mensch ist, zu dem sie gehört. Vor dem sie keine – oder fast keine – Geheimnisse hat. Ein Partner, mit dem sie eine Reihe von glücklichen Jahren verbindet. Einfach ihr Jean-Jacques. Der Mann, in den sie sich vor mehr als zwölf Jahren unsterblich verliebt hat. Und den es jetzt nicht mehr gibt. Er hat sich langsam von ihr entfernt, Tag für Tag, Jahr für Jahr ist der Abstand größer geworden, und sie haben es beide nicht wahrhaben wollen. Und dann, ganz plötzlich, hat er den Schlusspunkt unter ihre Ehe gesetzt. Er hat sie betrogen. Hinterhältig und gemein betrogen. Niemals kann sie ihm das verzeihen.

Vielleicht ist es gut so. Besser ein Ende mit Schrecken als ein Schrecken ohne Ende. Weh tut es trotzdem. Ganz fürchterlich weh. Vor allem in der Nacht, wenn es im Haus so still ist und sie keine Möglichkeit hat, den ziehenden Schmerz durch Arbeit zu ersticken. Sie liegt auf dem Rücken und starrt in die Dunkelheit, wo die Bilder aus schönen Tagen wie ein Film vor ihr ablaufen. Der Tag, als er zurückkam. Krank und erschöpft haben sie ihn vor dem Café gefunden. Sie hat ihn gepflegt, ihn gefüttert und mit ihrem Körper gewärmt. Und er hat ihr schon bald seine Genesung bewiesen … Wie stolz er war, als die Zwillinge geboren wurden. Ach, die ersten gemeinsamen Jahre waren gewiss ihre schönste Zeit. Der Schnitt kam, als er sich das Weingut in Eltville gekauft hat. Von da an sind sie beide nur noch auseinandergedriftet.

Er ist nicht mehr der Jean-Jacques, in den ich mich verliebt habe, sagt sie sich. Er ist ein anderer geworden. Er hat mich betrogen, hat alle Versprechen gebrochen, die er einmal gegeben hat. Ein Fremder ist er geworden. Wie soll ich diesem Menschen jemals wieder vertrauen? Es ist gut und richtig, was ich entschieden habe. Auch für unsere Jungen ist es so besser. Einen solchen Vater haben sie nicht verdient!

Sie hat sein Bettzeug in den Schrank gepackt, weil sie es nicht länger neben sich haben mag. Auch im Bad hat sie seine Sachen beiseitegeräumt, nur der Rasierpinsel steht noch auf dem Glasregal über dem Waschbecken. Wie ein mahnendes Ausrufezeichen. Irgendwann wird sie das Ding in den Müll werfen. Später. Jetzt bringt sie es noch nicht fertig.

Am Dienstag müssen sie das Café Engel wegen der Trauerfeier für zwei Stunden schließen. Das ist ärgerlich, lässt sich aber nicht ändern, denn niemand, nicht einmal Richy, möchte es versäumen, von Addi Abschied zu nehmen. Sie fahren mit mehreren Autos zum Nordfriedhof, Hilde nimmt die Eltern und die Zwillinge mit, Swetlana hat Richy und Sofia Künzel im Wagen, dazu Wilhelm, der gerade noch rechtzeitig vom Bahnhof gekommen ist. August holt Luisa und Fritz ab. Mischa hat erklärt, er wolle mit seinem Fahrrad kommen, zu aller Überraschung steigt er am Friedhof jedoch aus Julia Wemhöners Auto.

»Hat sich so ergeben«, erklärt er kurz und knapp.

Die evangelische Kirche in Bierstadt ist ein romanischer Bau aus dem 11. Jahrhundert, der den Krieg unbeschadet überstanden hat. Viel wurde daran herumgebaut, zuletzt hat man jedoch die romanische Grundstruktur wieder herausgearbeitet, sodass man sich in dem einschiffigen Raum mit den Rundbogenfenstern fast wie im Mittelalter fühlt. Addis brauner Holzsarg steht auf einem niedrigen Postament, von zwei großen Leuchtern flankiert und mit einem üppigen bunten Blumengesteck bedeckt. Sie verteilen sich in den ersten beiden Bankreihen, die

Zwillinge sitzen zwischen Hilde und ihrer Mutter, damit sie unter Aufsicht sind. Julia und Mischa haben sich auf die andere Seite begeben, neben ihnen sitzt Swetlana, die jetzt leise mit Mischa flüstert. Es riecht nach Moder und Staub, wie in den meisten Kirchen, der Duft der Blüten auf dem Sarg mischt sich hinein, auch der Geruch von feuchter Kleidung, denn es hat angefangen zu regnen. Hinter ihnen füllen sich langsam die Bänke, Freunde und Nachbarn sind gekommen, Kollegen vom Theater, die Addi noch gekannt haben, auch Stammgäste aus dem Café Engel wie Hans Reblinger, Alma Knauss und Jenny Adler. Kantor Firnhaber sitzt oben an der Orgel, Fritz Bogner ist zu ihm hinaufgestiegen, er wird Auszüge aus einer Violinsonate von Johann Sebastian Bach spielen.

Hilde dreht sich immer wieder unauffällig um. Als die Orgel einsetzt und die Feier beginnt, ist sie erleichtert: Jean-Jacques ist nicht gekommen. Die Musik verklingt, der Pfarrer steht auf und geht nach vorn, um die Begrüßungsworte zu sprechen, er klappt das schwarze Büchlein auf, in dem er sich seine Stichworte notiert hat, und öffnet den Mund – da geht knirschend die Kirchentür, und ein verspäteter Besucher tritt ein.

»Papa!«, sagt Frank in glückseliger Freude. »Mama, da hinten ist Papa.«

»Pssst!«

Natürlich haben es alle gehört. Während der Pfarrer nun das Wort ergreift, spürt Hilde, wie hinter ihr gewispert wird. Jetzt lässt Jean-Jacques auch noch seinen Regenschirm fallen, und auch der Rest der Familie dreht sich nach ihm um. Frank winkt ihm zu, Andi hebt schüchtern die Hand.

Den Rest der Zeremonie verbringt Hilde in beständiger Anspannung. Immer wieder schauen die Jungen nach ihrem Vater, die Leute bemerken es, Hilde vernimmt leise Sätze wie: »Ach die armen Kinder …« Sie sehnt sich das Ende der Trauerfeier herbei. Aber das lässt auf sich warten. Julia muss dem Pfarrer eine Menge über den verstorbenen Addi erzählt haben, denn er holt in seiner Ansprache mächtig aus und rührt die anwesenden Trauergäste zu Tränen. Danach erklingt die Sonate für Violine, und ihr Vater, der hinter ihr sitzt, murmelt immer wieder: »Meisterhaft. Wunderbar. Großartig!« Hilde ist so genervt, dass sie die Musik kaum hört und stattdessen überlegt, was sie tun soll, wenn Jean-Jacques nachher die Familienmitglieder begrüßt, allen Freunden die Hände schüttelt und womöglich mit ihnen ins Café Engel kommt, wo man gemeinsam Kaffee trinken wird. Sie wird ihn ignorieren, so viel ist sicher. Aber natürlich werden sich die Jungen an ihn hängen, Papa wird sich neben ihn setzen und ihm erklären, wie sehr ihm das alles leidtut, und Mama wird ihm die besten Kuchenstücke auf den Teller legen. Und alle anderen werden sie beobachten und danach wochenlang Gesprächsstoff für boshaften Klatsch und Tratsch haben. Es wird einfach furchtbar werden, aber sie muss da jetzt durch. An so was stirbt man nicht.

Jetzt tritt der Pfarrer wieder nach vorn und breitet die Arme zum Schlusssegen aus. Wenigstens haben sie die Trauerfeier so gut wie überstanden. Jetzt kommt noch ein Orgelstück, dabei dürfen sie aber schon aufstehen und zum Sarg hinübergehen, um ihre mitgebrachten Blumen davor niederzulegen. Hilde reiht sich hinter ihrer Mutter und den Zwillingen ein.

Als sie ihren Strauß abgelegt hat und sich umdreht, sieht sie etwas ganz Erstaunliches. Die Kirchentür schließt sich langsam, jemand ist vorzeitig hinausgegangen. Der Platz, an dem Jean-Jacques gesessen hat, ist leer. Nur der nasse Fleck, den sein Regenschirm auf dem Steinfußboden hinterlassen hat, ist noch da.

Er ist gegangen. Ohne Gruß. Ohne sie in Verlegenheit zu bringen. Und seltsamerweise ist sie darüber ungeheuer traurig.

LUISA

Wiesbaden, im Oktober 1959

Luisa steht am Küchenfenster, das keine Gardinen mehr hat, und starrt auf die Straße hinunter. Regentropfen, die an der Scheibe herunterlaufen, trüben ihren Blick. Unten stehen breite Pfützen, die Passanten sind unter den Regenschirmen kaum zu erkennen. Sie seufzt tief und wendet sich ab. Natürlich muss es ausgerechnet heute regnen!

Die Küche schaut fremd und leer aus, drei Kartons mit Geschirr warten neben der Tür auf den Abtransport, auf dem Tisch stehen mehrere Thermoskannen und eine abgedeckte Schüssel, darin sind die belegten Brote, die sie schon fertig gemacht hat. Den Milchkaffee hat sie in Thermoskannen füllen müssen, sie hat die letzten Kohlen für den Küchenherd aufgebraucht.

Heute werden sie diese Wohnung, in der sie dreizehn Jahre gelebt haben, für immer verlassen. Zwar ist das eigene Häuschen noch längst nicht renoviert, aber sie ist sich mit Fritz einig, dass man so schnell wie möglich umziehen muss, um Miete zu sparen. Zum Glück hat Fritz einen Nachmieter gefunden: einen jungen Kollegen aus dem Orchester, dem seine Mansardenwohnung in der Langgasse zu klein geworden ist, weil er geheiratet hat. So müssen sie die dreimonatige Kündigungsfrist nicht einhalten. Trotz allem ist Luisa angst und bange vor diesem mutigen Schritt ins eigene Haus. Gewiss – es geht Fritz besser, die Entzündung ist geheilt, er sieht mit dem operierten Auge zwar nicht mehr ganz so gut wie früher, dafür ist in dem anderen Auge ein Rest von Sehfähigkeit aktiviert worden. Nun wird ihm ab und zu schwindelig, weil er es nicht mehr gewohnt ist, mit beiden Augen zu sehen. Aber Dr. Brucker hat ihm versichert, dass sich dieses Problem von selbst lösen wird. Am 15. Oktober endet seine Krankschreibung, dann wird er wieder im Orchester spielen.

»Vorläufig noch in der zweiten Geige«, hat er zu Luisa gesagt. »Das wird sich bald wieder ändern.«

Aber sie fürchtet, dass es für immer so bleiben wird. Junge Kollegen haben sich in der ersten Geige etabliert, Leute, die gut ausgebildet und ehrgeizig sind. Welche Chance hat ihr Fritz gegen sie? Sie schweigt, weil sie ihm den Mut nicht nehmen will. Gerade jetzt nicht, wo er so glücklich ist. Sein Traum wird wahr – sie ziehen in das eigene Haus im Grünen!

Zahlreiche freiwillige Helfer haben sich angekündigt. Im Wohnzimmer stehen die Kisten und Kartons gestapelt, sie hat schon seit Tagen gepackt, gestern Abend sind sie fertig geworden. Die Betten müssen noch abgeschlagen werden, alles andere ist transportbereit. Nur im Kinderzimmer wird noch gepackt – die Mädchen müssen ihre Spielsachen in eine Kiste legen.

»Ich will nicht umziehen!«, brüllt eine Kinderstimme.

Das ist Petra. Seit Tagen heult sie, ihre Kleider musste Luisa heimlich in den Koffer legen, nun will sie auch die Spielsachen nicht hergeben.

»Aber du bekommst ein eigenes Zimmer im Haus!«, sagt Marion.

»Ich will kein eigenes Zimmer. Ich will hierbleiben.«

»Gib das her, es kommt in die Kiste!«

»Neiiiin!«

Luisa muss eingreifen. Fritz sitzt im Wohnzimmer auf einem Karton und telefoniert mit einem Kollegen, der ihnen Noten abkaufen möchte. Addis Nachlass ist derart umfangreich, dass sie viele Noten verkaufen können, weil sie sie doppelt haben. Im Haus wird es vorerst kein Telefon geben, daran wird sich ihr Liebster erst gewöhnen müssen.

»Petra, du legst jetzt sofort deine Spielsachen in die Kiste!«, schimpft Luisa.

Die Kleine heult los, hockt sich trotzig in eine Ecke und umschlingt die hochgezogenen Knie mit den Armen. »Ich bleibe hier! Ich will nicht in das blöde Misthaus!«

Luisa muss ihren letzten Trumpf ausspielen. Eigentlich hatte es eine Überraschung für Petra sein sollen – aber die hat sie sich nun selbst verdorben.

»In deinem Zimmer im Haus steht ein Klavier!«

Petra reißt die Augen auf. Sie schaut ungläubig. »Wirklich?«

»Ja. Julia Wemhöner hat es gestern mit einem Spezialtransport dorthin bringen lassen.«

Sie kann die Wirkung ihrer Worte nicht mehr überprüfen, weil es an der Tür klingelt. Gott sei Dank – die Helfer sind da. Nun kann es endlich losgehen. Wenn sie diesen Tag hinter sich hat, wird sie drei Kreuze schlagen.

Vor der Wohnungstür steht jedoch Frau Schmieder, die Nachbarin. In Hausschuhen und Kittelschürze, das Gesicht von Tränen verquollen.

»Ach, Frau Bogner«, heult sie. »Dass Sie uns verlassen! Das verkrafte ich nicht. Wo wir doch immer eine so gute Nachbarschaft gehabt haben …«

Wie man sich täuschen kann! Sie haben eigentlich angenommen, dass die Schmieder froh ist, sie loszuwerden. Und jetzt heult sie sich die Augen aus.

»Es muss nun einmal sein, Frau Schmieder«, meint sie freundlich. »Dafür wird es für Sie etwas ruhiger.«

»Ach, das bisschen Musik … Das hat mich doch nie gestört!«

»Das freut mich sehr. Unsere Nachmieter sind ein sehr nettes, junges Paar. Er spielt Klarinette und sie ist Cellistin.«

Frau Schmieder ist von dieser Nachricht so entgeistert, dass es ihr die Sprache verschlägt. Zum Glück erscheinen jetzt die ersten Umzugshelfer auf der Treppe. Kantor Firnhaber – kaum zu erkennen unter seinem Regenumhang – hat zwei Kollegen von Fritz mitgebracht: Benno Olbricht, der im Orchester Kontrabass spielt, und Klaus Grünberg, den jungen Kollegen, der in wenigen Tagen hier einziehen wird.

»Wer hat denn dieses Sauwetter bestellt?«, erkundigt sich Olbricht und stiefelt an Frau Schmieder vorbei, um Luisa die Hand zu schütteln. »Na, dann mal her mit den schweren Kisten!«

Fritz eilt herbei, um die Freunde zu begrüßen. Gemeinsam gehen sie in die Wohnung und lassen Frau Schmieder im Flur stehen.

»Wir müssen auf den Kleinlaster warten«, erklärt Luisa. »Hilde hat es arrangiert. Einer ihrer Lieferanten stellt uns seinen Wagen für den Umzug zur Verfügung.«

Die Herren sind tatendurstig, man beginnt, die Betten auseinanderzunehmen, kräftige Hammerschläge erfüllen die Wohnung. Beinahe hätten sie die Türklingel überhört: Mischa erscheint in nasser Jacke, er ist mit seiner neuen Vespa gekommen. Gleich darauf kommt Hilde mit einem großen Kuchenpaket.

»Man hört euch schon auf der Straße!«, erklärt sie lachend und stellt den Kuchen auf einen Karton. »Ich habe uns was Süßes mitgebracht. Wer arbeitet, muss auch essen!«

Mischa schleppt schon die Einzelteile der Betten nach unten, um sie im Hauseingang abzustellen.

»Dass bloß nichts gestohlen wird«, stöhnt Luisa.

»Wer klaut denn ein halbes Bett?«

»Es gibt Leute hier, die können so gut wie alles gebrauchen.«

Oben will Fritz von Hilde wissen, wann der Kleinlaster denn käme.

»Um neun, hat Paule gesagt …«

Sie sehen auf die Uhr – es ist zehn nach neun. Hilde schaut aus dem Küchenfenster – außer ihrem VW und Mischas silberfarbener Vespa ist nichts zu sehen. Es regnet mittlerweile Bindfäden – genau das richtige Wetter für einen Umzug.

»Gib mal das Telefon, Fritz!«

Hilde erfährt, dass der Wagen eine Stunde später kommt, es muss noch rasch eine Lieferung zum Café Blum gebracht werden.

»Ausgerechnet!«, knurrt Hilde verärgert und legt den Hörer auf.

»Und was machen wir jetzt?«, überlegt Luisa.

»Wir frühstücken erst mal«, bestimmt Hilde.

Sie setzen sich auf die Kartons und lassen die Schüssel mit den Broten herumgehen. Marion teilt Tassen aus und schenkt Milchkaffee aus den Thermoskannen ein; Petra erscheint und setzt sich zu Hilde; die Musiker fachsimpeln über die Frage, ob die Operette tatsächlich tot sei und man in Zukunft nur noch Musicals aufführen würde; Hilde berichtet, dass sie Addis Wohnung nun herrichten lassen, weil Richy dort einziehen will. Als es klingelt, fahren alle zusammen, weil es gerade so gemütlich war, doch es ist nur Sofia Künzel, die Petra abholen will.

»Ich will nicht ins Konsertorium!«

Sofia ist widerspenstige Mädchen gewohnt, sie geht die Sache diplomatisch an.

»Weißt du, die wollen alle nicht glauben, dass du Beethovens Violinkonzert spielen kannst …«

»Kann ich aber wohl!«

Fritz schaut Luisa entsetzt an. Herr Bünger hat Petra streng verboten, sich schon an solch schwierigen Stücken zu versuchen, aber Petra hat sich heimlich die Noten aus dem Schrank geklaut und geübt, wenn der Herr Papa nicht zu Hause war. Sie werden das Schloss am Notenschrank richten lassen müssen, es ist schon seit Jahren kaputt.

»Dann musst du es ihnen vorspielen, Petra.«

Luisa weiß, dass ihre Tochter nur einige Auszüge aus dem Werk spielen kann, aber sie geht davon aus, dass auch Sofia sich dessen bewusst ist. Petra holt die Geige aus dem Kinderzimmer, die Noten hat sie listig unter dem Nachttisch versteckt.

»Fröhlichen Umzug allerseits!«, verabschiedet sich Sofia grinsend. »Swetlana bringt Petra nachher mit.«

Kantor Firnhaber ist unruhig geworden, er hat um zwölf eine Besprechung mit seinem Pfarrer, es geht um die anstehenden Konzerte.

»Wir könnten ja schon mal einige Möbelstücke nach unten tragen«, schlägt er vor.

Aber unten ist der Hausflur schon mit den Einzelteilen der Betten zugestellt, mehr passt nicht hinein, schließlich müssen die anderen Hausbewohner noch zu ihren Wohnungen gelangen.

»Möchte jemand einen Schnaps zum Aufwärmen?«, fragt Fritz.

»Kann nicht schaden«, meint der Cellist Olbricht.

Bevor Fritz die Flasche aus dem Karton in der Küche heraussuchen kann, ruft Hilde lautstark: »Da ist er! Der Laster! Es geht los, Freunde!«

Unten steht ein leicht angegrauter Kleinlaster, auf der Plane ist die Aufschrift: *Paul Müller, Bäckereibedarf* zu lesen. Gerade steigt Paule aus dem Wagen aus und schaut sich suchend um. Hilde winkt am Fenster.

»Hier sind wir. Bleib unten, wir bringen die Sachen runter!«

Mischa, Klaus Grünberg und Benno Olbricht greifen sich Kartons und steigen die Treppen hinab. Luisa folgt mit dem Gummibaum, den sie mit Packpapier gegen Verletzungen geschützt hat.

Paul Müller ist ein wohlbeleibter Mittfünfziger mit kleinen blauen Augen und einer gewaltigen Knollennase.

»Ich danke Ihnen ganz herzlich, dass Sie uns Ihren Wagen zur Verfügung stellen …«, beginnt Luisa die Begrüßung.

Paule nickt ihr nur kurz zu, er ist schon dabei, den rückwärtigen Teil des Lasters von der Plane zu befreien und die Ladeklappe herunterzukippen.

»Obacht geben, Herrschaften!«, warnt er. »Da hinten stehen noch drei Säcke Mehl und zwei Kisten Eier. Dass da nix drankommt!«

O Gott, denkt Luisa. Wenn die Eier kaputtgehen, müssen wir sie bestimmt ersetzen.

Indessen ist das Einladen in vollem Gange. Olbricht steht auf dem Wagen und nimmt die Sachen an, Mischa und Klaus Grünberg reichen zu. Paule kommandiert, wie gelagert werden muss, schließlich steigt er selber hoch und verstaut die Sachen.

»Erst mal die Möbel. Die Kartons kann man auch dazwischen legen. Pass doch auf, Junge. Hast mir das Brett beinahe in die edlen Teile gerammt. Sie da, mit der Regenjacke: Stellen Sie das erst mal ab, das kommt später dran. Die kleine Kiste da, die gib mal rauf …«

Die Wohnung leert sich schrecklich langsam. Die Kinderzimmer sind jetzt ohne Möbel, aber es stehen noch der große Wohnzimmerschrank und die Einzelteile des Elternschlafzimmers.

»Den Kühlschrank ganz vorsichtig runtertragen«, mahnt Luisa. Das gute Stück war schrecklich teuer und ist erst vier Jahre alt.

»Halt!«, schreit jemand im Treppenhaus. »Bringen Sie das sofort wieder rauf, es gehört zur Wohnung!«

Der Hausbesitzer, Herr Steigerhoff. Wieso ist der jetzt schon hier? Sie haben die Übergabe auf heute Abend um sechs angesetzt.

»Der Kühlschrank gehört zur Wohnungsausstattung!«, ruft er und stiefelt grußlos in den Flur.

»Guten Tag, Herr Steigerhoff«, sagt Fritz höflich. »Leider irren Sie sich, den Kühlschrank habe ich vor vier Jahren gekauft.«

Herr Steigerhoff ist kräftig gebaut, sein Gesicht hat einen Faltenwurf ähnlich einem Boxerhund. Frau Schmieder hat Luisa einmal zugeflüstert, er sei ein Zuhälter, besitze mehrere einschlägige Etablissements in der Altstadt. Aber es muss nicht alles wahr sein, was Frau Schmieder in ihrem Bierrausch redet. Zumindest Fritz und Luisa mögen das nicht glauben.

»Hier stand ein Kühlschrank, als sie eingezogen sind!«, behauptet Steigerhoff und stapft in die Küche. »Und den Herd müssen Sie mir auch ersetzen, der schaut aus wie aus dem Müll gezogen.«

»Nach zwölf Jahren ist das kein Wunder«, meint Luisa. »Wir mussten ihn mehrfach reparieren lassen, weil die Klappe für den Backofen nicht mehr gehalten hat.«

Steigerhoff reißt an der Klappe und hat sie gleich darauf in der Hand.

»Das ist deutsche Wertarbeit, noch gute Vorkriegsware. Den haben Sie ruiniert, und Sie werden ihn mir ersetzen. Und hier kommen überall neue Tapeten rein. Wie sehen denn die Böden aus? Das war picobello Linoleum, als sie eingezogen sind!«

Luisa wird es schwarz vor Augen. Wie sollen sie das bezahlen?

Das Geld für diesen Monat ist praktisch schon aufgebraucht, weil sie zu den Raten für den Kredit noch die Miete zahlen müssen.

Die Tür vom Badezimmer geht auf, und Hilde erscheint.

»Wer schreit denn hier so?«, fragt sie streng. »Ach, Sie sind sicher der Hausbesitzer, nicht wahr?«

Sie geht ohne Umschweife auf Steigerhoff zu und schüttelt dem Überraschten kräftig die Hand.

»Hilde Koch. Mir gehört das Café Engel auf der Wilhelmstraße.«

»Steigerhoff«, sagt er verdutzt und macht die zarte Andeutung einer Verbeugung. Die Besitzerin eines gutgehenden Cafés auf der Wilhelmstraße ist natürlich eine andere Klasse als ein armer Musiker.

»Falls es Probleme geben sollte«, fährt Hilde freundlich, aber kühl fort. »Herr Bogner wird von meinem Bruder vertreten. Rechtsanwalt August Koch. Wir wollen doch, dass alles nach Recht und Ordnung zugeht, nicht wahr?«

»Natürlich«, sagt Steigerhoff. »Die Wohnung muss instand gesetzt werden beim Auszug. Das steht so im Mietvertrag!«

»Das werden wir alles klären«, meint Hilde.

Mischa kommt aus dem Elternschlafzimmer mit einem großen Schrankteil.

»He!«, sagt er zu Steigerhoff. »Geh mal aus dem Weg. Hier wird gearbeitet!«

Steigerhoffs Gesicht schwillt rot an. So lässt er nicht mit sich reden.

»Frecher Lümmel! Dir geb ich gleich was!«, droht er.

Mischa geht unbeeindruckt mit seiner Last an ihm vorbei. Da steigt zum Glück Klaus Grünberg die Treppe hoch, um den nächsten Karton zu holen, er begrüßt seinen zukünftigen Vermieter mit Handschlag und behauptet, man würde sich gewiss einigen.

»Na schön«, knurrt der Hausbesitzer. »Wir werden sehen. Ich behalte mir meine Maßnahmen vor.«

»Gerne, Herr Steigerhoff!«, gibt Hilde ungerührt zurück.

Als er die Wohnung verlassen hat, läuft sie zum Telefon, um August anzurufen. Er soll auf jeden Fall um sechs Uhr hier sein, damit Fritz nicht allein bei der Übergabe ist. August sagt zu, aber er muss danach gleich wieder fort, weil er einen Termin mit einem Klienten hat.

Inzwischen ist der Laster voll, aber in der Wohnung stehen noch viele Kartons; auch der Wohnzimmerschrank und ein Teil der Schlafzimmerschränke warten noch auf ihren Abtransport. Sie müssen also ein zweites Mal fahren. Kantor Firnhaber verabschiedet sich – er hat jetzt seinen wichtigen Termin. Auch Klaus Grünberg muss sie verlassen, weil eine Orchesterprobe angesetzt ist. Benno Olbricht und Luisa fahren mit dem Laster nach Bierstadt, Mischa will mit seiner Vespa folgen, Fritz hält die Stellung in der Wohnung.

»Ich düse jetzt rüber ins Café Engel«, sagt Hilde und umarmt Luisa. »Halt die Ohren steif, Mädel. Heute Abend sitzt ihr in eurem Häuschen.«

Hilde arbeitet heute im fliegenden Wechsel mit Swetlana, die momentan im Café serviert. Alles ist genau organisiert. Eine große Familie ist dazu da, dass man einander hilft.

Luisa umarmt ihren Fritz, bevor sie die Wohnung für immer verlässt.

»Hast du die Schlüssel eingesteckt?«, fragt er besorgt. »Denk daran, dass du das Wasser anstellen musst. Der grüne Hahn im Keller gleich links. Ein paar Kohlen sind noch im Schuppen, du kannst den Kachelofen anheizen.«

»Das weiß ich doch alles, Liebster! Bis heute Abend.«

Marion will bei ihrem Papa bleiben, sie ist stolz darauf, eine wichtige Rolle bei diesem Umzug zu spielen.

»Ich wische schon mal die Zimmer, Mama!«, ruft sie Luisa nach.

Luisa schüttelt ratlos den Kopf. Muss sie sich Sorgen um ihre Tochter machen? Marions Eifer ist wirklich ganz ungewöhnlich. Aber das Mädel ist glücklich dabei, vielleicht braucht sie es, weil sie eine so begabte kleine Schwester hat, die überall bewundert wird.

Während der Fahrt sitzt Luisa eingeklemmt zwischen Benno Olbricht und Paul Müller im Führerhaus. Es regnet immer noch, rechts und links vom Laster spritzt das Wasser hoch. Sie friert vor Aufregung, macht sich Sorgen, ob sie es bis heute Abend schaffen, die Wohnung leerzuräumen. Dazu die Kosten für die Renovierung! Und was werden sie heute Abend essen? Die Tasche mit den restlichen Lebensmitteln ist irgendwo im Chaos des Umzugs verschwunden. Viel war sowieso nicht mehr drin. Ein paar Kartoffeln, ein Rest Möhren, etwas Butter, Marmelade und eine Packung Schichtkäse, ein halbes Graubrot. Kaffee ist alle, keine Milch, um Kakao für die Mädchen anzurühren. Und morgen ist zu allem Unglück Sonntag. Paule redet die ganze Zeit über die steigenden Mehlpreise, die teuren Eier und darüber, dass früher, vor dem Krieg, alles besser gewesen ist. In Bierstadt muss sie ihm den Weg zu ihrem Grundstück weisen. Vor dem Haus steht Mischa, der mit seiner Vespa schneller war, der kluge Junge hat schon das wackelige Tor geöffnet, sodass Paule rückwärts bis zur Haustür fahren kann.

Jetzt hat Luisa ganz allein die Verantwortung, muss dafür sorgen, dass alles dorthin gebracht wird, wo es hingehört. Sie packt selbst mit an, schleppt Kartons in die Küche, dreht das Wasser auf, gibt Anweisungen und ist froh, dass August ihr den guten Rat gegeben hat, auf alle Kartons zu schreiben, was drinnen ist.

»Der hat ordentlich Kraft, der Bursche!«, sagt Paule bewundernd über Mischa. »Kann man brauchen, so einen.«

Mischa schleppt wie ein Möbelpacker, gibt dem gutmütigen Benno Olbricht sogar Anweisungen, und weil der sich über seinen schmerzenden Rücken beklagt, übernimmt Mischa die schwersten Brocken. Nach einer Weile vernimmt man Motorengeräusche – Swetlana parkt ihren Wagen vor dem Zaun und steigt mit Petra und Sina aus. Dann öffnet sie den Kofferraum und verteilt Taschen an die Mädchen, die sie zum Haus tragen sollen. Auch sie selbst erscheint hochbeladen in Luisas leerer Küche.

»Luisa!«, ruft sie. »Was für ein Tag! Alles Glück auf ganze Welt für dich in neuem Haus! Hier ich habe für dich Brot und Salz, das ist alter Brauch, wenn du gehst in neues Haus!«

Luisa ist gerührt, nimmt das Brot und den Salzstreuer und stellt alles aufs Fensterbrett, weil der Küchentisch noch nicht da ist. Doch Swetlana ist noch lange nicht fertig. Sie packt jetzt die Taschen aus, Kochtöpfe kommen zum Vorschein, die Deckel sind mit Ringgummis festgebunden.

»Das ist Gulasch von gutes Rindfleisch, du musst nur warmmachen auf deinem Ofen. Und hier ich habe für dich Klöße gemacht, die könnt ihr dazu essen. Das ist süßes Apfelmus in Glas eingekocht. Und dann noch …«

Ach, Swetlana! Wie oft haben sie über die Schwägerin gelästert, die so gerne kocht und alle Welt mit gutem Essen glücklich machen will. Jetzt ist sie für Luisa die Rettung in der Not. Was sie alles mitgebracht hat! Kaffee, Tee, zwei Flaschen Milch, Schokolade für die Mädchen, Butter und einen frisch gebackenen Hefekuchen. Dazu Coca-Cola und einige Flaschen Bier.

»Das muss du tun in Kühlschrank«, sagt sie und reicht Luisa eine Flasche Sekt. »Für dich und Fritz. Heute Abend, wenn Umzug ist vorbei, ihr trinkt Sekt auf neuen Anfang!«

Luisa umarmt sie und weint vor Dankbarkeit. Sina schleppt sich mit einem zusammengerollten Läufer ab, den soll Luisa in den Flur legen, damit sie keine kalten Füße bekommen.

»Ich habe falsch gekauft, und nun bin ich froh, dass er bei dir passt«, sagt Swetlana zufrieden.

Dann ruft sie Mischa. Ob er nicht etwas essen will. Sie hat belegte Brote für ihn mitgebracht. Aber Mischa will zuerst die Arbeit erledigen, essen will er später. Nur eine Coca-Cola nimmt er sich mit und für Benno ein Bier.

»Trotzdem vielen Dank, Mama!«

»Er ist so anders, seitdem Addi nicht mehr lebt«, flüstert Swetlana Luisa zu. »Er hat gesagt, er will lernen, ein Kaufmann zu werden. Und weißt du auch, wer es ihn lehren soll?«

Luisa hat eigentlich keine Zeit, weil sie sich um den Umzug kümmern muss, aber sie hört Swetlana höflichkeitshalber zu. Dabei räumt sie die Lebensmittel in den Kühlschrank, den Mischa bereits angeschlossen hat.

»Doch nicht etwa bei Julia Wemhöner?«

»Wie hast du das so schnell erraten?«, staunt Swetlana. »Du kannst hellsehen, wie?«

»Er war in letzter Zeit oft bei ihr, glaube ich. Hilde hat es mir erzählt.«

Swetlana wischt mit einem Lappen über den altertümlichen Kohleherd, der zum Inventar des Hauses gehört hat. Viel hilft es nicht, das gute Stück hat Rost angesetzt und muss erst einmal ordentlich geschrubbt werden.

»Aber es kommt noch schlimmer«, sagt sie zu Luisa. »Sie will ihn auf Geschäftsreise mitnehmen. Mit Schlafen in Hotel.«

»Das ist … gehört doch wohl dazu, wenn er eine Ausbildung macht«, meint Luisa.

»Julia ist eine schöne Frau«, sagt Swetlana besorgt. »Ich habe Angst, sie wird meinen Mischa … verderben.«

»Das glaube ich nicht!«, sagt Luisa. »Entschuldige, ich muss rasch hinauf und schauen, was Petra macht.«

»Das kannst du doch hören«, meint Swetlana. »Sie spielt auf dem Klavier.«

Sie lauschen eine Weile, Petras Klavierspiel wird immer wieder von Hammerschlägen überdeckt, weil Benno und Mischa die Betten wieder zusammenbauen. Sina ist hinaus in den Garten gelaufen, sie hat eine Katze gesehen.

»Sie will Haustier haben, meine Tochter Sina«, meint Swetlana lächelnd. »Einen Hund oder eine Koschka, eine Katze. Ich hatte auch eine Katze, als ich war ein kleines Mädchen …«

Luisa ist schon wieder im Wohnzimmer, weil die Männer dort versehentlich den Küchentisch abgestellt haben. Zu zweit tragen sie ihn an seinen Bestimmungsort, dazu die Stühle und ein kleines Regal. Swetlana wischt die Möbel sauber, Luisa räumt schon mal Geschirr und Kochtöpfe ein. Eine Insel entsteht in dem wilden Chaos, das um sie herum herrscht. Paule ist losgefahren, um die zweite Ladung zu holen, sie kommen bald zurück, zwei Nachbarn haben ihnen geholfen, die letzten Stücke einzuladen. Fritz ist mit Marion in der leeren Wohnung geblieben, er wird mit Augusts Unterstützung die Übergabe regeln.

Die zweite Ladung wird bunt durcheinander im Wohnzimmer abgestellt, es ist schon spät, Benno Olbricht ist fix und fertig, er lässt Fritz herzlich grüßen und steigt zu Swetlana und Sina ins Auto.

Der schlimme Tag ist fast vorbei. Luisa geht mit einem Korb zum Schuppen, um endlich den Kachelofen anzuheizen und das Essen, das Swetlana so liebevoll gekocht hat, auf dem Kohleherd aufzuwärmen. Als sie die Schuppentür öffnet, traut sie ihren Augen nicht. Kohlebriketts in Mengen liegen dort, dazu eine große Schütte Eierkohlen. Das kann nur Julia gewesen sein, die gestern den Klaviertransport organisiert und sich von Fritz die Schlüssel ausgeliehen hat.

Der neue Hausherr kommt spät, er hat Augusts Angebot, ihn zu fahren, abgelehnt und mit Marion zusammen den Bus genommen.

»Damit ich das gleich lerne«, sagt er lächelnd an der Tür.

Dann tritt er langsam und fast feierlich in das eigene Haus ein.

Eine Weile stehen sie beide im Flur, halten sich an den Händen und schauen in den Garten hinaus, auf den sich langsam die Abenddämmerung senkt. Von oben hört man Petras Klavierspiel, aus der Küche duftet es verführerisch. Marion klappert schon mit den Tellern, sie werden ihr erstes Mahl im eigenen Haus einnehmen. Sie stehen und nehmen die Stimmung in sich auf, genießen diesen Augenblick, den sie niemals vergessen werden.

Was ist Glück? Ein grünes Kraut auf staubigem Weg. Ein Bündel Hoffnungen. Vor allem aber Menschen, die dir in Liebe zugetan sind.

HILDE

Sie hat heute Nacht schon wieder von ihm geträumt. Ein langer, quälender Albtraum, aus dem sie schweißgebadet aufgewacht ist. Er hat unten vor dem Café gestanden und ihr zugewinkt, dann ist er davongegangen. Sie hat ihn gerufen, hat die Arme nach ihm ausgestreckt, hat ihn angefleht, zu ihr zurückzukommen. Dann ist sie unendlich viele Treppen hinuntergelaufen, Treppen, Treppen, immer neue, ein Treppenhaus, das nicht enden wollte. Als sie endlich vor der Haustür stand, da war sie abgeschlossen. Sie hat verzweifelt an der Tür gerüttelt, mit den Füßen dagegengetreten, mit den Fäusten gehämmert. Aber die Tür blieb verschlossen. Und dann hört sie auf einmal dieses widerliche Heulen, diesen wellenförmigen, überlauten Ton, den sie noch aus Kriegszeiten im Ohr hat. Fliegeralarm! Erneute Panik überkommt sie. Er ist da draußen. Was wird er tun? Wo wird er Schutz finden? Sie ruft seinen Namen, reißt an der Tür, die sich jetzt plötzlich öffnet – da bricht über ihr das Haus zusammen, sie sieht Balken stürzen, Backsteine fallen herab, Mörtel und Sand rieseln über sie …. Ein wilder, entsetzlicher Tumult, der Tod greift nach ihr, die Verzweiflung will sie zerreißen … Dann ist alles dunkel, nur der schrille Ton gellt ihr noch ins Ohr.

Der Wecker! Es ist halb sieben, sie muss aufstehen und für die Jungen Frühstück machen.

Aber als sie mit gewohnter Schnelligkeit aus dem Bett steigen will, wird ihr so schwindelig, dass sie zurück in die Kissen fällt. Da liegt sie, hört den verdammten Wecker schrillen, und dazu ist noch ein anderer Ton in ihrem rechten Ohr. Ein Pfeifen. Es zwitschert ein wenig, als säße ihr ein Vogel in der Ohrmuschel, dann geht es in einen leisen, langgezogenen Ton über. Sie rüttelt an ihrem Ohr, klopft daran herum, aber der gemeine Ton bleibt. Er kommt irgendwie von innen.

»Lass dich nicht hängen«, befiehlt sie sich selbst. »Wecker aus und aufstehen. Mach langsam, dann klappt es schon.«

Sie beißt die Zähne zusammen und steht langsam auf. Der Ton im Ohr wird lauter, aber jetzt ist wenigstens der lästige Wecker aus. Sie zieht den Morgenmantel über und taumelt ins Badezimmer, da muss sie sich erst mal hinsetzen. Zähneputzen fällt heute aus, sie schaut kurz in den Spiegel und stellt fest, dass sie bleich ist und schwarze Ränder unter den Augen hat.

Der Kreislauf, denkt sie. Einen Kaffee machen, dann wird's besser.

In der Küche sieht sie bunte Sterne, aber sie facht das Feuer im Herd wieder an, setzt den Wasserkessel auf, stellt den Porzellanfilter auf die Kanne und gibt gemahlenen Kaffee hinein. Zum Glück war noch ein Rest in der Schublade von der Kaffeemühle. Dann sinkt sie auf einen Küchenstuhl, der Ton im Ohr schwankt jetzt, mal ist er hoch, dann nur ein dumpfes Brummen.

»Frank! Andi! Aufstehen!«, schreit sie.

Das laute Rufen strengt sie an, sie japst, ihr wird übel. Hoffentlich stehen die beiden von selbst auf, sonst geht sie immer ins Zimmer und zieht ihnen die Bettdecken weg. Sie schwankt zum Kühlschrank, nimmt Milch heraus, Butter, Wurst, Käse. Schneidet Brot. Deckt den Frühstückstisch für die Jungen, holt die blechernen Dosen für die Schulbrote. Nur nicht jammern, das geht vorüber. Von einem bisschen Schwindel lässt sich Hilde Koch nicht unterkriegen.

Natürlich sind die beiden nicht aufgestanden. Sie reißt die Zimmertür auf und hält sich an der Türfassung fest.

»Aufstehen! Los, los. Ist schon zehn vor sieben!«

Irgendwie müssen die beiden gemerkt haben, dass mit ihr etwas nicht stimmt. Andi schaut sie erschrocken an, Frank fragt: »Wie siehst du denn aus, Mama?«

»Beeilt euch!«

Mehr kriegt sie nicht heraus, sie taumelt in die Küche, wo zum Glück schon das Wasser kocht. Sie rettet die Milch, kurz bevor sie überläuft, und gießt kochendes Wasser in den Kaffeefilter. Die Tür vom Badezimmer knarrt – sie sind aufgestanden. Gott sei Dank!

Schnell einen Schluck Kaffee trinken – er schmeckt bitter, muss aber helfen. Jetzt noch die Schulbrote zurechtmachen. Brot schneiden, Butter drauf, Wurst und Käse, Deckel drauf. Rein damit in die Brotdosen. Der Geruch von Lebensmitteln ist ihr widerlich. Aber der Kaffee hilft, das Schwindelgefühl lässt etwas nach.

»Mama, wo ist mein blauer Pulli?«, schreit Frank.

»In der Wäsche. Nimm dir einen Pullover aus dem Schrank.«

Kakao für die Jungen. Bäh, die warme Milch riecht ekelhaft! Drüben im Kinderzimmer tobt der Kampf um ein Lineal aus durchsichtigem Plastik – wieso müssen sie um so einen Mist streiten?

»Kommt bitte zum Frühstück!«

Sie erscheinen ungekämmt, Frank hat verschiedenfarbige Socken an, Andis kariertes Hemd hat einen Fleck am Ärmel. Es ist ihr heute komplett egal.

»Mama, du hast die Marmelade vergessen«, sagt Frank.

»Im Kühlschrank. Hol sie dir selber.«

Andi starrt sie an, rührt dabei in seinem Kakao, dass der Becher überschwappt.

»Bist du krank, Mama?«

»Ich glaube, ich hab mir eine Erkältung eingefangen.«

»Deshalb siehst du aus wie ausgespuckt!«

Sie sind auf einmal brav, ihre beiden Söhne. Streiten nicht mehr, stecken schweigend die Brotdosen in die Schulranzen, ziehen die Jacken, die Schuhe an und kommen zu ihr, um sich zum Abschied ein Küsschen auf die Wange abzuholen.

»Gute Besserung, Mama!«

Dann gehen sie aus der Wohnung, flüstern an der Tür miteinander und steigen ungewöhnlich leise die Treppe hinunter.

Hilde sitzt am Frühstückstisch, den Kopf auf die aufgestützten Arme gelegt. Trotz des eilig getrunkenen Kaffees fühlt sie sich unfassbar matt, sie ist erleichtert, dass die Jungen auf dem Schulweg sind und sie ein wenig Zeit hat, sich wieder in Ordnung zu bringen. Was ist denn nur los mit ihr? So etwas hatte sie noch nie. Es muss von den dummen Träumen kommen. Träume sind gemein, weil man nichts dagegen tun kann. Sie überfallen dich in der Nacht, machen mit dir, was sie wollen, quälen dich mit überflüssigem Gefühlskram, den du bei klarem Verstand niemals hochkommen ließest. Sehnt sie sich vielleicht nach ihrem untreuen Ehemann? Warum sollte sie? Sie will nichts mehr von ihm wissen. Er hat verspielt, er hat sie betrogen. Das verzeiht sie ihm nicht. Vor aller Welt hat er sie bloßgestellt, man flüstert über sie, man macht sich lustig, und das Schlimmste ist, dass sie auch noch bedauert wird.

Nicht mit mir, denkt sie. Dann wird ihr auf einmal schlecht. Ganz fürchterlich übel, sie schafft es gerade noch hinüber ins Badezimmer, beugt sich über das Waschbecken, weil sie sich übergeben muss. Sie würgt, spuckt den Kaffee wieder aus und spürt gleichzeitig, wie eine ungeheure Kraft sie zu Boden drückt. Ihre Beine knicken ein, die grauen Bodenkacheln nähern sich mit rasender Geschwindigkeit, und dann ist alles schwarz. Sie ist weit fort, weiß nichts mehr von sich selbst, Dunkelheit hat sie verschluckt.

Das Erwachen vollzieht sich langsam. Zuerst hört sie den hellen Ton, er pfeift leise in ihrem Ohr, sie kämpft noch mit der

Übelkeit, die sich erst nach und nach wieder legt. Ich bin in Ohnmacht gefallen, denkt sie und versucht vorsichtig aufzustehen. Es geht besser als befürchtet, der Kreislauf kommt wieder in Schwung, sie hält sich am Waschbecken fest und schaut in den Spiegel. Immer noch kreidebleich, sie sieht aus wie ein Gespenst. Aber sie kann schon wieder den Wasserhahn aufdrehen, das Waschbecken sauberspülen, ihr Gesicht mit kaltem Wasser waschen. Eine halbe Stunde später hat sie sich fertig gemacht und geht die Treppen hinunter ins Café. Es geht ihr besser, kein Schwindelgefühl mehr, der Magen ist in Ordnung, auch der Pfeifton im Ohr ist verschwunden. Nur die Knie sind noch wackelig.

Ich war nur etwas abgespannt, denkt sie. Kann ja mal passieren. Hab ja schließlich viel um die Ohren.

Unten im Café Engel wird sie schon sehnsüchtig erwartet. Luisa ist heute mit Petra in Frankfurt, Swetlana hat angerufen, dass sie später kommt, sie hat einen Handwerker im Haus, der Abfluss in der Küche ist verstopft. Mama serviert den Gästen das Frühstück, Papa ist noch nicht aufgestanden. Nur Richy wirkt bereits in der Küche.

»Wo bleibst du denn, Hilde?«, schimpft ihre Mutter. »Hier, bring das zu Tisch fünf, es fehlen noch Butter und Brötchen.«

Hilde stürzt sich mit Schwung in die Arbeit, die Bewegung tut ihr gut, der Kreislauf kommt in Gang und die Gespräche mit den Gästen tun ein Übriges. Zwischendrin hilft sie Richy in der Küche, spritzt Sahnecreme auf runde Törtchen, belegt sie mit Ananas aus der Dose und schiebt sie Richy zu, der das Gebäck weiter bearbeitet. Bald ist der Frühstücksansturm bewältigt, sie räumt die Tische ab, leert die Aschenbecher und stellt frische Blumen in die Vasen. Als sie in der Küche das Frühstück für ihren Vater zusammenstellt, öffnet Mama die Küchentür einen Spalt breit.

»Da ist jemand für dich, Hilde«, sagt sie leise.

»Wer denn?«

»Simone. Sie möchte gern mit dir sprechen ...«

Hilde stellt das Milchkännchen, das sie gerade füllen will, zurück auf den Küchentisch und muss sich erst einmal sammeln. Ist es denn zu fassen! Sie wagt es, hierherzukommen! Wahrscheinlich will sie ihr irgendwelche Lügen erzählen. Na warte, Mädchen! Mit mir treibst du keine Spielchen.

»Sie soll hoch in die Wohnung gehen. Ich komme gleich«, bestimmt sie. Dann serviert sie ihrem Vater das Frühstück, legt die Zeitung bereit, stellt ein frisches Törtchen zum Naschen dazu.

»Nun beeil dich doch«, drängelt Mama. »Sie wartet oben vor der Tür. Lass mich das hier machen ...«

»Ich hab's nicht eilig!«

Hilde lässt sich Zeit. Sie bringt das Tablett zurück in die Küche, bindet die Schürze ab, zieht die Haarklemmen heraus, die das Häubchen festhalten, und legt es sorgfältig in den Wandschrank. Dann steigt sie die Treppen hoch. Dabei muss sie ein wenig schnaufen, weil sie nun doch aufgeregt ist. Simone steht in Mantel und Hut vor der Tür, sie trägt braune Schuhe mit abgetretenen Absätzen, und Hilde durchfährt der Gedanke, dass Jean-Jacques seine Freundin ruhig besser ausstatten könnte.

»Bonjour Hilde ...«, sagt Simone schüchtern und lächelt Hilde an. Ihr Lächeln wird nicht erwidert. Hilde geht grußlos an ihr vorbei und schließt die Wohnungstür auf. Sie bittet Simone nicht ins Wohnzimmer, der Esstisch, auf dem noch das Frühstücksgeschirr steht, muss reichen.

»Bitte ...«, sagt sie zu Simone und weist auf einen der Stühle. »Ich höre ...«

Simone setzt sich, ohne den Mantel abzulegen, nur den Hut nimmt sie herunter und hält ihn in beiden Händen. Hilde stellt mit Unbehagen fest, dass ihre Nebenbuhlerin sehr hübsch ist. Das honigblonde Haar trägt sie jetzt kurz geschnitten, was ihre dunklen Augen sehr gut zur Wirkung bringt. Von Schuldbewusstsein ist in ihrem Gesicht nichts zu erkennen, allerdings ist auch sie aufgeregt, und sie hat Mühe, das Gespräch zu beginnen.

»Il ne sait pas, que je te parle … Er weiß nicht, dass ich spreche mit dir … Il ne le veut pas … Er will es nicht. Aber ich komme trotzdem, weil ich muss dir sagen die Wahrheit …«

Aha, denkt Hilde. Die Reue hat sie gepackt, und sie will mir ein Geständnis machen. Als ob das etwas ändern würde.

Da Hilde schweigt, spricht Simone weiter. Was sie erzählt, ist jedoch keinesfalls das, was Hilde erwartet hat. Vielmehr ist es eine vollkommen unglaubwürdige Geschichte von gefährlichen Typen, die in der Nacht in Roberts Bistro herumschleichen, von Schmuggelware, die ihr Mann angeblich verschiebt, und davon, dass sie ihm ein Ultimatum gesetzt hat, das er nun unbeachtet verstreichen ließ.

»Warum erzählst du mir das?«, fragt Hilde genervt dazwischen.

»Ich wollte es niemandem sagen. Personne. Weil ich gehofft habe, er ändert sich. Aber nun – je sais, qu'il ne changera jamais. Er wird sich nie ändern. Tu comprends? C'est fini.«

Hilde wird ungeduldig. Sie hat keine Lust, sich weiter solche Geschichten anzuhören. Gleich ob ausgedacht oder wahr – es interessiert sie nicht.

»Und deshalb hast du ein Verhältnis mit meinem Mann angefangen?«, fährt sie dazwischen.

Simone ist verwirrt.

»Was ist ›Verhältnis‹?«, fragt sie.

»Du hast mit ihm geschlafen. Willst du das leugnen?«

Genau das tut sie. Und dazu noch sehr überzeugend.

»Ich habe Sorge gehabt, dass du so denkst, Hilde. Mais je te jure … Ich schwöre. Es war nichts. Jean-Jacques ist ein Freund. Un ami. Un grand frére. Großer Bruder. Er nimmt mich in sein

Arme und schützt mich. Er sagt: Geh nicht zurück, das ist gefährlich. Aber ich habe entschieden, dass ich will gehen. Weil ich will machen ein Ende mit meine Ehe.«

Auch wenn sie mit solch ehrlichem Augenaufschlag zu ihr hochschaut – Hilde glaubt ihr kein Wort. Simone redet weiter, erzählt, dass Jean-Jacques sie heute früh zum Bahnhof Wiesbaden gefahren hat, dass sie aber nicht in den Zug gestiegen ist, sondern ihr Gepäck ins Schließfach gestellt hat und zum Café Engel gelaufen ist. Weil sie doch Hildes Freundin ist und ihr die Wahrheit sagen wollte. Dann schaut sie auf ihre Armbanduhr und sagt: »C'est tout, Hilde. Das ist alles, was ich dir kann sagen, und ich schwöre, dass es ist die Wahrheit. Jetzt ich muss zurück zum Bahnhof, le train part dans une demie heure … Zug geht in halbe Stunde …«

Sie setzt den Hut wieder auf, und bevor Hilde es verhindern kann, hat sie sie umarmt und küsst sie auf beide Wangen.

»Adieu, Hilde. Du musst sein tapfer, weil Jean-Jacques ist sehr böse auf dich … Er war bei ein Advocat … Rechtsanwalt. Aber nun du weißt, dass da war nichts. Rien du tout.«

Dann ist sie schon aus der Wohnung, läuft mit leichten Schritten die Treppen hinunter und ist schon unten auf der Wilhelmstraße, während Hilde noch vollkommen überrumpelt auf ihrem Stuhl sitzt.

Da war nichts?, denkt sie. Das kann sie mir nicht erzählen. Ich habe es doch gesehen, wie sie in seinen Armen gelegen hat. Er hat sie umarmt und geküsst. Oder vielleicht nicht geküsst, aber umarmt. Nicht wie ein großer Bruder. Wie ein Mann, der verliebt ist. Als sie nun gedankenschwer die Treppe hinuntergeht, kommt sie zu dem Schluss, dass Simone nur bei ihr war, weil Jean-Jacques sie aus taktischen Gründen zu ihr geschickt hat. Er hat sich also inzwischen auch einen Rechtsanwalt genommen, und natürlich wird Simone zu seinen Gunsten aussagen. Klar, dass er versucht, sich als Unschuldslamm hinzustellen, damit man ihr die Schuld am Scheitern der Ehe anlastet. Und schon bekommt er die Jungen zugesprochen. Nein, mein Lieber, so haben wir nicht gewettet!

Unten im Café ist inzwischen Swetlana eingetroffen. Weil der Frühstücksansturm fast vorüber ist, wischt sie die Kuchentheke mit heißem Wasser sauber und poliert die Glasscheiben.

»Bei Blum sie haben jetzt eine Kuchentheke mit Drehscheibe«, erzählt sie. »Das hat mir erzählt eine Freundin. Ich habe gesagt: Schlechter Kuchen wird nicht besser, wenn man ihn herumdreht.«

»Bravo!«, sagt Hilde und streichelt ihr im Vorübergehen die Schulter. »An unsere Törtchen kommt in ganz Wiesbaden kein Bäcker heran.«

Am Ecktisch sitzt Julia Wemhöner bei den Eltern, und weil es nicht viel zu tun gibt, setzt sich Hilde dazu. Den fragenden Blick ihrer Mutter beantwortet sie mit einem Schulterzucken. Was denkt Mama nur? Dass mit Simones Besuch alle Probleme aus der Welt wären?

»Es ist schade«, sagt Julia. »Diese Wohnung ist ein Stück meines Lebens. Ich habe dort meine schlimmsten, aber auch meine schönsten Jahre verbracht. Aber nun ist Addi nicht mehr da, und seine Wohnung steht leer, da will auch ich mich von diesem Ort verabschieden.«

Sie will ausziehen, denkt Hilde. Verständlich. Was soll sie mit der winzigen Dachwohnung, wo sie doch eine schöne Villa in der Geisbergstraße besitzt.

»Ach ja!«, seufzt Papa und er schaut bekümmert drein. »Eine Epoche geht zu Ende. So viele liebe Menschen, die früher um uns waren, sind nicht mehr am Leben. Addi vor allem. Aber auch die Marlene, unsere ›kalte Mamsell‹ und das ›Finchen‹. Die großen Künstler, die hier im Café Engel gesessen haben. Richard Strauss, der große Komponist und Dirigent. Max Pallenberg, der geniale Komiker. Albert Bassermann. Käthe Dorsch … alle sind in die ewigen Jagdgründe eingegangen!«

»Ist ja gut, Heinz!«, sagt Mama, die solche Reden gar nicht gerne hört. »Die Hauptsache ist doch, wir sind noch da!«

Auch Julia beeilt sich, ihn zu trösten. »Ich bin ja nicht aus der Welt«, sagt sie. »Ich werde oft und gern hier im Café Engel zu Gast sein. Nicht nur aus alter Anhänglichkeit, sondern auch, weil ihr es gewesen seid, die mir das Leben gerettet habt. Das werde ich euch niemals vergessen.«

»Nun, nun …«, sagt Papa gerührt und tätschelt ihr den Arm. »Das waren schlimme Zeiten. Die sind zum Glück vorbei.«

Mama durchbricht die rührselige Stimmung, indem sie sachlich wird. Sie bietet Julia an, gleich auszuziehen, ohne die dreimonatige Kündigungsfrist, weil sie ja sowieso dabei sind, Addis Wohnung zu renovieren.

»Da müssen wir die Handwerker nicht zwei Mal bestellen und alles geht in einem Aufwasch.«

Auch Julia ist sofort wieder Geschäftsfrau. Nein, sie will die drei Monate Miete auf jeden Fall bezahlen, aber gleich übermorgen eine Firma beauftragen, die die Wohnung leerräumt.

»Dann könnt ihr sofort mit den Renovierungen anfangen und habt keinen Mietausfall«, sagt sie.

»Das ist sehr anständig«, meint Mama erfreut.

Julia lächelt und meint, das wäre nur korrekt.

»Ich werde heute einige private Dinge mitnehmen«, fährt sie fort. »Den Rest soll die Firma machen. Ich möchte auf keinen Fall dabei sein, wenn diese Wohnung ausgeräumt wird. Es würde mich zu traurig stimmen.«

Wenn man das nötige Kleingeld hat, denkt Hilde, dann kann man sich sogar Kummer ersparen. Ein wenig neidisch betrachtet sie Julias elegantes Herbstkostüm, zu dem sie eine helle Seidenbluse trägt. Ihre Handtasche ist aus Krokoleder, die war bestimmt nicht billig. Dazu die passenden Schuhe. Wie alt mag sie jetzt sein? Auf jeden Fall über fünfzig. Aber ihr Gesicht ist faltenlos und ihre Figur schlank wie eh und je. Eine alterslose, schöne Frau. Ob es wohl stimmt, was Swetlana befürchtet? Dass sie etwas mit Mischa angefangen hat? Die Geschichte mit Willi scheint ja wohl beendet zu sein. Als er zu Addis Trauerfeier in Wiesbaden gekommen ist, hat er ihnen erzählt, dass er bald heiraten wird. Wann, das hat er nicht gesagt, es scheint da noch gewisse Unklarheiten zu geben. Ach, der Willi! Er war immer ein Traumtänzer, wenn er tatsächlich solide würde, das wäre ein echtes Wunder.

Julia Wemhöner verabschiedet sich, Papa steht extra auf, weil er sie umarmen will, Mama tut es notgedrungen auch, Hilde schüttelt ihr die Hand.

»Wenn ich noch etwas hinuntertragen soll …«, bietet sie sich an.

Julia bedankt sich, lehnt aber ab. Hilde versteht, dass sie jetzt dort oben allein sein möchte, in Ruhe die Dinge auswählen will, die sie heute mitnimmt. Abschied nehmen von dreißig Jahren ihres Lebens. Auch Hilde fühlt sich beklommen, weil Julia Wemhöner sie verlässt, aber sie zeigt es nicht. Stattdessen erzählt sie den Eltern, wie schön es ist, dass Richy nun bei ihnen wohnen wird. Und für Julias ehemalige Wohnung werden sie bestimmt einen netten Mieter finden. Wohnraum ist immer noch knapp in Wiesbaden, die Leute werden ihnen die Bude einrennen.

»Neue Fußböden müssen hinein«, überlegt sie. »Die Tapeten darf sich Richy selber aussuchen. Die Zwischentür, die Addi damals zu Julias Wohnung eingesetzt hat, müssen wir natürlich wieder zumauern …«

Mama seufzt über die Kosten und nimmt sich den Stapel Post vor, der noch ungeöffnet auf dem Tisch liegt.

»Bin noch zu nichts gekommen bei dem Trubel heute«, murrt sie und setzt die Brille auf.

Die ersten Mittagsgäste finden sich ein, und Hilde übernimmt anstandshalber für ihre Mutter den Küchendienst, weil sie heute Morgen zu spät gekommen ist. Richy holt die letzten Törtchen aus dem Ofen, er ist erhitzt, aber glücklich, weil die Ananastörtchen mit Marzipanüberzug ganz wunderbar gelungen sind. Er hilft ihr, den großen Topf für die Bockwürste auf den Herd zu heben, und auch für die Salatsoße hat er neue Ideen. Sie soll einen Löffel Senf und ein wenig Johannisbeergelee zu Essig und Öl geben. Das erscheint Hilde sehr extravagant, aber sie versucht es.

Das Café Engel ist mittlerweile gut gefüllt, die Gäste müssen schauen, dass sie noch einen freien Tisch erwischen. Leider ist es inzwischen draußen zu kalt – die Außentische können sie nicht mehr nutzen. Hilde legt in der Küche auf, Swetlana bedient – alles läuft wie am Fließband. So soll es sein.

Um halb eins bittet sie ihre Mutter, den Küchendienst zu übernehmen, weil sie rauf in die Wohnung muss, um den Jungen das Mittagessen zuzubereiten. Mama sitzt wie versteinert auf ihrem Stuhl, Hilde muss sie zwei Mal anreden, bevor sie reagiert.

»Was ist denn los, Mama?«, fragt sie besorgt. »Geht es dir nicht gut? Willst du dich hinlegen?«

Ihre Mutter macht eine verneinende Geste und schiebt ihr ein Schriftstück über den Tisch. Hilde fängt einen bekümmerten Blick ihres Vaters auf.

»Das ist das Ende«, sagt ihre Mutter mit Grabesstimme. »Das Ende vom Café Engel.«

Was ist denn jetzt schon wieder los? Hilde reißt den Papierkram vom Tisch und liest. Von einem Herrn Meierhoff. Ach so – der Statiker. Eine detaillierte Aufstellung der Kriegsschäden an ihrem Haus. Mit einer Kostenberechnung. Dann muss Hilde sich hinsetzen.

»Der hat ja wohl nicht mehr alle Tassen im Schrank! Fünfzigtausend Mark! Da können wir ja gleich neu bauen.«

»Es gibt möglicherweise einen kleinen Zuschuss vom Staat«, sagt Papa mit schwacher Stimme.

»Ein Tropfen auf den heißen Stein«, murmelt Mama und holt ihr Taschentuch heraus, um sich den Schweiß von der Stirn zu wischen.

WILHELM

Hamburg, im Oktober 1959

Er hat wie auf heißen Kohlen gesessen und auf ihren Anruf gewartet. Tagelang. Nach den Theaterproben ist er wie ein Irrer in seine Wohnung gerannt, hat sich neben den Telefonapparat gesetzt, und wenn ein Anruf kam, ging ihm das schrille Klingeln durch und durch. Aber jedes Mal war es nur irgendein Kollege oder seine Mutter. Er hat sogar zu Hause in Wiesbaden nachgefragt, ob Karin angerufen hat, weil er dachte, sie hätte vielleicht die Nummern verwechselt. Dann hat er sich ausgemalt, sie könnte krank geworden sein. Ein Unfall. Der kleinen Nora ist etwas passiert. Er ist kurz davor gewesen, in Bochum anzurufen, aber er hat es nicht getan. Nach zwei Wochen nervenzerfetzender Warterei ist er zu dem deprimierenden Schluss gekommen, dass die Sache ganz einfach ist: Sie liebt ihn nicht und bringt es nicht fertig, ihm dies einzugestehen. Welchen anderen Grund könnte es geben, ihn so lange schmoren zu lassen?

Dann, an einem Sonntagmorgen, als er gerade mit Rasierseife eingeschäumt im Bad steht, klingelt das Telefon, und sein Instinkt sagt ihm: Das ist sie! Er hat das Handtuch vom Haken gerissen und sich den Schaum abgewischt, dann ist er zum Telefon gegangen. Langsam, wie ein Verurteilter zur Richtstätte.

»Willi? Hier ist Karin. Habe ich dich geweckt?«

Ihre Stimme klingt sehr leise, hört sich nach schlechtem Gewissen an, findet er. Er muss sich kräftig räuspern, weil er noch morgenheiser ist.

»Nein, nein. Ich bin schon auf … Geht es dir gut? Alles in Ordnung bei euch?«

»Ja, danke. Wir sind wohlauf. Mama war etwas krank, aber es geht ihr wieder besser. Und wie geht es dir?«

Die Mutter war krank. Nun ja. Deshalb hätte sie ihn ruhig anrufen können. Wenn sie nur gewollt hätte.

»Mir geht's auch gut. Viele Proben, bin in vier Stücken eingesetzt, zwei Hauptrollen, der Rest Charge. Letzte Woche war Premiere mit *Legende eines Lebens* von Stefan Zweig …«

Er stockt. Wozu erzählt er das alles? Wollen sie über Belanglosigkeiten schwatzen? Sie soll endlich zur Sache kommen. Farbe bekennen. Wenn's auch schwerfällt.

»Wie schön«, sagt sie. »Ich beneide dich darum. Das Theater fehlt mir sehr …«

Er räuspert sich wieder. Diesmal energisch. Schluss mit dem Geplänkel. »Hast du über meinen Vorschlag nachgedacht? Bekomme ich eine Antwort?«

»Deshalb rufe ich an, Willi.«

Das klingt nicht nach einem klaren »Ja«. Eher nach Ausflüchten und umständlichen Erklärungen. Das bisschen Hoffnung, das er sich noch bewahrt hat, fällt ganz in sich zusammen. Haltung bewahren, denkt er. Glück kann man nicht erzwingen. Liebe schon gar nicht.

»Ich habe lange nachgedacht«, beginnt sie. »Dein Vorschlag ist so überraschend gekommen, und ich gestehe, dass ich mich wahnsinnig darüber gefreut habe. Ich hab dich gern, Willi. Und ich weiß auch, dass du es ehrlich mit mir meinst. Du wärst ein wunderbarer Vater für Nora. Und sicher auch ein wunderbarer Ehemann …«

Er hört sich die Rede an und hat nur einen einzigen Gedanken: Wann kommt das Aber?

»Es ist aber so, dass ich mich nicht leichtherzig in eine neue Bindung stürzen mag«, fährt sie fort. »Aus mehreren Gründen …«

Sie zählt sie alle auf. Da ist ihre gescheiterte Ehe mit Noras

Vater, die ihr noch »im Nacken sitzt«. Dazu ihre momentane finanzielle Situation, die sie ihm nicht zumuten möchte.

»Vor allem aber: meine Mutter«, sagt sie und seufzt. »Sie würde es nicht verkraften, wenn ich mit Nora fortginge. Allein kommt sie nicht zurecht, sie würde unweigerlich krank werden, und ich müsste mir schwere Vorwürfe machen. Sie tut so viel für mich, Willi. Ohne meine Mutter wüsste ich nicht, wie ich mit Nora über die Runden käme.«

»Verstehe«, murmelt er deprimiert. »Hast du mal daran gedacht, dass wir deine Mutter zu uns nehmen könnten?«

»Ach, Willi, das ist so lieb von dir! Aber Mama hängt an dieser Wohnung, sie würde sie niemals verlassen. Weil sie dort mit Papa so viele schöne Jahre verbracht hat. Und dann der Schrebergarten, der ist ihre Leidenschaft.«

Vorwände, denkt Willi. Wenn sie mich wirklich lieben würde, dann würden wir für ihre Mutter eine Lösung finden.

»Aber vor allem, Willi«, redet sie weiter. »Vor allem habe ich Sorge, dass du von mir schrecklich enttäuscht sein würdest. Ich bin die schlechteste Ehefrau der Welt. Ich kann nicht kochen, und wenn ich einen Haushalt führen soll, geht alles schief. Ich bin eine dickköpfige, ungeschickte, eigenwillige Person, und ich fürchte, dass ich für die Ehe nicht tauge.«

»Wer hat dir das denn eingeredet? Dein geschiedener Ehemann?«

Sie zögert, weil er vermutlich ins Schwarze getroffen hat.

»Ich weiß, dass du jetzt sehr enttäuscht bist, Willi«, fährt sie dann fort. »Und es tut mir wahnsinnig leid. Weil ich dich sehr schätze … Mehr als du ahnst, Willi. Aber … es geht einfach nicht.«

Gut, denkt er. Damit ist wohl alles gesagt. Sie *schätzt* mich. Sie hat mich gern. Sie weiß, dass ich es ehrlich meine. Fazit: Ich bin ein Tagträumer. Besser gesagt: ein Trottel. Ein ausgemachter Trottel.

»Wenn es so ist, Karin, dann muss ich das akzeptieren«, sagt er. »Es wäre allerdings besser gewesen, du hättest es mir gleich gesagt.«

»Es tut mir so leid ... Verzeih mir bitte ... ich musste mir ja selbst erst über alles klar werden ...«

»Verstehe ... Dann noch einen schönen Sonntag«, sagt er kurz angebunden, denn er hat keine Lust, sich ihre Entschuldigungen noch weiter anzuhören.

»Lass uns Freunde bleiben, Willi. Bitte!«, fleht sie.

»Ich hatte mir etwas anderes erhofft«, sagt er und legt auf.

Er sitzt eine Weile auf seiner Couch und starrt den Fußboden an. Nun ist es also amtlich: Sie will ihn nicht. Die Enttäuschung legt sich schwer auf sein Gemüt, lastet auf ihm wie ein dunkles Tuch, das alles Licht, alle Hoffnung, alles Schöne in seinem Leben zu ersticken droht. War er jemals so niedergeschlagen? Höchstens als Kind, wenn er einen großen Wunsch nicht erfüllt bekam. Schließlich steht er auf, geht hinüber ins Badezimmer und schäumt sich erneut ein, um die unterbrochene Rasur zu beenden. Wenn er in den Spiegel schaut, kommt er sich mit den eingeschäumten Wangen lächerlich vor. Wie ein Clown sehe ich aus, denkt er. Und das bin ich wohl auch. Ein Spinner, der einer Frau nachläuft, die ihn nicht liebt. Eine komische Figur. Don Quichote, der gegen Windmühlen anrennt.

Als er gefrühstückt hat, geht es ihm etwas besser. Es ist, wie es ist, denkt er. Nur ein Dummkopf läuft einem verlorenen Traum hinterher. Verdammt, wenn sie mich nicht haben will, dann hat sie eben Pech gehabt! Andere Mütter haben auch schöne Töchter. Es erleichtert ihn ein wenig, dass er jetzt zornig werden kann. Seine Enttäuschung mindert es nicht. Er schleppt sich durch die Woche, ist in den Proben nicht bei der Sache, nur bei den Aufführungen ist er voll konzentriert und heimst Beifall ein.

»Was ist denn mit dir los?«, fragt eine junge Kollegin. »Du läufst herum wie ein Trauerkloß. Hast du etwa Liebeskummer?«

»Ich? Blödsinn. Bin nur etwas down. Liegt wohl an dem dauernden Regenwetter …«

Tatsächlich ist das Oktoberwetter nicht dazu angetan, seine trübe Stimmung zu heben. Der Himmel ist grau, es regnet und stürmt so heftig, dass ängstliche Personen warnen, die Deiche könnten brechen und halb Hamburg unter Wasser gesetzt werden. Am Samstag hat er nur eine Nebenrolle zu spielen, zum Glück im ersten Akt, sodass er das Theater gleich nach seinem Auftritt wieder verlassen kann. Er überlegt kurz, ob er sich in eine Kneipe setzt, wie schon mehrmals in dieser Woche, um ein wenig zu reden und seinen Kummer mit Alkohol zu betäuben, aber er lässt es bleiben. Es bringt nicht viel, außer Übelkeit am folgenden Morgen. Er ist das Saufen nicht gewohnt und mag es sich auch nicht angewöhnen.

Als er triefend vor Nässe die Treppe zu seiner Wohnung hochsteigt, traut er seinen Augen nicht. Im aufflackernden Treppenlicht erkennt er eine Gestalt, die vor seiner Wohnung wartet.

Tatsächlich, sie ist es. Karin.

Eher hätte er den Geist von Hamlets Vater erwartet. Er steigt mit wackeligen Knien die letzten Stufen hinauf, dann bleibt er stehen.

»Guten Abend, Willi«, sagt sie. »Ich habe bis morgen Nachmittag Zeit.«

»Zeit? Wozu?«, stottert er.

»Ich möchte gern mit dir sprechen … Und auch …. Aber nur, wenn du es willst … bei dir bleiben …«

Er steht da und denkt, entweder habe *ich* den Verstand verloren oder *sie*. Erst schickt sie mich in die Wüste, und jetzt will sie über Nacht bei mir bleiben. Und ich habe immer geglaubt, ich sei ein Frauenkenner.

Er steht immer noch unschlüssig herum. Es ist schwer, ihrem zärtlich bittenden Blick auszuweichen. Er geht ihm durch und durch, weicht ihn innerlich auf. Er liebt sie ja. Eine Nacht mit

Karin wäre der Gipfel der Seligkeit für ihn. Allerdings nicht so. Auf ein neues Wechselbad der Gefühle hat er keine Lust.

»Komm erst mal rein«, sagt er schließlich und öffnet die Wohnungstür. »Häng den nassen Mantel an die Garderobe. Den Schirm kannst du neben die Tür stellen …«

Er ist sich darüber klar, dass er vor lauter Verlegenheit Banalitäten von sich gibt, aber er ist vollkommen durcheinander.

»Hast du schon was gegessen?«, fragt er. »Ich hab noch Käse und etwas Butter im Kühlschrank. Eier sind auch noch da, glaube ich …«

Sie lächelt ihn an. Schüchtern und unfassbar bezaubernd. Was soll er machen? Sie hinauswerfen? Das sollte er eigentlich tun, aber stattdessen läuft er in die Küche und macht Omelett, sagt ihr, wo die Teller stehen, die Bestecke, lässt sie den Tisch decken, während er am Herd steht. Sie findet eine Flasche Rotwein und fragt, ob sie die öffnen darf, und er nickt dazu. Schwächling, denkt er. Gib ihr die Flasche in die Hand und setz sie damit vor die Tür. Aber sie hat schon Gläser hingestellt und hantiert mit dem Korkenzieher.

»Gib her!«, sagt er und nimmt ihr das Gerät aus der Hand. »Schau mal in den Kasten, da ist noch ein Rest Brot.«

»Siehst du?«, meint sie mit bekümmertem Seitenblick. »Ich kann nicht mal eine Rotweinflasche öffnen.«

Dann sitzen sie einander gegenüber am Küchentisch und essen Omeletts mit Käsefüllung, trinken dazu schweren Burgunder, den irgendein Bewunderer ihm einmal nach der Vorstellung in die Garderobe gebracht hat. Ab und zu schauen sie einander an, sie lächelt schüchtern und verschmitzt zugleich, lobt seine Kochkünste und erzählt allerlei dummes Zeug.

»Ich hab an dich denken müssen, Willi.«

»Soso …«

»Ja. Und mir ist klar geworden, dass ich ohne dich todunglücklich bin. Du fehlst mir.«

»Tatsächlich?«

»Ich möchte dir nahe sein …«

Der Rotwein tut seine Wirkung, sein ohnehin schwacher Widerstand erlahmt vollends. Zumal sie nun davon redet, dass sie ihn auf keinen Fall verlieren will. Dass er ihr unendlich viel bedeutet. Dass sie solche Sehnsucht nach ihm hatte und einfach losgefahren ist. Weil sie bei ihm sein will.

»Ich hab mich schon damals in Wiesbaden in dich verliebt, Willi.«

»Seitdem ist viel geschehen …«

»Ich liebe dich immer noch … das ist mir erst jetzt bewusst geworden.«

Wer kann schon widerstehen, wenn die Frau seines Herzens solche Dinge sagt? Wenn sie ihn mit schönen, schmachtenden Augen ansieht, ihm zutrinkt und dann aufsteht, hinter ihn tritt und ihm ihre Hände auf die Schultern legt.

»Sag, dass du mich noch willst, Liebster …«

Und wie er sie will! Das Feuer ist entfacht, er kann nicht mehr zurück, auch wenn er glaubt, eine Riesendummheit zu begehen, zieht er sie in seine Arme, und die Dinge nehmen ihren Lauf. Er ist ausgehungert, weil er ihretwegen enthaltsam war, sie noch viel mehr, denn seit ihrer Scheidung hat sie keinen Mann mehr angesehen. Es wird eine lange Liebesnacht mit ungestümen, zärtlichen und wundervollen Begegnungen, zwischendrin liegen sie beieinander, halten sich eng umschlungen und reden, erzählen einander ihr Leben, ihre Sehnsüchte, ihre Niederlagen, ihre Hoffnungen. Erst gegen Morgen schlafen sie ein, und er hält sie noch während des Schlafs im Arm.

Der Sonntag ist kürzer als erhofft. Schön ist es, neben ihr aufzuwachen, sie mit begehrlichem Streicheln zu wecken und das Liebesspiel noch einmal zu beginnen.

»Ach du liebe Zeit«, sagt sie irgendwann und deutet auf die Uhr. »Schon fast Mittag.«

Er lacht und lädt sie zu einem gemeinsamen Bad ein. Wie zwei Kinder vergnügen sie sich im warmen Badewasser, necken einander, spritzen den Fußboden nass, tauchen nach der abgesunkenen Seife, lassen die Seifenschale wie ein Schiffchen auf den Wellen schwimmen. Als sie mit feuchtem Haar in trockenen Kleidern stecken, meldet sich der Hunger. Die Küche ist ein Schlachtfeld, der Kühlschrank so gut wie leer.

»Gehen wir essen«, schlägt er vor. »Wenn wir uns beeilen, bekommen wir noch etwas Gutes.«

Sie irren durch den Regen, finden endlich ein Gasthaus, das um halb drei noch Mittagessen serviert, und müssen nehmen, was da ist. Labskaus mit Spiegelei und zum Nachtisch rote Grütze. Dazu ein Bier und hinterher einen Kaffee. Sie unterhalten sich über das Thalia-Theater, über Kollegen, die sie beide kennen, über Karins Hoffnung, wieder ein Engagement anzunehmen.

»Ich kann vorerst nicht von Bochum weg«, sagt sie.

Natürlich. Die Mutter. Das alte Dilemma. Er sagt, dass ihr alle Felle davonschwimmen, wenn sie so lange aussetzt. Sie nickt, weiß aber keinen Ausweg. Gegen vier Uhr fahren sie mit der U-Bahn zum Bahnhof, umarmen sich auf dem Bahnsteig, versprechen, einander bald wiederzusehen. Und natürlich zu telefonieren. Dann steigt sie ein, und er sieht sie noch einen Moment am Fenster stehen, während der Zug aus dem Bahnhof rollt.

Er muss sich ein Taxi nehmen, weil er sonst zur Abendaufführung zu spät kommt. Danach ist er todmüde und zugleich von einem seltsam schwerlastigen Glücksgefühl erfüllt. Er fährt nach Hause, legt sich in das zerwühlte Bett, das noch ihren Geruch in sich trägt, und schläft sofort ein. Am Morgen erwacht er spät, und noch bevor er die Augen geöffnet hat, spürt er die Leere neben sich. Ernüchterung kommt über ihn. Das also ist ihr Plan. Eine Liebesbeziehung ohne feste Bindung. Genuss ohne Verpflichtung, dazu einen geneigten Freund, dem man telefonisch das Herz ausschütten kann, einen Deppen, der für jeden Zweck, nicht zuletzt auch als Babysitter einsetzbar ist. Was für eine Respektlosigkeit ihm gegenüber! Er will sein Leben mit ihr teilen, eine Familie gründen, für immer an ihrer Seite sein, und sie bietet ihm nichts weiter als eine kleine Affäre!

Geschieht dir recht, Willi, sagt eine hässliche Stimme in seinem Inneren. Hast du nicht jahrelang das Gleiche getan? Wie viele arme Mädel, die sich eine Ehe mit dir erhofft haben, hast du bitter enttäuscht? Wir wollen sie lieber nicht zählen. Tja, jetzt bekommst du die Quittung.

Er flucht vor sich hin und befiehlt der Stimme seines Gewissens, höhnische Bemerkungen gefälligst zu unterlassen, schließlich geht es ihm auch ohne diese Besserwisserei schlecht genug. Wir telefonieren, hat Karin gesagt. Aber da kann sie lange warten – er wird sie nicht anrufen. Er räumt die Küche auf, spült das Geschirr, zerbricht eines der Weingläser und denkt: Glück und Glas … Dann zieht er das Bett ab und stopft das Bettzeug in den Wäschesack. Schluss. Aus. Er ist nicht ihr Hansl.

Sie ruft erst drei Tage später an. Die Kleine war krank, hatte hohes Fieber, sie haben schon gefürchtet, es könnten die Masern sein, aber es war wohl nur ein Dreitagefieber. Er bekundet sein Bedauern, bleibt dabei aber unterkühlt. Ja, es geht ihm gut. Viel zu tun, die Kritiken sind ausgezeichnet, er hat ein Angebot nach Berlin, weiß aber noch nicht, ob er annehmen soll.

»Ich habe eine große Neuigkeit«, sagt sie. »Die Filmgesellschaft in Wiesbaden hat angerufen. Sie haben vielleicht eine Rolle für mich. Übermorgen bin ich dort zum Vorsprechen.«

Da schau an, denkt er verärgert. Auf einmal kann sie ihre Mutter doch verlassen. Ein Filmangebot ist eben etwas ganz anderes als der Heiratsantrag eines verliebten Trottels.

»Toi, Toi, Toi«, wünscht er. »Das wäre ein neuer beruflicher Anfang für dich.«

»Du bist am sechsundzwanzigsten Oktober nicht zufällig in Wiesbaden? Um deine Eltern zu besuchen vielleicht?«

»Nein«, sagt er. »Da habe ich Aufführung. Ich bin erst wieder zu Weihnachten bei meinen Eltern.«

»Sie suchen auch einen Schauspieler für die männliche Hauptrolle, und ich habe dich empfohlen.«

So hat sie sich das gedacht. Kurz vorsprechen und dann eine zärtliche Nacht mit ihm. Glaubt sie vielleicht, er könnte sie mit nach Hause nehmen? In die Wohnung seiner Eltern? Das kann sie sich abschminken.

»Nett von dir, aber ich habe wenig Interesse. Ich bin Bühnenschauspieler und mache hie und da Kabarett. Der Film ist nicht so meine Sache …«

»Schade«, seufzt sie. »Ich hatte so sehr gehofft, dich zu sehen, Willi!«

Er lässt sich auf ein paar nette Floskeln ein, dann legt er auf. Nein, er will sie *nicht* sehen. Obgleich er verfluchte Sehnsucht nach ihr hat. Aber er will sie nicht sehen, es ist besser so. Er muss sich einen Rest Selbstachtung bewahren. Als er die Wohnung verlassen will, klingelt das Telefon erneut. Genervt hebt er ab, hat schon auf den Lippen, dass er keine Zeit hat, denn er glaubt, dass es seine Mutter ist, die ihm die neuesten Katastrophen im »Café Engel« erzählen will. Aber es ist eine junge Frau von der Wiesbadener Filmgesellschaft.

»Wir suchen einen Hauptdarsteller für einen Spielfilm. Sie wurden uns empfohlen. Hätten Sie am kommenden Montag, dem sechsundzwanzigsten Oktober gegen zehn Uhr Zeit für einen Vorsprechtermin?«

Verdammtes Dilemma! Natürlich würde ihn eine Hauptrolle in einem Spielfilm interessieren, das hat er vorhin nur so dahingesagt, weil er nicht daran geglaubt hat, dass sie ihn tatsächlich fragen werden. Zeitlich wäre das zu machen, wenn er den Nachtzug nimmt und anschließend gleich wieder zum Bahnhof stürzt, um zur Abendvorstellung zurück in Hamburg zu sein. Aber was ist, wenn er ihr dort begegnet? Wie steht er dann vor ihr da? Ach was – er kann immer noch sagen, dass er seine Meinung geändert hat.

»Zehn Uhr?«, sagt er in den Hörer. »In Ordnung. Ich mache es möglich. Weil Sie es sind.«

Am Sonntag sitzt er gleich nach der Abendvorstellung im D-Zug nach Frankfurt, steigt zu nachtschlafender Stunde in den Zug nach Wiesbaden um und schläft durch bis zum Hauptbahnhof. Es ist acht Uhr früh, er gönnt sich ein Frühstück in einem Café in Bahnhofsnähe und nimmt frisch gestärkt ein Taxi zu den Studios »Unter den Eichen«.

»Herr Koch?«, fragt der Pförtner. »Bitte geradeaus durchgehen und dann durch die Glastür. Sie müssen einen Moment warten.«

Ein schmuckloser Raum, den er schon kennt. Ein paar Stühle, Stellwände mit aufgemalten Berglandschaften, an den Wänden Filmplakate, oben an der Decke mehrere schwarze Scheinwerfer. Er geht ein paar Runden, hört Stimmen im Nebenraum und begreift, dass dort eine Szene gespielt wird. Aha – die Konkurrenz schläft nicht. Er setzt sich auf einen Stuhl, schlägt die Beine übereinander und hört zu. Klingt alles sehr pathetisch, denkt er zufrieden. Ist für den Film nicht zu gebrauchen.

»Willi!«

Er zuckt heftig zusammen. Natürlich. Sie hat auch um zehn einen Termin, er hätte es sich ja denken können, dass ihn das Schicksal wieder am Wickel hat.

»Hallo, Karin«, sagt er betont lässig. »Stell dir vor, ich habe mich doch durchgerungen. Muss aber gleich nach dem Vorsprechen wieder zum Bahnhof. Du weißt ja … heute Abend ist Vorstellung.«

Sie trägt ein hellblaues Kostüm und hat das Haar aufgesteckt.

Geschminkt hat sie sich auch, aber sehr dezent. Sie schaut beängstigend hübsch aus.

»Ach, wie schade.«

Sie setzt sich neben ihn und will ihm ein Küsschen geben, aber er weicht zurück.

»Muss mich konzentrieren …«

Sie schweigt. Öffnet ihre Handtasche und zieht einen Taschenspiegel heraus, kontrolliert die Frisur, zieht den Lippenstift nach.

»Bist du böse auf mich, Willi?«, fragt sie.

Die Antwort bleibt ihm erspart, weil in diesem Augenblick die Tür aufgeht. Drei Personen verlassen das Studio, zwei junge Männer und eine dunkelhaarige, zarte Frau.

»Alles klar … Sie hören von uns …«, ruft ihnen jemand nach. »Ist die Langgässer da? Der Kollege auch? Wie heißt er noch?«

Eine junge Frau mit Brille und Pferdeschwanz eilt herbei und winkt ihnen, ins Studio zu kommen.

»Wilhelm Koch«, sagt sie zu den drei Herren, die auf Klappstühlen im Hintergrund des Raums sitzen. Zwei davon sind sehr jung, der dritte – vermutlich der Regisseur – ist älteren Semesters. Alle drei sind in Hemdsärmeln, der Regisseur trägt eine karierte Weste über dem weißen Hemd. Man begrüßt einander mit den üblichen Floskeln. »Schön, dass Sie es möglich gemacht haben.« – »Wir sind sehr gespannt.« – »Es geht um ein größeres Projekt, ein heiterer Film mit einem bekannten Komiker, Näheres werden Sie später erfahren.«

Willi fällt auf, dass alle drei Karin mit Blicken verschlingen. Auch wenn es rein beruflich ist – es gefällt ihm nicht.

»Wir machen mal Extempore. Passt auf: Sie ist Verkäuferin in einer Bäckerei, und du bist ein schüchterner Kunde, der versucht, ein Rendezvous mit ihr zu kriegen. Klar? Dann legt mal los. Ganz locker.«

Extempore – das hat er sich schon gedacht. Was für eine

blöde Szene – aber schließlich ist man Profi. Die Brille mit dem Pferdeschwanz schiebt ihnen einen Tisch zurecht, um den Ladentisch anzudeuten, Karin zieht die Kostümjacke aus, darunter trägt sie eine weiße Bluse. Willi knöpft sich die Jacke zu, geht ein paar Schritte vom Tisch weg und markiert das Öffnen einer Ladentür.

»Drrrrrr«, schnarrt er und fügt erklärend hinzu. »Das ist die Ladenklingel!«

Die jungen Herren leisten sich ein belustigtes Grinsen. Der Regisseur bleibt ernst.

Dann legen sie los.

»Einen wunderschönen guten Morgen, Fräulein Lisbeth …«

»Guten Morgen, Herr Mollermann! Wieder zwei Brötchen in zwei getrennten Tüten?«

»Gewiss, gewiss … Eins für heute früh, das andere für den Abend. Ich lebe ja allein. Ein *trauriger* Zustand …«

Er tritt näher zum Tisch, schaut sie mit verliebtem Augenaufschlag an, Fräulein Lisbeth lächelt und wendet sich ab, um zwei imaginäre Brötchen in zwei nicht vorhandene Tüten zu stecken. Sie macht es mit den routinierten Bewegungen der Bäckereifachverkäuferin.

»Das macht vierzig Pfennige, Herr Mollermann …«

Jetzt muss er aktiv werden, sonst ist die Szene hin.

»Ach, Fräulein Lisbeth«, schmachtet er. »Wissen Sie, die Einsamkeit bedrückt mich … man lebt doch nur einmal, nicht wahr?«

Er geht noch einen Schritt näher und bleibt stehen, die Hand auf die Brust gelegt. Fräulein Lisbeth hält die imaginären Brötchentüten in den Händen und lächelt amüsiert. Das kann sie perfekt. Geradezu aufreizend.

»Da haben Sie etwas Wahres gesagt, Herr Mollermann …«, säuselt sie.

Wie sie mit den Augen spielt. Diese Mimik, die zwischen

Ironie und Hingabe pendelt. Sie weiß ja, was er sagen will. Sie wartet darauf, höchst befriedigt, dass er sie so anschmachtet. Er geht darauf ein, spielt den verklemmten Liebhaber, tut, als würde ihm der folgende Satz unfassbar schwer von den Lippen fließen.

»Fräulein Lisbeth«, sagt er mit bebender Stimme. »Ich komme nun schon seit zwei Jahren jeden Morgen in diese Bäckerei. Und jeden Morgen denke ich darüber nach, Ihnen eine Frage zu stellen. Heute ist der Tag gekommen …«

Er stockt und sieht sie an. Sie ist ganz Erwartung. Lächelt in Vorfreude, legt die imaginären Brötchentüten auf den Tisch und neigt sich zu ihm. Sie sehen sich in die Augen.

»Und welche Frage wollten Sie mir stellen, Herr Mollermann?«

Auf einmal reißt bei ihm der Faden. Das ist Karin, die ihm gegenübersteht. Ihre Augen. Ihr Lächeln. Karin.

»Willst du mich nicht endlich heiraten?«, platzt er heraus.

Er erschrickt selbst über diesen Satz, der so unpassend aus seinem Mund kommt. Karins Augen weiten sich, sie versucht mühsam, in der Rolle zu bleiben.

»Ich … verstehe nicht«, sagt sie hilflos.

Er hat die Szene geschmissen, aber das ist ihm auf einmal völlig gleich. Zorn überkommt ihn. Er hat es so satt!

»Du verstehst mich sehr gut!«, brüllt er sie an.

Die drei Zuschauer sind konsterniert. Einer der jungen Herren kichert, ist aber gleich wieder still.

»Ich schwöre dir«, brüllt Willi in heller Wut. »Wenn du mich nicht heiratest, dann siehst du mich nie wieder! Dann verschwinde ich aus deinem Leben! Für immer und alle Zeit!«

Sie steht mit offenem Mund da, starrt ihn verzweifelt an. Willi ist jetzt entfesselt, er stößt schwungvoll den Tisch zur Seite, irgendwo knirscht Metall, er achtet nicht darauf. Er packt Karin am Arm, reißt sie zu sich herüber und schüttelt sie.

»Eine Tracht Prügel hast du verdient!«, wütet er. »Du verflixte, sture, eigenwillige, heiratsuntaugliche Person!«

Sie lässt sich schütteln, wartet, bis er aufhört, dann sagt sie leise: »›Ungeschickt‹ hast du vergessen, Willi. Ich bin auch ungeschickt.«

»Ich liebe dich«, sagt er und küsst sie.

»Aus!«, ruft der Regisseur. »Große Szene. Sie haben uns eine Kamera ruiniert.«

Willi hört es kaum, weil er Karin immer noch küsst. Sie hat die Arme um seinen Nacken geschlungen und erwidert den Kuss. Die Welt ist versunken. Nur sie und er. Sonst nichts.

»Kommt mal langsam runter, ihr zwei!«, hört er die Stimme des Regisseurs. »Fräulein Lisbeth … äh, Frau Langgässer, wir können Vertrag machen. Herr Koch – vielen Dank. Große Vorstellung. Sie machen auch Kabarett, wie? Wir melden uns bei Gelegenheit.«

Er wartet draußen vor dem Filmatelier auf sie. Es regnet, er schlägt den Mantelkragen hoch und friert. Als sie endlich herauskommt, schaut sie sich suchend um. Sie sieht ihn und geht mit zögernden Schritten auf ihn zu.

»Hast du das vorhin ernst gemeint?«, fragt sie beklommen.

»Bitterernst.«

»Du setzt mir die Pistole auf die Brust!«

»Pistole? Eine ausgewachsene Kanone!«

Sie schüttelt den Kopf, weiß nicht, ob sie lachen oder weinen soll.

»Glaubst du wirklich, wir könnten es zusammen schaffen, Willi?«, fragt sie schließlich.

Er spürt, wie sein Herz hämmert.

»Felsenfest!«

»Dann wollen wir es versuchen!«

SWETLANA

Wiesbaden, im Oktober 1959

Sie hat Sina in die Schule gebracht und ist dann zu Julias Läden gefahren, hat nach Mischa gefragt, aber dort hat sie nur erfahren, dass er mit Frau Wemhöner unterwegs sei. Zu einem Geschäftstermin, er sei ja so etwas wie ihr Sekretär und müsse das Protokoll schreiben.

»Was für ein Geschäftstermin?«

»Bei Hartmann und Söhne in Niedernhausen. Wegen der neuen Nähmaschinen.«

Unverrichteter Dinge fährt sie nach Hause, wo ihre Putzhilfe mit dem Staubsauger hantiert und einen fürchterlichen Lärm erzeugt.

»Machen Sie bitte zuerst obere Etage, Frau Wegener«, sagt sie.

Frau Wegener ist von dieser Anweisung nicht begeistert, sie hat ihr festes Programm, wenn sie in der Villa putzt, und das kommt nun durcheinander.

»Ausnahmsweise«, erklärt Swetlana. »Ich habe wichtiges Telefonat.«

»Dann brauche ich aber länger!«, mault die Wegener.

Swetlana geht in Augusts Arbeitszimmer und sucht im Telefonbuch nach der Nummer von »Hartmann & Söhne, Niedernhausen«.

»Guten Morgen. Ich habe eine wichtige Nachricht für Frau Wemhöner. Kann ich sprechen mit ihre Sekretär?«

»Mit Frau Wemhöners … Sekretär?«, staunt die Angestellte am anderen Ende der Leitung.

»Der junge Mann, der mit ihr ist gekommen … Michael Koch.«

»Und wie ist Ihr Name, bitte sehr?«

»Swetlana Koch.«

»Einen Moment bitte … ich muss nachfragen … bleiben Sie am Apparat.«

Es dauert eine Weile, sie hört Papier rascheln, ein Stuhl wird gerückt, Schritte. Seine Stimme im Hintergrund. Dann hat er den Hörer aufgenommen und spricht hinein.

»Was willst du, Mama?«

»Ich muss mit dir reden, Mischa …«

Sie hört ihn schnaufen. Er ärgert sich jetzt vermutlich, dass sie angerufen hat.

»Es gibt nichts zu reden, Mama«, sagt er trotzig. »Ich mache eine kaufmännische Lehre. Was stört dich daran?«

»Du machst Reisen mit dieser Frau. Wohnst mit ihr im Hotel.«

»Was ist dabei?«

»Du bist noch nicht volljährig, Mischa«, sagt sie in den Hörer. »Du kannst nicht allein mit einer Frau verreisen. Nicht über die Nacht fortbleiben von zu Hause.«

»Hör mal zu, Mama«, sagt er. »Wenn du irgendwie glaubst, dass da etwas zwischen mir und Julia läuft, dann irrst du dich gewaltig. Sie ist meine Chefin und außerdem eine großartige Frau. Ich kann mit ihr über alles reden. Sie ist wie eine … wie eine gute Freundin.«

»Und mit deinen Eltern kannst du nicht über alles reden?«

»Nein.«

Es tut ihr weh, und zugleich packt sie die Eifersucht. Er vertraut dieser Frau mehr als ihr, seiner leiblichen Mutter. Julia Wemhöner hat sie aus dem Herzen ihres Sohnes verdrängt, er erzählt ihr Dinge, die sie nicht wissen soll. So weit ist es also schon gekommen.

»Eines Tages, es wird dir leidtun, was du deiner Mutter antust!«, sagt sie vorwurfsvoll. »Dann wirst du bereuen, Mischa. Aber dann es ist vielleicht zu spät.«

Er schweigt einen Moment, und sie hofft schon, dass die mahnenden Worte ihre Wirkung getan haben.

»Ich komme nachher kurz vorbei«, sagt er. »Jetzt habe ich keine Zeit. Bis dann, Mama …«

Damit legt er auf.

Gut, denkt sie. Er kommt. Um eins ist August hier, dann können wir beide mit ihm sprechen. Er muss seinen Eltern gehorchen. Er ist noch ein Kind, wir müssen ihn vor dieser Frau beschützen.

Halb getröstet geht sie in die Küche, um das Mittagessen vorzubereiten. Frau Wegener steigt aus dem oberen Stockwerk herunter und beschwert sich, dass sie die Küche längst gewischt hätte, wenn sie ihr gewohntes Programm hätte durchziehen können: Jetzt kann sie die Küche nicht mehr putzen, weil Frau Koch sie schon in Beschlag genommen hat.

»Dann Sie können jetzt staubsaugen das Esszimmer und danach Wohnzimmer!«

Warum ist die Frau denn nur so umständlich? Swetlana hat selbst früher als Putzfrau gearbeitet, da hat sie sich immer nach den Wünschen der Kunden richten müssen. Sie nimmt das Fleisch aus dem Kühlschrank, schneidet Speckwürfel, Essiggurken und Zwiebeln, dann salzt sie die Rinderrouladen und bestreicht sie mit Senf. August liebt ihre Rouladen, auch Mischa hat sie früher gern gegessen. Bei dieser Frau bekommt er sicher nur schmale Kost, sie kann sich nicht vorstellen, dass Julia Wemhöner kochen kann. Im Gasthaus werden sie essen, du liebe Zeit, man weiß ja, was dort für ein schlechtes Zeug serviert wird …

Im Wohnzimmer wird der Staubsauger ausgeschaltet. Wohltuende Stille breitet sich aus.

»Da ist jemand an der Tür, Frau Koch«, meldet Susanne Wegener.

Swetlana verteilt Speckwürfel auf dem Fleisch. Sie ärgert sich über die Störung.

»Wer ist es denn?«

»Eine Frau. Sie ist mit einem großen Wagen und einem Chauffeur gekommen.«

Eine Klientin von August, denkt Swetlana. Die Leute werden immer dreister, jetzt kommen sie schon hierher zu uns nach Hause.

»Führ sie ins Arbeitszimmer …«

»Aber da ist noch nicht gesaugt …«

»Egal!«

Sie soll ruhig eine Weile warten, denkt Swetlana. Sie wickelt in aller Ruhe ihre Rouladen, legt sie in den Topf mit heißem Fett, lässt sie schön braun anbraten und gibt Wasser hinzu, damit sie gar schmoren. Dann bindet sie die Schürze ab und begibt sich zum Arbeitszimmer. Immerhin kann man der Dame einen Kaffee anbieten. Oder einen Tee.

Als sie die Tür des Arbeitszimmers öffnet, bekommt sie ein schlechtes Gewissen, denn die Besucherin ist eine ältere Frau. Weißhaarig, sehr schlank und sehr teuer gekleidet. Eine von Augusts wenigen wohlhabenden Klientinnen, darauf deutete schon der Wagen mit Chauffeur.

»Es tut mir leid, dass Sie mussten warten, gnädige Frau«, sagt sie. »Sie haben Termin mit meinem Mann?«

Die Frau trägt eine Brille mit dünnem Goldrand, sie schaut Swetlana eindringlich an, mustert sie geradezu auffällig gründlich von oben bis unten.

»Sie sind Frau Koch?«, fragt sie. »Swetlana Koch?«

»Ja, die bin ich«, antwortet Swetlana verwundert.

»Ehemals Swetlana Kowalenko?«

Swetlana erstarrt. Woher weiß diese Frau ihren Mädchennamen? Niemand hier kennt ihn außer ihrer engsten Familie. August. Und Mischa …

Die Dame lächelt und erhebt sich mühsam aus dem Ledersessel.

»Ich bin Lieselotte Stammler«, sagt sie. »Mischas Großmutter.«

Würde der Teufel selbst vor ihr stehen, Swetlana könnte nicht entsetzter sein. Gerhards Mutter! In ihrer Vorstellung war diese Frau immer eine harte, stolze Person. Und genau so muss sie Mischa behandelt haben. Weder August noch Mischa haben ihr erzählt, was sie ihrem Sohn an den Kopf geworfen hat. Aber es muss sehr beleidigend gewesen sein.

»Es tut mir leid, dass ich meinen Besuch nicht angekündigt habe«, fährt Frau Stammler mit leiser, ein wenig brüchiger Stimme fort. »Aber ich habe den Entschluss gestern Abend gefasst und habe heute früh niemanden telefonisch erreichen können. Ihr Gatte hat Gerichtstermine, sagte man mir. Und auch hier im Haus hat niemand den Hörer abgenommen.«

Swetlana versucht mühsam, sich zu fassen.

»Ich war … unterwegs«, sagt sie. »Sie möchten vermutlich meinen Sohn sprechen.«

»Wenn es möglich ist … Ich hatte ihm geschrieben, aber keine Antwort erhalten. Sie verstehen vielleicht: Ich bin nicht mehr die Jüngste, und ich möchte nicht, dass ein falsches Bild von mir in seinem Gedächtnis bleibt.«

Swetlana ist der Meinung, dass Mischa genau das richtige Bild von seiner Großmutter bekommen hat. Eine hochmütige alte Frau, die verächtlich auf ihn und seine Mutter herabsieht. Dann fällt ihr Blick auf die Hände der Frau. Sie sind sehr dünn und weiß, von bläulichen Adern durchzogen. Sie zittern stark. Kann sie nicht gut stehen?

»Bitte, nehmen Sie doch Platz«, sagt sie. »Mein Sohn ist nicht im Haus. Er wird aber kommen. Wann genau, ich kann nicht sagen.«

Frau Stammler setzt sich. Sie muss sich dabei auf der gepolsterten Lehne des Sessels abstützen, was mühsam für sie ist, weil der Sessel so niedrig ist.

»Wenn Sie erlauben, würde ich gern auf ihn warten.«

Es klingt nicht wie eine Bitte, findet Swetlana, eher wie eine Ankündigung. Trotzdem antwortet sie: »Bitte sehr. Möchten Sie einen Kaffee? Oder einen Tee?«

Die alte Dame zupft ihr Kleid zurecht und fährt prüfend mit der Hand über das aufgesteckte Haar. Es liegt in gleichmäßigen Wellen und wird von einem dünnen, kaum sichtbaren Haarnetz gehalten.

»Bitte, machen Sie sich keine Umstände«, sagt sie und lächelt.

»Es macht keinen Umstand.«

»Dann bitte einen Kaffee.«

Swetlana geht in die Küche, um Wasser aufzusetzen. Dabei stellt sie fest, dass die Rouladen beinahe angebrannt sind, und sie gießt Flüssigkeit nach. Wieso mache ich ihr einen Kaffee?, denkt sie. Bin ich verrückt? Sie hat meinen Mischa beleidigt, und ich koche ihr Kaffee! Doch dann hat sie wieder die zitternden Hände der Frau vor Augen, und sie spürt Mitleid. Sie ist krank, denkt sie. Sie kann nur mit Mühe aufrecht stehen. Sie ist kein guter Mensch, aber man muss nicht grausam mit ihr sein. Sie versucht sich zu erinnern, was Gerhard damals über seine Eltern gesagt hat. Es war nur wenig, und sie hat nicht alles verstehen können, weil sie damals kaum Deutsch konnte. »Sie sind vom alten Schlag«, hat er gesagt, und weil sie nicht gleich begriffen hat, hat er hinzugefügt: »Altmodisch. Aus einer anderen Zeit.« Hat er seine Eltern geliebt? Er hat sie respektiert. Vielleicht auch gefürchtet. Zumindest kam es ihr so vor. Ach, sie hatten ja nur wenige kurze Stunden miteinander. Zwei Menschen, die einander kaum kennen und nicht die gleiche Sprache sprechen. Was weiß sie wirklich von ihm? Nichts. Er ist tot. Das ist alles.

»Lassen Sie es für heute gut sein«, sagt sie zu Susanne Wegener, die den Staubsauger in den Flur trägt. »Geld liegt auf Flurkommode. Wir sehen uns wieder nächsten Dienstag.«

»Wenn Sie meinen … Aber sauber ist das hier nicht …«

Swetlana füllt eine Tasse mit Kaffee und stellt sie auf ein Tablett, dazu die Zuckerdose und das Milchkännchen. Genau wie im Café Engel.

Frau Stammler sitzt noch immer in der gleichen steifen Position im Sessel. Als Swetlana den Kaffee auf den Couchtisch stellt, bedankt sie sich.

»Möchten Sie sich ein wenig zu mir setzen?«, fragt sie. »Ich habe etwas, was Ihnen gehört.«

Sie öffnet die Handtasche aus schwarzem Leder, sucht ein wenig herum, dann zieht sie einen blauen Briefumschlag heraus und reicht ihn Swetlana. Darin steckt die Feldpostkarte, die ihr Gerhard damals geschrieben hat. »In Liebe. Gerhard«

»Mischa hat sie in der Aufregung bei mir vergessen«, sagt Frau Stammler. »Aber die Karte ist an Sie gerichtet, und deshalb gehört sie Ihnen.«

Sie schweigt, und auch Swetlana kann nicht sprechen, weil sie auf die verblichenen Zeilen starrt. Seine Hand hat das geschrieben, kurz bevor er sterben musste.

»Ich gestehe, dass ich geweint habe, als ich diese Karte in meinen Händen hielt«, sagt die alte Frau. »Wussten Sie, dass es sein letztes Lebenszeichen war? Seine letzte Nachricht war nicht an die Eltern und auch nicht an seine Braut gerichtet. Sie galt Ihnen.«

Was bedeutet das schon, denkt Swetlana. Dennoch verspürt sie ein Glücksgefühl. Er hat sie geliebt. Aber auch das ist inzwischen ohne Belang.

»Ich wusste nicht, dass er hatte eine Braut«, sagt sie.

»Die beiden waren drei Jahre lang verlobt. Er wollte nicht heiraten, solange noch Krieg ist. Er sagte, er wollte sie nicht zur Witwe machen …«

Wie rücksichtsvoll, denkt sie. Mir hat er ein Kind gemacht und ist gestorben. Aber ich war selbst daran schuld, nicht nur er allein. So ist Liebe, wenn man jung und dumm ist.

»Möchten Sie sich wirklich nicht zu mir setzen, Frau Koch?«

Jetzt klingt es wie eine eindringliche Bitte. Swetlana gibt nach, sie ist kein Mensch, der von Grund auf hassen kann.

»Ich muss schnell in Küche gehen. Dann ich komme zu Ihnen.«

Sie schaut rasch nach den Rouladen, stellt die Flamme des Gasherdes so klein wie möglich und setzt die Kartoffeln auf. Danach gießt sie sich einen Kaffee ein und geht damit zurück ins Arbeitszimmer. Es ist erst halb eins. Wenn August doch schon da wäre! Und Mischa. Ach, jetzt wünschte sie, Mischa würde besser nicht kommen. Er ist zornig auf diese alte Frau und wird sie vielleicht beleidigen. Er ist so jung und impulsiv, ihr Mischa.

Frau Stammler hat inzwischen einen Schluck getrunken, das Koffein tut seine Wirkung, auf ihren Wangen liegt ein rosiger Hauch.

»Ein guter Kaffee!«, lobt sie lächelnd.

»Vielen Dank …«

»Ich hoffe, ich verletze Ihre Gefühle nicht, wenn ich von meinem Sohn spreche. Ich denke täglich an ihn. Er war unser einziges Kind, und er wurde nur achtundzwanzig Jahre alt.«

»Sprechen Sie ruhig«, sagt Swetlana. »Ich verstehe, dass es ist hart, einen Sohn zu verlieren. Ich habe auch einen Sohn …«

Die alte Frau nickt, beugt sich vor und hebt die Tasse an. Wie ihre Hand dabei zittert! Swetlana bekommt Angst um ihr Porzellan und um den Teppich.

»Mein Ehemann war ein strenger Mensch«, fährt sie fort und stellt die Tasse unbeschadet zurück. »Er war Oberst und ganz und gar von der Sache des Führers erfüllt. Wir glaubten damals, Deutschland würde eines Tages ganz Europa beherrschen, ein mächtiges, schönes, friedliches Reich. Auch ich glaubte das. Und in diesem Geist wurde auch Gerhard erzogen.«

»Ein mächtiges Reich für deutsche Menschen«, entfährt es Swetlana. »Nicht für russische Menschen. Auch nicht für Juden.«

Frau Stammler übergeht diesen Einwand.

»Jeder Mensch hätte in diesem Reich seinen Platz gehabt«, fährt sie fort. »Aber es hat nicht sollen sein. Der Krieg ging verloren, und Deutschland musste sich den Siegern beugen. Das hat mein Mann bis zum Ende des Kriegs nicht glauben wollen, und später hat es ihm das Herz gebrochen.«

Swetlana sagt nichts dazu. Auch wenn sie gebrechlich ist – diese Frau ist eine sture, alte Person, sie glaubt noch immer an Adolf Hitler, an diesen Teufel, der so viel Unglück über die Welt gebracht hat. Swetlanas Körper versteift sich. Sie bereut es, Mitleid gehabt zu haben. Die alte Frau hat es nicht verdient.

Frau Stammler hat bemerkt, dass ihre Worte auf Ablehnung stoßen. Ihre Miene wird für einen Moment starr, die Falten in ihrem bleichen Gesicht treten deutlicher hervor.

»Ich habe Ihnen gesagt, was ich denke und glaube. Ohne Zweifel sind Sie anderer Meinung, und das ist Ihr gutes Recht. Ich erzähle diese Dinge nur, weil ich über Gerhard sprechen möchte. Über seinen letzten Besuch im Elternhaus. Solange ich lebe, werde ich es nicht vergessen.«

Jetzt hat sie Tränen in den Augen, sie muss die Brille abnehmen und ein Taschentuch in der Handtasche suchen. Swetlana sitzt schweigend dabei, ab und zu schaut sie auf die Wanduhr, es ist Viertel vor eins. Wenn August nur endlich käme, sie will nicht länger mit dieser Frau allein sein!

»Er war stiller als sonst«, erzählt Frau Stammler mit leiser Stimme. »Mit seinem Vater hat er kaum gesprochen. Aber als ich mit ihm allein war, da hat er mir gesagt: ›Der Krieg war ein Wahnsinn, Mutter. Es wird keinen Endsieg geben, nur ein schreckliches Ende.‹ Verstehen Sie? Mir hat er das anvertraut, seinem Vater hätte er es niemals sagen können. Aber als er danach fortging, da wusste ich, dass er nicht wiederkommen wird. Ich wusste es und konnte doch nichts dagegen tun …«

Swetlanas Gefühlswelt kommt völlig durcheinander. Gerade eben hat sie diese Frau für eine sture alte Nazifrau gehalten, und nun erzählt sie Dinge, die ihr tief ins Herz gehen.

»Warum haben Sie ihn nicht zurückgehalten?«, fragt sie. »Ihn versteckt. Der Krieg war fast zu Ende …«

Die alte Frau sieht sie mit bitterem Lächeln an.

»Das hätte er niemals mitgemacht. Sich feige verstecken, während die Kameraden sterben – das war nicht seine Art. Er hatte einen Eid auf den Führer geleistet, und den hat er gehalten. Bis in den Tod.«

Darauf ist sie wohl auch noch stolz, denkt Swetlana. »Diesen Eid hat er dem Teufel geschworen, solch einen Eid muss man nicht halten. Nur ein Verrückter tut so etwas. Er hat versprochen, dass er kommt zu mir zurück«, sagt sie.

»Wenn er es tatsächlich versprochen hat, dann hätte er es auch getan«, gibt die alte Frau zur Antwort. »Mein Sohn war kein Lügner.«

Die Haustür wird aufgeschlossen, Swetlana springt erleichtert auf.

»Entschuldigen Sie, mein Mann ist gekommen …«

Sie läuft in den Flur, um August vorzuwarnen, doch dort steht nicht August, sondern Mischa. Er ist zornig und platzt wütend los.

»Ruf mich bitte nie wieder an, wenn ich mit Frau Wemhöner in einer Geschäftsbesprechung bin. Das ist mehr als peinlich …«

»Nicht so laut, Mischa! Bitte!«

»Ich muss gleich wieder gehen«, sagt er verdrossen. »Wir haben noch einen Termin in Bad Schwalbach. Will nur das Hemd wechseln und andere Schuhe anziehen.«

Sie ist unschlüssig. Was soll sie tun? Verschweigen, wer drüben im Arbeitszimmer auf ihn wartet? Warum eigentlich? Soll er diese Frau doch beschimpfen – sie hat es verdient.

»Warte, Mischa. Da ist jemand gekommen. Sie wartet im Arbeitszimmer auf dich.«

Er ist schon an der Treppe und dreht sich widerwillig um. »Ich hab keine Zeit, Mama. Und falls es Tante Hilde ist, die mir ins Gewissen reden soll, dann …«

»Es ist deine Großmutter.«

Er bleibt stehen, starrt sie misstrauisch an.

»Soll das ein Witz sein?«

»Nein, Mischa. Sie ist gekommen, weil sie mit dir sprechen will.«

Er schnaubt ärgerlich und geht die Stufen wieder hinunter. Stellt den Koffer im Flur ab, schaut noch einmal kurz zu ihr hin, dann öffnet er die Tür.

»Guten Tag«, hört sie ihn sagen, dann schließt er die Tür hinter sich. Swetlana steht mit klopfendem Herzen im Flur. Es ist sehr unfein, an einer Tür zu lauschen, das weiß sie. In diesem Fall allerdings tut sie es doch. Weil sie vielleicht eingreifen muss, wenn er gar zu grob mit der alten Frau umgeht.

Sie sprechen sehr leise, Swetlana muss das Ohr an die Tür legen, um die Worte zu verstehen. Was redet Mischa da?

»Ich wollte Sie eigentlich anrufen, hab's verbummelt. Tut mir leid.«

»Dann will ich dir den guten Willen für die Tat anrechnen, Mischa. Ich freue mich, dich zu sehen.«

»Ich freu mich auch. Toll, dass Sie extra nach Wiesbaden gekommen sind. Warum haben Sie nicht vorher angerufen?«

»Es war ein plötzlicher Entschluss … Du siehst, dass auch Großmütter sehr spontan sein können.«

Swetlana wechselt das Lauscherohr. Sie reden ja ganz friedlich miteinander. Fast ist sie enttäuscht. Jetzt lachen sie sogar.

Was ist mit ihrem Mischa los? Hat er nicht gesagt, sie hätte ihn beleidigt? Er wolle sie nie wiedersehen?

»Das wäre für mich eine große Freude, Mischa«, hört sie Frau Stammler sagen. »Mein Haus steht dir immer offen. Auch deiner Familie. Aber warte nicht mehr so lange. Ich bin eine alte Frau und werde nicht ewig leben.«

»Nein, nein«, sagt Mischa. »Das klappt ganz gut, weil ich mit einer Bekannten demnächst zur Messe in Hannover fahre. Da kann sie mich bei Ihnen absetzen.«

Swetlana ist so versunken, dass sie wie eine ertappte Sünderin zusammenfährt, als jemand sie am Arm berührt.

»Was tust du denn da?«, fragt August. »Du horchst doch nicht etwa an der Tür?«

Sie macht ihm ein Zeichen, leise zu sein und flüstert: »Mischa und Frau Stammler.«

August versteht, er nickt, wartet ein wenig, und da keine lauten Stimmen zu vernehmen sind, lächelt er zufrieden.

»Er hat den Brief gelesen, Swetlana. Er lag in einer anderen Position unter der Schreibunterlage.«

Sie gehen gemeinsam in die Küche, aus dem Kartoffeltopf sprudelt das kochende Wasser, die Rouladen sind nun tatsächlich angebrannt. August tröstet sie, behauptet, er möge die Rouladen sowieso am liebsten dunkel gebraten. Er hilft ihr, den Salat zuzubereiten, und sie beeilt sich, ihm eine Schürze vor den guten Anzug zu binden. Wie er so am Spülstein steht und mit Sorgfalt die Salatblätter sortiert, erscheint er ihr unfassbar liebenswert. Das Leben hat es gut mit ihr gemeint, sie hat einen wunderbaren Ehemann gefunden. Nur das ist wichtig. Nicht die Vergangenheit mit ihren quälenden Erinnerungen.

Frau Stammler verabschiedet sich schon nach kurzer Zeit von ihnen. Der Chauffeur, der arme Kerl, hat die ganze Zeit über im Wagen gewartet. Mischa ist die Treppe hinaufgelaufen, man hört, wie er in seinem Zimmer Schubladen aufzieht.

»Lass ihm seinen Willen«, sagt August. »Wir können ihn sowieso nicht zwingen.«

Sie will widersprechen, doch da kommt Sina nach Hause. Aufgewühlt von ihren Schulerlebnissen läuft sie zu ihnen in die Küche und erzählt auf Russisch und auf Deutsch, was sie auf dem Herzen hat. Swetlana nimmt sie in die Arme, mahnt sie, nicht so aufgeregt zu sein, trägt ihr auf, den Tisch zu decken. Draußen lässt Mischa seine Vespa an.

Ich muss ihn gehen lassen, denkt Swetlana bekümmert. Aber ich habe einen Ehemann, der mich liebt, und eine wundervolle kleine Tochter. Der Himmel hat mich gesegnet.

JEAN-JACQUES

Eltville, im Oktober 1959

Ein großes Jahr für sein Weingut! Die Lese ist fast vorbei, nur einige Reihen im unteren Bereich hängen noch voller Trauben. Er hat die Helfer ausbezahlt und nach Hause geschickt, weil er den Rest mit Max und Soldan allein schafft. Einen kleinen Teil der Trauben will er auch dieses Jahr wieder aufsparen, bis der erste Frost kommt. Bisher hat es mit dem Eiswein noch nicht so richtig geklappt – aber er gibt die Hoffnung nicht auf. Im Keller hat er Weine mit großartigen Öchslegraden, die Maische, die sie vorgestern angesetzt haben, gärt noch, er hofft auch hier auf einen ausgezeichneten Rotwein. Seine Weinschänke hat allerdings schwer unter der Arbeit im Weinberg gelitten; meist hat er das Schild »Heute geschlossen« an die Tür heften müssen. Seitdem Simone ihn verlassen hat, hängt das Schild permanent dort. Er hat keine Lust, sich hinter den Tresen zu stellen, und mag auch niemanden einstellen. Dem Busunternehmen, das momentan ganze Horden trinklustiger Gruppen durch den Rheingau befördert, hat er sowieso absagen müssen – jetzt im Herbst ist es zu kalt, um draußen zu sitzen, und in der kleinen Schänke ist kein Platz für eine Reisegruppe.

Tatsache ist, dass die Touristen ihm auf die Nerven gehen. Er mag den Lärm nicht, die dummen Fragen, die kreischenden Kinder, die Schlange vor den Toiletten, bevor sie wieder in den Bus einsteigen. Und dann die Hektik in der Küche, wenn alle gleichzeitig bestellen und hungrig mit den Hufen scharren, als hätten sie monatelang nichts zu essen bekommen. Dabei haben die meisten schon ein Viergängemenü zum Mittag und eine ausgiebige Kaffeepause mit Sahnetorte hinter sich, wenn sie am Abend bei ihm einfallen. Nein, er mag keine Touristen, er kann die dummen Gesichter nicht mehr sehen. Viel lieber steht er in seinem Weinberg und arbeitet sich den Rücken krumm. Am wohlsten fühlt er sich in seinem Weinkeller, da ist er allein mit seinen Fässern, er prüft, macht Abstriche, füllt um und werkelt oft halbe Nächte einsam vor sich hin.

Glücklich ist er dabei nicht. Vor allem, seitdem Simone nicht mehr bei ihm ist, kommt ihm immer mehr zum Bewusstsein, dass er auf dem besten Weg ist, ein Menschenfeind zu werden. Drei Mal hat er einen gewissen Dr. Dreyer, seines Zeichens Rechtsanwalt in Eltville, aufgesucht, sich über das deutsche Scheidungsrecht belehren lassen und die Angelegenheit schließlich in die Hände des Juristen gelegt. Seinen Weinberg kann Hilde ihm nicht nehmen, der gehört ihm, ist auf seinen Namen im Grundbuch eingetragen. Mit den Söhnen ist es etwas anderes. Wenn Hilde tatsächlich durchsetzt, dass die Ehe durch sein Verschulden, nämlich durch einen Ehebruch, gescheitert sei, wird er seine beiden Jungen verlieren. Allerdings braucht sie dazu Beweise. Und die hat sie nicht. Kann sie gar nicht haben, weil es ja keinen Ehebruch gegeben hat.

»Und ihre Ehefrau?«, hat der Anwalt gefragt. »Wäre da keine Möglichkeit, etwas nachzuweisen? Wenn sie zum Beispiel ein Verhältnis mit einem anderen Mann angefangen hat …«

Natürlich hat er sofort an den Tortenheini gedacht. Dieser knickbeinige Hänfling, der seine Hilde in der Küche bedrängt hat.

»Es gibt zum Beispiel die Möglichkeit, einen professionellen Informanten zu beauftragen«, hat der Anwalt gesagt und ihn auf perfide Weise angelächelt.

»Einen was?«

»Einen Privatdetektiv, der Ihre Frau beobachtet und Beweismaterial beschafft. Eindeutige Fotos. Verlässliche Zeugen.«

»Nein«, hat er empört geantwortet. »So etwas mache ich nicht.«

»Dann besteht die Gefahr, dass Sie Ihre Söhne verlieren.«

Er hat in das feiste Gesicht des Advokaten geschaut und einen solchen Widerwillen gegen diesen windigen Kerl verspürt, dass er ihm am liebsten die Faust in die Visage gerammt hätte.

»Ich habe die Ehe nicht gebrochen, verdammt!«, hat er gebrüllt. »Es muss doch auch in Deutschland Gerechtigkeit geben!«

Der Anwalt ist blass geworden und mit dem Schreibtischstuhl ein Stück zurückgerollt.

»Gewiss, Herr Perrier«, hat er hastig gesagt. »Ich werde selbstverständlich mein Möglichstes tun.«

Jean-Jacques ist voller Zorn nach Hause gefahren, hat einen ganzen Abend lang auf die idiotischen Gesetze, die schmierigen Advokaten und deren widerliche Winkelzüge geflucht. Er soll seine Hilde bespitzeln lassen – was für eine Idee! Einen Detektiv auf sie hetzen, der Fotos von ihr schießt. In der Küche vom Café. In der Wohnung. Am Ende sogar in ihrem Schlafzimmer! Nein, so etwas tut er ihr nicht an. Nicht seiner Hilde.

Aber dann wird er vielleicht Frank und Andi niemals wiedersehen.

In den Nächten, in denen er allein in dem leeren Haus ist, hat er viel Zeit gehabt, über alles nachzugrübeln. Und langsam, sehr langsam hat sich sein Zorn gelegt, und er ist darauf gekommen, dass er selbst an der ganzen Elendsgeschichte nicht unschuldig ist. Sein alter Fehler: Der Zorn hat ihn übermannt, er ist aufgebraust, hat auf stur geschaltet, und anstatt einen Versöhnungsversuch zu unternehmen, hat er sich diesem Winkeladvokaten anvertraut.

»Du musst zu ihr gehen«, hat Simone immer wieder zu ihm gesagt.

»Damit sie denkt, ich hätte ein schlechtes Gewissen?«, hat er zornig gerufen. »Kommt nicht infrage. Sie hat unrecht, also ist es an ihr, hierherzukommen.«

»Aber du liebst sie doch.«

»Soll ich deshalb Kniefälle vor ihr machen?«, hat er geknurrt.

»Dann gehe ich zu ihr.«

»Nein. Das tust du nicht! Ich will es nicht!«

Jetzt, da Simone fort ist, fragt er sich, ob sie vielleicht recht gehabt hat. Sie fehlt ihm. Das Haus ist so verdammt leer ohne sie. Ihr Lachen, ihre rasche, geschickte Art, ihr ganzes charmantes Wesen – es hat ihm über manches hinweggeholfen. Zugegeben, es war immer eine kleine Spannung zwischen ihnen. Sie ist eine hübsche und durchaus verführerische Person, unter anderen Umständen hätte sie ihm gefallen können. Aber vor allem ist sie eine gute Freundin, mit der er über vieles reden konnte, sogar über seine Ehe mit Hilde. Und auch er hat Anteil an ihren Problemen genommen, hat sie als »großer Bruder« beraten und sich Sorgen um sie gemacht, als sie schließlich abreisen wollte.

»Was willst du tun, wenn er handgreiflich wird?«

Sie hat ihn ausgelacht. Das hätte Robert noch nie versucht, dazu sei er viel zu feige.

»Und wenn er dich in seine faulen Geschäfte hineinzieht?«

»Ich habe damit nichts zu tun!«

Er hat mehrfach in Neuville angerufen, weil es ihm keine Ruhe gelassen hat. Zunächst wusste auch Pierrot nicht, wo sich Simone aufhielt, aber einige Tage später hatte er plötzlich Simone selbst am Telefon.

»Du musst dir keine Sorgen machen, es ist alles gut«, hat sie gesagt. »Ich wohne jetzt hier bei Chantal und Pierrot, das ist praktisch, weil ich ihnen viel helfen kann.«

»Und Robert?«

»Ich habe die Scheidung eingereicht. Es wird nicht gut für mich ausgehen, aber das ist mir gleich. Ich will frei sein, verstehst du?«

»Ich wünsche dir alles erdenklich Gute, Simone. Wenn ich dir irgendwie helfen kann, ruf mich an. Du kannst auch jederzeit zu mir kommen.«

Sie hat sich bedankt und nach Hilde gefragt.

»Die Dinge nehmen ihren Lauf«, hat er vage geantwortet.

»Sie ist nicht zu dir gekommen?«

»Warum sollte sie? Sie ist stur wie ein Panzer. Du kennst sie doch.«

»Ich hatte gehofft, sie würde es tun«, hat sie traurig gesagt.

Später hat er ein Gespräch mit seinem Bruder geführt und Dinge erfahren, die ihm die Haare zu Berge stehen ließen. Robert ist nach Neuville gefahren, um seine Frau dort abzuholen. Ohne Ankündigung stand er plötzlich im Hof, stiefelte in die Küche, wo Simone und Chantal gerade das Mittagessen vorbereiteten. Was genau dann passiert ist, hat Pierrot nicht mitbekommen, weil er im Keller war und erst durch die Schreie und das Kläffen der Hunde aufmerksam wurde. Er ist so schnell er konnte herbeigestürzt.

»Dieser kleine Mistkerl hat auf sie eingeschlagen und wollte sie aus der Küche in den Hof zerren, wo sein Auto stand. Sie hat sich wie eine Wilde gewehrt, und Chantal hat ihr geholfen. Nun ja – du kannst dir denken, dass ich nur noch rot gesehen habe. Ich habe ihm ein ordentliches Ding verpasst, daran hat er wochenlang zu knabbern. Der kommt bestimmt nicht wieder!«

»Bravo!«, hat Jean-Jacques seinen Bruder gelobt. »Das hast du gut gemacht, Pierrot.«

Es ist das erste Mal, dass er sich über die Schlagkraft seines kleinen Bruders freut. Obgleich er ein wenig neidisch ist, denn er hätte gern selbst an Pierrots Stelle gestanden. Immerhin ist er jetzt beruhigt, denn wie es scheint, ist Simone in Sicherheit.

Seine eigenen Angelegenheiten entwickeln sich weniger erfreulich. Sein Anwalt hat ein Treffen mit Hilde und ihrem Anwalt August Koch anberaumt. Wie er am Telefon behauptet hat, handele es sich um den Versuch, auf einen gemeinsamen Nenner zu kommen, um die Scheidung möglichst ohne größere Komplikationen über die Bühne zu bringen.

»Ich tue dies nur Ihnen zuliebe und letztlich gegen meine eigenen Interessen«, hat der Advokat behauptet. »Weil ich ja gesehen habe, wie emotional Sie diese Angelegenheit betrachten.«

»Und wozu soll solch ein Treffen gut sein?«

»Wir werden verhandeln, Herr Perrier. Überlassen Sie das Reden am besten mir. Die Position Ihrer Ehefrau ist keineswegs günstig; soweit mir bekannt, gibt es für einen Ehebruch Ihrerseits keinen Beweis. Sie wird daher vor Gericht keinen leichten Stand haben. Das eröffnet uns die Möglichkeit, sie zu Kompromissen zu bewegen.«

Es gefällt ihm überhaupt nicht. Auf der anderen Seite kann er sich immer noch nicht durchringen, nach Wiesbaden zu fahren, um einen Versöhnungsversuch zu starten. Als Bittsteller auftreten, zu Kreuze kriechen, ihr nachlaufen: Alles daran widerstrebt ihm aufs Äußerste.

»Na schön … Ich werde kommen.«

»Ausgezeichnet«, freut sich Dr. Dreyer. »Ich werde meine Kanzlei hier in Eltville als Verhandlungsort vorschlagen, den Termin gebe ich Ihnen noch bekannt. Sie werden sehen, dass sich die Dinge in die gewünschte Richtung entwickeln.«

Daran hegt er allergrößte Zweifel. Die gewünschte Richtung liegt im Diffusen. Will er Hilde die Jungen wirklich wegnehmen? Nein, das will er nicht. Aber er will seine Söhne auch nicht verlieren. Was für eine Richtung soll das sein? Ein kreisendes Windrad. Zumal – und das kommt erschwerend hinzu – er seine Hilde eigentlich auch behalten will.

Zum Gesprächstermin erscheint er in düsterer Laune. Er hat sich in der Nacht im Keller einen Hexenschuss eingehandelt, der ihn bis zum Morgen kaum schlafen ließ. Ein Arztbesuch in aller Frühe hat nicht viel gebracht, der Doktor hat seine Wirbelsäule abgetastet und bemerkt, es läge nichts Ernsthaftes vor, kein Bandscheibenvorfall, vermutlich nur eine Verspannung. Die Tabletten, die er sich in der Apotheke holen durfte, haben keine Wirkung gezeigt, er hat Mühe gehabt, in seine Goélette zu steigen, und das Autofahren war kein Vergnügen. Er muss sich höllisch zusammennehmen, um nicht als humpelnder Invalide in der Kanzlei aufzutauchen.

»Ah, da sind Sie ja, Herr Perrier!«, begrüßt ihn Dr. Dreyer mit aufgesetzter Freundlichkeit. »Die anderen Herrschaften sind bereits eingetroffen.«

Hilde sieht blass aus, ihre Wangen sind schmaler geworden, sie schaut ihn nur kurz an und nickt zur Begrüßung, dann blickt sie zur Seite. August ist die ganze Angelegenheit sichtlich unangenehm, er steht auf und schüttelt Jean-Jacques die Hand. Unter Hildes vorwurfsvollem Blick setzt er sich wieder und blättert in seinen Papieren. Jean-Jacques beißt die Zähne zusammen, weil ihm das Hinsetzen und auch das Sitzen verteufelte Rückenschmerzen verursacht. Aber das muss hier keiner wissen, die Mitleidsmasche ist nicht seine Sache.

Das Gespräch nimmt seinen Lauf. Dr. Dreyer begrüßt alle Teilnehmer, stellt kurz die Personalien fest und erklärt, aus welchem Grund man sich hier zusammengefunden hat. Jean-Jacques versucht, auf dem Stuhl eine einigermaßen schmerzarme Position zu finden, und denkt dabei, dass der Herr Anwalt sich dieses überflüssige Geschwafel gut sparen könnte. Hilde sitzt in steifer Haltung auf ihrem Stuhl, hat die Handtasche auf dem Schoß und hält sich an den Bügeln fest. August blättert noch immer. Als sein Kollege eine Pause macht, beginnt er zu sprechen.

Jean-Jacques bemerkt nach kurzer Zeit, dass seine Gedanken abschweifen. Möglich, dass es an den Tabletten liegt, aber das Gerede der beiden Advokaten interessiert ihn nicht. Er schaut einer Fliege nach, die durch den Raum summt, sich an die Fensterscheibe setzt und daran in die Höhe kriecht, dann löst sie sich wieder und kreist um die Lampe. Durch das Fenster sieht man den Garten des Advokaten, er ist ungepflegt, mehrere alte Obstbäume stehen darin, die Wiese liegt voller Laub und roter Äpfel, die offensichtlich niemand aufliest. Auch Hilde ist schweigsam, sie schaut beharrlich vor sich auf den Tisch, und ihre Hände spielen nervös mit den Henkeln der Tasche. Jean-Jacques hat den Eindruck, dass sie längst nicht mehr so vehement wie noch vor Wochen an einer Scheidung interessiert ist. Ist sie in sich gegangen? Er glaubt nicht so recht daran. Sie ist stur, seine Hilde. Wenn sie einmal eine Sache angefangen hat, ist sie nur schwer davon abzubringen. Selbst dann, wenn sie selber gemerkt hat, dass sie sich vergaloppiert hat.

»Nun – in diesem Punkt sind wir leider unterschiedlicher Meinung«, hört er seinen Advokaten sagen, und er hat keine Ahnung, um welchen Punkt es sich handelt.

Die Sekretärin klopft an und fragt, ob die Herrschaften Kaffee wünschen. Alle nicken erleichtert. Der Raum ist überheizt, Jean-Jacques hat das Gefühl, gleich wegzudämmern. Warum ist er überhaupt hergekommen? Um sich das überflüssige Geschwätz der beiden Rechtsanwälte anzuhören? Bestimmt nicht. Er ist wegen Hilde hier. Weil er sie wiedersehen wollte. Weil er die vage Hoffnung hatte, ein paar Worte mit ihr reden zu können. Aber sie sitzt unbeweglich auf ihrem Platz und hat während der ganzen Verhandlung kein einziges Mal zu ihm hinübergesehen.

Die Sekretärin erscheint, serviert vier Tassen Kaffee und geht mit unhörbaren Schritten wieder davon. Jean-Jaques beugt sich vor, um seine Tasse zu nehmen, und wird im gleichen Moment von einem stechenden Schmerz im Rücken überfallen. Er zuckt zusammen, fängt sich wieder und rührt langsam Zucker in seinen Kaffee. Es hat niemand bemerkt, denkt er. Gut so.

»Um auf diesen Punkt zurückzukommen …«, nimmt August den Faden wieder auf. »Meine Mandantin ist der Ansicht …«

Plötzlich spürt Jean-Jacques Hildes Blick. Er schaut hoch, und sofort wendet sie die Augen wieder ab, öffnet ihre Handtasche und sucht darin etwas. Zieht Block und Stift heraus, als wollte sie sich Notizen machen, legt aber beides nur vor sich auf den Tisch. Macht sie das aus Verlegenheit, weil er sie ertappt hat? Er wartet. Tut, als interessiere ihn der Garten vor dem Fenster, wo jetzt der Herbstwind in die Bäume greift und gelbes Laub auf die Wiese weht. Dann, als sie sich sicher glaubt, schaut er blitzschnell zu ihr hinüber. Ihre Augen treffen sich, hängen aneinander, er versucht, diesen Blickkontakt festzuhalten, doch nach wenigen Augenblicken reißt er wieder ab. Hilde nimmt den Stift in die Hand, setzt ihn aufs Papier, dann legt sie ihn wieder hin. Ihre Miene ist verschlossen, trotzig, rechthaberisch. Er kennt das so gut an ihr. Es ist die Phase nach einem Streit, wenn sie ihm deutlich machen will, dass sie auf keinen Fall nachgibt. Während sie in Wirklichkeit schon darauf sinnt, wie sie aus der Sache herauskommen kann, ohne das Gesicht zu verlieren.

»Sie wissen, dass diese Position vor Gericht wenig Aussichten hat …«, schwafelt Dr. Dreyer weiter. August lässt sich nicht beeindrucken, er hält dagegen, zählt Argumente auf, bleibt bei seiner Rede kühl und gelassen.

Wenn diese Schwätzer doch endlich zu einem Ende kämen, denkt Jean-Jacques ärgerlich. Diese sogenannte Besprechung ist unsinnig, vollkommen überflüssig, geht am Kern der Sache vorbei. Es geht nicht um juristische Absprachen und Winkelzüge, es geht um sie beide: um ihn und seine Hilde. Um ihre Liebe. Um die zwölf Jahre, die sie miteinander gelebt haben. Um ihre beiden Kinder, die jeder von ihnen mehr liebt als alles in der Welt. Was haben diese beiden Advokaten damit zu tun? Gar nichts. Es geht sie nichts an. Man kann Liebe und Schmerz, Glück und Verzweiflung nicht vor Gericht verhandeln. Er schaut wieder zu Hilde hinüber, und er weiß, dass sein Blick jetzt anders ist. Er nimmt sich nicht mehr zusammen, er zeigt, was er fühlt. Willst du wirklich alles zerstören, was zwischen uns gewesen ist?, fragen seine Augen. Sie nimmt seine Botschaft auf, ist verunsichert, presst die Lippen zusammen und schaut weg.

Sie sitzen beide auf ihren Plätzen, starren vor sich hin und warten. Die Rechtsanwälte haben keine Einigung erzielt, es wird hin und her argumentiert, Dr. Dreyer versendet versteckte Drohungen, August weist ihn mit knappen Worten zurück, lässt sich auf keine Abmachungen ein, die für Hilde ungünstig sein könnten. Jean-Jacques bewegt sich vorsichtig auf seinem Stuhl, um den ziehenden Schmerz im Rücken zu dämpfen.

»Ich denke, diese Aussprache war für beide Parteien sehr hilfreich. Wir haben etliche Punkte klären können …«

Endlich! Dr. Dreyer bedankt sich mit schmieriger Höflichkeit bei Hilde und August, schwatzt noch ein wenig über das triste Herbstwetter und den leidigen Wind, da jedoch niemand darauf eingeht, wünscht er den Herrschaften noch einen angenehmen Tag. August packt seine Unterlagen ein und bedenkt Jean-Jacques mit einem nachdenklich forschenden Blick. Hilde stopft Block und Stift wieder in die Handtasche und steht auf.

»Das war's dann wohl«, sagt sie zu August.

»Vorerst ja«, gibt er zurück.

Sie geht ohne Abschiedsgruß aus dem Raum, August reicht Jean-Jacques die Hand und erklärt ihm, dass er dies alles sehr bedauert.

»Ich vertrete meine Schwester, weil sie mich darum gebeten hat«, sagt er zu Jean-Jaques. »Aber du kannst sicher sein, dass ich bei allem, was ich unternehme, euer beider Wohl im Auge habe. Und das eurer Kinder.«

»Das ist sehr anständig von dir, August. Danke!«

Jean-Jacques ist auf seinem Platz sitzen geblieben. Er würde verflucht gern hinter Hilde herlaufen, um sie unten vor dem Haus des Anwalts abzufangen. Ja, jetzt ist er so weit. Er würde ihr nachlaufen, mit ihr sprechen, er ist sogar bereit, ihr alles Mögliche zu erklären, was er aus falschem Stolz bis jetzt nicht fertiggebracht hat. Aber sein maroder Rücken will dabei nicht mitmachen. Er wartet, bis August den Raum verlassen hat, dann erst steht er langsam von seinem Platz auf. Es klappt besser, als er befürchtet hat, aber sein Rücken fühlt sich seltsam taub und steif an, und als er den ersten Schritt tut, hat ihn der hinterhältige Schmerz voll im Griff. Er stöhnt leise vor sich hin, verwünscht das Schicksal, seine renitenten Bandscheiben und vor allem diesen Nichtskönner von Arzt mit seinen Dreckspillen, die nichts bewirken außer einer bleiernen Müdigkeit.

Im Vorzimmer wartet Dr. Dreyer auf ihn, prahlt damit, dass sie einen entscheidenden Schritt vorangekommen wären und dass die Sache nun glatt über die Bühne gehen könne.

»Das wäre mir angenehm«, sagt Jean-Jacques und geht mit leicht schleppendem Gang aus dem Haus.

Die drei Stufen vor dem Eingang sind eine harte Prüfung, er flucht vor sich hin und muss sich an einem Blumenkasten festhalten. Der Wind treibt das Herbstlaub über den Gehweg, lässt es in bunten Wirbeln tanzen. Augusts Wagen setzt sich in Bewegung, er nickt Jean-Jacques im Vorüberfahren einen Abschiedsgruß zu. Hinter der Goèlette steht Hildes VW. Er kann es fast nicht glauben: Sie ist noch da! Jetzt pfeift er auf die Rückenschmerzen und beschleunigt seine Schritte. Hilde steht vor der Fahrertür und wühlt in ihrer Handtasche.

»Schlüssel verloren?«

Sie dreht sich zu ihm um und ist kein bisschen überrascht, dass er sie anredet. Er ist sich sicher, dass sie auf ihn gewartet hat.

»Er muss irgendwo in der Tasche sein. Was ist mit deinem Rücken los?«

»Nichts weiter ...«

»Du hast einen Hexenschuss!«

Sie schaut ihn vorwurfsvoll an, als wäre es seine Schuld. Früher hat sie ihm in solchen Fällen erzählt, er müsse den Rücken warm halten, dann könne so etwas nicht passieren.

»Warum tun wir das, Hilde?«, fragt er.

»Du meinst … die Scheidung? Nun – weil es nötig ist.«

Sie durchsucht die Manteltaschen, fördert zwei Taschentücher und ein hellblaues Bonbonpapier zutage.

»Willst du mich wirklich für immer loswerden?«

»Wir haben uns doch schon längst verloren, Jean-Jacques!«

Es klingt mehr traurig als forsch. Eine beklemmende Erkenntnis, an der nicht zu rütteln ist.

»Das ist nicht wahr!«

»Du hast es einfach nicht bemerkt.«

Er beißt auf Granit. Hier kommt er nicht weiter, sie macht sich etwas vor und ist nicht bereit, davon abzugehen.

»Wir könnten einen Weg finden, Hilde!«

»Ich sehe keinen.«

Sie hat den Schlüssel endlich im Reißverschlussfach der Handtasche gefunden und zieht ihn heraus. Hält ihn in der Hand. Wenn er jetzt nicht sagt, was zu sagen ist, fährt sie davon.

»Ich habe dich nicht betrogen. Aber ich war tief enttäuscht, dass du mir so etwas zutraust. Je ne l'ai jamais fait. Kein einziges Mal habe ich das getan in all den zwölf Jahren. Soll ich schwören, damit du mir glaubst?«

Sie nimmt einen tiefen Atemzug, schaut ihn an und sieht dann zu Boden.

»Simone war bei mir.«

Er ist konsterniert. Sie hat es also doch getan.

»Wann?«

»Am Tag ihrer Abreise. Sie hat behauptet, ihr wäret nur gute Freunde.«

»Und? Glaubst du mir jetzt endlich?«

Sie zuckt die Schultern und steckt den Autoschlüssel ins Schloss. »Was ändert das jetzt noch?«, sagt sie mit harter Stimme.

Sie zieht die Autotür auf, wirft die Handtasche auf den Beifahrersitz.

»Warte!«, ruft er. »Ich ... ich würde die Jungen gern sehen. Ich habe sie schon wochenlang nicht mehr gesehen.«

»Wie stellst du dir das vor?«, fragt sie über die Schulter.

»Nur ein Wochenende, Hilde. Bitte!«

Sie ringt mit sich. Steht mit zusammengepressten Lippen vor ihm und schweigt.

»Denkst du im Ernst, ich würde sie nach Frankreich entführen? Ein Wochenende, Hilde. Ich hole sie ab und bringe sie zurück. Hast du gar kein Vertrauen mehr zu mir?«

»Also gut!«, sagt sie und stößt heftig die Luft aus. »Ich bringe sie am Samstag nach dem Mittagessen und hole sie am Sonntag wieder ab.«

Er kann es nicht lassen. Dabei hat er schon unendlich viel erreicht. Aber er muss noch weiterbaggern.

»Ich bringe sie am Montag früh in die Schule. So haben wir es immer gemacht, Hilde.«

Er kennt diesen ärgerlichen Blick, dieses »Musst du mir permanent auf die Nerven gehen?«.

»Na schön«, sagt sie und steigt ein.

Erst als sie davongebraust ist, spürt er die Rückenschmerzen wieder. Aber sie sind ihm jetzt gleichgültig. Ein Schritt ist getan. Ein wichtiger Schritt.

MISCHA

Wiesbaden, im November 1959

»Das hast du gut gemacht, Mischa«, sagt Julia.

Sie sitzen in Julias Büro im Modesalon für Damen in der Langgasse, Julia hat mehrere Telefonate geführt, nun gönnt sie sich eine kleine Pause. Mischa hat Kaffee gekocht und in der Bäckerei nebenan belegte Brötchen besorgt. Es ist schön, mit ihr ein zweites Frühstück zu halten, weil sie so viele Dinge miteinander bereden können. Und vielleicht auch, weil Addi in ihrer beider Gedanken immer anwesend ist.

»Es war ganz leicht«, sagt er. »Ich wollte sie ja sowieso anrufen, aber sie ist mir halt zuvorgekommen.«

»Zu Anfang bist du doch ziemlich wütend auf sie gewesen, oder?«, meint sie lächelnd.

»Stimmt. Aber sie hat sich entschuldigt. Und sie ist ja eine alte Frau. Alte Leute kann man schlecht ändern, man muss sie nehmen, wie sie sind.«

Jetzt muss sie über ihn lachen. Es stört ihn nicht, er mag es, wenn sie lacht. Sie ist überhaupt oft viel zu ernst, findet er.

»Du bist ja weise geworden, Mischa«, neckt sie ihn.

Er grinst und gießt ihr Kaffee nach. Legt ihr ein zweites Brötchen auf den Teller.

»Geht so …«, meint er. »Mama hat gesagt, sie sei eine alte Nazifrau, eine von denen, die nichts dazugelernt haben.«

»Deine Mutter hat auch mit ihr gesprochen?«

Er kaut und nickt. Spült den Bissen mit einem Schluck Milchkaffee herunter. Dann kommt er auf eine Sache, die ihm heftig auf der Seele brennt.

»Sie hat erzählt, dass mein Vater wusste, dass er sterben würde. Aber er ist trotzdem wieder an die Front gegangen. Obgleich ihm klar war, dass schon alles verloren ist. Das ist doch hirnverbrannt, oder?«

Julia schaut ihn nachdenklich an. Trauer liegt in ihrem Blick.

»Er war Offizier, nicht wahr?«, fragt sie.

»Ja, aber nichts Hohes. Nur Leutnant oder so. Verstehst du? Sie hätte ihn einfach nur verstecken müssen. Der Krieg hat nur noch ein paar Monate gedauert, dann war sowieso alles vorbei. Warum hat sie das nicht gemacht? Warum hat sie ihn gehen lassen?«

»Deserteure wurden damals sofort erschossen, Mischa. Wenn man ihn entdeckt hätte …«

Er schüttelt unzufrieden den Kopf. »Dich haben sie auch nicht gefunden«, bemerkt er. »Er hätte überleben können, verstehst du? Dann hätte ich einen Vater gehabt. Stattdessen rennt er in den Tod. Weil er seine Kameraden nicht im Stich lassen wollte. Das ist doch bescheuert!«

»Im Grunde ja«, gibt sie zu. »Aber militärisch erzogene Menschen denken so. Er wäre sich gewiss feige und erbärmlich vorgekommen, hätte er sich zu Hause versteckt, während die anderen ihr Leben riskierten. Das ist für Offiziere eine Frage der Ehre.«

»Die waren früher alle komplett verrückt«, meint Mischa abfällig. »Ich würde so was nicht machen. Schon gar nicht für so einen Idioten wie den Hitler. Aber auch sonst nicht.«

»Dann willst du nicht mehr Offizier werden?«, erkundigt sie sich schmunzelnd.

»Nee – das hab ich abgeschrieben. Die Bundeswehr ist nichts für mich. Militärisches Denken – so'n Quatsch!«

Er nimmt sich das letzte Brötchen mit Salami; Julia hat ihren Teller schon zurückgeschoben, sie trinkt ihren Kaffee und schaut unauffällig auf die Uhr. Sie muss gleich los, heute wird sie einen neuen Geschäftsführer im Herrenmodengeschäft einweisen; der geschniegelte Kerl, der es bisher geführt hat, hatte ein Alkoholproblem, deshalb musste sie ihn entlassen. Mischa wird gegen elf dort hinkommen, dann fahren sie gemeinsam nach Frankfurt zu einem Geschäftstreffen. Julia will einen Salon für Damenmode in Frankfurt eröffnen.

»Ich weiß jetzt übrigens auch, warum meine Großmutter so plötzlich bei uns aufgetaucht ist«, erzählt er. »Keine schöne Sache, ist aber nicht zu ändern.«

»Sie ist krank, nicht wahr?«

»Ja«, nickt er. »Sie war am Tag vorher beim Arzt und hat eine ziemlich böse Diagnose erhalten. Da hat sie wohl gedacht: Jetzt oder nie!«

Julia schaut mitleidig. Eigentlich wundert es ihn, dass sie so gelassen über diese Frau sprechen kann und sogar Mitleid hat. Ausgerechnet Julia, die von solchen Leuten damals beinahe umgebracht worden wäre. Sie hat ihm einmal gesagt, dass sie keinen Hass hegt. Weil Hass immer wieder neuen Hass erzeugt. Und weil damit endlich einmal Schluss sein muss.

»Dann ist es gut, dass wir nächsten Donnerstag nach Hannover fahren«, meint sie. »Ich setze dich bei ihr ab und hole dich am Abend wieder ab.«

»Du willst nicht mit hineingehen, wie?«

»Nein.«

Klar. Das versteht er gut. Aber er hat noch eine Neuigkeit zu erzählen, die hat er sich bis zum Schluss aufgespart.

»Sie hat August gestern angerufen. Weil sie mich in ihrem Testament bedenken will. Wie findest du das?«

Julia ist schon aufgestanden, sie zieht ihre Kostümjacke an. Dunkelblau, ganz auf Figur geschnitten. Von ihr selbst entworfen, versteht sich. »Oh, das freut mich für dich«, sagt sie.

August hat es ihm erklärt. Er wird demnächst nach Hannover fahren, um das Testament aufzusetzen. Juristisch gut abgedichtet.

Weil es noch entfernte Verwandte gibt, die schon auf ihr Erbe warten. Mischa ist ja von seinem Vater nie legitimiert worden.

»Dann bist du später reich!«, fügt Julia lächelnd hinzu.

»Ist mir egal«, wehrt er ab. »Ich bleib jetzt noch 'ne Weile hier, und dann will ich zur See fahren. Wie Addi.«

Sie sagt nichts dazu, geht hinüber zum Schreibtisch, um die Papiere für den Geschäftstermin zusammenzusuchen.

»Bis nachher«, sagt sie. »Es wird eine spannende Verhandlung werden. Du wirst dich nicht langweilen.«

Als sie weggefahren ist, trödelt er herum, stellt sich vor, wie es sein wird, wenn er als Schiffsjunge auf einem Frachter anheuert. Hart wird es sein, aber er ist kein Weichei. Dann fällt ihm ein, dass sie ja eingeladen sind. Fritz hat Geburtstag, und zu diesem Anlass wird eine große Einweihungsparty im neuen Haus gefeiert. Julia hat gestern ein Geschenk besorgt: ein Gefäß für Bowle, das einen Einsatz hat, in den man Eiswürfel einfüllen kann. Dazu sechs passende Gläser, alles in einem Karton verpackt mit einer breiten blauen Schleife drum.

Das Geschäftstreffen findet er lange nicht so spannend, wie Julia angekündigt hat. Ein Makler ist dabei und die beiden Männer, die ihr den Laden in der Braubachstraße verkaufen wollen. Sie überschlagen sich in Lobreden auf die gute Lage, die Laufkundschaft, die soliden und eingesessenen Geschäfte in der Nachbarschaft. Julia bleibt unbeeindruckt. Sie hört eine Weile schweigend zu, dann stellt sie unvermittelt eine Frage, die die Herren aus dem Konzept bringt, und lässt nicht davon ab, bis sie eine Antwort bekommt. Immer freundlich, zuweilen charmant setzt sie letztlich alles durch, was sie haben will. Mischa ist davon überzeugt, dass er so etwas nie hinbekommen wird. Er ist kein Geschäftsmann – es macht ihm keinen Spaß. Zur See fahren, sich den Wind um die Nase wehen lassen wie Addi – das ist es!

Am Abend muss er zunächst allein zu Luisa und Fritz fahren, weil Julia die Ergebnisse der Verhandlung aufarbeiten will und später nachkommt. Den Karton mit der Schleife auf seiner Vespa zu transportieren ist gar nicht so einfach, er bekommt es aber hin. Als er das Geschenk über den holprigen Gartenweg ins Haus schleppt, kommt ihm ein kleiner schwarz-weißer Hund entgegengelaufen, verfolgt von einer Kinderhorde.

»Pass auf, Mischa!«, brüllt Frank ihm entgegen. »Der Bluthund will dich fressen!«

Mischa bleibt vorsichtshalber stehen, weil er wegen des Kartons keine Hand frei hat, um einen Hund abzuwehren. Dann merkt er, dass sie ihn gefoppt haben, denn seine Schwester Sina hat den Burschen schon eingefangen. Er scheint ein netter Köter zu sein, denn er leckt ihr freundlich mit seiner rosa Zunge übers Gesicht.

»Ich will auch einen Hund!«, ruft Marion neidisch. »Aber meine Mama hat gesagt, das ist zu teuer.«

Mischa erkundigt sich, wem das schwarz-weiße Wollknäuel gehört.

»Mir!«, sagt seine kleine Schwester strahlend. »Mama hat ihn mir geschenkt. Er heißt Laika. Und er ist gar kein er, sondern ein Mädchen.«

Kaum ist man ein paar Tage von zu Hause fort, da passieren dort ungewöhnliche Dinge. Mama hat Sina einen Hund gekauft. Das war Sinas heißester Wunsch. Laika! Wie nett. Hieß *lajat* nicht bellen? Also Bello. Nee, Bella. Ist ja ein Mädchen.

»Was hast du denn in dem Karton?«, will Andi neugierig wissen.

»Wird nicht verraten. Ist für Fritz und Luisa.«

»Geh bloß nicht da rein. Die machen total langweilige Musik«, warnt ihn Frank vor. »Spiel lieber mit uns Fußball, wir haben drüben ein Tor gebaut.«

»Später vielleicht.«

Der Garten sieht immer noch ziemlich wild aus. Das Unkraut

ist zwar jetzt im November ziemlich verwelkt, dafür liegt überall Laub herum, und da, wo früher mal Wiese war, stehen lauter Disteln. Die Haustür steht offen, man hört die Musik schon im Garten. Sie kommt aus Petras Zimmer, wo das Klavier steht. Er stapft mit seiner Last ins Wohnzimmer, da riecht es nach leckerem Essen. Sie haben ein Büffet auf einem Tapeziertisch aufgebaut, es schaut prächtig aus, vermutlich hat seine Mutter einen großen Teil davon hergestellt. Die Blini auf jeden Fall. Und die Fleischplatten. Mama und das Kochen – es ist einfach ihre große Leidenschaft. Was ja kein schlechter Zug an ihr ist.

»Hallo, Mischa. Du kannst das Geschenk hier auf dem Tisch abstellen. Was für eine schöne Schleife!«

Tante Hilde kommt aus der Küche, sie ist keine große Liebhaberin von klassischer Musik, das haben sie beide gemeinsam. Dünn ist sie geworden, fällt ihm jetzt auf. Ihre Hüften sind schmal, und der Bauch ist auch weg. Die Scheidung scheint ihr ordentlich zuzusetzen.

Auf dem Tisch, den Tante Hilde ihm gezeigt hat, stehen schon jede Menge Geschenke. Ein Tauchsieder, eine Küchenuhr, bestickte Tischdecken, ein superschönes kleines Radio, Kochtöpfe, die man aufeinanderstellen kann und die irgendwie mit Dampf arbeiten, Geschirr, neue Sektgläser und mehrere Topfpflanzen. Neben dem Tisch stehen nagelneue Gartengeräte an die Wand gelehnt, ein kleiner Teppich und ein Reisigbesen. Bestimmt von Tante Hilde, die hat den Sinn fürs Praktische. Er stellt seinen Karton daneben und geht erst mal in die Küche, wo sich Tante Hilde mit jemandem unterhält.

»Grüß dich, Mischa!«, ruft Onkel Willi ihm zu. »Schön, dich mal wieder zu sehen. Du hast dich verändert, Junge. Schaust richtig erwachsen aus.«

Onkel Willi hat sich auch verändert, denkt Mischa, während er einen Schluck Wein aus dem Glas trinkt, das Hilde ihm gereicht hat. Er ist alt geworden. Früher kam er mir immer wie ein

Junge vor, jetzt hat er Falten unter den Augen, und die Stirn ist auch höher geworden.

»Das ist Karin«, stellt Onkel Willi vor und legt den Arm um eine dunkelhaarige Frau. »Wir heiraten im Dezember. Kein großer Bahnhof. Nur Standesamt.«

»Gratuliere«, sagt Mischa und gibt der Unbekannten die Hand. Sie ist sehr dünn, schaut im Gesicht etwas kantig aus, scheint aber nett zu sein. Sie ist schüchtern, redet nicht viel und fühlt sich hier wohl noch nicht so ganz heimisch. Er erfährt, dass sie Schauspielerin ist und demnächst in einem Film spielen wird, der hier in Wiesbaden gedreht wird. Alle Achtung! Ein Filmstar in der Familie, wenn er das Julia erzählt!

»Wir sollten nach oben gehen, Willi«, sagt sie. »Es ist unhöflich, nicht zuzuhören, wenn so schön musiziert wird.«

»Wenn du meinst, Liebling«, antwortet Onkel Willi. »Kommst du mit, Mischa?«

Der gute Onkel Willi scheint ja schon ordentlich unter dem Pantoffel zu stehen, denkt Mischa, und er muss grinsen.

»Wenn's denn sein muss …«, meint er. »Du auch, Tante Hilde?«

Tante Hilde verneint. Sie will hierbleiben, damit nichts am Büffet passiert. Laika hat schon ein Stück Emmentaler von der Käseplatte geklaut.

Er hat riesiges Glück, denn als sie die Treppe hochsteigen, wird oben wild applaudiert. Das Hauskonzert ist beendet. Beinahe schade, weil sie am Schluss richtig fetzig dabei waren. Klang nach Jazz, da sitzt bestimmt Sofia Künzel am Klavier, die kann so was spielen. Petras Zimmer ist so voller Leute – wenn die Wände aus Gummi wären, wäre es jetzt ein großer Ballon. Er schaut zwischen den Zuhörern hindurch und sieht, wie sich die rothaarige Göre wie eine professionelle Künstlerin verbeugt. Am Klavier sitzt tatsächlich Sofia Künzel, neben ihr steht Benno Olbricht mit dem gewaltigen Kontrabass und Fritz, der bei dem letzten Stück nicht mitgespielt hat. Mit seiner dicken Brille hat er etwas von einem Frosch, findet Mischa. Er scheint damit aber gut sehen zu können, denn er winkt ihm zu.

»So etwas!«, sagt ein älterer Mann, der neben Mischa bei der Tür steht. »Die Sofia, die verdirbt das arme Mädel. Spielt mit ihr diese Negermusik. Eine Schande.«

Mischa kommt der Mensch bekannt vor, dann fällt ihm ein, dass er »Hubsi« genannt wird und gelegentlich im Café Engel sitzt. Er hat dort früher mal Klavier gespielt. Im Krieg hat er zwei Finger verloren, aber er hat trotzdem Klavier spielen können. Jetzt ist er wohl auf dem Altenteil.

Weil die Zuhörer ihnen entgegenströmen, gehen sie die Treppe wieder herunter. Unten sind inzwischen die vier Kinder mit dem Hund aus dem Garten gekommen, und er hört, wie Frank fragt, ob sie sich etwas zu essen vom Büffet nehmen dürfen.

»Nein!«, sagt Tante Hilde energisch. »Erst wenn alle beieinander sind, wird das Büffet eröffnet. Und mit dreckigen Fingern wird sowieso nicht gegessen!«

Das Wohnzimmer füllt sich. Die Gäste stehen in kleinen Gruppen, schwatzen und trinken Wein. Fritz eilt auf ihn zu und umarmt ihn. »Mischa! Lass es dir heute bei uns gutgehen, Junge. Wir werden nie vergessen, wie großartig du uns beim Umzug geholfen hast! Ohne dich hätten wir es gar nicht geschafft!«

Tante Luisa ist die Nächste, die ihm um den Hals fällt. Er hasst es eigentlich, von den Tanten so innig ans Herz gedrückt zu werden. Schließlich ist er fast erwachsen. Frank und Andi mögen es auch nicht, aber die Tanten kennen da kein Pardon.

»Mischa! Wie schön, dass du gekommen bist! Ist der große Karton etwa von dir? Ach, von Julia – na, das hätte ich mir denken können. Nimm dir was zu essen, Mischa. Swetlana hat mir so geholfen, sie hat das halbe Büfett bestückt.«

Fritz klatscht in die Hände und erklärt das Büfett für eröffnet. Zuerst stürzen sich Frank und Andi darauf, dann Petra und Onkel Willi, der einen Teller für seine Karin füllt. Sina und Marion sind zurückhaltender. Der Hund sitzt unter dem Tisch und hofft darauf, dass jemandem der Teller runterfällt. Langsam wird es gemütlich, alle finden mit Teller und Besteck irgendwo einen Sitzplatz, Opa Heinz und Oma Else besetzen das Sofa, sie nehmen Petra zwischen sich, der Rest verteilt sich auf Sessel und Stühle, er selbst setzt sich zu Frank und Andi auf den Teppich. Später kommen auch Sina und Marion zu ihnen. Laika hat sich an seine Mutter gehängt, das kluge Tier weiß genau, dass es in deren Nähe meist etwas Essbares gibt.

»Wollt ihr nicht ein paar Kissen haben, Kinder?«, ruft Oma Else zu ihnen hinüber. »Das ist doch unbequem, so auf dem Fußboden!«

»Lass sie nur!«, meint Onkel Willi lachend. »Das ist doch ein prima Indianerlager, wie?«

Früher hätte er sich dazugesetzt, denkt Mischa. Jetzt hockt er neben seiner Karin und versorgt sie mit Futter. Scheint ja mächtig verknallt zu sein, der Onkel Willi.

In der Fußbodenrunde fühlt er sich richtig wohl. Frank und Andi waren bei ihrem Papa in Eltville und schwärmen, wie toll es gewesen sei.

»Wir mussten gar nichts arbeiten dieses Mal«, erzählt Frank. »Papa war mit uns auf der Kirmes, und wir sind Autoscooter gefahren. Das ist vielleicht bombig!«

Sina hat sich neben Mischa gesetzt. Sie plappert aufgeregt davon, dass sie ab nächste Ostern auf ein Gymnasium gehen wird, weil sie eine Klasse überspringt.

»Und über Weihnachten fahre ich mit Mama und Papa nach Garmisch-Partenkirchen. Da machen wir zusammen Urlaub. Ganze zwei Wochen lang.«

Da schau einer an. Sein Adoptivvater August, das bekannte Arbeitstier, hat sich endlich durchgerungen, Urlaub zu machen.

Sogar zwei Wochen! Da wird Oma Else aber jammern, weil die drei am Heiligen Abend nicht in Wiesbaden sind.

»Und willst du da Skilaufen?«, fragt er belustigt.

»Nein, gar nicht. Ich nehme meine Bücher mit. Mama will Spazieren gehen, nur Papa will Skilaufen.«

»Und ich kriege Laika für zwei Wochen!«, freut sich Marion. »Sie wird unser Haus bewachen. Und dann sieht Mama endlich ein, dass wir unbedingt einen Hund brauchen. Wegen der Einbrecher und so.«

Tante Luisa bringt ihnen Spielkarten, sie spielen »Elfer raus« und haben eine Menge Spaß dabei. Nach drei Runden wird es ihm zu langweilig, er steht auf, holt sich noch einen Nachtisch und macht die Runde bei den Erwachsenen. Opa Heinz und Oma Else sitzen mit Benno Olbricht und Hubsi zusammen, Kantor Firnhaber und Sofia Künzel haben sich dazugesellt. Sie reden über die schönen, alten Zeiten, als das Café Engel noch Treffpunkt großer Künstler war, über Musik und irgendwelche Opernsänger, die Mischa nicht kennt. Es ist ziemlich öde, deshalb schaut er mal in die Küche. Dort sind Mama und Tante Luisa beschäftigt, das Büfett nachzufüllen. Sie haben Onkel Willis Braut mitgenommen, und die Gespräche drehen sich um Babys, um Kinderwagen, um Babyjäckchen für den Winter und wie man einen guten Babybrei aus Banane und Grieß herstellt. Karin ist jetzt etwas aufgetaut, sie redet viel und lacht sogar. Sie gefällt ihm jetzt besser, vielleicht hat Onkel Willi doch keine so schlechte Wahl getroffen. Er hört ein Weilchen zu, nimmt sich etwas von dem Schokoladenpudding und erfährt, dass Willis Braut eine kleine Tochter hat. Die ist nicht von Willi, sondern von einem anderen Mann. Allerhand! Tante Luisa und Mama scheinen das ganz normal zu finden, Mama will Karin sogar Sinas Sportwagen schenken, und sie soll sich noch andere Sachen aussuchen, die von Sina stammen. Mama hat den ganzen Kram aufgehoben und oben auf dem Dachboden in Kisten verstaut. Er isst den Pudding auf und stellt den Teller in die Spüle, wo sich noch andere Teller aufeinandertürmen. Dann geht er wieder zurück ins Wohnzimmer. Dort herrscht inzwischen eine Bullenhitze, schon wegen der vielen Leute, aber sie haben auch den Kachelofen angemacht. Er setzt sich zu Onkel Willi, der sich mit August und Tante Hilde unterhält. Es geht lebhaft zu, wie meist, wenn Tante Hilde in der Nähe ist.

»Das kannst du vergessen, Willi«, sagt Tante Hilde. »Wenn überhaupt, dann zieht dort oben Richy ein.«

»Da haben die Eltern wohl auch noch ein Wörtchen mitzureden, Hilde«, meint Onkel Wilhelm. »Ich denke, dass sie nichts dagegen haben werden, wenn ich dort mit Karin und der Kleinen einziehe. Vorausgesetzt natürlich, dass es mit meinem Engagement am Wiesbadener Theater klappt.«

»Wenn du dir ausgerechnet hast, dass ihr dann keine Miete zu zahlen braucht, dann hast du dich geschnitten, mein lieber Bruder«, braust Tante Hilde auf. »Das können wir uns nicht leisten. Und außerdem habe ich Richy Addis Wohnung schon versprochen.«

»Aber Julia Wemhöners Wohnung wird doch auch frei!«

»Die ist doch viel zu klein für drei Personen!«

Bevor die Wogen noch höher schlagen, mischt sich sein Stiefvater ein.

»Ihr streitet um des Kaisers Bart«, meint er. »Vorerst muss der Dachstuhl komplett abgerissen werden, und im ganzen Haus werden Eisenträger eingezogen.«

»Wieso das denn?«, fragt Onkel Willi entsetzt.

»Auflage von der Stadt«, knurrt Hilde. »Woher wir die fünfzigtausend Märker kriegen sollen, steht noch in den Sternen. Wir werden einen Kredit aufnehmen müssen.«

»Schöne Bescherung!«, seufzt Onkel Willi. »Dann ist das Café Engel demnächst nur noch eine Baustelle.«

»So ist es«, sagt Tante Hilde düster. »Lärm und Staub, fluchende Handwerker und zitternde Wände. Alle Gäste werden uns davonlaufen, wahrscheinlich müssen wir wochenlang schließen. Dass wir mit dem Café unser Geld verdienen, interessiert die Stadt einen feuchten Kehricht!«

»Wir schaffen es irgendwie, Hilde«, tröstet August. »Wenn nötig, helfe ich euch finanziell ein wenig aus.«

»Hast du fünfzigtausend Mark klein?«, fragt sie spöttisch.

August wendet sich ab, weil er wohl keine Lust hat, mit Tante Hilde zu streiten. Sie ist aber heute auch wieder in Fahrt, seine Tante. So kratzbürstig hat er sie lange nicht mehr erlebt. Er steht auf, um sich ein Glas Wein einzugießen, da kommt ein neuer Gast ins Wohnzimmer. Es ist Julia. Na, endlich! Sie lächelt ihm zu, dann ist schon Fritz bei ihr, Luisa eilt herbei, sie bedanken sich für das wunderschöne Geschenk, Fritz bietet ihr seinen Stuhl an, aber Julia will erst die Runde machen und geht von einem zum anderen.

»Draußen steht ein Wagen«, sagt sie zu Tante Hilde. »Da sitzt jemand drin und scheint sich nicht ins Haus zu trauen.«

Tante Hilde schaut erschrocken drein. Mischa denkt, dass sie gleich aufspringen wird, um nach draußen zu laufen, aber sie geht nur zu den Kindern und flüstert Frank etwas ins Ohr. Dem fallen alle Karten aus den Händen, er rafft sich auf und stürzt davon. Andi rennt hinter ihm her.

Klar, denkt Mischa. Das kann nur Onkel Jean-Jacques sein, der da draußen im Auto hockt. Und damit sie nicht selber gehen muss, schickt sie die Jungs. Schlau, die Tante Hilde. Im Wohnzimmer haben inzwischen einige Verwandte mitbekommen, was sich draußen in der Dunkelheit tut, es wird einander zugeflüstert, ängstliche Blicke wandern in Richtung Wohnzimmertür, Tante Luisa und Mama stehen schon am Fenster. Nur Oma Else und Opa Heinz haben nichts gemerkt, sie reden mit Kantor Firnhaber über irgendeine Messe von Mozart.

Dann schleppen Frank und Andi unter Laikas Gekläffe ihren

Papa ins Wohnzimmer. Der schaut für seine Verhältnisse recht schüchtern in die Gegend, wird aber von Luisa und Fritz sehr herzlich begrüßt. Alle schauen mehr oder weniger unauffällig hin, während er die Runde macht, vor allem, als er Tante Hilde begrüßt. Sie machen es ziemlich förmlich, sagen nur »Guten Abend« und bleiben sehr ernst dabei. August begleitet seinen Schwager zum Büfett, und die beiden setzen sich neben den Kachelofen, weit weg von Hilde. Frank und Andi gesellen sich dazu, dafür geht Petra jetzt zu Sina und Marion hinüber auf den Teppich. Und sofort wird dort gestritten. Immer diese kleinen Weiber!

Unter den Erwachsenen tut sich jetzt nicht mehr viel. Mischa füllt ein Glas mit Wein, um es Julia zu bringen, die bei Opa Heinz und Oma Else steht. Er ist auf einmal müde, wahrscheinlich liegt es an der Hitze hier im Zimmer, und er hat ja auch einen langen Tag hinter sich. Eigentlich könnte er jetzt heimfahren, höchstens, dass er die Himbeergrütze von Oma Else noch probiert, die war bisher immer ein Gedicht. Vor allem mit Schlagsahne.

Erst mal geht er zu Julia und hält ihr das Weinglas hin, aber sie ist so ins Gespräch vertieft, dass sie es gar nicht bemerkt.

»Warum habt ihr mich denn nicht gefragt?«, sagt sie aufgeregt. »Das ist doch selbstverständlich. Ich verdanke euch alles, was ich heute bin.«

»Das können wir nicht verlangen«, sagt Opa Heinz. »Solch eine Summe … Nein, das möchten wir nicht …«

»Aber ich bestehe darauf!«, sagt Julia. »Ihr schickt mir alle Rechnungen, und ich werde sie begleichen. Kein Wort mehr!«

»Ach, Frau Wemhöner …«, seufzt Oma Else. »Wie sollen wir das denn jemals wiedergutmachen?«

»Ihr habt es längst gutgemacht. Ich will, dass dieses Haus noch lange Jahre hier steht. Es ist mir wichtig, weil ich selbst daran hänge. Das ›Café Engel‹ ist ein wunderbarer Ort. Ich würde alles dafür geben, um ihn zu erhalten …«

Mischa steht dabei, hält immer noch das Weinglas in der Hand und denkt, dass Julia nun vermutlich den Verstand verloren hat. Will sie denen tatsächlich so viel Geld schenken? Kaum zu verstehen. Heute Nachmittag hat er sie noch als knallharte Geschäftsfrau erlebt, und jetzt wirft sie aus rührseliger Dankbarkeit einen Haufen Geld zum Fenster hinaus. Sie haben ihr das Leben gerettet – gut und schön. Aber das war doch vor allem Addi. Der hat dafür gesorgt, dass man sie versteckt hat. Na, was regt er sich auf, es ist schließlich ihr Geld. Er trinkt den Wein vorsichtshalber selbst und schaut dabei nach Fritz und Luisa, weil er sich von ihnen verabschieden will, bevor er auf seine Vespa steigt. Dabei fällt ihm auf, dass Tante Hilde nicht mehr da ist. Ist sie in der Küche? Nein, da ist nur Mama, die immer noch mit Karin spricht; die beiden scheinen sich ja gut zu verstehen. Dann ist Tante Hilde wohl mal kurz aufs Klo gegangen. Er sagt Fritz und Luisa Ade, bedankt sich herzlich und sucht an der Flurgarderobe nach seiner Jacke. Das ist gar nicht einfach, weil da so viele Mäntel und Jacken hängen. Vor der Klotür wartet Kantor Firnhaber, dem scheint es dringlich zu sein, weil er von einem Bein aufs andere tritt. Als endlich die Tür aufgeht, kommt Benno Olbricht heraus, und der Kantor verschwindet eiligst im kleinen Kabinett. Mischa zieht seine Jacke über und setzt die Mütze auf. Als er aus der Haustür tritt, entdeckt er im Schein der Außenlampe Tante Hilde. Sie steht draußen auf der Unkrautwiese und scheint im Dunkeln den Garten inspizieren zu wollen. Mischa überlegt, ob ihr vielleicht schlecht geworden ist und sie frische Luft braucht. Wäre kein Wunder, er selbst fühlt sich auch etwas schwer bei all dem Zeug, das er gegessen hat. Wie viele Gläser Wein waren es eigentlich? Drei? Nee, das waren mehr. Vier oder sogar fünf. Das Zeug schmeckt richtig gut, stammt ja auch aus Eltville von Onkel Jean-Jacques' Weinberg. Soll er Tante Hilde mal fragen, ob sie Hilfe braucht? Sie steht so komisch da, hat die Arme über der Brust verschränkt und den Kopf gesenkt. Aber da merkt er auf einmal, dass sie nicht allein ist. Da ist noch jemand. Ein Mann, den er in der Dunkelheit erst nicht erkennen konnte. Das ist doch – na klar – wer schon? Onkel Jean-Jacques. Die beiden sind rausgegangen, um ungestört streiten zu können. Wie rücksichtsvoll.

Er beugt sich etwas vor, um die beiden besser sehen zu können, und stellt fest, dass der Onkel jetzt neben ihr steht. Er redet, bewegt aufgeregt die Arme, Tante Hilde fällt ihm ins Wort, stemmt die Hände in die Hüften, dreht sich weg. So ist das, wenn man verheiratet ist, denkt Mischa. Julia hat den besseren Weg gewählt. Sie ist ledig geblieben, das erspart viel Ärger. Was tun sie denn jetzt? Sie stehen dicht beieinander, und Onkel Jean-Jacques legt ganz vorsichtig den Arm um ihre Schultern. Und Tante Hilde scheint nichts dagegen zu haben, denn sie wehrt sich nicht. Er kneift die Augen zusammen, um besser sehen zu können. Küssen die sich etwa?

»Hallo, Mischa!«, ruft Tante Luisa von der Haustür aus. »Findest du dich in der Dunkelheit zurecht? Warte, ich gebe dir eine Taschenlampe.«

»Nee, danke«, sagt er. »Ich erschrecke sonst die Nachtgespenster.«

WILHELM

Er hasst es, am Bahnhof von einem geliebten Menschen Abschied nehmen zu müssen. Dieses nervenzerreißende Warten auf dem Bahnsteig unter dem düster-verschmutzten Gewölbe aus Glas und Stahlträgern. Dieses Schwanken zwischen »Warum muss sie fortreisen?« und »Wenn es schon sein muss, dann soll es wenigstens schnell gehen«. Die Verlegenheit, weil man all das, was man einander noch sagen möchte, wegen der Geräusche und der vielen Leute nicht über die Lippen bekommt. Stattdessen redet man unsinniges Zeug.

»Hast du auch das Drehbuch mitgenommen?«

»Ja, natürlich. Ich muss doch meinen Text lernen …«

»Soll ich dir noch schnell eine Zeitung besorgen?«

»Nicht nötig. Ich hab ja das Drehbuch …«

»Ach so, ja, natürlich …«

Mama, seine wundervolle Mutter, hat Karin in ihr Herz geschlossen. »Sie ist ein liebes Mädel«, hat sie heute früh zu ihm gesagt, als er sich aufmachte, um Karin zum Bahnhof zu begleiten. »Auch wenn sie eine Schauspielerin ist. Ach, ich freu mich so, dass du endlich eine Familie gründen wirst, mein Willi.«

Als Ausdruck ihrer Zuneigung hat sie für Karin eine umfangreiche Tüte mit Reiseproviant zusammengestellt. Kakao in der Thermosflasche, mehrere Stullen mit Schinken und Wurst, zwei Äpfel, eine Orange und eine Schachtel mit Kuchen.

»Weil das Mädel so dünn ist. Sie muss ordentlich essen, sonst bläst der Herbstwind sie dir noch davon.«

Papa hat Karin schon gestern Abend bei Bogners in die Arme

genommen und sie als zukünftige Schwiegertochter auf beide Wangen geküsst. Auch Hilde und August sind von ihr angetan. So weit wäre familiär gesehen alles in Ordnung. Zumindest, was seine Familie betrifft.

»Es wird ihr das Herz zerreißen, Willi«, hat Karin gestern Abend geseufzt. »Sie hat so viel für mich getan. Ich fühle mich furchtbar schlecht und undankbar …«

Karins Mutter ist das Problem, das immer noch wie ein Damoklesschwert über ihrem Glück hängt. Karin hat nicht in allen Einzelheiten erzählt, wie die Frau Mama die Nachricht von ihren Heiratsabsichten aufgenommen hat – aber aus dem, was sie vorsichtig angedeutet hat, war zu entnehmen, dass es eine fürchterliche Szene gegeben hat. Wilhelm hat angeboten, mit Karin gemeinsam zur ihrer Mutter zu fahren, um sie umzustimmen. Aber Karin hat dankend abgelehnt. Sie muss sowieso noch einmal zurück nach Bochum, um einige Sachen zu packen, die sie während der Dreharbeiten in Wiesbaden benötigen wird.

»Ich werde in aller Ruhe mit ihr reden, Willi.«

Er hat sich fügen müssen, aber das ist ihm nicht leichtgefallen. Während er jetzt neben Karin auf dem Bahnsteig steht und banales Zeug schwatzt, treiben ihn in Wahrheit tausend Ängste und Sorgen um. Was, wenn Karins Mutter sich gegen die Ehe sperrt? Wenn sie Karin vor die Entscheidung stellt: Ich oder er? Sie ist eine schwierige Frau, Karins Mama, sie wird alle ihre Machtmittel ausspielen. Und er muss hier in Wiesbaden zurückbleiben und kann nichts anderes tun, als warten und hoffen.

Jetzt endlich kommt Bewegung in die wartenden Menschen, der Zug fährt in den Bahnhof ein, die Bremsen der Lokomotive kreischen ohrenbetäubend, grüne Waggons rollen langsam an ihnen vorüber, kommen zum Stehen. Der Stationsvorsteher ruft: »Wiesbaden! Wiesbaden! Fünf Minuten Aufenthalt«, die Wagentüren öffnen sich, und die Reisenden steigen aus.

»Also, mach es gut, Karin!«

»Vertrau mir, Willi!«

Als sie ihn zum Abschied umarmt, muss er heftig niesen.

»Du hast dich doch nicht erkältet?«

»Ach wo. Das ist nur der Staub. Küsst du mich trotzdem?«

Die Küsse, die sie tauschen, sind flüchtig, Karin ist nervös, weil die anderen Reisenden nun schon einsteigen und sie fürchtet, keinen Sitzplatz mehr zu bekommen. Er reicht ihr die Reisetasche in die Waggontür, den Proviantbeutel, dann eilt sie davon, um in einem der Abteile einen freien Platz zu finden. Er steht auf dem Bahnsteig und wartet, ein junger Mann rempelt ihn an, weil er in letzter Minute noch den Zug erreichen will. Ein Zeitungsverkäufer brüllt ihm »Bildzeitung. Wiesbadener Kurier!« ins Ohr, dann schrillt die Pfeife des Stationsvorstehers durch die Halle.

»Zurücktreten! Türen schließen!«

Eine ältere Dame mit einem Koffer darf noch einsteigen, der Zugschaffner hilft ihr, die steilen Metallstufen in den Waggon hinaufzuklettern, dann schließt sich auch diese Tür, und der Zug setzt sich rückwärts in Bewegung. Wiesbaden ist ein Sackbahnhof.

Als er schon nicht mehr daran glaubt, entdeckt er Karin an einem der Fenster. Sie hat es heruntergeschoben und winkt ihm mit ihrem braun karierten Schal. Er hüpft und winkt mit beiden Armen zurück, bis er das braune Flatterding nicht mehr sehen kann.

Und dann ist sie fort, und er weiß nicht, was werden wird. Eine scheußliche Lage. Er wird sie gleich heute Abend anrufen. Hatschi!

Nanu? Hat er sich etwa doch verkühlt? Die Nase läuft, und beim Schlucken spürt er links im Rachen einen leichten Schmerz. Alles nur die Aufregung. Und diese fiese Novemberkälte, die einem durch den Mantel bis auf die Haut dringt. Er zieht den wollenen Schal, den Mama ihm aufgedrängt hat, enger um den Hals. Auf keinen Fall darf er jetzt krank werden, auch nicht heiser, denn er steht morgen schon im Wiesbadener Staatstheater auf der Bühne. Noch dazu in einer Hauptrolle. *Was kam denn da ins Haus* heißt die Komödie von Lope de Vegas.

Er geht mit raschen Schritten durch die zugige Bahnhofshalle, am Blumenstand vorbei, hinüber zur Bushaltestelle. Auch er hat noch einen schwierigen Gang vor sich, einen Abschied zu nehmen, der ihm schwer auf der Seele liegt. Er hat Karin nichts von seiner jahrelangen Beziehung zu Julia erzählt. Das wird er später einmal tun, aber nicht jetzt, denn er hat Angst, sie könnte es nicht verstehen. Wie soll er Karin erklären, dass seine Liebe zu Julia auf einer anderen Ebene liegt? Dass Julia für ihn eine Muse, eine anbetungswürdige Dame, eine jener hohen Gestalten war, die ein Mann zwar erkämpfen und lieben, aber niemals besitzen kann. So etwas lässt sich nicht erklären, schon gar nicht der Frau, die man mit Leib und Seele liebt und mit der man sein Leben teilen will.

Er steigt in der Taunusstraße aus und geht die Geisbergstraße zu Fuß hinauf, weil er darüber nachgrübeln muss, was er Julia sagen wird. Natürlich weiß sie von seiner Liebe zu Karin. Sie hat ihm ja selbst auf die Sprünge geholfen, inzwischen weiß sie auch von seinen Heiratsplänen, ihr wird klar sein, dass sie ihn verlieren wird. Aber es wäre ungerecht und feige von ihm, nicht ein letztes klärendes Gespräch mit ihr zu führen. Abschied nehmen. In aller Freundschaft und mit dem Respekt, den er seiner wundervollen Julia schuldig ist.

Er hat sie heute früh angerufen, sich für die Mittagszeit mit ihr in ihrer Villa verabredet, sie wartet also auf ihn. Er fröstelt beim Gehen, der kalte Wind zerrt an seinem Mantel, und zu allem Unglück geht ein feiner Nieselregen hernieder. Die Stadt, die man von hier oben überblicken kann, ist im Nebeldunst versunken, Mauern und Zäune längs der Straße wirken schwarz und abweisend, hie und da recken sich Gebüsch oder tief hängende Äste auf den Weg hinaus. Die wenigen Blätter daran sind feucht, hinterlassen nasse Flecken auf dem Mantel. Er niest schon wieder, muss stehen bleiben, um ein Taschentuch in der Manteltasche zu suchen und sich zu schnäuzen, der Rachen tut beim Schlucken jetzt beidseitig weh. Was für ein Elend. Er müsste eigentlich so schnell wie möglich ins Bett, heißen Tee trinken und Halstabletten lutschen. Sonst kann er morgen Abend nicht auftreten.

Er besitzt immer noch einen Schlüssel zur Haustür der Villa, den wird er Julia heute zurückgeben. Aber jetzt will er ihn noch ein letztes Mal benutzen, sozusagen zum Abschied, ein wenig Nostalgie muss schon sein, wenn man sich von einer langen und schönen Phase seines Lebens für immer trennt.

»Julia?«

Seine Stimme hallt durch den Eingangsflur. Wie oft hat er hier gestanden und nach ihr gerufen. Aufgeregt. Zitternd vor Erwartung und Vorfreude. Auch müde und deprimiert. Voller Hoffnung, bei ihr seinen Lebensmut wiederzufinden. Sie hat ihn nie enttäuscht, seine Herzensdame Julia.

»Hier oben!«

Sie ist im zweiten Stock, wo die Schlafzimmer liegen. Was tut sie dort? Er legt den nassen Mantel und den Hut ab und steigt mit leicht gemischten Gefühlen die Treppe aus schönem Eichenholz hinauf. Dabei muss er sich mehrfach räuspern. Belegt. Verflixt noch mal. Seine Stimme ist belegt.

»Geh schon mal ins grüne Zimmer, Willi. Ich bin sofort bei dir.«

Aha, sie ist im Ankleidezimmer und packt einen Koffer. Er setzt sich auf einen der grünen, samtbezogenen Sessel, schlägt die Beine übereinander und versucht, einen einleitenden Satz im Kopf zu formulieren.

»Meine liebe Julia … die Zeit ist gekommen, um voneinander …«

Nein, viel zu pathetisch!

»Es ist vorbei, Julia! Lass uns in Frieden und Freundschaft auseinandergehen …«

Doch nicht gleich mit der Tür ins Haus fallen!

»Ich freue mich unendlich, dich zu sehen, Julia. Diese Haus bedeutet mir so viel, es ist voll von wunderbaren Erinnerungen …«

Zu umständlich. Donnerwetter noch mal, wieso fällt es ihm so schwer, den richtigen Ton zu finden?

Dann ist sie auf einmal im Zimmer, setzt sich auf den Sessel neben ihm und fängt an zu reden.

»Stell dir vor, Willi, ich fliege morgen nach London. Ich werde dort eine Dependance eröffnen, mit einem Kollegen gemeinsam, wir haben schon die Lokalität gefunden, eine gute Gegend und zu einem annehmbaren Preis …«

Sie redet ohne Punkt und Komma, ist dabei ungewöhnlich angeregt und scheint ganz und gar mit ihrem großen Vorhaben beschäftigt. Er schweigt, räuspert sich hin und wieder und spürt, dass sein Hals innen wund ist.

»Das ist … hürm … schön für dich …«, wirft er dazwischen.

»Bist du etwa erkältet, Willi?«

»Nur etwas heiser …«

Sie springt auf, läuft ins Badezimmer und kommt mit einer Schachtel Halstabletten zurück. Erklärt ihm, wie oft und wie viele davon er lutschen muss, drückt ihm die Schachtel in die Hand und setzt sich wieder.

»Ich werde vielleicht auch ein Geschäft in Rom eröffnen«, redet sie weiter. »Wir sind noch in den Verhandlungen, bisher verkaufe ich meine Modelle dort über einen Zwischenhändler.«

Dann hält sie inne und schaut ihn an. Sieht, dass er wie ein Häufchen Elend vor ihr sitzt und die Schachtel ungeöffnet in den Händen hält.

»Entschuldige«, sagt sie leise. »Ich bin schrecklich durcheinander. Ich weiß ja, warum du gekommen bist. Du brauchst mir nichts zu erklären, Willi.«

Er begreift und ist zugleich tief gerührt. Julia, seine wunderbare Geliebte, die angebetete Frau, die immer über den Dingen stand – sie ist schwach geworden, hat versucht, dieses endgültige Gespräch durch ihren Redefluss aufzuschieben, darüber hinwegzureden.

»Doch, Julia. Ich habe dir so viel zu sagen. Ich will dir danken für eine wundervolle Zeit, die ich nie im Leben vergessen werde. Was auch immer kommen wird, ich werde diese Jahre immer als Lichtpunkte meines Daseins empfinden …«

Sie lächelt, weil er nun doch wieder pathetisch geworden ist. Aber es ist ein müdes, trauriges Lächeln, das ihn ins Herz schneidet. Er verlässt sie ausgerechnet jetzt, da sie auch Addi für immer verloren hat. Sie ist nun ganz allein. Hat nur noch ihren Beruf, ihre großen Pläne. Kann das alles für einen Menschen sein?

»Wir hatten eine glückliche Zeit miteinander«, sagt sie mit ihrer weichen, dunklen Stimme. »Aber sie war endlich, das wusste ich immer. Ich freue mich für dich, dass du solch einen lieben und klugen Menschen an deiner Seite haben wirst.«

Er nickt betreten. Will noch eine Menge sagen, aber er bringt es nicht fertig. So viele Erinnerungen! Ihre aufregenden Begegnungen, die langen Gespräche, die glücklichen Tage, die sie gemeinsam in diesem Haus verbrachten, auch die viel zu kurzen Reisen mit Julia, wo er sie im Hotel als seine Frau ausgab … Es ist nicht der Moment, davon zu sprechen. Es ist der Moment, sich zu verabschieden.

»Ich habe Karin bisher nichts von uns beiden erzählt. Deshalb wollte ich dich bitten, in den kommenden Monaten … es ist besser, wenn wir nicht … aufeinandertreffen.«

Sie lehnt sich im Sessel zurück, schaut ihn von der Seite an. Ist sie böse? Nein, eher amüsiert. Er ist erleichtert, sie hat sich wieder gefangen. Eine ergreifende Abschiedsszene hätte er auf keinen Fall verkraftet.

»Nun«, meint sie nachdenklich. »Ich fürchte, dass sie es längst gespürt hat. Und wenn es nicht so sein sollte, dann wird es ihr irgendjemand erzählen. Du solltest also nicht allzu lange mit deinem Geständnis warten.«

Daran hat er nicht gedacht. Natürlich, sie hat recht. Irgendjemand würde sich verplaudern. Und wenn es eins der Kinder ist. Er muss vorsorgen.

»Werdet ihr in das Haus deiner Eltern einziehen?«, will sie wissen. »Oben unter dem Dach sind ja zwei Wohnungen frei, die sogar miteinander verbunden sind.«

Nun ist sie wieder Julia, seine vertraute Freundin, seine Helferin und Beraterin. Seltsam, dass sich daran gar nichts geändert hat.

Freimütig beichtet er seine Sorgen: die zukünftige Schwiegermutter, die Karin und die kleine Nora nicht hergeben will. Die ihre Bochumer Wohnung und den Schrebergarten ihres verstorbenen Mannes nicht aufgeben kann. Julia hört ihm in aller Ruhe zu, legt den Kopf schräg, wie es ihre Angewohnheit ist, wenn sie nachdenkt, und meint dann: »Eine ziemlich selbstsüchtige Frau, deine zukünftige Schwiegermutter, nicht wahr?«

Im Grunde ist er der gleichen Ansicht. Aber er beschönigt die Lage, schließlich ist sie Karins Mutter.

»Sie hat schrecklich unter dem Verlust ihres Mannes gelitten. Ich denke, deshalb fällt es ihr so schwer, nun auch Tochter und Enkeltochter zu verlieren und ganz allein zu bleiben.«

Julia zieht eine bedenkliche Miene.

»Vielleicht wäre es für sie wirklich nicht gut, ganz allein in Bochum zu bleiben«, überlegt sie. »Aber könntest du dir vorstellen, deine Schwiegermutter in eurer Nähe zu haben? Vielleicht sogar in der Wohnung?«

Die Vorstellung, mit Frau Langgässer das Wohnzimmer zu

teilen, erscheint Willi nicht gerade verführerisch. Aber zur Not würde er auch das ertragen, wenn nur Karin zu ihm steht.

»Wenn sie sich dazu entschließen könnte. Aber sie beharrt ja darauf, in Bochum zu bleiben.«

Julia lächelt ihr wissendes, kluges Frauenlächeln.

»Das wird sie ganz sicher nicht, Willi. Wenn Karin dich heiratet und mit dir nach Wiesbaden zieht, wird ihre Mutter nicht nur die Tochter, sondern auch das Enkelkind verlieren. Das wird den Ausschlag geben. Ich denke, sie wird mitkommen.«

Darauf hat er auch gehofft. Es ist allerdings wichtig, dass Karin hart bleibt und sich nicht etwa auf irgendwelche Zugeständnisse einlässt. Nach dem Motto: »Lass die Kleine bei mir in Bochum, da wird sie gut betreut, und ihr könnt sie immer besuchen kommen. Zwei berufstätige Leute haben doch sowieso keine Zeit für ein Kleinkind …« Solch ein Kuhhandel sähe Mama Langgässer ähnlich.

Julia steht auf und sucht etwas in einer Schublade.

»Ach, wie dumm«, sagt sie. »Ich muss es fortgeworfen haben …«

»Was denn?«

»Ein Schreiben von meinem Makler. Ich habe vor einiger Zeit für einen Angestellten eine Wohnung gesucht, und da wurde mir ein Haus in Biebrich angeboten. Gar nicht weit von dem Anwesen, das Fritz und Luisa gekauft haben.«

»Ein Haus?«, lacht er. »Woher soll ich denn das Geld nehmen, um gleich ein Haus zu kaufen?«

»Nicht kaufen, Willi. Es war zu vermieten. Allerdings haben sie Schwierigkeiten, einen Mieter zu finden, weil das Haus in zwei Wohnungen aufgeteilt ist. Eine kleinere unter dem Dach und eine etwas größere im Erdgeschoss. Außerdem gibt es einen hübschen Garten, in dem der Vorbesitzer Gemüse angebaut hat. Ach, wie schade, dass ich das Schreiben nicht mehr habe. Es waren Zeichnungen und Fotos dabei …«

»Nun ja«, meint Wilhelm und muss wieder nach einem Taschentuch suchen. Verflixt, sein Hals fühlt sich innen an wie rohes Fleisch, und Kopfschmerzen stellen sich auch ein. »Das wird wohl längst vermietet sein.«

Sie sucht unverdrossen weiter und findet schließlich eine Visitenkarte. »Das ist der Makler. Schober und Walter nennt sich die Agentur. Ich hatte mit einem Herrn Albert Schober zu tun. Ruf einfach an und bezieh dich auf mich. Wenn das Haus vermietet ist, hat er vielleicht noch ein ähnliches Objekt im Angebot.«

Willi nimmt die Karte aus ihrer Hand, niest darauf und benutzt rasch sein Taschentuch.

»Du liebe Güte, Willi!«, sagt sie kopfschüttelnd. »Du gehörst ins Bett. Nimm zwei Aspirin, und dann schwitzt du die Erkältung bis morgen aus.«

Er nickt bekümmert und sortiert Tablettenschachtel, Visitenkarte und Taschentuch, bevor er alles in seinen Jackentaschen verstaut.

»Ich danke dir, Julia«, sagt er und muss sich wieder räuspern. »Ich geh dann wohl lieber, bevor ich dich noch anstecke.«

»Das wird wohl besser sein«, meint sie lächelnd. »Ich habe in den kommenden Tagen viel zu tun und kann es mir nicht leisten, krank zu werden.«

Er nickt und steht auf. Ihm ist scheußlich kalt, obgleich das Zimmer geheizt ist.

»Bleib ruhig hier oben«, meint er. »Ich finde allein hinaus. Ach so …«

Der Schlüssel! Er sucht ihn in den Jackentaschen, denkt schon, dass er ihn in die Manteltasche gesteckt hat, aber er ist in der linken Hosentasche.

»Der gehört dir, Julia«, sagt er und reicht ihr den kleinen silberfarbenen Hausschlüssel.

Sie sieht kaum hin. Nimmt den Schlüssel und wirft ihn auf den Tisch.

»Danke. Und gute Besserung. Vergiss nicht, die Halstabletten zu nehmen.«

Er steht unschlüssig im Türrahmen, würde sie furchtbar gern noch einmal in die Arme nehmen, aber er wagt es nicht, weil er sie dann mit seiner Erkältung anstecken würde. Stattdessen puhlt er eine Tablette aus der Schachtel und steckt sie in den Mund.

»Dann … geh ich mal …«

»Ja, Willi …«

Ihre Stimme klingt seltsam, als würde sie gleich ersticken. Plötzlich wird ihm glühend heiß, ein Fieberschauer überläuft ihn, er muss hinaus in den kühlen Regen, hier in diesem warmen Zimmer hält er es keine Minute mehr aus.

Er ist schon unten im Flur, hat die Klinke der Haustür in der Hand, da hört er ihre Stimme. Warm und voller Trauer.

»Adieu, Willi. Adieu pour toujours.«

Ein brennender Schmerz durchfährt ihn, er reißt die Haustür auf und stürzt in den Regen hinaus.

HILDE

Er ist leise gekommen, aber nicht leise genug, denn sie hat gehört, wie er die Wohnungstür aufgeschlossen hat. Unglaublich! Schleicht sich um Mitternacht in die Wohnung und denkt, sie merkt es nicht. Er stellt irgendetwas ab, wahrscheinlich seinen Koffer, dann stolpert er über Andis Schuhe, die wieder einmal mitten im Flur liegen. Aha – er hat kein Licht angemacht.

»Papa?«, hört sie Franks schlaftrunkene Stimme.

»Psst!«

Da hat er Pech, die Jungen sind auf einen Schlag glockenwach.

»He, Andi! Papa ist wieder da!«

»Ich hab's gewusst! Papa, ich glaub, die Mama ist gar nicht mehr böse.«

»Parbleu! Könnt ihr nicht leise sein?«

Bewegung im Flur. Sie fallen ihm um den Hals, sie kann hören, wie er keucht, wie sie lachen und kichern, wie er glücklich brummt, nun sei es aber genug.

»Die Mama schläft. Leise. Silence. Stell deine chaussures an die Seite, Andi. Tout de suite. Jetzt gleich!«

»Hast du uns den neuen Fußball mitgebracht, Papa?«

»Der Plattenspieler ist schon wieder kaputt, Papa!«

»Pas maintenant. Morgen reden wir. Jetzt ab in die Betten. Bonne nuit! Dodo!«

»Bonne nuit, Papa!«

»Und bonne chance. Mama ist jetzt bestimmt aufgewacht.«

Hildes Herz klopft wie verrückt. Sie ist glücklich, dass er wieder da ist. Dass die Jungen ihren Papa wiederhaben. Ach, sie würde ihm gern um den Hals fallen, ihm gestehen, wie schrecklich einsam es ohne ihn war. Aber nein, so einfach geht das nicht. Was ist das für eine Art, zu nachtschlafender Zeit in die Wohnung zu schleichen? Hätte er nicht anrufen können? Seine Ehefrau höflich fragen: »Darf ich wieder zu euch zurückkommen?« Sie sitzt im Bett und lauscht. Aha, jetzt ist er im Badezimmer, benutzt die Toilette, dreht den Wasserhahn auf, die Seife fällt ins Waschbecken, die Zahnbürste klappert im Becher. Hilde streckt sich im Bett aus, dreht sich auf die Fensterseite und zieht die Decke hoch. Er will sich unbemerkt einschleichen? Na, bitte sehr.

Die Schlafzimmertür wird geöffnet. Sie schließt die Augen, tut so, als würde sie fest schlafen.

»Ilde?«

Sie bewegt sich nicht. Nur ihr dummes Herz hämmert so heftig, dass sie das Gefühl hat, das ganze Ehebett zittert. Er schaltet seine Nachttischlampe ein, und sie weiß, dass er sie jetzt betrachtet. Nur nicht bewegen. Nicht zittern.

»Tu dors? Schläfst du?«, flüstert er.

Sie regt sich nicht. Hört ihn seufzen, dann schlägt er seine Decke zurück, sucht seinen Schlafanzug. Den hat sie natürlich längst in die Wäsche getan. Er brummt ärgerlich, öffnet die Kommodenschublade, sucht herum und nimmt einen frischen heraus. Wirft ihn aufs Bett und beginnt sich auszuziehen. Sie bemüht sich, regelmäßig wie eine Schlafende zu atmen – ist er endlich fertig? Mit einem Plumps lässt er sich ins Bett fallen, wühlt sich in die Kissen, knurrt leise vor sich hin, zerrt noch ein paar Mal an der Steppdecke und schaltet endlich die Lampe aus. Was tut er jetzt? Will er sie etwa anfassen? Streicheln? Zärtlich durch ihr Haar fahren? Mitnichten. Er grunzt, tut einen tiefen, zufriedenen Seufzer und streckt sich zum Schlafen aus.

Nun ja – es ist schon spät. Und sie wollte es ja so. Trotzdem ist sie enttäuscht. Er hätte es wenigstens versuchen können.

Sie braucht eine Weile, bis sie einschlafen kann. Er ist wieder bei ihr, das ist ein gutes Gefühl. Das Gewicht, das auf ihrer Seele lag, bedrückt sie nicht mehr, die Enge, die sie in der Halsgrube gespürt hat, ist vergangen. Sogar sein Schnarchen, das sich nach einiger Zeit einstellt, gefällt ihr. Dabei haben sie vor Tagen, als er so unvermittelt zu Fritzens und Luisas Hauseinweihung auftauchte, ganz fürchterlich im Garten gestritten. Alles, was sich an Zorn und Vorwürfen angestaut hatte, haben sie sich im dunklen Garten gegenseitig an die Köpfe geworfen, auf Deutsch und auf Französisch, jeder wollte recht behalten, keiner konnte nachgeben. Wenn sie sich recht entsinnt, hat sie sogar ein wenig geheult, und er hat in hilflosem Zorn mit dem Fuß gegen einen der alten Apfelbäume getreten. Da sind auf einmal viele kleine Äpfelchen auf sie heruntergeprasselt, und vor Überraschung haben sie mit dem Streiten innegehalten. Und dann ist er auf sie zugegangen, hat sie an sich gezogen und geküsst. Erst hat sie sich wehren wollen, aber das ging nicht, weil er sie so fest an sich gepresst hielt. Er hat Kraft in den Armen, ihr Jean-Jacques. Da hat sie sich eben von ihm küssen lassen. Ziemlich lange sogar. Weil er sehr gut küssen kann, ihr Ehemann. Und weil es ihr gefallen hat, von ihm geküsst zu werden.

Dann passierte tagelang nichts. Kein Anruf. Keine Nachricht. Nur Mama drängelte ständig, ob sie nicht nach Eltville fahren wolle, ein paar klärende Worte sprechen. Wo sie den armen Jean-Jacques doch falsch verdächtigt hat. Woher weiß Mama das eigentlich? Ja, sie wäre schließlich doch nach Eltville gefahren. Natürlich nicht morgen am Sonntag, weil da ja die große Feier vor dem Umbau stattfinden soll. Aber am Montag. Am Montag wäre sie ganz sicher zu ihm gefahren … Mit diesem beruhigenden Gedanken schläft sie ein.

Sie hat tief geschlafen, daher schreckt sie heftig zusammen, als sie am Arm gerüttelt wird.

»Eh! Ilde. Mon chou. Wach auf. Es ist schon halb acht …«

Sie fährt aus den Kissen – da sitzt er neben ihr im Bett und grinst wie ein Lausbub.

»Wo … wo kommst du denn auf einmal her?«, spielt sie Komödie.

»Ich wohne hier, ma petite colombe.«

»Du hast mich zu Tode erschreckt!«

Er macht ein ungläubiges Gesicht. »Du hast mich doch heute Nacht gehört, oder nicht? Ich weiß, dass du nicht geschlafen hast.«

Natürlich hat er es gemerkt. Es war auch zu albern von ihr, sich schlafend zu stellen. Trotzdem gibt sie sich nicht geschlagen.

»Es ist ein schlechter Stil, ohne Ankündigung mitten in der Nacht in die Wohnung zu kommen«, murrt sie.

»Es ist unhöflich, seinen Ehemann nicht zu begrüßen, wenn er spät nach Hause kommt.«

»Andere Ehemänner bekommen dafür einen Schlag mit dem Nudelholz!«

»Was ist das, ein Nudelholz?«, erkundigt er sich grinsend.

Zur Antwort fliegt ihm ihr Kopfkissen entgegen. Er fängt es auf und wirft zurück. Sie lacht ihn aus, weil er sie verfehlt hat, da packt er sie und zeigt ihr, was er unter Versöhnung versteht. Weil auch sie versöhnlich ist, spielt sie das Spiel mit, genießt seine zornige Zärtlichkeit, gibt ihm zurück, was ihm gebührt und wonach auch er sich so lange gesehnt hat. Die Versöhnung ist aufregend und will gar nicht zum Ende kommen, allerlei zärtliche Worte werden ausgetauscht, und sie stellt fest, dass sie immer noch nicht alles verstanden hat, was er da auf Französisch in ihr Ohr brummelt. Aber eigentlich will sie es auch gar nicht wissen, es ist einfach nur erregend, seine tiefe Stimme zu hören und zu spüren, dass er sie in diesem Augenblick heiß und innig begehrt.

Gegen halb neun, als sie eng umschlungen beieinanderliegen

und er sich gerade zu neuen Liebestaten anschickt, hören sie das vertraute Klopfen an der Schlafzimmertür.

»Mama? Papa? Die Oma hat gesagt, wenn ihr nicht bald zum Frühstück kommt, räumt sie den Tisch ab.«

»O Gott«, sagt Hilde erschrocken. »Heute ist doch das Fest vor dem Umbau. Wir müssen das Café schmücken und herrichten. Und das Programm aufstellen. Papa will wieder eine Rede halten …«

Jean-Jacques mag sich nur ungern von ihr lösen.

»Wieso feiert ihr *vor* dem Umbau? Man feiert doch, wenn alles fertig ist.«

»Wir haben es nun einmal so beschlossen. Weil es Beeinträchtigungen im Café geben wird. Vielleicht müssen wir sogar ein paar Tage zumachen, dann laufen uns die Stammkunden weg …«

»Ach was«, murrt er und setzt sich auf. »Die kommen doch wieder!«

Dann läuft er hinüber zu den Jungen, schimpft, dass sie noch nicht angezogen sind, rennt ins Bad, um sich zu rasieren, und nimmt Hilde wieder einmal den Platz am Waschbecken weg. Ach, wie hat sie diese Rasierschaumspritzer auf den Badezimmerkacheln vermisst! Was sie selbstverständlich nicht davon abhält, sich darüber zu beschweren.

Als sie frisch angekleidet und tatenfroh in die Wohnung der Eltern kommen, ist dort am Frühstückstisch doch tatsächlich ein Streit ausgebrochen.

»Aber Else! Es ist Addis Nachlass. Den kann ich nicht einfach ungesichtet weggeben. Das wäre pietätlos!«

»Und deshalb liegt das Zeug seit Wochen in der Wohnung herum? Sogar im Schlafzimmer! Ich liege abends im Bett und habe Angst, von einem Stapel Fotoalben erschlagen zu werden!«

»Nur so lange, bis ich alles geordnet habe.«

»Und wann wird das sein?«

»In wenigen Tagen, mein Schatz.«

»Nein, Heinz, das Zeug muss raus! Entweder du lebst mit mir oder mit Addis Nachlass!«

Hilde begreift, dass den Eltern der Umbau im Magen liegt. Es ist hart für sie, dass bald überall Handwerker im Haus herumlaufen werden, Streben einziehen, Mauern verstärken, Lärm machen, alles durcheinanderbringen. Wahrscheinlich wird auch die elterliche Wohnung nicht verschont bleiben. Eine Weile sitzen sie ratlos am Tisch. Frank schmiert sich Marmelade auf sein Brötchen, Andi tunkt die Nase in den Kakaobecher. Schließlich legt Jean-Jacques Mutter Else sanft die Hand auf den Arm:

»Nicht streiten, Maman. Ich bin wieder da, und jetzt kommt alles in Ordnung.«

Oma Else schaut ihn an, und gleich entspannen sich ihre Züge. Sie lächelt. Natürlich, der geliebte Schwiegersohn, »unser Jean-Jacques«, der muss nur zwei Sätze sagen, und Mama wird zu einem Lämmchen.

»Ach Jean-Jacques«, seufzt sie und drückt seine Hand. »Ich bin ja so froh, dass du wieder bei uns bist. Diese ganze dumme Scheidungsgeschichte war ja komplett überflüssig. Das kommt daher, weil unsere Hilde immer über das Ziel hinausschießen muss.«

Hilde öffnet den Mund, um sich zu verteidigen, aber da legt ihr der lange vermisste Ehemann den Arm um ihre Schulter.

»Meine Hilde ist genau wie ich, Maman. Nous sommes des têtes chaudes, Hitzköpfe sind wir, und wenn die aufeinanderprallen, dann gibt es Feuer. Aber danach ist die Luft wieder klar. N'est-ce pas, mon chou?«

Hilde akzeptiert seine Erklärung, aber sie beeilt sich, das Gespräch auf ein anderes Thema zu lenken.

»Da die Luft nun geklärt ist, könnten wir jetzt vielleicht den Ablauf unseres Festes klären«, schlägt sie vor.

Sofort ist ihre Mutter ganz bei der Sache. Swetlana und Luisa wollen kellnern, für die musikalische Unterhaltung will Sofia sorgen, außerdem hat sich auch Hubsi angeboten, Klavier zu spielen.

»Fritz will mit Petra ein Geigenstück vortragen – hoffentlich ist es nicht zu anspruchsvoll für unsere Gäste, es sind ja nicht alle Musikliebhaber. Ach ja, der Herr Olbricht kommt auch mit seinem Cello, und Willi hat angeboten, ein paar Sketche zum Besten zu geben. Heinz hat ein Programm der künstlerischen Darbietungen aufgestellt …«

»Du hast vergessen, dass ich eine Rede halten werde«, wirft Papa ein.

»Und was gibt's zu essen?«, erkundigt sich Frank. »Doch nicht schon wieder Würstchen, oder? Die kriegen wir jeden Abend, ich kann sie echt nicht mehr sehen!«

»Aber nein! Am Abend bieten wir Gulaschsuppe und Bauernplatte an. Außerdem will Swetlana russische Blini machen …«

»Igitt! Mischa hat gesagt, die schmecken furchtbar!«

Hilde mischt sich ein und erklärt, dass in der Küche Freiwillige für den Abwasch gesucht werden. Daraufhin macht sich Frank schweigend über sein drittes Brötchen mit Erdbeermarmelade her.

»Und was ist mit dem Kuchen? Richy wollte doch Torten backen«, erkundigt sich Hilde.

»Die stehen unten in der Küche«, erklärt Mama Else. »Sechs Stück, eine schöner als die andere. Der arme Kerl hat fast die ganze Nacht in der Küche verbracht, Heinz und ich haben kaum ein Auge zugetan, weil wir ihn werkeln gehört haben.«

Der gute Richy! Mama und Papa wissen noch gar nicht, dass Hilde den geplanten Küchenanbau mit Richy schon genau durchgesprochen hat. Eine richtige, topmoderne Backstube soll es werden: neuer Backofen, zwei Kühlschränke, mehrere große Arbeitsflächen mit Spezialschränken zur Aufbewahrung von Lebensmitteln darunter. Wird eine schöne Stange Geld kosten.

Aber da Julia für die statischen Absicherungen des Hauses aufkommt, kann man für die neue Backstube ruhig einen Kredit aufnehmen. Ist ja steuerlich absetzbar.

»Außerdem hat er noch etwas anderes gebacken«, verrät Mutter Else flüsternd. »Da stehen mehrere Backbleche, die hat er mit Tüchern abgedeckt und einen Zettel draufgelegt.«

»Und was steht da?«, will Jean-Jacques misstrauisch wissen. Er ist nach wie vor kein großer Freund des Konditors.

»Nicht berühren!«

Hilde packt die Neugier; sie beschließt, dem Geheimnis auf den Grund zu gehen. Sie stellt ihre Kaffeetasse hin und läuft die Küchentreppe der Eltern hinunter in die Caféküche. Der Rest der Familie folgt ihr. Da stehen tatsächlich vier große Kuchenbleche übereinandergestapelt. Auf dem obersten liegen zwei Küchentücher.

»*Bitte* nicht berühren«, steht da«, liest Andi vor.

»Richy ist eben ein wohlerzogener Mensch«, sagt Hilde.

Dann schreit sie auf vor Begeisterung. Unter den Küchentüchern schimmert es rosa und golden.

»Er hat lauter Engel gebacken! Dicke, rosige Engelein mit goldenen Löckchen und goldenen Flügeln! Nein, sind die süß!«

Sie nimmt einen der handtellergroßen Engel und zeigt ihn herum. Alle sind hingerissen. Die geflügelten Himmelsboten sind aus Keksteig gebacken und in mühevoller Arbeit mit farbigem Zuckerguss verziert. Auf einigen steht sogar in feiner Schrift »Café Engel«. Hilde schaut gleich nach, ob auf den anderen Kuchenblechen ebenfalls Engelchen liegen – tatsächlich!

»Mon Dieu!«, meint Jean-Jacques, der ebenfalls beeindruckt ist. »Eine ganze Schwadron von Engeln. Les hôtes célestes. Das hat er sicher nur für dich gebacken, ma douce colombe.«

Hilde wehrt sich gegen seine Umarmung und meint, er müsse nicht schon wieder stänkern. Dann legt sie den Engel zurück an seinen Platz und deckt das Küchentuch drüber.

»Das soll bestimmt eine Überraschung für uns sein«, meint sie lächelnd. »Tun wir so, als wüssten wir von nichts, klar?«

Alle nicken, nur Frank bemerkt, er hätte aber gern einen Engel probiert. Jean-Jacques gibt seinem Sohn einen väterlichen Klaps auf den Hinterkopf und dirigiert ihn die Treppe hinauf in die Küche der Großeltern. Keine Minute zu früh, denn soeben läutet es an der Wohnungstür. Swetlana steht davor, einen gewaltigen Kochtopf in den Händen, hinter ihr Sina mit einer Schüssel, deren hochgewölbter Inhalt mit einem Tuch abgedeckt ist. Und hinter ihnen wartet Laika mit leuchtenden Augen, weil sie glaubt, all die leckeren Sachen seien für sie bestimmt.

»Wie gut, dass du mir gleich hast aufgemacht, Frank«, sagt Swetlana und läuft in die Wohnung, um den Topf auf dem Küchenherd zu deponieren. »Borschtsch ist so schwer – beinahe ich hätte den Topf fallen lassen. Sina, mein Schatz, stell die Blini hier auf Küchentisch. Stellt euch vor, diese Blini hat meine Sina gemacht! Und sie sind geworden wunderbar, das hat August auch gesagt …«

Frank lupft das Tuch und besieht das russische Pastetengebäck mit misstrauischen Augen.

»Kann man die essen?«, fragt er Sina.

»Probier doch«, gibt sie zurück. »Es gibt welche mit Hackfleisch, andere sind mit Gemüse gefüllt.«

Frank nimmt sich eine Pastete, beißt hinein, kaut. Dann nickt er.

»Schmeckt. Bist eine gute Köchin, Sina. Das ist sehr wichtig für eine Frau, weißt du?«

»Ich bin keine Frau«, gibt Sina zurück. »Ich bin deine Cousine.«

Dann geht sie zu Andi, der Laika liebevoll streichelt, und setzt sich zu ihm an den Tisch.

Mama ist von Swetlanas Gaben begeistert, sie schreibt »Russischer Borschtsch« und »Russische Pasteten« zu den übrigen

Gerichten auf die vier großen Schiefertafeln, die heute die Speisekarte ersetzen.

»Und wo bleibt August?«, will sie wissen.

»Er will kommen später. Weil er noch hat Arbeit. Du weißt ja, August muss immer so viel arbeiten.«

Mama schüttelt den Kopf, aber sie sagt nichts. Stattdessen geht sie an den Herd, um noch eine Kanne Kaffee zu kochen. Es gibt viel zu tun heute. Da braucht man Koffein und gute Nerven.

Es klingelt schon wieder – jetzt erscheint Luisa mit Familie; Fritz trägt die beiden Geigen, Petra hat eine nagelneue Notentasche aus Leder dabei. Marion läuft zu Sina und will Laika streicheln. Die Küche der Eltern ist jetzt fast zu klein für so viele Leute, man begrüßt einander, Familiennachrichten werden ausgetauscht, Fritz trinkt in aller Eile noch einen Kaffee, dann will er gleich hinunter, um mit Petra zu proben.

»Du kannst dir nicht vorstellen, wie herzlich seine Kollegen im Orchester ihn empfangen haben«, berichtet Luisa. »Auch die jüngeren. Blumen haben sie ihm geschenkt. Und diese teure Notentasche, für die haben sie alle zusammengelegt!«

Hilde bewundert die Notentasche und ist froh, dass weder Swetlana noch Luisa die Tatsache erwähnen, dass Jean-Jacques nach langer Abwesenheit heute wieder bei ihnen ist. Sie begrüßen ihn herzlich und tun so, als sei es ganz selbstverständlich. Nur Fritz schüttelt ihm lange die Hand und sagt, dass er sich sehr, sehr freut, ihn hier zu sehen.

»Alles gut mit den Augen?«, fragt ihn Jean-Jacques.

»Ich sehe wie ein Adler!«, behauptet Fritz lachend und schiebt die dicke Brille zurecht. »Zumindest fast …«

Hilde wird ungeduldig. Schließlich ist das kein Familientreffen, sie haben zu tun. Daher beginnt sie, die Aufgaben zu verteilen. Die Tische im Café müssen anders gestellt werden, die schönen dunkelroten Tischdecken werden aufgelegt, in die

Vasen kommen herbstliche Zweige, die liegen noch draußen im Hof, damit sie frisch bleiben. Die Torten in die Vitrine, stehen auch genügend Teller und Kuchengabeln bereit? Das Fest fängt schon am Nachmittag mit Kaffee und Kuchen an, dazu spielen Sofia und Hubsi Klavier. Das Programm beginnt erst gegen sieben Uhr am Abend, dann will auch Papa seine Rede halten.

»Wo bleibt Willi nur«, sorgt sich Mama. »Und der Herr Olbricht ist auch noch nicht da. Hach, da spielt schon einer Klavier. Das ist der Hubsi, das hört man gleich.«

Unten im Café werden jetzt Tische gerückt, Sofia steht im grünen Lodenmantel mit rotem Schultertuch und gelben Stiefeln draußen vor der Drehtür und rüttelt daran, weil sie noch blockiert ist. Kaum ist sie im Café, scheucht sie Hubsi vom Klavier, weil sie mit Fritz und Petra das Geigenduo proben muss. Hubsi setzt sich beleidigt auf eine der Stufen vor der kleinen Bühne und erklärt Hilde, er gehöre offenbar zum alten Eisen, niemand wolle seine Klaviermusik mehr hören.

»Das ist doch Unsinn, Herr Lindner«, widerspricht sie. »Wir haben Sie extra angerufen, damit Sie nachher für uns spielen. In der Zwischenzeit könnten Sie mir mit den Blumenvasen helfen.«

Es erweist sich, dass Hubsi ein florales Talent besitzt, denn er steckt die herbstlichen Zweige ungemein dekorativ in die kleinen Blumenvasen. Frank und Andi verteilen die gedruckten Abendprogramme auf die Tische, Luisa putzt auf alle Fälle noch einmal die Kuchenvitrine. Schließlich erscheint auch Richy im Café, etwas müde noch und mit dunklen Augenringen wegen der nächtlichen Arbeit.

»Ich habe eine Überraschung für Sie, Frau Koch«, sagt er zu Hilde, und sie muss mit ihm in die Küche gehen. Dort enthüllt er stolz seine geflügelten Engel, und Hilde klatscht die Hände zusammen in gut gemimter Verblüffung.

»Nein, sind die aber schön! Richy, das werde ich Ihnen nie vergessen!«

Er schaut bescheiden auf den Küchenboden. »Das ist nur eine Kleinigkeit, Frau Hilde. Ich wurde hier im Haus so gütig aufgenommen, und meine Arbeit wird geschätzt. Das ist mir wichtiger als alles andere!«

Sie fällt ihm um den Hals vor Rührung und ist froh, dass Jean-Jacques gerade mit den Zwillingen Weinflaschen in den Hof trägt und nicht in die Küche schauen kann. Er hat in seiner Goélette einige Kisten Engelströpfchen, aber auch den jungen Federweißen mitgebracht.

Oben in der Küche der Eltern stehen Marion, Sina und Swetlana am Küchentisch, um Brötchen und belegte Brote für einen kurzen Mittagsimbiss herzurichten. Aus dem Schlafzimmer hört man Papas Stimme – er übt seine Rede und verhaspelt sich ständig dabei. Mama kommt die Treppe hinauf und jammert, es gäbe zu wenig Weingläser, letzte Woche seien schon wieder drei kaputtgegangen.

»Wie wird das erst werden, wenn die Handwerker hier im Haus klopfen und bohren. Da fallen uns bestimmt die Gläser und Tassen aus den Schränken!«

»Heute ist heute«, ruft Jean-Jacques aus, der sich mit den Zwillingen schon einmal über die Brote hermacht. »Sorgen sind für morgen, Maman. Ich habe viele Weingläser in Eltville, ich kann euch davon bringen.«

Von unten ist jetzt Geigenmusik zu vernehmen, zwischendrin wird gestritten; Petra und Sofia sind sich nicht einig, Fritz versucht zu vermitteln. Dann mischt sich das Cello in die Musik. Aha, Benno Olbricht ist gekommen. Alles läuft nach Plan. Hilde ist zufrieden.

»Gleich zwei Uhr«, sagt Mama. »Wo bleibt nur der Willi? Hilde, geh mal rasch rüber ins Schlafzimmer und bring deinem Vater ein paar Brote, sonst vergisst er über seiner Rede das Essen.«

»Darf ich das tun?«, bietet sich Marion an.

»Aber gern!«

Marion stellt sorgfältig einen Teller mit Brötchen, Gurke, Tomate und einem Klecks Mayonnaise zusammen und trägt ihn hinüber. Hilde hört die überschwänglichen Lobesworte ihres Vaters und muss lächeln. Marion gefällt sich in der Rolle des allumsorgenden Hausmütterchens. Nun ja, wenn sie dabei glücklich ist …

Um zwei eilt Mama hinunter in die Küche, um den Kaffee zu kochen, Luisa und Swetlana stecken ihre Spitzenhäubchen in den Haaren fest und binden die kleinen weißen Schürzen um. Erfahrungsgemäß kommen jetzt die ersten Kaffeegäste. Marion ist selig, sie hat von Hilde die Erlaubnis bekommen, an der Kuchentheke zu helfen. Richy hat dort schon seine Engel aufgestellt, und Marion bekommt einen davon geschenkt.

»Aber nicht gleich aufessen.«

»Der ist doch viel zu schön, um ihn zu essen, Tante Hilde! Den stelle ich mir aufs Regal in meinem Zimmer.«

Die ersten Gäste träufeln ins Café. Sie bringen Regenschirme und nasse Mäntel mit, bestellen Torte und Kaffee, einige wollen auch Tee trinken. Eine neue Mode, die Mama gar nicht gefällt. Fast alle sind von den kleinen Engeln begeistert, sie kaufen sie und nehmen sie mit. Natürlich werden sie dem Café Engel treu bleiben, auch wenn es in den kommenden Wochen dort ein wenig laut und unruhig werden sollte.

»Nicht alle Engel herausgeben«, warnt Richy. »Es müssen noch welche für heute Abend bleiben.«

»Die Moccatorte geht weg wie verrückt«, meldet Luisa. »Und die Erdbeersahne ist schon alle.«

»Haben wir Himbeersaft?«, ruft Swetlana in die Küche.

»Drei Becher Schokolade mit Sahne!«

»Zwei Kännchen Kaffee und zwei Engel!«

Die Gäste lesen das Abendprogramm, einige legen es gleich wieder zur Seite, es gibt heute ein Gastspiel der Berliner Theater GmbH im Theater: *Torquato Tasso* von Meister Goethe. Und im Kino läuft *Menschen im Hotel.* Andere überlegen: Der Willi Koch wird im Café Engel auftreten! Der war doch neulich so großartig in der Komödie von Lope de Vegas zu sehen. Wie hieß sie doch noch? Na, egal. Der Willi Koch war jedenfalls sehr intensiv, hat eine ganz andere, leicht angeraute Stimme gehabt. Gereift und männlich. Was er wohl heute Abend vorführt?

Willi erscheint erst gegen halb sechs in der elterlichen Wohnung. Er ist in Begleitung seiner Braut und der zukünftigen Schwiegermutter, die die kleine Nora auf dem Arm trägt. Hilde, die gerade mal für fünf Minuten hinaufgelaufen ist, schüttelt Hände, bietet Sitzgelegenheiten an und bekommt von Frau Langgässer senior zu hören, dass das Kind eine Erkältung habe und sofort einen heißen Tee mit Honig benötige.

»Bitte sehr«, sagt sie freundlich. »Unsere Küche steht zu Ihrer Verfügung. Willi, du kennst dich ja aus. Ich muss runter an die Kuchentheke.«

Was für eine eingebildete Schnepfe, denkt sie. Bildet sie sich vielleicht ein, ich koche jetzt Tee mit Honig, wo wir unten im Café alle Hände voll zu tun haben?

Später erscheint Frau Langgässer in Willis Begleitung im Café, Karin ist oben in Willis Zimmer geblieben, sie muss sich um die kleine Nora kümmern. Zum Glück sind die Kaffeegäste inzwischen fast alle gegangen, so bleibt Zeit, den Abend vorzubereiten.

»Das ist also das Café Engel, von dem Sie mir so viel erzählt haben«, sagt Frau Langgässer vernehmlich zu Willi. »Ich habe es mir viel größer vorgestellt. Und die Kuchentheke ist auch nicht geputzt. Schauen Sie, da ist ein blinder Fleck auf der Scheibe.«

»Setzen Sie sich doch bitte. Möchten Sie vielleicht ein Stück Torte?«

Willi ist sehr verlegen, weil Hilde und Luisa zugehört haben. Er schiebt Frau Langgässer den Stuhl zurecht und setzt sich dann zu ihr.

»Danke, keine Torte«, sagt sie. »Davon bekomme ich Sodbrennen. Einen Kamillentee vielleicht. Oder einen Apfelsaft?«

Luisa bringt einen Apfelsaft und stellt ihn Frau Langgässer vor die Nase. Dabei schickt sie Wilhelm einen mitleidigen Blick.

»Ach du lieber Gott«, ruft Frau Langgässer nach dem ersten Schluck. »Der ist ja viel zu süß! Den kann man ja gar nicht trinken.«

Hilde reicht es jetzt, sie geht durch den Raum und reißt zwei Fenster auf.

»Entschuldigung. Es muss einmal durchgelüftet werden. Wir haben noch eine Abendveranstaltung.«

Dann dreht sie sich um und geht in die Küche. Dort steht Mama fassungslos neben dem großen Kaffeebehälter und hat die Arme in die Seiten gestemmt. Natürlich hat sie das Gespräch mitgehört.

»Das ist ja eine unmögliche Person«, regt sie sich auf. »Der arme Willi! Muss er sich so etwas antun?«

»Psst«, warnt Luisa, die gerade zu ihnen in die Küche tritt. »Nicht so laut. Sie kann uns ja hören.«

»Die kann mich gern hören, diese Meckerziege. Wer sich so benimmt, muss sich nicht wundern.«

»Ich hatte die Kuchentheke extra noch mal geputzt«, seufzt Luisa. »Aber es haben so viele Gäste davor gestanden und mit den Fingern auf die Torten gedeutet. Kinder waren auch dabei …«

»Niemand macht dir einen Vorwurf, Luisa!«, beruhigt Hilde.

»Wenigstens wohnt sie weit weg«, meint Mama. »Öfter als zwei Mal im Jahr könnte ich diese Frau gewiss nicht ertragen.«

»Aber ich glaube, sie wollen das schöne alte Haus in Biebrich mieten, das schon eine Weile leer steht«, sagt Luisa. »Fritz hat sie heute dort gesehen, es ist ganz in unserer Nähe.«

»Um Gottes willen!«

Jetzt ist Papas Stimme im Café zu vernehmen. »Hier ist es ja eiskalt!«, sagt er. »Willi, mach doch mal die Fenster zu. Man holt sich ja den Tod!«

»Natürlich, Papa. Möchtest du dich zu uns setzen? Das ist mein Vater, liebe Frau Langgässer. Papa, das ist Frau Langgässer, meine zukünftige Schwiegermutter …«

»Der arme Heinz«, murmelt Mama. »Jetzt hetzt Willi ihm diese Megäre auf den Hals. Hilde, geh rüber und steh deinem Vater bei.«

Dazu hat Hilde keine Lust, sie ist bereits jetzt bedient. Warum geht Mama nicht selbst?

»Wissen Sie, ich will nämlich gleich eine Rede halten«, sagt Papa drüben zu Frau Langgässer. »Da bin ich vorher immer ein wenig aufgeregt.«

»Ach ja? Mein seliger Mann war niemals aufgeregt. Er war ein leidenschaftlicher Gärtner. Wir haben den ganzen Sommer in unserem Schrebergarten verbracht. Das frische Gemüse! Der Salat, die Böhnchen … Aber die jungen Leute heute sind ja leider zu faul, um Gemüse anzubauen. Es ist eine andere Zeit, nicht wahr?«

Mama, Hilde und Luisa sehen einander an. Die redet ja plötzlich wie aufgezogen. Hilde kichert.

»Papa scheint Eindruck auf sie zu machen. Pass auf, Mama, gleich flirtet sie mit ihm.«

Mamas Miene verfinstert sich. Das hätte gerade noch gefehlt.

»Ja, die jungen Leute«, sagt Papa in seiner jovialen Art. »Sehen Sie, ich hatte ein wunderhübsches kleines Künstlercafé. Aber meine Tochter musste es unbedingt modernisieren, und nun ist das Flair des alten Cafés dahin.«

Hilde glaubt, ihren Ohren nicht zu trauen. Am liebsten würde sie jetzt hinüberlaufen, aber Luisa hält sie am Ärmel fest.

»Sie machen eben, was sie wollen, die jungen Leute«, seufzt

Frau Langgässer. »Schauspielerin musste meine Tochter werden! Statt einen anständigen Beruf zu ergreifen.«

»Oh, liebe Frau Langgässer, da muss ich Ihnen aber widersprechen. Der Beruf des Mimen ist ein ehrenwertes, angesehenes Handwerk, das Talent und viel Arbeit an sich selbst erfordert. Und Ihre Tochter soll ja eine ganz hervorragende Schauspielerin sein, wie mein Sohn mir berichtet hat.«

»Ach ja, das ist wohl wahr …«, gibt Frau Langgässer geschmeichelt zu. »Sie spielt jetzt sogar eine tragende Rolle in einem Film …«

»Gratuliere! Da können Sie wirklich stolz auf Ihre Tochter sein. Hat sie das außerordentliche Talent von Ihnen oder von Ihrem verstorbenen Gatten geerbt?«

Mama verdreht die Augen und macht sich daran, den Kaffeebehälter zu reinigen. Hilde tauscht amüsierte Blicke mit Luisa.

»Das ist ja nicht mit anzuhören«, zischt Mama. »Wie er dieser Ziege Honig ums Maul schmiert. Gleich wird mir schlecht!«

»Lass ihn doch«, kichert Hilde. »Ist doch nur gut für Willi, wenn Papa die Schwiegermutter zähmt.«

»Am Ende bleibt sie dann tatsächlich hier«, mutmaßt Mama. »Hat Fritz erzählt, ob sie dieses große Haus gemietet haben?«

Aber das weiß Luisa nicht, und so bleibt Mama immerhin die Hoffnung, dass sich Frau Langgässer bald wieder zurück nach Bochum begeben wird.

Der Abend bricht an, die Künstler stehen bereit für ihren Auftritt, nur das Publikum bleibt vorerst aus. Besorgt steht Hilde oben in der elterlichen Wohnung am Fenster und schaut über die Wilhelmstraße. Es ist längst dunkel geworden, aber die Straße ist hell beleuchtet, die Lichtkreise der Laternen lassen jeden Pflasterstein erkennen, ein Windstoß reißt das letzte Laub von den Platanen und weht es zum Warmen Damm hinüber. Lichter brennen in den Fenstern des großen Theatergebäudes, rechts und links des Café Engel laden die Leuchtreklamen in die Restaurants, Bars und Hotels ein. Sicher ist auch drüben im Kurhaus eine Veranstaltung, denn es gehen eilige Passanten in Abendgarderobe nach links hinüber, wo sich das Kurhaus und die Kolonnaden befinden. Was tut sich denn bei Blum? Wie ärgerlich! Gerade betreten drei gut gekleidete Damen in Begleitung eines älteren Herrn das Restaurant. Hilde seufzt. Überall ist Leben in der Stadt, bestimmt sind auch die Kinos voller Menschen. Will denn niemand heute Abend ins Café Engel kommen?

Halt! Da steuert eine Gruppe direkt auf das Café zu. Einen Hund haben sie auch dabei. Ach herrje! Das sind die Kinder, sie haben Laika ausgeführt und kommen jetzt lachend und schwatzend zurück. Na, wenigstens vertragen sie sich, sogar Petra ist dabei, die sich eigentlich für ihren Auftritt nachher ausruhen sollte. Ach, wie schade! Alle haben sich so auf den Abend gefreut. Was machen sie denn nun mit der Suppe, die schon auf dem Herd steht? Den Blini? Dem Borschtsch?

Sie werden alles selbst essen müssen.

Aber die Gäste lassen das Café Engel nicht im Stich. Um Viertel nach acht treffen die ersten ein, Klaus Reblinger, Ida Lenhard und die unvermeidliche Alma Knauss vorneweg. Dann strömen sie auf einmal in ganzen Gruppen: die Sängerin Jenny Adler mit Kantor Firnhaber im Schlepptau, Sigmar Kummer vom *Tagblatt* mit seinem Fotoapparat, sogar der Korrepetitor Alois Gimpel kommt mit seiner Frau. Ist das etwa Edith von Haack mit dem verblichenen Fuchspelz um die Schultern? Und da ist der Fahrlehrer Neumüller mit einer schlanken, jungen Begleiterin. Dazwischen viele Gäste, die Hilde nur vom Sehen kennt, auch solche, die bisher noch nie im Café Engel waren. Sie schließt rasch das Fenster und läuft nach unten, um mitzuhelfen. Papa steht im Getümmel und begrüßt seine lieben Stammgäste mit Handschlag, Mama rührt in der Küche die Gulaschsuppe, Swetlana und Luisa nehmen eifrig Getränkebestellungen entgegen, und Jean-Jacques entkorkt seine Weinflaschen. Ach, Hilde hat sich ganz umsonst Sorgen gemacht, das Café ist voll bis auf den letzten Platz. Ein paar junge Leute haben es sich schon auf dem Fußboden bequem gemacht, es sind Schüler von Sofia aus dem Konservatorium, die unbedingt das Wunderkind Petra Bogner hören wollen.

Das Programm beginnt. Zuerst spielt Sofia ein wenig Salonmusik zum Eingewöhnen, dann hält Papa seine Rede. Wie immer vergisst er sein Konzept schon nach wenigen Sätzen und redet frei, erinnert an die schöne Tradition des Café Engel, wo die Kunst und die Künstler zu Hause sind, heute wie damals und auch nach dem leider notwendigen Umbau. Danach wird das Essen serviert. Alle wollen Borschtsch und russische Pasteten probieren, Gulaschsuppe geht nur mäßig, Bauernplatte überhaupt nicht. Dafür wird jede Menge Wein bestellt, auch der Federweiße findet Anklang, die Stimmung hebt sich. Die Gäste sitzen erwartungsvoll mit gefüllten Gläsern, der kulturelle Teil des Abends kann beginnen.

Hilde zieht sich hinter die Kuchentheke zurück, wo Mama schon auf einem Schemel sitzt. Freie Stühle sind im ganzen Café nicht mehr zu finden. Während Geigen, Klavier und Cello ein Quartett von Brahms zu Gehör bringen, flüstert Mama ihr leise zu: »Stell dir vor, sie haben das Haus tatsächlich gemietet. Sie will hierbleiben, hat sie gesagt. Jetzt, wo sie Willis liebenswürdigen Vater kennengelernt hätte, sei ihr die Entscheidung leichtgefallen.«

»Papa wirkt eben auf reifere Damen unwiderstehlich«, scherzt Hilde mit Galgenhumor.

»Ach, und ich hatte doch gehofft, Willi würde mit seiner Karin und der Kleinen bei uns oben einziehen!«, seufzt Mama. »Wo jetzt alles so schön renoviert wird.«

Hilde ist sehr zufrieden. Die Wohnung oben neben Sofia

wird Richy mit seiner Schwester beziehen. Das hat sie ihm längst versprochen, weil die beiden doch bisher nur eineinhalb Zimmer haben, und das ist auf die Dauer zu eng. Sie müssen nun schweigen, weil das Quartett zu Ende ist und das Publikum minutenlangen, frenetischen Applaus spendet. Luisa und Swetlana eilen von Tisch zu Tisch, um neue Bestellungen aufzunehmen, hoffentlich reicht der Wein. Federweißer ist mittlerweile aus, es gibt aber noch Engelströpfchen und verschiedene Sorten Rotwein. Und Wasser natürlich. Aber das bestellen sie meist erst am Schluss. Dann geht auch noch Kaffee und Kuchen.

Jetzt besteigt Willi die kleine Bühne, verneigt sich, sammelt den Willkommensapplaus seiner Bewunderer ein und spielt zwei Sketche aus seinem Kabarettprogramm. Einen kennt Hilde schon, der andere ist neu; es geht um einen jungen Mann, der für ein Rendezvous einen Blumenstrauß kaufen will und von der Floristin darüber belehrt wird, dass jede Blüte, jede Farbe und vor allen Dingen deren Kombination eine Bedeutung haben. Schließlich ist er so verwirrt, dass er das Rendezvous absagt. Ganz witzig, aber nicht realistisch. Dann ist auf einmal Karin mit auf der Bühne, und die beiden spielen die Balkonszene aus Julia und Romeo so hinreißend, dass sogar Hilde Tränen in den Augen hat. Gott, wie grausam, diese Trennung der jungen Liebenden. Vor allem, wenn man weiß, wie das Stück enden wird. Ach, Liebe kann so romantisch sein …

»Drei Mal Rotwein und ein Wasser!«, ruft Luisa ihr zu, und schon ist Hilde wieder in der Realität. Der Umsatz heute kann sich sehen lassen. So viel verkaufen sie sonst die ganze Woche über nicht. Gulaschsuppe geht noch weg, jetzt bestellen die Gäste sogar den Bauernteller, der Borschtsch ist schon lange weg, drei einsame Blini sind noch da, die werden die Zwillinge sich nachher zu Gemüte führen.

Später, als die Gäste nach Programmende noch ein wenig sitzen und Wein trinken, geht Hilde auf die Straße hinaus. Jetzt, wo der große Ansturm bewältigt ist und alles so wunderbar geklappt hat, muss sie etwas frische Luft schnappen. Die Lichter im Theater sind längst erloschen, auch die Straßenlaternen brennen nicht mehr, nur in den Bars und Restaurants ist noch Betrieb. Undeutlich zeichnen sich die bizarren Formen der alten Platanen im bunten Schatten der Leuchtreklamen ab. Drüben bei Blum verlassen die Gäste jetzt das Restaurant und gehen zu ihren Autos. Hilde fröstelt im kalten Wind, dennoch atmet sie tief die klare, herbstliche Luft ein. Sie geht ein paar Schritte auf die Straße hinaus und schaut in die beleuchteten Fenster des Café Engel.

Dort ist das Leben, denkt sie. Wie sie alle gestikulieren, reden und lachen. Wie wohl sie sich fühlen, wie ihre Gesichter strahlen. Es sind glückliche Stunden, die diese Menschen bei uns verbringen. Darauf sollten wir stolz sein.

»Allo, ma colombe«, hört sie die Stimme ihres Ehemannes. »Tu n'as pas froid? Frierst du nicht?«

Er hat ihren Mantel mitgebracht und hängt ihn ihr um die Schultern. Dankbar schmiegt sie sich in seinen Arm, und er küsst sie zärtlich auf die Wange. Dann stehen sie schweigend nebeneinander und schauen in die hellen Fenster des Cafés hinein.

»Voilà«, sagt er nach einer Weile. »Es ist der Letzte. Ich habe ihn für dich gekauft, mon trésor.«

Er zieht einen rosigen Engel mit goldenen Flügeln aus der Jackentasche. Der Zuckerguss ist am Rand schon ein wenig abgebröckelt, aber die Aufschrift ist noch gut zu lesen.

Café Engel